Pro Tebe
in memoriam 2005

Was du dir eingebrockt hast, auslöffeln
bis zum letzten Tropfen,
nicht blinzeln im Schatten deines Rückens
und deinen eigenen Tod erleben …
Zdeněk Hron

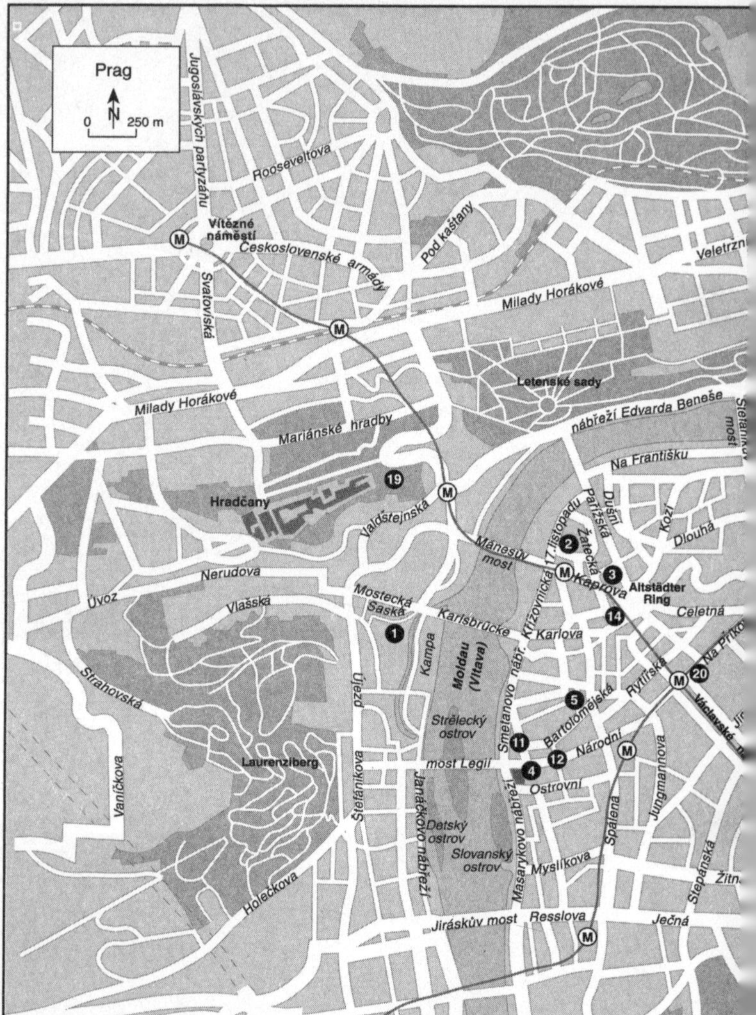

1 Danas Wohnung
2 Archäologisches Institut (Arbeitsstelle von Xenia Bondy)
3 Vencas Wohnung
4 Nationaltheater
5 Mordparta
6 Wohnung von David Andél
7 Wohnung von Xenia Bondy
8 Nebesk Wohnung
9 Restaurant Hühnchen in der Uhr und Larissas Wohnung
10 Restaurant Ráj
11 Café Slávia
12 Café Louvre
13 Wohnung von Magdalena Axamit
14 Restaurant Princ

15 RFE-Gebäude
(Arbeitsplatz von Alena Freeman)
16 Staatsoper
17 Uni-Klinik in den königlichen Weinbergen mit Gerichtsmedizinischem Institut
18 Olschanner Friedhöfe
19 Palastgärten unter dem Hradschín
20 Metrostation Mustek (Fundort der Särge)

Prolog

In den frühen Morgenstunden des vierzehnten August 2002 heulten in Prag die Sirenen. Die Stadt war hellwach. Der Fluss, der sie in zwei ungleichmäßige Hälften teilte, drohte ihre ältesten und schönsten Viertel zu zerstören. Einen ganzen Monat lang hatte es ohne Unterlass geregnet, bis die großen Stauseen im Süden des kleinen mitteleuropäischen Landes über die Ufer traten, die Bäche zu reißenden Flüssen wurden und das halbe Land unter Wasser setzten. Die Karpfenteiche liefen über und retteten Hunderttausende Fische vor der weihnachtlichen Schlächterei. Chemiefabriken spülten ihre giftigen Brühen in die Fluten.

Gebannt hatten die Prager in den letzten Tagen die Nachrichten verfolgt, die erst ein zwanzigjähriges Hochwasser angekündigt hatten, dann ein fünfzigjähriges und schließlich ein hundertjähriges. Was aber gegen zwei Uhr morgens die Stadt erreichte, war ein Hochwasser, wie es die Stadt seit mehr als tausend Jahren nicht gesehen hatte. Die Moldau war plötzlich zu jener Urgewalt geworden, die Bedrich Smetana in seiner sinfonischen Dichtung verewigt hatte. Ein gewaltiger Strom, der auf seinem Weg nach Norden alles mitriss – Häuser, Bäume, Fahrzeuge, Tiere, Menschen. Dörfer und Städte versanken in seinen schlammigen Fluten.

Zwar traf es ein wasserbegeistertes Volk, das einander auf Seemannsart mit *Ahoj* grüßt und Kanus, Kajaks und Surfbretter zu Wasser lässt, sobald das Wetter nur einigermaßen mitspielt. Aber angesichts solcher Wassermassen wurde der auch zu besten Zeiten trocken-deftige Humor der Tschechen beißend zynisch. Von einem neuen mitteleuropäischen Süßwasser-Naherholungsgebiet wurde gesprochen, einem Schlammloch im Herzen Europas und auch davon, dass Shakespeare sich tatsächlich geirrt habe: Böhmen liege nicht am Meer, sondern mittendrin.

Als die Sirenen gegen Morgen verstummten und stattdessen die Martinshörner der Polizei, der Feuerwehr und der Rettungswagen ertönten, kamen an den zahlreichen Prager Brücken viele Schaulustige zusammen, um den Anstieg des Wassers zu beobachten. An manchen Stellen standen die Neugierigen sechs Reihen tief. So manche hatten Champagnerflaschen dabei und stießen fröhlich auf die Katastrophe an. Viele waren Touristen, die sich ein solches Spektakel nicht entgehen lassen wollten, wenn sie schon einmal da waren. Die Einheimischen kamen, um zu sehen, ob die Brücken standhalten würden, und wie es aussieht, wenn die Moldau mehr als dreimal so viel Wasser führt wie gewöhnlich.

Auf der gesperrten Karlsbrücke standen Kräne, die Baumstämme und anderes Treibgut aus den Fluten fischten, bevor es die Brücke beschädigen konnte wie beim Jahrhunderthochwasser von 1870, das damals einen der gewaltigen sechzehn Pfeiler zum Einsturz gebracht hatte. Die hohen Bögen der fast sechshundertfünfzig Jahre alten Brücke lagen fast ganz unter Wasser, nicht einmal ein Kanufahrer hätte mehr unter ihnen hindurchfahren können.

Ein paar Wochen später, als das Hochwasser über die Grenze nach Deutschland abgeflossen war, zählte man die Verluste. Abgesehen von verwüsteten Landstrichen, zerstörten Dörfern und Städten, vernichteten Ernten und leeren Fischteichen, waren auch bei Mensch und Tier Opfer zu beklagen.

Auf der Strecke geblieben waren neben Kühen, Hühnern, Karpfen und anderen Nutztieren auch einige der Lieblinge des Prager Zoos: ein junger Gorilla, ein alter Elefant, ein Löwe, zwei Nilpferde sowie ein Bär. Und Gaston, der Seehund.

Was die Verluste unter der Bevölkerung angeht, beliefen sie sich schließlich auf achtzehn Menschenleben und ein herrenloses Bein. Doch noch bevor alle Toten gezählt waren, gab das Hochwasser in Prag etwas preis, das jahrelang wohlverborgen in einem Lagerraum der Metro gelegen hatte …

Das Telefon klingelte um halb sechs. Larissa Khek streckte verschlafen einen Arm aus und tastete auf dem Nachttisch nach ihrem Handy.

»Ja bitte?«, fragte sie ziemlich verschlafen und unwirsch, während sie sich im Bett aufsetzte.

»*Ahoj*, Schönste aller Schönen. Siehst du das Wasser?« Die Stimme kam ihr bekannt vor. Eine angenehme, warme, tiefe Stimme. Ein Mann. Schönste aller … ja. Das war's. Diese alberne Begrüßungsformel gebrauchte nur einer.

»Ich bin nicht die Schönste aller Schönen, Robin, ich bin die Müdeste der Allermüdesten. Und herzlichen Dank fürs Wecken«, sie warf einen Blick auf die Uhr, »ich hätte noch zwei Stunden schlafen können. Wovon sprichst du überhaupt? Was für Wasser soll ich sehen?«

Robin ignorierte den Sarkasmus und lachte.

»Welches Wasser, fragt sie! DAS WASSER! Wir haben Hochwasser, Schätzchen. *Tausendjähriges.*« Robins Stimme war eingängig und fröhlich. Er hätte Radio- oder Synchronsprecher werden können mit dieser Stimme, stattdessen war er Feuerwehrmann, und das mit der Begeisterung des Abenteurers. Ihm sei es gegangen wie Grisu, dem kleinen Drachen, hatte er ihr einmal über einem Glas Port im Café Slávia erzählt. Wer gerne mit dem Feuer spielt, sollte am besten Feuerwehrmann werden. Larissa gefiel nicht nur Robins Stimme, der Rest war fast ebenso einnehmend. Robin erinnerte sie an ihre amerikanischen Kommilitonen in Pennsylvania. Groß, muskulös, fröhlich und immer ein perfekter Gentleman. Sogar im Suff. Ein angenehmer Unterschied zu ihren transatlantischen Studienkollegen.

»Warte, ich muss nachsehen«, flüsterte sie heiser ins Telefon. Nach einer Packung Zigaretten am Abend zuvor wollte ihre Stimme noch nicht ganz mitmachen. Sie schälte sich aus dem Bett, zog sich ihren dunkelgrünen seidenen Kimono über und ging im Wohnzimmer ans Fenster. Der Blick, der sich ihr bot, sah nicht nach Weltuntergang aus und schon gar nicht nach Hochwasser. Vor ihr lag Prag in seiner ganzen Schönheit. Die Dächer der Kleinseite funkelten wie helle Karneole in den Strahlen der Morgensonne, der Laurenziberg gegenüber der Burg trug ein sattgrünes Kleid, aus den Baumwipfeln ragte der kleine Eiffelturm auf seiner Spitze auf, und die Burg selbst machte wie immer den besten Eindruck. Der Hradschin oberhalb der Moldau war vermutlich das meistfotografierte Gebäude in Prag. Aber das Panorama war auch wirklich großartig.

Kein Wasser. Nirgends.

»Kein Wasser. Siehst du Wasser?«, fragte sie zurück und räusperte sich. Mit halb geschlossenen Augen schlurfte sie zurück in ihr Bett und kuschelte sich unter die noch warme Decke.

»Leider ja. Es fließt seit Stunden in die Stadt.«

Wasser. *Hochwasser*. Endlich wichen die letzten Reste der bleiernen Schwere aus ihrem Hirn. Verdammt. Sie hatte das Spannendste verpennt. Wie von der Tarantel gestochen, sprang sie aus ihrem Bett. Gelobt sei die Welt für Robin. Er konnte ihre Lücken schließen.

»Wo bist du eigentlich?«, wollte Larissa wissen, plötzlich hellwach. Sie lief zur Kommode hinüber und zog Unterwäsche und ein T-Shirt heraus. Er konnte unmöglich zu Hause sein. Alles, was Feuerwehrmann hieß, musste in der Stadt sein und retten, was zu retten war. Aus dem Schrank neben der Tür zum Flur holte sie eine hellblaue Jeans. Nach einem prüfenden Blick aus dem Fenster legte sie sie zurück und nahm eine leichte Baumwollhose heraus.

»In der Altstadt, wir arbeiten an den Hochwasserbarrieren. Hab mir gerade eine Tasse lauwarmen Kaffee geschnappt und dich angerufen, damit unsere Starreporterin nicht die interessanteste Geschichte seit neunundachtzig verschläft.« Wieder lachte er.

»Herzlichen Dank. Was ist mit der Metro?« Die Reporterin in ihr war endlich auch aufgewacht. Die Metro, hatte es geheißen, würde einem hundertjährigen Hochwasser auf jeden Fall standhalten. Aber Robin hatte von einem tausendjährigen gesprochen. Woher nahmen die eigentlich diese bizarren Vergleiche?

»Ist voll wie eine Strandhaubitze, das Ding. Irgendwo war ein Leck, und wie's aussieht, hat sich das Wasser in alle drei Tunnel ausgebreitet. In der Innenstadt fährt nichts. Aber sie schicken alle Straßenbahnen aus den Depots raus. Die Brücken sind auch gesperrt.«

»Robin, du bist ein Goldstück. Ich muss mich anziehen und raus. Hast du irgendwann mal Pause?«

»Wie schreibt sich das?«

»Sag Bescheid, wenn es was Interessantes gibt. Und – danke!« Sie schickte dem Dank ein Küsschen hinterher und legte auf. Mit ihren Kleidern im Arm lief sie ins Bad.

In den folgenden Tagen floss das Wasser langsam nach Norden ab, begleitet von einer Welle ungezügeltem sarkastischen Humor.

»Mein Cousin«, hörte Larissa einen älteren Mann eines Abends im Slávia, dem berühmten Literaturcafé am Ufer der Moldau, erzählen, »mein Cousin also, hat ein Schrebergartenhäuschen an der Moldau, und nach dem Hochwasser ist er natürlich hingefahren, weil das Ding nah am Wasser steht. Und als er ankam, war sein neues Häuschen weg, einfach vom Wasser weggespült. Na, da hat er die Versicherung angerufen und die Sache erklärt, und die sagten, sie würden am nächsten Tag jemanden hinschicken. Er fährt also am nächsten Tag mit diesem Typen von der Versicherung da raus, und was glaubt ihr: Da stand das Häuschen auf dem Grundstück! Als wäre nie was gewesen. Der Versicherungsfutzi war natürlich sauer, meinte, er habe für solche Scherze keine Zeit. ›Glaub ich gern‹, sagt mein Cousin, ›aber dieses Häuschen gehört mir nicht, und es war gestern auch noch nicht da!‹«

Die ganze Gesellschaft hatte gebrüllt vor Lachen, andere hatten von ihren eigenen Erlebnissen mit Schrebergartenhäuschen, Landhäusern, Karpfenteichen und herrenlosem Mobiliar erzählt.

Selbst das noch immer belastete Verhältnis zu den nach dem Krieg vertriebenen Sudetendeutschen gab angesichts der nach Deutschland abfließenden Wassermassen Anlass zu derben Witzen. Man schicke ihnen endlich ihre lange entbehrten Immobilien nach, hieß es mancherorts – auf dem Seeweg.

Kein Humor konnte aber darüber hinwegtäuschen, dass die Mutter der Städte, wie Prag liebevoll von seinen Bewohnern genannt wird, schwere Schäden erlitten hatte. Die Kleinseite hatte es schlimm erwischt, große Teile standen noch immer fast zwei Meter unter Wasser, die Keller und Erdgeschosse waren vollgelaufen, und das langsam abfließende Wasser ließ nur Schlamm und Gerümpel zurück.

Besonders die Kampa, das Inselchen auf der Kleinseite südlich der Karlsbrücke, war verwüstet. In jedem Haus auf dem Hauptplatz der Insel hatte es vor der Flut ein Restaurant oder Café gegeben – nun war nichts übrig als nasse Mauern und verschlammte Berge von kaputten Möbeln und Geschirr.

Die neue Galerie in den Sovovy Mlýny, einer ehemaligen Mühle auf der Kampa-Insel unterhalb der Karlsbrücke und direkt am Wasser gelegen, war nach jahrelangen Restaurierungsarbeiten nur zwei Tage vor der geplanten Eröffnung dem Hochwasser zum Opfer gefallen. Da nahm sich im Nachhinein der lange währende Streit der Besitzer mit den Denkmalpflegern wegen des Parketts wie ein schlechter Witz aus. Monatelang hatten die Besitzer gefordert, das jahrhundertealte Parkett gegen einen anderen Fußbodenbelag austauschen zu dürfen – das alte Holz passe einfach nicht zu moderner Kunst im Allgemeinen und zum Konzept des Hauses im Besonderen. Die Denkmalpfleger hatten sich gewehrt, die Sovovy Mlýny sei ein denkmalgeschütztes Gebäude und das Parkett deshalb auf jeden Fall zu erhalten. Schließlich hatten sich die Denkmalschützer durchgesetzt, doch ihr Triumph währte nur kurz: Das mit großem Aufwand frisch restaurierte Parkett war auch ein Opfer des Hochwassers geworden.

Die Altstadt war zwar nicht überflutet worden, viele Bürger hatten der Feuerwehr geholfen, die engen Gassen mit Sandsäcken gegen das Wasser zu schützen. Doch das Grundwasser war stark angestiegen und in die Keller der Häuser eingedrungen. Strom, Gas und Wasser waren gesperrt worden, und eines Nachts hatte man die Altstadt in den frühen Morgenstunden evakuiert.

Auch die berühmte alte Rathausuhr, der *Orloj,* auf dem Altstädter Ring, um den sich jeden Tag zur vollen Stunde Hunderte von Touristen scharen, um die an zwei Fensterchen vorbeiziehenden zwölf Apostel zu beobachten und dem Skelett zuzusehen, wie es das Stundenglas dreht und die Glocke schlägt, diese mehr als fünfhundert Jahre alte astronomische Uhr mit ihrer geheimnisvollen Mechanik, war stehen geblieben. Zum ersten Mal seit undenklichen Zeiten. Für manche eine banale Folge der Stromsperrung in der Altstadt, für andere mystisches Zeichen des Verhängnisses, das die Stadt wie aus heiterem Himmel getroffen hatte.

Larissa lief jeden Tag durch die Stadt, sprach mit Touristen, Einheimischen und Geschäftsleuten, informierte sich über das Ausmaß der Katastrophe, die die Goldene Stadt mitten in der sommerlichen Hochsaison heimgesucht hatte. Die meisten Hotels in der Altstadt und auf der Kleinseite waren evakuiert und die Gäste in anderen Hotels untergebracht worden.

Doch auch die verbliebenen noblen wie einfachen Herbergen kämpften mit den Folgen des Hochwassers. Während Larissa in einem feinen kleinen Hotel in der Neustadt den Geschäftsführer an der Rezeption interviewte, telefonierte die Rezeptionistin mit verschreckten Anrufern, die sich informieren wollten, ob ihre Reise buchstäblich ins Wasser fallen würde.

»Selbstverständlich haben wir nicht geschlossen, Sir«, sagte die junge Frau in vollendetem amerikanischem Englisch zu einem Anrufer. »Wie es hier aussieht? Nun, ich würde sagen, in Venedig gibt es nur unwesentlich mehr Wasser als bei uns … Ja, Sir, ich verstehe. Selbstverständlich.« Sie legte auf.

»Noch eine Absage. Langsam können wir für den Sommer zumachen, Chef«, wandte sie sich an den blassen Geschäftsführer. »Die Leute haben einfach keinen Sinn fürs Abenteuer.«

Larissa konnte die Absagen verstehen. Wer wollte seinen

Urlaub schon freiwillig in einem Katastrophengebiet verbringen? Das Wetter war zwar traumhaft, aber das Wasser hatte die Bewegungsfreiheit in der Stadt stark eingeschränkt. Die Brücken über die Moldau waren bis auf eine gesperrt, und diese einzige durfte nur von den Straßenbahnen befahren werden. Zu Fuß gab es keine Möglichkeit, von einer Flussseite auf die andere zu gelangen. Die Straßenbahnen fuhren zwar, aber niemand wusste, welche Tram einen wohin bringen würde. Es war jedes Mal eine Fahrt ins Ungewisse.

Am Morgen war Larissa an der Seifertova-Straße in Žižkov, einem hübschen, wenngleich noch immer ziemlich heruntergekommenen Arbeiterviertel zwischen dem Weinberge-Viertel und Karlín, in die Tram Nummer 9 gestiegen, in der Hoffnung, diese würde sie wie immer auf die andere Seite der Moldau bringen. Sie wollte, soweit möglich, von Smíchov aus am Fluss entlang Richtung Norden laufen und sich mit eigenen Augen die Schäden auf der Kampa und den angrenzenden Teilen der Kleinseite ansehen. Stattdessen war sie nur bis zum Wenzelsplatz gekommen. Der Fahrer stieg aus und zündete sich eine Zigarette an. Die Fahrgäste standen unschlüssig herum, manche stiegen aus, andere ein, fragten die ausharrenden Passagiere, ob es bald weitergehen würde und wohin die Tram eigentlich fahre, wenn sie denn fahre.

Larissa stieg aus. Hinter der Straßenbahn stand eine zweite, ein Stück die Straße hinauf sah sie zwei weitere dieser rotweißen Ungetüme stehen. Sie ging nach vorn zum Fahrer.

»Entschuldigen Sie bitte, wann fahren wir weiter?«, fragte sie.

»Keine Ahnung, junge Frau. Ich habe keinen Strom. Vielleicht in ein paar Minuten, vielleicht in zwei Stunden. Vielleicht gar nicht.« Er lachte. »Das ist heute schon das zweite Mal, dass der Strom wegbleibt. Nur Geduld. Genießen Sie das schöne Wetter.« Er streckte sein faltiges Gesicht der Sonne entgegen und blies den Rauch in den wolkenlosen Himmel.

»*What about my ticket?*«, fragte eine aufgeregte ältere Frau, die sich neben Larissa gedrängt hatte, in breitem Amerikanisch. »Ich habe eine Kurzstrecke, die gilt nur fünfzehn Minuten! Im Hotel …«

Der Fahrer blickte sie verständnislos an. Englisch könne er nicht, sagte er und zuckte die Achseln, uninteressiert an den Nöten der Touristen. Er wandte sich an eine junge Frau, die an der hinteren Tür versuchte, einen Kinderwagen in die Tram zu heben.

»Lassen Sie das lieber, junge Frau«, rief er ihr zu, »zu Fuß sind Sie bestimmt schneller. Machen Sie mit dem Kleinen lieber einen Spaziergang.« Die junge Frau stellte den Kinderwagen wieder ab und blickte unschlüssig am Fahrer vorbei die Vodičkova-Straße hinunter.

»Aber ich muss auf die Kleinseite, zur deutschen Botschaft …«, klagte sie.

»Gehen Sie einen Kaffee trinken«, sagte der Fahrer, »das wird hier noch dauern. Und wenn es weitergeht, fahre ich rauf in die Weinberge.«

Nach dem kurzen Gespräch zwischen dem Fahrer und der Frau mit dem Kinderwagen zu urteilen, würde diese Tram gar nicht über den Fluss auf die Kleinseite fahren. Larissa seufzte, sie würde also auch ein Stück zu Fuß gehen. Vielleicht fand sich am Nationaltheater eine Tram, die sie hinüberbringen würde.

»*Mouyeh yizdenkaa?*«, mischte sich die Touristin mit dem breiten amerikanischen Akzent mehr schlecht als recht auf Tschechisch ein und wedelte mit ihrem Kurzstrecken-Fahrschein.

Im Weggehen übersetzte Larissa dem Fahrer ihre Interpretation der etwas unpräzisen Frage der Touristin – ob die Dame mit dem Kurzstrecken-Fahrschein später wohl weiterfahren könne.

Der winkte ab. »Sie soll sich keine Sorgen machen. Solange dieses Chaos dauert, sind alle Fahrten umsonst.«

Er warf seine Zigarette weg und stieg in die Tram, um jemandem am Funk zu antworten. Die Touristin blieb allein auf dem Bürgersteig zurück und blickte verzweifelt zwischen Larissa und dem Fahrer hin und her.

»*No problem, Lady, come hell or high water, the tramrides are for free*«, rief Larissa ihr fröhlich zu und schlenderte den Wenzelsplatz hinunter Richtung Můstek.

Magdalena Axamit und Xenia Bondy saßen in einem Straßencafé am Montmartre in Paris. Sie waren seit drei Tagen in der Stadt an der Seine. Dieser Fluss immerhin blieb, wo er hingehörte, dachte Magda nach einem Blick auf die vor ihr liegende Zeitung. Daraufhin betrachtete sie ihre Freundin, die gedankenverloren Schokoladeneis aus einem riesigen Becher löffelte. Den größten Teil hatte sie schon aufgegessen, nachdem sie zuvor ein opulentes Drei-Gänge-Menü verspeist hatte, während Magda sich mit einem Salat begnügt hatte. Ist eigentlich gar nicht ihre Art, dachte Magda. Außer …

Xenia Bondy legte den Löffel zur Seite, nahm ihre übergroße Sonnenbrille ab und sah Magda an. »Magda«, sagte sie langsam, »ich lass mich scheiden.«

»Von Jay?«, fragte Magda erstaunt.

»Na, er ist doch der einzige Mann, den ich habe.« Xenia seufzte.

»Okay, Mrs. Regina Lambert.« Magda lachte. »Ist das eine Trockenübung für ein Remake von *Charade*, oder meinst du das ernst?«

Nun lachte auch Xenia.

»Du hast recht, ich habe den Film zu oft gesehen. Wahrscheinlich sollte ich seltener bügeln. Aber im Ernst. Ich lasse mich scheiden. Es hat keinen Zweck. Ich bin es leid.«

Magda schwieg. Am Nebentisch turtelte ein deutsches Touristenpärchen. Sie hielten sich eng umschlungen, die junge Frau hatte ein Bein über den Schenkel ihres Freundes gelegt und kraulte mit einer Hand das raspelkurze Haar auf seinem Hinterkopf. Ihr ohnehin sehr kurzer Rock war gefährlich nach oben gerutscht. Seit einer halben Stunde klebten ihre Lippen aneinander, als übten sie Mund-zu-Mund-Beatmung. Die Espressi, die vor ihnen standen, mussten inzwischen ungenießbar sein. Xenia setzte nach einem missbilligenden Blick auf die beiden Turteltauben ihre Sonnenbrille wieder auf und widmete sich von Neuem ihrem Eis.

»Mit wem hast du ihn denn diesmal erwischt?«, wollte Magda wissen. Der Blick ihrer Freundin hatte Bände gesprochen. Xenias Ehemann war ein notorischer Casanova. Magda hatte nie verstanden, warum er nicht mit dem zufrieden sein konnte, was er zu Hause hatte: eine bildhübsche Frau, intelligent, erfolgreich in ihrem Beruf, humorvoll, geduldig wie ein Engel, verständnisvoll, was seine extravaganten Macken anging, und eine wunderbare Mutter. Es war eine Schande, zumal man ihn noch nicht einmal als Scheusal bezeichnen konnte. Ganz im Gegenteil. Jay war im Grunde ein herzensguter Mann, charmant, klug, attraktiv, ihren Kindern ein guter Stiefvater und, wenn man Xenia glauben durfte, ein leidenschaftlicher Liebhaber. Nun, genug Übung hatte er ja – er ließ weiß Gott keine Gelegenheit aus. Magda hatte keinen Zweifel, dass er Xenia wirklich liebte. Aber gleichzeitig war er offenbar nicht in der Lage, all den anderen hübschen Frauen zu widerstehen, die seinen Weg kreuzten. Letztlich war es wohl wirklich nur eine Frage der Zeit gewesen, wann Xenias unendliche Geduld an ihre Grenzen stoßen würde. Vielleicht war es nur die Midlife-Crisis, immerhin war er mehr als zwanzig Jahre älter als Xenia, obwohl man ihm das nicht ansah.

»Mit einer Praktikantin. Er hat sie nach einem sogenannten Arbeitsessen nach Hause mitgenommen, der Idiot. Als gäbe es in Prag keine Hotels! Er dachte, ich sei auf dem Weg nach Berlin, aber der verdammte Flieger war kaputt, und ich kam wieder nach Hause. Ich kam mir vor wie in *Skin Deep*. Scheiße.« Xenia seufzte wieder, schob die leere Schale von sich weg und ließ den Löffel klirrend hineinfallen.

»Hatte sie auch eine Pistole?«, fragte Magda mit einem Schmunzeln.

»Gott sei Dank nicht«, erwiderte Xenia grinsend. »Da hörten die Parallelen dann glücklicherweise doch auf. Aber ich habe ihn mitsamt seinem verdammten Laptop und ein paar Koffern vor die Tür gesetzt. Sogar packen musste ich sie ihm noch!« Sie schnaubte verächtlich. »Dabei kann sich der Mistkerl nicht mal auf eine Schreibblockade rausreden. Oder hast du schon mal von einem Journalisten gehört, der unter einer Schreibblockade leidet? Der Mann ist stellvertretender Chefredakteur, verdammt noch mal, kein Schriftsteller. Er muss das Blatt machen, nicht die Artikel schreiben. Mistkerl, verdammter! Gott sei Dank sind die Kinder über die Ferien bei meinen Eltern.«

»Vielleicht solltest du dir einfach einen Liebhaber suchen«, schlug Magda vor.

Xenia sah sie über den Rand ihrer Sonnenbrille mit hochgezogenen Brauen an. »Um bei Regina zu bleiben: Ich bin zwar nach Prag gekommen, um nicht in der kanadischen Provinz zu versauern, aber nicht, um dem in dieser altehrwürdigen Stadt üblichen moralischen Sittenverfall zu frönen. Im Ernst. Ich will keinen Liebhaber – wozu auch? Ich habe schon mit einem Mann genug Ärger. Ich wäre mit Jay ja glücklich und zufrieden, wenn ich ihn nicht mit allem teilen müsste, was weiblich und nicht bei drei auf einem Baum ist.«

»Andere Frauen fahren nach Paris, um sich zu verlieben – und du, um dir über eine Scheidung klar zu werden.« Magda lachte.

»Ist schon gut, du hast ja recht. Außerdem sind wir eigentlich hier, weil wir uns einen Kurzurlaub redlich verdient haben. Ein bisschen Erholung nach deinen vielen Prüfungen, und ich – na, ich brauchte ehrlich gesagt etwas Zeit, um nachzudenken.« Sie seufzte abermals.

»Nun, nachgedacht hast du ja offensichtlich. Bist du dir sicher?«

»Ja. Nein. Ach, verdammt, ich weiß es nicht! Wenn der Kerl doch mit mir reden würde, aber er sagt zu allem Ja und guckt wie ein begossener Pudel – und dann entschuldigt er sich wortreich und verspricht Besserung. ›Du musst mir glauben, *chérie*, das kommt nie wieder vor.‹ – Dass ich nicht lache! Der Satz hat eine Halbwertszeit von unter achtundvierzig Stunden!« Xenia nahm ihre Brille ab und rieb sich die Augen.

»Und jetzt ist das Fass übergelaufen, wie?«

»Korrekt. Das war die lange angekündigte Springflut.«

»Wo ist er hin? Ins Hotel?«

»Keine Ahnung. Ist anzunehmen. Andererseits ist es auch nicht so schwer, in Prag eine Wohnung zu finden. So oder so – es ist mir egal. Soll er bleiben, wo der Pfeffer wächst.«

»Ich würde dir gerne helfen, Xenia«, sagte Magda, »ich weiß nur nicht wie.«

»Danke«, sagte Xenia und lächelte Magda an, »ich werde

es überleben. Aber was ist mit dir? Freust du dich auf den neuen Job?«

»Doch, im Grunde schon. Aber es ist ja ein paar Jahre her, seit ich raus bin. Ich hoffe, ich habe nicht alles vergessen.« Sie lachte.

»Ach was, du hast in den letzten Monaten gebüffelt ohne Ende. Da brauchst du dir sicher keine Sorgen zu machen.«

»Na, jedenfalls lasse ich es ruhig angehen. Glücklicherweise haben sie sich auf Teilzeit eingelassen – jedenfalls fürs Erste. Sorgen macht mir eigentlich nur das Lokal. Wir haben hart gearbeitet, um es aufzubauen, und nun haben wir beide relativ wenig Zeit dafür. Vielleicht sollten wir doch eine Geschäftsführerin einstellen, was meinst du?«

»Hm. Ich weiß nicht recht. Wir müssen das doch nicht gleich entscheiden, oder? Lass uns das neue Schuljahr abwarten. Vielleicht geht es ja irgendwie – mit Job und Kindern. Auf Ehemänner müssen wir ja nun beide keine Rücksicht mehr nehmen.«

Magda lächelte. Sie hatte vor zwei Jahren, als sie nach Prag gekommen war, ein Lokal in den Weinbergen eröffnet. Ein hübsches, nicht zu großes Café mit Restaurant, in das auch Xenia eingestiegen war, kurz nachdem sie vor zwei Jahren ihren Job an der Universität angetreten hatte. Sie liebten es beide sehr, doch waren sie sich auch im Klaren darüber, dass sie ihre eigentlichen Berufe dafür nicht aufgeben wollten. Es war ein Spagat, und manchmal kein leichter. Aber Xenia hatte recht, sie sollten nichts überstürzen. Der Sommer war noch lang.

»Scheint ziemlich nass zu sein in Prag«, wechselte Xenia das Thema und deutete auf die Zeitung, die ungelesen vor ihnen auf dem kleinen Bistrotisch lag. »Ein Glück, dass wir auf dem Berg wohnen.« Auf der Titelseite der *Prague Post*, die sie an einem Kiosk aufgetrieben hatten, prangte ein Bild der überschwemmten Kleinseite.

»Pfui Teufel – ich will kein Wort davon hören.« Magda zog eine Grimasse. »Ich hasse Wasserleichen«, fügte sie hinzu und betrachtete angewidert das Foto mit der überfluteten Kleinseite.

»Ja, das wird ein prächtiger Einstieg in deinen neuen Job.« Xenia hängte sich lachend ihre große Handtasche um.

»Mit irgendwas muss man ja schließlich seinen Lebensunterhalt verdienen.«

»Ich habe dir immer gesagt, dass du was Anständiges studieren sollst. Aber auf mich hört ja keiner.« Sie grinste fröhlich. »Dein attraktiver neuer Kollege – wie heißt er gleich? Kratochvíl? – wird dir bestimmt gerne alle Wasserleichen abnehmen, wenn du dafür wieder mit ihm essen gehst. Als er dich letzte Woche abgeholt hat, hat er dich angeschmachtet wie ein junger Hund. Du musst mir überhaupt noch von eurem sogenannten Arbeitsessen erzählen. Ist er eigentlich so, wie er heißt? Kurzweil ist schon ein knuffiger Name.« Sie legte Magda eine Hand auf den Arm und fragte augenzwinkernd: »Worüber unterhalten sich forensische Pathologen bei einem Candlelight-Dinner?«.

»Über angeknabberte Wasserleichen«, sagte Magda und zog eine Grimasse. »Außerdem war es wirklich ein Arbeitsessen, das möchte ich doch bitte klarstellen. Und ja, es war durchaus kurzweilig, er machte seinem Namen alle Ehre. Aber abgesehen davon ist er überhaupt nicht mein Typ.«

»Natürlich nicht. Große, dunkle, attraktive Männer waren noch nie dein Ding. Dein Ex ist ja auch ein kleiner, blonder, hässlicher Zwerg.«

»Na schön, ich geb's zu, der Kratochvíl ist attraktiv, aber er ist nur ein Kollege.«

Xenia sah sie schmunzelnd von der Seite an.

»Herrgott, ich habe ihn nur einmal gesehen!« Magda nahm ihre Handtasche und hängte sie sich über die Schulter.

»Es soll da auch einen sehr ansehnlichen Kommissar bei der *Mordparta* geben, habe ich gehört. Wieso heißt das eigentlich *Mordparta* und nicht Mordkommission wie anderswo auch?«

»Was weiß ich? Das kannst du diesen attraktiven Kommissar ja bei Gelegenheit fragen. Und überhaupt: Woher weißt du das denn schon wieder?«

»Hat mir Zorka erzählt. Sie sagte, er komme gelegentlich zu uns ins Lokal.«

»Na, mir ist da kein so besonders attraktiver Mann aufgefallen. Und wenn schon. Woher weiß Zorka, dass er bei der *Mordparta* ist?«

»Du kennst sie doch, sie schwatzt mit Hinz und Kunz. Die Frau ist ein wandelndes *Who is Who*. Allerdings soll er öfter mit einer hübschen jungen Blondine da gewesen sein.«

»Fein. Dann entgehe ich wenigstens Zorkas Verkuppelungsversuchen.« Magda lachte.

»Da wäre ich mir nicht so sicher. Erstens ist er in letzter Zeit wohl immer allein oder mit einem Freund da gewesen, und zweitens meinte sie, das Mädel passe nicht zu ihm.«

»Wieso?«

»Zorka meinte, das sei so ein Kälbchen – hübsch, aber hohl.«

»Na prächtig. Soll sie sich ihn doch selbst anlachen, den hübschen Kommissar. Ich brauche keinen Mann. Ich habe zwei reizende Kinder, ein tolles Lokal, eine göttliche Wohnung und einen nagelneuen Job. Was brauche ich mehr?«

»Na, ich wüsste da das eine oder andere ...« Xenia stand auf, nahm Magdas Hand und zog die Freundin hoch.

»Vergiss es«, erwiderte Magda fröhlich. »Wir müssen noch packen, und ich will mir auf dem Weg zum Hotel dieses sündhafte Nichts von einem Sommerkleid kaufen, das wir gestern gesehen haben.«

»Und das brauchst du, damit du dich selbst im Spiegel bewundern kannst, was?«

Magda versetzte ihr lachend einen Stoß in die Rippen.

Das Pärchen am Nebentisch ging in die Verlängerung.

Wie alle tschechischen Behörden geizte auch die Metroverwaltung mit Informationen, aber jeden Tag kletterten die Schätzungen für die Höhe der Schäden immer noch ein Stückchen weiter auf der nach oben offenen Schadensskala. Als Larissa eines späten Nachmittags schließlich an ihrem Schreibtisch in der Nachrichtenredaktion der *Prague Post* saß und ihren eben fertiggestellten Artikel redigierte, klingelte ihr Handy.

»Hast du vorgestern die *MFDnes* gelesen?«, fragte Robin Nedopil.

»Dir auch einen guten Tag«, sagte Larissa fröhlich. »Wieso?«

»Du hast es nicht von mir, okay.« Er flüsterte. War sonst gar nicht seine Art.

»Okay, ich hab's von einem Vögelchen. Schieß los.«

»Ein kurzer Bericht auf Seite vier, von Dlouhý. Er schrieb, die Feuerwehr habe in der Metro Särge gefunden.«

»Nein, hab ich nicht gelesen. Warte.« Larissa wühlte in einem Stapel tschechischer Tageszeitungen auf ihrem Schreibtisch. Ihr Herz schlug schneller. Särge in der Metro? Das musste einer von Honzas seltsamen Scherzen sein.

»Die Ausgabe von vorgestern? Hab ich.« Auf Seite vier fand sie tatsächlich oben rechts einen kurzen Einspalter: *Überraschung in der Metro*. Sie überflog die Zeilen.

»Mist, muss ich überlesen haben. Was ist damit?«

»Erzähle ich dir in einer halben Stunde im Louvre.«

Larissa starrte ungläubig ihr Handy an. Särge in der Metro. Kein Scherz. Verdammt, wieso hatte sie sich nicht die Zeit genommen, die Zeitungen ordentlich durchzusehen? Sie gehörte zu den wenigen Reportern der *Post,* die der Landessprache mächtig waren und daher nicht angewiesen auf die Übersetzungsdienste der hauseigenen Dolmetscher. Jeden Morgen nahm sie sich die tschechische Tagespresse vor und suchte nach interessanten Meldungen, so war sie gewöhnlich vor den meisten ihrer Kollegen über die aktuellen Nachrichten informiert. Aber diese Meldung war ihr entgangen.

Sie nahm die Zeitung vom Tag danach vom Stapel und blätterte sie Seite für Seite durch. Nichts. Kein Folgebericht. Nicht einmal eine kleine Notiz. Auch in der heutigen Ausgabe fand sie nichts. Der kurze Bericht, den Robin erwähnt hatte, ergab nicht viel mehr, als der Feuerwehrmann ihr eben gesagt hatte. Sie griff zum Telefon und ließ sich mit der Nachrichtenredaktion der *MFDnes,* einer der drei großen tschechischen Tageszeitungen, verbinden. Kurz darauf hatte sie Michal Dlouhý in der Leitung.

Er habe die Sache von einem Feuerwehrmann gehört, sagte er. Nein, mehr, als in dem Artikel stehe, habe er nicht in Erfahrung bringen können. Der Typ, der ihm die Sache erzählt hatte, habe deswegen wohl ordentlich Feuer unter dem Hintern gekriegt. Von denen rede jetzt sicher keiner mehr. Den Namen wollte er ihr nicht verraten, versprochen sei versprochen.

Die letzten Tage und Nächte hatten deutliche Spuren in Robins Gesicht hinterlassen. Er sah aus, als könne er im Stehen einschlafen. Das blonde, kurz geschnittene Haar stand in alle Richtungen, unter den himmelblauen Augen lagen dunkle Ringe.

Das Café Louvre, im ersten Stock eines Jugendstilhauses an der Národní-Straße auf halbem Weg zwischen Můstek und Nationaltheater gelegen, war relativ leer, hier und da saßen ein paar Touristen, denen die Ausflugsziele buchstäblich abgesoffen waren und die nun mit ihrer Zeit nichts Besseres anzufangen wussten, als sie in einem Café zu verbringen. Die Prager waren damit beschäftigt, ihren Alltag zu improvisieren, und hatten offenbar keine Zeit für Cafés.

Larissa und Robin saßen am Fenster an einem der kleinen Zweiertische. Der Ober hatte die bestellten Getränke gebracht, und Robin rührte vorsichtig in seinem türkischen Kaffee, in dem er bereits fünf Löffel Zucker versenkt hatte. Eine gesättigte Lösung nannte man das wohl, dachte Larissa. Sie zog den Zucker weg, als er noch einen Löffel nehmen wollte.

»Du kriegst noch einen Zuckerschock. Also, was ist mit diesen Särgen? Mach's nicht so spannend, Robin. Ich habe den Artikel gelesen und Dlouhý angerufen. Aber der weiß nicht mehr, als er geschrieben hat.«

Robin legte den Löffel weg und nahm das Glas in beide Hände, als wolle er sich trotz der Affenhitze im Raum daran wärmen.

»Kein Wunder. Der Boss hat getobt wie ein Berserker, als er den Artikel heute Morgen gesehen hat. Da wussten wir aber auch noch nicht alles über die Särge.«

Robin fasste den Einsatz zusammen. Sie waren am Můstek, der Metrostation am unteren Ende des Wenzelplatzes, in das Fußgängergeschoss hinuntergestiegen, als das Wasser dort nur noch hüfthoch stand, und bald auf diese schwimmenden Kisten gestoßen. Es waren tatsächlich Särge gewesen.

»Und ich meine nicht diese süßen kleinen Schweinereien, die sie in der Bäckerei da unten verkauft haben. Ich meine die echten. Allerdings die einfache Version aus Holzbrettern. Na, jedenfalls haben wir einen Lagerraum gefunden, da waren noch mehr drin. Und jetzt halt dich fest: Eine der Kisten war schon belegt.«

»Was?«, platzte Larissa heraus. Die beiden Touristen am Nebentisch drehten sich zu ihnen um, und sie senkte ihre Stimme. »Was meinst du mit *belegt*?«

»Du hast richtig gehört, in einem der Särge lag was. Eine Art derangierte Mumie.«

Larissa war sprachlos. Am Wenzelsplatz gab es weit und breit keinen Friedhof, und im Fußgängergeschoss der Metro auch kein Bestattungsunternehmen. Sie starrte Robin mit offenem Mund an. Und sie hatte die Geschichte! Seite eins. Titelstory. Sie sah die Schlagzeile schon vor sich: *Mummy found in the Metro.* Sie bemühte sich, ihre Aufregung im Zaum zu halten, während sie in ihrer Handtasche nach ihrem Notizblock fischte.

»Erzähl.«

»Na ja, das Ding sah nicht mehr ganz taufrisch aus. Kein Wunder bei dem Bad in dieser ekelhaften Brühe. War eingewickelt wie so eine ägyptische Mumie eben. Vielleicht ist es ja eine.« Er zuckte mit den breiten Schultern und grinste, als er ihren ungläubigen Blick sah. »Hey, ich bin nur Feuerwehrmann, kein Archäologe.«

»Wo habt ihr sie gefunden?«

»In dem Lagerraum im Fußgängergeschoss. Da standen, wie gesagt, noch mehr Särge rum, zwanzig, dreißig Stück. Das Wasser hatte eine Wand eingerissen, da haben sich einige von den Dingern auf Wanderschaft begeben. Schwammen da unten rum wie herrenlose Gondeln. Sah ganz schön gruselig aus. War ja stockfinster da unten, nur ein bisschen Licht, das von draußen kam, und unsere Taschenlampen. Ein paar von den Kisten hatten sich in der Tür des Lagerraums verkeilt, und die restlichen sind nicht mehr rausgekommen. Der mit der Mumie auch nicht. Sah aus wie in einer verdammten Leichenhalle.«

Eine Leichenhalle in der Tat, dachte Larissa. Sie erinnerte sich an eine beliebte Fernsehserie, die ihre Eltern immer im deutschen Fernsehen angesehen hatten: *Das Krankenhaus am Rande der Stadt*. In diesem Fall wohl eher: *Die Leichenhalle unter der Stadt*. Aber in der Metro?

»Wo ist die Mumie jetzt?« Steve Persson würde begeistert sein. Der Nachrichtenredakteur klagte immerzu, dass sie mit den aktuellen Nachrichten ständig mindestens eine Woche im Rückstand seien. Kein Wunder bei einer Wochenzeitung. Larissa lächelte bei dem Gedanken an die zu erwartende Freude ihres Chefs. Und der stellvertretende Chefredakteur würde vielleicht mit dem in Aussicht gestellten Vertrag für eine Festanstellung Ernst machen. Ihrem Konto konnte diese Mumie nur guttun.

»Der Boss hat die Polizei angerufen. Den Kohout von der *Mordparta*, glaube ich. Immerhin handelte es sich ja um eine Leiche. Aber soviel ich mitgekriegt habe, wollte der nichts damit zu tun haben, als der Boss ihm von der Mumie erzählte. Für antiken Krempel seien sie nicht zuständig.« Robin lachte bitter. »Er hat den Boss an das Diebstahlsdezernat verwiesen, meinte, das Ding sei wohl irgendwo gestohlen worden.«

»Genau«, sagte Larissa ironisch, »irgendjemand stiehlt eine Mumie und legt sie in der Metro ab.« Larissa erinnerte sich, was ihr ein Bekannter von der Polizei einmal über deren übliche Einstellung zur Arbeit erzählt hatte: Wenn ein Fall reinkommt, hatte er gesagt, gebe es zwei ungeschriebene Regeln.

Erstens: unter den Teppich kehren. Sei das nicht möglich, käme Regel Nummer zwei zum Tragen: weiterreichen. Hauptsache, man sei den Fall los und habe seine Ruhe. Sie hatte das damals für einen Witz gehalten. Nun wusste sie es besser. Kohout hatte sich offenbar peinlich genau an diese Arbeitsvermeidungsstrategie gehalten.

»So in etwa. Mehr weiß ich nicht. Ich muss nach Hause und eine Runde schlafen, hab heute Nacht wieder Dienst.« Robin stand auf. »Und vergiss nicht: Ich habe nichts gesagt.« Er kramte in seiner Hosentasche und legte ein paar Münzen auf den Tisch.

»Warte. Warum hast du mir das dann überhaupt erzählt?«

»Weil der Kohout das unter den Teppich kehren will. Es gibt schon genug schlechte Presse, da kann er keine antike Leiche brauchen – wenn sie denn antik ist, was ich ehrlich gesagt bezweifle, auch wenn sie ziemlich alt ausgesehen hat. Und außerdem ist der Typ ein fauler Sack. Dazu kommt noch, dass keiner von uns von einer Leichenhalle in der Metro wusste, auch der Boss nicht. Keine Ahnung, was zum Teufel die Dinger da unten zu suchen hatten. Warum glaubst du, hat Dlouhý nichts weiter erfahren?«

»Frau Doktor, da hat jemand was für Sie abgegeben.«

Xenia Bondy sah von den Papieren auf ihrem Schreibtisch auf. Sie war erst vor einer halben Stunde ins Büro gekommen und hatte sich an den Stapel Prüfungsarbeiten gesetzt, der auf ihrem Schreibtisch lag. Eine unerquickliche Angelegenheit, die nichtsdestotrotz erledigt werden musste. Und nun stand auch noch Marek Jelen, eine studentische Hilfskraft des Archäologischen Instituts, in der Tür. Egal, was er ihr zu berichten hatte, es würde nichts Angenehmes sein, da war sich

Xenia sicher. Marek sprach wenig, und wenn, dann hatte er meist die eine oder andere Katastrophe zu melden. Sie atmete tief durch und wappnete sich so gut sie konnte.

»Und wer genau hat was wann für mich abgegeben, Marek?«

»Die Bullen. Eine Mumie. Gestern, glaub ich, oder war's vorgestern? Na, jedenfalls weiß ich nicht, wohin damit.«

Xenia stand auf und ging um ihren Schreibtisch herum zur Tür. Eine Mumie? Wohl kaum, dachte sie. Vermutlich könnte Marek eine Mumie nicht von einer Statue unterscheiden.

»Eine Mumie, ja? Woher kommt das Ding?«, fragte sie.

Marek deutete auf ein langes, in einen schwarzen Sack gehülltes Etwas, das auf einem alten Leiterwagen lag. Das schmale Ende des Bündels hing auf den Boden.

»Keine Ahnung. Was soll ich damit machen?«

»Guter Gott, Marek, das sieht ja aus wie ein Leichensack! Was ist da drin?«

»Na, 'ne Mumie, hab ich doch grade gesagt.«

Nichts Gutes ahnend, ging Xenia zu dem schwarzen Bündel, bückte sich, öffnete vorsichtig den Sack am oberen Ende und spähte hinein. Ein widerlicher Gestank nach abgestandenem Brackwasser und Verwesung schlug ihr entgegen. Schmutzige, feuchte Stoffbahnen bedeckten eine menschliche Gestalt. Sie zog den Reißverschluss schnell wieder zu. Marek war an ihrer Tür stehen geblieben und zog angewidert eine Grimasse. Offenbar hatte er auch schon einen Blick riskiert. Er hatte recht gehabt, es sah aus wie eine Mumie. Von allen Dingen dieser Welt – ausgerechnet eine Mumie. Eine antike Mumie? Von wegen! Eine zum Himmel stinkende Leiche. Xenia musste sich beherrschen, um Marek nicht anzuschreien.

»Himmel, Marek, so können Sie eine Mumie doch nicht transportieren!«, fuhr sie ihn an. »Was, wenn Sie sie beschädigt haben? Wann fangen Sie endlich mal an mitzudenken, wenn Sie etwas tun?«

Warum musste dieser unfähige Grünschnabel ausgerechnet Archäologie studieren? Er interessierte sich offensichtlich überhaupt nicht für das Fach, und als Hilfskraft war er in der Regel auch nicht geeignet. Mit Schaudern erinnerte sie sich an zerbrochene Krüge, verlegte Dokumente und abgestürzte Computer – traurige Ergebnisse von Mareks inzwischen zwei Jahre währendem Wirken am Institut. Trotzdem warf ihn aus unerfindlichen Gründen niemand hinaus. Wusste der Henker, warum. Wahrscheinlich war er mit irgendjemandem verwandt. Aber wenn diese Mumie Schaden genommen hatte, dachte sie wütend, würde sie es tun. Egal, wie hoch der schützende Verwandte in der Universitätshierarchie stand.

»Was zum Teufel soll ich mit einer verwesenden Leiche? Haben Sie sich den Namen des Polizisten geben lassen?«, fragte sie und funkelte ihn böse an.

Marek sah sie verständnislos an. Offensichtlich hatte er nicht daran gedacht. Xenia atmete tief durch. Ein grässlicher Tag – würdiger Nachfolger des vergangenen. Der gestrige Flug in einer altersschwachen Propellermaschine von Paris zurück war schrecklich genug gewesen, hinter ihnen hatte ein Baby fast zwei Stunden lang ohne Unterlass geschrien, und ihr Gepäck war vermutlich inzwischen in Nowosibirsk gelandet oder in Timbuktu. Jedenfalls war es nicht mit ihr in Prag angekommen. Die junge Frau von der Fluggesellschaft hatte etwas unwillig zugesichert, man werde sich darum kümmern, und versprochen anzurufen, wenn der Koffer wieder aufgetaucht sei. Xenia hegte keine Hoffnung, dass sie ihren Koffer jemals wiedersehen würde. Die Fahrt in die Stadt hatte eine Ewigkeit gedauert, und als sie endlich zu Hause angekommen war, hatte sie festgestellt, dass ihre Pflanzen auf der Terrasse hoffnungslos vertrocknet waren. Die Nachbarin hatte einen Zettel auf dem Küchentisch hinterlassen, mit dem Hinweis, sie habe ein Bewässerungssystem ausprobiert, das offenbar leider nicht funktioniert habe. Sie selbst sei nicht in der Lage gewesen zu gießen, da sie spontan mit ihrem Freund zum Zelten gefahren war. Herzliche Grüße und nichts für ungut. Und jetzt hatte Xenia dank Marek auch noch eine stinkende Mumie auf dem Tisch. Sie massierte mit beiden Händen ihre Schläfen. Eine Migräne wäre jetzt das Letzte, was sie gebrauchen konnte.

»Wissen Sie wenigstens, von welcher Dienststelle der Polizist war?«, fragte sie Marek entnervt.

»Hm, es waren zwei. Und die Dienststelle? Na, ich weiß nicht recht, sie sagten was von Diebstahlsdezernat …«

»Na schön, das Diebstahlsdezernat.«

»Nein, da waren sie, glaube ich, nicht her.«

Xenia war nahe dran zu schreien. Unter Aufbietung ihrer ganzen Beherrschung fragte sie leise: »Woher waren sie dann, Marek?«

»Keine Ahnung, aber der eine sagte noch was von *Mordparta*, als sie mit dem Ding da ankamen.«

»Sie waren also von der Mordkommission?«

Marek zuckte die Achseln.

»Gehen Sie wieder an Ihre Arbeit, Marek. Danke«, sagte sie resigniert und ging langsam zurück in ihr Büro. Aus einer Schublade in ihrem Schreibtisch kramte sie ein Telefonbuch heraus und suchte die Nummer der Kriminalpolizei.

Zehn Minuten später war sie nur wenig schlauer als zuvor. Irgendjemand hatte irgendwo dieses Ding gefunden, wo genau, wollte der unfreundliche Mensch am anderen Ende der Leitung ihr nicht verraten. Und man hatte beschlossen, dass es sich um ein antikes Artefakt handle, das dem Archäologischen Institut irgendwann abhandengekommen sein musste, also habe man es zurückgebracht. Die *Mordparta*, sagte der Mann, der sich mit Oberst Kohout gemeldet hatte, sei jedenfalls nicht dafür zuständig. Sie solle ihn nicht damit behelligen, er habe Wichtigeres zu tun, dann hatte er ohne einen Gruß aufgelegt. Seinem Namen hatte er bei dem kurzen Gespräch alle Ehre gemacht – ein aufgeblasener Hahn, der seinen Hühnerhof verteidigte.

Xenia saß an ihrem Schreibtisch und überlegte. Sie verfügte über keinen Kühlraum, den diese Leiche, egal, wie alt sie sein mochte, dringend nötig hatte. Draußen hatte es fast dreißig Grad im Schatten, und im Institut war es, trotz dicker Mauern, nur unwesentlich kühler.

Sie nahm ein Pfefferminzbonbon aus einer Schale auf ihrem Schreibtisch und steckte es in den Mund. Was für ein widerlicher Gestank das gewesen war. Nicht zum ersten Mal fragte sie sich, wie Magda diesen Beruf hatte wählen können? Nichts als Leichen und dazu dieser widerliche Gestank von morgens bis abends. Egal, im Moment war Xenia mehr als glücklich über die unappetitliche Berufswahl ihrer Freundin. Magda konnte, nein – musste ihr helfen. Gott sei Dank hatte sie diesen Job in der Gerichtsmedizin bekommen. Andererseits war es Magdas erster Arbeitstag. Xenia überlegte, wen sie stattdessen sonst noch anrufen könnte. Diesen Kommissar, von dem Zorka ihr erzählt hatte. Wie hieß er doch gleich? Zorka hatte es ihr gesagt, irgendwas mit Himmel oder Hölle – Anděl, Engel, das war's. Und was sage ich ihm?, fragte sie sich. Eine Kellnerin hat mir erzählt, Sie seien ein freundlicher Mensch, und ich habe hier eine Mumie, die Ihr Chef nicht haben will? Keine gute Idee. Verdammt, es blieb ihr doch nichts anderes übrig, als Magda anzurufen – erster Arbeitstag hin oder her. Xenia holte ihr Handy aus der Handtasche und wählte.

»Axamit. Gerichtsmedizinisches Institut«, meldete sich ihre Freundin, die gerade dabei war, ihr neues Büro einzuräumen.

»Ich störe dich ungern an deinem ersten Tag, Magda, aber ich habe hier etwas, das du dir ansehen solltest«, sagte Xenia, ohne Zeit auf einen Gruß zu verschwenden.

»Was ist los? Hast du festgestellt, dass eine eurer Mumien ermordet wurde?« Magda lachte.

»Ob sie ermordet wurde, weiß ich noch nicht, aber sie brüllt geradezu nach einer Gerichtsmedizinerin. Die Polizei hat gestern eine Mumie hier abgegeben, mit der sie nichts zu tun haben will, und das Ding stinkt zum Himmel. Kannst du sie nicht abholen lassen und sie dir ansehen?«

»Eine Mumie? Machst du Witze? Woher haben die das Ding? Außerdem stinken Mumien in der Regel nicht.«

»Die hier schon. Sie scheint ein ausgiebiges Bad genommen zu haben. Keine schlechte Idee eigentlich bei dem Wetter. Welche Badewanne allerdings dieses Herzchen ausgespuckt hat, weiß ich nicht. Dazu wollte sich der freundliche Herr am anderen Ende der Leitung nicht äußern. Lässt du sie abholen?«

»Wenn der Polizeiarzt, der sie sich sicher angesehen hat, der Auffassung war, dass es eine alte Mumie ist, dann kann ich nicht einfach …«

»Bleib mir weg mit der Bürokratie. Ich habe keine Ahnung, ob sich ein Polizeiarzt das Ding angesehen hat, und ehrlich gesagt interessiert mich das auch nicht. Sie haben das Ding hier abgeliefert, und ich will es ebenso wenig haben wie der Ignorant von der *Mordparta*. Kannst du es *bitte* abholen lassen?«

Magda seufzte. »Und was soll ich damit machen?« Sie hatte vor gerade mal drei Stunden ihre neue Arbeitsstelle angetreten. »Gibt es eine Anweisung zur Obduktion von der Polizei?«

»Natürlich nicht. Ich sagte doch, dass die Polizei nichts damit zu tun haben will. Da werden sie wohl kaum eine Anweisung zur Obduktion ausstellen. Die haben sie unserem Hiwi aufs Auge gedrückt, und nun stehe ich da. Und dieses Ding stinkt erbärmlich.«

»Xenia, ich kann nicht einfach eine Leiche abholen lassen und sie obduzieren – ohne Anweisung.«

»Magda, *bitte*! Ich kann das Ding hier nicht herumliegen lassen.«

»Du sagst doch, es sei eine Mumie. Was soll ich damit? Wahrscheinlich ist dieser arme Mensch vor ein paar tausend Jahren friedlich im Bett gestorben. Ich glaube nicht, dass das ein Fall für die Gerichtsmedizin ist. Was soll ich denn mit so einer Mumie hier machen?«

»Was weiß ich, was ihr mit Leichen macht – schneide sie auf, leg sie unter ein Mikroskop, schieb sie in eine von euren Kühlschubladen und wirf den Schlüssel weg. Aber lass sie abholen. Bitte! Sie stinkt. Höllisch. Hier kann sie jedenfalls nicht bleiben. Und in meiner Tiefkühltruhe zu Hause will ich sie nicht haben. Ich weiß außerdem nichts von einer Mumie, die uns abhandengekommen sein soll. Wer klaut schon eine Mumie? Und dass sie antik ist, würde ich auch nicht so ohne Weiteres unterschreiben.«

Magda seufzte. Mein erster Arbeitstag, dachte sie, was für ein Einstand! Sie war im Moment die einzige Pathologin im Institut.

»Xenia, ich bin allein hier, Jirka Kratochvíl ist an der Uni und hält eine seiner Vorlesungen, die andere Kollegin hat vorgestern entbunden, und der Chef ist noch im Urlaub. Wo die beiden anderen sind, weiß der Himmel. Ich kann nicht einfach eine Mumie – oder Leiche – ohne Anweisung abholen lassen und obduzieren. Die Polizei …«

»Vergiss die Polizei. Diesen Ignoranten von der *Mordparta* rufe ich nicht noch mal an. Bitte, Magda, es ist schließlich eine Leiche. Egal, wie alt sie sein mag.« Xenia klang verzweifelt.

»Das gibt Ärger, Xenia, viel Ärger.«

»Na bestens, das ist doch dein ureigenstes Lebenselixier«, erwiderte Xenia stur.

Himmel, dachte Magda, kaum mehr als drei Stunden im neuen Job, und schon war sie wieder dabei, gegen jede einzelne Vorschrift zu verstoßen, die die heilige Bürokratie sich ausgedacht hatte. Andererseits, wann hatte man schon die Gelegenheit, sich eine waschechte Mumie genau anzusehen?

»Na schön, ich schicke jemanden vorbei. Aber unter einer Bedingung: Du begleitest das Ding und siehst es dir hier mit mir zusammen an. Bis gleich.«

»Wenn dieses Schätzchen hier antik ist, dann ist die Erde eine Scheibe«, sagte Xenia, als sie die Leiche untersucht hatte. Sie zog die dünnen Einmalhandschuhe aus und warf sie in den Abfalleimer. Sie hatten die Mumie in einen kleinen Sezierraum gebracht und vorsichtig ausgepackt. Zuerst hatten sie sie geröntgt, dann hatte Xenia jeden Schritt der Untersuchung fotografiert, und Magda hatte alles, was sie taten, auf Tonband gesprochen.

»Woraus schließt du das?«, fragte Magda.

Xenia betrachtete die nackte, dunkel verfärbte Leiche, die vor ihr lag, und die feuchten, schmutzigen Stoffbänder, die auf einem Tischchen daneben eine kleine Pyramide bildeten.

Magda stand mit dem Rücken vor der Leuchtwand, an der die Röntgenaufnahmen steckten, und betrachtete ebenfalls die mumifizierte Leiche. Die Mumie war in einem leidlich guten Zustand, jedenfalls war noch alles dran, inklusive Finger und Zehen. Trotz des Bades, das die Mumie in der Metro genommen hatte, hatten die Bandagen gehalten.

»Das ist nicht so einfach. Es gab im alten Ägypten mindestens drei verschiedene Arten, Menschen zu mumifizieren, und das hier scheint mir bisher keine davon zu sein. Zum einen sind das weder Baumwoll- noch Leinenstreifen, in die sie eingewickelt war, und dann war sie falsch gewickelt. Wer auch immer das gemacht hat, hat am falschen Ende angefangen – an den Füßen statt am Kopf. Das Wickelmuster stimmt weitgehend. Aber dies hier ist falsch«, sie deutete auf den langen Schnitt, der vom Hals bis ans Schambein verlief, »der Schnitt ist viel zu lang und außerdem an der falschen Stelle. Man hat damals nur einen kleinen Schnitt unter dem rechten Rippenbogen gesetzt, um die Organe herauszuholen. Jedenfalls bei den Leichen der besseren Leute. Je niedriger die soziale Stellung, desto weniger pingelig ist man mit den Leichen umgegangen.«

»Du meinst, jemand wollte nur den Eindruck erwecken, es sei eine echte Mumie?«

»So sieht es auf den ersten Blick aus«, sagte Xenia nachdenklich, »aber warum?«

»Na, das zumindest ist ziemlich offensichtlich«, erwiderte Magda und deutete auf den Kopf der Leiche. Der Grund für diese makabre Maskerade war unübersehbar – die Frau, die vor ihnen ausgestreckt auf dem kalten Metalltisch lag, war sicher nicht friedlich in ihrem Bett gestorben.

»Wo könnte sie bloß her sein?«, unterbrach Xenia Magdas Gedanken.

»Keine Ahnung, woher soll ich das wissen?«, fragte Magda gereizt. Je länger sie sich mit dieser Mumie beschäftigte, desto sicherer war sie sich, dass die ganze Sache noch mehr Ärger machen würde, als sie ohnehin angenommen hatte. Der Polizeibeamte, mit dem Xenia telefoniert hatte, würde bestimmt vor Wut toben, wenn er erfuhr, dass die Mumie trotz all seiner Bemühungen in der Gerichtsmedizin gelandet war. Und ihr eigener Chef war, was sein Temperament anging, auch nicht gerade ein Lämmchen. Jedenfalls hatte man ihr das erzählt. Sie selbst hatte ihn nur beim Vorstellungsgespräch getroffen, und da war er ein Muster an Freundlichkeit und Charme gewesen. Ihr Kollege Jirka Kratochvíl allerdings hatte sie vor den Wutausbrüchen des Chefs gewarnt. Und nun hatte sie unter Umgehung aller Vorgesetzten an ihrem ersten Arbeitstag diese Mumie ins Gerichtsmedizinische Institut geholt und war dabei, sie zu obduzieren. Vergiss den schönen Sommer, dachte sie, vergiss vielleicht sogar diesen Job, noch bevor er richtig angefangen hat. Andererseits war die Sache spannend. So etwas hatte sie noch nie auf dem Tisch gehabt.

»Hörst du mir eigentlich zu?«, fragte Xenia.

»Hm? Entschuldige, ich dachte nur gerade daran, dass mich diese antike Mumie wahrscheinlich meinen nagelneuen Job kosten wird.«

»Quatsch. Das ist keine antike Mumie, glaub mir. Die werden keinen Grund haben, dich hier rauszuwerfen«, tat Xenia ihre Bedenken ab. »Aber noch mal zu meiner Frage. Wo könnte sie her sein, diese Mumie?«

»Wie gesagt, ich habe keinen blassen Schimmer.«

»Na ja, überleg doch mal. Diese Leiche ist nicht erst seit gestern tot, sie ist tatsächlich mumifiziert, das heißt, sie lag ein paar Jahre irgendwo im Trockenen, ohne dass irgendjemand davon wusste.«

»Das Ganze scheint dich ja mächtig zu faszinieren«, bemerkte Magda grinsend.

»Natürlich. Ist ja auch eine Mumie, und ich bin Archäologin, oder nicht?«, erwiderte Xenia spitz. Auch ihr professionelles Interesse war inzwischen erwacht, nachdem sie anfangs darauf beharrt hatte, dass sie nichts damit zu tun haben wolle. »Auch wenn ich nach wie vor der Auffassung bin, dass dieses Ding nicht antik ist. Aber eine Mumie ist es immerhin, und irgendwo muss sie ja versteckt gewesen sein.«

»Mhm.« Magda nickte. Xenia hatte vermutlich recht. Die Mumie war wohl nicht antik, auch wenn das von ihrer Seite zunächst eine bloße Vermutung war. Eine spannende Sache. Entschieden interessanter als die Toten, die sie in ihrem bisherigen Berufsleben zu obduzieren gehabt hatte. Das war den möglichen Ärger mit diesem unflätigen Polizisten und ihrem Chef durchaus wert. Ja, sie hatte Lust, dieser Sache auf den Grund zu gehen. Sie sah zu dem kümmerlichen Rest hinüber, der von dieser Frau übrig geblieben war. Ein zierliches Skelett, nicht besonders groß. Langes Haar. Lange Fingernägel. Mitleid überkam sie für diesen toten Menschen, der so unwürdig hin und her geschoben wurde, weil niemand sich mit seinem Schicksal befassen wollte. Eine tote Frau, die niemand vermisste, die in niemandes Leben eine leere Stelle hinterlassen zu haben schien. Aber war das tatsächlich so? Zum Teufel mit den Vorgesetzten und der Bürokratie.

»... Wasser«, hörte sie Xenia sagen.

»Bitte? Entschuldige, was hast du gesagt?«

»Ich sagte, sie muss irgendwo im Wasser gelegen haben, wenigstens eine Zeit lang. Fragt sich nur, wo. Was meinst du?«

»Kommt darauf an, wer sie gefunden hat. Da gibt es zurzeit

recht viele Möglichkeiten. Die halbe Stadt steht unter Wasser. Vielleicht ist jemand in seinem überschwemmten Keller über sie gestolpert.«

»Wohl kaum. Dann hätte die Polizei sie nicht bei uns abgegeben. Nicht, wenn sie wüssten, wem der Keller gehört. Der Betreffende müsste erst mal erklären, was die Mumie in seinem Keller zu suchen hat. Nein, ein privater Keller scheidet aus.«

»Dann bleibt nur noch ein öffentlicher Keller«, sagte Magda nachdenklich.

»Was meinst du mit einem ›öffentlichen Keller‹?«, fragte Xenia verdutzt.

»Na ja, ein Keller in einem öffentlichen Gebäude, sozusagen ein Keller, der niemandem gehört, jedenfalls keiner Privatperson. Ein Keller, zu dem viele Leute Zugang haben. Aber ich glaube nicht, dass die Feuerwehr schon damit begonnen hat abzupumpen. Jedenfalls nicht in Gebäuden, die in Frage …«, sie stockte. »Warte mal. Es gibt ein öffentliches Gebäude, in dem man mit dem Abpumpen begonnen hat!«

Xenia sah sie erwartungsvoll an.

»Die Metro, Xenia, ich wette, dass die Mumie aus der Metro stammt.«

»Spinnst du?« Jetzt ging wohl die Fantasie mit Magda durch. »Sie soll aus der Metro sein? Wo soll sie denn da versteckt gewesen sein? Irgendjemand hätte sie längst gefunden. Das ist doch absurd!«

Magda schüttelte den Kopf. »Nein, ganz und gar nicht. Ich glaube, genau da hat man sie gefunden. Da unten gibt es bestimmt jede Menge Räume, die nie jemand betritt.«

»Magda, da laufen ständig haufenweise Leute rum, die werden doch wissen, was für Räumlichkeiten sie da unten haben. Nie im Leben kann da jemand so was versteckt haben«, sie deutete auf die Mumie, »außerdem werden wir das wohl kaum erfahren. Dieser Ignorant von der *Mordparta* will nichts darüber rausrücken«, fügte Xenia skeptisch hinzu.

»Ich glaube, ich habe neulich in irgendeiner Zeitung was gelesen – war so ein kurzer Einspalter. Es ging um Särge. – Gott, ich habe ein Gedächtnis wie ein Sieb. – Ich hab's. Die Feuerwehr hat in der Metro am Můstek Särge gefunden. Vielleicht war unsere Mumie in einem davon.«

»Särge in der Metro? Mitten in der Stadt?«, fragte Xenia verblüfft.

»Schau mich nicht so entgeistert an, ich habe mir das nicht ausgedacht. Es wäre immerhin eine Möglichkeit. Nur das mit dem Alter der Mumie wird eine Weile dauern. Die Tests brauchen ein paar Tage. Andererseits – warte mal.«

Magda ging zu einem Instrumententisch hinüber und nahm eine kleine Pinzette und ein Skalpell heraus. Sie legte die beiden Instrumente beiseite, zog sich neue Einmalhandschuhe an und nahm vorsichtig eine Hand der Mumie auf. Es war eine sehr zierliche Hand mit langen Fingern und dunklen Fingernägeln.

»Wenn wir nur irgendetwas finden würden«, sagte Xenia nachdenklich, »womit wir jetzt gleich beweisen könnten, dass sie neueren Datums ist – ich … Was machst du da?«

»Mir ist da vorhin etwas aufgefallen.« Sie kratzte mit dem Skalpell vorsichtig an einem Fingernagel. »Sieh dir das an. Ich glaube, wir haben etwas gefunden, das beweist, dass du recht hast.«

Verständnislos betrachtete Xenia die schmale Hand. Sie sah nichts. Nur zarte Knochen, die von dunkler, ledriger Haut zusammengehalten wurden und in langen ovalen Fingernägeln ausliefen.

»Und? Ich sehe nichts Ungewöhnliches«, sagte sie.

»Die Fingernägel, Xenia. Sieh dir die Fingernägel an.« In Magdas Stimme schwang ein Hauch Triumph mit.

Xenia betrachtete die Fingernägel. Lang. Dunkel.

»Ich sehe es nicht – was auch immer es ist.« Sie schüttelte irritiert den Kopf. »Komm schon, sag's mir.«

Magda zupfte mit der Pinzette etwas von der Oberfläche des Fingernagels. Xenia starrte verblüfft auf den kleinen Fetzen, den Magda nun hochhielt.

»Das gibt's doch nicht … «

»Doch. Ihre Fingernägel sind lackiert. Und egal, was die alten Ägypter vor zwei-, dreitausend Jahren schon an zivilisatorischen Errungenschaften hatten, Nagellack gehörte sicher nicht dazu.«

»Entschuldigen Sie bitte, ich suche Frau Doktor Magdalena Axamitová.«

Magda drehte sich hinter dem Tresen um. Auf der anderen Seite der geschwungenen Bar lehnte lässig ein Mann und lächelte sie an. Ein ungewöhnlich attraktiver Mann von vielleicht Mitte dreißig mit kurzem, schokoladenbraunem Haar und einem sonnengebräunten Gesicht. Insgesamt genau der Typ von Mann, von dem sie vor ein paar Tagen in Paris behauptet hatte, er sei nicht ihr Typ. Sie lächelte.

»Wenn Sie Magdalena Axamit suchen – das bin ich.«

»Aha. Gut. Frau Dr. Axamit. – Was für eine angenehme Überraschung.« Sein Lächeln wurde noch charmanter. »Ich hatte schon befürchtet, einen weiblichen Doktor Frankenstein vorzufinden.«

»Nur bei Bedarf. Und Sie sind Kommissar Anděl, richtig?«, fragte Magda. Zorkas Beschreibung war sehr zutreffend gewesen. Sie hatte nicht übertrieben. Ein Bild von einem Mann.

»So ist es. David Anděl, Kommissar bei der Prager *Mord-*

parta. Und das hier«, er deutete auf einen weiteren Mann, der hinter ihm stand und den Magda noch gar nicht bemerkt hatte, »ist mein Partner .... Otakar Nebeský.«

Magda reichte ihnen die Hand über den Tresen. »Freut mich, Sie beide kennenzulernen.«

»*Líbám ruku*, Madame«, sagte Nebeský und beugte sich über ihre Hand. Magda lachte. Mit »Küss die Hand, Madame« war sie noch nie begrüßt worden. Nebeský grinste.

»Vielen Dank, dass Sie gekommen sind«, wandte sich Magda wieder an Anděl. »Ich habe ein etwas ungewöhnliches Problem, das ich mit Ihnen besprechen möchte. Aber setzen Sie sich doch bitte. Vielleicht dort drüben an den Tisch.« Sie deutete auf eine Nische am Fenster. »Möchten Sie etwas trinken?«

»Ein Glas Rotwein, bitte, und ein Wasser«, sagte Anděl.

»Ein Pilsner. Zwölfer, bitte«, sagte Nebeský.

Magda nickte, und die beiden Männer gingen zu dem kleinen Tisch hinüber. Sie schenkte die Getränke ein. Anděl und Nebeský. Das war also, wie sie inzwischen von ihrem Kollegen Jirka Kratochvíl erfahren hatte, das berühmt-berüchtigte Himmelfahrtskommando der Prager *Mordparta*. Ob sie wohl ihrer Namen wegen Partner geworden waren? Sie lächelte amüsiert, es war aber auch zu gut: Anděl und Nebeský – Engel und Himmlisch. Unwiderstehlich.

Nachdem Magda und Xenia am Vormittag die vorläufige Obduktion der Mumie abgeschlossen hatten, hatten sie überlegt, wie sie weiter vorgehen sollten. Den Ignoranten, wie Xenia den unfreundlichen Oberst Kohout, seines Zeichens Chef der *Mordparta*, nannte, wollten sie nicht noch einmal anrufen, aber einen Polizisten brauchten sie. Schließlich fiel Xenia der freundlichen Beamte ein, den Zorka erwähnt hatte und der angeblich öfter mal in ihrem Lokal vorbeikam, um ein

Glas Wein zu trinken. Nach Dienstschluss war Magda also ins Ráj gefahren und hatte mit Zorka gesprochen. Zu ihrer Überraschung hatte Zorka eine Visitenkarte von diesem Polizisten hervorgeholt und sie Magda überreicht.

»Er wird Ihnen gefallen, Magda«, hatte sie gesagt, »so ein gut aussehender Mann. Und intelligent. Sehr sympathisch.« Und mit einem Augenzwinkern hatte sie noch hinzugefügt: »Genau das Richtige für Sie.«

Lachend hatte sich Magda den Telefonhörer gegriffen. Wenn Zorka wüsste, was ich von ihm will! Nun, sie hatte an Männern als Männer kein Interesse, ihr Leben war anstrengend genug – alleinerziehend mit zwei Teenagern, einem Restaurant und einem neuen Job. Aber es konnte nicht schaden, wenn dieser Anděl tatsächlich ein freundlicher Mensch sein sollte. Sie hatte also seine Nummer im Präsidium gewählt. Und nun war er also hier, keine Stunde nachdem sie angerufen hatte. Auf ins Gefecht, dachte sie, und trug die Getränke zu dem kleinen Tisch, an dem es sich die beiden Beamten bereits bequem gemacht hatten.

Erstaunlich eigentlich, dachte Magda, während sie die Getränke auf den Tisch stellte und sich setzte, dass ausgerechnet dieser Nebeský laut Zorka den Ruf hatte, ein unbelehrbarer Frauenheld zu sein. Dabei war Anděl der deutlich Attraktivere der beiden. Allein dieses charmante Lächeln. Und tadellos gekleidet. Trotz der Affenhitze in der Stadt war sein heller Leinenanzug fast ohne Knitterfalten, das hellblaue Hemd sah aus, als habe er es eben erst angezogen. Er wirkte frisch und gepflegt. Nebeský hingegen sah aus, als habe er in seinen Klamotten geschlafen. Unter dem zerknitterten gelben Baumwolljackett trug er ein sumpffarbenes T-Shirt, das auf der Brust ein großer Fettfleck zierte. Die Jeans war abgewetzt und hing ihm gerade noch auf den schmalen Hüften. Dünne

Schweißbächlein liefen ihm die Schläfen hinunter. In regelmäßigen Abständen zog er sein Taschentuch aus der Hosentasche und wischte sich die hohe Stirn.

Die Essensgäste waren weitergezogen, und die meisten Tische im Lokal waren ebenso leer wie diejenigen vor dem Lokal auf dem breiten Bürgersteig. Die beiden Männer bedankten sich für die Getränke.

Nebeský trank einen großen Schluck von seinem Pilsner, dann nahm er geistesabwesend einen Bierdeckel in die Hand und begann ihn zu zerpflücken. Anděl sah Magda erwartungsvoll aus kornblumenblauen Augen an. Ein hübscher Kontrast zu seinem dunklen Haar und dem leicht gebräunten Gesicht. Das keltische Erbe, wie Xenia ihr einmal erklärt hatte.

»Ich wusste gar nicht, dass das hier ein Selbstbedienungsladen ist«, sagte Anděl.

»Ist es auch nicht. Der Laden gehört mir und einer Freundin.«

»Interessant. Eine forensische Pathologin, die ein Restaurant betreibt.«

»Ja, ich schnipsle eben für mein Leben gern«, erwiderte Magda.

»Sieht ganz so aus«, sagte Anděl lachend.

Nebeský schüttelte amüsiert den Kopf.

»Was kann ich für Sie tun, Frau Doktor?«, fragte Anděl wieder ernst, nachdem er einen Schluck Wein getrunken hatte. Er zog ein Päckchen Zigaretten aus der Jackentasche und bot ihr eine an.

Magda nahm die Zigarette dankend an. Sie war nervöser, als sie wahrhaben wollte. Dann nippte sie an ihrem Weinglas und stellte es bedächtig auf eine kleine Serviette. Anděl gab erst ihr Feuer, dann seinem Partner, und schließlich zündete er seine eigene Zigarette an.

Magda blies den Rauch zur Decke und wandte sich an den Kommissar: »Ich fürchte, ich habe ein bisschen Ärger für Sie«, begann sie. »Es handelt sich um eine Mumie, die gestern oder vorgestern von der Polizei im Archäologischen Institut abgegeben wurde. Vielleicht wissen Sie davon?«

Anděl schüttelte den Kopf. »Eine Mumie?« Er zog zweifelnd eine Augenbraue hoch.

»Eine Mumie. Meine Freundin, Frau Dr. Xenia Bondy, ist Professorin am Institut, und ihr Hiwi …«

»Hiwi?«, fragte Nebeský irritiert.

»Entschuldigen Sie, das ist eine Verballhornung von Hilfswissenschaftler – eine wissenschaftliche Hilfskraft. Ein Student, der am Institut arbeitet.«

Nebeský nickte.

»Also«, fuhr Magda fort, »ihr Hiwi hat gestern oder vorgestern – so genau wusste er das nicht mehr – ein Paket von der Polizei entgegengenommen und es ihr heute, als Xenia zur Arbeit kam, vor die Tür gestellt.« Kurz und präzise berichtete Magda den beiden Polizeibeamten von den bemerkenswerten Ereignissen des Tages. »Wir sind schließlich zu der Auffassung gelangt, dass es sich nicht um eine antike Mumie handelt. Das ist allerdings nicht das endgültige Ergebnis. Es müssen noch einige Tests gemacht werden, aber ich denke, sie werden unsere Vermutung bestätigen.«

»Das meinen Sie nicht ernst, das ist eine Art verspäteter Aprilscherz, oder?«, fragte Nebeský.

»Keineswegs. Es ist nichts als die reine Wahrheit.«

Anděl drückte den Rest seiner Zigarette im Aschenbecher aus und trank einen Schluck Wein.

»Herzlichen Glückwunsch, Frau Doktor, Sie haben sich mit dieser Aktion vermutlich den Ärger Ihres Lebens eingehandelt.« Er sah Magda mit strenger Miene an.

»Es ist mir klar, dass meine Entscheidung, die Mumie zu obduzieren, nicht eben dem bürokratisch korrekten Weg entspricht ...«

»Das ist sehr vorsichtig formuliert«, unterbrach Anděl sie. »Ich kann nur für Sie hoffen, dass Sie ebenso gut sind wie hübsch. Denn ich möchte nicht in Ihren Schuhen stecken, wenn Ihr Chef auch nur den kleinsten Anhaltspunkt findet, um Ihre Theorie von der nicht so antiken Mumie in der Luft zu zerreißen. Wäre schade, wenn Ihr erster Arbeitstag auch der letzte würde.«

»Ich bin jedenfalls gut genug, um zu wissen, dass diese Mumie definitiv keine paar tausend Jahre alt ist. Noch nicht einmal hundert«, erwiderte Magda hitzig.

Anděl betrachtete sie schweigend. Eine sehr attraktive Frau, und sie wirkte kompetent. Zudem hatte sie offenbar eine Schwäche für Ärger, jedenfalls hatte sie sich mit dieser Mumie jede Menge davon aufgehalst. Er ahnte, dass auch er einen Teil davon abbekommen könnte, wenn er nicht aufpasste.

Otakar Nebeský nahm eine der Speisekarten zur Hand, die auf dem Tisch lagen. Eine sehr übersichtliche Speisekarte, dafür aber reichlich exotisch in ihrer Zusammensetzung.

»Sie kochen hier *Rajská*?«, fragte er ungläubig.

»Mhm. Und eine sehr gute dazu, gar nicht süß. Nach einem Rezept meiner Mutter. Möchten Sie eine?« Magda entspannte sich und lächelte ihn amüsiert an. Sie war dankbar für den vorläufigen Themenwechsel.

»Was für eine Versuchung!«, seufzte Nebeský, »*Rajská* ist mein Leibgericht. Wie kommt es, dass Sie solche Hausmannskost kochen?«

»Meine Kinder. Sie haben so lange gebettelt, bis ich ein Einsehen hatte. Und erstaunlicherweise ist das Gericht, zumindest bei den Einheimischen, sehr beliebt. Die anderen lassen eher die Finger davon.«

Nebeský nickte. Ja, das konnte er sich vorstellen. Eine *Rajská* – ein Tafelspitz in Tomatensoße mit Semmelknödeln – war für ihn zwar ein wahrhaft paradiesisches Gericht, doch für Nichttschechen mochte es eine allzu abenteuerliche Kombination sein.

Anděl trank seinen Wein aus. »Könnte ich wohl einen Kaffee haben?«, fragte er.

»Natürlich. Was für einen möchten Sie?« Magda reichte ihm die Karte, doch Anděl winkte ab.

»Wenn es möglich ist, hätte ich gerne einen einfachen *Turek*.«

»Gerne«, sagte Magda und winkte der Kellnerin, die umgehend ein Glas brachte.

Anděl löffelte ein paar Stücke Zucker in den Kaffee. Ein Segen, dass es noch solche Lokale gab, in denen man, ohne komisch angesehen zu werden, einen türkischen Kaffee im Glas bekommen konnte. Nicht dass er etwas gegen die allerorts inzwischen üblichen Latte macchiati, Espressi, Cappuccini und Caffè Latte oder wie sie alle hießen gehabt hätte, aber zu einem ernsthaften Gespräch gehörte ein ernsthafter Kaffee. Zwar war auch ein Espresso in diesem Sinne ernsthaft, aber für dieses Gespräch eindeutig zu klein.

Er riss sich aus seinen abschweifenden Gedanken und sah Magda an. Sie saß zurückgelehnt in ihrem Stuhl, die langen Beine in der dünnen Baumwollhose übereinandergeschlagen, in einer Hand ihr Rotweinglas, während sie mit der anderen die Zigarette im Aschenbecher ausdrückte, und beobachtete ihn ebenso aufmerksam wie unergründlich. Schade, dass er seinen Partner mitgebracht hatte.

»Lassen Sie mich das alles noch einmal wiederholen«, sagte

er schließlich, nachdem er sich eine neue Zigarette angezündet hatte. »Ihre Freundin hat also heute Morgen eine nasse Mumie in ihrem Institut vorgefunden, von der unser geschätzter Oberst nichts wissen will, weil er sie für ein antikes Artefakt hält. Habe ich das so weit richtig verstanden?«

»Absolut«, bestätigte Magda.

»Und Ihre Freundin hat Sie gebeten, sich die Sache anzusehen. Am Oberst, dem Staatsanwalt und Ihrem eigenen Chef vorbei.«

»Mhm.«

»Sie haben sich die Mumie gemeinsam angesehen und sind zu dem Schluss gekommen, dass Ihre Freundin recht hat und diese Mumie nicht antik sein kann. Wie kamen Sie so schnell zu diesem Schluss, wenn ich fragen darf?«

»Sie hat lackierte Fingernägel.«

»Lackierte Fingernägel, ja?«

Magda nickte. Anděl ließ sie nicht aus den Augen. Das konnte doch alles nicht wahr sein. Das musste ein Scherz sein. Fragte sich nur, wessen krankes Hirn sich so etwas ausdenken würde. Ihm fiel niemand ein. Wenn allerdings sein Chef, der Oberst, daran beteiligt war, war das hier nur die Spitze eines Eisbergs von Ärger. Der Oberst, bekannt für seine grundsätzliche Abneigung gegen Arbeit jeder Art, hatte durchaus schon das eine oder andere unter den sprichwörtlichen Teppich gekehrt, mal mehr, mal weniger erfolgreich. Aber das hier, so es wahr sein sollte, schlug dem Fass den Boden aus. An den möglichen Ärger mit dem Chef der Gerichtsmedizin gar nicht zu denken. Andererseits hatte die Mumie lackierte Fingernägel, ein hinreichender Grund, dachte Anděl amüsiert, sie dem Oberst um die Ohren zu hauen. Gott, würde der toben, wenn er feststellte, dass er bei so einer Sache, die er offenkundig vergeigt hatte, erwischt worden war. Aber egal. Das Ganze konnte einfach nicht wahr sein. So etwas passierte hier nicht. Vielleicht in New York oder in Timbuktu, aber nicht hier in Mitteleuropa, nicht in Prag.

»Starren Sie mich nicht so an, Herr Kommissar«, sagte Magda genervt. »Ich habe mir die Geschichte nicht ausgedacht.«

»Und was wollen Sie jetzt von mir, Frau Doktor?«, fragte Anděl.

»Zunächst noch eine Zigarette, bitte«, sagte Magda lächelnd.

Anděl schob ihr die Packung hin, sie nahm sich eine und zündete sie an. Dann winkte sie einer Kellnerin und bat um eine Weinschorle. »Möchten Sie beide auch noch etwas?«, fragte sie die beiden Beamten. David trank den Kaffee aus und bestellte noch einen Rotwein. Nebeský orderte einen Whisky. um diese Enthüllungen besser zu verdauen. Die Kellnerin nahm die leeren Gläser und Tassen mit. Als sie zum Tresen zurückging, bestellte eine junge Frau am Nebentisch eine Weißweinschorle. Anděl drehte sich nach ihr um. Sie war ihm vorhin gar nicht aufgefallen. Er hatte wohl nur Augen für diese attraktive Pathologin gehabt. Die Frau am Nebentisch hatte einen Laptop vor sich und schrieb scheinbar gedankenverloren vor sich hin. Wahrscheinlich eine Studentin, dachte er und wandte sich wieder seinen Gesprächspartnern zu.

»Ich möchte«, sagte Magda, »dass Sie oder der zuständige Staatsanwalt das Gerichtsmedizinische Institut anweisen, sich die Mumie anzusehen, ganz einfach.«

Ganz einfach, dachte Anděl. Von wegen. Nichts würde daran einfach werden. Das würden auf ihre unnachahmliche Art Oberst Ladislav Kohout und Václav Černý, der Chef der Gerichtsmedizin, schon zu verhindern wissen. Der Oberst hatte sich die Mumie vom Hals geschafft. Er wollte nichts damit zu tun haben. Im Grunde kein Wunder. Abgesehen davon, dass der Mann arbeitsscheu war, konnte man es keinem verdenken, dass er sich inmitten einer Umweltkatastrophe nicht auch noch mit einer augenscheinlich antiken Mumie abgeben wollte. Sie hatten in der Tat genug zu tun. Aber die bisher spärlichen Fakten der Pathologin sprachen trotzdem gegen das Wörtchen »antik«. Ob das Vorhandensein von Nagellack allerdings den Oberst von seiner Meinung abbringen würde, war mehr als unwahrscheinlich. Schließlich – Anděl konnte sich die Argumentation seines Chefs bestens vorstellen – konnte im Verlauf der vergangenen zwei- oder dreitausend Jahre irgendein Witzbold die Fingernägel angemalt haben. Als Zeitvertreib oder um das Ding etwas zu verschönern. Ja, so würde Kohout vermutlich argumentieren. Er würde sich nicht überzeugen lassen. Nur zwingen. Und dazu saß Anděl nicht weit genug oben – jedenfalls was die Hierarchie betraf. Zwingen konnte den Oberst nur der Staatsanwalt. Doch Staatsanwalt Otčenášek, sein zweiter Chef, war für ein paar Tage zu seiner Tochter aufs Land gefahren, er würde vor Montag nicht zu erreichen sein. Nun konnte Anděl ihn natürlich anrufen und alles Nötige auf den Weg bringen. Aber davor schreckte er zurück. Schön, eine Leiche war gefunden worden, aber es war eine Mumie, was den Schluss nahelegte, dass sie schon ein paar Jährchen irgendwo herumgelegen hatte, ohne dass es jemandem aufgefallen war. Es war also kein Notfall.

»So, ich soll Ihnen also rückwirkend eine Anweisung zur Obduktion beschaffen«, sagte er. »Aber warum? Auch wenn die Mumie nicht antik sein sollte – was hat die *Mordparta* damit zu schaffen? Vielleicht ist das Ding keine zweitausend Jahre alt, vielleicht sind es nur hundert. Möglicherweise ist diese Person friedlich im Bett gestorben, und dann hat jemand ...«

»Was? Sie mumifiziert und in seinem Keller eingelagert?

Wohl kaum. Außerdem ist diese arme Frau sicher nicht friedlich im Bett gestorben, sondern erschlagen worden, Herr Kommissar. Es war Mord, also geht es Sie an.«

»Möglicherweise. Mal angenommen, Sie hätten recht – in unserem Land verjährt Mord nach zwanzig Jahren. Solange Sie also nicht beweisen können, dass die Mumie jünger ist, kann ich nichts für Sie tun.«

»Aber um das tun zu können, brauche ich eine Anweisung zur Obduktion!«, rief Magda genervt aus. »Mit dieser Sorte Argumentation können wir uns endlos im Kreis drehen.«

Sie hatte recht. Das führte zu nichts. Na schön, dachte er, die Frau ist erschlagen worden. Also ein Mord. Notfall. Aber ein alter Mord, möglicherweise verjährt. Kein Notfall. Nein, er würde Otčenášek nicht anrufen. Aber die Sache begann ihn zu interessieren. Auch wenn es ein lästiger Fall zu werden versprach, der sicher Ärger verursachen würde, es war mal was anderes. Es konnte nicht schaden, sich das Ganze genauer anzusehen. Fakten zu sammeln. Das immerhin war die einzige Möglichkeit, am Ende nicht von den drei zuständigen Vorgesetzten gefressen zu werden. Denn der Chef der Gerichtsmedizin – als Dritter im Bunde der unmittelbaren Vorgesetzten – war ein besessener Bürokrat. Berühmt und berüchtigt dafür, dass er auch noch die kleinste Vorschrift pedantisch einhielt. Mit dem würde sich die hübsche Pathologin herumschlagen müssen. Er selbst würde das Wochenende abwarten und ein paar Akten wälzen. Außerdem gab es da noch eine Kleinigkeit, die aufgeklärt werden musste, bevor er irgendetwas anderes unternahm.

»Wissen Sie eigentlich, woher Kohout die Mumie hatte?«, fragte er.

»Er wollte es Xenia nicht sagen. Aber ich vermute, sie ist aus der Metro.«

»Wie kommen Sie denn darauf?«, fragte Nebeský überrascht. »Wie soll eine Mumie in die Metro kommen?«

»Ich glaube, Frau Dr. Axamit hat recht, Nebeský«, sagte Anděl, »Dlouhý hatte vor ein paar Tagen einen kleinen Einspalter in der *MFDnes*. Darin ging es um Särge, die die Feuerwehr am Můstek gefunden hat. Im Fußgängergeschoss.«

»Hm, stimmt. Aber niemand hat was von einer Mumie gesagt«, sagte Nebeský zweifelnd.

»Nein, das haben Kohout und der Chef der Feuerwehr offenbar für sich behalten«, sagte Anděl nachdenklich. »Diese alten Geheimniskrämer. Das Väterchen wird sich freuen. Der ist auf den Oberst ohnehin nicht sonderlich gut zu sprechen.« Der Oberst, da war sich Anděl sicher, würde für seine Arbeitsvermeidung bluten. »Es wäre schon möglich, dass einer der Särge – sagen wir, belegt war. Soweit ich weiß, wusste selbst die Feuerwehr nichts von diesem Lagerraum in der Metro.«

»Das Väterchen?«, fragte Magda erstaunt.

Anděl lächelte verschwörerisch. »Entschuldigen Sie, Sie sind ja noch nicht lange bei uns. So wird der Staatsanwalt genannt – wegen seines Nachnamens. Otčenášek – Vaterunserlein. Aber natürlich nur hinter seinem Rücken.« Er zwinkerte fast unmerklich.

»Ah, gut zu wissen.« Magda schmunzelte und wurde gleich darauf wieder ernst. »Aber zurück zu den Särgen. Es gab in der Metro also tatsächlich eine Art Leichenhalle. Wozu?«, fragte sie. »Von den Särgen habe ich übrigens auch gelesen. Deshalb kam ich ja auf die Metro.« Innerlich erlaubte sie sich, ein wenig zu triumphieren. Sie hatte es offenbar geschafft, den Kommissar für die Sache zu interessieren.

»Eine Leichenhalle? Na ja, eher einen Lagerraum. Jedenfalls hat die Feuerwehr da unten gut zwei Dutzend Särge gefunden. Wieso man die da gelagert hat – keine Ahnung. Aber ich vermute, Sie haben mit dem Fundort der Mumie recht. Hm, offiziell kann ich vor Montag nichts tun, Oberst Kohout ist eine Plage, aber er ist mein Vorgesetzter. Ich muss warten, bis der Staatsanwalt aus dem Urlaub zurückkommt. Haben Sie darüber schon mit Jirka Kratochvíl gesprochen?«

»Nein, ich wollte ihn da nicht mit hineinziehen. Aber – bevor Sie fragen – ich bin nicht bereit, die Sache auf sich beruhen zu lassen. Diese Frau ist ermordet worden und …«

»Nun, ich finde die Sache interessant, ich kann nur im Moment nichts tun – außer den Staatsanwalt aus seinem verdienten Urlaub zu holen, und das werde ich nicht tun. Es ist ja kein frischer Fall, nicht wahr?«

»Nein, frisch ist an diesem Fall gar nichts«, stimmte Magda zu. »Aber können wir nicht irgendetwas tun?«

»Das kommt ganz darauf an, wie viel Ärger Sie riskieren wollen. Sie können ja alle notwendigen Tests veranlassen und die Obduktion zu Ende führen. Ihr Chef ist nicht da, nicht wahr?«

Magda nickte. »Er ist im Urlaub. Ich glaube, er kommt nächste Woche zurück. – Na schön, ich tue einfach so, als wäre das eine ganz gewöhnliche Obduktion mit allem Drum und Dran. Die Tests sollten uns zumindest verraten, wie alt die Leiche genau ist. Dann sollte sich auch der Ärger in Grenzen halten. Die lackierten Fingernägel sind ein erster Anhaltspunkt.« Sie lächelte. »Und was werden Sie tun?«

»Ich? Ich werde mit Nebeský ein paar Akten wälzen. Vielleicht findet sich ja irgendwo eine Vermisstenanzeige. Dafür brauche ich aber noch mehr Informationen über die Mumie – Alter, Größe, Haarfarbe, Augenfarbe, besondere Kennzeichen –, na, Sie wissen schon. Mehr kann ich im Moment nicht für Sie tun.«

»Ich danke Ihnen, Herr Kommissar«, sagte Magda. »Sobald ich diese Fragen beantworten kann, melde ich mich.« Sie schenkte ihm ihr charmantestes Lächeln.

Die junge Frau am Nebentisch zahlte und brach auf.

Nachdem Larissa Khek das *Ráj* verlassen hatte, wandte sie sich beschwingt nach rechts in die Americká-Straße. Sie würde zu Fuß nach Hause gehen, ein Spaziergang an einem so herrlichen Abend tat gut. Vielleicht sollte sie Robin anrufen, sie könnten noch ein Glas im Hühnchen in der Uhr, einem Lokal im Erdgeschoss ihres Wohnhauses in Žižkov, trinken. Sie sah auf ihre Uhr. Halb elf. Noch nicht zu spät. Sie nahm ihre schwarze Sonnenbrille aus dem Haar und steckte sie in ihre Handtasche. Wie gut, dass sie ausgerechnet heute Abend ins Ráj gegangen war. Sie dachte darüber nach, was sie eben gehört hatte. Das würde eine gute Geschichte geben. *Who is the Metro-Mummy?*

Nach ihrem Gespräch mit Robin hatte sie herumtelefoniert und erfahren, dass die Mumie ins Archäologische Institut gebracht worden war. Ein Segen, dass es indiskrete Sekretärinnen gab! Interessant war allerdings, dass Oberst Kohout es offensichtlich versäumt hatte, seine Mitarbeiter von der Existenz der Mumie zu unterrichten. Schöne Zustände waren das. Ein Polizeioberst, der keine Lust hatte, seine Arbeit zu machen, die Feuerwehr, die dabei Hilfestellung leistete, und eine Wirtin, die Gerichtsmedizinerin war – und nicht nur das.

Larissa kannte Dr. Magdalena Axamit vom Sehen. Sie hatte sie zuletzt vor ein paar Wochen zufällig in der Redaktion der *Prague Post* gesehen, als Dr. Axamit im Flur vor dem Schwarzen Brett mit dem Chefredakteur über ein neues Restaurant auf der Kleinseite gefachsimpelt hatte. Als Magda gegangen war, hatte Larissa ihn nach der schönen, in ein schlichtes, aber schickes Sommerkleid gekleideten Frau gefragt.

»Magdalena Axamit, die Besitzerin des Ráj. Von diesem Juwel von einem Restaurant habe ich dir doch neulich erzählt. Aber hauptberuflich ist sie forensische Pathologin und wird bald am Gerichtsmedizinischen Institut anfangen. Das allerdings bedeutet, dass wir nun dringend einen neuen Restaurantkritiker brauchen.«

»Wieso das?«

»Nun, sie war unser allseits geschätzter Chat Aubriand, der Autor unserer hoch angesehenen Restaurantkritiken. Aber das ist jetzt leider Geschichte«, hatte der Chef resigniert erwidert und war mit einer Plastiktüte voller Papier in sein Büro geschlurft. Zweifellos, um die Papierberge, die seinen Schreibtisch und alle anderen horizontalen Flächen bedeckten, aufzustocken. Es war Larissa ein Rätsel, wie er überhaupt noch den Weg hinter seinen Schreibtisch fand, so viele Papiere, Bücher, Zeitungen und Zeitschriften stapelten sich auf dem Boden. Aber die Enthüllung des Chefs hatte sie überrascht. Sie hatte angenommen, Chat Aubriand sei der Chef selbst. Wie man sich täuschen konnte.

Vor dem neuen italienischen Delikatessenladen in der Americká-Straße blieb Larissa stehen. Sie betrachtete die Auslage: Parmaschinken, verschiedene Sorten italienischer Salami, Pasta und eine Auswahl Soßen. Ihr Magen knurrte. Sie hatte den ganzen Tag nichts gegessen. Warum hatte sie sich im Ráj nichts bestellt? Einer der wunderbaren Salate, für die das Lokal unter anderem bekannt war, wäre gerade recht gewesen.

Das Ráj. Magdalena Axamit hatte sie nicht erkannt, wahrscheinlich nicht einmal wahrgenommen. Larissa hatte unschuldig am Nebentisch gesessen und war ohne ihr Zutun zum Lauscher geworden. Sie hatte ihre Notizen in den Laptop getippt, als die beiden Beamten sich mit Magda an den

Nebentisch gesetzt und über genau den Fall gesprochen hatten, der auch sie beschäftigte. Was für ein glücklicher Zufall. Sie konnte ihren Artikel schreiben, ohne mit der Pathologin gesprochen zu haben, aber würde diese je noch einmal mit ihr reden, wenn sie das belauschte Gespräch in ihrem Artikel zitierte? Immerhin war es möglich, dass die Ärztin sich an Larissa erinnern würde, wenn sie sie wiedersah. Und Larissa würde sicher noch weitere Informationen brauchen, wenn sie, wie sie vorhatte, an dieser Geschichte dranblieb. Ihr blieb also nichts anderes übrig, als zurückzugehen und mit der Frau zu sprechen. Auch wenn es ihr sehr unangenehm war. Entschlossen machte sie kehrt. Außerdem hatte sie einen Bärenhunger.

Auf dem Weg dachte sie weiter über diese unglaubliche Geschichte nach. Ein Detail fand sie besonders interessant: Magdalena Axamit hatte gesagt, die Mumie könne nicht antik sein, da sie lackierte Fingernägel habe. Das wusste offenbar selbst dieser Oberst nicht. Ein hübscher kleiner Skandal. Seite eins.

»Entschuldigen Sie bitte«, sagte Larissa, als sie an die Bar trat, hinter der Magda Axamit stand und sich eine Weißweinschorle einschenkte. Auf der polierten Arbeitsfläche stand ein Teller mit einem äußerst appetitlich aussehenden Salat. Verschiedene Salatblätter, Cocktailtomaten, winzige Mozzarellakugeln, Basilikumblättchen und Avocadostücke, alles bestreut mit grünen Kräutern und knusprig gebratenem hauchdünnem Speck. Larissa lief das Wasser im Mund zusammen.

Magda blickte auf. »Ja? Haben Sie vorhin etwas vergessen?«, fragte sie freundlich und sah zu dem Tisch hinüber, an dem Larissa noch vor zehn Minuten gesessen hatte.

Wie gut, dass ich zurückgekommen bin, dachte Larissa.

Die Kellnerin hatte den Tisch inzwischen abgewischt und Larissas Weinglas weggetragen. Die Polizisten waren offenbar auch schon fort, aber an Magdas Tisch saß eine ihr unbekannte Frau und blätterte in einer Zeitschrift.

»Nein. Das heißt – ja, doch – sozusagen«, stammelte Larissa. »Ich – könnte ich Sie wohl einen Moment sprechen?«

Die Situation war ihr überaus peinlich. Sie hatte ein Gespräch belauscht, wenngleich unabsichtlich, und nun wusste sie nicht recht, wie sie die Sache retten konnte. Larissa lächelte Magda schüchtern an. Die Ärztin war eine schöne Frau von ... schwer zu sagen, dachte Larissa, aber Mitte dreißig musste sie bestimmt sein, auch wenn sie nicht danach aussah. Eine sehr attraktive Frau mit schulterlangen dunklen Locken und eisgrauen Augen, die weit mehr Autorität ausstrahlte, als ihr Alter erwarten ließ. Ein zeitlos klassisches Gesicht und eine nahezu perfekte Figur, dabei aber weit entfernt davon, ein Hungerhaken zu sein – so ganz anders, als man sich eine forensische Pathologin gemeinhin vorstellte. Nichts von einem Doktor Frankenstein an ihr. Larissa lächelte innerlich über das Klischee. Magdalena Axamit strahlte Gelassenheit und Lebensfreude aus. Man konnte sich nur schwer vorstellen, dass sie täglich bis zu den Ellenbogen in irgendwelchen Leichen steckte.

Magda lächelte. »Natürlich, ich habe sowieso nichts zu tun. Kommen Sie, setzen wir uns ans Fenster.« Sie ging mit ihrem Teller voraus an den Tisch, an dem die andere Frau saß. »Darf ich vorstellen? Xenia Bondyová, und das ist ...«

»Larissa Khek«, beendete Larissa Magdas Satz.

»Freut mich«, sagte die andere Frau lächelnd und legte die Zeitschrift beiseite.

»Möchten Sie etwas trinken?«, fragte Magda, während sie sich wieder ans Fenster setzte. »Oder vielleicht etwas essen?

Es ist zwar schon recht spät, aber die Küche ist noch nicht geschlossen.«

»Danke. Ein Wasser, bitte.« Larissa vertagte das Essen auf später. Ihr Magen schnürte sich vor Aufregung zusammen.

Sie setzte sich und stellte ihre Tasche neben ihrem Stuhl auf den Boden. Magda rief nach der Kellnerin und bestellte ein Mineralwasser. Sie saßen in einer Art kleinem Alkoven mit Blick auf die menschenleere Straße. Draußen an den Tischen saßen wieder ein paar Leute und tranken Wein. Larissa musterte unauffällig die Frau, die Magda Axamit als Xenia Bondy vorgestellt hatte. Das war also die Archäologin, die die Sache mit der Mumie ins Rollen gebracht hatte. Sie mochte in Magdas Alter sein, war aber ein ganz anderer Typ. Sie hatte feuerrotes Haar, das in kleinen Löckchen ihr hübsches blasses Gesicht umrahmte, und dazu smaragdgrüne Augen. Larissa hatte es immer für eine romantische Verklärung gehalten, wenn sie dergleichen in Romanen gelesen hatte, aber es gab sie offenbar tatsächlich, die smaragdgrünen Augen.

Larissa riss sich von diesen Gedanken los. Es half nichts, nun konnte sie nicht mehr zurück. Die beiden Frauen sahen sie erwartungsvoll an. Augen zu und durch, dachte Larissa. Sie atmete tief durch und begann.

»Sie kennen mich vermutlich nicht, Frau Dr. Axamit, aber ich habe Sie vor ein paar Wochen in der Redaktion der *Prague Post* gesehen. Sie standen am Schwarzen Brett und haben mit dem Chef gesprochen.«

»Ah, ja. Das hatte ich ganz vergessen«, sagte Magda. »Da habe ich Sie also gesehen, ich konnte mich vorhin nicht erinnern. Sie arbeiten bei der *Post*? Sie sprechen erstaunlich gut Tschechisch für eine Reporterin der *Post*. Sind Sie von hier?«, fragte sie. Der Salat stand noch unberührt neben ihr.

Vorsichtig träufelte sie etwas Balsamico und Olivenöl darauf. Xenia blätterte weiter in ihrer Zeitschrift.

»Ja und nein. Ich bin hier in Prag geboren und mit meinen Eltern 1978 nach Deutschland gegangen. Anfang der Neunzigerjahre sind wir dann nach Kanada ausgewandert. Aber meine Eltern haben immer Wert darauf gelegt, dass wir Kinder das Tschechische nicht verlernen. Deshalb habe ich auch den Job bei der *Post* bekommen. Journalisten, die kein Tschechisch können, gibt es dort zur Genüge.«

Magda lachte. Das Problem kannte sie aus ihrer eigenen Zeit bei dieser Zeitung. »Und was kann ich für Sie tun?«

Larissa seufzte. »Ich schreibe an einem Artikel über die Mumie, die in der Metro gefunden wurde«, sagte sie schließlich geradeheraus. »Ich bin heute Abend hergekommen, um über den Artikel nachzudenken – und da habe ich zufälligerweise gehört, wie Sie sich mit den beiden Polizisten über die Mumie unterhalten haben.«

»Aha. Ein Spion am Nebentisch. Und jetzt möchten Sie noch Zitate, weil Steve Persson sonst keine Zeile von dem druckt, was Sie haben, nicht?« Magda sah Larissa ernst an. »Denn ich nehme an, wer auch immer Ihnen von der Mumie erzählt hat, möchte seinen Namen nicht in der Zeitung sehen, richtig? Warum haben Sie nicht gleich etwas gesagt?«

»Sie und die Polizisten hätten mich doch kaum eingeladen, mitzuhören, oder? Wie ich gehört habe, wussten die Beamten selbst gar nichts von der Sache, und Sie hatten einige Mühe, die beiden dazu zu bewegen, sich der Mumie anzunehmen. Außerdem haben Sie über all das in einem öffentlichen Lokal gesprochen und haben mich am Nebentisch gesehen. Es war nicht meine Absicht, aber ich konnte gar nicht anders, als alles mit anzuhören. Nur – ohne Zitate ist das alles wertlos.«

Magda sah die junge Journalistin nachdenklich an.

»Sie haben recht. Wir hätten wohl ins Büro gehen sollen. Aber ich kann Ihnen nicht einfach ein Interview geben – es sind trotz allem vertrauliche Informationen. Eine laufende Ermittlung.«

»Warum denn nicht?«, mischte sich Xenia jetzt ein und schlug ihre Zeitschrift zu. »Hat dein Polizist gesagt, dass er in diesem Fall offiziell ermittelt? Nein, hat er nicht, denn sein Chef weigert sich, in der Mumie einen Fall zu sehen. Dieser Ignorant besteht darauf, dass es eine antike Mumie ist, die nichts mit der *Mordparta* zu tun hat. Deinen Chef konntest du Gott sei Dank nicht fragen, denn er ist in der Weltgeschichte unterwegs – andernfalls hätte er sich vermutlich hinter diesem Kohout eingereiht und die Arbeit verweigert. Und dein Polizist kann seinen Staatsanwalt nicht aus dem Urlaub holen, weil das Ganze doch kein Notfall ist. Es interessiert sich doch keiner wirklich für sie – außer uns. Also können wir der Frau Redakteurin doch sagen, was wir wissen.« Sie sah Magda herausfordernd an. »Vielleicht bringt ein Zeitungsartikel ein bisschen Leben in die Lethargie der Herrschaften«, fügte sie spitz hinzu.

Magda sah sie skeptisch an. Das gefiel ihr zwar nicht recht, aber Xenia hatte in gewisser Weise recht.

»Stimmt schon, es ist noch keine laufende Ermittlung. Aber ich habe den Kommissar um Hilfe gebeten, und er hat gesagt, er werde es versuchen. Ich kann ihm doch nicht so in die Parade fahren!«

»Pah, in die Parade fahren! So ein Quatsch. Wenn du mich fragst, erleichtert das der Polizei die Arbeit. Zumindest zwingt es sie, die Mumie vorerst als Fall zu betrachten. Denn wenn wir Pech haben, stellst du fest, dass sie vor mehr als zwanzig Jahren ermordet wurde, und dann schlagen die den Aktendeckel gleich wieder zu, weil die Sache verjährt ist. Und was den schnuckeligen Polizisten angeht – so wie er dich vorhin angesehen hat, würde er dir sogar verzeihen, wenn du der Mörder wärst. Vielleicht meldet sich ja irgendjemand, der etwas über die Sache weiß. Komm schon, Magda, dir liegt doch auch daran, der armen Frau einen Namen zu geben.«

Magda sah ihre Freundin zweifelnd an. Xenia hatte schon recht, wenn diese Geschichte in der Zeitung erschien, würde es die Polizei zwingen, sich damit zu befassen. Ihre Sorge galt eher der Tatsache, dass sie David Anděl um Hilfe gebeten hatte. Was würde er dazu sagen, wenn die Mumie übermorgen von der Titelseite der *Post* lächeln würde? Verdammt und zugenäht. Anděl hatte gesagt, er wolle abwarten, bis der Staatsanwalt aus dem Urlaub zurückgekommen wäre. Und ihren eigenen Namen wollte Magda, nach gerade mal einem Tag in ihrem neuen Job, ebenso wenig in der Zeitung sehen wie Larissas andere Quelle. Den Oberst durfte man auch nicht vergessen. Der war, nach allem, was sie gehört hatte, eine wandelnde Zeitbombe.

Andererseits konnte sie Larissa verstehen. Das Ganze war eine einmalige Gelegenheit für eine junge Journalistin, auf die Titelseite zu kommen. Noch dazu mit einer Geschichte, die offenbar noch keine andere Zeitung hatte. Jedenfalls hatte sie in der heutigen Ausgabe der *MFDnes* nichts Derartiges gesehen. Was machte es schon, wenn Prags englischsprachige Wochenzeitung mal einen solchen Knüller hatte? Wer las schon die *Prague Post* – außer Touristen, die auf der Suche nach kulturellen Veranstaltungen und kulinarischen Genüssen waren und dabei den Nachrichtenteil in der Regel überblätterten, weil sie sich sowieso nicht für die Interna der tschechischen Politik interessierten. Und die Einheimischen benutzten die *Post* bestenfalls als Englischlehrbuch, die neuesten Nachrichten lasen sie täglich in der tschechischen Presse. Wirklich aktuell war die *Post* in der Regel nicht, auch wenn Steve Persson, der Nachrichtenredakteur, sich alle Mühe gab.

Und schließlich war diese Geschichte – abgesehen von allen anderen Erwägungen – in der Tat heiß. Eine Mumie in der Metro – und die tschechische Tagespresse hatte davon anscheinend keine Ahnung. Die junge Reporterin musste über sehr gute Quellen verfügen. Sie versuchte sich vorzustellen, was los sein würde, wenn diese Geschichte in ein paar Tagen auf der Titelseite der *Post* auftauchte. Sei's drum. Außerdem würde der Bericht ja vielleicht helfen, die Identität der toten Frau zu lüften. Immerhin wussten sie noch gar nicht, wie lange die Mumie in der Metro gelegen hatte – wenn sie denn tatsächlich dort gefunden worden war, wofür allerdings einiges sprach.

»Sagen Sie, woher wissen Sie eigentlich, dass die Mumie aus der Metro ist? Wir haben hier nur eine vage Vermutung geäußert«, fragte Magda. »Dass es tatsächlich so ist, kann ich Ihnen nämlich nicht bestätigen«, fügte sie hinzu.

»Ich habe eine gute Quelle«, sagte Larissa lächelnd, »ich weiß, dass man sie in der Metro gefunden hat. Sie hatten mit Ihrer Vermutung also recht, Frau Doktor.«

»Hm. Interessant. Und wo genau hat man sie gefunden?«

Larissa zögerte. Wenn sie den genauen Fundort verriet, wäre auch klar, wo ihre Quelle saß. Sie wollte Robin nicht hinhängen. Aber es wäre eine Gegenleistung für Magdas Vertrauen.

»Am Můstek. Aber ich möchte Sie bitten, das für sich zu behalten. Meine Quelle liebt ihren Arbeitsplatz. Okay?«

»Schön. Kommissar Anděl wird selbst früh genug erfahren, woher die Mumie kommt. Also, mich dürfen Sie zitieren, aber was die Äußerungen der beiden Polizeibeamten angeht, da müssen Sie die beiden selbst fragen«, sagte Magda schließlich. »Und noch eines: Die Sache mit der Verjährungsfrist will ich auf keinen Fall in der Zeitung sehen.«

»Du bist ein Schatz, Magda«, sagte Xenia und wandte sich an Larissa: »Wenn Sie von mir etwas wissen wollen – ich stehe gerne zur Verfügung.«

»Ich sage Ihnen, was ich mir notiert habe«, sagte Larissa zufrieden, nahm ihren Laptop aus der Umhängetasche und schaltete ihn ein.

Magda und Xenia schoben ihre Stühle zu Larissa, um auf den Bildschirm zu sehen. Am Nebentisch machte sich die Kellnerin Zorka zu schaffen. Während Larissa das Textverarbeitungsprogramm hochfuhr und begann, zusammen mit Magda und Xenia die Notizen durchzugehen, wischte Zorka den Nebentisch, rückte die Stühle zurecht, stellte das Zuckerglas und den Aschenbecher in die Mitte des Tischs, rupfte ein paar verwelkte Blättchen von dem Bonsaibäumchen, das auf einem dunkelgrünen Filzdeckchen stand. Schließlich blieb sie am Fenster stehen, um gebannt auf den kleinen, in Dunkelheit gehüllten Platz vor dem Ráj zu starren.

Voller Zweifel las Larissa ihren Artikel durch. Sie hatte die halbe Nacht daran gesessen und keinen Gedanken mehr an einen romantischen Abend mit Robin verschwendet. Dafür würde ein anderes Mal Zeit sein. Magda und Xenia waren mit den Notizen einverstanden gewesen, auch mit den Zitaten. Dennoch, viele Informationen hatte Larissa noch nicht. Särge und eine Mumie waren in der Metro gefunden worden. Es war wohl besser, von einer mumifizierten Leiche zu sprechen. Sie korrigierte die entsprechenden Passagen. Sie hatte eine Beschreibung der Leiche, bei der es sich um eine Frau noch ungewissen Alters handelte, und Informationen über die Vertuschungsversuche des Leiters der *Mordparta*. Nicht zu vergessen, die Sache mit den Fingernägeln. Sie konnte damit belegen, dass es sich kaum um eine antike Mumie handeln konnte.

Larissa hatte gleich morgens bei der *Mordparta* angerufen, doch dort hatte sie außer einem kurzen »Kein Kommentar!« nichts erfahren. Schade zwar, aber auch das konnte man schließlich zitieren, als Beleg für die offensichtlichen Vertuschungsversuche. Trotzdem war das alles ihrer Meinung nach zu wenig für eine wirklich gute Titelgeschichte. Niemand schien zu wissen, wie Särge in einen Lagerraum der Metro gekommen waren und warum man sie dort überhaupt aufbewahrt hatte.

Der Pressesprecher der Metroverwaltung, den sie danach angerufen hatte, war auch sehr zugeknöpft gewesen. Er könne sich dazu leider nicht äußern, hatte er gesagt. Immerhin hatte ihr seine Sekretärin nach einigem Hin und Her die Durchwahl des Sicherheitschefs der Metro gegeben. Nachdem sie endlos von einer Stelle zur anderen verbunden worden war, hatte sie endlich dessen Stellvertreter in der Leitung gehabt.

Er war von ihrem Anruf wenig begeistert gewesen. Er dürfe eigentlich gar nicht mit ihr sprechen, hatte er gleich gesagt, sein Chef würde ihn einen Kopf kürzer machen, wenn er es erführe. Schließlich hatte sie ihm versprochen, ihn nicht namentlich zu erwähnen und was er ihr sage nur als Hintergrundinformation zu verwenden. Lang und breit erklärte ihr der Mann dann mit schleppender Stimme, wann und wie welche der drei Metrolinien gebaut worden war.

Ob es denn Bereiche in der Metro gebe, die nichts mit dem eigentlichen Metrobetrieb zu tun hätten, hatte Larissa ihn schließlich unterbrochen.

»Eigentlich nicht«, sagte er, »außer natürlich, dass die Metro im Bereich der Altstadt als Atombunker konzipiert wurde.«

»Als Atombunker?«, wiederholte Larissa verblüfft.

»Na ja, die Metro wurde Anfang der Siebzigerjahre gebaut, mitten im Kalten Krieg, da machte man sich natürlich Gedanken, wie man im Fall eines Atomschlags die Menschen in Sicherheit bringen könnte. Wissen Sie, der Untergrund in der Altstadt ist sandig, und man kann da nicht einfach unter den alten Häusern buddeln, wenn Sie verstehen, was ich meine. Reguläre Bunker zu bauen, war da nicht möglich, und da hat man eben zwei Fliegen mit einer Klappe geschlagen.«

»Interessant. Und wie funktioniert dieser Bunker?«, hatte Larissa nachgehakt. Das wurde ja immer besser. Erst Särge, jetzt ein Atombunker.

»Dazu kann ich Ihnen nichts weiter sagen, das ist eine Frage der Sicherheit, eine Geheimsache, wenn Sie verstehen, dafür ist nun wirklich mein Chef verantwortlich, und ich darf eigentlich gar nicht mit der Presse sprechen.«

»Ich verstehe Sie völlig«, versicherte Larissa schnell. »Haben Sie vielen Dank, und keine Sorge, Sie können sich auf mein Stillschweigen verlassen.«

Also ein Bunker. Die Metro als Atombunker unter der Altstadt. Aber die Frage nach den Särgen, geschweige denn der Mumie, war damit noch immer nicht beantwortet. Larissa überlegte, wer ihr weiterhelfen könnte. Robin! Natürlich. Sie nahm ihr Handy und wählte seine Nummer.

»Robin, kannst du reden?«, fragte sie, als er sich nach dem dritten Klingeln meldete.

»Klar, ich habe heute frei und faulenze im Café. Hast du nicht Lust vorbeizukommen? Ich bin in den Weinbergen in der Krásná Kavárna und sitze in diesem herrlich sonnigen Hinterhof. Ahhh! – Was brauchst du?« Er klang sehr viel ausgeschlafener als bei ihrem letzten Gespräch.

Larissa berichtete kurz, was sie inzwischen über die Metro erfahren hatte.

»Ein Atombunker, hm, das stimmt. Nur kann ich dir da leider nicht weiterhelfen, darüber weiß ich auch nicht mehr als du inzwischen. Aber hast du nicht mal gesagt, dein Cousin arbeite in der Präsidentenkanzlei? Die wissen doch sonst alles.«

Dass sie daran nicht selbst gedacht hatte. Natürlich, Radek, ihr Cousin, arbeitete seit Jahren in Präsident Havels Kanzlei. Als Spross einer alteingesessenen Prager Familie kannte er in der Stadt Hinz und Kunz und wusste durch seine Arbeit über allerlei kleine und größere Geheimnisse Bescheid. Sie wählte seine Nummer und wartete ungeduldig, dass er abheben würde.

»Tichý. Kanzlei des Präsidenten.«

»*Ahoj*, Radek. Ich bin's, Larissa. Hast du einen Moment Zeit?«

»Klar, für dich immer. Wie geht's meiner schönen Cousine? Was macht das Nachrichtenwesen dieser Tage?« Radek lachte ins Telefon. Er hatte keine sehr hohe Meinung von Journalisten im Allgemeinen und den tschechischen im Besonderen, machte aber bei seiner Cousine eine gnädige Ausnahme.

»Alles bestens, danke, wir mühen uns redlich, den Behörden kompromittierende Informationen zu entlocken. Glücklicherweise sind nicht alle so diskret wie du«, erwiderte sie lachend. Sie wusste von vielen Kollegen, die regelmäßig darüber verzweifelten, wenn sie versuchten, dem Pressesprecher des Präsidenten Informationen zu entlocken. Er gab sich in der Regel als veritable Auster.

Sie erzählte ihm von ihren Nachforschungen über die Mumie und die Särge. »Und nun sagt mir der zweite Mann von der Metrosicherheit, dass die Metro als Atombunker konzipiert worden sei. Weißt du etwas davon? Er tat so, als sei das ein Staatsgeheimnis.«

»Ist es auch«, sagte Radek.

Sie konnte sein breites Grinsen förmlich sehen.

»Aber«, fuhr er fort, »ein recht offenes Staatsgeheimnis. Und was die Särge angeht, na, wenn man einen Bunker baut, in dem Tausende Leute für ein paar Tage oder sogar Wochen eingeschlossen werden sollen, dann ist damit zu rechnen, dass der eine oder andere zwischenzeitlich den Löffel abgibt, nicht wahr? Und dann muss man die Leiche irgendwo lagern. Also hat man auch an eine Leichenhalle oder, sagen wir besser, an Lagerräume für Särge, gedacht. Es hat sogar irgendwo ein komplett eingerichtetes Krankenhaus gegeben – für den Fall der Fälle. Aber das ist wohl mit all dem anderen Zeug abgesoffen.« Er lachte wieder.

Die ganze Geschichte schien ihm ungeheuren Spaß zu machen. Allerdings wusste Larissa, dass Radek Tichý nur sehr wenige Dinge wirklich ernst nahm. Eigentlich nichts außer seinem Tai-Chi-Training und seiner Gitarre. Und in Grenzen seine Familie. Larissa freute sich immer über seine Einladungen zu kleinen Konzerten, auf denen er mit seiner Gitarre auf einem Barhocker saß und seine selbst gedichteten melancholischen Balladen dem kleinen, aber begeisterten Publikum vortrug.

»Ein Krankenhaus in der Metro? Das wird ja immer fantastischer! Du nimmst mich auf den Arm, oder?«

»Ganz und gar nicht. Ich weiß nicht genau, wo es war, aber wenn, wie du sagst, der Lagerraum für die Särge am Můstek war, wird das Krankenhaus wohl auch irgendwo dort gewesen sein. Lange Wege wären da nicht sinnvoll, nicht? Aber ich glaube kaum, dass dir das irgendjemand offiziell bestätigen wird oder dich gar zum Fototermin einlädt. Mich brauchst du jedenfalls nicht zu zitieren, Larinka.«

»Wenn du mich noch mal so nennst, werde ich schreiben, du seiest der Mörder!«, sagte Larissa fröhlich. »Aber keine Sorge. Hast du nicht jemanden an der Hand, der mehr über die Bunker in dieser Stadt weiß – und nicht so fanatisch hinter den Kulissen zu bleiben gedenkt wie du?«

»Doch, der Chef der Bunkerverwaltung. Und er spricht sogar darüber. Die vermieten die Bunker nämlich. Ich gebe dir seine Nummer, aber du musst ihm nicht auf die Nase binden, woher du sie hast, okay?«

Elende Geheimniskrämer, dachte Larissa. Aber ich kriege euch.

»Sehen Sie sich das mal an, Jirka«, sagte Magda zu ihrem Kollegen Dr. Kratochvíl und deutete auf einen kleinen weißen Fleck auf dem Röntgenbild, das sie an der Leuchtwand betrachtete. Es zeigte Kopf und Hals der Mumie. Magda hatte sich die Leiche gleich am Morgen noch einmal angesehen und bereits allerlei Proben genommen, um sie ins histologische und toxikologische Labor zu schicken, als ihr Kollege hereingekommen war. Erstaunt hatte er sich umgesehen und gefragt, an wem sie denn da herumschnipsele. Nachdem sie ihm kurz von der Mumie berichtet hatte, war Jirka geblieben und hatte seine Hilfe angeboten. So etwas könne man sich schließlich nicht entgehen lassen, hatte er vergnügt gesagt. Jetzt kam Jirka zu ihr an die Leuchtwand und betrachtete den weißen Fleck im Hals der Mumie.

»Hm. Was ist das? Soweit ich mit der menschlichen Anatomie vertraut bin, gehört da kein solcher Knochen hin. So es denn ein Knochen ist.« Er blickte die Leiche über seine Schulter hinweg an. »Lassen Sie uns mal nachsehen.«

Vorsichtig entfernten sie das verbliebene Gewebe am Hals und arbeiteten sich zur Luftröhre vor. Ein paar Minuten später hielt Magda einen kleinen, teilweise in etwas ledernes Gewebe eingebetteten Knochen in der Hand.

»In der Tat«, sagte sie, »ein Knochen, der da nicht hingehört.«

»Das ist doch …«

»Genau. Unglaublich, nicht wahr?«

Das Büro des Chefs der Bunkerverwaltung, im zweiten Stock eines hässlichen Plattenbaus, war ganz in Brauntönen gehalten. Eine abgewetzte braune Sitzecke, ein hässlicher Beistelltisch mit einer braun getönten Glasplatte, ein alter hellbrauner Schreibtisch, ein braun-beige gesprenkelter Teppich.

Der glatzköpfige kleine Mann hinter dem Schreibtisch hatte sich seiner Umgebung hervorragend angepasst: Über dem großen Bauch spannte ein beiges Hemd, der braune Anzug hatte schon bessere Zeiten gesehen, und die ebenfalls braune Strickkrawatte hing formlos von seinem dicken Hals hinunter. Das alles vermittelte einen eigentümlich farblosen und verstaubten Eindruck. Passend für jemanden, der Bunker verwaltet, dachte Larissa.

Sie hatte Bořivoj Myška am Vormittag, nachdem sie mit ihrem Cousin gesprochen hatte, angerufen und um einen Termin gebeten. Er habe gegen Mittag für sie Zeit, hatte er gesagt, und nun saß sie vor ihm und versuchte, so viel wie möglich über die Bunker in Prag zu erfahren. Larissa hatte ihm gesagt, sie schreibe über ungewöhnliche Gebäude in der Stadt, und dazu gehörten mit Sicherheit Bunker, nicht wahr? Myška hatte verständnisvoll genickt und seine wulstigen Lippen geleckt. Die Särge, die Mumie und ihr Interesse daran hatte sie für sich behalten.

Es gebe mehrere Dutzend Bunker im Stadtgebiet, hatte Myška ihr erzählt. Inzwischen würden sie eigentlich nicht mehr gebraucht, da könne man auch darüber sprechen. Man wolle sie nicht abreißen, immerhin könne sich die Situation ja ändern, nicht wahr, mit dem Terrorismus und so, aber die Wartung koste doch einiges, und so habe die Stadt sich entschlossen, manche Bunker zu vermieten. Die Mieter müssten nur für die Einhaltung der Standards sorgen, aber das sei recht einfach, es gebe da genaue Vorgaben.

Auf Larissas Nachfrage, wozu sich Leute denn Bunker mieteten, zählte Myška ein Theater, ein Kino und einen bekannten Musikklub auf. Andere Bunker, fuhr Myška fort, habe man von vornherein so konzipiert, dass sie normalerweise als Kinos oder Theater funktionierten, oder als Parkhaus, das käme darauf an, wann sie gebaut worden seien und wo. Die Leute würden davon gar nichts merken.

Wie es denn mit der Altstadt sei, fragte Larissa, wo da denn Bunker seien?

»*Nó*, Frau Redakteurin, das ist ein Spezialfall«, sagte Myška bedächtig und leckte wieder seine Lippen.

Er sieht aus wie eine hungrige Kröte, dachte Larissa angewidert.

»Unter der Altstadt«, fuhr der Ingenieur fort, »konnte man natürlich keine Bunker für so viele Menschen bauen, das hätte die Statik der alten Häuser nicht mitgemacht. Der Untergrund ist sandig, wissen Sie, und die Häuser sind sehr alt, da kann man nicht einfach drunter herumbuddeln. Also wurde die Metro, die man unter der Altstadt hindurch gebaut hat, als Bunker konzipiert. Da hatte man den Ärger mit der Statik nur einmal, nicht wahr?«

Myška nahm einen Schluck Kaffee aus seinem Glas und stellte es wieder vorsichtig auf die angeknackste Porzellanuntertasse.

»Und für wie viele Menschen war der Bunker gedacht?«, fragte Larissa. »In der Altstadt leben ja ziemlich viele.«

Sie gab zwei große Stücke Zucker in das Glas mit türkischem Kaffee, das Myškas Sekretärin ihr gebracht hatte, rührte kurz um und nahm einen Schluck. Stark war gar kein Ausdruck. Sie wünschte, sie hätte auch um ein Glas Wasser gebeten. Stattdessen gab sie noch zwei weitere Zuckerstücke in den Kaffee. Sie hatten die Form von Kartensymbolen und waren riesig, dazu noch in Pastelltönen gefärbt. Rosa Herzen, gelbe Karos, hellblau das Pik und pistaziengrün die Kreuze. Solche Zuckerwürfel hatte ihre Großmutter immer bei ihren Besuchen in Deutschland und später in Kanada aus der damaligen Tschechoslowakei mitgebracht. Larissa hatte sie schon als Kind grässlich gefunden.

»Ganz genau kann ich Ihnen das nicht sagen, aber so für rund hunderttausend, glaube ich.« Myška zündete sich eine Zigarette an. »Oh, entschuldigen Sie«, fügte er hinzu und bot Larissa auch eine aus seiner zerdrückten Schachtel Sparta an. Larissa zog eine Zigarette heraus, und Myška lehnte sich über seinen leeren Schreibtisch und gab ihr Feuer. Durch die schmalen Brillengläser starrten zwei aufgerissene Augen auf ihr Dekolleté.

»Wie viel Zeit hätten denn die Menschen gehabt, um in die Metro zu kommen?«, fragte Larissa irritiert. Sie versuchte sich vorzustellen, wo in der Altstadt Eingänge zur Metro waren. Ihr fielen nicht sehr viele ein. Die Station am Altstädter Ring mit drei Eingängen, der Můstek am unteren Ende des Wenzelsplatzes, da waren es vier; vielleicht noch am Platz der Republik, der hatte sechs Eingänge. Möglicherweise auch die

Station Národní třída zwischen Alt- und Neustadt. Mehr fielen ihr beim besten Willen nicht ein.

»Nun, wenn die Sirenen aufgeheult hätten – im Falle eines Falles –, dann hätten die Bewohner der Altstadt etwa vier Minuten Zeit gehabt, sich in der Metro in Sicherheit zu bringen. Danach wären dann die stählernen Drucktüren zugegangen, und niemand wäre mehr hinein- oder hinausgekommen.« Myška zog gierig an seiner Zigarette.

»Nicht eben viel Zeit, wenn man sich überlegt, wie weit die Metrostationen in der Altstadt voneinander entfernt sind«, bemerkte Larissa. »Aber gesetzt den Fall, von den Eingeschlossenen wäre jemand krank geworden in den folgenden Tagen oder Wochen, oder gar gestorben, was hätte man getan? Gab es dafür Einrichtungen in der Metro?«

»Na, Sie stellen aber Fragen, Frau Redakteurin«, sagte Myška und kicherte glucksend. »*Nojó*, es wären ja sicher auch Ärzte anwesend gewesen«, antwortete er schließlich.

»Vielleicht haben Sie neulich den kleinen Artikel in der Zeitung gelesen. In der Metro wurden nach dem Hochwasser Särge gefunden. Es gab also offenbar so etwas wie eine Leichenhalle. Können Sie mir darüber auch etwas sagen?«

In Myškas Augen blitzte zum ersten Mal so etwas wie Interesse auf, und sein Blick, der während des bisherigen Gesprächs lüstern auf Larissas Dekolleté geruht hatte, wanderte für einen Moment irritiert zu ihrem Gesicht.

»Lieber Gott«, sagte er schnell, »nein, also von einer Leichenhalle kann man da nicht sprechen, nein, das sicher nicht. Sagen wir vielleicht ein Lagerraum, ja, ein Lagerraum, in dem man auch ein paar Särge deponiert hat. Das wäre ja im Großen und Ganzen durchaus sinnvoll, nicht wahr? Im Falle eines Falles hätte man ja, wie Sie sagten, mit dem einen oder anderen Todesfall rechnen müssen.«

Sein Blick verfing sich wieder in Larissas Dekolleté. Sie fand es höchst irritierend, dass der Mann offenbar nur mit ihrem Busen zu sprechen geneigt war. Langsam musste er sich doch wahrhaftig sattgesehen haben. Nur noch eine Frage, dann würde sie endlich aufstehen und gehen. Sie fand das Büro erdrückend in seiner braunen Eintönigkeit – und den Mann unerträglich. Die Zigarette war ebenso schrecklich wie der Kaffee. Der Rauch kratzte in ihrem Hals. Sie drückte die nur halb gerauchte Zigarette in Myškas Aschenbecher aus.

»Können Sie mir sagen, wo sich das Krankenhaus in der Metro befand?«, fragte Larissa.

Myškas Blick flog förmlich ein Stockwerk höher. Er setzte an zu sprechen und schloss den Mund wieder. Er sah aus wie ein großer, nach Luft schnappender Karpfen.

»Ein Krankenhaus?«, fragte er schließlich. »Nein, also wirklich, nein, nein. Wo haben Sie denn so was her? Nein, von einem Krankenhaus kann absolut keine Rede sein. Da müssen Sie etwas missverstanden haben. Ein Krankenhaus hat es sicher nicht gegeben. Vielleicht einen für entsprechende Zwecke umgebauten Waggon, aber kein Krankenhaus.«

Wer ihr denn das erzählt habe, hakte er nach, den Blick schon wieder auf ihre Brust geheftet. Larissa sagte etwas von einem Gerücht und erhob sich.

»*Nojó*«, sagte Myška sichtlich erleichtert, »Gerüchte gibt es in dieser Stadt wie Sand am Meer.«

Mit Mühe riss er seinen Blick von ihrem Busen los und sah ihr einen Moment lang tatsächlich in die Augen.

»Sie kehren da doch was unter den berühmten Teppich, Anděl, machen Sie mir nichts vor! Oder unterhalten Sie sich neuerdings nur mit den Leuten von der *Post*?« Michal Dlouhý war offensichtlich verärgert. »Was ist an dieser Geschichte dran, Mann?«

David Anděl seufzte. Früher Morgen, und schon nervte ihn die Presse. Diesen Anruf konnte er gar nicht gebrauchen. Hätte er das verdammte Telefon doch klingeln lassen. Zumal er überhaupt nicht wusste, wovon Dlouhý sprach. Während der Redakteur der *MFDnes* sich weiter über die mangelnde Kooperationsbereitschaft des Kommissars beschwerte, winkte Anděl seiner Kollegin Meda Cyanová, die an einem Besprechungstisch schräg gegenüber saß, und hielt die Hand über die Sprechmuschel.

»Lauf runter, Meda, und hol mir bitte eine *Prague Post*. Beeil dich!« Er nahm die Hand wieder vom Hörer und räusperte sich. »Ich wünsche Ihnen auch einen guten Morgen, Herr Redakteur. Sie wünschen?«

Er musste Zeit gewinnen, ohne dass der Journalist merkte, dass er keine Ahnung hatte, worum es ging. Hoffentlich hatte der Zeitungskiosk unten an der Ecke überhaupt eine *Prague Post*. Anděl selbst las diese Zeitung nie. Sein Englisch war ausgezeichnet, und die tschechische Tagespresse stillte seinen Bedarf an Nachrichten mehr als genug.

»Entschuldigen Sie, Herr Kommissar. Guten Morgen, und verzeihen Sie bitte meinen Ausbruch. Mein Chef sitzt mir im Nacken. Sonst schreiben die von der *Post* bei *uns* ab, wissen Sie, na – egal.« Anděl sah Dlouhýs irritiertes Kopfschütteln buchstäblich vor sich. »Es geht um die Titelgeschichte in diesem Saftblatt. Es schreit von der Titelseite: *Who is the Metro-Mummy?* Sie wollen doch wohl nicht sagen, dass Sie nicht wissen, wovon ich spreche? Letzte Woche lyncht mich beinahe Ihr liebreizender Chef Oberst Kohout, weil ich von den Särgen geschrieben habe – er hat mir tatsächlich mit dem Geheimdienst gedroht! Dabei leben wir inzwischen Gott sei

Dank in einem freien Land! Der Mann hat offenbar noch nie etwas von Pressefreiheit gehört!«, echauffierte sich Dlouhý. »Was sagen Sie dazu?«

»Selbstverständlich, Sie haben völlig recht, die Pressefreiheit ist ein unbezahlbares Gut«, murmelte Anděl.

Meda kam auf ihren hohen Pfennigabsätzen durch die Tür geklappert und legte Anděl keuchend ein Exemplar der *Post* auf den Tisch. Dlouhý hatte recht. Die Mumie war die Titelgeschichte. Sogar ein Foto vom Feuerwehreinsatz am Můstek hatten die irgendwo aufgetrieben. Immerhin keines von der Mumie.

»Und nun lese ich«, fuhr Dlouhý noch immer aufgebracht fort, »dass Sie da unten eine Mumie gefunden haben. Also, was ist da dran? Unsere transatlantischen Kollegen haben sich die Geschichte doch wohl nicht aus den Fingern gesogen, oder?«

Anděl überflog den Bericht.

»Entschuldigen Sie«, sagte er schließlich, »ich persönlich habe gar nichts in der Metro gefunden. Außerdem muss ich mich hier um eine dringende Angelegenheit kümmern. Ich danke für Ihren Anruf und möchte Sie bitten, sich in dieser Angelegenheit an unsere Pressestelle zu wenden. Sie wissen ja, wie die Hierarchie hier funktioniert.« Er verabschiedete sich und legte auf, noch bevor Dlouhý etwas erwidern konnte.

»Na prächtig«, sagte Anděl. »Da haben wir den Salat.«

»Worum geht es eigentlich?«, fragte Meda.

»Lies selbst«, erwiderte Anděl und deutete auf die Titelgeschichte.

Meda Cyanová, eine junge Kriminalbeamtin aus seinem Team, stellte sich hinter ihn und überflog den Artikel. Sie war eine grazile, hübsche, hochgewachsene Blondine, und zum Missfallen von Oberst Kohout auch noch ausgesprochen intelligent.

»Junge, Junge! Kohout wird platzen«, bemerkte sie in ihrer trockenen Art und kicherte leise beim Gedanken an den Chef der *Mordparta*. Sie drehte die Zeitung zu sich herum, um den Namen über dem Bericht besser lesen zu können. *By Larissa Khek*, stand da. »Woher weiß diese Reporterin das alles?«

Anděl lehnte sich in seinem Stuhl zurück. »Gute Frage, Meda.«

Ja, das war die Frage. Woher wusste eine Reporterin dieser im Allgemeinen alles andere als aktuellen englischsprachigen Wochenzeitung so viel über die Särge und die Mumie? Alles, was er mit der neuen Gerichtsmedizinerin im Ráj besprochen hatte, stand in diesem vertrackten Bericht – und noch eine ganze Menge mehr.

Das musste es sein. Sein Gespräch mit Magdalena Axamit. Am Nebentisch hatte eine hübsche Brünette gesessen und irgendwas in ihren Laptop getippt. Er hatte sie für eine Studentin gehalten. Verdammt, diese Stadt war ein Dorf. Meda hatte völlig recht, Kohout würde toben. Aber egal, das tat er ohnehin andauernd.

Hoffentlich hatte das Väterchen die Zeitung noch nicht gelesen. Anděl wusste, dass sein anderer – und glücklicherweise wichtigerer – Chef, Staatsanwalt Theodor Otčenášek, die *Post* ab und zu las, gewöhnlich um sich über neue Restaurants zu informieren. Die Zeitung sei zwar nichts Besonderes, hatte er auf Davids diesbezügliche Frage einmal geantwortet, aber manche Restaurantkritiken seien hervorragend. Wer auch immer dieser Chat Aubriand sei, er verstehe verdammt viel von guter Küche.

David sah auf seine Armbanduhr. Halb neun. Dlouhý war für einen Journalisten früh unterwegs gewesen.

»Meda, hast du den Nebeský schon gesehen?«, fragte Anděl seine Kollegin, die sich inzwischen wieder an den Besprechungstisch und die darauf verteilten Akten gesetzt hatte.

Sie schüttelte den Kopf.

»Nein. Ich glaube, er wollte heute etwas später kommen. Er sagte, er müsse dringend zum Friseur. Soll ich ihm was ausrichten?«

»Zum Friseur? Da war er doch erst letzte Woche, oder? Ich bin beim Väterchen. Er soll rüberkommen.«

Zum Friseur. Was für ein Witz. Die dreieinhalb Haare auf Otakar Nebeskýs Kopf hätte er ihm auch selbst zurechtstutzen können. Aber vermutlich war der Grund des Friseurbesuchs nicht der kümmerliche Rest der ehemals dichten Locken, sondern eine besonders hübsche Friseurin. Wie üblich.

»Haben Sie schon einen Blick in die Zeitungen geworfen, Herr Doktor?«

Anděl stand vor Staatsanwalt Otčenášeks ausladendem Schreibtisch, hinter dem Rücken die gefaltete *Prague Post*. Das Büro war groß und hell und quoll über von Büchern, Zeitschriften und Papier. Die Sekretärin hatte alle Hände voll zu tun, das Chaos im Zaum zu halten. Trotzdem war das Väterchen der am besten organisierte Mensch, den Anděl kannte. Nicht nur in dieser Hinsicht der wandelnde Widerspruch.

Der Staatsanwalt sah Anděl erstaunt an. Er war ein großer, leicht gebeugter Mittfünfziger mit kurzen grauen Haaren und dunkelbraunen, gütigen Augen, die aufmerksam aus einem schmalen, kantigen Gesicht blickten.

Der kurze Urlaub hat ihm gutgetan, dachte Anděl. Das Väterchen sah erholt aus und wirkte in seinem gut geschnittenen hellen Leinenanzug um Jahre jünger. Der Staatsanwalt hatte vierzehn Tage bei seiner Tochter im familieneigenen Landhaus verbracht. Er fahre schuften, hatte er Anděl vor ein paar Wochen lachend auf dem Flur erzählt. Seine Tochter wünsche sich seit Jahren eine Terrasse, und allein konnte man sie die schweren Steine ja nicht schleppen lassen. Was ein paar anstrengende Tage auf dem Land alles bewirken können, sinnierte Anděl. Er selbst war schon viel zu lange nicht mehr zu Hause gewesen; es wäre mal wieder an der Zeit, nach Franzensbad zu fahren. Seine Eltern lebten in einer alten Villa im kleinsten der drei berühmten westböhmischen Kurorte. Ein großes Haus mit einem riesigen Garten, in dem sein Vater, seit sie es Ende der Siebzigerjahre gekauft hatten, einen englischen Rasen anlegen wollte. Ein ewiger Traum. Der Rest der Familie forcierte seine Umsetzung nicht – im Gegenteil. Seine Mutter hatte ihm einmal lachend gestanden, sie säe jedes Frühjahr eine Mischung Wiesenblumen aus. Anděl liebte den verwilderten Garten der Villa Maria. Trotzdem gab es genug zu tun. Ja, er sollte mal wieder hinfahren. Ein bisschen Gartenarbeit würde ihm guttun.

»Die Zeitung? Bisher nur die *MFDnes*, wieso?«, fragte Otčenášek erstaunt und sah einen Augenblick von seinem übervollen Schreibtisch auf, wo er in einem der zahlreichen Stapel offenbar etwas suchte.

»Nun«, begann David diplomatisch, »Sie haben vielleicht im Urlaub diesen kurzen Bericht von Dlouhý gelesen, letzte Woche? Die Sache mit den Särgen in der Metro.«

»O ja! Eigentlich eine amüsante Geschichte.« Otčenášek kicherte. Er war, trotz seines Berufs, ein fröhlicher Mensch. Zufrieden zog er das gesuchte Blatt aus einer Dokumentenmappe hervor und überflog es. »Was ist damit? Hat man Gottwalds geheime Tagebücher in einem davon gefunden? Oder warum gucken Sie so betreten?«

»Mit Gottwalds Tagebüchern hätte ich kein Problem. In einem der Särge lag eine Mumie.«

Der Staatsanwalt stutzte einen Moment, dann lachte er laut los. »Das ist gut, David! Eine Mumie – in der Metro!« Otčenášek zog umständlich sein Jackett aus und warf es achtlos auf einen Stapel Bücher neben seinem Schreibtisch. »Aber, mein Junge«, fügte er schmunzelnd hinzu, »der erste April war vor gut vier Monaten.«

»Das ist leider kein Scherz, Chef. Die Feuerwehr hat wirklich in einem der Särge eine Leiche gefunden, sieht aus wie eine Mumie.«

Fassungslos blickte Otčenášek in Anděls ausdrucksloses Gesicht. Der zuckte daraufhin wie entschuldigend die Achseln. Die Zeitung hielt er noch immer hinter seinem Rücken in den Händen. Der Staatsanwalt bedeutete dem Kommissar, auf dem Stuhl vor seinem Schreibtisch Platz zu nehmen. Anděl setzte sich, räusperte sich und fuhr fort.

»Nun, die Feuerwehr hat natürlich den Oberst angerufen, aber der wollte mit einem, wie er sagte, ›antiken Artefakt‹ nichts zu tun haben. Sie kennen ihn ja.« Anděl machte eine beredte Miene. »Er hat das Ding an das Diebstahlsdezernat weitergereicht, ohne jemandem etwas davon zu sagen. Und die haben die Mumie im Archäologischen Institut abgegeben. Sie waren der Ansicht, eine Mumie gehöre am ehesten dorthin.«

»Und weiter?« In Otčenášeks Stimme mischte sich Ungläubigkeit mit aufsteigender Wut. Selbst in besten Zeiten war er, wie alle anderen, schlecht auf Oberst Ladislav Kohout, den Chef der *Mordparta*, zu sprechen. Wäre es allein nach dem Staatsanwalt gegangen, Kohout wäre längst im vorzeitigen Ruhestand und würde auf seinem großzügigen Landsitz in Nordböhmen seinen kleinen Weinberg beackern. Dabei kam wenigstens nur saurer Wein heraus und nicht so ein Skandal.

»Eine der Archäologinnen hat dann bei Kohout angerufen und wollte ihm die angebliche Mumie wieder aufs Auge drücken«, fuhr Anděl fort. »Kohout hat sie recht unwirsch abgefertigt und sich wieder für nicht zuständig erklärt.« Daraufhin habe Frau Doktor Bondy, die Archäologin, in der Gerichtsmedizin angerufen. Die Archäologin sei mit der neuen forensischen Pathologin des Gerichtsmedizinischen Instituts befreundet, und so sei die Mumie schließlich unter Umgehung des Dienstwegs doch in der Gerichtsmedizin gelandet – in einem Kühlraum.

»Frau Dr. Axamit«, fuhr er fort, »rief wiederum mich an, und wir haben uns nach Dienstschluss getroffen. Sie wollte eine nachträgliche Anweisung zur Obduktion. Jedenfalls saßen wir in einem Lokal, und sie erzählte mir, was sie und die Archäologin bei ihrer vorläufigen Untersuchung herausgefunden haben. Leider konnte ich Ihnen nicht gleich Bericht erstatten, Sie waren noch im Urlaub. Außerdem war es ja kein Notfall. Die Leiche war alles andere als frisch.«

Der Staatsanwalt schwieg. Sein gutmütiges Gesicht war ausdruckslos, aber Anděl spürte unter der ruhigen Oberfläche eine für seinen Chef ungewöhnliche Anspannung.

»Ich bin sprachlos«, sagte das Väterchen schließlich. »Verdammt, was ist der Kohout doch für ein Hornoch…« Er schüttelte ungläubig den Kopf und verkniff sich den Rest. Kohout hatte sich im Laufe der Jahre allerhand geleistet, aber das hier schoss wirklich den Vogel ab. Andererseits war es erstaunlich, dass nichts von dieser unglaublichen Geschichte den Weg in die Zeitung gefunden hatte. Die Zeitung.

»David, Sie fragten vorhin, ob ich die Zeitung gelesen hätte«, fragte Otčenášek vorsichtig.

Anděl räusperte sich.

»Ja, das ist das Problem, Herr Doktor. Am Nebentisch saß während meines Gesprächs mit Frau Dr. Axamit offenbar eine Reporterin, jedenfalls kann ich mir das alles nicht anders erklären, und nun steht die ganze Geschichte auf der Titelseite.« Anděl reichte dem Staatsanwalt die *Prague Post* und machte sich innerlich auf einen kleineren Wutausbruch gefasst. Nicht dass er sich hätte etwas zuschulden kommen lassen. Zwar hätte er diese Dinge mit der Pathologin nicht in einem öffentlichen Lokal besprechen sollen, aber er hatte ja auch nicht gewusst, was die Gerichtsmedizinerin von ihm wollte, als er auf ihre Bitte hin ins Ráj gekommen war. Und als sie ihm gesagt hatte, worum es sich handelte, war es zu spät gewesen.

Otčenášek nahm das Blatt und starrte mit großen Augen durch seine schmale Lesebrille auf die riesigen schwarzen Lettern. Er blickte zu Anděl hinüber. »Es steht in der *Prague Post*?«, fragte er ungläubig. Dann fing er an zu lachen.

Das Väterchen saß mit David Anděl und Otakar Nebeský an dem runden Besprechungstisch in seinem Büro. Frau Bartošová, seine effiziente Sekretärin, hatte den Tisch in Windeseile abgeräumt, unter zweifelnden Blicken ihres Chefs, in denen deutlich die Sorge stand, dass er keines seiner Dokumente je wiederfinden würde. Auf dem Tisch befanden sich nun Kaffee- und Wassergläser sowie eine Schale mit selbst gebackenen *Rakvičky*, kleinen Särgen, einem zarten Gebäck aus Eigelb und Puderzucker, das mit Schlagsahne verziert war. Die Sekretärin verwöhnte ihren Chef gelegentlich mit solch fantastischen kleinen Schweinereien, wie Nebeský sie bewundernd nannte.

»Mmmm. Göttlich. Einfach göttlich«, murmelte der Inspektor mit vollem Mund, nachdem er sich ein weiteres Särgchen einverleibt hatte.

»Und passend zu unserem Fall. Sie sind sogar gefüllt.« Anděl amüsierte sich köstlich über seinen Partner. Süßkram jederzeit und in jeder Lebenslage. Er selbst rührte solches Zeug höchstens in der Vorweihnachtszeit an. Jedenfalls sicher nicht um neun Uhr morgens. Das Väterchen jedoch und Nebeský waren eingefleischte Leckermäuler – egal, zu welcher Tageszeit. Auch der Staatsanwalt hatte sich schon reichlich bedient. Jetzt wischte er sich nachdenklich mit einer Serviette den Mund ab.

»Mhmmm – göttlich! So was gibt's sonst nirgends. Die gekauften sind meistens ein bisschen zäh.« Otčenášek griff sich noch ein Särgchen. »Aber die hier – die zerfließen buchstäblich auf der Zunge. Ein Traum!« Schließlich wechselte er das Thema. »Jungs, ihr habt vielleicht einen Fall«, sagte er ernst.

»Hm, ja, kommt ganz auf das Alter an«, stimmte Anděl zu.

»Wessen?«, fragte Nebeský verständnislos und wischte die Krümel von seinem T-Shirt.

»Der Mumie. Du hast noch Krümel auf dem Jackett«, erwiderte Anděl.

Nebeský sah ihn irritiert an. »Ich dachte, die Axamit sei sicher, dass es keine antike Mumie ist ...«

»Durchaus. Aber wie du dich sicher erinnern kannst, gibt es in diesem Land eine Verjährungsfrist für Mord. Und die beträgt zwanzig Jahre.«

»Das ist das Problem.« Der Staatsanwalt nickte. »Wir haben sicher einen Fall, wenn die Mumie jünger als zwanzig Jahre ist. Sollte sie älter sein ... « Er wiegte zweifelnd den Kopf.

»Nun, selbst wenn sie älter sein sollte, können wir nicht zweifelsfrei ausschließen, dass der Mörder danach nicht weiter gemordet hat. Jedenfalls nicht, solange wir nicht wissen, wer er ist und ob es nicht weitere ähnliche Fälle in den vergangenen zwanzig Jahren gegeben hat.« Anděl versuchte, sich ein Lächeln zu verkneifen. Diese Sorte Spitzfindigkeiten machte ihm ab und an Spaß.

Das Väterchen grinste. »Offenbar haben Anděl und Nebeský nicht genug zu tun. Na schön. Ich bin natürlich ganz Ihrer Meinung. Wir *könnten* es mit einem Serientäter zu tun haben.« Er kicherte, und Anděl grinste von einem Ohr zum anderen. Nebeský verschlang das letzte Särgchen.

»Aufgeräumt«, sagte er zufrieden und klopfte sich die Krümel vom Jackett.

»Dann wäre ja alles so weit klar«, sagte das Väterchen. »David, Sie sehen mit Ihren Leuten zu, dass die Leiche einen Namen bekommt. Ich spreche gleich noch selbst mit dieser neuen Pathologin. Vielleicht kann sie sich schon genauer zum Alter der Mumie äußern. Jedenfalls möchte ich einen ausführlichen vorläufigen Obduktionsbericht. Sie fühlt sich hoffentlich nicht bemüßigt, literarische Kunstwerke aus ihren Berichten zu machen.« Otčenášek faltete die *Post* sorgfältig zusammen und schmunzelte.

Er spielte, wie Anděl nur zu gut wusste, auf die Vorliebe seines Freundes Jirka Kratochvíl an, dessen Beruf als Gerichtsmediziner offenbar nicht alle seiner beträchtlichen Talente forderte. Jirkas Obduktionsberichte waren in der Tat kleine literarische Juwele, die Anděl immer wieder amüsierten und beeindruckten. Einmal hatte Jirka einen Obduktionsbefund sogar in Versform abgefasst. Ein makabres Gedicht über eine Wasserleiche in medizinchinesischen Hexametern.

»Wie ist diese neue Gerichtsmedizinerin denn so?«, fragte Otčenášek.

»Sie wirkt kompetent«, sagte Anděl, »und ist ziemlich dickköpfig.«

»Nicht zu vergessen: Sie ist sehr attraktiv«, fügte Nebeský grinsend hinzu, »eine echte Augenweide.«

»Tatsächlich? Dann muss ich sie mir unbedingt persönlich ansehen«, sagte der Staatsanwalt schmunzelnd, »eigentlich hatte ich vor, sie anzurufen.«

»Den Verwesungsgestank in der Gerichtsmedizin ist sie unbedingt wert«, bestätigte Nebeský augenzwinkernd. »David konnte sich kaum losreißen.«

»Ach was«, tat Anděl die Bemerkung seines Partners ab, »das Ráj ist einfach ein netter Laden, und der Rotwein ist ausgezeichnet.«

»Genau – und die Erde ist eine Scheibe!« Nebeský lachte.

»Das muss ein Fest für den alten Bernstein gewesen sein«, wechselte Otčenášek das Thema, »so ein Knüller, und seine Zeitung hat ihn!« Der Staatsanwalt gönnte dem exzentrischen alten Chefredakteur der *Prague Post* diesen Triumph.

»Die sind zu dieser Geschichte gekommen wie die Jungfrau zum Kind«, sagte Nebeský.

»Buchstäblich«, sagte Anděl grinsend, »die hübsche Jungfer, die dieses Baby verfasst hat, hat gute Arbeit geleistet. Ich muss mich dringend mal mit ihr unterhalten.«

»Mhmm – man sollte immer mehrere Eisen im Feuer haben«, murmelte sein Partner amüsiert. Anděl trat ihn unter dem Tisch gegen das Schienbein, und Nebeský jaulte auf.

»So, eine attraktive Reporterin mischt also auch noch mit«, neckte der Staatsanwalt.

»Doch, ja, sehr hübsch sogar, aber viel zu jung – das wäre ja Verführung Minderjähriger«, erwiderte Anděl lachend.

»Ach was, die ist bestimmt schon fünfundzwanzig«, sagte Nebeský.

»Eben. Ich lebe nicht gern so riskant wie du«, erwiderte Anděl. »Kälbchen sind mir inzwischen zu anstrengend.«

»Eigentlich ist es ja gar nicht so schlimm, dass alles in der Zeitung steht«, wechselte Otakar das Thema. »Vielleicht meldet sich ja jemand, der sie gekannt hat oder der was gesehen hat, damals.«

»Vor so vielen Jahren?«, fragte Anděl skeptisch. »Die meisten Leute können sich doch nicht mal mehr an das erinnern, was sie letzte Woche gesehen haben. Und wir wissen noch gar nicht, wie lange sie da unten lag. – Chef, was soll ich übrigens wegen Kohout machen?«

Der Staatsanwalt lächelte grimmig. »Den lassen Sie mal meine Sorge sein.«

Anděl empfand einen Moment lang beinahe so etwas wie Mitleid mit dem ungeliebten Oberst. Der Staatsanwalt war ein gütiger und fairer Mann, aber nach seinem Ton zu schließen, würde Kohout diesmal Dreck fressen müssen.

»*Congratulations, my dear!* Sehr gut geschrieben – und recherchiert. Sie haben ja allerhand erfahren«, lobte Alena Freeman ihre junge Kollegin Larissa Khek. Wegen Alena sprachen sie Englisch. Die Journalistin hatte ihnen erzählt, sie sei zwar in Prag geboren worden, aber als Kleinkind mit ihren Eltern 1948 in die USA emigriert. Und leider hätten ihre Eltern keinen Wert darauf gelegt, dass sie ihre Muttersprache nicht vergesse. »Ich kann noch nicht mal akzentfrei ein Bier bestellen«, hatte sie schuldbewusst zugegeben. Schließlich wandte sie sich an Magda: »Magdalena – ich darf Sie doch Magdalena nennen?«, fragte Alena.

»Gerne, aber nennen Sie mich lieber Magda.«

»Schön, und ich heiße Alena. Also, wir haben hier ein Naturtalent des investigativen Journalismus! Larissa holt aus den Bürokraten in dieser Stadt Informationen heraus, von denen die gar nicht wissen, dass sie sie haben. Aber ich kann das noch immer kaum glauben. Das kann doch alles nicht wahr sein!« Alena schüttelte ungläubig den Kopf. Sie war eine immer noch attraktive, zierliche Frau von Mitte fünfzig, die man ohne Weiteres zehn Jahre jünger schätzen konnte. Das honigblonde, leicht gesträhnte Haar trug sie kinnlang, das Gesicht war nahezu faltenfrei, nur um die Augen sah man feine Krähenfüße. Alena lachte offensichtlich gern und viel. »Auch wenn es in der Zeitung steht – Sie nehmen uns alle auf den Arm, Larissa, geben Sie es zu! Das ist eine ausgewachsene Ente in der besten Saure-Gurken-Zeit, nicht wahr?«

»O nein. Ich mache keine Witze. Es ist Wort für Wort die Wahrheit und nichts als die Wahrheit.« Larissa ließ sich von Alenas Lachen anstecken. »Außerdem kann Frau Dr. Axamit alles bestätigen, wenn Sie nicht glauben wollen, was in der Zeitung steht.«

»Ja, ein echtes Talent«, sagte Magda lächelnd, »und ein Whizzkid der Recherche.« Sie zwinkerte Larissa zu. »Wenn ich nicht dabei gewesen wäre, würde ich auch denken, das sei eine Ente.«

»Sie haben recht«, erwiderte Alena lachend, »ich glaube bei Weitem nicht alles, was gedruckt wird – schließlich bin ich Journalistin –, aber wenn Quincy hier die Mumie gesehen hat, wage ich keinen Widerspruch mehr.«

Alena sah nachdenklich auf die vor ihr liegende Ausgabe der *Prague Post* und strich sie glatt. Auf der Titelseite prangten die Worte *Who is the Metro-Mummy?* in großen Lettern. Larissas Artikel nahm die ganze obere Hälfte der Seite ein, in seiner Mitte das Foto der überfluteten Metrostation am Můstek.

Die drei Frauen saßen an einem Tisch vor dem Ráj. Die Morgensonne kam langsam hinter den Hausdächern hervor und tauchte den Platz in gleißendes Licht. Aus dem Schankraum drangen aufgeregte Stimmen zu ihnen hinaus. Eine Tür knallte. Magda sprang von ihrem Stuhl auf und verschwand durch den Schankraum in die Küche, in der eine zunehmend lautstarke Meinungsverschiedenheit zwischen der Köchin und der Kellnerin offensichtlich einen Schlichter benötigte.

»Der Bericht ist gut«, sagte Alena, nun wieder ernst. »Ganz ausgezeichnet sogar. Sie wollen nicht zufällig den Arbeitgeber wechseln? Leute wie Sie sucht das RFE ständig.«

»Ist das ein Jobangebot?«, fragte Larissa. Sie lächelte so zufrieden wie eine satte Katze. Steve Persson, der Nachrichtenredakteur der *Post*, hatte am gestrigen Nachmittag, als sie ihm die Geschichte nur ein paar Stunden vor Redaktionsschluss auf den Tisch gelegt hatte, ganz ähnlich reagiert. Vielleicht sollte sie tatsächlich über einen Wechsel nachdenken. Sie fühlte sich durchaus zu Höherem berufen, als bei der *Post* die Wald- und Wiesengeschichten zu beackern, die sonst keiner haben wollte. Immerhin hatte sie diesmal etwas Besonderes aufgetan. Die ihr vor ein paar Monaten vom Chefredakteur in Aussicht gestellte Festanstellung bei der *Prague Post* hing noch immer in der Luft, und ausgerechnet jetzt, wo sie diese herrliche Geschichte ausgegraben hatte, war dessen Stellvertreter, der Chef vom Dienst, kurzfristig in Urlaub gegangen. Nun, RFE wäre noch eine Nummer besser.

Larissa hatte Alena vor einigen Wochen beim ersten Treffen des neugegründeten *Prague Press Club* getroffen, einem Klub englischsprachiger Journalisten in Prag. Steve Persson hatte ihr eines Morgens in der Redaktion eine Einladung für die Gründungsversammlung in die Hand gedrückt.

»Aber die ist doch für den Chef«, hatte Larissa nach einem Blick auf die Karte zweifelnd bemerkt. Das sei schon in Ordnung, hatte Steve geantwortet, der Chef sei nicht da, und er selbst habe keine Lust, da hinzugehen, sie solle sich einen schönen Abend machen. Er habe ein vielversprechendes Rendezvous, meinte er augenzwinkernd. Vielleicht lerne sie ja einen netten Auslandskorrespondenten kennen.

Korrespondenten hatte sie dort tatsächlich getroffen, einige waren auch nett, aber keiner auf die Art, die Steve wohl im Sinn gehabt hatte. Aber sie hatte Alena kennengelernt, die ihr sofort sehr sympathisch gewesen war. Offenbar hatte diese Einschätzung auf Gegenseitigkeit beruht. Sie hatten sich den ganzen Abend lang angeregt über Gott und die Welt unterhalten und seither ein paarmal auf einen Kaffee getroffen. Alena war erfreut über die neue Bekanntschaft gewesen, denn sie war, wie sie Larissa erzählt hatte, erst seit drei Monaten in der Stadt und kannte erst wenige Leute.

Als Alena sie heute Morgen angerufen und gefragt hatte, ob sie nicht Lust auf einen Kaffee hätte, hatte Larissa gerne zugesagt. Sie war stolz auf ihre Recherche und ihren Artikel und wollte ihn der erfahrenen Kollegin gerne zeigen. Sie hatte das Ráj vorgeschlagen, und Alena hatte zugestimmt, sich dort mit ihr zu treffen.

Larissa hatte schon mit Magda an einem Tisch gesessen, als Alena kurz nach acht im Ráj angekommen war. Larissa hatte die beiden einander vorgestellt, und die beiden Frauen waren einander auf Anhieb sympathisch gewesen. Die Unterhaltung jedenfalls, fand Larissa, war angenehm entspannt und freundschaftlich.

Als würden sie sich alle seit Ewigkeiten kennen. Vielleicht, weil wir alle Expats sind, dachte sie. Expatriats – schon seltsam, dachte sie, wie verbindend die Herkunft im Ausland wirken kann. Aber welche Herkunft? Verband sie die Tatsache, dass sie alle hier geboren worden waren, oder waren sie eher Nordamerikanerinnen, die sich in Europa zufällig im Land ihrer Vorfahren getroffen hatten? Schwer zu sagen, dachte sie. Sie waren hier geboren, hatten alle drei aber nur ein paar Jahre als Kinder hier verbracht. Auch Magda war erst drei Jahre alt gewesen, als sie mit ihren Eltern nach Kanada gegangen war, wie sie ihnen erzählt hatte. Woran auch immer diese Vertrautheit liegen mochte, Larissa genoss sie.

»Ein Jobangebot? Sind Sie denn auf der Suche?«, fragte Alena lächelnd.

»Nun, ich habe eigentlich noch nicht darüber nachgedacht, aber die *Post* ist nichts für die Ewigkeit, wenn Sie verstehen, was ich meine … »

»Da haben Sie sicher recht. Aber sie ist ein guter Einstieg, denke ich. Und wenn Sie so weitermachen, steht einem Wechsel zu RFE sicher nichts im Wege. Denn wenn das hier Ihre übliche Arbeit widerspiegelt, sind Sie auf Dauer zu gut für die *Post*.«

Alena nahm die Zeitung zur Hand und überflog noch einmal die Zeilen. »Es gibt unter dieser Stadt also einen Riesenbunker, in dem wir ahnungslos ein- und ausgehen – gingen, sollte ich wohl sagen. Ich frage mich, wie lange dieses Chaos uns noch nerven wird. Wahrscheinlich Monate! Ich brauche jeden Tag Stunden, um zur Arbeit zu kommen, vom Rückweg ganz zu schweigen. Und in der Innenstadt kann man sich praktisch nur noch zu Fuß fortbewegen. Diese übervollen Straßenbahnen sind grauenhaft!« Sie machte eine theatralische, divenhafte Geste und lachte.

»Der Bunker erklärt natürlich diese riesigen Drucktüren«,

fuhr Alena nachdenklich fort. »*Geewhizz*! Die Jungs waren wirklich effizient, die haben sogar an Särge gedacht. Nur haben sie offenbar nicht damit gerechnet, dass jemand einen davon dazu benutzen würde, um eine Leiche zu entsorgen. Ein perfektes Versteck und eine geniale Maskerade!« Alena lächelte Larissa schelmisch an.

»Die Metro ein perfektes Versteck? Ungewöhnlich, ja, aber ziemlich gefährlich, oder? Jeder hätte da reinlaufen und das Ding finden können. Und wieso eine geniale Maskerade?«, fragte Magda, die sich in diesem Moment nach erfolgreichen Bemühungen um den Küchenfrieden wieder an den Tisch gesetzt hatte.

»Es ist wirklich eine Schande«, wechselte sie mit einem beschwörenden Blick auf die Küchentür das Thema, »da habe ich eine perfekte Köchin und eine ausgezeichnete Kellnerin, und die beiden sind wie Hund und Katz.« Sie seufzte, trank in einem Zug ihren kalten Kaffee aus und winkte der inzwischen wieder beruhigten Zorka zu, ihr ein Wasser zu bringen.

»Wir halten Sie doch nicht davon ab, ins Gerichtsmedizinische Institut zu gehen?«, fragte Larissa, die wusste, dass das Ráj eigentlich noch gar nicht geöffnet hatte. »Sie hatten gesagt, Sie müssten dann weg – Alena und ich können auch woandershin …«

»Keine Sorge, ich arbeite die nächsten Wochen erst mal Teilzeit. Ist nicht so viel los im Sommer, und eine ganze Stelle ist noch nicht bewilligt. Ich fange heute später an. – Aber um auf die Mumie zurückzukommen«, wandte sie sich an Alena, »wie haben Sie das eben gemeint?«

Alena faltete sorgfältig die Zeitung zusammen und legte sie in die Mitte des kleinen Tisches. »Na, überlegen Sie doch mal«, sagte sie mit vergnügtem Blick auf die Gerichtsmedizinerin. »Sie sagten, es bestehe kaum ein Zweifel daran, dass die Leiche höchstens dreißig Jahre alt ist, wahrscheinlich jünger. Und Sie sagten, dass die Frau erschlagen wurde. Oder könnte sie unglücklich gestürzt sein?«

»Könnte sie«, sagte Magda grinsend, »aber nur von einem Hochhaus. – Nein, nein, sie ist erschlagen worden. Daran besteht nun wirklich kein Zweifel.«

»Okay, Quincy. Was ich meine, ist, dass dieser Lagerraum mit den Särgen ein idealer Ort war, um eine Leiche zu entsorgen. Dass es ihn gab, unterlag strenger Geheimhaltung. Und man spricht ja offenbar immer noch nicht darüber! Wer hätte sie also finden sollen, wenn keiner von dem Raum wusste? Aufgetaucht wäre sie doch höchstens, wenn es einen Atomkrieg gegeben und man für irgendeinen armen Kerl einen Sarg gebraucht hätte. Und in diesem Fall hätte es wohl kaum jemanden gekümmert, wenn man bei der Gelegenheit eine Leiche in einem der Särge gefunden hätte. Die Leute hätten weiß Gott andere Sorgen gehabt. Jedenfalls war das Einzige, worum der Mörder sich bei diesem wunderbaren Versteck Gedanken machen musste, dass die Leiche nicht anfängt zu stinken. In der Tat, eine geniale Maskerade und ein perfektes Versteck!« Und ein kaltblütiger Mörder, dachte sie. Irgendwie bewunderte sie fast diese Kreativität und Rationalität, die dabei an den Tag gelegt worden war.

Magda und Larissa sahen sie verblüfft an. Daran hatte noch keine von ihnen gedacht. Sie waren so beschäftigt mit der Frage gewesen, wer die Frau sein könnte, dass sie nicht darüber nachgedacht hatten, warum man sie ausgerechnet in der Metro abgelegt und sozusagen als Mumie verkleidet hatte.

»Deshalb also die Mumifizierung«, sagte Magda nachdenklich. »Ja, das würde es erklären.«

»*You're absolutely right, ma'am.*« Hinter ihnen stand David Anděl und nickte. »Darf ich mich zu Ihnen setzen?« Er zog sich einen Stuhl heran und nahm neben Magda Platz. Zorka brachte Magdas Wasser, und Anděl bestellte einen türkischen Kaffee.

»Kapitán David Anděl, *Mordparta*«, stellte er sich Alena vor und reichte ihr die Hand über den Tisch. »Und wer ist unser weiblicher Sherlock Holmes?«, fragte er auf Englisch.

»Das ist meine Freundin Alena Freeman, für das Parlament zuständige Redakteurin bei Radio Free Europe«, stellte Larissa vor.

Anděl lächelte. »Na, dann führen wir mal ein kleines Hintergrundgespräch für die englischsprachige Journaille.« Er wandte sich an Larissa. »Ich habe Ihren Artikel heute Morgen gelesen. Herzlichen Glückwunsch. Ich hatte selten so wenig Anlass, mich über die Presse zu ärgern. Vom Oberst kann ich das allerdings nicht behaupten. Dem kommen Sie beide besser nicht unter die Augen«, fügte er mit einem Augenzwinkern hinzu.

»Nun«, sagte Magda, »der Oberst hat wenig Grund, sich über uns aufzuregen, nach allem, was er vermasselt hat – aber es tut mir leid, dass ich Sie von meinem Gespräch mit Frau Khek nicht in Kenntnis gesetzt habe. Verzeihen Sie, Herr Kommissar. Ich hätte Sie anrufen sollen.«

»Ist schon in Ordnung, Sie haben mich ja nur über eine herrenlose Mumie unterrichtet. Und bis heute Morgen war es ja auch kein offizieller Fall. Das hat erst die gründliche Recherche der Presse geändert. Die saß offensichtlich an jenem Abend Gewehr bei Fuß am Nebentisch.«

Larissa errötete unter seinem Blick. »Ich bin Reporterin«, verteidigte sie sich, »und ich saß ganz zufällig hier. Außerdem hat Ihr Chef hat ja alles getan, um die Sache unter den Teppich zu kehren. Das schreit nach Recherche und Veröffentlichung. Außerdem schadet es wohl kaum, wenn sich jemand findet, der etwas darüber weiß, oder?«

»Sie sind also wirklich die Autorin dieser Geschichte. Larissa Khek? Freut mich, Sie kennenzulernen. Irgendwann müssen Sie mir verraten, wie Sie an all diese Informationen gekommen sind. Respekt!«

Er sah die drei Frauen eine nach der anderen an und fuhr fort: »Also zurück zu unserem kleinen vertraulichen Hintergrundgespräch. Miss Freeman hat völlig recht. Wie es aussieht, haben uns das Hochwasser und die Hartnäckigkeit von Frau Dr. Bondy einen perfekten Mord beschert. Er wäre vermutlich nie entdeckt worden, hätte das Wasser nicht die Metro geflutet. Die Leiche hätte noch hundert Jahre da unten liegen können. Was die Hilfe von der Bevölkerung angeht – das Ganze liegt schon ziemlich weit zurück. Aber wir werden uns Mühe geben.« Er gab zwei Löffel Zucker in den Kaffee, den Zorka vor ihm auf den Tisch gestellt hatte. »Haben Sie, abgesehen von den lackierten Fingernägeln, noch andere Anhaltspunkte gefunden, die auf das Alter der Mumie schließen lassen?«, wandte er sich an Magda und trank vorsichtig einen Schluck Kaffee.

Magda zuckte mit den Schultern.

»Nun, bisher kann ich nur sagen, dass die Leiche sicher jünger als hundert Jahre ist. Aber das ließ sich auch schon aus dem Lack auf den Fingernägeln schließen. Die anderen Tests brauchen noch eine Weile. Angesichts des Fundorts würde ich aber sagen, sie ist jünger als dreißig Jahre. Die Metro wurde doch Anfang der Siebzigerjahre gebaut, nicht wahr?«

»Ich glaube, sie war vierundsiebzig fertig«, bestätigte Anděl. »Also geht es um einen Zeitraum von maximal achtundzwanzig Jahren. Haben Sie sonst noch etwas gefunden?«

»Der Obduktionsbericht ist noch nicht fertig. Ich fahre

gleich ins Institut und sehe mir noch ein paar Testergebnisse an. Bisher habe ich die Todesursache und das ungefähre Alter der Toten.«

»Und?«, fragte Alena mit einer gewissen Ungeduld in der Stimme. Auch Larissa sah die Pathologin erwartungsvoll an.

»Wir hören«, ermunterte Anděl die Pathologin.

»Sie war zwischen Ende zwanzig und Mitte dreißig, hatte langes dunkles Haar und, wie es aussieht, ein relativ großes Muttermal am linken Handgelenk. Etwa so groß wie ein Zehnkronenstück.«

Alena, die gerade ihre Kaffeetasse in die Hand genommen hatte, um zu trinken, hielt in der Bewegung inne und starrte die Pathologin an.

»Was? Ein Muttermal?«, fragte sie.

»Nun, ja«, sagte Magda, »es ist, soweit sich das bei einer durch die Mumifizierung verfärbten Leiche sagen lässt, ein recht großes Muttermal.« Sie sah Alena verwundert an. »Sie scheinen überrascht zu sein. – Haben Sie etwa eine Ahnung, wer die Frau war?« Magda lachte. »Dann aber nichts wie raus mit der Sprache!«

Alena trank einen Schluck Kaffee und stellte die Tasse langsam wieder ab.

»Nein, natürlich nicht«, sagte sie und schüttelte den Kopf. »Ich habe mich nur gewundert, dass man … nun, dass man so etwas noch feststellen kann, nach all der Zeit und in Anbetracht des Zustands der Leiche.«

»Ja, es ist wirklich faszinierend, was Pathologen so alles feststellen können. Und die Todesursache?«, wollte Anděl wissen.

»Jemand hat ihr, wie ich vorhin schon sagte, den Schädel eingeschlagen«, sagte Magda.

»Sind Sie sicher, dass das kein Unfall gewesen sein kann?«

»Ganz sicher. Die Gewalteinwirkung muss groß gewesen sein. Jemand hat sie erschlagen.«

Anděl dachte einen Moment nach und fragte dann: »Glauben Sie, dass man anhand des Gesichts ein Phantombild erstellen könnte?« Das würde bei der Identifizierung helfen, dachte er, vielleicht würde jemand das Gesicht erkennen.

»Im Prinzip kann man so etwas bei einer Mumie schon machen«, sagte Magda, »in diesem Fall allerdings nicht. Es ist kein Gesicht übrig.«

»Wie meinen Sie das? Sie sagten doch, die Leiche sei in einem guten Zustand.«

»Das ist sie auch, aber sie hat nicht nur einen eingeschlagenen Schädel, sondern auch ein zu Brei geschlagenes Gesicht. Da müsste man schon eine Gesichtsrekonstruktion versuchen. Aber das wäre mit Sicherheit schwierig und vor allem recht zeitaufwendig.«

»Kann ich eine von Ihren Zigaretten haben?«, fragte Alena und zeigte auf Magdas Schachtel, die auf dem Tisch lag.

»Natürlich, bedienen Sie sich.«

Alena nahm die Schachtel und zog eine Zigarette heraus. Ihre Hände zitterten leicht, als sie sie anzündete.

»Ist Ihnen nicht gut, Alena?«, fragte Magda besorgt.

»Oh, es ist nichts weiter«, erwiderte die Journalistin, »es ist nur die Vorstellung von einem zerschlagenen Gesicht – ich habe keinen Magen für so was.« Sie verzog das Gesicht.

»Ja, es sieht wirklich scheußlich aus. Der Mörder hat ganze Arbeit geleistet. Da ist mit Wucht und Leidenschaft zugeschlagen worden, kein Zweifel.«

Sie schwiegen alle. Leidenschaft, dachte Magda, war vielleicht das falsche Wort. Eher schon Wut, wenn nicht gar Hass.

Aber auch das war eine Spielart der Leidenschaft. Wie passte das zusammen, fragte sie sich, dieser ungezügelte Hass bei dem Mord und die kalte Rationalität bei der Entsorgung der Leiche?

»Könnte das mit dem Gesicht nicht auch durch das Hochwasser passiert sein?«, fragte Anděl nach einer Weile.

»Nein«, Magda schüttelte den Kopf. »Sie hat noch gelebt, als man ihr den Schädel und das Gesicht zerschlagen hat. Welche der Wunden zuerst zugefügt wurde, kann ich Ihnen sicher heute Abend sagen. Mit dem Hochwasser jedenfalls hat diese Entstellung nichts zu tun.«

Larissa schauderte. Die Vorstellung war grässlich. Wie konnte jemand so etwas nur tun? Schrecklich genug, sich vorzustellen, dass ein Mensch einem anderen den Schädel einschlug – aber das Gesicht? Sie versuchte, die Bilder eines zerschlagenen Gesichts zu verbannen, die sich vor ihrem geistigen Auge bildeten.

»Sie sagten, die Frau habe langes braunes Haar?«, fragte Alena.

»Ja, dunkelbraun. Aber ich habe den Eindruck, dass es gefärbt sein könnte.«

»Wie kommen Sie darauf?«, fragte Anděl.

»Die Ansätze sind zwar auch braun, aber am Hinterkopf ist der Ansatz an einigen Stellen hell. Blond.«

»Wie kann das sein?«

»Das ist ganz einfach«, mischte sich Larissa ein, »jedenfalls wenn man sich selbst die Haare färbt.«

Anděl sah sie verständnislos an.

»Na ja, wenn man das selbst macht, sieht man sich ja nicht von hinten, und da können einem schon ein paar Strähnen auskommen. Ist mir vor ein paar Wochen auch passiert. Eine Kollegin hat mich darauf aufmerksam gemacht, dass ich hinten ein paar Strähnen übersehen hatte. Sah albern aus.« Sie lächelte schüchtern. »Ich musste noch mal färben.«

Magda lachte. »Ja, genauso scheint es der Toten gegangen zu sein. Jedenfalls scheint sie ursprünglich blond gewesen zu sein.«

»Das ist ja schon einiges«, sagte Anděl. »Sie geben mir bitte Bescheid, wenn Sie mehr wissen, Frau Doktor?«

»Heute Abend oder morgen, denke ich. Ich mache mich gleich auf den Weg.«

Alena drückte ihre bis zum Filter abgerauchte Zigarette aus und stand auf. Sie hängte sich ihre große Handtasche um. »Ich muss auch los«, sagte sie mit etwas heiserer Stimme.

Gemeinsam mit David Anděl war auch Larissa Khek aufgebrochen. Sie bogen nach rechts in die von hohen Bäumen gesäumte Americká-Straße ein und schlenderten langsam in Richtung Friedensplatz.

»Sie müssen mir noch verraten, wie Sie all die Dinge erfahren haben, die in Ihrem Artikel standen«, sagte Anděl.

»Zufall«, antwortete Larissa, »ich hatte den kurzen Bericht von Dlouhý gelesen, und dann saß ich neulich abends im Ráj, und Sie und Frau Dr. Axamit sprachen am Nebentisch über eine Mumie, die in der Metro aufgetaucht war.« Larissa lachte. »Wie gesagt, reiner Zufall.«

»Nein, wir haben lediglich Vermutungen angestellt über einen möglichen Fundort. Woher wussten Sie, dass sie aus der Metro war?«, bohrte Anděl nach. »Denn dass Sie eine bloße Vermutung als Tatsache hingestellt haben, glaube ich Ihnen nicht.«

»Na schön, Sie haben eine Vermutung angestellt, und ich fand, die sei plausibel. Immerhin hatte Dlouhý ja von Särgen in der Metro berichtet. Da habe ich einfach eins und eins zusammengezählt.«

»So, so. Und die Vermutung haben Sie als Tatsache verkauft?« Anděl war nicht gewillt, ohne Weiteres lockerzulassen. Da hatte doch sicher jemand gequatscht. Aber wer?

»Sie wollen es aber genau wissen! Warum nicht?« Larissa wollte Robin nicht verraten.

»Ich bin Polizist, also von Berufs wegen neugierig. Und Sie haben bei den anderen Dingen, die Sie geschrieben haben, gründlich recherchiert. Außerdem hatte ja schon zuvor jemand gequatscht, sonst hätte Dlouhý nichts über diese Särge erfahren, und er wusste nichts über die Mumie, sonst hätte er das auch geschrieben. Also, woher hatten Sie die Information?«

»Ich bin Reporterin – und auch von Berufs wegen neugierig.«

»Und Sie sind über eine sprudelnde Quelle gestolpert?«

Larissa grinste. »Selbst wenn, ich würde sie Ihnen nicht verraten, okay? Außerdem spielt das doch jetzt keine Rolle mehr, oder?«

»Na schön«, sagte Anděl, er hatte auch so eine Ahnung, woher ihre Informationen stammten. Nur die beteiligten Feuerwehrleute wussten von der Mumie. Sie hatte recht, es spielte keine Rolle mehr. Irgendjemand würde immer reden, das ließ sich nicht verhindern. »Und die Bunker?«, fragte er.

»Die übliche Recherche. Die meisten Leute reden gern über ihre Arbeit. Und ich habe natürlich nichts über die Mumie gesagt. Ich sagte, ich arbeite an einer Geschichte über ungewöhnliche Gebäude in Prag. Na, und die Sachen über die Mumie haben Frau Dr. Axamit und ihre Freundin mir bestätigt. Das ist alles.«

»Schön. Den Rest überlassen Sie aber uns, ja? Sie haben viel ausgegraben, doch jetzt ist Schluss.«

»Ich bin Reporterin, Herr Kommissar, und Zensur mag ich gar nicht«, erwiderte Larissa trotzig.

»*Curiosity killed the cat.*«

Larissa lachte. »Wo haben Sie eigentlich so hervorragend Englisch gelernt?«, fragte sie, dankbar, das Thema wechseln zu können.

»In den Staaten. Ich war nach unserer samtenen Revolution ein paar Jahre am MIT in Boston. Da ließ sich das nicht vermeiden. Und Sie?«

»Oh, ich bin hier geboren, aber in Deutschland aufgewachsen, und als ich sechzehn war, ist es meinen Eltern gelungen, nach Kanada auszuwandern.« Sie lächelte. »Da ließ es sich dann auch nicht vermeiden. Was haben Sie am MIT gemacht? Ich wusste gar nicht, dass man dort Kriminalistik studieren kann.«

»Kann man auch nicht.« Anděl blickte verträumt die schmale, von alten Linden gesäumte Straße hinunter. »Ich habe hier nach dem Abitur Mathematik studiert und bin nach der Promotion ans MIT gegangen.«

Larissa war verblüfft. David Anděl sah nicht so aus, wie sie sich einen Mathematiker oder gar einen Professor vorstellte. An ihm war nichts Verhuschtes, Zerstreutes und schon gar nichts Verstaubtes oder Altbackenes. Nun, das waren wohl die üblichen Vorurteile. Sie hätte bei ihm eher auf Geisteswissenschaften getippt, vielleicht Philosophie. Als sie ihm das sagte, lachte er. Immerhin hätten Philosophie und Mathematik doch das eine oder andere gemeinsam, sagte er.

»Und wieso sind Sie heute Kriminalbeamter in Prag und nicht Professor in Boston?«, fragte sie.

»Wegen Wiles.«

Larissa starrte ihn an. Er machte sich sicher lustig über sie. »Wegen Wiles?«, wiederholte sie. »Sie meinen nicht zufällig *den* Andrew Wiles? Den Typen, der Fermats letzten Satz bewiesen hat?«

»Doch, genau den.«

»Und? Wieso?«

Anděl zuckte die Achseln. »Ach, das ist eine alberne Geschichte.«

»Ich liebe alberne Geschichten.«

Er seufzte. »Na schön. Als ich elf oder zwölf war, erzählte mir meine Mutter von Fermats letztem Satz. Sie ist Apothekerin, aber sie interessierte sich immer für alles Mögliche, unter anderem eben für Mathematik. Sie erzählte mir also die ganze Geschichte dieses mathematischen Rätsels. Ich war fasziniert, und weil ich ein gewisses Talent für Mathematik hatte, nahm ich mir in meiner kindlichen Einfalt vor, Fermats letzten Satz eines Tages zu beweisen. Nun, Wiles war besser. Das ist alles.«

Larissa war fassungslos. Sie schüttelte den Kopf und lachte aus vollem Halse. »Das glaube ich einfach nicht!«

Anděl sah sie ratlos an. »Was glauben Sie nicht?«

»Nun, Ihr Talent muss beträchtlich gewesen sein, wenn Sie sich allen Ernstes Fermats letzten Satz vorgenommen haben! Mein Mathelehrer hat uns in der zwölften Klasse auch davon erzählt, und das Problem und die ganze Geschichte haben mich fasziniert – aber Mathe und ich, nun, wir standen leider eher auf Kriegsfuß. Ich hätte nie im Leben daran gedacht, so ein Problem in Angriff zu nehmen. Ich hatte es ganz vergessen, aber als ich dann las, wie Wiles in Oxford seinen dreitägigen Beweis geführt hat, ohne jemandem vorher etwas verraten zu haben – oh, Mann, da habe ich wirklich geheult vor Freude und Rührung.« Sie schüttelte wieder den Kopf und lachte. »Und nun stehe ich hier in Prag und unterhalte mich mit einem Kriminalbeamten, der tatsächlich einmal angetreten ist, Fermats letzten Satz zu beweisen! Wow!«

Andĕl betrachtete ihren Gefühlsausbruch mit einem ironischen Grinsen.

»Oh, keine Sorge!«, rief Larissa amüsiert, als sie seine hochgezogene Braue sah. »Ich bin keine Autogrammjägerin. Ich fand die Sache einfach nur wahnsinnig spannend, wissen Sie. So wie andere – na, vielleicht die Suche nach dem Grab des Osiris oder so was Ausgefallenes. Ich habe mich einfach sehr für Wiles gefreut.« Ihr Lächeln wich einer skeptischen Miene. »Sie haben sich vermutlich nicht sehr für ihn gefreut, nicht wahr?«

Andĕl wurde ernst. »Ehrlich? Nein – und auch wieder ja. Vermutlich hätte ich das Problem nie gelöst. Ich habe es ihm gegönnt, er hat immerhin viele Jahre seines Lebens reingesteckt. Was für eine Leistung, ein Problem zu lösen, an dem sich seit bald dreihundertfünfzig Jahren die größten Mathematiker der Welt die Zähne ausgebissen haben! Selbst der alte Gauß ist gescheitert. Das immerhin war eine gewisse Befriedigung, dass auch weit größere Mathematiker als ich diese Nuss nicht geknackt haben.«

»Und deshalb haben Sie die Mathematik an den Nagel gehängt?«, fragte Larissa ungläubig.

»Ich habe im Grunde nur wegen dieses Problems Mathematik studiert. Und dann war es auf einmal gelöst. Ich hatte meine Dissertation über Teilprobleme des Fermatschen Satzes geschrieben. Und dann hat Wiles ihn bewiesen. Es gab nichts mehr zu tun. Ehrlich gesagt, war ich damals ziemlich frustriert. Ich habe meine Sachen gepackt, meinen Vertrag nicht verlängert und bin nach Hause gefahren. Eine kindische Einstellung, aber so war es nun einmal.« Er fuhr sich mit der Hand durch die Haare. »Ich bin nach Prag zurückgekehrt und bekam einen Teilzeitvertrag an der Uni. Und dann habe ich Otakar Nebeský wiedergetroffen. Wir haben vor Urzeiten zusammen Abitur gemacht. Er war inzwischen bei der Kriminalpolizei. Ich habe mich beworben – und sie haben mich genommen. Wie damals fast jeden Hochschulabsolventen, der freiwillig dahin wollte.« Er machte eine ausladende Geste mit den Armen. »Und da bin ich nun. Kapitán David Anděl, Kommissar bei der Prager *Mordparta*. Aber es macht Spaß. Ab und zu braucht man auch hier logisches Denken. Und außerdem gebe ich immer noch hin und wieder Seminare an der Uni.« Er grinste. »Um nicht aus der Übung zu kommen. Wissen Sie, die Primzahlen sind auch ungeheuer faszinierend.«

»Irre.« Mehr fiel Larissa nicht ein. Stattdessen verlor sie sich in Überlegungen, die die Leiche aus der Metro betrafen. Würde man hier mit mathematischen Formeln weiterkommen, oder wäre hier eine ganz andere Art von analytischer Vorgehensweise gefragt? Von gründlicher Recherche, weiblicher Intuition und journalistischer Kombinationsgabe?

»... Sie die Finger davon«, hörte Larissa Anděl sagen, als sie sich endlich von ihren Gedanken losriss.

»Entschuldigen Sie bitte, ich war ganz woanders. Was haben Sie gesagt?«

Anděl lachte. »Ja, das habe ich gemerkt. Ich wollte auf unser ursprüngliches Thema zurückkommen. Hören Sie«, fuhr er ernst fort, »Sie haben einen perfekten Mord auf die Titelseite gebracht, und da draußen läuft ein erfolgreicher Mörder frei herum. Wenn Sie in diesem Stil weitermachen, könnten Sie in ein Hornissennest stechen.«

»Das ist doch alles wahrscheinlich gut dreißig Jahre her. Der Mörder ist wahrscheinlich längst so tot wie sein Opfer.« Larissa lachte nervös. Sie glaubte das selbst nicht so recht.

»Vielleicht, vielleicht aber auch nicht. Wir wissen noch nicht, wie lange die Frau tot in der Metro gelegen hat. Das können achtundzwanzig, aber auch nur fünf Jahre gewesen sein. Passen Sie auf sich auf.«

»David!«

Anděl drehte sich um. Hinter ihm kam gerade Otakar Nebeský über die Straße und gesellte sich zu ihnen. Anděl stellte Larissa seinem Partner vor, dann nahm er eine Visitenkarte aus einem alten, etwas verbeulten silbernen Etui und notierte seine Handynummer darauf.

»Hier. Für den Fall, dass Sie noch mehr über die Leiche oder den Mörder ausgraben, lassen Sie es mich wissen, bevor es in der Zeitung steht!«

Larissa sah David Anděl nach, als er mit Otakar Nebeský über den großen Platz in Richtung Innenstadt fortging, und steckte die Karte nachdenklich in ihre Handtasche. Er bewegte sich wie eine große Raubkatze, anmutig und geschmeidig. Ein Mann, der sich seiner selbst sicher war – und seiner Wirkung auf andere. Sie lächelte.

Die hohen Türme der Kirche der heiligen Ludmilla warfen lange Schatten auf die Häuser am unteren Ende des Friedensplatzes. Ein Teil des Pflasters, das man seit ein paar Wochen aufwendig restaurierte, war schon verlegt worden, und das vielstimmige Geklapper der Hämmer, mit denen zwei Dutzend Arbeiter jeden Tag die kleinen dunkelgrauen und weißen Steine in geometrischen Mustern in den sandigen Untergrund klopften, hallte über den Platz.

Der Hauptplatz des schönen Jugendstilviertels Königliche Weinberge, auf dem Berg oberhalb des Nationalmuseums gelegen, war auch zu weniger chaotischen Zeiten ein großer Verkehrsknotenpunkt. Eine mehrspurige Straße umschloss den eigentlich schönen und erstaunlich gemütlichen Platz von allen Seiten. Von Ost nach West durchschnitten ihn Straßenbahnschienen, auf denen seit dem Hochwasser noch mehr Trambahnen einen unaufhörlichen Strom eiliger Menschen den Berg hinauf- und wieder hinunterbeförderten.

Das lautstarke Gebimmel und Geratter der haltenden und wieder anfahrenden Straßenbahnen nahm Tag und Nacht kein Ende. Dubčeks Rache, dachte sie und musste bei dem Gedanken schmunzeln. Eine Freundin aus Dresden hatte ihr einmal erzählt, so habe man dort nach dem Prager Frühling die in die DDR exportierten tschechischen Straßenbahnen genannt – wegen ihres unglaublichen Lärmpegels.

Eine magere Rache für den Einmarsch der Staaten des Warschauer Pakts, dachte Larissa. Der einschneidende Vorgang hatte auch das Leben ihrer Familie verändert. Ihre Eltern waren zehn Jahre später, kurz nach ihrer Geburt, auf einer Urlaubsreise in Deutschland geblieben. Sie hatten sich sogar scheiden lassen, um in den Westen zu gelangen. Larissa war mit ihrer Mutter nach Deutschland zu einer Tante gefahren, der Vater mit ihrem Bruder ein paar Tage später nach Österreich. In München hatten sie sich dann wieder getroffen. Eines Abends, in der kleinen möblierten Wohnung in Nymphenburg, hatte ihr Vater dann der Mutter zur Überraschung der Kinder einen Heiratsantrag gemacht. Sie hatte heute noch das hellblaue Kleidchen mit der großen gestickten Blume, das sie zur zweiten Hochzeit ihrer Eltern getragen hatte. Ihre Mutter hatte es ihr aus einem alten Bettbezug genäht, neuen Stoff hatten sie sich damals nicht leisten können. Das magere Gehalt ihrer Eltern in jener Anfangszeit im Westen hatte noch nicht einmal für eine Straßenbahnfahrkarte gereicht. Ich sollte dringend mal wieder nach Hause fahren, dachte Larissa. Zu Weihnachten vielleicht. Sie schüttelte die sentimentalen Erinnerungen ab und lächelte zufrieden.

Ihr Blick schweifte über den Platz und zurück in die Americká-Straße. Sie würde viel dafür geben, hier wohnen zu können, aber leider verdiente sie bei der *Post* nicht annähernd genug, um sich in diesem Viertel eine noch so kleine Wohnung leisten zu können. So war sie in das alte Arbeiterviertel Žižkov gezogen, nur einen Katzensprung Richtung Norden, jenseits der Riegerovy Sady, eines hübschen Parks mit Kinderspielplatz und Biergarten. Sie wohnte an der Ecke der Seifertova-Straße, einer der beiden Hauptstraßen Žižkovs, und der Víta-Nejedlého-Straße, in einer kleinen Zweizimmerwohnung unter dem Dach. Obwohl ihr Haus eines der wenigen bereits renovierten war, war die Wohnung in keinem besonders guten Zustand, genau genommen eine ziemliche Bruchbude, aber der göttliche Blick aus den Fenstern und die große Terrasse, die zum ruhigen Hinterhof hinausging, entschädigten sie für das ewige Gebimmel und Geratter der Tram unter ihrem Fenster und für die Dauerberieselung mit Küchendüften aus dem Restaurant im Erdgeschoss. Glücklicherweise war es ein gutes Restaurant und die Düfte entsprechend angenehm. Wenn sie keine Lust hatte, spät abends alleine in ihrem spartanisch möblierten Wohnzimmer zu sitzen, ging sie auf ein Glas Wein ins Hühnchen in der Uhr hinunter. Vielleicht sollte sie sich heute Abend den Luxus gönnen und dort zu Abend essen. Sie könnte Robin anrufen, vielleicht hatte er Lust dazuzukommen. Beschwingt machte sie sich auf den Weg in die Redaktion und genoss die vormittägliche Sonne.

Xenia Bondy stand in Magdas geräumiger Küche hoch über den Dächern der Weinberge und schnitt Tomaten klein. In einem Schälchen lagen bereits klein gehackte Anchovis und daneben ein Tütchen mit Pinienkernen. Im großen Kochtopf auf einem Herd tanzten Spaghetti im sprudelnden Wasser. Magda deckte für zwei Personen. Auf dem runden Tisch brannte die obligatorische Kerze. Ob Tag oder Nacht, wo Magda sich aufhielt, brannte immer eine Kerze. Magda blickte gedankenverloren in die Flamme.

»Hast du von den Kindern gehört?«, fragte Xenia.

»Cid hat heute Morgen angerufen. Es geht ihnen gut. Sie fahren morgen mit Vincent und seiner Mutter in die Picardie.« Magda lachte. »Vorgestern waren sie im Disneyland. Sie waren begeistert. Cid meinte, wir müssten nächstes Jahr unbedingt nach Florida fahren, er wolle das Epcot-Center sehen. Und nächste Woche wollen sie zu den Schlössern an die Loire. Sie amüsieren sich und haben kein Heimweh. Alles bestens.«

»Das hört sich gut an«, sagte Xenia und legte einen Arm um die Schultern ihrer Freundin. »Vincent hat als Ehemann zwar keinen Blumentopf gewonnen, aber er ist ein guter Vater. Hat er sich das Programm ausgedacht?«

»Wo denkst du hin!« Magda lachte. »Nein, das war seine Mutter. Sie ist doch Kunsthistorikerin und versucht nach Kräften, den Kindern Kultur beizubringen. Aber ich muss zugeben, sie macht es ausgezeichnet. Immerhin ist es nicht gerade einfach, einen Fünfzehnjährigen und eine Vierzehnjährige mit Museen, Schlössern und Galerien zu begeistern. Ich weiß nicht, wie sie es macht, aber sie sind jedes Mal hin und weg.«

»Ich wünschte, meine Eltern täten auch nur ein Viertel davon«, sagte Xenia. »Aber ich glaube, meine beiden sind trotzdem recht zufrieden. Sie spielen im Garten, gehen mit meinem Vater schwimmen, und Nick erzählte gestern, als er anrief, sie hätten angefangen, ein Baumhaus zu bauen.«

»Tja, dann bleiben die Museen wohl an dir hängen, meine Liebe«, sagte Magda grinsend. Sie wusste, wie ungern Xenia Kunstausstellungen besuchte. Ihr selbst ging es ähnlich, dabei hatte sie nichts gegen Malerei, ganz im Gegenteil, sie fand Pinakotheken nur schrecklich langweilig. Ein gutes Technik- oder Naturkundemuseum war eindeutig mehr ihr Fall.

»Wir können uns die Bildungsarbeit ja teilen. Du gehst mit den Kindern ins Technikmuseum, und ich nehme mir mit ihnen die Ethnologie und Archäologie vor.« Xenia lachte. »Und den Schwarzen Peter der Kunst schieben wir Jay zu, der geht da ganz gerne hin.«

»Hat er sich denn gemeldet?«, fragte Magda.

»Ach, woher. Aber er wird schon wieder aus der Versenkung auftauchen, irgendwann. – Aber weil wir gerade von Männern sprechen, was hältst du von unserem hübschen Kriminalbeamten?« Xenia lächelte Magda mit hochgezogener Braue an.

»Scheint kompetent zu sein. Und durchaus intelligent. Warum?«

»Und sonst?«

»Und sonst was?«

»Stell dich nicht so an! Du weißt genau, was ich meine.«

»Xenia, ich bin nicht auf der Suche nach einem Mann. Ich lebe allein mit meinen beiden Kindern und bin damit glücklich und zufrieden. Lass es!« Sie grinste.

»Keine Lust auf ein romantisches Abendessen? Auf Komplimente? Auf einen gepflegten Flirt? Komm schon, Magda, du bist doch kein kalter Fisch! Und der Mann ist ganz dein Typ, da kannst du mir erzählen, was du willst.«

»Na schön, er ist attraktiv, offenbar intelligent, nicht eben humorlos, spricht eine Fremdsprache fließend. Aber das heißt doch nicht, dass ich – ach vergiss es einfach, okay?«

Sie tat die ganze Sache mit einer Handbewegung ab und widmete sich lächelnd dem Nachtisch.

Xenia schmunzelte. Sie hatte Magda während ihres Studiums in Paris auf einer Party kennengelernt. Die beiden waren einander nicht nur gleich sympathisch gewesen, sie hatten auch eine ähnliche Geschichte. Auch Xenia war die Tochter von kanadischen Exiltschechen, allerdings war sie in Montreal aufgewachsen. Schon auf der Uni damals hatte Magda immer so getan, als interessierte sie sich kein bisschen für Männer – um sich dann immer wieder den begehrtesten zu schnappen. Wie ihren Exgatten Vincent, einen ausnehmend attraktiven Windhund, von dem sie sich erst vor drei oder vier Jahren hatte scheiden lassen. Seither war, soweit Xenia das wusste, bei Magda Ebbe auf dem Konto Liebesleben. Xenias gelegentliche Bemerkungen über gut aussehende männliche Zeitgenossen waren unkommentiert übergangen worden. Wenn Magda also jetzt so tat, als habe sie David Anděls ansprechendes Äußeres überhaupt nicht bemerkt, konnte es spannend werden.

»Wie geht es eigentlich deiner Schwester?«, wechselte Xenia das Thema.

»Valeska? Oh, es geht ihr gut. Sie hat das Haus in Franzensbad gekauft. Diesen alten Bauernhof, weißt du, von dem sie so geschwärmt hat. Und sie ist dabei, dort ein Gesundheitszentrum einzurichten.« Magda lachte. »Sie wollte, dass ich meinen Job hier hinschmeiße und in dieses Kurbad komme, um mit ihr dort zu arbeiten. So ein verrücktes Huhn!«

Xenia lachte auch. Magda war durch und durch ein Stadtmensch, unmöglich, sie sich auf dem Land vorzustellen. Valeska, die gut ein Jahr jüngere Schwester, dagegen konnte dem Leben in der Stadt nicht viel abgewinnen. Die beiden waren in nahezu jeder Hinsicht sehr verschieden. Während Magda zielstrebig Medizin studiert und dann ihren Facharzt für Gerichtsmedizin gemacht hatte, war Valeska schließlich nach Philosophie, Amerikanistik, Indologie und Bühnenbild bei der Biochemie gelandet. Ein Umstand, der die ganze Familie verblüfft hatte. Allerdings hatte sie ihren Beruf inzwischen gegen den einer Yogalehrerin und Homöopathin eingetauscht. Das waren immerhin zwei Leidenschaften, die sie mit Magda teilte. Und nun versuchte sie also, in einem westböhmischen Kurort ein Gesundheitszentrum aufzubauen. Ja, das klang ganz nach Valeska.

Nachdenklich fuhr Xenia nach einer Weile fort: »Weißt du, ich kenne Jay nun wirklich schon lange, aber je länger ich ihn kenne, desto weniger weiß ich, was ich von ihm halten soll. Es ist so seltsam, manchmal frage ich mich, wer er wirklich ist.«

»Wie meinst du das?«

»Ach, zum Beispiel die Dienstreisen. Ich habe ein paarmal in der Redaktion angerufen, und dann wusste keiner was davon, er habe doch Urlaub, hieß es. Gott, ich kam mir vor wie ein Idiot! Die eigene Ehefrau weiß nicht, dass ihr Mann Urlaub hat!«

»Und was hat er gesagt?«, fragte Magda erstaunt. Davon hatte Xenia ihr nie erzählt.

»Oh, er hat gesagt, das sei ein Missverständnis gewesen.«

»Na ja, das kann schon mal vorkommen«, sagte Magda. »Aber was meinst du damit, dass du dich fragst, wer er wirklich ist?«

»Ach, ich weiß auch nicht. Er ist so ein elender Geheimniskrämer. – O verdammt! Die Spaghetti!«, rief sie aus und lief hinüber zum Herd. »Shit, die sind Matsch.« Sie sah Magda entsetzt an und fing dann an zu lachen.

Magda betrachtete ihre Freundin erst verdutzt, fing dann

aber auch an zu lachen. Xenia war ein Stehaufmännchen, sie würde sich nicht unterkriegen lassen.

»Macht nichts. Ich habe noch eine Packung in der Speisekammer. Also auf ein Neues.« Sie nahm die Weingläser vom Tisch und reichte Xenia eines. »Auf schöne Männer und den Weltfrieden!«, sagte sie fröhlich und drückte ihrer Freundin lachend einen Kuss auf die Wange. Sie tranken beide einen Schluck, dann holte Xenia die Spaghetti aus der Speisekammer, und Magda ging hinüber zur Anlage, um Musik einzulegen. Wie gut, dass es Xenia gibt, dachte sie, legte die Weather Girls ein und drehte die Lautstärke voll auf.

It's raining men ... schallte es kurz darauf hinaus in den wolkenlosen Himmel über dem Friedensplatz.

Meda Cyanová und Otakar Nebeský saßen an ihren Schreibtischen, vor ihnen Stapel von Computerausdrucken und alten Akten, die Meda aus dem Archiv im Keller geholt hatte.

»Diese Mumie kriegt nie im Leben einen Namen, wenn du mich fragst. Zumal wir noch nicht einmal wissen, ob wir im richtigen Zeitraum suchen«, sagte Meda und kratzte sich mit ihren langen, dunkelrot lackierten Fingernägeln am Hals. »Dieser Staub ist die Hölle. Ich fühle mich schon selbst wie eine verstaubte Mumie.«

Sie legte eine weitere Akte auf den Stapel vor ihr. Die Suche nach vermissten Personen aus den späten Siebzigerjahren gestaltete sich, wie nicht anders zu erwarten gewesen war, schwierig. Es waren bei Weitem noch nicht alle Vermisstenfälle in das Computersystem eingegeben worden, und so mussten sie sich mühselig durch die vergilbten, teilweise handschriftlich ausgefüllten Formulare kämpfen. Sie saßen schon seit Stunden daran. Nebeský arbeitete mit verbissenem Eifer.

»O nein, Herzchen. So leicht gebe ich mich nicht geschlagen«, sagte er und blickte zu Meda hinüber, deren Hals flammend rote Kratzspuren wie ein wirres geometrisches Muster zierten. »Wenn in den Siebzigerjahren eine Frau hier ermordet wurde, werden wir auch rauskriegen, wer sie war. Irgendjemand muss sie doch vermisst haben!«

»Ich bin mir da nicht so sicher. Vielleicht hatte sie keine Angehörigen. Fast alle Vermissten, deren Akten ich bisher durchgesehen habe, sind früher oder später wieder aufgetaucht. Einige tot, manche quietschfidel, und der Rest – Gott weiß, wo die abgeblieben sind. Hier ist eine, die bis heute gesucht wird – und die war damals schon vierundachtzig.«

»Selbst wenn sie keine Angehörigen hatte, dann hat sie doch irgendwo gewohnt und hatte Nachbarn. Da hätte sich doch auch jemand gemeldet. Früher haben sich die Leute doch noch für ihre Nachbarn interessiert«, bemerkte Nebeský trotzig. Der Staub biss ihn in der Nase, und außerdem schwitzte er. Er fragte sich, wie Meda es schaffte, so frisch und gebügelt auszusehen bei dieser Hitze. Kein Tropfen Schweiß auf ihrer Alabasterstirn. Er wischte sich abermals mit seinem inzwischen feuchten Taschentuch über das Gesicht.

»Vielleicht war es eine Touristin. Dann können wir suchen, bis wir schwarz werden. In dem Fall wäre sie nämlich in ihrem Heimatland vermisst gemeldet worden«, bemerkte Meda skeptisch.

»Eine Touristin?« Nebeský ließ sich den Gedanken durch den Kopf gehen. »Kaum. Wie viele Touristen gab es denn damals? Aber vorsichtshalber können wir ja noch die Meldeakten aus der Zeit raussuchen. Immerhin mussten sich alle Touristen bei der Polizei an- und wieder abmelden. Wenn wir also eine Anmeldung finden, zu der es keine Abmeldung gibt, haben wir sie – vielleicht. Aber ich glaube nicht, dass sie eine

Touristin war. Wenn du mich fragst, war die Frau von hier. Und dann muss sie zumindest Nachbarn gehabt haben. Und wie gesagt, die soziale Kontrolle funktionierte damals deutlich besser als heute.«

»Stimmt. Meine Tante hat ein paar Jahre vor der Revolution ihre Nachbarin vermisst gemeldet«, ließ sich ihr jüngster Kollege Antonín Cajthaml, von allen meist Cajtík genannt, von der Tür hören. Er war vor ein paar Minuten in die kleine Teeküche am Ende des Flurs gegangen, um Kaffee zu kochen. Jetzt stellte er das dünne Ergebnis seiner Bemühungen auf den Besprechungstisch in der Ecke neben der Tür.

»Die war einfach von einem Tag auf den anderen verschwunden«, fuhr er fort. »Die Polizei hat damals sogar den Karpfenteich abgelassen, weil sie dachten, sie sei vielleicht ertrunken. Mann, waren die Fischer sauer, das war nämlich, kurz nachdem sie die neuen Fische eingesetzt hatten, und da war dann natürlich alles futsch. Na, und dann stellt sich doch glatt heraus, dass die Frau sich über die Hügel davongemacht hatte. Kein Wunder, dass man sie nirgends finden konnte. Sie hat ein paar Monate später eine Postkarte aus Deutschland geschickt.« Er grinste. »Kaffee, die Herrschaften?«

Meda und Nebeský starrten ihn an.

»Cajtík, du bist genial!« Der Inspektor knallte die Akte zu, die er gerade gelesen hatte. »Natürlich, warum habe ich nicht selbst daran gedacht? Vielleicht ist die Frau damals abgehauen?«

»Na, dann hätte sie jetzt wohl kaum als Mumie in der Metro auftauchen können, oder?« Meda lächelte ihren Kollegen mitleidig an. Offenbar hatte ihm der Staub das Hirn vernebelt.

»Nein, ich meine, vielleicht wollte sie abhauen, und als sie dann weg war, haben alle gedacht, sie sei drüben – da hatte ja keiner einen Grund, sie vermisst zu melden«, begeisterte Nebeský sich für seine Idee.

»Leute, die abhauen wollten, haben das, soviel ich weiß, nicht an die große Glocke gehängt, mein Bester«, sagte Meda spitz. »Da wäre aus der Flucht kaum was geworden, nicht wahr? Also hätte sie auch in diesem Fall jemand vermisst. Wie Cajtíks Tante ihre Bekannte.«

»Na ja, sie könnte ja auch verreist sein, oder?«, fragte Cajtík vorsichtig. »Das heißt, sie konnte vorgehabt haben zu verreisen, das hätte sie ja ohne Weiteres erzählen können, das wäre dann alles ganz offiziell gewesen, nicht wahr? Und dann hat sie jemand umgebracht, in die Metro geschafft und – ja, und niemand hätte sie als vermisst gemeldet, weil sie ja verreist war.«

Nebeský, der sich nach Medas spitzer Bemerkung wieder auf seinen Stuhl gesetzt hatte, sprang erneut auf. »Genau. Genau so muss es gewesen sein! Sie ist verreist. Wollte verreisen. Wenn das wirklich so war, können wir diesen Krempel wieder einpacken.«

»Dann müssten wir aber trotzdem eine Vermisstenanzeige finden«, beharrte Meda. »Denn dann wäre sie ja nicht zurückgekommen, und irgendwem hätte das auffallen müssen. Immerhin muss die Frau irgendwo gearbeitet haben, wenigstens da hätte man sie vermisst, wenn sie nicht aus dem Urlaub wiedergekommen wäre.«

»Stimmt auch wieder.« Nebeský deutete auf die Stapel auf seinem Schreibtisch. »Cajtík, du machst hier weiter. Und ich besorge die Reiseanträge von damals.«

Er ging hinüber zum Besprechungstisch und betrachtete die bis zum Rand gefüllten Gläser. Er wusste, dass Cajtík in seiner Freizeit jonglierte und sich für allerlei Geschicklichkeitsspiele begeisterte. Aber warum musste er auch bei der

Arbeit üben? Wie konnte er es überhaupt schaffen, ohne Tablett drei bis zum Anschlag gefüllte Gläser Kaffee den ganzen Weg von der Teeküche hierherzubringen, ohne auch nur einen Tropfen zu verschütten?

»Du hast nicht zufällig auch Strohhalme mitgebracht?«, fragte er und deutete auf die Gläser.

Larissa saß auf einer Parkbank in den terrassenförmigen Palastgärten unterhalb der Burg und genoss die Sonne. Sie hatte sich den Tag freigenommen, um über die Mumie und ihre weiteren Recherchen nachzudenken.

David Anděl und Otakar Nebeský waren vermutlich mit Feuereifer dabei, nach vermissten Frauen zu suchen. Sie lächelte bei dem Gedanken an die Nachnamen der beiden Polizisten. Sie machten einen kompetenten Eindruck, früher oder später würden sie die Vermisstenanzeige der Frau schon finden, die so spektakulär nach Jahren aus der Versenkung aufgetaucht war. Sofern die Leiche nicht doch älteren Datums war. Aber Larissa hatte das Gefühl, dass Magda Axamit recht behalten würde, nicht nur wegen des Nagellacks. Wie sollte eine antike Mumie in die Metro kommen? Allerdings war es fast ebenso unwahrscheinlich, dass überhaupt eine Leiche da unten entsorgt worden sein sollte. Nichtsdestotrotz hatte man sie dort gefunden. Wie auch immer sie dorthin geraten sein mochte.

Wie lange hatte die Mumie wohl in der Metro gelegen?, fragte sie sich. Schwer zu sagen. Höchstens achtundzwanzig Jahre, mindestens – tja, mindestens ein paar Jährchen. Immerhin könnte die Leiche auch erst vor fünf oder zehn Jahren da unten abgelegt worden sein. Aber irgendwie nahm Larissa an, dass die Leiche schon sehr lange da unten gelegen hatte. Wie wahrscheinlich war es, dass man damals, in der zweiten Hälfte der Siebzigerjahre, einfach so verschwinden konnte?

Nach allem, was ihre Eltern ihr über diese dunkle Zeit in der Geschichte der damaligen Tschechoslowakei erzählt hatten, war es nahezu ein Ding der Unmöglichkeit gewesen, sich derart gründlich aus dem Staub zu machen. Es hatte damals sehr wenig Kriminalität gegeben, kein Wunder bei der allgegenwärtigen Kontrolle in allen Lebenslagen. Und von Morden hatte man auch nur selten gehört, geschrieben worden war darüber sowieso kaum, immerhin hatte man den Anspruch gehabt, die perfekte Gesellschaft aufzubauen, da hatten Morde nicht ins Konzept gepasst.

Aber der Mord an der unbekannten Frau war ja auch nicht aufgedeckt worden. Sie war nur eines Tages verschwunden. Wieso hatte das niemand bemerkt? Schön, vielleicht hatte sie keine Angehörigen, oder sie wohnten jedenfalls nicht in Prag, hatten vielleicht wenig oder keinen Kontakt zu ihr. Vielleicht war sie eine Waise. Viele Vielleichts. Viele Möglichkeiten.

Dass aber die Frau zum Zeitpunkt ihres Todes in Prag gelebt hatte, nahm Larissa an. Alles andere hätte keinen Sinn ergeben. Warum sollte der Mörder die Leiche in die Stadt schleppen? Hätte er sie irgendwo auf dem Land umgebracht, wäre es viel einfacher gewesen, sie irgendwo im Wald zu vergraben. Es gab genug tiefe Wälder, in denen man eine Leiche verschwinden lassen konnte. Aber es blieb die Frage, warum niemand sie vermisst hatte. Bevor man sich mit alldem beschäftigen konnte, musste Dr. Axamit erst feststellen, wie lange die Frau bereits tot war. Larissa hatte keine Ahnung, wie man das machte. Sie musste sich das von der Gerichtsmedizinerin genau erklären lassen. Das wäre auch ein interessanter Artikel.

Sie blickte über die niedrige Steinmauer in den Garten nebenan. Ein Juwel von einem Renaissancegarten. Und kaum Besucher. Genau das Richtige für die Sommerbeilage der

Post, dachte sie. Ein Feature über die vergessenen Palastgärten. Sie würde Kathy Scalia das Thema vorschlagen. Die Redakteurin war immer auf der Suche nach Besichtigungstipps für ihre Tourismusseiten. Sie streckte sich und stand langsam auf. Sie wollte noch hinübergehen auf den Laurenziberg, den Hausberg der Prager gegenüber der Burg, und ins Spiegellabyrinth, da war sie schon seit einer Ewigkeit nicht mehr gewesen.

Als sie auf die Straße trat, klingelte ihr Handy. Petra Koderová von der Rezeption der *Post* war dran. Ein Mann habe für sie angerufen, sagte sie, er habe keine Nummer hinterlassen, nur gesagt, es gehe um die Mumie. Wer er sei, habe er auch nicht gesagt. Aber Petra habe ihm Larissas Handynummer gegeben, das sei doch in Ordnung gewesen? Es habe ziemlich dringend geklungen.

Dass Anděl sie angerufen haben könnte, bezweifelte Larissa – sie war wohl kaum die Erste, der er die Identität der Toten auf die Nase binden würde. Andererseits könnte es auch ein Journalist gewesen sein, der sich für den Fall interessierte. Sie hatte schließlich auch Dlouhý angerufen, als sie von den Särgen gelesen hatte. Allerdings hätte ein Reporter sicher seine Nummer hinterlassen und um Rückruf gebeten. Immerhin hatte am Morgen bereits eine Reporterin der BBC angerufen und Larissa über die Mumie ausgefragt. Während sie sich Gedanken machte, wer nun ihre Handynummer erhalten hatte, klingelte ihr Handy erneut.

»Ja bitte?«

»Larissa Kheková?«, fragte eine männliche Stimme. Es war eine tiefe, raue Stimme, so als habe der Mann sie seit Jahren mit zu vielen Zigaretten und Alkohol gequält. Möglicherweise war er aber auch nur heiser. Er räusperte sich.

»Larissa Khek, ja«, antwortete sie kühl. Sie konnte es nicht leiden, wenn ihrem Namen die in Tschechien übliche weibliche Endung -ová angehängt wurde. »Und Sie sind?«

»Unwichtig. Es geht um die Mumie aus der Metro, über die Sie geschrieben haben. Die Frau hieß Dana Volná.«

»Wie bitte?« Eine heiße Welle der Erregung durchlief sie. »Sie wissen, wer die Tote aus der Metro ist? Wer sind Sie?«

»Sie hieß Dana Volná«, wiederholte der Mann.

»Dana Volná – habe ich das richtig verstanden?«

»Korrekt. Dana Volná, die Schauspielerin.«

»Woher wissen Sie das?«

Die Leitung war tot.

Staatsanwalt Otčenášek und Kommissar Anděl saßen in Magdalena Axamits kleinem Büro im Gerichtsmedizinischen Institut. »Ich bin überrascht, dass Sie zu mir kommen, Herr Staatsanwalt. Ist das hier so üblich?«, fragte Magda lächelnd.

»Sie sind erst so kurz hier, und ich habe schon so viel von Ihnen gehört, Frau Doktor, da wollte ich mir selbst ein Bild machen. Stört es Sie?«, erwiderte er höflich.

»Ganz und gar nicht, ich freue mich, Sie persönlich kennenzulernen.«

»Sie haben unsere Bürokratie ganz schön aufgemischt, wenn ich so sagen darf.«

»Das war keine Absicht, Herr Doktor. Ich war der Meinung, es sei die beste Lösung. Man kann so eine Mumie bei diesem Wetter ja nicht einfach irgendwo herumliegen lassen. Und Oberst Kohout wollte sie partout nicht zurückhaben.«

»Ja, unser Oberst ist ein Fall für sich, aber das haben Sie ja inzwischen festgestellt. Sie haben ganz richtig gehandelt in diesem Fall, Frau Doktor. Ihr Chef wird zwar nicht begeistert sein, aber ich werde gerne mit ihm sprechen, wenn er Schwierigkeiten machen sollte. Er ist, was die Bürokratie angeht, sehr – sagen wir, eigen. Lassen Sie sich nicht von ihm einschüchtern. Er ist im Grunde ein guter Kerl, wenngleich etwas pedantisch.«

»Und cholerisch, nicht zu vergessen«, warf Anděl ein.

Otčenášek lächelte. »Ja, auch das. Aber zum eigentlichen Grund unseres Kommens: Was haben Sie bisher herausgefunden? Haben Sie schon einen Obduktionsbericht?«

»Nur einen vorläufigen. Es sind noch nicht alle Tests abgeschlossen.« Sie nahm einige Seiten von einem Stapel auf ihrem Schreibtisch und reichte sie dem Staatsanwalt. Eine Kopie reichte sie Anděl. Die beiden Männer lehnten sich zurück und lasen still. Magda widmete sich unterdessen ihrem anderen Papierkram.

Nachdem er die ersten Sätze überflogen hatte, entspannte sich der Staatsanwalt. Keine Lyrik, nur gewöhnliche, trockene Prosa, der Sache angemessen. Gott sei Dank kein weiterer verkannter Dichter wie Jirka Kratochvíl. Soweit er das Fachchinesisch und die kryptischen Abkürzungen entschlüsselte, stand da nicht sehr viel mehr, als die Gerichtsmedizinerin auch Anděl schon erzählt hatte. Allerdings waren Geschlecht und Alter der Leiche nun zweifelsfrei und offiziell festgestellt worden. Die Mumie war eine Frau und zum Zeitpunkt ihres Todes zwischen fünfundzwanzig und fünfunddreißig Jahre alt gewesen. Und sie war erschlagen worden. Multiple Frakturen am Schädelknochen. Die waren offenbar auch die Todesursache gewesen. Keine Gewebespuren unter den Fingernägeln. Eine Platzwunde auf der linken Kopfseite. Den Schädel hatte man ihr rechts hinten eingeschlagen.

»Wie ist sie zu der Platzwunde gekommen, Frau Doktor?«, fragte Otčenášek.

»Vielleicht ist sie bei dem Angriff gegen etwas gefallen,

oder es hat einen Kampf gegeben, und sie ist gegen etwas gestürzt.«

Magda blickte von einem Formular auf, in das sie die Befunde im Fall eines im Krankenhaus verstorbenen dreiundachtzigjährigen Mannes eintrug. »Und dann hat der Mörder sein Werk vollendet, indem er ihr mit irgendetwas den Schädel eingeschlagen hat?«

»So sieht es aus. Sie ist jedenfalls an den schweren Kopfverletzungen gestorben. Die Platzwunde hätte sie ohne Weiteres überlebt.«

Otčenášek legte die Blätter auf den Schreibtisch. »Was glauben Sie, warum hat man die Leiche so hergerichtet und ausgerechnet in der Metro versteckt?«

»Sie meinen, als Mumie?«

Der Staatsanwalt nickte. »Ist ja nicht gerade üblich, dass Mörder sich so viel Mühe geben.«

»Da haben Sie recht. Nun«, sagte sie nachdenklich, »die Metro war ein gutes Versteck. Man hätte sie doch erst gefunden, wenn eine atomare Katastrophe die Stadt getroffen hätte. Und dann wäre es egal gewesen, unter solchen Umständen, nicht wahr?« Sie erzählte ihm von Alena Freemans Schlussfolgerung.

Der Staatsanwalt nickte. »Ja, da haben Sie recht – oder vielmehr diese Journalistin. Das Versteck war gut gewählt. Aber sagen Sie, was muss man tun, damit so eine Leiche nicht anfängt zu stinken? Einwickeln in Tücher wird da wohl kaum ausreichen.«

»Nein.« Magda lächelte. »Das wiederum hat mir Xenia Bondy erklärt, die Archäologin, die Kohout die Mumie zu verdanken hat. Also, um es kurz zu machen: Die alten Ägypter haben den Toten durch einen relativ kleinen Schnitt unter dem rechten Rippenbogen die inneren Organe entfernt – nur das Herz ließen sie drin. Das Gehirn wurde durch die Nase entfernt.«

»Durch die Nase? Wie denn das?«, fragte Otčenášek mit angewiderter Miene.

»Man führte Haken durch die Nase in den Schädel ein und verquirlte die Hirnmasse, bis sie zur Nase hinauslief. Man wollte die Leiche so wenig wie möglich beschädigen, immerhin glaubte man damals, dass die Toten in der Unterwelt in ihrem eigenen Körper weiterleben. Die Verunstaltungen sollten sich also in Grenzen halten.«

»So, ja. Und dann?« Der Ekel hatte den Staatsanwalt blass werden lassen.

»Und dann hat man die Leiche in Salz eingelegt. Das hat das Gewebe ausgetrocknet und den Verwesungsprozess gestoppt. Das gleiche Prinzip wie beim Einsalzen von Fleisch. Nun, und nach vierzig Tagen wurde das Salz entfernt und die Leiche mit allerlei ätherischen Ölen einbalsamiert; die meisten wirken antibakteriell, verhindern also auch die Verwesung durch Mikroben. Und schließlich wurde die Leiche gewissenhaft in Leinenbahnen gewickelt. In einem aufwendigen Fischgrätmuster. Fertig.«

»Und wie war das bei dieser Mumie?«, fragte Anděl, der bisher still gewesen war.

»Hmm, das ist nicht so leicht zu sagen. Ich glaube, sie war auch in Salz eingelegt, jedenfalls eine Zeit lang. Das Gewebe ist völlig ausgetrocknet. Außerdem habe ich im Bauchraum noch Spuren von Salz gefunden.«

»Wollen Sie damit sagen, jemand hat die Leiche in Salz eingelegt und ist mehr als einen Monat später wieder hingegangen und hat sie dann eingewickelt?«, fragte Otčenášek ungläubig. In jedem Krimi konnte man nachlesen, dass Täter gerne an den Ort des Verbrechens zurückkehrten. Aber das hier war die Realität. Es war für den Mörder ein großes Wagnis gewesen zurückzukehren. Warum sollte er das auf sich genommen haben? Der Staatsanwalt hatte da so seine Zweifel.

»So sieht es aus. Jemand hat alle Organe entfernt, den Brust- und Bauchraum mit Salz gefüllt, die Leiche dann in Salz eingelegt – wie Fische, die man in einer Salzkruste backen will. Nach einiger Zeit, vielleicht nach den bewussten vierzig Tagen, hat jemand das Salz entfernt, die Leiche recht gekonnt eingewickelt und sie in den Sarg gelegt. Vielleicht wurde noch einmal Salz darübergeschüttet, aber das ist nur eine Vermutung. Spuren ätherischer Öle habe ich nicht gefunden. Deshalb könnte ich mir vorstellen, dass die fertig balsamierte und verpackte Leiche wieder in Salz eingelegt wurde. Aber das Wasser hat alles fortgespült.«

»Könnte der Mörder sie nicht einfach eingewickelt und in Salz eingelegt haben, und das war's? Ich meine, wie können Sie sicher sein, dass er zurückgekommen ist?«, fragte Anděl.

»Nun, hätte er sie erst eingewickelt und dann in Salz eingelegt, wären die Binden locker gewesen. Das Salz entzieht dem Körper die Flüssigkeit, er schrumpft. Und die Binden lagen fest am Körper an. Sie wurde also erst nach der Austrocknung eingewickelt. Ob er sie dann allerdings wieder in Salz gepackt hat, weiß ich, wie gesagt, nicht. Allerdings kann ich Ihnen auch nicht sagen, wie eine Leiche aussehen würde, die dreißig Jahre in Salz lag. Da bin ich überfragt.« Sie neigte den Kopf amüsiert zur Seite. »Das hat man selbst auf der berühmten Body Farm in den USA noch nicht ausprobiert, soviel ich weiß.«

»Kommt ja auch glücklicherweise nicht so oft vor«, sagte Otčenášek und fuhr dann ernst fort: »Das heißt, der Mörder ist zurückgekommen, um die Mumie möglichst echt aussehen zu lassen. Verstehe ich Sie da richtig?«

»So sieht es aus«, bestätigte Magda.

»Und wieso genau kann es keine echte Mumie sein?«

»Zum einen war es kein kleiner Schnitt unter dem rechten Rippenbogen, sondern ein langer vom Halsansatz bis zum Schambein. Dann fehlen alle Organe, auch das Herz, aber das Gehirn wurde nicht entfernt. Die Nase stand ja als Ablauf nicht mehr zur Verfügung, nicht wahr? Ganz abgesehen von den Kopfverletzungen, die eine Entfernung nicht unbedingt einfacher gemacht hätten. Und zum anderen war sie, wie Xenia sagte, falsch gewickelt: Zwar lagen die Binden in einer Art Fischgrätmuster, aber statt vom Kopf zu den Füßen hatte unser Balsamierer an den Füßen begonnen und zum Kopf gewickelt. Außerdem handelte es sich bei dem Stoff nicht um Leinen, sondern um Baumwolle. Genauer gesagt, um medizinische Mullbinden. So etwas hatten die alten Ägypter nicht zur Verfügung.«

»Wenn der Mörder aber so viel Wert darauf gelegt hat, die Mumie echt aussehen zu lassen, warum hat er dann nicht auch den Schnitt unter den Rippen gesetzt?«, fragte Anděl.

»Da kann ich nur Vermutungen anstellen«, sagte Magda. »Ich nehme an, er hatte wenig Zeit. Die Entfernung der Organe durch einen kleinen Schnitt nimmt viel Zeit in Anspruch, bei einem langen Schnitt ist das wesentlich einfacher. Oder er wusste nur, dass die alten Ägypter den Leichen die Organe entfernt, sie in Salz eingelegt und dann eingewickelt haben, aber nicht, wie und welche Organe sie entfernten.« Nach einem Moment fügte sie hinzu: »Aber ich nehme an, er hatte einfach nicht genug Zeit für solche Spielereien.« Sie zuckte die Achseln.

Anděl war geneigt, ihr zuzustimmen. Ein Mörder, der so viel über die Balsamierungstechniken wusste, wusste vermutlich auch, wie man die Organe entfernt hatte. Ja, der Mörder hatte wohl unter Zeitdruck gestanden. Angesichts des Fundorts nur zu verständlich. »Wo sind die Organe eigentlich abgeblieben?«, fragte er.

Magda zuckte erneut die Achseln. »Gute Frage. Der Mörder hat sie vermutlich anderweitig entsorgt. Mülltonne, Toilette, Wald – da gibt es eine Menge Möglichkeiten.«

»Können Sie uns schon sagen, wann – ungefähr – die Frau getötet wurde?«, fragte Otčenášek.

»Meine Tests haben ergeben, dass die Frau in der zweiten Hälfte der Siebzigerjahre gestorben sein muss.«

»Wie können Sie das so genau sagen?«, wollte Otčenášek wissen.

Magda erklärte die Untersuchungen, die sie und Jirka durchgeführt hatten. »Und außerdem hatte sie, wie ich bereits vermutet habe, mit chemischen Mitteln gefärbtes Haar. Das gab es im alten Ägypten nun definitiv nicht. Und auch vor hundert Jahren noch nicht. Nicht zu vergessen, die lackierten Fingernägel«, schloss sie.

»Ja, das klingt nachvollziehbar. Mit anderen Worten, der Mörder hatte Ahnung von altägyptischen Balsamierungstechniken und hat sie seinen Möglichkeiten angepasst. Sie sagen, sie hatte gefärbtes Haar und lackierte Fingernägel?«

»Exakt.«

»Hmmm. Das wäre in der Tat eine sehr seltsame antike Mumie. – Hat der Mörder irgendwelche Spuren hinterlassen?«, fragte Otčenášek nach einer kleinen Pause, in der er aus dem Fenster hinter Magda gestarrt hatte.

»Soweit ich feststellen konnte, nein. Außer …«, Magda zögerte. Draußen im Flur raschelte etwas. Magda blickte zur offenen Tür. Niemand da.

»Ja?«, ermunterte Otčenášek die Pathologin.

»Es gibt da etwas Seltsames«, fuhr sie fort, während sie eine Schublade ihres Schreibtischs öffnete, einen Plastikbeutel herausnahm und ihn auf den Schreibtisch legte. »Im Hals der Leiche haben wir einen kleinen Knochen gefunden. Einen Knochen, der da eigentlich nicht hingehört. Hätte der Mörder die Frau nicht erschlagen, dann wäre sie vermutlich langsam erstickt.«

Das wird ja immer besser, dachte Anděl. Von einem Knochen im Hals der Mumie hatte ihm Dr. Axamit bisher nichts erzählt.

»Aber sagen Sie, Frau Doktor, etwas irritiert mich. Wir können davon ausgehen, dass der Mörder die alten Balsamierungstechniken kannte. Aber um diese Dinge in die Tat umsetzen zu können, brauchte er – na, sagen wir, Werkzeug. Ein Skalpell, Mullbinden. Woher hatte er all das?«

»Nun, er könnte auch ein gewöhnliches, scharfes Messer benutzt haben. Was die Mullbinden angeht, die konnte man auch damals in der Apotheke kaufen. Die Reporterin, Larissa Khek, erwähnte in ihrem Artikel ein geheimes Krankenhaus in der Metro. Vielleicht hat er sich dort bedient.«

»Frau Dr. Axamit?«

In der Tür stand Václav Černý, der Chef des Gerichtsmedizinischen Instituts.

»Guten Morgen, Herr Doktor«, grüßte Magda irritiert. »Was kann ich für Sie tun?« Erst vor einer halben Stunde war sie bei ihm gewesen und hatte ihm wegen der Mumie und ihrer eigenmächtigen Obduktion Rede und Antwort gestanden. Černý war ernst, aber schließlich verständnisvoll gewesen und hatte ihr mit auf den Weg gegeben, sich in Zukunft penibel an die Vorschriften zu halten. Im Gegenzug hatte sie ihm ihren vorläufigen Obduktionsbericht überreicht. Und nun stand er im Türrahmen und war unter seiner sommerlichen Bräune blass wie ein Gespenst. Er wirkte angespannt, seine rechte Hand steckte wie meist in seiner Kitteltasche, in der linken hielt er einen Packen loser Papiere.

Geistesabwesend nickte der Gerichtsmediziner Otčenášek und Anděl zu. »Morgen, Theo. Herr Kommissar. Ich – äh, ich hätte Sie nachher gerne gesprochen, Frau Doktor«, sagte er zu Magda, »kommen Sie bitte in mein Büro, sobald Sie frei sind.«

Magda nickte, und ihr Chef verschwand so plötzlich, wie er gekommen war. Magdas Blick blieb nachdenklich am Türrahmen hängen.

»Sie hatten vorhin von einem Knochen gesprochen?«, fragte Otčenášek, nachdem Černý gegangen war.

»Ja, Dr. Kratochvíl und ich haben einen Knochen im Hals der Mumie gefunden, und wenn die Frau nicht erschlagen worden wäre, wäre sie daran erstickt.«

»Sie meinen … Was meinen Sie damit, Frau Doktor? Was für ein Knochen ist das? Das heißt, wo gehörte er eigentlich hin? Und wie ist er in ihren Hals gekommen?«

»Das ist eine gute Frage. Es ist ein Fingerknochen, das Endglied eines Fingers, vermutlich des kleinen Fingers der rechten Hand … «

Magda sah noch einmal zur Tür hinüber. Nein, sie hatte sich getäuscht, ihr Chef war nicht zurückgekommen. Ich sehe schon Gespenster, dachte sie.

»Sie wollen doch nicht etwa sagen, dass die Frau sich vor ihrem Tod den Finger abgebissen und sich daran verschluckt hat?«, hakte der Staatsanwalt nach.

»Nein. Ihre Finger waren komplett. Aber sie hat offenbar jemandem ein Stück Finger abgebissen. Und verschluckt hat sie sich daran, das steht außer Zweifel. Und hätte der Mörder ihr nicht den Kopf zu Brei geschlagen, wäre sie mit ziemlicher Sicherheit daran erstickt. Langsam zwar, aber erstickt wäre sie. Ich glaube nicht, dass sie das Fingerstück hätte aushusten können.« Magda lehnte sich in ihrem Stuhl zurück und nahm eine Kristallkugel, die auf ihrem Schreibtisch lag, in die Hände. Sie blickte hinein, als suche sie darin nach der Wahrheit.

»Unter Umständen hätte man das Fingerstück mit einem Heimlichgriff wieder nach draußen befördern können. Aber selbst wäre sie wohl kaum dazu in der Lage gewesen«, sagte sie schließlich und blickte auf. Was für ein schrecklicher Tod, dachte sie. Niedergeschlagen zu werden, die Atemnot – und dann die gewaltigen Schläge mit irgendetwas, irgendeinem Gegenstand. Sie hoffte für die tote, unbekannte Frau, dass sie in jenem Moment, in dem dieser Gegenstand auf ihren Kopf und ihr Gesicht niedergefahren war, in eine tiefe Bewusstlosigkeit gesunken war, die sie vor weiteren Schmerzen und weiterer Todesangst bewahrt hatte.

»Der Knochen ist also unser einziger Hinweis auf den Mörder. Nicht schlecht eigentlich«, sagte Anděl nachdenklich.

»Ja. Wir werden es mit einer DNA-Analyse versuchen. Mehr kann ich Ihnen im Moment nicht über den Mörder sagen.«

Anděl nickte. »Tja, leider führt eine DNA-Analyse nicht direkt zu einem Phantombild.«

»Das nicht«, sagte Magda, »aber vielleicht ist die Mumie selbst ein Hinweis auf den Beruf des Mörders.«

»Wie meinen Sie das?«, fragte der Staatsanwalt überrascht. Auch Anděl sah sie skeptisch an. Fast hätte sie losgelacht, aber sie beherrschte sich.

»Nun – das ist natürlich alles hochgradig spekulativ, was ich jetzt sage, aber der Mörder wusste offenbar eine ganze Menge über altägyptische Balsamierungstechniken.

Und möglicherweise bediente er sich in dem unterirdischen Krankenhaus. Er *könnte* Archäologe oder Arzt gewesen sein.«

Dana Volná. Ein hübscher Name, dachte Larissa. Sie war von dem anonymen Anruf so aufgewühlt gewesen, dass sie in den Palastgarten zurückgegangen war, um nachzudenken. Sie saß auf der Bank, die sie erst vor Kurzem verlassen hatte, und starrte auf ihr Handy. Sie hatte sofort David Anděl anrufen wollen, es dann aber gelassen. Irgendwo hatte sie diesen Namen schon gehört. Sie konnte sich nur nicht erinnern, wo. Es musste erst kürzlich gewesen sein. Verdammt, wieso war ihr Namensgedächtnis auch so lausig?

Dana Volná. Ein Name, der fröhlich klang, nach Freiheit und Leichtigkeit – Dana Frei, wenn man es übersetzte. Ein Name wie Holly Golightly oder Sabrina Fairchild, einer dieser vielsagenden Namen, wie sie die Leute in Filmen haben. Film? Natürlich, sie hatte den Namen im Vorspann eines Märchenfilms gesehen, den sie sich neulich abends angesehen hatte. Die Hauptdarstellerin hatte Dana Volná geheißen. Konnte das möglich sein? Konnte das dieselbe Dana Volná sein? Der Mann, der sie angerufen hatte, hatte gesagt *Dana Volná, die Schauspielerin*. Larissa nahm ihr Handy und wählte eine Nummer.

»Karafiátová«, meldete sich eine angenehm tiefe weibliche Stimme.

»Guten Tag, Frau Karafiátová, hier ist Larissa Khek von der *Prague Post*.«

»Ah, Herzchen, wie schön, dass Sie anrufen. Wie geht es Ihnen? Ich habe Sie auf dieser schrecklichen Vernissage neulich vermisst! Aber Sie haben nichts verpasst. Es war einfach grau–en–haft. Ich hatte nächtelang Albträume!«

»Frau Karafiátová, ich habe eine Frage. Kennen Sie eine Dana Volná?«

»Dana Volná? Aber natürlich, Herzchen, wer kennt sie nicht?! Neulich haben sie im Fernsehen wieder einen Film mit ihr gezeigt. Was wollen Sie mit Dana? Doch nicht etwa ein Interview?« Lída Karafiátová kicherte. Im Hintergrund hörte Larissa jemanden Lídas Namen rufen. »Ja, ja, ja, ich komme ja schon!«, antwortete Lída der anderen Person ungeduldig und wandte sich wieder Larissa zu. »Hören Sie, meine Liebe, ich bin ein bisschen im Stress, aber wenn Sie wollen, treffen wir uns nachher im Evropa auf einen Drink, ja? Und dann erzähle ich Ihnen alles, was Sie über die arme Seele wissen wollen. Um vier? Im Evropa am Wenzelsplatz, ja?«

Lída hatte aufgelegt. Na schön, dachte Larissa. Treffen wir uns also auf einen Drink im Evropa. Da bin ich mal gespannt. Larissa steckte ihr Handy in ihre Handtasche und atmete tief durch. Dana Volná war also tatsächlich eine bekannte Schauspielerin. Aber wie konnte sie dann die Mumie aus der Metro sein, wenn Lída fragte, ob sie ein Interview mit ihr machen wolle? Das passte nicht zusammen. Vielleicht gab es ja zwei Frauen dieses Namens, die beide Schauspielerinnen waren? Mutter und Tochter vielleicht? Wie wahrscheinlich war so etwas? Spekulationen ohne Ende.

Allerdings konnte der Mann, der sie angerufen hatte, sich auch einen Spaß erlaubt haben. Aber irgendwie hatte sie das Gefühl, dass dem nicht so war. Wieso sollte jemand so etwas tun? Absurd. Sie hängte sich die Handtasche über die Schulter und verließ abermals den malerischen Garten.

»Dana Volná? Sie machen Witze!« Otakar Nebeský lachte. »Der Mann hat Sie bestimmt auf den Arm genommen, Schätzchen!«

Larissa saß in David Andĕls Büro. Es war kurz nach zwei Uhr nachmittags, und Andĕl und sein Partner saßen ihr an dem alten Besprechungstisch gegenüber. Antonín Cajthaml hatte Kaffee für alle gebracht, diesmal mit einem kleinen Anstandsrand, nachdem Otakar sich rechtzeitig weitere Kunststücke verbeten hatte. Der Kaffee sei ihm erstaunlich gut geraten, hatte Andĕl den jungen Beamten gelobt, nachdem er einen Schluck getrunken hatte.

Larissa hatte sich nach ihrem Gespräch mit Lída Karafiátová gleich auf den Weg zu den beiden gemacht und ihnen, kaum dass sie in der Tür stand, verkündet, sie wisse, wer die Mumie sei. Ein Mann habe sie angerufen und es ihr gesagt. Die beiden hatten sie angestarrt wie eine Erscheinung der dritten Art. Andĕl hatte sie gebeten, Platz zu nehmen, und Cajtík losgeschickt, Kaffee zu machen.

»Nein, nein«, wiederholte Nebeský, noch immer kichernd, »das muss ein Scherz sein. Unsere Mumie kann nicht Dana Volná sein, jedenfalls nicht die Schauspielerin. Glauben Sie mir.«

Der Kommissar hielt sich bisher mit Kommentaren zurück. Er saß nachdenklich auf seinem unbequemen Stuhl und nippte an dem heißen Kaffee.

»Und warum nicht?«, fragte Larissa herausfordernd.

»Ganz einfach«, sagte Andĕl, »weil sie tot ist.«

»Na also«, beharrte Larissa, »dann kann sie auch die Mumie sein.«

»Kann sie eben nicht. Sie ist zwar tatsächlich Ende der Siebzigerjahre gestorben, aber auf einer Reise, in Jugoslawien. Es stand damals in allen Zeitungen. Ich kann mich noch gut daran erinnern. Meine Schwester war ein großer Fan von der Volná, sie war am Boden zerstört. Hat uns die ganzen Sommerferien verdorben.« Er lächelte Larissa mitfühlend an.

»Da hat Ihnen jemand einen dummen Streich gespielt, fürchte ich«, setzte er hinzu.

Larissa fühlte sich wie vor den Kopf gestoßen. Ihre schöne Theorie, in einem Moment zu Staub zerfallen. Das Wunschdenken war mit ihr durchgegangen. Es wäre auch zu schön gewesen, im Alleingang die Identität der mysteriösen Mumie zu lüften. Wenn sie es recht bedachte, war ihre Theorie mehr als wackelig gewesen. Nichts weiter als ein Hirngespinst.

»Ach so«, brachte sie lahm heraus. Sie trank einen Schluck Kaffee. Er war tatsächlich gut. »Aber wieso sollte jemand das tun?«, fragte sie schließlich.

»Warum?« Nebeský zuckte die Achseln. »Na, Irre gibt es wie Sand am Meer. Wollte sich wahrscheinlich wichtig machen«, sagte er. »Nehmen Sie das nicht persönlich, das passiert uns dauernd, dass irgendwelche Idioten sich wichtig machen wollen und – mit Verlaub – Scheiße erzählen. Vergessen Sie es einfach.«

»Nebeský hat recht, Frau Khek«, sagte Anděl freundlich. »Der Mann wollte Sie verschaukeln.«

»Wo ist sie begraben?«, fragte Larissa.

»Wer? Die Volná?« Nebeský kratzte sich am kurz geschorenen Hinterkopf. »Keine Ahnung. Vielleicht in Jugoslawien, vielleicht hier auf den Olschanner Friedhöfen. Das sind die größten Friedhöfe. Warum?«

»Ach, nur so. Ja, dann entschuldigen Sie, dass ich Sie von der Arbeit abgehalten habe«, sagte Larissa niedergeschlagen und stand auf. »Danke für den Kaffee, er ist wirklich gut.«

Larissa Khek stand unschlüssig auf einem der Hauptwege, die die Olschanner Friedhöfe, im Nordosten der Stadt gelegen, in kleinere Parzellen teilten. Unmöglich, hier ein bestimmtes Grab zu finden, wenn man nicht wenigstens ungefähr wusste, wo es sich befand. Die Friedhöfe waren fast so groß wie ein ganzer Stadtteil. Sie fühlte sich an ihren ergebnislosen Versuch erinnert, das Grab von Samuel Hahnemann auf dem Pariser Friedhof Père Lachaise zu finden. Einen ganzen Tag hatte sie vor ein paar Jahren dort verbracht, doch das Grab, das sie gesucht hatte, hatte sie erst später auf einer Karte des Friedhofs gefunden – und dabei festgestellt, dass sie mehrmals in unmittelbarer Nähe daran vorbeigelaufen war.

Nun also die Olschanner Friedhöfe. Anderer Ort, gleiches Problem. Aber was wollte sie hier überhaupt? Das Grab einer ihr unbekannten Frau besuchen, von der sie einen wilden Moment lang angenommen hatte, sie sei die Mumie aus der Metro? Sentimentaler Quatsch. Gott, war das eben im Büro des Kommissars peinlich gewesen. Hätte sie doch nur für einen Augenblick nachgedacht! Aber sie war in ihrer Euphorie mit diesem Halbwissen zu Anděl gerannt und hatte sich bis auf die Knochen blamiert. Da war der journalistische Ehrgeiz mit ihr durchgegangen. Wäre auch zu schön gewesen.

Was erwartest du eigentlich, fragte sie sich, dass du die Identität der Mumie im Alleingang enthüllst? Oder willst du Anděl mit weiteren genialen Recherchen beeindrucken?

»Sie kennen Dana Volná nicht?«, hatte Meda Cyanová, der sie auf ihrem Weg aus dem Polizeipräsidium über den Weg gelaufen war, sie ungläubig gefragt, nachdem Larissa ihr von dem Anruf und ihrem voreiligen Schluss erzählt hatte. Sie kannte Meda von einer Party bei Robin, wo sich die beiden jungen Frauen vor ein paar Wochen eine Weile angeregt unterhalten hatten. Das wissen doch alle, wie die zu Tode gekommen ist, hatte Meda hinzugefügt. Klar, alle wussten das, dachte Larissa, nur ich nicht, weil ich keine Ahnung von tschechischen Schauspielern habe.

Sie wusste schon, warum sie sich standhaft weigerte, für die Kulturredaktion zu arbeiten, da wären peinliche Situationen programmiert. Na, vorbei. Nun stand sie also hier auf dem schönen alten Friedhof und versuchte seit einer halben Stunde, das Grab dieser Schauspielerin zu finden. Sie würde sich etwas anderes einfallen lassen müssen, denn wenn sie auf gut Glück weitersuchte, würde sie das Grab in hundert Jahren nicht finden – sofern es sich überhaupt auf diesem Friedhof befand. Was hatte Nebeský gesagt? Die Volná könnte auch in Jugoslawien beerdigt sein. Immerhin war sie dort gestorben. Im Urlaub. Hatte man damals Tote in ihr Heimatland überführt? Wer weiß, dachte Larissa. Aber mal angenommen, sie ist hier beerdigt. Wie sollte sie das Grab finden? Sie dachte an den Pariser Friedhof. Vielleicht gab es hier ja auch Karten des Friedhofs zu kaufen, auf denen die Gräber wichtiger Persönlichkeiten eingezeichnet waren. Wäre Dana Volná wichtig genug gewesen, um sie in einer solchen Karte einzutragen? Einen Versuch war es wert.

Sie drehte sich um und ging entschlossen zurück zum Eingang. In dem Häuschen am Tor saß eine alte Frau hinter einem hohen Tresen an einer alten Schreibmaschine und tippte bedächtig einen Buchstaben nach dem anderen in ein Formular. Sie hatte schneeweißes Haar und ihr Gesicht einen gütigen Ausdruck. Larissa straffte die Schultern und räusperte sich.

» Guten Tag. Entschuldigen Sie, könnten Sie mir wohl eine Auskunft zu einem Grab geben?«, fragte sie.

Die alte Frau blickte auf und schob ihre Lesebrille auf die Nasenspitze hinunter. Mit freundlichen Augen sah sie Larissa an.

»Aber natürlich, Herzchen, was möchten Sie wissen?«

Die Frau erinnerte Larissa an ihre eigene Großmutter, die

hatte auch immer so über ihre Lesebrille geguckt, mit dem gleichen Ausdruck freundlichen Interesses.

»Ich suche nach dem Grab einer Tante«, flunkerte Larissa etwas verlegen, »und meine Großmutter hat vergessen, mir zu sagen, wo es sich befindet. Ich wollte ein paar Blumen auf das Grab legen.« Sie hob ihre Hand, in der sie einen kleinen Strauß orangeroter Moosröschen hielt. Sie hatte sie an einem der Blumenstände vor dem Eingang zum Friedhof erstanden. Eine sentimentale Anwandlung, aber nun war sie froh darum.

»Aber natürlich, Herzchen, wenn Sie mir sagen, wie Ihre Tante hieß, kann ich Ihnen sagen, wo sie liegt.« Die Frau stand auf und kam an den Tresen.

»Sie hieß Dana Volná.«

»Ach, da muss ich gar nicht nachsehen, das weiß ich aus dem Kopf, wo sie liegt. Es ist gleich um die Ecke, ein Urnengrab in der Friedhofsmauer da drüben. Die Nummer achtundsechzig, oberste Reihe. Ich weiß aber nicht, ob eine Vase drin ist«, fügte sie mit einem Blick auf die Blumen hinzu. »Außen hängt aber auf jeden Fall eine.«

Larissa dankte ihr und ging hinaus in die Sonne. Sie wandte sich nach rechts zur Mauer und schlenderte an den in die Ziegelwand eingelassenen verglasten Urnengräbern vorbei.

Es ist schon ein seltsamer Brauch, dachte sie, die Urnen wie in einem Schaufenster auszustellen. Die ganze Mauer bestand aus großen verglasten Kästen, drei Reihen übereinander, in denen die Angehörigen ihren Verstorbenen so etwas wie kleine Wohnungen eingerichtet hatten, mit Häkeldeckchen, Blumensträußen, Fotos und kleinen Andenken. Ein bisschen wie die alten Ägypter, dachte sie. Wenige der Kästen enthielten nur die Urne selbst, die meisten waren mehr oder weniger kitschig dekoriert. In vielen dieser sonderbaren Schaufenster des Jenseits standen mehrere Urnen – eine deprimierender als die andere. Dass niemand auf die Idee kam, die Dinger etwas hübscher und fantasievoller zu gestalten – schließlich sollte man den Rest der Ewigkeit darin verbringen. Das Grab Nummer achtundsechzig war nicht schwer zu finden. Es war ein Glaskasten wie alle anderen, aber außer einer schlichten schwarzen Urne und einer dicken Staubschicht befand sich nichts darin. Neben den wohlausgestatteten anderen Urnengräbern wirkte das von Dana Volná öd und vergessen. Als habe sich in all der Zeit kein Mensch darum gekümmert.

Auf der Urne stand in kursiver Schrift *Dana Volná* – sonst nichts. Kein Geburts- und auch kein Todesdatum. Das war weiter nichts Besonderes, wie Larissa inzwischen festgestellt hatte. Selbst auf den Grabsteinen stand oft nur der Name des Verstorbenen. Auf den neueren begnügte man sich gar nur mit dem Familiennamen. Larissa steckte die Blumen in einen Halter, der an der Seite festgeschraubt war, und verließ nachdenklich den Friedhof. Mit einer übervollen Straßenbahn fuhr sie dann zurück in die Innenstadt und stieg am Wenzelsplatz aus. Langsam ging sie hinüber zum Hotel Evropa. An einem der Tischchen vor dem Hotelcafé wartete bereits Lída Karafiátová auf sie.

Lída war eine Sängerin, der Larissa einmal nach einem Jazzkonzert vorgestellt worden war und die sie seither ab und zu auf Vernissagen getroffen hatte. Was sollte sie nun tun? Ihr Hirn war ein einziges Kuddelmuddel gewesen nach diesem anonymen Anruf. Nun, sie konnte immerhin mit Lída etwas trinken. Nach Dana zu fragen, machte ja keinen Sinn mehr. Schließlich konnte sie nicht die Mumie sein. Aber vielleicht ergab sich ja eine andere Geschichte. Sie spekulierte insgeheim auf einen Wechsel zu RFE. Alena Freeman hatte ihr da einen schönen Floh ins Ohr gesetzt. Aber offenbar hatten es alle darauf abgesehen. Erst Alena, nun der Anrufer. Und sie fiel darauf rein. *Naivling*, schalt sie sich. Wenn sie so weitermachte, sollte sie besser zu *Blesk* gehen. Diese Boulevardzeitung nahm es mit der Wahrheit nicht immer allzu genau. Dafür wurde gerne wild spekuliert.

»Ah, da sind Sie ja, Herzchen«, rief Lída und strahlte Larissa an, als diese an ihren Tisch trat. »Setzen Sie sich doch.«

Larissa stellte ihre Handtasche unter den kleinen Bistrotisch und nahm Platz. Lída war eine Frau von vielleicht Ende fünfzig, die sich redlich und verhältnismäßig erfolgreich bemühte, die Zeichen ihres Alters zu überspielen. Sie hatte dunkelviolettes lockiges Haar und war sehr jugendlich gekleidet. Passend zu ihrer Mähne trug sie ein kurzes, orangefarbenes Sommerkleid und hochhackige lila Sandalen. Mit ihren schlanken Beinen, dachte Larissa bewundernd, konnte sie sich das immer noch leisten.

»Schön, dass Sie ein bisschen Zeit für mich haben«, sagte Larissa und lächelte die Sängerin an. Bei einer jungen Kellnerin, die gerade an dem Tisch vorbeiging, bestellte sie ein Ginger Ale.

»Natürlich habe ich Zeit. Sie wollen also etwas über Dana Volná erfahren, ja? Was möchten Sie denn wissen? Für ein Interview ist es ja leider ein wenig spät, nicht?«

Allerdings, dachte Larissa verärgert, das hättest du mir auch gleich sagen können. Nun, sie hätte sich auch vorher über Dana Volná informieren können, statt gleich zu Anděl zu rennen. Selbst schuld. Sie schob ihre Verärgerung beiseite. Aber was sollte sie Lída nun fragen? Sie brachte es nicht fertig, der älteren Frau zu sagen, dass sich ihr Interesse an der Schauspielerin erledigt hatte. Lída war offenbar froh, ihr etwas erzählen zu können. Sollte sie. Warum auch nicht? Es war ein schöner Tag, und ein paar nette Anekdoten konnten ihre Laune nur heben. Und wer weiß, vielleicht kam am Ende ja doch ein Artikel zustande.

»Kannten Sie Dana Volná denn?«, fragte Larissa.

»Kennen? O ja, Herzchen. Wir waren ein Herz und eine Seele, wissen Sie. Ach, sie war so eine begabte Schauspielerin! Und dann so jung zu sterben! Schrecklich!« Lída unterstrich ihre Worte mit so beredten Gesten, dass sie beinahe das Glas Ginger Ale umgestoßen hätte, das die Kellnerin gerade auf den kleinen Tisch stellte.

»Wie alt war Dana denn, als sie starb?«, fragte Larissa.

»Lassen Sie mich nachdenken – na, sie war Jahrgang fünfundvierzig, wie ich, aber verraten Sie das bloß niemandem! Und gestorben ist sie im August 1977, auf dieser Reise in Jugoslawien, wissen Sie. Das heißt, sie war zweiunddreißig. Kein Alter. Eine bildschöne junge Frau! Haben Sie ihre Filme gesehen? Neulich kam wieder dieses romantische Märchen im Fernsehen.«

»Ja, das habe ich gesehen. Sie sagten, Dana sei in Jugoslawien gestorben. Bei einem Unfall?«

»Ich glaube, es stand damals in der Zeitung. War kurz nach ihrem Geburtstag, wissen Sie. Gott, haben wir gefeiert! Nur wir Mädels – keine Männer! Ich habe mein berühmtes Kartoffelgulasch gekocht, und Lenka hatte irgendwo eine Flasche echten französischen Champagner aufgetrieben, wissen Sie. Keine Ahnung, wie sie das geschafft hat! Wahrscheinlich hat Honza ihn besorgt, der kam an die ausgefallensten Dinge ran. Ach, Honza! Ich habe in all den Jahren oft an ihn gedacht – ein wunderbarer Mann. Gerade heute Morgen hätte ich schwören können, dass ich ihn gesehen habe. Pah, vermutlich reines Wunschdenken, leider.« Sie seufzte verträumt. »Na, es war ja nicht nur Danas Geburtstag, sondern auch eine Art Abschiedsfeier. Wir wussten ja nicht, wann wir uns wiedersehen würden – oder ob überhaupt. Na, und dann ist Dana aufs Land gefahren zu einer Cousine, glaube ich, warten Sie – die wohnte irgendwo in Mähren. Und von dort ist sie nach Jugoslawien weitergefahren, armes Ding.« Lída nahm einen seidenen Fächer aus ihrer geräumigen Handtasche und begann, sich Luft zu zufächeln.

»Lieber Gott, was für eine Hitze! Wo war ich? Ach ja. Der Urlaub. Dana ist also nach Mähren. Na, und Lenka ist gleich am nächsten Morgen weggefahren, nach Österreich zu einer Großtante, glaube ich. Nur ich bin dageblieben, hatte ja ein Kind, wissen Sie, da hätte ich nie für uns beide zusammen eine Ausreisegenehmigung bekommen. Und ohne meine Tochter wäre ich nirgendwo hingegangen, verstehen Sie? Es gab natürlich Leute, die haben das gemacht – ihre Kinder dagelassen, meine ich, und dann gehofft, dass das Rote Kreuz sie hier rausholt. Ich konnte das nie verstehen. Manchmal hat das Jahre gedauert. Schrecklich! Eine Freundin meiner Cousine hat das getan, können Sie sich das vorstellen?! Ist nach Kanada gefahren und einfach dageblieben mit ihrem Mann. Und den Sohn haben sie erst nach über zehn Jahren zu ihnen gelassen. Na, ich bin jedenfalls hiergeblieben.« Sie lachte. »Brav, wie ich war, durfte ich ab und an zu einem Konzert ins Ausland. Bin ja immer zurückgekommen. Wie der Karel Gott, wissen Sie? Hatte auch seine Vorteile. Na, und schließlich währt Unrecht nicht ewig, nicht wahr? Und als neunzehnhundertneunundachtzig die Revolution kam, da hatte ich auch die Freiheit, ohne den ganzen Ärger. Und wer weiß, ob ich im Ausland hätte singen können? Sonst kann ich ja leider nichts.« Sie lächelte kokett. »Und jetzt reise ich, wann ich nur kann, Herzchen. Die arme Dana ist ja nicht weit gekommen.«

Etwas atemlos trank Lída ihren Sekt aus und winkte der

Kellnerin, ihr ein weiteres Glas zu bringen. Ihr Wasser stand noch unberührt auf dem Tisch.

»Habe ich Sie richtig verstanden, dass Dana nach Jugoslawien wollte, um dort zu bleiben? – Sagen Sie, würde es Sie stören, wenn ich mein Diktiergerät einschalte?«

»Aber nein, Kindchen, stellen Sie das Ding nur auf den Tisch. Ich weiß, ich rede zu viel und zu schnell, das sagt meine Tochter auch immer.« Sie lachte wieder und fuhr fort. »Wo war ich? Ach, Jugoslawien, ja. – O ja, Dana wollte weg. Sie wollte in den Westen, wissen Sie, und das klappte manchmal über Jugoslawien, die waren nicht so hundertfünfzigprozentige Überzeugungstäter wie wir.« Sie kicherte verschwörerisch. »Dana und Lenka wollten zusammen nach Amerika – oder war es Kanada? Keine Ahnung, jedenfalls über den großen Teich. Allerdings frage ich mich bis heute, wie sie es geschafft haben, an diese Ausreisegenehmigungen zu kommen.« Lída schwieg nachdenklich.

»Warum?«

»Nun, Herzchen, es war 1977. Tiefste Eiszeit. Man konnte nicht einfach hergehen und sich eine Ausreisegenehmigung für den Westen abholen, wissen Sie. Jedenfalls nicht als alleinstehende Frau im gebärfähigen Alter. Nein.« Lída schüttelte nachdrücklich den Kopf.

»Wie hätten die beiden denn an die Ausreisegenehmigungen kommen können?«, fragte Larissa interessiert. Darüber hatte sie sich nie Gedanken gemacht.

Lída dachte einen Moment nach und nippte wieder an ihrem Sekt. »Nun, eine Möglichkeit wäre gewesen, zu heiraten und den Gatten sozusagen als Pfand hier zurückzulassen. Aber die beiden waren nicht verheiratet, das hätte ich gewusst. Das Gleiche gilt natürlich, wenn die beiden Kinder gehabt hätten. Aber auch die hatten sie nicht. Und die dritte

Möglichkeit ist ein bisschen unappetitlich. Die kommt überhaupt nicht infrage.«

»Welche andere Möglichkeit?«

»Wenn man mit einer Reisegruppe verreiste, durfte der eine oder andere auch als alleinstehende Person mit, wenn er sich im Gegenzug verpflichtete, seine Reisegefährten zu bespitzeln und später von ihren Kontakten und Gesprächen zu berichten. Aber das hätte weder Dana noch Lenka getan. Außerdem war Dana ja nicht mit einer Reisegruppe unterwegs, jedenfalls soviel ich weiß. Vergessen Sie es. Dann haben sie schon eher beide heimlich geheiratet.« Lída lachte. »Na, jedenfalls ist Dana nach Jugoslawien und Lenka eben nach Österreich, wie auch immer sie das geschafft haben. Sie wollten sich in New York treffen – ja, dann wollten sie wohl nach Amerika. Wie in diesem Film mit Gary Grant und Deborah Kerr, wissen Sie? Ein Stelldichein auf dem Empire State Building. Herrlicher Film – so dramatisch!« Lída nahm wieder einen Schluck Sekt. Von Nippen konnte keine Rede sein, das Glas war nur noch halb voll, als sie es auf den Tisch zurückstellte.

»Diese Lenka. War sie auch Schauspielerin?«

Lída sah Larissa entgeistert an. »Sie wissen nicht, wer Lenka Svobodová war? Herzchen, das ist eine echte Bildungslücke! Und ob sie Schauspielerin war! Aber sie machte mehr Theater, weniger Film.«

»Und außer Ihnen wusste niemand, dass die beiden vorhatten, im Westen zu bleiben?«

»Sind Sie verrückt?« Lída kicherte und lehnte sich verschwörerisch zu Larissa über den Tisch. »Nein, nein. Nur ich wusste davon. Wenn irgendjemand sonst davon erfahren hätte, wären die beiden bestenfalls ins Gefängnis gereist. Nein, nein, das haben wir schön für uns behalten. Ich kann schweigen wie ein Grab, von mir hat keiner was erfahren.«

Sie hielt einen Moment inne und blickte gedankenverloren den Wenzelsplatz hinunter.

»Dana war – na, sie ist tot, die arme Seele. Hat meiner Tochter sogar ihr Schmuckkästchen dagelassen. Hat es eingepackt vor die Tür gelegt, bevor sie gefahren ist, wissen Sie. Markéta hat sich so gefreut. Sogar das Kärtchen hat meine Tochter heute noch, und die Schatulle steht immer auf ihrer Kommode im Schlafzimmer. Wenn man sie aufmacht, tanzt eine kleine Ballerina zu Mozarts ›Kleiner Nachtmusik‹. Markéta hat Dana angebetet. Sie war ja auch wirklich wunderschön, wissen Sie. Lange dunkle Haare und so ein klassisches Gesicht, völlig alterslos. Sie wäre heute noch eine Schönheit. Aber für Kinder hatte sie nicht viel übrig, konnte nichts mit ihnen anfangen. War im Grunde selbst noch ein Kind. Kein Verantwortungsgefühl. Es war schon komisch, wissen Sie, ich hätte nie gedacht, dass Dana meiner Markéta das Kästchen schenkt. Sie hing daran wie an ihrem Augapfel. War von ihrer Großmutter, hat sie mir mal erzählt. Meine Tochter hat Dana sehr bewundert, auch wenn Dana kaum je mit ihr gesprochen hat. Aber Lenka hat sie geliebt. Die war ganz anders, wissen Sie, die konnte gut mit Kindern, ist mit Markéta ins Ballett gegangen und ins Museum. Und später hat sie sie auch auf Partys mitgenommen.«

Lída runzelte leicht die sonst mustergültig faltenfreie Stirn. Ob sie wohl mit Botox nachhilft, fragte sich Larissa amüsiert. Wohl kaum, dachte sie, das Zeug war mit Sicherheit für die meisten hier noch viel zu teuer. Also lag es wohl doch an den Genen.

»Aber vielleicht tue ich Dana unrecht«, fuhr Lída, nun wieder mit absolut glatter Stirn, fort. »Sie mochte Markéta wohl lieber, als ich dachte. Und großzügig war sie, das muss man ihr lassen. Sie hat Lenka an jenem Abend gesagt, sie könne sich ihr neues rotes Kleid nehmen, sie solle es einfach am nächsten Abend nach der Arbeit in ihrer Wohnung abholen. Sie hat Lenka noch die Schlüssel gegeben, weil ich ihr nicht aufmachen konnte – ich hatte ein Konzert. Lenka wollte nämlich vor ihrer Abreise noch auf irgendeine Party. Sie konnte ihr Glück gar nicht fassen, Dana hatte das Kleid nur einmal angehabt. Ein traumhaftes Kleid. Rote Seide. – Na, und Lenka hat sich auch nie wieder gemeldet. Wie das Leben so spielt – aus den Augen, aus dem Sinn.« Sie warf ihre Hände lachend über den Kopf. »Aber das wollen Sie ja gar nicht alles wissen, diese kleinen Erinnerungen. Sie müssen mich einfach unterbrechen, wenn ich abschweife, Herzchen.«

Larissa beobachtete die Sängerin mit wachsender Faszination. Sie hatte noch nie jemanden erlebt, der derartig vom Hundertsten ins Tausendste springen konnte und trotzdem nicht den Faden verlor. Lída sprudelte wie ein amüsanter Wasserfall. Offenbar war es wieder an der Zeit, die Stimmbänder zu ölen – für die nächste Runde. Lída trank ihr Glas aus und bestellte noch einen Sekt.

»Möchten Sie nicht auch einen?«, fragte sie und warf einen zweifelnden Blick auf Larissas halb leeres Ginger Ale. »Es ist zwar nur Bohemia, aber nicht übel. Ach, dieser Champagner an Danas Geburtstag! Ein Veuve Clicquot. Herrlich! Wasser ist einfach nichts für mich. Fische paaren sich darin.« Sie lachte schallend über ihren Witz.

»Haben Sie je Danas Grab auf dem Friedhof besucht?«

»Wo denken Sie hin! Nein, nein, ich gehe grundsätzlich nicht auf Friedhöfe, da komme ich noch früh genug hin, Herzchen. Aber ehrlich gesagt, wusste ich gar nicht, dass sie hier beerdigt ist. Ich dachte, sie sei in Jugoslawien beigesetzt worden.«

»Hatte sie denn keine Angehörigen?«, fragte Larissa.

»Nun, sie hatte wohl Eltern, nicht? Aber soweit ich weiß, hatte sie mit ihrer Familie keinen Kontakt. Sie hat jedenfalls nie etwas von Eltern oder Geschwistern erzählt. War sehr verschlossen, was das anging. Ich hatte ja den Eindruck, dass sie sich mit denen überworfen hatte. Ich weiß noch nicht mal, wo sie geboren ist. Nicht in Prag jedenfalls. Ich würde sagen, irgendwo im Westen, Pilsen vielleicht, oder noch weiter. Als ich sie am Konservatorium kennenlernte – das war 1960, ja –, da sprach sie so wie diese Provinzler dort an der Grenze, wissen Sie. Nicht unseren schönen Prager Singsang. Aber sie hat schnell gelernt. Nach ein paar Wochen hörte sie sich an wie eine waschechte Pragerin. Wie gesagt, sie war eine wunderbare Schauspielerin. Wirklich begabt. Und sie konnte jeden Akzent nachmachen, auch wenn sie die Sprache nicht konnte. Unglaublich. Aber warten Sie«, Lída fächelte sich nachdenklich Luft zu, »ich glaube, sie hatte zumindest eine Schwester. Ich habe sie mal mit ihr gesehen, aber das ist ewig her. Das war, als Dana mal zur Kur irgendwo in die Pampa gefahren ist. Ich weiß gar nicht, was sie dort wollte. Na, sie hatte ein bisschen zugenommen, aber sonst ging es ihr gut. Ich weiß noch, dass ich sie ein bisschen geneckt habe, ob sie nicht vielleicht schwanger sei. Meine Güte, was hat sie mich für diese harmlose Bemerkung angeherrscht! Ihre Schwester hat sie damals abgeholt. Ich habe die beiden vor der Wohnungstür getroffen, als ich vom Einkaufen kam, sie hatten ein paar Koffer dabei und waren auf dem Weg zum Bahnhof.«

»Woher wissen Sie, dass es ihre Schwester war? Hat Dana Ihnen das gesagt?«

»Das musste sie gar nicht, Kindchen. Die beiden sahen sich so unglaublich ähnlich. Ich wusste im ersten Moment gar nicht, welche von beiden Dana ist. Dann hab ich sie an den Kleidern erkannt. Dana war immer perfekt angezogen, wissen Sie, und nichts von der Stange. Hat sich alles nähen lassen. Ach, wenn ich nur an diesen Traum von einem Kleid denke! Aus glänzender blutroter Seide – traumhaft! Es war ein ganz schlichtes, langes Etuikleid mit einem großen Ausschnitt und einem langen Schlitz im Rock. Den Stoff hatte Honza ihr aus Indien mitgebracht. Ich sagte ja, er kam an die wunderbarsten Dinge ran. Und sie hat sich aus dem Rest noch Schuhe machen lassen, hohe Pumps.« Sie unterbrach sich, um endlich auch einen Schluck Wasser zu trinken.

»Das Kleid hat, wie gesagt, Lenka mitgenommen – nehme ich jedenfalls an«, sagte sie nachdenklich, »denn als ich ein paar Tage nach Danas Abreise ein paar Dinge aus ihrer Wohnung geholt habe, war es nicht mehr da. Nun, sie hatte Lenka ja gesagt, sie könne es haben. Bei Landesflucht konfiszierte die Polizei alles, wissen Sie, und Dana hatte gesagt, ich solle mir nehmen, was ich möchte. Na, und da bin ich ein paar Tage später rübergegangen und habe das eine oder andere mitgenommen, Kleinigkeiten, ein bisschen Geschirr und Gläser und so was, und habe im Schrank nachgesehen, was sie an Klamotten dagelassen hatte. Sie konnte auf einen Urlaub am Meer ja nicht alle Sachen mitnehmen, die in ihrem Kleiderschrank hingen, nicht wahr? Bei Lenka habe ich auch vorbeigeschaut, sie hatte mir auch ihren Schlüssel gegeben, wollte ja auch nicht wiederkommen. Lenka muss, jetzt wo ich darüber nachdenke, mit sehr kleinem Gepäck gereist sein, es war fast alles noch da, als ich im Schrank nachgesehen habe. Wir hatten die gleiche Kleidergröße, wissen Sie. Und wir haben uns gegenseitig oft etwas ausgeliehen. Wahrscheinlich ist sie nur mit einem Rucksack gefahren, ihr Koffer lag jedenfalls noch auf dem Schrank. Na, sie konnte ja auch nicht viel mitnehmen, offiziell fuhr sie ja nur für zwei Wochen zu ihrer alten Tante.«

Lída sah auf ihre goldene Armbanduhr und sprang auf. »Oje, meine Liebe, es ist schon spät! Ich treffe mich gleich noch mit meiner Tochter. Tut mir leid, ich muss los, sie schimpft mich immer aus, weil ich es einfach nicht schaffe, pünktlich zu sein.« Lída stand auf und streckte Larissa die Hand hin. »Auf Wiedersehen, Kindchen, melden Sie sich bald mal. Ach was, ich schicke Ihnen ein paar Karten für mein nächstes Konzert in die Redaktion. Suchen Sie sich einen hübschen jungen Mann und kommen Sie, ja?«

Larissa sah ihr nach, wie sie wie ein Filmstar über den großen Platz in Richtung Můstek stolzierte. Von hinten sah sie aus wie ein junges Mädchen. Und aus einiger Entfernung auch von vorn. Doch bei näherem Hinsehen saß auf einem schlanken, hochgereckten Hals über einem ebenso schlanken jugendlichen Körper ein seltsam altersloser Kopf, der wirkte, als sei er luftdicht in Frischhaltefolie verpackt. Vielleicht doch Botox, dachte Larissa. Oder ein Lifting.

Larissa schwirrte der Kopf. Lída hatte einen Berg Tratsch hinterlassen – und die Rechnung. Eine echte Diva eben, dachte Larissa und lächelte. Dann überlegte sie, wie sie die Informationen, die sie soeben gehört hatte, doch noch zu einer Geschichte verarbeiten konnte, bestellte sich einen Kaffee, steckte ihr Diktiergerät in die Handtasche und nahm ihren Notizblock heraus.

Auch wenn diese Dana Volná nicht die Mumie war, so war sie offenbar eine interessante Persönlichkeit gewesen. Die Schauspielerin hatte also in den Westen gewollt, wie auch immer sie zu ihrer Ausreisegenehmigung gekommen war. Ein interessanter Gedanke – wie *war* sie dazu gekommen? Und Lenka? Auch ein großes Fragezeichen. Und dann war da noch dieser Honza, den Lída erwähnt hatte, der an die verrücktesten Dinge herangekommen war. Honza – die Wald-und-Wiesen-

Koseform von Jan. Kürzlich hatte sie eine Statistik gesehen, die besagte, dass mehr als sechshundertfünfzigtausend männliche Bürger des Landes mit Vornamen Jan hießen. Und sie kannte nicht mal seinen Nachnamen. Sie würde auf jeden Fall noch einmal mit Lída sprechen müssen.

Larissa lenkte ihre Gedanken wieder zu Dana Volná. Die Schauspielerin hatte also eine Schwester gehabt. Möglicherweise konnte sie die irgendwo aufspüren. Wie häufig mochte der Nachname Volná sein? Aber Frauen heiraten – Gott weiß, wie die Schwester heute heißen mochte. Larissa schüttelte den Kopf. So ein Pech, dachte sie, was hätte das für eine Geschichte gegeben. Die Mumie eine tote Schauspielerin. Aber in ihre zynischen Gedanken mischte sich auch Mitgefühl. Dana Volná war voller Hoffnung in den Westen aufgebrochen, in die ersehnte Freiheit – bereit, alles zurückzulassen, nicht wissend, ob sie ihre Familie oder ihre Freunde je wiedersehen würde. Aber statt in New York auf dem Empire State Building war sie in einem traurigen Urnengrab auf einem Prager Friedhof gelandet. Sie hatte es nicht geschafft.

Eigentlich schade, dass Dana Volná nicht die Mumie sein konnte, dachte Meda Cyanová, Inspektorin der *Mordparta* und ebenso hübsch wie ehrgeizig, während sie eine weitere Akte mit Ausreiseunterlagen auf die Seite legte. Das wäre vielleicht ein Knaller gewesen! Vermutlich war die arme Frau eine der heimlichen Prostituierten gewesen, die damals in den großen Hotels zugange gewesen waren. Das würde jedenfalls teilweise erklären, warum niemand sie vermisst gemeldet hatte. Wahrscheinlich würden sie nie auch nur ihren Namen erfahren, sosehr Otakar Nebeský das auch bestreiten mochte. Aber warum hätte sich jemand mit einer toten Prostituierten so viel Mühe geben sollen? Es gab einfachere Möglichkeiten, eine Leiche zu entsorgen.

Meda schlug die nächste Akte auf.

Ausreisegenehmigung.

Name: *Volná*. Vorname: *Dana*. Geburtsdatum/-ort: *6.8.1945; Franzensbad*

Wohnort: *Prag, Saská-Gasse 5, Kleinseite*. Beruf: *Schauspielerin*

Reiseziel: *Jugoslawien. Rovinj, Hotel Ambassador*

Grund der Reise: *Urlaub*

Ausreisedatum: *7.8.1977*. Datum der Rückkehr: *21.8.1977*

Ausgereist am: ____________

Datum der Wiedereinreise: ____________

Sie starrte auf das Formular, las es noch einmal. Sie hatte tatsächlich Dana Volnás Ausreiseantrag vor sich. Meda stand auf und trug die Akte zu Anděls Schreibtisch.

»Sieh dir das mal an«, sagte sie und legte das Blatt vor ihm hin.

»Na bitte, damit wäre klar, dass Dana nicht unsere Leiche ist«, sagte Anděl, nachdem er die Zeilen nachlässig überflogen hatte.

»Aber sie ist gar nicht ausgereist. Hier – siehst du?«

Anděl sah sie verständnislos an.

»Sie ist gar nicht in Jugoslawien ums Leben gekommen, denn sie ist überhaupt nicht ausgereist«, beharrte Meda und deutete auf die unausgefüllten Felder für das Ausreise- und Wiedereinreisedatum.

»Nun, dann ist sie eben auf dem Weg dorthin in diesen Unfall geraten. Vor der Grenze. Das ist zwar eine interessante Ungereimtheit, Meda, aber Dana Volná ist nicht unsere Mumie. Ganz egal, ob sie vor oder hinter der Grenze gestorben ist.«

Er nahm eine weitere Akte von einem Stapel.

»Hm. Ja.«

»Aber eines ist in der Tat seltsam«, fuhr Anděl nachdenklich fort und blickte zu ihr auf. Er war im Grunde dankbar für die kleine Unterbrechung. Seine bürokratischen Pflichten als Beamter der Kriminalpolizei fand er mehr als öd. »Wie ist sie als junge, alleinstehende Frau überhaupt an so eine Ausreisegenehmigung gekommen?«

Meda sah ihn verständnislos an.

»Na, es war 1977, Kalter Krieg, Eiszeit in der damaligen ČSSR. Eine Frau wie Dana Volná hätte niemals eine Ausreisegenehmigung für Jugoslawien bekommen, jedenfalls nicht, wenn sie allein verreisen wollte.« Er dachte einen Moment nach. »Außer, sie wäre verheiratet gewesen, und ihr Mann wäre hiergeblieben. Aber das war sie nicht. Oder …« Er schüttelte den Kopf.

»Oder was?«

»Oder«, sagte Anděl, »sie war ein Spitzel. Aber dann hätte sie mit einer Reisegruppe verreisen müssen – um jemanden zum Bespitzeln zu haben, über den oder die sie später berichten konnte. Das kommt also auch nicht infrage, denn da steht nichts von einer Reisegruppe.« Er fuhr sich mit einer Hand durch die kastanienbraunen Locken und starrte an die Decke.

»Na, der Gott durfte doch auch ins westliche Ausland«, sagte Meda.

»Schon, aber um dort zu arbeiten. Und ich glaube nicht, dass die Volná für eine Woche ein Engagement in …«, er überflog das Formular, »hier, in Rovinj hatte. Die haben da vermutlich noch nicht einmal ein Theater, das ist ein kleiner Ort in Istrien.«

»Dann war es eben einfach ein Urlaub. Vielleicht hatte sie Freunde an entsprechender Stelle.«

»Hm. Möglich. Aber wie dem auch sei, sie kann nicht die Mumie sein – egal, was dieser Trittbrettfahrer unserer kleinen Reporterin da aufschwatzen wollte. Es stand damals in allen Zeitungen, dass Dana Volná bei diesem Unfall ums Leben gekommen ist.«

Meda sah ihn skeptisch an.

»Seit wann glaubst ausgerechnet du alles, was in der Zeitung steht? Komm schon, David, nehmen wir an, die Volná wollte verreisen – egal, wie sie nun an die Ausreisegenehmigung gekommen ist –, und irgendjemand hat sie vorher umgebracht und dann ...«

»Na schön. Und dann was, Meda?«, unterbrach Anděl sie. Er zog eine Schublade seines Schreibtischs auf und legte die Beine darauf. Was–wäre–wenn war ein amüsantes Spiel. Die Akten konnten auch noch fünf Minuten warten. Er lehnte sich mit vor der Brust verschränkten Armen zurück und sah seine junge Kollegin lächelnd an.

»Also gut, nehmen wir einmal an«, fuhr er fort, *»just for the sake of argument,* wie es so schön heißt, nehmen wie also an, der Mann, der unsere fleißige Reporterin angerufen hat, sagte die Wahrheit, und die Mumie ist Dana Volná. Jemand bringt sie um und versteckt sie in der Metro. Was dann?«

»Na ja, dann ...« Meda stockte.

»Dann ruft ihr Mörder bei der Polizei und bei den Zeitungsredaktionen an und erzählt denen, die Volná sei bei einem Unfall ums Leben gekommen, und die glauben ihm das ohne Weiteres und drucken diese Information einfach ab? Ohne sie zu überprüfen? Vergiss es, Meda. Was du da vorschlägst, heißt, dass unser Mörder Freunde in höchsten Kreisen gehabt haben müsste, die ein Interesse daran gehabt hätten, ihn zu schützen. Da würde mindestens der Geheimdienst mit drinhängen.« Anděl schüttelte den Kopf.

»Das wäre immerhin möglich, oder?«

Anděl sah sie zweifelnd an. Seiner Miene war deutlich zu entnehmen, dass er diese Möglichkeit für ebenso wahrscheinlich hielt wie Schneefall in der Sahara.

»Es wäre auch möglich, dass die Hölle zufriert.«

»Warum denn nicht? Du weißt doch selbst, dass diese Stadt von Gerüchten lebt, schon immer gelebt hat. Nichts einfacher, als hier ein Gerücht zu streuen.«

»Ein Gerücht zu streuen, reicht da nicht. Allein um jemanden zu beerdigen, braucht man ein Dutzend Formulare, Meda. Außerdem wissen wir überhaupt nicht, wo die Volná beerdigt ist. Vielleicht liegt sie im ehemaligen Jugoslawien, vielleicht hier in Prag. Ich halte es jedenfalls für hochgradig unwahrscheinlich, dass unsere Mumie Dana Volná ist.«

»Mag sein, dass es unwahrscheinlich ist, aber unmöglich ist es nicht. Immerhin kann man feststellen, wo sie beerdigt wurde. Und das mit dem Unfall glaube ich erst, wenn ich es schwarz auf weiß geschrieben sehe – und zwar nicht in einer Zeitung«, erwiderte Meda trotzig.

Sie ging zurück zu ihrem Schreibtisch und betrachtete nachdenklich das vergilbte Formular. David hatte wahrscheinlich recht. Aber irgendwie hatte Larissa ihr einen Floh ins Ohr gesetzt. In ihrem Hinterkopf saß ein – vermutlich unbegründeter – Zweifel an Davids Ausführungen. Es stimmte schon, die Sache mit der Ausreisegenehmigung war eigenartig. Wenn die Volná verheiratet gewesen war, musste sich das feststellen lassen. Aber wenn sie, wie David angedeutet hatte, ein Spitzel oder gar eine angehende Spionin gewesen war – nicht auszudenken, wer dann hinter der ganzen Sache stecken musste. Alles höchst unwahrscheinlich. Aber trotzdem. Es war immerhin eine Möglichkeit. Unwahrscheinlich zwar, aber nicht unmöglich. Es konnte nicht schaden, ein wenig zu graben. Wenn die Volná bei einem Unfall ums Leben gekommen war, musste es darüber Aufzeichnungen gegeben haben. Jedenfalls dann, wenn die Schauspielerin noch auf tschechoslowakischem Staatsgebiet umgekommen war. Damit würde sie sich zuerst befassen. Mit etwas Glück gab es die Aufzeichnungen noch immer. Und wenn der Unfall in Jugoslawien passiert war? Das hatte Zeit. Erst mal das Naheliegende. Sie warf noch einen Blick auf das Formular. Unter den persönlichen Angaben war noch eine Zeile, die sie überlesen hatte:

Antrag bewilligt am: ____________

Kein Eintrag. Sie stutzte. Kein Eintrag? Wie konnte das sein? Hatte man den Ausreiseantrag überhaupt nicht bearbeitet? Meda sah auf den anderen Formularen nach, die sie schon zur Seite gelegt hatte. Dieses Feld war auf allen ausgefüllt – entweder stand ein Datum dort oder ABGELEHNT. Seltsam, dachte sie. Sie legte das Blatt zurück in den Aktendeckel und verließ nachdenklich das Büro. Ihre Mittagspause konnte sie genauso gut dazu nutzen, ihre Neugier zu befriedigen. Appetit hatte sie ohnehin nicht. Sie wollte diesem Unfall auf den Grund gehen.

Im Archiv fragte sie eine ältere Beamtin nach Aufzeichnungen über Verkehrsunfälle vom Sommer 1977. Die Frau sah sie entgeistert an.

»Das meinen Sie doch wohl nicht im Ernst, oder? Sie wollen wirklich, dass ich nach einem Unfall im Sommer 1977 suche? Das ist doch längst alles verjährt, meine Liebe. Was wollen Sie denn mit diesem alten Zeug?«

Meda bestand darauf. Sie könne beim Suchen helfen, bot sie an. Die Frau winkte ab. Sie könne es nicht brauchen, dass jemand hier Unordnung mache. Meda schrieb Dana Volnás Namen und ihr Geburtsdatum auf einen Zettel und notierte darunter den Zeitraum, den sie gesichtet haben wollte – August und vorsichtshalber auch den September 1977. Die Archivarin versprach anzurufen, falls sie etwas finden sollte.

»Meinen Sie, es gibt die Unterlagen über diesen Unfall nicht mehr?«, wollte Meda wissen.

»O doch, sicher gibt es die. Wenn diese Frau in diesem Zeitraum einen tödlichen Unfall hatte, finde ich die Akte auch. Ich bin seit vierzig Jahren hier, und ich habe noch nie etwas weggeworfen. Nicht dass ich keine Anweisungen dazu bekommen hätte. Die Sachen werden ja nach und nach in den Computer eingegeben, und nach einigen Jahren kann vieles vernichtet werden. Aber ich habe trotzdem immer alles aufgehoben.« Sie lächelte stolz. »Ich traue den Computern nicht, wissen Sie. Erst letzte Woche sind wieder ein paar hier unten abgestürzt. Die Arbeit von Stunden zum Teufel. O nein. Akten vernichtet man nicht einfach. Man kann ja nie wissen.«

»Aber das müssen doch Unmengen an Papier über die ganzen Jahre sein«, sagte Meda und blickte sich in dem düsteren Raum um. An allen Wänden standen deckenhohe Regale, die mit Aktendeckeln und Ordnern vollgestellt waren. Im Raum roch es nach altem Staub, sozialistischem Staatsputzmittel und irgendeinem penetranten Raumdeo. »Wo haben Sie denn all die Ordner untergebracht?«

Die Frau sah Meda skeptisch an. »Na, behalten Sie's für sich, Kindchen, ja? Es gibt da hinten noch ein paar halb vergessene Kellerräume.« Sie nahm den Zettel und machte sich auf den Weg in die dunklen Gewölbe.

Kommissar David Anděl blickte nachdenklich auf die Papiere auf seinem Schreibtisch, nachdem Meda Cyanová den Raum verlassen hatte.

Die ganze Geschichte war absurd. Was genau hatten sie eigentlich? Eine tote Frau. Eine Leiche, die man mumifiziert und in einem geheimen Raum in der Metro abgelegt hatte. Der Mörder hatte sich sehr viel Mühe gegeben, die Leiche zu verstecken. Aber warum in der Metro? Immerhin hatte der Mörder riskiert, mit einer Leiche im Stadtzentrum gesehen zu werden. Außer natürlich, er hatte die Frau in der Metro umgebracht. Das würde den Ort erklären. Warum eine Mumie aus ihr machen? Der Gestank. Die Leiche durfte nicht auf sich aufmerksam machen. Okay. Aber warum sie nicht in einen Kofferraum packen und aus der Stadt hinausschaffen, in irgendeinen Wald und dort begraben? Auch dort hätte sie niemand je finden müssen. Aus irgendwelchen nur dem Mörder bekannten Gründen war die Metro offenbar die einfachere Alternative gewesen. Warum glaubte der Mörder, er müsse die Leiche verstecken? Sein Alibi? Hatte ihn jemand an jenem Abend mit der Frau gesehen? Ohne Leiche kein Mord, keine Anklage. Aber warum, zum Teufel, die Metro? Und warum hatte er ihr das Gesicht eingeschlagen? Wut? Hass? Zufall? Hatte sie sich bewegt, und er hatte statt ihres Kopfes das Gesicht getroffen? Unwahrscheinlich. Viele Fragen, keine Antworten.

Und wenn Meda und die junge Reporterin recht hatten? Was, wenn die Mumie doch Dana Volná war?

Er mochte gar nicht darüber nachdenken, was auf ihn zukommen würde, wenn er sich mit dem Geheimdienst beschäftigen müsste.

Er nahm die Beine von der Schublade und nahm sich die nächste Akte vor, konnte sich aber nicht darauf konzentrieren. Schließlich griff er nach dem Telefon, hob den Hörer ab und wählte eine Nummer.

»Nebeský«, fragte er, »hast du noch die Karte für das Fußballspiel heute Abend?« Ein bisschen Ablenkung konnte nicht schaden.

Die letzten Strahlen der Abendsonne tauchten den kleinen Platz vor dem Raj in mildes Licht. Aus der Küche drangen aufgebrachte, wenn auch gedämpfte Gesprächsfetzen in den Schankraum. Offenbar war wieder ein Streit zwischen der Kellnerin und der Köchin entbrannt.

»Entschuldigt mich bitte«, sagte Magda genervt und stand auf. »Irgendwann bringe ich die beiden einfach um, wenn sie es nicht vorher selbst tun.«

»Warum kündigen Sie nicht einfach einer von beiden?«, fragte Larissa. Sie saß mit Xenia an Magdas Tisch.

»Kann ich nicht. Unsere Köchin ist eine Perle, und die Kellnerin ist ihre Mutter«, antwortete Magda resigniert und machte sich auf den Weg in die Küche.

Larissa nahm einen Bissen von ihrem Bagel. Er war eine von Magdas Kreationen mit Ratatouille und überbackenem Schafskäse. Sie nickte verständnisvoll. Der Bagel war ausgezeichnet.

Xenia schüttelte den Kopf. »Es ist wirklich zum Verrücktwerden. Die beiden sind wie Hund und Katze, dabei hängen sie so aneinander. Egal. Magda wird es schon richten.« Sie sah Larissa an. »Sie sprachen vorhin von dieser Sängerin, mit der Sie sich unterhalten haben. Lída Karafiátová. Ich habe sie ein paarmal singen hören. Sie ist sehr gut. Was hat sie Ihnen denn erzählt?«

»Na ja, ich habe einen anonymen Anruf bekommen, von einem Mann, der behauptete, er wisse, wer die Mumie sei. Er sagte, sie heiße Dana Volná, und da habe ich mich erinnert, dass eine Schauspielerin so heißt, und habe Lída angerufen. Ich wollte mehr über diese Dana Volná erfahren. Und dann hatte ich die Schnapsidee, sie könnte die Mumie sein, und bin zu Anděl ins Kommissariat gefahren, um es ihm brühwarm zu erzählen. Allerdings ohne vorher für einen Pfifferling nachzudenken – oder zu recherchieren. Gott, habe ich mich blamiert!«

Xenia lachte. »Ja, das kann ich mir vorstellen. Na, diese Volná kann offensichtlich nicht die Mumie sein. Aber Sie sagten, Sie haben einen anonymen Anruf bekommen?«

»Ja. Ein Mann, der sich wohl wichtig machen wollte – das meinen jedenfalls Anděl und Nebeský. Die beiden haben sicher recht. Dana Volná ist tot, aber das weiß hier jeder. Außer mir natürlich! Ich bin ja bloß eine dumme Exilantin, die von den hiesigen Schauspielern und Sängern keine Ahnung hat.« Sie seufzte.

»Das kenne ich«, sagte Xenia, »mir geht es da nicht anders. Magda und ich sind im Juni mit den Kindern nach Zlín gefahren, zum Kinder- und Jugendfilm-Festival. Auf der großen Party dort lief alles herum, was im tschechischen Film Rang und Namen hat. Eine Freundin hat uns allen möglichen Filmgrößen vorgestellt, aber kein Name oder Gesicht sagte uns etwas. Die dachten sicher alle, was für arrogante Schnepfen wir doch seien.« Sie lachte. »Die Kinder waren dafür umso mehr beeindruckt, die kennen sich wesentlich besser aus als wir alten Exilanten.«

»Zum Glück arbeite ich nicht in der Kulturredaktion«, sagte Larissa. Sie nahm eine Schachtel Zigaretten aus ihrer Handtasche. »Stört es Sie, wenn ich rauche?«

»Nicht, wenn ich auch eine kriege«, sagte Xenia lächelnd. Larissa hielt ihr die Schachtel hin, und Xenia bediente sich.

Nachdem Larissa ihnen beiden Feuer gegeben hatte, saßen sie eine Weile schweigend da und hingen ihren Gedanken nach. »Aber seltsam ist es schon, dass ein Mann Sie anruft und behauptet, die Mumie sei Dana Volná«, sagte Xenia schließlich. »Sie ist ja nicht verschwunden, sondern alle wissen, dass sie tot ist. Warum sollte er Sie also anrufen?«

»Das habe ich mich auch gefragt. Wahrscheinlich hat Anděl recht, und der Typ wollte sich nur wichtig machen. Ein Scherz auf meine Kosten.«

»Hm. Wahrscheinlich. Aber was hat die Karafiátová Ihnen denn nun erzählt?«

»Viel! Sie war eine gute Freundin von der Volná. Sie erzählte allerlei Anekdoten über das Kleeblatt – sie waren drei Freundinnen. Zum Glück hatte ich mein Diktiergerät dabei. Da wäre nicht mal eine Stenotypistin mitgekommen. Die Frau spricht wie ein Maschinengewehr. Aber es war schon ganz interessant. Sie erwähnte eine Freundin von Dana Volná, eine Lenka. Die war auch Schauspielerin. Wie hieß sie doch gleich?« Larissa dachte einen Moment nach. »Ist mir entfallen, aber ich glaube, Lída hat ihren Namen erwähnt. Egal, das Beste war«, sie machte eine kleine dramatische Pause, »Dana und diese Lenka hatten vor, in den Westen abzuhauen!«

»Wow, na, das könnte ja noch ein spannender Artikel werden«, sagte Xenia überrascht. »Die junge Schauspielerin, die auf der Flucht in die Freiheit einem Verkehrsunfall zum Opfer fällt. Reicht zwar nicht für die Titelseite, aber ein Feature wird das allemal. Glückwunsch.«

»Mal sehen«, sagte Larissa zweifelnd. »Ich muss nachher das Band abhören, wegen des Nachnamens. Die Karafiátová werde ich auf jeden Fall noch einmal anrufen müssen.«

»Ja, ohne Nachnamen wird es schwer sein; Lenka ist eine

häufige Koseform – das könnte eine Magdalena gewesen sein, aber auch eine Helena oder eine Milena.« Sie blickte nachdenklich aus dem Fenster. »Aber ich glaube, ich kann Ihnen helfen«, sagte sie plötzlich. »Ich habe neulich unseren Keller hier unten ausgemistet, und da habe ich ein paar Kisten mit alten Zeitschriften gefunden. Warten Sie, ich habe sie im Büro hinten. Ich wollte mir die kommunistische Boulevardpresse nämlich noch ansehen, bevor ich sie wegwerfe.«

»Sie arbeiten auch hier? Ich dachte, Sie …«

»Ja und nein«, Xenia schnitt eine Grimasse. »Ich bin inzwischen nur stille Teilhaberin. Magda und ich haben das Lokal eröffnet, als wir noch keine ›ordentlichen‹ Arbeitsplätze hatten. Irgendwie muss man schließlich sein Geld verdienen. Anfangs hat Magda gekocht, und ich habe bedient – aber nicht lange. Schließlich haben wir Zorka und ihre Tochter eingestellt und uns auf das konzentriert, was wir wirklich können. Magda kocht ausgezeichnet, aber hauptberuflich Köchin zu sein, war nicht ihr Traum, und ich bin auch nicht mit Leib und Seele Kellnerin. Außerdem sind die Arbeitszeiten nicht gerade familienfreundlich.« Sie stand auf und verschwand hinter einem aufwendig geschnitzten Holzparavent, der eine schlichte Holztür neben der Küche verbarg.

Larissa widmete sich den Resten ihres Bagels und blätterte geistesabwesend in ihren Notizen. Es ist schon seltsam, dachte sie, dass das Ráj nie in der Liste der Restaurantempfehlungen der *Prague Post* auftauchte. Die Küche war hervorragend, der Service für Prager Verhältnisse ausgezeichnet, und die Atmosphäre war sehr angenehm. Im Sommer standen draußen sogar eine Handvoll Tische in der Sonne. Der Schankraum war in einem dunklen Rot gehalten, die Möbel waren einfach, aber stilvoll, und das Ganze verströmte einen mediterranen Charme, ohne wie eines dieser modischen Landhaus-Restaurants zu wirken. Das Lokal ist wie seine Besitzerinnen, dachte sie. Auf eine schlichte, ruhige Art elegant und ohne jeglichen Schnickschnack.

»So.« Magda ließ sich auf den Stuhl sinken. »Waffenstillstand. Von Frieden kann ja leider keine Rede sein.« Sie trank einen Schluck Rotwein und lächelte Larissa an.

»Sagen Sie«, fragte Larissa, »warum steht Ihr wunderbares kleines Lokal nie in der *Prague Post*?«

Magda grinste bereit.

»O nein. Da kommt es nicht hinein. Nur über meine Leiche! Denken Sie gar nicht erst über einen Artikel nach.«

»Warum, das wäre doch keine schlechte Reklame?«

»Genau. Und dann wäre es binnen kürzester Zeit überlaufen von Touristen und Expats. *No way, José!* Es wissen genug Leute davon. Sie kommen, weil es ihnen bei uns schmeckt und weil sie sich hier wohlfühlen. Manche betrachten es als eine Art ausgelagertes Wohnzimmer. Und das soll so bleiben. Wenn ein Lokal erst einmal ein sogenannter ›Geheimtipp‹ ist, der in jedem Reiseführer steht, dann können Sie den Laden genauso gut auch zumachen oder meistbietend verkaufen. Das ruiniert die Atmosphäre – und meistens auch die Küche.« Sie stocherte in ihren inzwischen erkalteten Linguine mit Meeresfrüchten. »Nehmen Sie das U Králů, um die Ecke vom Betlémský-Platz. Das war eine wunderbare böhmische Kneipe, malerisch versteckt unter einem uralten, pechschwarzen Holzgerüst – noch vor sechs, sieben Jahren. Dann hat irgendjemand begeistert über deren urböhmische Küche geschrieben, die Touristen kamen, es wurde renoviert, das Gerüst verschwand, noch mehr Touristen strömten hin, und inzwischen sieht es dort aus wie in Disneyworld. Und das Essen ist auch nicht mehr das, was es mal war. Und die Kellner sind unerträglich.« Sie schüttelte angewidert den Kopf. »Ein Jammer, ich bin früher gerne hingegangen. Die Kinder haben es geliebt. Nein, wir wollen fein und geheim bleiben, nicht wahr, Xenia?«

Xenia stellte in diesem Moment eine große Kiste neben den Tisch.

»Bitte? Fein und geheim? Ja. Magda hat völlig recht. Keine Wagenladungen von Touristen für unser Paradies. Also keine preisenden Artikel in der *Post*, bitte!« Xenia lächelte Larissa mit einem verschmitzt-strengen Gesichtsausdruck an. Dann fuhr sie fröhlich fort: »Voilà. Die Zeitschriften. Ziemlich verstaubt, aber ich denke, wir haben Chancen, Ihre zwei Künstlerinnen zu finden. Die Zeitungen sind alle von 1974 bis 1979. Also, los! Wer sie findet, kriegt einen doppelten Port.« Sie setzte sich und legte einen Stapel der alten Illustrierten auf Larissas Schoß und einen zweiten auf Magdas weiße Leinenhose.

»Weg da!«, kreischte Magda. »Nimm dieses verstaubte Zeug von meiner Hose! Die kommt frisch aus der Reinigung, und noch nicht einmal Eva hat es bei ihrem Ausbruch vorhin geschafft, eine ihrer göttlichen Saucen darauf zu kleckern.« Sie nahm die Zeitschriften mit spitzen Fingern und legte sie auf den verbliebenen leeren Stuhl am Tisch. »Was suchen wir eigentlich?«, fragte sie mehr amüsiert als verärgert, während sie stirnrunzelnd die grauen Staubflecken auf ihrer sonst schneeweißen Hose betrachtete.

Larissa erzählte noch einmal, was der anonyme Anrufer und Lída Karafiátová ihr erzählt hatten.

»Okay«, sagte Magda und nahm eine der Zeitschriften zur Hand, »dann mal los. *Cherchez la femme, mesdames*!«

Meda Cyanovás Telefon klingelte. Ohne von der Akte, in der sie las aufzublicken, nahm sie ab und meldete sich mit Rang und Namen.

»Hier ist Božena Dvořáková, aus dem Archiv, Frau Inspektorin. Also, ich habe den ganzen August durchgesucht und vorsichtshalber auch den Juli und den September, aber ich habe keinen tödlichen Unfall gefunden, in den eine Dana Volná verwickelt gewesen wäre.«

»Was? Wie ist das möglich? Kann die Akte verloren gegangen sein?« Meda spürte ein Kribbeln in ihrer Magengegend.

»Kaum.« Die Stimme der Archivarin wurde eine Spur kühler. »Wie ich schon sagte, ich habe nie etwas weggeworfen, und ich bin seit bald vierzig Jahren hier.«

»Vielleicht während Sie im Urlaub waren?«

»Ich habe in dieser Zeit nur einen Tag Urlaub genommen. Das war vor neunundzwanzig Jahren, zur Beerdigung meines Mannes. Außerdem habe ich nach beiden Namen gesucht.«

Meda stutzte. Nach beiden Namen? Sie hatte der alten Archivarin doch nur den Auftrag gegeben, nach Dana Volná zu suchen. Wusste Frau Dvořáková etwa, wer noch in den Unfall verwickelt gewesen war?

»Wie haben Sie das eben gemeint, Sie hätten nach beiden Namen gesucht?«, fragte sie.

»Na, Sie haben doch nach Dana Volná gefragt, nicht? Nach der Schauspielerin?«

»Ja.«

»Na, ursprünglich hieß sie Navrátilová.«

»Dana Navrátilová? Woher wissen Sie das?«

»Ach, meine Nichte war damals auch auf dem Konservatorium, in ihrer Klasse, wissen Sie, sie hat es mir erzählt. Offenbar hat ihr der Name besser gefallen. Manche Schauspieler legen sich doch einen Künstlernamen zu. Na, wie gesagt, ich habe also nach beiden Namen gesucht und nichts gefunden. – Wenn Sie mich fragen, diesen Unfall hat es nie gegeben – oder aber der Unfall fand im Ausland statt, denn dass Dana Volná tot ist, steht ja außer Zweifel«, fügte sie entschieden hinzu. »Wenn Sie noch etwas brauchen, sagen Sie einfach Bescheid.« Damit legte sie auf.

Meda starrte den Hörer an. Ein Unfall im Ausland? Dana Volná war aber nicht ausgereist. Das belegte ihre Ausreisegenehmigung. Meda glaubte keine Sekunde daran, dass der fehlende Ausreisevermerk auf bloße Schlamperei zurückzuführen war. Kein Unfall, also. Ein Gerücht?

»*Voilà!* Ich hab sie. Hier.« Xenia legte mit einem triumphierenden Lächeln eine aufgeschlagene Zeitschrift auf den Tisch und deutete auf ein großes Foto. »Das hat ja nicht lange gedauert.«

Das Bild zeigte zwei junge Frauen in langen Kleidern, die einander an den Händen hielten. Offenbar war es ein Foto von einem Filmset, im Hintergrund sah man eine Kamera und einen lächelnden älteren Mann, vielleicht den Regisseur. In der Bildunterschrift hieß es: »*Dana Volná und Lenka Svobodová am Set von* Ein Königreich für eine Prinzessin.«

»Ja – das war der Name! Svobodová«, sagte Larissa. Sie überflog die Seite, die sie selbst eben aufgeschlagen hatte, und fügte dann hinzu: »Ich habe auch eines. Hier. Da sind sie ohne Kostüm.« Auch sie legte die Zeitschrift auf den Tisch.

Auf einem Bild lächelten Dana Volná und Lída Karafiátová in die Kamera. Auf einem weiteren strahlte Lenka Svobodová einen jungen Mann an, der mit dem Rücken zur Kamera stand.

»Na also«, sagte Xenia zufrieden und rief Zorka zu, sie möge bitte drei Port bringen.

Magda nahm die Zeitschrift, die Larissa aufgeschlagen hatte, und starrte die Fotos an.

»Was hast du denn?«, fragte Xenia, »du siehst aus, als wärst du einem Gespenst begegnet.«

»Bin ich auch«, sagte Magda langsam. »Das kann doch gar nicht wahr sein!« Sie sah Xenia verwirrt an. »Wenn ich es nicht besser wüsste, würde ich schwören, das sei meine Mutter.«

»Deine Mutter? Aber zu der Zeit war sie doch längst in Kanada, oder?«, fragte Xenia.

»Ich sage doch, sie kann es nicht sein, aber diese Frau sieht genauso aus. Warte.« Magda nahm das Medaillon, das an einer Kette um ihren Hals hing, und öffnete es. Auf der rechten Seite lächelten zwei Kleinkinder, und auf der linken blickte eine junge Frau ernst in die Kamera, die derjenigen auf dem Bild in der Zeitschrift in der Tat wie aus dem Gesicht geschnitten war.

»Himmel!«, rief Xenia aus und blickte von einem Foto zum anderen. »Du hast recht, die beiden sehen aus wie Zwillinge.«

»Seltsam«, sagte Magda, die sich inzwischen wieder gefangen hatte, »wenn ich es nicht besser wüsste, würde ich sagen, du hast recht.«

»Aber Ihre Mutter hat keine Zwillingsschwester, oder?«, fragte Larissa.

»Nein. Meine Mutter ist ein Einzelkind«, sagte Magda langsam, »aber die beiden sehen sich so verdammt ähnlich – eigenartig …« Sie schüttelte nachdenklich den Kopf.

Ob das wohl ein klassischer Fall von Doppelgängertum war, fragte sich Larissa amüsiert. Offenbar, denn Magdas Mutter war ein Einzelkind, und Dana Volná – Moment mal, vielleicht … »Ich weiß nicht, wie das alles zusammenpassen könnte«, sagte Larissa, »aber Lída Karafiátová erzählte mir, dass Dana Volná eine Schwester gehabt habe, die ihr unglaublich ähnlich gewesen sei.«

Magda und Xenia sahen sie überrascht an. »Hm. Und wo ist die Verbindung zu Magdas Mutter?«, fragte Xenia skeptisch.

»Na ja – ich weiß nicht, ich dachte … «, stotterte Larissa. Verdammt, sie hatte es schon wieder getan: nicht nachgedacht und drauflosgeplappert. Halt einfach die Klappe, schalt sie sich im Stillen und wurde rot bis über beide Ohren. »Vergessen Sie es. War nur so ein irrer Gedanke.« Sie nippte an ihrem Port und drückte ihre Zigarette umständlich im Aschenbecher aus.

»Ein irrer Gedanke in der Tat«, sagte Magda, noch immer versonnen. Sie zündete sich eine Zigarette an und rauchte geistesabwesend, wobei sie den Blick nicht von den beiden Fotos lassen konnte, die ihre Mutter und eine ihr unbekannte junge Schauspielerin zeigten. Irgendetwas regte sich tief in ihrer Erinnerung, aber es wollte nicht hinauf in ihr Bewusstsein steigen. Nein, ihre Mutter hatte keine Schwester. Aber da war etwas – wenn sie sich doch bloß erinnern könnte …

»Worüber denkst du nach?«, fragte Xenia. Sie kannte diesen Blick. Magda kramte tief in ihrer Erinnerung.

»Frau Khek hat an etwas gerührt – ich weiß nur noch nicht an was.« Sie sah die beiden an und lachte verlegen. »Ich komme noch drauf. Aber ich finde, wir könnten mit diesem förmlichen Sie endlich aufhören. Das ist in unserem jugendlichen Alter doch einfach nur albern, oder? Ich heiße Magda.« Sie hob ihr Glas Port. »Da ist gerade noch genug drin, um damit anzustoßen.«

»Ich bin auch dafür«, sagte die Archäologin lächelnd, »ich heiße Xenia.«

»Danke schön. Larissa«, sagte die junge Reporterin und stieß mit den beiden Frauen an. In das Gläserklirren hinein klingelte Larissas Handy. »Entschuldigt bitte«, sagte sie und meldete sich. »Ja, bitte?«

»Spreche ich mit Larissa Khek?«, fragte eine männliche Stimme.

»Ja«, antwortete Larissa und fühlte Erregung in sich aufsteigen. Sie kannte diese Stimme – es war der anonyme Anrufer. Geistesgegenwärtig drückte sie eine Taste auf ihrem Handy, um das Gespräch aufzuzeichnen.

»Ich habe Sie schon einmal angerufen, wegen Dana Volná.«

»Ja, ich weiß. Wer sind Sie?«

»Ein Freund. Hören Sie. Die Frau aus der Metro ist Dana Volná.«

»Das sagten Sie bereits, aber Dana Volná ist 1977 bei einem Unfall ums Leben gekommen. Sie ist auf den Olschanner Friedhöfen beerdigt. Ich habe ihr Grab gesehen. Die Mumie kann nicht Dana Volná sein. Sie müssen sich irren.«

»Glauben Sie nicht alles, was man Ihnen erzählt. Nichts ist, wie es scheint. Wessen Asche auch immer in dieser Urne ist, Danas ist es nicht.«

»Woher wollen Sie das wissen?«, fragte Larissa und versuchte, ihre Stimme ruhig klingen zu lassen.

»Ich habe gesehen, wie ein Mann Dana in der Nacht vom siebten auf den achten August 1977 aus ihrem Haus in ein Auto getragen hat. Ich bin ihm gefolgt, bis zur Metrostation Můstek. Er hat sie da hineingetragen und ist später allein herausgekommen.«

»Das haben Sie gesehen? Sind Sie sicher, dass es Dana war?«

»Sie hatte ihr neues rotes Kleid an. Es war Dana.«

»Wer war der Mann?«

»Ein Schwein von einem Spitzel. Krasnohorský. Ist ein paar Monate später abgehauen.«

»Wer sind Sie? Sie müssen damit zur Polizei gehen!«

Die Leitung war tot.

Larissa starrte ungläubig ihr Handy an. Das konnte doch alles nicht wahr sein. Sie hatte Danas Urne mit eigenen Augen gesehen.

»Wer war das?«, fragten Magda und Xenia wie aus einem Mund.

Larissa steckte langsam das Handy ein und sah die beiden Frauen an. »Der Mann, der mich schon einmal angerufen hat.« Kurz erzählte sie ihnen, was sie eben erfahren hatte.

»Woher will er wissen, dass es Dana war?«, fragte Magda zweifelnd.

»Er sagte, sie habe ihr neues rotes Kleid angehabt.«

Die drei Frauen schwiegen einen Moment, um diese unglaublichen Neuigkeiten zu verdauen. »Wir sollten den Kommissar anrufen«, stellte Magda schließlich fest. »An dieser Urne ist etwas faul, Kinder. Die Sache stinkt.«

Sie saßen an dem runden Besprechungstisch im Büro von Staatsanwalt Otčenášek. Die kompetente Sekretärin hatte alle darauf gestapelten Akten entfernt und Kaffee gebracht. Nachdem Larissa David Anděl noch aus dem Ráj angerufen und ihm von ihren Erkenntnissen berichtet hatte, hatten sie sich heute Morgen hier getroffen. Zunächst hatte Meda Cyanová erzählt, was sie aus dem Archiv erfahren hatte.

»Es war nur so eine Idee«, sagte sie und lächelte ein wenig verlegen, »eine Intuition.«

»Sie haben ins Schwarze getroffen«, sagte Otčenášek, »gute Arbeit, Meda! Und nun zu Ihnen, meine Damen«, wandte er sich an Magda, Xenia und Larissa. »Was haben Sie ausgegraben?«

Xenia legte die vergilbten Zeitschriften auf den Tisch.

»Nun«, begann sie, »Larissa erzählte von ihrem Gespräch

mit der Sängerin Lída Karafiátová und was diese über die Volná und ihre Freundin wusste – aber das soll sie besser selbst sagen.«

Larissa berichtete von ihrem Gespräch, dann fügte Magda hinzu: »Angesichts dieser Bilder ist mir etwas Verwirrendes aufgefallen.« Sie nahm einen Briefumschlag heraus, aus dem sie ein Foto zog, das sie neben das Bild von Dana Volná legte.

Der Staatsanwalt und die Polizeibeamten starrten die Bilder an.

»Wer ist das?«, fragte Anděl.

»Das«, Magda deutete auf das Bild in der Zeitschrift, »ist Dana Volná. Und dies«, sie deutete auf das Foto, das sie mitgebracht hatte, »dies ist ein Jugendfoto meiner Mutter.«

»Und die Verbindung?«, fragte David Anděl. »Sie wollen doch nicht sagen …«

Magda nickte. »Sie sehen sich unglaublich ähnlich, nicht wahr? Es könnte natürlich ein Zufall sein – Doppelgänger. So was soll ja hin und wieder vorkommen. Aber es ließ mir keine Ruhe. Irgendwas in meiner Erinnerung … nun, egal, um es kurz zu machen, ich rief heute Nacht meine Mutter an und mailte ihr das Bild aus dieser Zeitschrift.«

»Und?«, fragte der Staatsanwalt, der seine Erregung nur mühsam unterdrücken konnte, »machen Sie es um Gottes willen nicht so spannend, Frau Doktor!«

»Dana Volná ist meine Tante. Dana Navrátilová.« Magda lehnte sich in ihrem Stuhl zurück. Sie war plötzlich unendlich müde. Nach dem Gespräch mit ihrer Mutter war kein Gedanke mehr an Schlaf gewesen. Zu viel war ihr durch den Kopf gegangen.

»Na bestens«, sagte David Anděl zum Erstaunen der anderen. »Das trifft sich doch hervorragend – bei allem Mitgefühl für unsere Frau Doktor und ihre neu gefundene und leider sofort wieder verlorene Tante.« Er lächelte, als er reihum blickte. »Nun haben wir die Möglichkeit, die DNA zu vergleichen. Mit anderen Worten, wir können die Leiche zweifelsfrei identifizieren«, sagte er, während er Magdas müdes Gesicht eingehend betrachtete.

Magda nickte. »Ich habe heute früh schon die nötigen Proben genommen«, sagte sie. »Aber es wird ein paar Tage dauern.«

Ja, dachte David Anděl und zwinkerte ihr fast unmerklich zu, eine prächtige Frau – schön, intelligent und Nerven wie Drahtseile. Fast zu gut, um wahr zu sein. Welche Abgründe lauerten wohl hinter dieser perfekten Fassade?

»Unglaublich. Einfach unglaublich.« Der Staatsanwalt schüttelte den Kopf. Dann wandte er sich an Magda. »Ich bewundere Ihre Haltung, Madame. Hut ab. Und ich möchte Ihnen mein Mitgefühl aussprechen.«

»Danke«, sagte Magda. »Aber Larissa hat auch noch etwas Interessantes beizusteuern.«

»Ja, ich bekam gestern Abend einen Anruf«, sagte Larissa. »Ich habe ihn aufgenommen, warten Sie.« Sie nahm ihr Handy heraus und spielte das aufgezeichnete Gespräch ab. Alle hörten gebannt zu.

»Sie sind sicher, dass es der gleiche Anrufer war wie beim ersten Mal?«, fragte Anděl.

»Ja. Ich habe die Stimme wiedererkannt und außerdem – er spricht wie Havel, wissen Sie. Er kann kein rollendes ›r‹ aussprechen. Ich bin mir ganz sicher, dass es der gleiche Mann ist.«

Sie schwiegen alle eine Weile, dann sagte Otčenášek: »Fassen wir zusammen: Dana Volná hieß eigentlich Dana Navrátilová. Das bestätigt sowohl Frau Doktor hier als auch unsere fähige Archivarin – vor der ich übrigens den höchsten Respekt habe.« Er lächelte verschwörerisch.

»Und dann haben wir einen anonymen Anrufer, der behauptet, gesehen zu haben, wie ein Mann, den er als einen gewissen Krasnohorský erkannt haben will, die Volná aus dem Haus und in die Metro getragen hat. – Nehmen wir einmal an, dass der Mann die Wahrheit sagt. Dann stellt sich die Frage, wessen Asche in der Urne auf dem Friedhof ist. Denn, wie gesagt, wir können davon ausgehen, dass es diesen Unfall, bei dem Dana Volná ums Leben gekommen sein soll, nie gegeben hat. Da verlasse ich mich ganz auf die Archivarin.«

»Irgendjemand muss also tatsächlich ein Gerücht gestreut haben«, sagte Anděl nachdenklich. »Die Volná verschwindet, und weil sie mit Sicherheit vermisst werden wird, wenn sie nicht wieder auftaucht, streut man das Gerücht, sie sei bei einem Unfall gestorben, irgendwo auf einer Reise nach oder in Jugoslawien. Und um ganz sicherzugehen, stellt man eine Urne in ein Grab auf dem Friedhof.«

»Ich habe – so weit möglich – die alten Zeitungsberichte über den Unfall herausgesucht. Die waren tatsächlich ziemlich vage«, warf Meda ein.

»Na, Prost Mahlzeit«, warf Otakar Nebeský ein. »Von wegen ›irgendjemand‹! Das muss einer mit spitzenmäßigen Verbindungen in entsprechende Kreise gewesen sein.« Er schüttelte angewidert den Kopf.

Anděl nickte ernst. Staatsanwalt Otčenášeks Stirn lag in tiefen, nachdenklichen Falten.

»Ein Gerücht?«, fragte Xenia ungläubig, »das hätte man doch nachprüfen können – das kann doch nicht wahr sein! Die Presse, ihre Familie …«

»Es ist schwer zu glauben, da stimme ich Ihnen zu, Frau Doktor Bondy«, sagte Anděl. »Aber Sie dürfen nicht vergessen, das alles passierte nicht in einer Demokratie. Die Presse konnte nicht einfach alles schreiben, und echte Recherche war auch nahezu unmöglich. Wie das unter dem kommunistischen Regime eben so war. Der Geheimdienst oder die Staatssicherheit hatten großen Einfluss. Und ja, die hätten so etwas durchaus inszenieren können.«

»Und was die Familie angeht«, sagte der Staatsanwalt und sah Magda fragend an, »ich nehme an – da Sie bis gestern nichts von der Existenz Ihrer Tante wussten –, dass Ihre Familie keinen Kontakt zu Dana Volná hatte?« Magda nickte, und Otčenášek fuhr fort: »Da fügte sich eines zum anderen – sehr praktisch für die Herren.«

»Unfassbar«, murmelte Xenia und setzte dann lauter hinzu: »Wie auch immer. Was ist mit der Urne?«

»Die sollte sich jemand schnappen – solange sie noch da ist«, erwiderte Magda.

»So ist es«, stimmte Anděl zu. »Aber vorher habe ich auch noch eine Kleinigkeit beizutragen. Es ist eigenartig, dass Dana Volná und auch Lenka Svobodová eine Ausreisegenehmigung bekommen haben.«

Otčenášek nickte. »In der Tat.«

Anděl fuhr fort und zählte die Möglichkeiten an den Fingern ab, während er sie der Runde vorstellte: »Erstens, die Volná war eine Spionin auf dem Weg in den Westen, was ich persönlich für unwahrscheinlich halte – das Gleiche gilt übrigens für die Svobodová. Oder, zweitens, sie hatten die gleichen Vorschusslorbeeren wie damals auch Karel Gott. Man glaubte ihnen, dass sie zurückkommen würden. Das immerhin wäre möglich, wenngleich ich das ebenfalls für unwahrscheinlich halte, denn die beiden wollten in Urlaub fahren und nicht zum Arbeiten. – Drittens, die beiden waren verheiratet oder hatten Kinder, von denen wir nichts wissen und die sie sozusagen als Pfand hiergelassen haben. Das immerhin lässt sich nachprüfen – was ich heute Morgen getan habe. Um es abzukürzen: Dana war ledig und, soweit ich feststellen konnte, kinderlos, aber die Svobodová hatte im Juli 1977 geheiratet. Einen Jan Krasnohorský.«

»Das erklärt, warum sie eine Ausreisegenehmigung bekommen hat«, sagte Otčenášek nachdenklich. »Woher haben Sie diese Information so schnell, David?«

»Freunde an den richtigen Stellen«, antwortete Anděl lächelnd. »Dieser Krasnohorský hat auf der Heiratsurkunde übrigens als Beruf Arzt angegeben. Ich habe heute früh auf gut Glück Akten gewälzt und bin auf eine weitere Sache gestoßen: Ein Jan Krasnohorský ist im Oktober 1977 auf recht spektakuläre Weise nach Kanada geflohen. Sieht aus, als wäre es derselbe, der die Svobodová geheiratet hat. Wir sollten uns mal mit unseren kanadischen Kollegen in Verbindung setzen, vielleicht können die uns etwas über ihn sagen.«

»Falls die Kanadier kooperativer sind als die Amis«, warf Nebeský skeptisch ein. Seine diesbezüglichen Erfahrungen waren nicht die besten.

»Gute Arbeit, David«, sagte Otčenášek anerkennend. »Nebeský, rufen Sie drüben an, ich denke, die Kanadier sind etwas offener im Umgang. Jedenfalls ist damit geklärt, wie Lenka Svobodová zu ihrer Ausreisegenehmigung gekommen ist – was für uns allerdings kaum von Interesse ist. Aber die Volná? Nun, entweder man hat ihr vertraut, oder sie hatte Freunde an den entsprechenden Stellen.«

»Sie meinen bei der Staatssicherheit?«, fragte Nebeský. »Oder beim Geheimdienst?«

Der Staatsanwalt nickte. »Davon kann man wohl ausgehen, allein schon wegen der Gerüchteküche um ihren Tod. Wie Sie vorhin angedeutet haben, Otakar, das weist in gewisse Kreise. Darum werde ich mich kümmern. Jetzt muss erst einmal diese Mumie identifiziert werden.«

»Die Karafiátová hat einen Freund erwähnt, der Honza hieß«, warf Larissa ein, »sie sagte, er sei weit herumgekommen. Ob das dieser Jan Krasnohorský sein könnte?«

»Möglich«, sagte Anděl, »wenn ja, dann muss er in der Tat sehr gute Verbindungen gehabt haben. Immerhin ist es ihm gelungen, auf diesem Flug abzuhauen.«

»Sprach Ihr anonymer Freund nicht von einem Schwein von einem Spitzel, als er Krasnohorský erwähnte?«, wandte sich Nebeský an Larissa. »Das scheint eine treffende Beschreibung gewesen zu sein. Als Arzt wird er kaum unterwegs gewesen sein, oder?«

»Ich werde mich da mal umhören«, sagte der Staatsanwalt. Die Sache gefiel ihm immer weniger. Je mehr sie erfuhren, desto mehr wies die Geschichte in Richtung Staatssicherheit und Geheimdienst. Sehr unangenehm. Und nicht ungefährlich, selbst heutzutage.

Anděl wandte sich an seine junge Kollegin. »Meda, du kennst doch einen Polizisten in Montreal, ruf ihn an und frag nach Jan Krasnohorský. Der Fall war so spektakulär, da lässt sich sicher was rausfinden.«

»Sei doch so gut und sag mir noch mal, wann ungefähr dieser Krasnohorský abgehauen ist und was es mit dieser spektakulären Flucht auf sich hatte«, bat Meda. »Wie du weißt, war ich damals noch in den Windeln, ich habe keine Ahnung, worum es geht.«

»Verzeih, Kindchen«, Anděl zwinkerte ihr zu. »Ein Jan Krasnohorský ist im Oktober 1977 in ein Flugzeug nach Kuba gestiegen, um auf jener schönen Insel einer geregelten Arbeit als Arzt nachzugehen. Die Maschine machte eine Zwischenlandung in Kanada – in Montreal, um genau zu sein. Die Passagiere mussten aussteigen und durften in einem Aufenthaltsraum auf den Weiterflug warten. Und während dieser Wartezeit ist dieser Krasnohorský durch eine unverschlossene Tür entwischt. So weit die Legende.« Er stand auf.

»Aber«, fragte Larissa, »wie kommt es, dass dieser Krasnohorský überhaupt nach Kuba gehen durfte?«

»Was meinen Sie damit?«, fragte Nebeský.

»Na, Sie sagten doch, alleinstehende junge Leute hätten nie so eine Ausreisegenehmigung bekommen. Wieso also dieser Krasnohorský?«

»Nun, wenn es der gleiche ist wie Lenkas Ehemann, dann war er ja verheiratet«, erwiderte Nebeský irritiert.

»Sie weisen da auf etwas hin, Frau Khek«, sagte Anděl, »das wichtig ist. Und ich glaube, ich weiß, worauf Sie hinauswollen.«

»Und das wäre?«, fragte der Staatsanwalt.

»Krasnohorský war zwar verheiratet, aber seine Frau war im August 1977 in den Westen ausgereist und nicht zurückgekommen. Sie war abgehauen – nur zwei Monate zuvor. Er konnte sie also nicht als Pfand zurücklassen. Sie war vielmehr ein echtes Handicap für ihn und seine Pläne. Wie kam er also zu seiner Ausreisegenehmigung und Arbeitserlaubnis, als Arzt, dessen Frau ein Republikflüchtling war?«

»In der Tat. Nun, möglicherweise hing das damit zusammen, dass er in ein kommunistisches Bruderland gehen wollte«, wandte Otčenášek ein. »Aber das ist eigentlich auch unwahrscheinlich – wie im Übrigen diese ganze Geschichte. Wie man es dreht und wendet, wir landen immer wieder beim Geheimdienst oder wahlweise der Staatssicherheit.« Er schwieg eine Weile und fuhr dann fort: »Wie auch immer dieser Krasnohorský zu seiner Ausreise gekommen ist, unsere erste Aufgabe ist Dana Volná und die namenlose Mumie. Eins nach dem anderen. Wir wissen, wo die Volná gelebt hat. Sie hatte ja noch andere Nachbarn außer der Karafiátová«, sagte Otčenášek. »Vielleicht hat jemand etwas gehört oder gesehen. Immerhin muss unser anonymer Anrufer dort gewesen sein, als es passierte. Und er muss sie gut gekannt haben, wenn er sie unter diesen Umständen erkannt hat. Vielleicht hat er im gleichen Haus gewohnt oder gegenüber. Stellen Sie fest, wer in dem Haus und denen in Sichtweite gewohnt hat. Die Karafiátová kann Ihnen sicher dabei helfen, David.«

»*Yes, Sir*!«, sagte Anděl mit einem ironischen Lächeln, tippte mit den Fingern der rechten Hand an seine Schläfe und schlug die Hacken zusammen.

Die Vorstellung im Nationaltheater zog sich in die Länge. Larissa warf einen Blick auf ihre Uhr. Noch ein paar Minuten bis zur wohlverdienten Pause. Sie sah wieder auf die Bühne. Ein schreckliches Stück. Eine lange verschollene Version von *La Bohème* von irgendeinem Engländer, die man besser in der Versenkung gelassen hätte. Und der Regisseur hatte nichts Besseres zu tun gehabt, als die Geschichte zu allem Überfluss in die Gegenwart zu verlegen. Nicht das Paris des 19. Jahrhunderts hatte man auf die Bühne gebracht, sondern die heutige moderne Großstadt. Die Sänger schmetterten ihre Arien in Anzug und Krawatte in einem Restaurant, die Damen sangen und glänzten in kurzen Cocktailkleidern. Die Geschichte hatte man allerdings nicht entstaubt. Bestimmt würde das naive Mädel nach einer unendlichen Arie an irgendeinem innerstädtischen Rinnstein zusammenbrechen und mit gebrochenem Herzen und tuberkulöser Lunge noch mit dem letzten Atemzug nach ihrem treulosen Liebsten rufen. Was für ein Quatsch! Zum Glück hatte Magda die Karten geschenkt bekommen. Eigentlich, dachte Larissa, sollte man dafür bezahlt werden, dass man sich diesen Schwachsinn antat.

Andererseits bekam sie selten Gelegenheit, eine Premiere zu besuchen. Ihre Anwesenheit hier verdankte sie Xenia, die auf Magdas Nachfrage, ob sie in die Oper mitwolle, energisch erklärt hatte, sie habe selbst für gute Opern nichts übrig, geschweige denn für ein Stück, das irgendjemand aus der untersten Schublade ausgegraben habe, wo es vermutlich sehr gut aufgehoben gewesen war.

»Aber, Xenia, das kannst du doch gar nicht wissen!«, hatte Magda widersprochen. »Vielleicht ist das Stück hervorragend. Außerdem soll der Regisseur es modernisiert haben. Könnte spannend werden.«

Xenia hatte sie angesehen, als überlege sie, ob Magda den Verstand verloren habe.

»Hervorragend? Und warum hat man es dann seit bald siebzig Jahren nicht mehr gespielt? Weil es nichts taugt, meine Liebe, deshalb. Erinnerst du dich an dieses Stück von Ibsen oder einem dieser depressiven Skandinavier? Wie hieß es doch gleich – Rosmersholm. Genau. Wurde auch nach x–Jahrzehnten ausgegraben. Überflüssig wie ein Kropf! Kein Mensch hatte das Stück vermisst – und mit Recht. Und von wegen Modernisierung – diese rührselige Geschichte von einem gefallenen Mädchen, das von allen verlassen in der Gosse an Tuberkulose stirbt, na – so eins zu eins passt das sicher nicht ins 21. Jahrhundert. Warum lässt man sie also nicht in ihrer Zeit, die Geschichte und das Mädel? Heutzutage wirken beide nur albern und deplatziert. Außerdem mag ich Opern sowieso nicht. Die kreischen mir alle zu viel.«

Mit diesem Schlusswort hatte sie ihre Tasche ergriffen und war aus dem Ráj hinausgegangen.

Das Lokal war inzwischen so etwas wie eine zweite Heimat für Larissa geworden. Sie hatte den Nachmittag dort verbracht und an einem Artikel über die vergessenen Palastgärten geschrieben. Magda war am späten Nachmittag gekommen, hatte sich zu ihr gesetzt und gefragt, ob sich der anonyme Anrufer noch einmal gemeldet hatte. Sie hatten eine Weile in Spekulationen über den Fall der Mumie verbracht, und Magda hatte auf Larissas Nachfrage von verschiedenen Methoden erzählt, mit denen man das Alter von Leichen feststellen konnte. Dann war Xenia aus dem Institut gekommen, sichtlich genervt von irgendetwas, das sich, als sie einen Port getrunken und sich halbwegs beruhigt hatte, als der unfähige Hiwi herausgestellt hatte. Diesmal hatte er den PC der Sekretärin auf dem Gewissen. Als Xenia gegangen war, hatte Magda Larissa gefragt, ob sie mitgehen wolle, es wäre schade, die Karte verfallen zu lassen. Larissa hatte begeistert angenommen. Und nun saß sie hier und fragte sich, ob es nicht angenehmere Arten gab, einen Abend zu verbringen. Diese Oper war eine einzige Zumutung. Der Vorhang senkte sich endlich, das Publikum begann zu klatschen.

»Ich hasse es, das zuzugeben, aber Xenia hatte in jedem Punkt recht«, sagte Magda, während sie nach ihrer Handtasche griff. »Aber es gibt auch gute Nachrichten: Ich habe eine Einladung zum Sektempfang beim Intendanten.«

»Gott sei Dank!«, sagte Larissa seufzend. »Ich kann einen Sekt gebrauchen nach all dem da.«

Magda lachte. »Mindestens einen! Eigentlich schreit dieses Schauspiel nach einem doppelten Whisky. Ein unsägliches Stück, nicht wahr? Ich verstehe nicht, warum sie alles in die Gegenwart verlegen mussten. Na, die erste Halbzeit haben wir überlebt, und mithilfe von ein, zwei Gläsern schaffen wir vielleicht auch die zweite. Auf zum fröhlichen Small Talk.«

»Die hätten dieses Machwerk in der Versenkung lassen

sollen«, sagte Larissa. »Und den Regisseur sollte man in die Wüste schicken …« Larissa machte eine wegwerfende Geste und sparte sich weitere Worte.

Magda stand an der Tür der kleinen Loge und streckte sich. Sie sah atemberaubend aus in ihrem schmalen, roten Seidenkleid. Magda fasste mit den Händen im Nacken an den Verschluss ihrer Kette, offenbar um zu prüfen, ob sie fest geschlossen war. Eigentlich war es eher ein Collier, obwohl die Bezeichnung auch nicht recht passen wollte, auf die scheinbar wahllos über das Dekolleté hingeworfenen blutroten Steine, die durch hauchzarte Silberkettchen miteinander verbunden waren.

»Dieses Kleid ist herrlich«, sagte Larissa, »es steht dir ausgezeichnet. Du siehst wunderschön aus, Magda. Was sind das eigentlich für Steine in der Kette?«

»Danke«, erwiderte Magda lächelnd, »das sind indische Granate, man nennt sie auch Almandine – aber frag mich bitte nicht, wie Almandine und Granate miteinander verwandt sind.« Magda lächelte, und ihr Blick wanderte von Kopf bis Fuß an Larissa entlang. »Aber du siehst auch nicht gerade aus wie Aschenputtel.«

Larissa schaute an ihrem langen schwarzen Kleid hinunter und strich es glatt. Es war sehr schlicht, aber unglaublich elegant. Schwarze Seide, auf der – von der rechten Schulter zur linken Hüfte – winzig kleine glitzernde Strasssteinchen herunterrieselten. Larissa hatte keine Ahnung, ob es Swarowskis waren, aber sie sahen auf jeden Fall so aus.

»Ich habe es mir von einer Freundin ausgeliehen. Irgendwie komme ich mir aber trotzdem vor wie Aschenputtel. So verkleidet. Ich trage so was ja sonst nie.« Von den unglaublich hohen Pumps, in denen ihre Füße steckten, wollte sie lieber nicht sprechen. Sie hoffte nur, dass sie über keinen Teppich und keine Stufe stolperte, wenn sie sich nun auf den Weg zum Sektempfang machten.

»Du siehst sehr gut aus, sehr elegant«, sagte Magda anerkennend. »Ich finde es ganz schön, sich gelegentlich in eine Abendrobe zu werfen. Es ist ein bisschen wie Prinzessin spielen.« Sie lachte. »Los, gehen wir, sonst ist der Sekt weg.«

Sie schlängelten sich durch die auf den Flur strömenden Opernbesucher. Magda steuerte zielstrebig eine Treppe an, die nach oben zu einer weit offen stehenden Tür führte.

»Hoffentlich fragt uns der Intendant nicht, wie uns die Vorstellung gefällt«, sagte Magda, als sie die Treppe hinaufstiegen. »Ich wüsste ehrlich nicht, was ich sagen soll.«

»Lächeln und lügen«, erwiderte Larissa. Sie war vollauf damit beschäftigt, weder über ihr Kleid noch über die Teppiche auf den Treppen zu stolpern. Am Treppenabsatz erwartete sie ein junger, recht gut aussehender Mann, der einen Handkuss auf Magdas Handrücken hauchte.

»Guten Abend, Frau Doktor. Wie schön, dass Sie kommen konnten! Sind Sie zufrieden? Was sagen Sie zu unserer Premiere?«

»Guten Abend, Herr Bohatý.« Magda lächelte ihn strahlend an. »Ein sehr schöner Abend. Nochmals vielen Dank für die Karten. Das war sehr nett von Ihnen.« Sie drehte sich nach Larissa um, der sie eine Hand an die Schulter legte, dann wandte sie sich wieder dem jungen Mann zu.

»Darf ich Ihnen meine Freundin Larissa Khek vorstellen, Herr Bohatý? Sie ist Redakteurin bei der *Prague Post*. Macht auch viel Kultur. Larissa«, wandte sich Magda formvollendet an die junge Journalistin, »das ist Martin Bohatý, der persönliche Assistent des Intendanten.«

Larissa streckte Martin Bohatý die Hand hin, er nahm sie und bedachte Larissa mit einem ebenso charmanten Lächeln wie Magda zuvor. »Das ist ja wunderbar«, sagte er, »haben Sie eine Visitenkarte dabei? Ich würde Sie gerne in meine Kartei aufnehmen, dann kann ich Sie immer über die neuesten Projekte unseres Hauses informieren.« Er zog sein eigenes Etui heraus und entnahm ihm eine Karte, die er Larissa reichte.

»Gerne, das wäre wunderbar, Herr Bohatý«, erwiderte Larissa und kramte eine ihrer Visitenkarten aus ihrer Handtasche. Sie tauschten die Karten aus, und Martin Bohatý wandte sich den nächsten Gästen zu.

Zwanzig, dreißig Leute standen bereits in einem kleinen Foyer und dem angrenzenden üppig dekorierten Raum, tranken Sekt und schwatzten über die Aufführung. Larissa beobachtete die Reaktionen auf Magdas Erscheinen. Die anwesenden Männer warfen ihr unablässig verstohlene Blicke zu, die Frauen betrachteten sie mit einer Mischung aus Neid und Bewunderung. Magda und Larissa nahmen sich Sektgläser von einem Tablett und mischten sich unter die Leute. Larissa kannte niemanden. Magda offenbar schon. Sie nickte einigen Leuten freundlich zu. Sie schlenderten durch das Foyer in den angrenzenden Raum.

Erstaunlich, dachte Larissa, wie viel schlechter Geschmack unterwegs war. Die Damen trugen alle Abendkleider, aber eines war hässlicher als das andere. Viel Taft, Rüschen und Schleifchen, und das Ganze in grässlichen Farben – Violett vor allem. Magda stach unter diesen Frauen hervor wie eine Baccararose im Stiefmütterchenbeet. Aber auch Larissa selbst schien auf die Anwesenden Eindruck zu machen, die bewundernden Blicke galten nicht nur Magda.

»Ach, sieh einer an«, sagte Magda plötzlich und deutete mit dem Kinn zum Fenster.

Larissa drehte den Kopf. Dort stand ein hochgewachsener

Mann in einem tadellos sitzenden Smoking und lächelte dem Intendanten zu, der gerade etwas erzählte. Neben dem etwas älteren, aber attraktiven Mann stand eine junge Frau, um deren Schulter er einen Arm gelegt hatte.

»Na so was«, sagte Larissa, »das ist ja mein Chef. Ist das seine Frau? Ich habe sie noch nie gesehen. Hübsches Mädel, ziemlich jung für ihn.« Die junge Frau mochte gerade mal halb so alt sein wie ihr Begleiter.

»O nein, *das* ist nicht seine Frau. Er kann es einfach nicht lassen, der kleine Scheißer.«

Larissas Chef hatte die beiden noch nicht bemerkt. Magda stellte ihr Glas auf einem Tischchen neben der Tür ab.

»Möchtest du auch noch eins?«, fragte Magda und sah sich nach einem Kellner um, »ich könnte noch einen Schluck gebrauchen.«

Larissa wunderte sich über Magdas angespannten Ton. Die junge Frau war also nicht seine Ehefrau. Was für eine treulose Tomate, dachte sie, dabei wirkte er immer so seriös. Sie trank ihr Glas aus. In diesem Moment drehte er sich in ihre Richtung, sah sie und winkte ihr fröhlich zu. Doch schon im nächsten Augenblick erstarrte er. Fast sah es aus, als würde er gleich ohnmächtig werden. Unter seinem sonnengebräunten Gesicht wurde er totenblass. Larissa sah in die Richtung, in die er wie versteinert blickte. Aber neben ihr stand nur Magda, die versuchte, die Aufmerksamkeit eines Kellners auf sich zu ziehen, der ein Tablett mit gefüllten Sektgläsern balancierte. Magdas Anwesenheit konnte ihm kaum einen Schrecken eingejagt haben, dachte Larissa. Außer natürlich, sie kannte seine Frau gut genug, um ihr von dieser Begegnung zu erzählen. Wäre immerhin möglich. Sie drehte sich noch einmal zu ihm um. Er stand noch immer regungslos da und sah aus, als sähe er Gespenster.

»Möchtest du auch noch ein Glas?«, fragte Magda erneut, während sie zwei Gläser vom Tablett des Kellners nahm.

»Mhm. Gerne. Danke«, erwiderte Larissa. »Du hast ihm einen ordentlichen Schrecken eingejagt. Kennst du seine Frau so gut, dass er vor dir Angst haben muss?«

»Allerdings«, sagte Magda und reichte ihr ein Glas. Sie lächelte amüsiert. »Du kennst sie übrigens auch, es ist …«

Da fiel ein Glas zu Boden, und das Klirren des zerbrechenden Glases ließ alle Köpfe zur Tür herumfahren. Auch Magda und Larissa drehten sich erschrocken um.

»O mein Gott, was bin ich ungeschickt«, rief hinter ihnen eine Frau in einem nachtblauen Kleid und sah auf den Fußboden hinunter, auf dem das Sektglas in tausend Scherben lag.

Ein Kellner kam schon mit einem Lappen, Schaufel und Handbesen und versicherte ihr, das mache gar nichts, er werde die Bescherung gleich beseitigen.

»Alena! Wie schön, Sie zu sehen«, sagte Larissa und ging auf die Frau zu.

»Oh, Larissa. Guten Abend.« Alena Freeman hielt ihre kleine schwarze Handtasche so fest umklammert, dass ihre Knöchel weiß hervortraten. »Das ist mir wirklich sehr peinlich«, sagte sie.

»Guten Abend, Alena.« Magda hatte noch ein Glas Sekt organisiert und hielt es der Journalistin hin. »Hier, auf den Schreck.«

Alena starrte sie wie vom Donner gerührt an. »Magda.« Ihre Stimme klang heiser. »Was … was für eine Überraschung.« Sie schloss für einen Moment die Augen. Als sie sie wieder öffnete, hatte sie sich gefangen. »Entschuldigen Sie bitte, ich weiß gar nicht, was heute mit mir los ist.« Sie lachte nervös und nahm das angebotene Glas. Ihre Hand zitterte.

Die anderen Gäste hatten sich längst wieder ihren Gesprächen zugewandt. Es klingelte, die Pause war zu Ende. Alena Freeman trank ihren Sekt in einem Zug aus.

»Entschuldigen Sie mich bitte, ich muss los. Mein Platz ist am anderen Ende.« Sie stellte ihr Glas ab und verschwand eilig in Richtung Treppe.

Larissa sah zu ihrem Chef hinüber. Er stand noch immer wie versteinert da und starrte in ihre Richtung. Seine Begleiterin stupste ihn an. Er lächelte angespannt und nahm sich ein neues Glas Sekt, das er ebenso wie Alena in einem Zug leerte.

Wenn ich es nicht besser wüsste, dachte Larissa, ich könnte schwören, Alena sei die Ehefrau, die ihren Mann in flagranti ertappt hat. Als sie das Magda gegenüber bemerkte, lachte diese.

»Ja, ganz so hat es ausgesehen, nicht wahr? Diese kleine Szene war besser als die ganze schreckliche Oper«, meinte Magda.

Es klingelte zum zweiten Mal. Sie stellten ihre Gläser ab und gingen zu ihrer Loge zurück. Die Reihen füllten sich langsam wieder. Larissa versuchte unter den hineinströmenden Menschen Alenas blonden Schopf zu entdecken. Sie hielt auch nach ihrem Chef Ausschau, obwohl der sicher viel schwieriger zu entdecken sein würde. Die meisten Männer trugen schwarze Anzüge, und obwohl sein Haar ebenfalls auffällig blond war, konnte sie beide nicht ausmachen.

Der zweite Teil war ebenso grässlich wie der erste. Aber die Pause war es wert gewesen, dachte Larissa, als sie eineinhalb Stunden später endlich vor ihrer Wohnungstür stand und in ihrer Handtasche nach ihrem Schlüssel suchte. Da klingelte ihr Handy.

»*Ahoj*, Schönste aller Schönen! Ich habe gerade eine junge

Göttin am Hühnchen vorbeigehen sehen – sie hat nicht zufällig Lust auf ein Glas Wein mit einem armen Feuerwehrmann?«

»Quatschkopf! Ich ziehe mich nur schnell um. Bin gleich unten.« Robin ist ein Schatz, dachte sie fröhlich. Der Abend wurde immer besser. Fünf Minuten später stand sie, diesmal in Jeans und T-Shirt, wieder vor ihrer Tür und schloss ab. Sie lief im Dunkeln die Treppe hinunter und rannte auf dem Treppenabsatz fast einen Mann um, der gerade heraufkam.

»Oh, entschuldigen Sie, ich habe Sie nicht …«

Sie blickte zu dem Mann im dunklen Anzug auf, der vor ihr stand.

»So sieht man sich wieder«, sagte er, grinste und ging an ihr vorbei.

Diesmal stand Larissa wie vom Donner gerührt da. Das also war ihr Nachbar, dem sie bisher hier im Haus noch nie begegnet war.

Alena Freeman legte langsam den Hörer auf und blickte aus ihrem Bürofenster im Gebäude von Radio Free Europe auf die Besucher, die das Nationalmuseum ansteuerten. Was Larissa Khek ihr eben am Telefon erzählt hatte, klang unglaublich. Offenbar war die Leiche aus der Metro so gut wie identifiziert. Natürlich noch nicht offiziell, aber die Hinweise legten den Schluss doch nahe. Die Ahnung, welche an jenem Morgen im Ráj, als sie sich mit Larissa zum Frühstück verabredet hatte, in ihr aufgestiegen war, schien sich zu bewahrheiten. Nach allem, was Larissa gerade gesagt hatte, war jedenfalls jedes Wort des anonymen Anrufers wahr gewesen. Wer, zum Teufel, war der Kerl?

Sie betrachtete nachdenklich den oberen Teil des Wenzelsplatzes vor dem Nationalmuseum. Der Verkehr strömte in gewohnter Stärke über die Magistrale, die vierspurige Stadtautobahn, unter ihrem Fenster vorbei, und Touristen zogen in kleinen und größeren Gruppen von den Hotels in den Weinbergen hinunter Richtung Wenzelsplatz und Altstadt.

Alena dachte an einen anderen strahlenden Tag. Vor fünfundzwanzig Jahren hatte sie auf der Aussichtsplattform des Empire State Building gestanden und gewartet. Den ganzen Tag hatte sie dort verbracht, bis sie schließlich mit dem letzten Aufzug hinuntergefahren war. Glücklich über ihr neues Leben, traurig, dass ihre Verabredung geplatzt war. Albern, sich ausgerechnet dort treffen zu wollen. Auch sie war offensichtlich nicht vor Sentimentalitäten gefeit. Danach hatte sie, wie abgesprochen, täglich die privaten Anzeigen in der *New York Times* durchgesehen, doch sie hatte nichts gefunden. Man konnte sich eben auf nichts und vor allem auf niemanden verlassen. Sie hatte nach ihrer Ankunft in der Stadt bald ein billiges Zimmer und eine Stelle als Kellnerin gefunden. Eine ihrer neuen Kolleginnen war ebenfalls Tschechin, die schon seit bald zehn Jahren in New York lebte. Sie lud Alena eines Tages ein, doch zum nächsten Treffen der tschechischen Laientheatergruppe zu kommen. Alena hatte zunächst abgelehnt, sie wollte nichts mit Exilantenkreisen zu tun haben, aber schließlich hatte sie sich überreden lassen.

Die Gruppe traf sich in einem kleinen Restaurant in Greenwich Village. Als Alena dort ankam, saßen alle um einen großen Tisch, und der neueste Klatsch aus der alten Heimat machte die Runde. Alenas Bekannte winkte sie zu sich, und sie nahm neben ihr Platz. Es war eine merkwürdig zusammengewürfelte Runde von Menschen fast jeden Alters, die zu Hause in der Tschechoslowakei wohl kaum jemals zusammen an einem Tisch gesessen hätten. Aber, dachte Alena amüsiert, die Fremde macht die unwahrscheinlichsten

Leute zu Freunden. Sie hörte nur mit halbem Ohr auf das Gespräch, während sie die Menschen betrachtete, die wie sie ihre Heimat für das Versprechen eines freien Lebens verlassen hatten. Sie fragte sich, ob es eine gute Idee gewesen war zu kommen. Sie wollte niemanden treffen, den sie von früher kannte. Aber soweit sie das sagen konnte, befand sich unter den Anwesenden niemand, den sie auch nur vom Sehen kannte. Gut. Nun, vielleicht würde es ein angenehmer Abend werden. Es wurde jedenfalls viel gelacht und durcheinandergeschwatzt.

Alena hatte sich, wie die meisten anderen, ein Bier bestellt. Sie trank einen Schluck und verzog das Gesicht. Was für ein fades Zeug. Vieles an Amerika erschien ihr besser als an ihrer alten Heimat, doch ob sie sich je an dieses wässrige Etwas gewöhnen würde, das man hierzulande Bier nannte, bezweifelte sie. Nahezu ungenießbar, wenn man mit echtem Bier aufgewachsen war. Sei's drum, dachte sie, dafür bin ich frei. Sie lächelte. Alles hatte seinen Preis – und wenn der Preis für dieses neue Leben ungenießbares Bier war, nun, dann würde sie in Zukunft eben auf Wein umsteigen.

Irgendjemand erzählte etwas von einem Unfall. Sie hatte nicht recht zugehört, war ganz in ihre eigenen Gedanken versunken gewesen.

»Ach, die arme Seele«, hörte sie eine ältere Frau sagen.

»Um wen geht es?«, fragte Alena ihre Nachbarin.

»Na, um die Volná, hast du eben nicht zugehört? Du weißt schon, die Schauspielerin. Sie ist bei einem Unfall ums Leben gekommen. Erst vor ein paar Wochen. Schrecklich.«

»Dana Volná?«, hatte Alena irritiert gefragt, »was für ein Unfall?«

»Na, sie war im Urlaub in Jugoslawien, und da hatte sie offenbar einen tödlichen Unfall, die arme Seele.«

Alena war fassungslos gewesen. Dana war im Urlaub ums Leben gekommen? Das war unmöglich. Die ganze Truppe ließ sich nun über den Unfall von Dana Volná aus, doch die zur Verfügung stehenden Fakten waren spärlich. So wandte sich das Gespräch bald anderen Spekulationen zu. Natürlich war sofort gerätselt worden, wie die Volná als alleinstehende junge Frau an eine Ausreisegenehmigung gekommen war. Irgendjemand hatte das böse Wort Spitzel in die Diskussion geworfen. Alenas Nachbarin erinnerte schließlich an eine andere Möglichkeit: Auch Karel Gott, die Prager Nachtigall, wie der Sänger genannt wurde, konnte schließlich in den Westen reisen, und auch er war nicht verheiratet und hatte keine Kinder. Vielleicht hatte man der Volná ebenso vertraut wie ihm.

»Aber jemand anders ist tatsächlich abgehauen«, ließ sich eine Frau vernehmen, die Alena gegenübersaß.

»Lenka Svobodová ist offenbar nicht aus ihrem Urlaub zurückgekommen«, fuhr die Frau fort, »meine Mutter hat es mir neulich am Telefon erzählt. Sie war ein großer Fan von ihr, und nun ist sie entsetzt über den mangelnden Patriotismus der jungen Frau.« Die Frau lachte und fuhr fort: »Da musste ich mir glücklicherweise nicht die übliche Leier über *meinen* mangelnden Patriotismus anhören. Gott sei gedankt für Lenka Svobodová! Kurz darauf haben natürlich die Jungs auf der tschechischen Seite die Leitung gekappt, wie üblich.«

Alle nickten verständnisvoll. Es war üblich, dass Telefongespräche ein abruptes Ende fanden, wenn sie eine den tschechischen Behörden unangenehme Wendung nahmen.

»Alles, was meine Mutter noch sagen konnte, war, dass die Svobodová wohl in Österreich geblieben ist.« Während ihrer Ausführungen sah die Frau die ganze Zeit Alena an. »Aber

Lenka Svobodová ist nicht in Österreich geblieben, nicht wahr, meine Liebe?«, fragte sie nun Alena unvermittelt.

Das Gespräch verstummte, und alle sahen ratlos zwischen der Frau und Alena hin und her.

»Nein«, sagte Alena zögernd, »nein, jetzt bin ich hier.« Verdammt, dachte sie, wieso bin ich überhaupt hergekommen?

»Aber die Svobodová hatte doch dieses herrliche lange Haar!«, warf ein Mann ein, der Alena zweifelnd betrachtete. Alena legte ihre Hände in den Schoß und versuchte, so unschuldig auszusehen, wie sie nur konnte. Zeit zu gehen, dachte sie, so schnell und unauffällig wie möglich.

»Neues Leben, neue Frisur«, sagte Alena mit einem schüchternen Lächeln und stand auf.

»Aber meine Liebe, wie ...«

»Entschuldigen Sie mich bitte«, sagte Alena, »Dana war meine Freundin. Dass sie ums Leben gekommen ist ... ich, verzeihen Sie, ich muss gehen.«

Unter Beileidsbezeugungen verließ sie das kleine Hinterzimmer des Lokals. Sie ließ die Tür einen Spalt offen, blieb dahinter stehen, lehnte sich an die Wand und atmete tief durch. Die anderen nahmen das Gespräch wieder auf.

»Sag mal«, fragte Alenas Bekannte, »du bist dir sicher, dass diese Frau eben *die* Lenka Svobodová war?«

»Aber natürlich«, empörte sich die ältere Frau. »Warum sollte ich denn lügen? Außerdem hat sie es doch selbst zugegeben!«

»Also ich weiß nicht«, meldete sich eine junge weibliche Stimme, »ich habe da meine Zweifel.«

»Was?«, rief die Ältere ärgerlich aus. »Wieso sollte sie lügen? Wie kommst du überhaupt auf so was?«

»Ich weiß nicht, es ist so ein Gefühl – ich habe mal für kurze Zeit im Theater an der Florenc gearbeitet, in der Garderobe, da habe ich sie oft gesehen, und die Svobodová hatte so ein ...«

»Ach, Kindchen, mach dich nicht wichtig! Die Frau wird doch wohl wissen, wer sie ist!«, fuhr ihr jemand anderes dazwischen.

»Hm. Ja. – Ist ja auch schon lange her«.

»Na, da haben wir doch Glück, dass die Svobodová hier aufgetaucht ist. Eine ausgebildete Schauspielerin in unserer kleinen Gruppe. Gebrauchen könnten wir so eine ja«, wechselte ein älterer Mann das Thema und lächelte anzüglich. »Aber lasst uns die Gerüchteküche verlassen und über das Weihnachtsspiel nachdenken.«

Das Gespräch wandte sich den Vorbereitungen für das neue Theaterstück zu, und Alena verließ still das Lokal. Sie wusste, dass sie nicht wiederkommen würde.

Gott, die Welt war wirklich ein Dorf! Sie hätte sich denken können, dass man sie unter Tschechen wiedererkennen würde. Alena beschloss auf ihrem Weg nach Hause, ihre Zelte in New York abzubrechen. Schade, New York gefiel ihr. Eine herrlich anonyme Stadt. Jetzt nicht mehr. Wie weit weg war weit genug?

Eine Woche später war sie in San Francisco und begann ihr neues Leben in einer neuen Stadt. Von nun an war sie Alena Freeman, Tochter tschechischer Einwanderer von 1948. Ein neuer Name und eine neue Identität. Glücklicherweise war das in Amerika kein Problem.

Und nun war sie zurück in Prag. Welcher Teufel hatte sie geritten, nach mehr als zwanzig Jahren zurückzukehren? Sie war sich nicht sicher. Die Sentimentalität des Alters? Das Bier? Sie lächelte. Prag war ein gefährliches Pflaster, was die Wahrung ihrer Identität betraf.

Noch hatte sie in den paar Monaten, die sie nun in der Stadt lebte, niemand erkannt. Jedenfalls hatte sie noch niemand auf eine Ähnlichkeit mit Lenka Svobodová angesprochen. Ihre alte Freundin Lída Karafiátová hatte sie zwar ein- oder zweimal auf der einen oder anderen Vernissage gesehen, aber Alena war ihr immer gekonnt aus dem Weg gegangen. Andererseits sahen die Leute in der Regel nur das, was sie erwarteten. Und was die Ähnlichkeit anging – die war relativ. Sie erinnerte sich an den einen oder anderen, den sie selbst nicht erkannt hätte nach all den Jahren, wenn sie nicht den Namen gehört hätte. Die Leute veränderten sich mit der Zeit. – Ja, viele veränderten sich, aber der gestrige Abend hatte ihr einen gehörigen Schreck eingejagt.

Sie dachte wieder über das Gespräch mit Larissa nach. Die junge Reporterin war also mithilfe der Gerichtsmedizinerin und dieses Engels von einem Polizisten über die Identität der Mumie gestolpert. Wie lange dauerte wohl die DNA-Analyse, von der Larissa gesprochen hatte? War es überhaupt möglich, so eine Analyse an einer mumifizierten Leiche vorzunehmen? Sie wusste darauf keine Antwort. Sie könnte Magda Axamit anrufen und nachfragen. Magda, die – wie Larissa erzählt hatte – in Dana Volná ihre Tante erkannt hatte. Sie dachte an den gestrigen Opernabend. Das Kleid. Sie hatte vor Schreck ihr Glas fallen lassen. Dass ihr diese Ähnlichkeit nicht zuvor schon aufgefallen war. Nein, sie würde nicht fragen. Sie hatte schließlich kein professionelles Interesse an dem Fall. Und niemand wusste, wer sie wirklich war. Außer – nein, das bildete sie sich bestimmt nur ein. Und doch, in diesen dunklen Augen, die sie über den Raum hinweg angestarrt hatten, hatte so etwas wie Erkennen aufgeblitzt. Und Angst. Aber vielleicht hatte der Blick gar nicht ihr gegolten. Wenn sie nur wüsste …

Sie nahm in Gedanken versunken ein Kartendeck aus ihrem Schreibtisch und begann, sorgfältig ein Kartenhaus auf ihrem Schreibtisch aufzubauen. Ihre Hände zitterten. Sie brauchte drei Anläufe, bis die unterste Reihe stand.

Vielleicht, überlegte sie, war gar kein DNA-Vergleich möglich. Und wenn doch? Dann warf das Fragen auf. Viele Fragen, die, so fand sie, weit besser unbeantwortet blieben.

Es war alles so lange her. Wem würde es heute nützen, zu erfahren, was genau damals passiert war? Nach so vielen Jahren einen Mörder zu fassen, war sicher nahezu unmöglich.

Damals, vor fünfundzwanzig Jahren, hatte sie alles hinter sich gelassen, alle Brücken hinter sich abgebrochen, alles getan, was nötig war, um sich eine neue Identität und ein neues Leben zu verschaffen. Sie wollte nicht, dass jetzt irgendjemand damit anfing, in ihrer Vergangenheit herumzuwühlen. Verdammt, dieses vermaledeite Hochwasser hatte ihren schönen Plan verdorben! Vielleicht konnte sie die Sache noch retten. Aber um welchen Preis?

Alena setzte die letzten Karten auf ihr filigranes Bauwerk. Ihre Hände hatten aufgehört zu zittern. Kartenhäuser zu bauen, hatte immer eine beruhigende Wirkung auf sie gehabt. Schon als sie noch ein Kind gewesen war. Es zwang zu Ruhe und Konzentration. Wo die anderen aus jener Zeit wohl steckten? Sie hatte nie mehr einen Gedanken an ihre Prager Freunde verschwendet – aus den Augen, aus dem Sinn.

Was wohl aus dem cholerischen und krankhaft eifersüchtigen Venca geworden war? Ob sein Vater ihm die ersehnte Karriere ermöglicht hatte? Alena zweifelte nicht daran. Wahrscheinlich war er von Malta aus in die USA gegangen – oder sonst wohin. Es interessierte sie nicht mehr. Und Honza, dieser elende Verräter? Einen kurzen Moment flammte die alte Wut auf ihn wieder in ihr auf. Dieser Dreckskerl! Er war damals nicht gekommen. Irgendwann hatte sie gehört, er sei abgehauen. Ziemlich spektakulär dazu – wie nicht anders zu erwarten. Und nun hatte es ihn auch wieder an die Moldau verschlagen. Was für ein unglücklicher Zufall, dachte sie schmunzelnd.

Sie fegte das Kartenhaus mit einer schnellen Bewegung vom Tisch. Die Karten flatterten durch die Luft, schwebten zu Boden und verteilten sich in ihrem kleinen Büro.

Einen hatte sie noch vergessen: Larissas anonymen Anrufer. Früher oder später würde die Polizei – oder Larissa – ihn finden. Sie könnte ihnen helfen. Es gab, nach reiflicher Überlegung, nur einen Mann, der angerufen haben konnte. Aber warum? Ohne seinen Anruf wäre niemand auf die Idee gekommen, in der Mumie aus der Metro Dana Volná zu vermuten. Die Mumie wäre eine namenlose Leiche geblieben. Warum hatte er es getan? Sie hatte ihn ein paarmal im RFE-Gebäude gesehen. Ob er sie erkannt hatte? Wohl kaum, dachte sie, sonst hätte er sicher etwas gesagt. Was wusste er von dem Abend vor fünfundzwanzig Jahren? Hatte er mehr gesehen, als er Larissa gesagt hatte? Was hatte er sich zusammengereimt? Was hatte er vor? Wusste er, wer den Mord auf dem Gewissen hatte? Einer der üblichen Verdächtigen, dachte Alena grimmig, während sie die Karten auf dem Boden ihres Büros betrachtete. Freunde und Geliebte. Allesamt Feinde und Verräter.

Larissa saß in der Redaktion und blätterte in alten Zeitschriften. Sie betrachtete ein Foto, das Lenka Svobodová zeigte. Eine hübsche junge Frau mit langem blonden Haar und einem ironischen Zug um den schön geschwungenen Mund. Ein bemerkenswerter Mund, den das Lächeln der Venus zierte. Sie hielt einem jungen Mann die Hand hin, der sich zum Handkuss darüberbeugte. Ihre linke Hand lag, als sei ihr die altmodische Geste des jungen Mannes ein wenig peinlich, auf ihrem Dekolleté, und darauf war zwischen Handgelenk und Handrücken ein dunkelbrauner Fleck in der Größe einer Zehnkronenmünze zu sehen. Ein Muttermal vermutlich, dachte Larissa, zum Glück hatte Lenka es nicht im Gesicht gehabt. Da wäre aus der Schauspielerei wohl nichts geworden. Irgendetwas rührte sich plötzlich in ihrem Gedächtnis. Sie versuchte, den Gedanken an die Oberfläche zu ziehen, doch er verschwand in den Tiefen ihres Unterbewusstseins.

Es hat keinen Sinn, ihn zu zwingen, dachte sie, der Gedanke würde wiederkommen, wenn sie nicht krampfhaft versuchte, ihn zu fassen. Aber es irritierte sie doch. Irgendetwas war da. Etwas, das sie gesehen oder gehört hatte und an das sie sich angesichts des Fotos in der Zeitschrift erinnerte. Die Ahnung eines Gedankens. In welchem Labyrinth ihres Gedächtnisses flatterte er? Sie betrachtete das Foto erneut. Sinnlos. Er war weg.

Eine verrückte Geschichte, dachte sie. Die Mumie war also offenbar Dana Volná. Sie hatte vergessen zu fragen, wie lange die DNA-Analyse dauern würde. Nun, sie würde warten müssen. Larissa wollte Magda nicht auf die Nerven fallen. Sie konnte ja heute Abend bei ihr anrufen. Oder im Ráj vorbeischauen. Sie wollte irgendetwas unternehmen. Aber was? Ihre Aufregung nach der Besprechung mit dem Staatsanwalt war so groß gewesen, dass sie umgehend Alena Freeman angerufen hatte. Die Redakteurin hatte höflich zugehört und Larissa eher halbherzig ermuntert, am Ball zu bleiben. Mit weit mehr Nachdruck hatte sie Larissa gewarnt, sich bei der Suche nach dem Mörder zu weit aus dem Fenster zu lehnen.

»Da läuft wahrscheinlich ein erfolgreicher Mörder frei herum – versuchen Sie lieber nicht, ihm ins Handwerk zu pfuschen, meine Liebe.«

»Das hat der Kommissar mir auch schon gesagt«, hatte Larissa fröhlich erwidert. »›*Curiosity killed the cat*‹, meinte er.«

»Ein kluger Mann, Larissa. Hören Sie auf ihn!« Alenas Worte hatten eigentümlich ernst geklungen. Eindringlich. Mit einem seltsamen Unterton. Ach was, dachte Larissa, wahrscheinlich macht sie sich nur Sorgen um mich. Alena selbst schien an der Mörderjagd nicht weiter interessiert zu sein. Wahrscheinlich hatte sie auch so genug zu tun. Sie hatte einen kleinen Skandal im Parlament erwähnt. Aber konnte etwas spannender sein als diese verrückte Sache mit der Mumie? Insbesondere die Parlamentsberichterstattung fand Larissa langweilig. Nun, die Geschmäcker waren verschieden. Sollte Alena sich um das Parlament kümmern. Sie selbst würde an der Mumie dranbleiben. An Dana Volná. Bestimmt würden Magdas Tests die Vermutung bestätigen, dass es sich bei der Mumie um die Überreste der Volná handelte. Fehlte nur noch der Mörder. Und, nicht zu vergessen, ein Motiv. Sie blätterte gedankenverloren in der Zeitschrift.

Wer hatte Dana Volná so sehr gehasst, dass er sie auf so grässliche Art umgebracht hatte? Aber war das Motiv tatsächlich Hass? Vielleicht war es Eifersucht? Liebe? Geld? Spionage? Viele Möglichkeiten. Warum schlägt ein Mensch einem anderen das Gesicht ein, fragte sich Larissa zum hundertsten Mal. Aus Hass. Die naheliegendste Antwort. Ein Hass so groß, dass man das Gesicht des anderen buchstäblich auslöschen will. Aber irgendwie wollte diese Erklärung nicht so recht zum Rest der Geschichte passen, fand sie. Das Verstecken und Präparieren der Leiche sprachen von leidenschaftsloser, kalter Rationalität. Von Überlegung, Kalkül. Wie mochte einer ticken, der einerseits so leidenschaftlich war, um so einen Hass zu empfinden, und der andererseits so kalt und überlegt vorgehen konnte, um eine Leiche zu beseitigen? Wer weiß, dachte sie, vielleicht ist das bei Mördern normal. Was wusste sie schon von Mördern? Nichts. Aber dieser hier machte auf sie einen eigenartigen Eindruck.

Sie musste noch einmal mit Lída Karafiátová sprechen, und dann sollte sie versuchen, diesen Typen zu finden, der sie angerufen hatte. Er musste die Volná gekannt haben. Ein Nachbar, wie der Staatsanwalt vermutet hatte? Wahrscheinlich. Möglicherweise kannte ihn Lída Karafiátová. Vielleicht gelang es ihr auch, Lenka Svobodová zu finden. Sie könnte bei der Österreichischen Botschaft anfangen. Larissa nahm ihren Notizblock aus ihrer Handtasche und notierte eine Aufgabenliste: Lída anrufen wegen anonymem Anrufer; Österreichische Botschaft wegen Lenka Svobodová. Sie legte den Stift beiseite und griff nach dem Telefon auf ihrem Schreibtisch. Lída Karafiátová meldete sich nach dem zweiten Klingeln. Larissa fragte nach den Nachbarn. Die Sängerin nannte auf Anhieb ein paar Namen und lieferte, munter sprudelnd, kurze Lebensläufe dazu. Als Larissa wieder aufgelegt hatte, standen auf ihrem Notizblock fünf Namen. Drei davon hatte sie schon während des Gesprächs wieder durchgestrichen. Nachdem sie kurz überlegt hatte, zog sie auch durch den vierten einen dicken Strich. Blieb einer übrig. Wie klein doch die Welt war: Um den Mann zu sprechen, brauchte sie nur drei Türen weiterzugehen. Falls er heute arbeitete.

Sie stand auf. Ihr Blick fiel aus dem Fenster in den tristen Hinterhof. Sie zögerte. Der Gedanke von vorhin. An was hatte das Foto sie erinnert? Das Foto von Lenka Svobodová. Irgendetwas an diesem Bild war wichtig gewesen, da war sie sich sicher. Sie blätterte zurück und betrachtete es nachdenklich. Nein, es wollte ihr nicht einfallen. Sie nahm entschlossen die Seite in die Hand und riss sie heraus.

Kommissar David Anděl stand in dem kleinen Pförtnerhäuschen der Olschanner Friedhöfe und beobachtete die alte Frau, die ein schweres Buch von einem deckenhohen Regal nahm. Sie trug es zum Tresen, schlug es auf und blätterte flink, bis sie die gesuchte Seite gefunden hatte.

»Hier, sehen Sie, Herr Kommissar«, sagte sie und deutete auf einen Eintrag, »hier steht es. Dana Volná, geboren am 6. August 1942, gestorben am 14. August 1977, die arme Seele. Nur eine Woche nach ihrem Geburtstag. Beerdigt wurde sie am 30. September 1977.«

Das hat aber gedauert, dachte Anděl. »Wer hat die Beerdigung veranlasst?«, fragte er.

»Hier, ein Václav Černý, wohnhaft in der Žatecká-Straße 8, das ist in der Josefsstadt.«

»Ein Verwandter?«

Die alte Frau runzelte die Stirn. »Er sagte, Dana Volná sei seine Cousine gewesen.« Sie sah ihn unsicher an.

»Sie haben ihm das nicht geglaubt? Er hatte Ihnen doch sicher die nötigen Dokumente für eine Beerdigung vorgelegt?«

Die Frau seufzte. »Sehen Sie, Herr Kommissar, es war alles ein bisschen irregulär, wenn Sie verstehen, was ich meine.«

David Anděl schwieg und wartete. Man konnte ihm sicher den einen oder anderen Fehler ankreiden, Ungeduld gehörte nicht dazu. Er lächelte die alte Dame aufmunternd an. Die Frau rang offensichtlich mit sich, unschlüssig, ob sie die ganze Wahrheit ausgerechnet einem Polizisten erzählen sollte. Was auch immer die ganze Wahrheit sein mochte. Schließlich seufzte sie resigniert und entschied sich zu sprechen.

»Ach was, es ist schon eine Ewigkeit her, und ich arbeite hier ohnehin nur noch zweimal die Woche für ein paar Stunden.« Sie lächelte schüchtern. »Sie werden mich nach all den

Jahren ja nicht einsperren, weil ich einem verzweifelten jungen Mann in einem anderen Jahrhundert einen Gefallen getan habe, nicht wahr?«

»Machen Sie sich keine Sorgen«, sagte Anděl freundlich, »ich möchte nur erfahren, unter welchen Umständen diese Urne beerdigt wurde.«

»Also gut.« Sie straffte ihre schmalen Schultern. »Ein junger Mann kam damals hierher, mit einer Urne in einer Tasche. Ich erinnere mich noch gut, dass es so eine alte Arzttasche war, Sie wissen, was ich meine, nicht wahr? Diese großen Taschen mit Metallbügel, die Landärzte früher immer hatten. Mein Großvater hatte auch so eine. Er war Arzt, verstehen Sie.« Sie sah ihn verlegen an. »Aber das wollen Sie ja gar nicht wissen, entschuldigen Sie. Ja, also, die Tasche war alt, aber noch immer sehr schön, aus echtem Leder in so einem warmen Cognacton. Wirklich eine sehr schöne Tasche, aber an der Seite eingerissen. Das habe ich gesehen, als er sie auf den Tisch hier stellte …« Sie hielt kurz inne und sah den Kommissar einen Moment lang verwirrt an. »Wo war ich? – Ach ja, die Urne. Also, er erzählte von seiner Cousine, die bei einem Unfall ums Leben gekommen war. Ihr Name sei Dana Volná gewesen, die Schauspielerin, wissen Sie. Sie habe außer ihm keine Familie, sagte er, deshalb wollte er sie ohne großes Brimborium beerdigen. Sie war sehr populär damals. Wir haben sie auch sehr geliebt, meine Tochter und ich.« Sie knetete nervös ihre runzeligen Hände. »Natürlich hatte ich von dem Unfall gelesen, und da stand nun dieser junge Mann vor mir und wollte diese arme Frau beerdigen. Und er bat mich, die notwendigen Einträge zu machen, damit er sie in dieses Grab stellen konnte.« Sie seufzte abermals. »Ich hätte natürlich nach all den Dokumenten fragen sollen, aber er war so unglücklich und so charmant! Ich habe ihm also den Gefallen getan. Er versprach, die Unterlagen später vorbeizubringen, aber er hat es wohl vergessen. Und dann war schon alles hier eingetragen, und da habe ich nichts mehr unternommen. Sie war ja tot und begraben. Was hätten irgendwelche Dokumente daran noch geändert?« Ihre himmelblauen Augen blickten ihn traurig an.

»Gehörte das Grab denn ihm oder seiner Familie?«

»O nein, nein. Es war ein freies Grab. Er hatte es bezahlt. Im Voraus für fünfundzwanzig Jahre. *Die* Bestätigung hatte er dabei.« Sie sah auf den verblichenen Eintrag in dem großen Buch. »Du meine Güte, das läuft ja nächsten Monat ab, wenn er es nicht verlängert.«

»Ich verstehe«, sagte Anděl. Die Bemerkung über das Ablaufdatum überging er. Das hatte sich jetzt ohnehin erledigt. »Sie haben also alles eingetragen, er hat Ihnen die Bestätigung über die Bezahlung vorgelegt, und dann haben Sie die Urne in das Grab gestellt.«

»Das hat er selbst getan. Ich bin später noch hingegangen und habe nachgesehen. Es war alles in Ordnung.«

»Hat er Ihnen wenigstens seinen Ausweis gezeigt?«

»Ich fürchte, nein. Ich habe ihn danach gefragt, aber er sagte, er habe ihn vergessen. Na ja, er hat mir seinen Namen genannt und seine Adresse angegeben …« Sie sah ihn unglücklich an. »Ich weiß, ich hätte darauf bestehen sollen.«

Anděl nickte. Die Frau hatte so ziemlich alle Vorschriften verletzt, die für eine Beisetzung notwendig waren, aber es hatte keinen Sinn, sie nach fünfundzwanzig Jahren dafür zu belangen. Das war ohnehin alles längst verjährt. So viel dazu, dass man, wie er Meda vorgehalten hatte, mindestens ein Dutzend Papiere vorlegen musste, um jemanden unter die Erde zu bringen. Hier hatten ein Name und etwas Charme allen Papierkram ersetzt. Er seufzte. Es menschelte eben überall.

Anděl zweifelte nicht eine Sekunde daran, dass der Name, den der junge Mann ihr damals genannt hatte, falsch gewesen war. Václav Černý. Ein Allerweltsname.

»Können Sie den Mann beschreiben? Ich weiß, es ist lange her.«

Die alte Frau wurde schlagartig um Jahre jünger. Sie strahlte über das ganze, faltenreiche Gesicht.

»O ja! Gott, er war ein so gut aussehender Mann! Groß, wissen Sie, ungefähr so groß wie Sie, bestimmt eins neunzig und schlank. Er hatte lockiges blondes Haar, ein bisschen lang für meinen Geschmack, aber es stand ihm gut. Er wirkte wie ein Künstler, hatte lange schlanke Finger, wie ein Pianist oder ein Chirurg, wissen Sie. Na, wie man sich das eben so vorstellt.« Sie kicherte. Ein mädchenhaftes, verspieltes Kichern, das die hübsche junge Frau erahnen ließ, die sie einmal gewesen war.

»Und er hatte dunkelbraune Augen. Das ist mir aufgefallen. Es ist ja ziemlich selten – braune Augen und blonde Haare. Und für einen Mann hatte er ein sehr schönes Gesicht. So ebenmäßig, fast aristokratisch, würde ich sagen.«

Anděl notierte sich den Namen und die Beschreibung. Viel war es nicht wert, aber man konnte ja nie wissen. Angenommen, der Name, den der Mann genannt hatte, war doch sein eigener gewesen, wie viele Václav Cernýs mochte es in Prag geben? Fünfzig?

»Ich muss die Urne mitnehmen«, sagte er, zog ein paar Papiere aus seiner Sakkotasche und legte sie vor ihr auf den Tisch. »Diesmal wollen wir alles korrekt machen, ja?« Er lächelte sein süßestes Schwiegersohn-Lächeln.

»Selbstverständlich, alles, wie es sich gehört«, sagte sie und lächelte ebenfalls.

Anděl zog sich Einmalhandschuhe an und nahm die Urne aus dem Glaskasten, den die alte Frau für ihn aufgesperrt hatte. Vielleicht waren ja noch Fingerabdrücke zu finden. Unwahrscheinlich zwar, nach der langen Zeit, dachte er, aber man hat schon Pferde kotzen sehen.

Nach der Staubschicht im Inneren zu urteilen, hatte in den ganzen Jahren niemand dieses Urnengrab geöffnet. Obwohl jemand kürzlich einen Blumenstrauß in die kleine Vase an der Außenwand gesteckt hatte. Die orangeroten Moosröschen waren vertrocknet, sahen aber aus, als seien sie noch nicht allzu lange da. Offenbar hatte sich doch jemand an Dana Volná erinnert.

Er dachte daran, wie er selbst mit seiner Mutter vor einigen Jahren die Urne seiner Großmutter beerdigt hatte. Auf ähnlich ungesetzliche Weise, wie es der unbekannte junge Mann mit Dana gemacht hatte. Nur dass im Falle seiner Großmutter überhaupt niemand von der Friedhofsverwaltung wusste, dass sie beerdigt worden war.

Anděl steckte die Urne, auf der Dana Volnás Name stand, in eine alte Sporttasche und verschloss den verstaubten Glaskasten. Als er an dem Pförtnerhäuschen vorbei zum Ausgang ging, kam die alte Frau herausgelaufen.

»Entschuldigen Sie, Herr Kommissar«, rief sie atemlos. Er blieb stehen.

»Mir ist noch etwas eingefallen. Ich glaube, ich habe den Mann, der damals die Urne gebracht hat, neulich gesehen. Ich kann mich natürlich irren, aber er sah ihm ähnlich. Selbstverständlich ist er älter geworden, aber er sah ihm sehr ähnlich.«

»Und wo haben Sie den Mann gesehen?«, fragte Anděl. Vielleicht war es Wunschdenken, vielleicht wollte die alte Frau auf diese Art ihre Versäumnisse in der Vergangenheit wieder wettmachen. Er konnte es sich trotzdem anhören.

»Na, hier! Auf dem Friedhof. Er ging da hinüber zu der Wand«, sagte sie und deutete in die Richtung, aus der Anděl eben gekommen war.

»Sind Sie sicher?«, fragte Anděl.

Die alte Frau nickte. »So ein schönes Gesicht. Und er ging zu dem Grab hinüber und stellte Blumen in die Vase, glaube ich. Jedenfalls waren abends, als ich wegen eines anderen Grabes dort war, welche drin. Und das ist in all den Jahren nur noch ein einziges Mal passiert.« Sie nickte aufgeregt. »Vor ein paar Tagen erst – aber das war eine junge Frau, die nach dem Grab gefragt hatte.«

»Eine junge Frau?«

»Ja, sie sagte, Dana Volná sei ihre Tante gewesen, und sie wisse nicht, wo sie begraben liege.«

»Wie sah die junge Frau aus?«

»Braunes Haar, sehr hübsch, hatte eine große Tasche dabei – und einen Strauß Moosröschen.«

Interessant. Noch eine Verwandte? Magda? Die Archäologin? Oder die kleine Reporterin? Oder wer auch immer.

»Langes oder kurzes Haar?«

»Sehr kurzes Haar – es stand ihr aber sehr gut.«

Sieh an. Larissa Khek. Die Reporterin hatte der Volná also Blumen gebracht. Er schmunzelte. Für so sentimental hätte er die Kleine gar nicht gehalten. Er wandte sich wieder an die alte Frau.

»Und warum haben Sie das vorhin nicht erwähnt?«

»Ich war so aufgeregt, wissen Sie. Ich hatte doch all die Jahre Angst, dass jemand darauf kommt, dass ich damals beide Augen zugedrückt habe – und dann tauchen Sie auf und wollen alles wissen … Ach …«

»Ist schon gut. Ist ja alles schon lange her. Aber danke, dass Sie mir das noch gesagt haben.« Er lächelte sie verständnisvoll an und verabschiedete sich. Wenn die Frau ihm keinen Unsinn erzählt hatte, dann hatte sie den Mörder gesehen. Er lebte also noch – und er war in der Stadt. Ein Mörder, der seinem Opfer nach fünfundzwanzig Jahren einen Blumenstrauß gebracht hatte. Seltsame Menschen, diese Mörder, dachte er, während er sich auf den Weg zu seinem Auto machte, würde die jemals irgendjemand verstehen?

Der Mann saß an seinem Laptop und starrte auf eine Internetseite der *Prague Post*. In den letzten Tagen hatte er das Gerät nicht angeschaltet und auch nur selten sein Handy. Er wollte nicht gestört werden. Die Mitteilung, die er vor ein paar Minuten abgehört hatte, war schon ein paar Tage alt. Außer Steve Persson, dem Nachrichtenredakteur der *Post*, hatte niemand eine Nachricht auf seiner Mailbox hinterlassen. Seine Frau hatte einmal versucht, ihn zu erreichen, aber nicht darauf gesprochen. Sie hasste Anrufbeantworter. Er hätte das verdammte Ding nicht ausschalten sollen.

Nun hatte er also die Nachricht von Steve abgehört, in der dieser ihm mitteilte, die *Post* habe endlich mal einen echten *Scoop* gelandet. »Endlich sind wir aktueller als die tschechische Tagespresse! *Yeah*!!«

Das waren sie, in der Tat. Die professionelle Freude über den *Scoop* wurde jedoch überschattet von seiner privaten Situation, von seiner Ehekrise. Ein dummer kleiner Ausrutscher, und schon saß man auf der Straße. Er konnte verstehen, dass seine Gattin beim Anblick der jungen Frau in ihrem Ehebett wütend geworden war. Was musste das verdammte Flugzeug auch kaputtgehen? Sonst war er bei seinen Rendezvous immer zu seiner Gespielin gegangen, in diese schreckliche Bruchbude von einer Wohnung, und hatte in diesem grässlichen Bett mit ihr geschlafen, von dem er jedes

Mal Rückenschmerzen bekam. Es war reine Bequemlichkeit gewesen, die Kleine mit nach Hause zu nehmen. Und dafür hatte er nun eine gepfefferte Rechnung kassiert.

Er hatte seine Frau nicht davon zu überzeugen vermocht, dass er sie über alles liebte und seine Eskapaden nichts mit ihr zu tun hatten.

»Da hast du völlig recht«, hatte sie, äußerlich ruhig, geantwortet, »jetzt nicht mehr.«

Sie hatte nicht geschrien, nicht getobt wie sonst immer. Diese für seine Frau ungewöhnlich ruhige Reaktion hätte ihm eine Warnung sein sollen. Zuvor hatte sie sehr höflich, wenngleich mit eiskalter Stimme, die entsetzte junge Frau, die das Bettlaken krampfhaft vor ihren hübschen, nackten Körper gehalten hatte, gebeten, ihre Sachen zu nehmen und die Wohnung zu verlassen. Die Kleine war gerade geflohen, ohne sich noch einmal umzudrehen. Ihn selbst hatte seine Frau dabei keines Blicks gewürdigt, hatte ihm nur über die Schulter zugeworfen, er möge sich – *bitte*! – duschen und ins Wohnzimmer kommen. Er hatte sich gefühlt wie ein ungezogener Pennäler, der die Klassenlehrerin einmal zu oft getriezt hatte.

Er hatte also geduscht, sich angezogen und war ins Wohnzimmer gegangen, noch immer überzeugt, alles erklären zu können und wie üblich, nach einem kleinen Wortgefecht und vielleicht ein paar Tagen ehelicher Funkstille, die Absolution zu erhalten. Seine Frau liebte ihn schließlich – von nur wenigem in seinem Leben war er mehr überzeugt gewesen als davon. Doch er hatte sich offenbar gründlich getäuscht. Selbst die große und bedingungslose Liebe seiner Frau hatte Grenzen, wie sie ihm deutlich zu verstehen gegeben hatte. Gespielt und verloren, dachte er reumütig.

Zum Glück gab es einen Ort, an den er flüchten konnte.

Seit einigen Jahren hatte er eine kleine Wohnung in Žižkov. Nur ein Zimmer mit Küche. Ab und zu brauchte er einfach seine eigenen vier Wände. Die Illusion, Junggeselle zu sein. Niemand wusste davon, vor allem nicht seine Frau. Er liebte sein kleines Geheimnis – die anderen, weit größeren Geheimnisse seines Lebens waren ihm viel weniger angenehm. Die Wohnung war sein Ein und Alles, sie hielt ihn am und im Leben. War sein letzter Zufluchtsort. Wenn er in seiner Wohnung übernachten wollte, war er auf Dienstreise, sonst verbrachte er einfach einen schönen, ruhigen Abend dort, bevor er spät nachts nach Hause ging. Er genoss diese Abende allein. Sie ermöglichten es ihm, die restliche Zeit ein guter Ehemann und Stiefvater zu sein. Er brauchte diese Freiheit wie die Luft zum Atmen.

Die Wohnung hatte natürlich noch einen anderen großen Vorteil. Sie vereinfachte seine kleinen Rendezvous. Theoretisch jedenfalls. Er wusste selbst nicht mehr, warum er seine letzte Affäre nie mitgenommen hatte in seine kleine Absteige. Er hätte damals auf seine innere Stimme hören sollen. Aber er hatte die innere Stimme ignoriert – wie so oft. Die junge Kollegin war einfach zu hübsch gewesen. Eine seiner zahlreichen Musen. Die Schubladenschriftstellerin. Nun, sein Roman, den er vor fünf Jahren begonnen hatte, war – im Gegensatz zu ihrem – fertig und auf dem Markt. Im Winter hatte er das Manuskript anonym an einen kleinen Verlag geschickt. Und vor einigen Wochen hatte er das Ergebnis seiner langen Nächte in einer Buchhandlung erstanden. Es war ein sehr hübsches Büchlein geworden. Er lächelte zufrieden. In literarischen Kreisen sorgte es bereits für Furore. Das lag sicher nicht nur an der Anonymität des Autors – der Inhalt war faszinierend genug. Zur Belohnung war er dann mit einer seiner anderen Freundinnen zu dieser grässlichen Premiere gegangen. Verdammte Idee. Als er *sie* in der Tür gesehen hatte, glaubte er, seinen Augen nicht trauen zu dürfen. Nicht zu vergessen die Kleine aus der Redaktion, die ihn später im Treppenhaus fast umgerannt hatte. Die Tatsache, dass Larissa seine Nachbarin war, hatte ihn seit ihrem Einzug vor ein paar Monaten königlich amüsiert. Er hatte sich immer Mühe gegeben, ihr nicht über den Weg zu laufen. Nun fand er es allerdings eher ärgerlich. Pech auf der ganzen Linie.

Und nun also auch noch das. Warum bloß hatte er sich aus der Realität ausgeklinkt? In den letzten Tagen hatte er keine Zeitungen gelesen, noch nicht einmal die Schlagzeilen an den Kiosken. Er hatte keine Ahnung gehabt, was in der Stadt passiert war. Geborgte Unbeschwertheit in Zeiten des Chaos. Vorbei. Du armer Irrer, dachte er. Er starrte noch immer auf die Internetseite mit dem Zeitungsartikel. Sein Leben begann an allen Ecken und Enden sich aufzulösen, auseinanderzufallen.

Er las die Titelgeschichte von vor einer Woche noch einmal. *»Mummy found in the Metro« by Larissa Khek.* Natürlich musste ausgerechnet *sie* diese Geschichte ausgegraben haben. Die Feuerwehr hatte Särge in der Metro gefunden und in einem davon eine Mumie. *Zur Hölle!* Seine Vergangenheit, genauer gesagt, der eine große schwarze Fleck auf seiner sonst mäßig gesprenkelten weißen Weste, hatte ihn mit einem Schlag eingeholt.

Seit fünfundzwanzig Jahren saß er auf einem Pulverfass, und wie es aussah, hatte das Prager Jahrtausendhochwasser die Lunte gezündet. Wie viel Zeit blieb ihm bis zur Explosion? Er musste dringend nachdenken. In Ruhe. Übermorgen sollte er wieder im Büro sein. Er hatte keine achtundvierzig Stunden Zeit, sich zu überlegen, wie er das alles unbeschadet überleben konnte. War die Explosion noch zu verhindern? Er sah sich um. Bisher war seine kleine Wohnung ihm ein Ort der Stille und Kreativität gewesen, jetzt wirkte sie plötzlich wie ein Gefängnis auf ihn. Er packte seinen Laptop, seine Brieftasche und seinen Schlüssel und verließ die Wohnung.

Er fuhr mit der Straßenbahn zum Wenzelsplatz, stieg dort aus und machte sich auf den Weg hinunter zum Altstädter Ring. Touristen aus aller Herren Länder strömten durch die Straßen und Gassen, schwatzten fröhlich, reckten die Köpfe nach oben zu den wunderschön restaurierten Häusern und stießen ein *Oh!* und *Ah!* nach dem anderen aus. Blind für die Schönheit der mittelalterlichen Stadt schlängelte er sich zwischen den Menschen hindurch bis zu dem großen Platz, der das Zentrum der Altstadt bildete. Von der anderen Seite des Altstädter Rings mahnte ihn das Denkmal von Jan Hus, für seine Taten geradezustehen.

Er wandte den Blick ab und steuerte das Prinz an, ein Touristenlokal, dessen Tische jedes Jahr mehr Raum auf dem seitlichen Ausläufer des Platzes beanspruchten. Das Restaurant muss eine Goldgrube sein, dachte er, alle Tische waren besetzt, und am Eingang zur Terrasse wartete eine Schlange weiterer Touristen. Er ging zum Aufzug im hinteren Teil des Restaurants. Der Oberkellner, ein dickbäuchiger, jovialer Mann, nickte ihm lächelnd zu. Man kannte ihn hier. Mit dem Aufzug fuhr er hinauf auf die Dachterrasse. Er suchte sich einen Tisch mit Blick auf den Platz unter ihm und bestellte einen Latte macchiato. Dann überlegte er es sich anders. Er rief den Kellner zurück, entschuldigte sich und änderte seine Bestellung. Ob er wohl statt des Latte einen *Turek,* einen türkischen Kaffee, haben könne?

Der Kellner sah ihn erstaunt an, dann erwiderte er amüsiert auf englisch mit starkem böhmischen Akzent: »Oh, but certainly, sir, auf der Karte haben wir ihn ja nicht mehr. Die Touristen trinken so was nicht, wegen des Kaffeesatzes, wissen Sie. Die haben einfach keine Geduld mehr beim Kaffeetrinken. Ein Glas Wasser dazu?«

»Bitte. Das ist sehr freundlich von Ihnen, Herr Milan.«

Der Kellner entfernte sich, und Larissas Chef sah über die Dächer hinüber zum Hradschin. Die Prager Burg thronte über der Kleinseite, auf der anderen Seite der Moldau, im Glanz der Morgensonne wie ein Juwel. Die hohen Türme des Sankt-Veits-Doms reckten sich in den strahlend blauen Himmel.

Dort drüben lag sie, die kleine Straße, die sein Leben für immer verändert hatte. Eine unscheinbare Gasse, unweit der Karlsbrücke. Wie hieß sie noch gleich? Er konnte sich nicht erinnern. Dabei war er oft genug dort zu Gast gewesen. Immer willkommener Besucher zu Partys und der einen oder anderen leidenschaftlichen Nacht. Damals, als die Welt noch in Ordnung war und er ein unbeschwerter junger Mann.

Wie es dort heute wohl aussehen mochte? Seit jener Nacht war er nie wieder dorthin gegangen. Dabei kehrten Verbrecher doch immer an den Ort ihrer Schandtaten zurück, wie es in Kriminalromanen hieß. Aber er war kein Verbrecher. Er hatte nur einem Freund geholfen. Das war sein Fehler gewesen. Alle weiteren Missgriffe und Verhängnisse hatten sich aus diesem einen ergeben. Als habe er damals in jener schwülen Augustnacht die Büchse der Pandora geöffnet. Eine Lüge hatte die nächste nach sich gezogen, und nun saß er hier über den Dächern von Prag und hatte das Spiel verloren. Aber das stimmte nicht ganz. Es hatte alles schon viel früher angefangen, weit vor diesem grässlichen Abend. Damals während seines Studiums, als er diese wunderschöne junge Frau kennengelernt hatte. Eine Schauspielerin, die sein Herz im Sturm erobert hatte.

Verdammt, reiß dich zusammen! Du sentimentaler Esel! Es musste doch einen Ausweg geben, irgendwo.

Der Kellner stellte ein großes Glas Kaffee und ein noch größeres mit Wasser vor ihn auf den Tisch und verschwand so leise, wie er gekommen war. Er gab Zucker in den Kaffee, rührte um und beobachtete den Kaffeesatz, der sich langsam wieder zu setzen begann. Der Kellner hatte recht. Um einen türkischen Kaffee zu trinken, brauchte es Geduld und Zeit. Zeit. Zeit. Zeit. *Denk nach!*

Seit fünfundzwanzig Jahren lebte er in einem Geflecht aus Lügen. Niemand, noch nicht einmal seine Frau wusste, wer er in Wirklichkeit war. Seit dem Tag, da er im Oktober 1977 jene Tür im Aufenthaltsraum des Montrealer Flughafens geöffnet und so schnell hindurchgeschlüpft war, dass die Sicherheitskräfte nichts dagegen hatten unternehmen können, war er ein anderer. Diese Tür, auf die ihn der Oberst vor seinem Abflug in Prag aufmerksam gemacht hatte, war für ihn zur Schwelle in ein neues Leben geworden. Noch auf dem Montrealer Flughafen hatte er bei den kanadischen Behörden neben Asyl auch einen neuen Namen beantragt. Um sich besser in seiner neuen Heimat integrieren zu können, wie er glaubhaft erklärt hatte. Da keiner der Beamten in der Lage gewesen war, seinen Namen korrekt auszusprechen, hatte man ihm den Wunsch erfüllt.

Einige Male hatte er angesetzt, seiner Frau alles zu erzählen, jedenfalls was seine Herkunft betraf. Aber im letzten Moment war er immer davor zurückgeschreckt. Er hätte ihr dann auch sagen müssen, wie er wirklich hieß, wie er damals nach Montreal gelangt war und … Vielleicht hätte er ihr dann auch von jener Augustnacht erzählt, die wie ein Fluch auf ihm lastete und ihn noch immer bis in seine Träume verfolgte. Die ihn zum Komplizen eines Mörders gemacht hatte.

Den Blick über die Dächer der Stadt gerichtet, sah er vor seinem geistigen Auge wieder das verwaschene Bild jener Nacht. Er war leise die schmale Treppe in den ersten Stock hinaufgestiegen, nachdem sein bester Freund ihn spätabends völlig außer sich angerufen hatte und er von seiner Wohnung die paar Straßen hinübergefahren war, zu jenem Haus, in dem er so oft zu Gast gewesen war. Danas Haus.

»*Sie ist in ihrer Wohnung. Sie braucht Hilfe, einen Arzt. Honza, fahr hin, bitte, hilf ihr. Ich muss weg. Bitte.*« Sein Freund war verzweifelt gewesen. *Hilf ihr*. Er hatte geholfen. Selbstverständlich.

Die Tür zu Danas Wohnung war nur angelehnt gewesen. Er hatte sie im Schlafzimmer auf dem Boden gefunden. Sie war tot. So tot, wie man nur sein konnte mit einem eingeschlagenen Schädel. Das Gesicht war nicht mehr zu erkennen gewesen. Dieses wunderschöne Gesicht mit dem ironischen Lächeln. Die großen grauen Augen verschollen in einem Brei aus Knochen und Blut. Er hätte sich fast übergeben. Sie hatte das Kleid getragen, das sie sich erst kürzlich hatte nähen lassen – aus der roten indischen Seide, die er ihr von einer seiner Reisen mitgebracht hatte. Die Granatkette, die er ihr Jahre zuvor geschenkt hatte, hatte neben ihr gelegen.

Plötzlich war ein Schatten auf ihn gefallen, und die Nachbarin hatte neben ihm gestanden. Sprachlos vor Entsetzen hatte sie ihn angestarrt, wie er neben der Leiche kniete. »*Was hast du getan*?!«, hatte sie geflüstert. »*Was hast du nur getan, Honza*?«

»Nichts«, hatte er gekrächzt, »nichts habe ich getan! Venca …«

»O mein Gott! Ich habe ihn hinauslaufen sehen, er war hier, sie haben sich gestritten, und dann war es still … und dann bin ich … ich habe jemanden auf der Treppe gehört und wollte nachsehen … Die Tür war offen und jetzt – o mein Gott, wir müssen die Polizei rufen, Honza!«

Erst da war er aus seiner albtraumhaften Trance aufgewacht. Er fühlte förmlich, wie das Adrenalin durch seine Adern jagte. Sein Verstand arbeitete präzise wie ein Computer. Leidenschaftslos wie der des Chirurgen, der er war, vor einer großen Operation.

»Das kommt überhaupt nicht infrage! Vergiss die Polizei. Hiervon darf niemand etwas erfahren, verstehst du?« Warum eigentlich nicht?, war ihm kurz durch den Kopf geschossen. Venca hatte ihn angelogen, verdammt noch mal! Sie war tot. Venca hatte ihn angefleht, sie brauche einen Arzt. Nun, das war das Letzte, was sie brauchte. Wieso wollte er Venca schützen? Lass ihn doch ins Messer laufen, den Dreckskerl, flüsterte eine Stimme in seinem Kopf. Ein Anruf bei der Polizei. Sie könnten Venca noch auf dem Flughafen verhaften. Aus der Traum vom freien Westen, so wie auch seiner geplatzt war. Andererseits – er sah auf die Leiche hinunter. Andererseits konnte er dies hier für sich ausnutzen. Wenn er es geschickt anstellte. Er hatte ihn in der Hand – und mit ihm den Oberst. Ja, das war eine Möglichkeit. Keine Panik. Keine Polizei.

Die Nachbarin hatte ihn noch immer entsetzt angestarrt wie ein hypnotisiertes Kaninchen. »Das kannst du nicht ernst meinen!«, hatte sie gestammelt, »er hat sie umgebracht!«

Er war aufgestanden und hatte sie an den Schultern gepackt. Sie hatte ihr Gesicht von der Leiche abgewandt und zu ihm aufgesehen.

»Er hat sie erschlagen, Honza!« Sie begann am ganzen Leib zu zittern.

»Nein«, sagte er eindringlich und sah in ihre rehbraunen Augen. »Nein, das hat er nicht getan. Er hat mich angerufen, dass ich herkommen und ihr helfen soll, sie brauche einen Arzt. Was auch immer Venca Dana angetan hat heute Abend, er hat sie nicht erschlagen! Er ist doch, verdammt noch mal, selbst Arzt, er hätte gewusst, dass sie in diesem Zustand keine Hilfe mehr braucht. Jeder kann das sehen, dazu muss man weiß Gott kein Arzt sein.«

Er drückte ihre Arme fester. Er musste sie davon überzeugen, dass Venca unschuldig war – was auch immer er selbst glauben mochte. Hatte Venca sie getötet? Er wusste es nicht. Im Moment wollte er auch nicht darüber nachdenken. Er musste die Situation ausnutzen. Das hier war seine einzige Chance, seine Pläne doch noch zu verwirklichen. »Er hat sie nicht erschlagen!«

Er ließ sie los und schickte sie ins Badezimmer, damit sie sich etwas kaltes Wasser ins Gesicht spritze und etwas trinke. Er musste nachdenken.

Er spürte wieder die Wut in sich aufsteigen, die er empfunden hatte, als sein Chef ihm gesagt hatte, der Posten auf Malta sei an Venca vergeben worden. Seit die maltesischen Ärzte den Notdienst im Krankenhaus verweigerten, holte die Regierung Ärzte aus anderen Ländern, auch aus der ČSSR. Sie hatten sich beide beworben. Venca hatte gewonnen. Dabei hatte er die schlechteren Karten gehabt: schlechtere Noten, schlechtere Beurteilungen – und nicht zu vergessen, den falschen Familienstand. Venca war ledig, er selbst dagegen seit vier Wochen verheiratet, auch wenn kaum jemand davon wusste. Eigentlich hätte er den Posten bekommen müssen, hätte Venca nicht ein unschlagbares Ass im Ärmel gehabt: seinen Vater, den Oberst. Der hatte zwar darauf gedrungen, dass Venca sich verheirate, nur nicht diese Schauspielerin! Nun, Dana hatte ohnehin nicht mitgespielt. Sehr zu Vencas Empörung und Ärger. So hatte der Oberst seine zahlreichen

Verbindungen spielen lassen müssen, um Venca die ersehnte Freiheit zu ermöglichen, ohne sich selbst die Karriere zu verderben. Denn Venca hatte dem Vater die Alternativen benannt: »Entweder du bringst mich nach Malta, oder ich haue ab. Such es dir aus.«

Wäre Venca abgehauen, der Oberst hätte sofort seinen Hut beim Geheimdienst nehmen müssen. Er hatte Venca also Malta verschafft. Wenn nun alles glattging, würde der Oberst auch ihm zu einem Platz an der Sonne verhelfen. Und zu seinem Platz an Lenkas Seite. Das war nicht Erpressung, beruhigte er sich, das war ausgleichende Gerechtigkeit.

Im Badezimmer hörte er das Wasser rauschen. Er hatte ihr gesagt, sie solle sich etwas Wasser ins Gesicht spritzen, nicht ein Bad nehmen, verdammt. Frauen, dachte er. Frauen. Er blickte wieder auf die Leiche zu seinen Füßen.

Venca würde also ungeschoren davonkommen. Aber was tun, damit er nicht selbst ins Fadenkreuz geriet? Niemand würde ihm glauben, dass er Dana zufällig gefunden hatte, so kurz nachdem sie erschlagen worden war. Denn es konnte noch nicht allzu lange her sein. Das Blut war noch dickflüssig, der Körper noch nicht kalt. Wann hatte Venca ihn angerufen? Er sah auf seine Uhr. Erst vor einer halben Stunde.

»Ich weiß, was wir tun.« Danas Nachbarin stand hinter ihm und sah auf die Leiche. Sie hatte tatsächlich geduscht. Ihr Haar war nass, und sie hatte es zu einem lockeren Knoten aufgesteckt. Auf ihrem T-Shirt waren große nasse Flecke, unter denen sich ihre Brüste deutlich abzeichneten. Sie trug keinen BH.

»Warum hast du geduscht?«, fragte er mit heiserer Stimme.

»Ich musste mich übergeben, und mein Abendessen ist auf meine Sachen geraten. Ich habe mich beeilt.«

Er sah sie zweifelnd an. Sie wirkte plötzlich selbstbewusst. Und sexy. Sie roch nach Danas Parfüm. Chanel N° 5. Eine Welle der Erregung durchflutete seinen Körper. Großer Gott, woran denkst du da? Er verabscheute sich selbst für seine Gedanken. Es half nichts. Sie schmiegte sich an ihn. Er fühlte ihren Atem an seinem Hals.

»Hör auf«, flüsterte er.

»Feigling«, hauchte sie ihm lächelnd ins Gesicht und löste sich von ihm. »Na schön, dann eben erst die Arbeit.«

Er starrte sie fassungslos an. Was für ein kaltblütiges Flittchen. Es machte ihn mehr an, als er sich eingestehen mochte.

»Ich habe unter der Dusche über das Problem nachgedacht«, sagte sie in einem ruhigen, geschäftsmäßigen Ton. »Venca und du, ihr habt euch mal über ein Krankenhaus unter der Stadt unterhalten. Auf Danas Party vor ein paar Wochen. Er sagte damals, er müsse sich auch noch um die Leichenhalle kümmern und ob du ihm das nicht abnehmen könntest. Wo ist diese Leichenhalle?«

Honza erinnerte sich. Dieses Krankenhaus gab es in der Tat, klein zwar, aber komplett ausgestattet, für den Fall eines Atomschlags gegen die Stadt. Es befand sich in der als Atombunker konzipierten Metro unter der Altstadt. Und weil man immer mit Toten rechnen muss, gab es auch eine Leichenhalle, mit Särgen.

»Darf ich Ihnen noch etwas bringen, Herr Redakteur?«

Er zuckte zusammen. Der Kellner stand mit einem kleinen Tablett in der Hand neben ihm. Er brauchte einen Moment, um sich wieder in der Gegenwart zurechtzufinden.

»Danke, Herr Milan, ja … ein … äh …«

»Vielleicht eine Weinschorle?«

»Ja, danke, das ist genau das Richtige. Und noch ein großes Wasser, bitte.«

Er blickte auf den Tisch vor sich. Er war so in Gedanken gewesen, dass er gar nicht bemerkt hatte, wie er seinen Kaffee und das Wasser getrunken hatte. Inzwischen war er nicht mehr allein auf der Terrasse. An einem Tisch auf der anderen Seite der Dachterrasse blickte eine blonde Frau durch eine große schwarze Sonnenbrille über die Dächer Prags. Ein älterer Mann saß ein paar Tische weiter, dahinter zwei Touristen mit großen Fotoapparaten. Der Kellner brachte die Weißweinschorle und das Wasser. Er trank es in einem Zug aus.

Danas Nachbarin hatte damals wirklich einen verrückten Einfall gehabt. Sie hatte vorgeschlagen, die Tote in die Leichenhalle in der Metro zu bringen und dort zu verstecken.

»Bist du wahnsinnig?«, hatte er entsetzt gefragt. »In die Metro? Wie stellst du dir das vor? Wir kriegen sie nie da rein, ohne gesehen zu werden! Und dann? Ich sage das ja ungern, aber bei diesem Wetter wird es nicht lange dauern, und sie fängt an zu stinken.«

Sie erschauerte bei seinen letzten Worten, aber sie fing sich gleich wieder.

»Ich weiß. Aber ich habe eine Idee. Ich habe kürzlich ein Buch über das alte Ägypten gelesen, da stand drin, wie die alten Ägypter ihre Leichen mumifiziert haben. Das werden wir mit Dana machen, dann stinkt sie nicht. Und wenn sie nicht stinkt und in einem dieser Särge da unten in einer geheimen Leichenhalle in der Metro liegt, dann wird sie auch nie jemand finden.«

Er hatte sie sprachlos angestarrt. Er hatte darüber nachgedacht, Dana in den Kofferraum seines Wagens zu legen und sie in irgendeinem Wald jenseits der Stadtgrenze zu verscharren.

»Wir brauchen allerdings Natron, etwa …«, sie sah abschätzend zu Dana hinunter, »für einen sechzig Kilogramm schweren Menschen braucht man ungefähr zweihundertfünfzig Kilogramm. Kannst du so viel beschaffen?«

»Natron? Was soll das helfen?«

»In dem Buch stand, sie machten es mit Natron«, erwiderte sie trotzig.

»Herzchen, wir brauchen etwas, das das Gewebe austrocknet, nicht etwas, das bei Feuchtigkeit anfängt zu sprudeln.«

»Na schön, Herr Besserwisser, dann nehmen wir eben Salz.«

»Großer Gott! Zweihundertfünfzig Kilo Salz. Wie stellst du dir das vor? Soll ich von einem Lebensmittelladen zum anderen gehen und überall ein paar Päckchen Salz kaufen? Das würde Tage dauern!«

»Ich hab's«, sie lächelte, »in der Metro gibt es doch diese großen Kästen mit Streusalz. Das müsste gehen.«

»Aber«, er räusperte sich, »aber wer soll sie denn präparieren, Herzchen?«

»Das machst du, Honza. Du bist schließlich Chirurg. Du musst lediglich ein bisschen schnipseln. Das ist doch dein ureigenstes Metier. Ich werde dir alles genau erklären. Es hörte sich nicht sonderlich schwer an, die Beschreibung in dem Buch war ziemlich ausführlich. Ich kann dir leider nicht dabei helfen, ich habe keinen Zugang zu diesen Räumlichkeiten.« Sie hatte ihn angelächelt und ihm einen Kuss auf die Lippen gehaucht.

Er war entsetzt gewesen von ihrer Kaltblütigkeit. Sie wollte tatsächlich, dass er aus Dana eine Art altägyptische Mumie machte. Ein unvorstellbarer Gedanke. Sie musste verrückt sein! Aber es war eine Möglichkeit – vielleicht sogar einfacher, als mitten in der Nacht irgendwo in einem Wald eine Grube auszuheben. Vielleicht.

Sie hatten die Leiche so gut es eben ging abgewaschen,

und sie hatte aus Danas Kleiderschrank ein langes schwarzes Cape mit großer Kapuze geholt. Sie hatten es Dana umgelegt und die Kapuze tief ins zerschlagene Gesicht gezogen. Dann hatte er sie hinunter in sein Auto getragen und auf den Beifahrersitz gesetzt. Sie sah aus, als wäre sie eingeschlafen. Das zerschlagene Gesicht war nicht zu sehen gewesen. Soweit er das sagen konnte, hatte niemand sie beobachtet. Die Fenster in den umliegenden Häusern waren dunkel gewesen zu dieser späten Stunde. Und auf der Straße war nur eine einsame Katze unterwegs gewesen.

Den Rest der Nacht hatte er wie in Trance verbracht. Er hatte die Leiche in den Lagerraum für die Särge gebracht, das Streusalz aus einem der Behälter geholt und seine grausige Arbeit verrichtet.

»*Ahoj*, Honza.«

Er fuhr wie von der Tarantel gestochen herum. Vor ihm stand in einem eleganten Sommerkleid der Albtraum seiner schlaflosen Nächte.

»Erde«, sagte Magda. »Nichts als Blumenerde.«

Sie saßen in ihrem Büro im Gerichtsmedizinischen Institut. Die inzwischen leere Urne befand sich bei der Spurensicherung, die die Aufgabe hatte, nach Fingerabdrücken zu suchen.

»Blumenerde«, wiederholte Anděl. »Dann hat der anonyme Anrufer offensichtlich die Wahrheit gesagt. Die Tote aus der Metro ist tatsächlich Dana Volná.«

»Noch habe ich die Ergebnisse der DNA-Probe nicht«, sagte Magda. »Es könnte sonst wer sein. Schließlich ist Dana Volná nicht die einzige Frau, die auf Nimmerwiedersehen verschwunden ist. Inspektor Nebeský hat doch noch ein paar gefunden, oder nicht?«

»Hat er, stimmt. Aber es ist unwahrscheinlich, dass eine von ihnen die Tote ist. Zwei sind zwar im richtigen Alter, aber die anderen sind entweder zu jung oder zu alt. Außerdem hat der Typ, der die Reporterin angerufen hat, gesehen, wie dieser Krasnohorský sie aus dem Haus und in die Metro getragen hat. Komisch, dass das sonst niemandem aufgefallen ist.«

Es war Nacht gewesen, dachte Anděl, und in den späten Siebzigerjahren waren die Leute früher zu Bett gegangen. Die Arbeitstage hatten damals zeitiger begonnen als heute, keine Gleitzeit im real existierenden Sozialismus. Auch das Nachtleben in Prag war weit ruhiger gewesen als heutzutage. Spätestens um Mitternacht waren die Bürgersteige für die Nacht hochgeklappt gewesen. Aber selbst wenn irgendjemand etwas gesehen hatte – würde er oder sie sich nach fünfundzwanzig Jahren noch daran erinnern?

»Vielleicht ist das gar nicht so komisch«, sagte Magda nachdenklich.

»Sie meinen, es hat nichts Bemerkenswertes zu sehen gegeben?«

»Genau. Es war vermutlich sehr spät nachts. Alles rundherum hat aller Wahrscheinlichkeit nach tief und fest geschlafen. Nehmen wir an, Sie hätten eine Leiche, die Sie nachts aus dem Haus schaffen müssen. Wie würden Sie das anstellen?«

»Nun, ich würde sie in einen Teppich oder eine Decke wickeln und in den Kofferraum stecken. Und dann ab in den nächsten Wald. Mithilfe eines Spatens sollte die Sache recht schnell über die Bühne gehen.«

»Hm. Aber angenommen, der Mörder hatte keinen Spaten und nachts auch keine Gelegenheit, an einen ranzukommen.«

»Nun, dann Plan B. Ich würde ihr etwas anziehen, das das Gesicht verdeckt, und sie dann auf den Beifahrersitz setzen. So tun, als sei sie lebendig.«

»Aber eine Leiche auf dem Beifahrersitz durch die Stadt spazieren zu fahren, ist ziemlich gewagt.«

»Ist es, aber so muss es gewesen sein, denn unser geheimnisvoller Informant hat gesehen, wie Krasnohorský die Volná ins Auto gesetzt hat.«

»Woher wusste er dann, dass sie tot war?«

»Gute Frage. Er hat ihr Gesicht gesehen?« Nein, korrigierte er sich selbst, das war unwahrscheinlich.

»Wohl kaum«, bestätigte Magda seinen Zweifel. »Hätte er es gesehen, dann hätte er so nahe sein müssen, dass Krasnohorský ihn auch bemerkt hätte, und dann hätte er sicher etwas anderes getan, als die Leiche zur Metro zu fahren.«

»Das bedeutet aber, dass unser Mann gar nicht wissen kann, dass Dana tot war.«

Magda nickte. »Ja. Vielleicht war sie nur bewusstlos oder sogar bei Bewusstsein. Möglicherweise wurde sie erst in der Metro getötet.«

»Falls sie überhaupt umgebracht wurde.«

Magda sah Anděl erstaunt an. »Aber die Mumie …«, sagte sie.

»Nun, wir haben eine Mumie, von der niemand weiß, wer sie ist, und einen Unbekannten, der behauptet, ein gewisser Krasnohorský habe Dana Volná, die Schauspielerin, in jener Nacht im August aus ihrem Haus in die Metro am Můstek gebracht. Das ist alles.«

»Sie meinen …«

»Ich meine, dass wir vielleicht vorschnell Schlüsse ziehen. Wir wissen nicht, ob Dana Volná tot ist. Wir wissen nur, dass ein paar Wochen später behauptet wurde, sie sei bei einem

Unfall ums Leben gekommen. Und in ihrer Urne war nichts als Blumenerde.«

»Glauben Sie wirklich, dass Dana noch lebt? Aber wo ist sie dann?« Magda schwirrte der Kopf. Anděl hatte recht. Danas Unfall war ein Gerücht gewesen, von wem auch immer in die Welt gesetzt. Und in der Urne war Erde. Sie brauchten dringend die DNA-Ergebnisse. Wenn Dana noch lebte … Magdas Herz schlug schneller.

»Ich glaube gar nichts. Ich finde nur, die Sache hat ziemlich viele Haken.« Er sah aus dem Fenster. »Es gibt noch eine andere Möglichkeit«, sagte er schließlich.

»Und die wäre?«

»Der Mann war dabei, als sie umgebracht wurde, oder er hat es zumindest gesehen.«

Magda sah ihn zweifelnd an. »Sie meinen, er ist der Mörder? Oder ein Komplize?«

Anděl zuckte die Achseln.

»Und warum sollte er dann jetzt die Polizei mit der Nase auf die Identität seines Opfers stoßen? Nur dank seines Anrufs hat sich die Verbindung mit Dana ergeben. Er wäre doch verrückt, so etwas zu tun! Es war ein perfekter Mord.«

»Vielleicht plagen ihn Gewissensbisse«, sagte Anděl. »Das gibt es immer mal wieder. Vielleicht will er reinen Tisch machen.« Er glaubte es selbst nicht. »Keine Ahnung, warum der Mann angerufen hat. Noch so ein Motiv, das wir nicht kennen.« Das war das Problem, immer wieder dasselbe: das fehlende Motiv. Warum hatte der Mann angerufen? Warum hatte jemand Dana Volná den Schädel eingeschlagen? Und das Gesicht gleich mit?

»Und jetzt?«

»Meda versucht herauszufinden, wo Krasnohorský abgeblieben ist, und Nebeský sucht nach unserem Informanten.«

»Kann man seinen Anruf bei Larissa nicht zurückverfolgen lassen?«, fragte Magda.

»Die Nummer war unterdrückt, sagte er. Und in diesem Land müssen Sie nicht Ihren Namen angeben, wenn Sie ein Handy kaufen. Man kann ein gebrauchtes auf jedem Basar erstehen. Kein Mensch weiß, wem ein Handy gehört, das verkauft wurde. Aber wir haben andere Anhaltspunkte.«

Magda sah ihn erwartungsvoll an. Anděl schwieg.

»Und die wären?«, hakte sie nach.

»Es muss jemand sein, der in der Nähe war. Es war Nacht, also hat er vermutlich dort irgendwo gewohnt. Er hat Dana an ihrem Kleid erkannt. Er muss sie also gut gekannt haben. Ich vermute, er war ein Freund oder Bekannter von Dana. Und er hatte ein Auto. Wir werden den Kerl schon finden.«

»Und Danas Wohnung? Waren Sie schon dort?«, fragte Magda.

»Ich werde gleich hinfahren. Aber raten Sie mal, wer heute dort wohnt?«

»So wie Sie grinsen, muss es der Mörder sein«, sagte sie lachend.

»Nicht ganz. Markéta Kousalová.«

»Und wer ist das?«, fragte Magda. Der Name sagte ihr gar nichts.

»Sie ist Lída Karafiátovás Tochter. Die Spurensicherung kommt auch. Vielleicht finden die Jungs ja noch was.«

Magda lachte. »Ich bewundere Ihre Zuversicht. Aber ich würde mir nicht allzu viele Hoffnungen machen, Herr Kommissar. Sie wissen doch, wie ernst tschechische Hausfrauen das *Gruntování* nehmen – mindestens zwei Mal im Jahr!«

Anděl grinste. *Gruntování,* die tschechische Variante des Großreinemachens, war ihm wohlvertraut. Auch seine Mutter hatte jeden Frühling und vor Weihnachten die Wohnung auf den Kopf gestellt und keine Ritze ungeschrubbt gelassen. Er hatte als Kind und Jugendlicher immer versucht, diesem periodisch wiederkehrenden Putzwahnsinn zu entkommen, selten genug war es ihm gelungen.

»Da haben Sie recht«, sagte er, »aber ich bin zuversichtlich. Wenn Dana in dieser Wohnung ums Leben gekommen ist, dann finden wir vielleicht noch Spuren. Blut lässt sich kaum vollständig beseitigen, es bleiben fast immer unsichtbare Spuren zurück. Na, wir werden sehen. Wenn Dana einen Holzfußboden hatte, finden wir vermutlich etwas in den Ritzen.«

Magda nickte.

»Allerdings haben wir ein anderes Problem. Die Verjährungsfrist.«

»Wie bitte?«

»Nun«, erklärte Anděl, »falls die Tote tatsächlich im Sommer 1977 umgebracht wurde, ist die Sache längst verjährt.«

»Aber …«

»Oh, ich verstehe Ihren Einwand völlig. Wenn es sich tatsächlich um Ihre Tante handelt, möchten Sie natürlich …«

»Das hat überhaupt nichts mit meiner Tante zu tun, Herr Kommissar«, fiel ihm Magda empört ins Wort. »Ich empfinde es grundsätzlich als höchst ungerecht, wenn ein Kapitalverbrechen wie Mord überhaupt verjährt. In einem zivilisierten Land!«

»Verstehen Sie mich nicht falsch, Frau Doktor. Ich bin völlig Ihrer Meinung. Nichtsdestotrotz verjährt Mord in diesem Land nach zwanzig Jahren. Aber die letzte Entscheidung, ob wir weiter ermitteln, liegt beim Staatsanwalt. Und solange wir nicht wissen, wie lange diese Frau tot ist …« Er zwinkerte ihr zu.

»Mein Obduktionsbericht ist noch lange nicht fertig«, sagte

sie und lächelte versöhnt. »Da ist noch etwas, was Sie wissen sollten … Der kleine Knochen, von dem ich Ihnen und dem Staatsanwalt erzählt habe – er ist weg.«

»Sie nehmen mich auf den Arm, ja?«

»Keineswegs.« Magda sperrte eine der Schubladen ihres Schreibtischs auf und zog sie heraus. »Ich hatte ihn in einem Plastikbeutel hier in der Schublade. Jemand hat ihn herausgenommen.«

»Warum haben Sie ihn nicht zu den anderen Beweismitteln im Labor gegeben?«, fragte Anděl.

»Reiner Zufall. Ich habe ihn hier reingeschoben, und als ich abends daran dachte, war ich – ehrlich gesagt – zu faul, noch einmal hinunter ins Labor zu gehen.«

»Wer weiß von diesem Knochen?«

»Jirka war dabei, als ich ihn fand.«

»Wer weiß noch davon?«

»Nun … ich weiß nicht …« Magda überlegte.

»Wer noch?«, drängte Anděl.

»Als ich den Knochen Ihnen und dem Staatsanwalt zeigte, kam doch mein Chef rein – ich weiß nicht, wie viel er gehört oder gesehen hat.«

Anděl atmete auf. Der Chef der Gerichtsmedizin kam als Dieb kaum in Frage. »Černý wird ihn wohl kaum gemopst haben. Wer hat außer Ihnen einen Schlüssel zu Ihrem Schreibtisch?«

»Nur unsere Sekretärin, sonst niemand. Glaube ich jedenfalls. Ich bin erst ein paar Tage hier.«

»Verdammt und zugenäht. Der Knochen war unsere einzige Verbindung zum Mörder.«

»Keine Sorge, ich habe Gewebeschnitte von dem Knochen. Machen Sie doch bitte die Tür zu«, sagte sie und stand auf, um zu ihrem kleinen Kühlschrank zu gehen, der an der Wand neben einem zimmerhohen Regal stand. Sie öffnete ihn und nahm eine Plastikschachtel heraus, in der mehrere Glasträger lagen. »Sie sind noch da«, sagte sie zufrieden.

Anděl schloss die Tür und drehte sich wieder zu Magda um. Was für eine attraktive Frau diese Gerichtsmedizinerin war. Sie stand vor ihm in ihrem weißen Laborkittel, unter dem sie ein buntes Sommerkleid trug. Die langen, schlanken Beine gingen über in schmale Fesseln, an den Füßen trug sie elegante flache Sandalen. Erstaunlich, wie klein sie ist ohne die üblichen hohen Absätze, dachte er. Aber trotzdem sehr gut proportioniert. Sein Blick wanderte zurück zu ihrem Gesicht. Große graue Augen, ein ebenmäßiges, klassisch geschnittenes Gesicht mit hohen Wangenknochen und einem vollen Mund. Sie hatte kaum Make-up aufgelegt, nur Wimperntusche, soweit er das beurteilen konnte. Diese Frau war wirklich faszinierend.

»Ist Ihnen nicht gut, Herr Kommissar?«, unterbrach Magda seine abschweifenden Gedanken.

»Wie bitte? – Oh, doch, doch, alles in Ordnung. Danke. Ich war irgendwie abgelenkt.«

»Das habe ich bemerkt«, erwiderte sie mit einem koketten Lächeln und strich ihren makellosen Laborkittel glatt. »Sie scheinen über Veronika hinweg zu sein.«

»Was? … Woher …? Ach, zum Teufel, diese Stadt ist ein verdammtes Dorf!« Er lachte. »Ja, die Sache ist längst gegessen. Entschuldigen Sie, bitte, ich wollte Sie nicht so unverschämt anstarren.«

»Von unverschämt kann keine Rede sein. Ich betrachte den Blick als Kompliment.« Sie legte den Kopf schräg. »Nicht die Stadt, nur das Institut. Jirka hat sich Sorgen um Sie gemacht. Sie seien nur noch im Büro gewesen, sagte er. Und alles nur wegen dieses ›Kälbchens‹, wie er sich ausdrückte.«

»Soso, ein Kälbchen, ja? Nun, er muss sich keine Sorgen mehr machen. Ich habe inzwischen festgestellt, dass meine Mutter recht hatte«, sagte er schmunzelnd.

»Inwiefern?«

»Sie wissen schon – auch andere Mütter haben schöne Töchter. Aber wir haben Wichtigeres zu tun. Sind die Gewebeschnitte noch da?«

»Mhm. Es ist nicht alles verloren. Ich werde sie vorsichtshalber nachher mit nach Hause nehmen. Aber wenn jemand den Knochen mitgenommen hat ...«

»Ja, das gibt einem doch sehr zu denken.«

Václav Černý, Chef der Prager Gerichtsmedizin saß an seinem Schreibtisch und blickte auf die vor ihm liegende alte Ausgabe der *Prague Post*. Darunter lagen aktuellere Ausgaben von *MFDnes, Lidové Noviny* und *Právo*. Eine bessere Geschichte konnten sich die Journalisten nicht wünschen für die sonst nachrichtenarme Zeit des Sommers. Alle Zeitungen berichteten von diesem sensationellen Fund in der Metro, den das Hochwasser ans Licht gespült hatte.

Draußen im Flur hörte er seine Mitarbeiter vorbeilaufen. Es war Mittagszeit, einige waren wohl auf dem Weg zum Essen. Die klappernden Absätze mussten zu Frau Dr. Axamit gehören, die hübsche Gerichtsmedizinerin, die er auf Anraten seines besten Pathologen Dr. Jirí Kratochvíl eingestellt hatte. Hoffentlich würde er es nicht bereuen. Sie war intelligent und gewissenhaft. Und sehr attraktiv. »Großer Gott, sie könnte deine Tochter sein!«, schalt er sich.

Als er diese Geschichte in der *Prague Post* gelesen hatte, über die Mumie aus der Metro, hatte er sich nichts weiter dabei gedacht. Natürlich, es war schon eine geradezu unglaubliche Geschichte. Särge in der Metro – aber davon hatte er als einer der wenigen ja gewusst, schließlich war er am Aufbau des unterirdischen Krankenhauses mit der dazugehörigen Leichenhalle beteiligt gewesen. Und die Mumie? Nun, das hatte ihn amüsiert. Da hatte ein Mörder zur Abwechslung mal Fantasie bewiesen und Kaltblütigkeit.

Als er sie am Tag, nachdem er aus dem Urlaub zurückgekommen war, gelesen hatte, war es lediglich eine dieser seltsamen Geschichten gewesen, die sonst nur in Kriminalromanen vorkamen. Es war ein Sonntag gewesen, und er war mit Theodor Otčenášek zum Tennisspielen verabredet. Theo hatte ihm die Ausgabe mitgebracht und sie ihm nach dem Match, das Černý wie üblich gewonnen hatte, gezeigt.

»Damit du vorbereitet bist auf das, was dich morgen im Büro erwartet«, hatte der Staatsanwalt gesagt. »So was bekommt man nicht alle Tage auf den Tisch.«

Bei einem kühlen Bier nach dem Spiel auf der Terrasse des Tennisklubs hatte Theo ihm erzählt, was sie inzwischen über diesen seltsamen Fall wussten. Eine Mumie in der Metro, in einem Sarg der geheimen Leichenhalle unter der Stadt. Absurde Geschichte, hatte er darauf gesagt und gelacht. Wer macht denn so was?

Theodor Otčenášek hatte sich furchtbar über den Chef der *Mordparta* aufgeregt. Der Kohout sei ein ausgemachter Hornochse, hatte er sich ausgelassen. Recht hatte er. Wie alle anderen konnte auch Černý den aufgeblasenen Kohout nicht leiden. Aber der Mann hatte offenbar gute Verbindungen nach oben. Anders war es jedenfalls nicht zu erklären, wieso er noch immer an seinem Schreibtisch saß, nach allem, was er sich in den langen Jahren seiner Tätigkeit geleistet hatte. Man sollte ihn endlich in die Wüste schicken, hatte er Theo geantwortet. Auf seinen verdammten Weinberg würde mir schon reichen, hatte der Staatsanwalt lachend erwidert.

»Deine neue Kollegin ist da ein ganz anderes Kaliber«, hatte Theo das Thema gewechselt und die Axamit über den grünen Klee gelobt für ihre schnelle und präzise Arbeit und dafür, dass sie sich von Kohout nicht hatte einschüchtern lassen und die Obduktion einfach ohne Ermächtigung durchgeführt hatte. Černý war stolz gewesen auf seine Mitarbeiterin, obwohl ihn dieser laxe Umgang mit den Vorschriften ziemlich irritierte. Das durfte man nicht einreißen lassen, er würde trotz allem ein ernstes Wörtchen mit ihr sprechen müssen.

Und dann hatte er ein paar Tage später gehört, wie sie Theo und dem Kommissar von einem Knochen im Hals der Mumie erzählt hatte. Černý hatte natürlich bereits ihren vorläufigen Autopsiebericht gelesen, von einem Knochen im Hals war da jedoch keine Rede gewesen.

Ein Knochen im Hals einer ermordeten jungen Frau, die vermutlich seit fünfundzwanzig Jahren in der Metro gelegen hatte. Seit dem Sommer 1977, wie Otčenášek ihm berichtet hatte. Ein anonymer Anrufer hatte ihnen den Zeitpunkt verraten – und den Namen des Opfers. Den Namen hatte Theo nicht erwähnt, nur dass ihnen der Anrufer einen Hinweis gegeben hatte. Und er hatte nicht nachgefragt. Dr. Axamits Worte hatten ihn getroffen wie ein Hammerschlag.

Das durfte nicht wahr sein! Nein, nein, *nein*!, schrie eine Stimme in seinem Kopf. Sie war lebendig gewesen, als er wie von Sinnen aus dem Haus gelaufen war, an jenem Abend vor fünfundzwanzig Jahren. *Lebendig,* verdammt noch mal! Er war Arzt, Gerichtsmediziner, wer, wenn nicht er, konnte das beurteilen? Sie hatte gelebt. Er hatte ihren Puls gefühlt, der war schwach gewesen, aber da. Sie hatte geatmet.

Er war in Panik die Treppe hinuntergelaufen, hinaus in die enge Gasse, um die Ecke zur Karlsbrücke, weiter auf die andere Seite des Flusses. Fast hätte ihn eine Straßenbahn überfahren an dieser Kreuzung, auf die der in Bronze gegossene Karl IV. seit Jahrhunderten desinteressiert herabblickte. Und die ganze Zeit hatte seine rechte Hand gepocht wie von tausend Hämmern geschlagen. Er hatte von zu Hause aus Honza angerufen. *Hilf ihr, Honza*! Honza. Grauen durchflutete ihn. Konnte Honza … Niemals, nicht Honza. Sein bester Freund, damals. Er konnte Dana nicht getötet haben. Oder war das seine Art gewesen, ihm zu helfen? Hatte Honza Dana getötet? Hatte Honza ihr den Schädel und das schöne Gesicht eingeschlagen?

Černý hatte den Freund anrufen wollen aus Malta. Von seinem neuen Arbeitsplatz in der Sonne, in der ersehnten Freiheit. Er hatte es nicht getan. Immer wieder hatte er die Nummer gewählt, immer wieder hatte er aufgelegt. Er hatte sich geschämt. Geschämt für das, was er getan hatte.

Welcher Teufel hatte ihn geritten, an jenem Abend zu Dana zu gehen? Er wusste doch, dass sie längst auf dem Weg zu ihrer Cousine in Mähren war. Mal sehen, ob ich dich mal auf Malta besuchen komme, hatte sie ihm in ihrer koketten Art zum Abschied auf den Weg gegeben. Er hatte gewusst, dass sie in den Westen wollte. Aber nicht mit ihm, dabei wäre das so viel einfacher gewesen. Nicht nur für sie. Sie hätte ihn nur heiraten müssen, dann hätte er seinen Vater auch nicht zu erpressen brauchen, ihm die Stelle zu verschaffen.

»Vergiss es, Venca«, hatte sie gesagt, »ich heirate nicht – dich nicht und auch niemanden sonst.« Was hatte er in ihrer Wohnung zu finden gehofft? Gefürchtet?

Franta. Dieses verdammte Schwein. Franta hatte ihn am Nachmittag, bei Cernýs kleiner Abschiedsfeier im Kreise der Kollegen, aufgezogen. Franta, einer seiner Kollegen im Krankenhaus, der ihn immer um Dana beneidet hatte. Franta, der hämisch gesagt hatte, Venca schrecke wohl vor nichts zurück, um nach Malta zu kommen.

»Du lässt nicht nur eine Frau wie Dana hier zurück, sondern auch noch deinen Blagen«, hatte dieser Mistkerl gesagt, als alle anderen außer Honza schon gegangen waren.

Černý hatte ihn verständnislos angestarrt.

»Überrascht, dass dein kleines Geheimnis keines ist? Oder – das gibt's doch nicht!« Franta hatte sich vor Lachen auf die Schenkel geschlagen. »Jetzt sag bloß, das weißt du nicht, Venca? Sie hat ein Kind in Franzensbad, mein Bester. Aber vielleicht ist es ja nicht von dir, was? So eine schöne Frau hat viele Verehrer, die nur darauf warten, dass du dich aus dem Staub machst. Die wird nicht lange Strohwitwe bleiben – Kind hin oder her.« Neulich habe er Dana bei einem intimen Tête-à-Tête mit einem Mann gesehen, hatte Franta hinzugefügt und hatte vielsagend gepfiffen.

Černý hatte innerlich gezittert vor Wut. Sein Blick war auf Honza gefallen, der blass wie eine Wand an einem der Schreibtische gelehnt hatte. Einen Augenblick lang hatten sie sich in die Augen gesehen, dann hatte Honza den Blick abgewandt. Fast wäre Venca diesem Idioten Franta an die Kehle gegangen. Franta hatte zwischen ihnen beiden hin- und hergeblickt und sich gebogen vor Lachen.

Dana hatte ein Kind in Franzensbad. Hatte sie? Oder war das nur ein schlechter Scherz auf seine Kosten gewesen? Franta war das zuzutrauen. An Verehrern in Danas Umkreis war nie ein Mangel gewesen. Hatte sie ihn betrogen? Er wusste es nicht. Aber die Geschichte mit dem Kind musste ein Scherz gewesen sein. Er wusste nichts von einer Schwangerschaft, geschweige denn von einem Kind. Wann hätte sie das auch bekommen sollen? Sie war immer in Prag gewesen. Warum hätte sie ihm davon nicht erzählen sollen? Sie wusste doch, dass er sie heiraten, mit ihr eine Familie gründen wollte. Er hätte sich gefreut. Ein Kind.

Hatte er ihre Schwangerschaft nicht bemerkt? Himmel, er war doch Arzt, es wäre ihm aufgefallen! Aber da war nichts gewesen. Er liebte sie. Auch wenn ständig Gerüchte umliefen, sie habe hier und dort ein Verhältnis. Manchmal war er rasend gewesen vor Eifersucht. Sie hatte ihn immer nur ausgelacht. »Hast du so wenig Selbstvertrauen, Liebling? Befürchtest du, du könntest mich nicht halten? Wie amüsant!«

An jenem Abend hatte er verrückt gespielt. Er hatte nach Beweisen ihrer Schuld suchen wollen, und da stand sie plötzlich vor ihm.

Als er die Tür geöffnet und sie im Türrahmen des Schlafzimmers gesehen hatte, eine schlanke Silhouette in einem schimmernden Abendkleid, das lange dunkle Haar war ihr ins Gesicht gefallen, war sie vor ihm zurückgewichen. Er hatte ihr Vorwürfe gemacht, sie mit seinen Anschuldigungen überfallen, und dann hatte er plötzlich ihren Hals in seinen Händen gehalten. Sie hatte sich gewehrt und geschrien. Er hatte zugedrückt und schließlich seine rechte Hand auf ihren schönen Mund gepresst. Und dann hatte sie ihn gebissen. Ein Schmerz durchzuckte ihn bis in die Hand hinein, die er damals mit einem entsetzten Schrei von ihrem Mund gerissen hatte.

Der Schmerz hatte ihn bis heute nicht verlassen. Phantomschmerz seiner Wahnsinnstat. Sie war gestürzt. Auf diese schreckliche Kommode. Die Bronzestatue, die auf der Kommode gestanden hatte, war heruntergefallen, nur Zentimeter neben Danas Kopf. Dana hatte eine Platzwunde gehabt, sicher auch eine Gehirnerschütterung. Sie war bewusstlos gewesen. Aber nicht tot. Nein, *nicht tot*. Er wusste das. Oder hatte die Statue sie doch getroffen, und er hatte es nicht bemerkt? Hatte er in geistiger Umnachtung zugeschlagen? Hatte er sie getötet und es verdrängt? *Du spinnst, Mann. Sie war nicht tot.*

Er starrte auf seine Hände. Seine Rechte hielt den kleinen Plastikbeutel, den er aus dem Schreibtisch von Magdalena Axamit genommen hatte. Er steckte den Beutel in seine Jackentasche. Seine Hände zitterten noch immer. Ein schneidender Schmerz pochte in seinem rechten kleinen Finger, weitete sich aus, griff auf seine Brust über, schnürte ihm die Kehle zu.

Er dachte an den Tag, als eine tschechische Kollegin im Krankenhaus in La Valletta ihm von Dana Volnás Tod erzählt hatte. Die Schauspielerin sei im Urlaub bei einem Unfall ums Leben gekommen, ihre Tochter habe im Internat davon gehört. Tragisch, nicht wahr? Er hatte nur genickt, benommen von dieser schrecklichen Nachricht. Aber er war auch erleichtert gewesen damals. Er hatte sie nicht ernsthaft verletzt an jenem Abend in ihrer Wohnung, sie war in den ersehnten »Urlaub« gefahren. In den Tod.

Černý stand auf, nahm seine alte Aktentasche und verließ sein Büro. Wohin sollte er gehen? Was sollte er tun? Er fühlte Panik in sich aufsteigen. Zum Flughafen fahren und den erstbesten Flieger ins Ausland nehmen? Weg? Wie damals?

Auf der Straße blieb er stehen. *Du verdammter Esel! Nichts hat dich eingeholt.* Er atmete tief durch. *Niemand weiß, dass du in jener Nacht dort warst. Niemand hat dich gesehen. Denn sonst hättest du längst Besuch von der Polizei gehabt.* Niemand außer Honza. Honza, der geholfen hatte. Honza, der … Aber warum sollte Honza ihn hinhängen? Er hatte allen Grund, weiter zu schweigen, so wie er selbst. Sein Finger. Ein Unfall. Ein Hund hatte ihn gebissen. Das hatte er immer erzählt, wenn ihn jemand gefragt hatte. Pech gehabt.

Kam vor. Und die kleine Reliquie hatte er aus Magdalena Axamits Schreibtisch geholt. Keine Beweise. Er lächelte und machte sich auf den Weg in sein Lieblingscafé. Nach ein paar Schritten blieb er nochmals stehen. Jene Nacht. Er war aus der kleinen Gasse auf die Karlsbrücke gelaufen. Ein Schatten hatte sich von einer der Figuren auf der Brücke gelöst. Der Mann, den er auf seiner Flucht auf der Karlsbrücke fast umgerannt hatte.

»Verdammt, Černý, pass auf, du Idiot!«, hatte der Mann ihm nachgerufen.

Es gab einen Zeugen. Er musste ihn finden.

Sie betrachtete verwirrt die drei Fotos auf dem Bildschirm. Eines zeigte eine junge Frau, vielleicht Mitte dreißig, mit langen dunklen Haaren und einem sehr schönen Gesicht, das ernst in die Kamera sah. Auf dem zweiten blickte eine ältere Frau eher unbestimmten Alters in die Ferne. Sie hatte kinnlanges blondes Haar und war ebenso hübsch wie die erste. Das dritte schließlich war eine Kopie des zweiten, nur dass die Frau nun langes dunkles Haar hatte. Der Text zu dieser merkwürdigen E-Mail ihrer Enkelin war kurz gewesen: »Offenbar hast Du eine Doppelgängerin in Prag, *Babi*! Liebe Grüße aus Paris, Deine Cassia.«

Erst Magda mit diesem kryptischen Anruf. Ob sie eine Dana Volná kenne? Sie sei über ein Foto in einer alten Zeitschrift gestolpert, und die Ähnlichkeit sei unglaublich. Jetzt ist es passiert, hatte Milena Axamit gedacht, jetzt fliegt alles auf. Was sollte sie tun – die Wahrheit sagen oder weiterlügen? Der goldene Mittelweg, wie so oft. Und nun das.

Milena Axamit schüttelte den Kopf. Das war doch nicht möglich. Die Frau auf dem ersten Foto und jene auf dem veränderten sahen sich wie aus dem Gesicht geschnitten ähnlich. Sie kannte diese Frau auf dem ersten Foto sehr gut. Es war sie selbst, Mitte der Siebzigerjahre an den Niagarafällen. Ihr Mann hatte das Foto aufgenommen. Aber wer war die andere?

Wahrscheinlich war es so, wie Cassia geschrieben hatte. Sie hatte eine Doppelgängerin in Prag. Denn alles andere war unmöglich. Undenkbar. Sie hatte doch selbst mit dem Mann von der Botschaft gesprochen, damals im Herbst 1977. Dem Tag, den ihre Mutter fast nicht überlebt hätte. Als der Mann gegangen war, hatten sie sie mit einem Kreislaufzusammenbruch ins Krankenhaus bringen müssen. Der hatte sich dann als Herzinfarkt herausgestellt. Ein schrecklicher Tag. Erst zu erfahren, dass ihre Zwillingsschwester bei einem Unfall in Jugoslawien ums Leben gekommen war, dann ihre Mutter auf der Intensivstation im Krankenhaus.

»Was hast du da, Milena?«, fragte ihre Mutter, die eben in das Arbeitszimmer ihrer Tochter gekommen war, und sah ihr über die Schulter.

»Ach, nichts, Mama, nur ein paar alte Fotos.« Sie versuchte, die Mail zu schließen, doch ihre Mutter war schneller. Sie legte ihre alte, runzelige Hand auf Milenas.

»Nein, warte ... Großer Gott, das ist ja Dana!«, rief sie aus und stützte sich schwer auf Milenas Stuhllehne. Milena sprang auf und half ihrer Mutter, sich zu setzen. Anna Navrátilová zitterte am ganzen Körper, als sie sich niederließ. Sie starrte wie gebannt auf die Fotos. »Woher hast du diese Bilder?«

»Beruhige dich, Mama. Cassia hat sie geschickt – aus Paris.« Sie nahm eine Flasche Wasser vom Schreibtisch und goss zwei Gläser voll. »Hier, trink das, Mama. Und beruhige dich. Das kann nicht Dana sein, das weißt du doch. Dana ist tot.« Sie trank ihr Glas auf einen Zug aus.

Ihre Mutter sah sie an, als zweifle sie am Verstand ihrer Tochter.

»Das ist Dana. Da kannst du mir erzählen, was du willst! Ich würde mein Kind überall wiedererkennen.«

Sie blickte wieder auf die Fotos in ihren Händen. »Und das da«, sie deutete auf das erste Foto, »das bist du, damals auf diesem Ausflug, bei den Niagarafällen. Ich erinnere mich noch genau, wie wütend du warst, dass Gregory dich fotografiert hat. Verstehe ich bis heute nicht, es ist so ein schönes Bild.«

»Es ist nur eine Doppelgängerin, Mama. Es kommt vor, dass einem jemand ähnlich sieht.« Milenas Stimme hörte sich zu ihrer eigenen Überraschung unsicher an. Es war gespenstisch. Die Ähnlichkeit war wirklich verblüffend.

»Pah – Doppelgängerin! So ein Blödsinn. Und das aus dem Mund einer Frau, die ihren Lebensunterhalt mit der Rekonstruktion von Gesichtern verdient! Ich wette, dein Computer zeigt eine eindeutige Übereinstimmung, wenn du die beiden Fotos eingibst. Wer sollte diese Frau sonst sein?«

»Sie ist nur eine Frau, die mir ähnlich sieht – woher zum Teufel soll ich wissen, wer das ist?«, erwiderte ihre Tochter gereizt. »Das ist nicht Dana!«, fügte sie bestimmt hinzu.

»Natürlich ist sie das. Aber für wen gibt sie sich aus? Wo ist das Foto gemacht worden?«

»Cassia schreibt, ich hätte eine Doppelgängerin in Prag.«

»In Prag? Dana ist in Prag?« Die Stimme der alten Frau zitterte. »O Gott – Milena, wir müssen dorthin. Ich will wissen, was es damit auf sich hat. Und wenn es das Letzte ist, was ich tue!« Sie sah ihre Tochter herausfordernd an. »Wir fliegen nach Prag. Sofort, Milena.«

Milena Axamit seufzte und verbarg ihr Gesicht in ihren Händen.

»Was wollte Magda neulich wirklich?« Anna Navrátilová betrachtete ihre Tochter prüfend. Sie kannte diese Geste gut. Milena wusste nicht, was sie tun sollte. Anna wartete.

»Ach, nichts weiter, nur Hallo sagen.«

»Erzähl mir keine Märchen, Kind. Also, was wollte sie?«

Milena gab den Widerstand auf, gegen die Hartnäckigkeit ihrer Mutter hatte sie keine Chance. »Sie hat ein Bild von Dana in einer alten Zeitschrift gefunden, und die Ähnlichkeit fiel ihr auf – sie wollte wissen, ob ich eine Dana Volná gekannt habe.«

»Und was hast du ihr gesagt?«

»Was hätte ich sagen sollen?«

»Nun, da gibt es mehrere Möglichkeiten – je nach Wahrheitsliebe. Du weißt, ich war immer dafür …«

»Ja, ja, ich weiß. Ich habe ihr gesagt, wer Dana Volná war. Sonst nichts.«

»Milena, mir gefällt das nicht. Ich bin überzeugt, Dana lebt – und sie ist in Prag. Und du weißt so gut wie ich, dass es nur einen Grund gibt, warum sie dort ist.«

Milena sah sie entsetzt an. »Nein. Nein. Sie wollte doch nie etwas davon wissen. Sie wollte nichts damit zu tun haben …«

»Doch, ich glaube, genau das ist der Grund. Du hättest es ihr von Anfang an sagen sollen, Milena.«

Vielleicht hatte ihre Mutter recht – aber dazu war es jetzt zu spät. Sie hatte nie etwas gesagt. Sie hatte geschwiegen. Nach der Sache damals im Urlaub hatte sie sich zurückgezogen, den Kontakt abgebrochen. Auch Dana hatte sich nicht mehr gemeldet, bis sie eines Tages, nach mehreren Jahren, vor Milenas Tür im Studentenwohnheim gestanden hatte.

»Ich bin in Schwierigkeiten, Milena, du musst mir helfen.« Sie hatte nicht gefragt oder gebeten, sie hatte gefordert. Wie immer. Im ersten Moment hatte Milena ihr die Tür vor der Nase zuschlagen wollen. Dieses egoistische Miststück, hatte sie gedacht. Sie hat sich nicht verändert. Aber sie war ihre Schwester.

»Was willst du, Dana?«, hatte sie schließlich ebenso unwillig wie unfreundlich gefragt und die Schwester hereingebeten.

Dana hatte ihr bei einer Tasse Kaffee von ihren Schwierigkeiten erzählt. Milena hatte ein paar Sachen in ihre Reisetasche gestopft, und dann waren sie in Danas Wohnung gegangen, hatten deren bereits gepackte Sachen abgeholt und waren zusammen mit dem Zug nach Hause zu ihrer Mutter gefahren, nach Franzensbad.

Dana war acht Wochen geblieben und dann eines Morgens, nachdem endlich alles erledigt war, nach Prag zurückgekehrt. Sie hatten in den Wochen davor kaum miteinander gesprochen. Milena hatte nicht versucht, Dana von ihrem Entschluss abzubringen. Sie hatte nur darauf bestanden, die Mutter einzuweihen. Anders geht es nicht, wir brauchen ihre Hilfe, Dana, hatte Milena gesagt. Entweder wir sagen es Mama, oder ich gehe zur Polizei. Die Drohung war ihr nicht leicht über die Lippen gekommen, aber sie hatte gewirkt. Milena hatte es bis zu diesem Moment nicht glauben wollen. Es war also doch kein Hirngespinst gewesen. Ihr hatte vor ihrer Schwester gegraut.

Dana war gegangen. War aus ihrer aller Leben verschwunden und hatte nie mehr etwas von sich hören lassen. Milena hatte sich in ihrem neuen Leben eingerichtet und jeden Gedanken an ihre Schwester verdrängt. Nur einmal noch, kurz bevor sie mit ihrem frisch angetrauten kanadischen Ehemann, ihren Kindern und ihrer Mutter 1968 das Land verließ, war Milena zu ihrer Schwester gegangen. Sie wusste bis heute nicht, warum. Sie hatte Dana in deren Wohnung auf der Kleinseite aufgesucht. Dana hatte sie noch nicht einmal hereingebeten, wollte nicht reden.

»Ich will damit nichts zu tun haben, Milena«, hatte sie gesagt. »Lass mich in Ruhe. Das ist nicht mein Leben. Ich wünsche euch viel Glück in Kanada.« Sie hatte die Tür ohne ein weiteres Wort zugemacht. Leise, aber endgültig. Milena hatte den Briefumschlag mit den Fotos unter der Tür hindurchgeschoben und war gegangen. Vielleicht war das ein Fehler gewesen.

Sie hatte erst wieder von Dana gehört, als der junge Mann von der tschechoslowakischen Botschaft ihnen mitteilte, dass Dana bei einem Unfall ums Leben gekommen war. Es ist vorbei, hatte sie damals erleichtert gedacht, endlich! – Und sich für diesen Gedanken geschämt.

Sie wandte sich wieder ihrer Mutter zu, die versonnen noch immer die Fotos betrachtete. Die Miene der alten Frau war ausdruckslos. Keine Trauer, keine Angst, keinerlei Gefühl sprach aus ihr.

»Wie konnte sie das nur tun?«, flüsterte Anna Navrátilová. »Sie ist doch auch mein Kind.« Tränen rannen ihr über die Wangen.

Milena wischte ihrer Mutter zärtlich eine Träne ab. »Mama, wir haben Danas Todesurkunde. Der Mann von der Botschaft hat sie uns damals gebracht, erinnerst du dich denn nicht?«

Anna Navrátilová riss sich von ihren Erinnerungen los. »Pah. Es wird eine Verwechslung gewesen sein«, antwortete sie unwirsch. »Das kommt vor. Jedenfalls häufiger, als dass jemand so einen Doppelgänger hat, Herzchen.«

Milena sah ihre Mutter zweifelnd an.

Anna Navrátilová schlug wütend mit der Hand auf den Küchentisch. »Großer Gott, Kind, du weißt doch wohl am besten, wie Unfallopfer aussehen können! Wer weiß, wer sie überhaupt identifiziert hat? Und wer sagt, dass dieser Mensch wirklich von der Botschaft war? Dieser, dieser … wie hieß er doch gleich … Bono? Bonto? Nein, Bomo, das war es. Ziemlich seltsamer Name für jemanden von der tschechoslowakischen Botschaft, findest du nicht?«

»Aber Mama …«

»Schluss jetzt! Ich wollte damals schon nach Prag fliegen – und ich habe es mir ausreden lassen. Diesmal mache ich, was ich für richtig halte. Ich werde nach Prag fliegen und dieser Sache auf den Grund gehen.« Anna Navrátilová warf den Kopf zurück und sah ihre Tochter herausfordernd an. »Zur Not alleine«, fügte sie stur hinzu.

Milena betrachtete still ihre alte Mutter. Wie ähnlich Dana und sie einander doch waren. Stur und temperamentvoll. Anna Navrátilová hatte damit ihre Kollegen im Krankenhaus zur Verzweiflung getrieben, wenn sie unnachgiebig ihre Vorstellungen über die Geburtshilfe durchsetzte, mochten sie noch so exotisch sein. Dana war wahrscheinlich für jeden Regisseur eine Pest gewesen. Aber eine sehr gute Schauspielerin. Sie besaßen beide einen Willen, der, wenn es sein musste, alles niederwalzte, was sich ihnen in den Weg stellte. Mein Weg, oder kein Weg, schien immer das Motto der beiden gewesen zu sein. Aber bei ihrer Mutter paarte sich dieser Wille mit ebenso großem Mitgefühl und inniger Liebe. Dana – nun, sicher hatte auch sie Gefühle, doch Liebe, sofern sie dazu überhaupt in der Lage war, dachte Milena traurig, hatte sie immer nur für sich selbst empfunden. Und Mitgefühl war ihr so fremd wie einem Stein.

Sie seufzte resigniert. Was wollte Dana in Prag? Falls sie denn überhaupt dort ist, fragte sich Milena. Was musste Magda auch dieses Foto in der alten Zeitschrift finden?! Aber natürlich – wenn Cassia recht hatte und diese Frau auf dem Foto tatsächlich Dana zeigte, dann gab es nur einen Grund dafür, dass sie in Prag war.

»Ja, Kind«, sagte ihre Mutter mit leiser, aber fester Stimme, als hätte sie die Gedanken ihrer Tochter gelesen, »es ist Zeit für die Wahrheit.«

David Anděl las zum dritten Mal den Bericht, den Cajtík ihm vor ein paar Minuten auf den Tisch gelegt hatte. Am Ufer der Moldau, in Roztoky, einem Stadtteil im Nordwesten von Prag, hatte ein Spaziergänger ein Bein gefunden. Besser gesagt, sein Hund hatte es im Uferschlamm aufgespürt. Ein Bein. Sonst nichts.

Otakar Nebeský hatte es, nachdem die Spurensicherung ihre Arbeit erledigt hatte, ins Gerichtsmedizinische Institut bringen lassen. Antonín Cajthaml hatte gesagt, Jirka Kratochvíl würde es sich heute noch ansehen.

Anděl schüttelte irritiert den Kopf. Kehrten jetzt langsam amerikanische Verhältnisse hier ein? Erst eine Mumie in der Metro, jetzt ein herrenloses Bein am Ufer der Moldau, und nicht zu vergessen – vor zwei Wochen am hellen Nachmittag eine Schießerei in der Nähe des Bahnhofs.

Er hatte das ungute Gefühl, dass dieses Bein herrenlos bleiben würde. Außer irgendein armer Tropf fände irgendwann die dazugehörige Leiche. Wo sollten sie anfangen, nach dem Rest der Bescherung zu suchen? Das halbe Land war abgesoffen bei diesem verdammten Hochwasser. Unzählige Friedhöfe, das eine oder andere Krankenhaus, die eine oder andere Leichenhalle waren entlang der Moldau zerstört oder beschädigt worden. Und dieser Fluss war lang, schlängelte sich vierhundertvierzig Kilometer lang auf seinem Weg in den Norden durch das ganze Land, von seinem Ursprung am Fuß der Šumava, den Bergen des Böhmerwalds im Grenzgebiet zu Österreich, durch Prag bis nach Mělník im Norden, wo er sich mit der kleineren Elbe vereinigte, um über die Grenze nach Deutschland weiterzufließen, Richtung Nordsee.

Eigentlich müsste Hamburg an der Moldau liegen, schweifte Anděl amüsiert ab. Seit seiner Schulzeit, als ihnen der Erdkundelehrer von den Regeln zur Benennung von Flüssen erzählt hatte, fragte er sich, wie es wohl gekommen war, dass in diesem Fall regelwidrig vorgegangen worden war. Normalerweise, hatte sein Lehrer den staunenden Schülern erklärt, wird der Strom, der aus der Verbindung zweier Flüsse entsteht, nach dem größeren der beiden benannt. Die Moldau war größer, länger und führte mehr Wasser als die Elbe. Trotzdem hieß das Ergebnis der Vereinigung in seinem weiteren Verlauf nicht Moldau, sondern Elbe. Eines von vielen Rätseln, dachte Anděl.

Und nun hatten sie dieses Bein am Hals. Er legte den Bericht zur Seite und sah auf seine Uhr. Sein Magen knurrte. Zeit, zum Mittagessen zu gehen. Am späten Nachmittag würde er Jirka anrufen und nach den Ergebnissen der Obduktion fragen. Er stand auf und verließ das Büro.

Draußen schlug ihm die Hitze des Tages entgegen. Es mussten über dreißig Grad sein. Und es war erst Mittag. Der Asphalt auf dem Bürgersteig vor dem Polizeipräsidium war weich von der Glut der Sonne. Anděl dachte an Magdas hohe Sandalen. Wie sie es wohl schaffte, nicht in dieser zähen Masse kleben zu bleiben? Aber dann fiel ihm ein, dass das Gerichtsmedizinische Institut ja in den Weinbergen lag und man dort den hässlichen Asphalt aus sozialistischen Zeiten inzwischen durch die früher üblichen kleinen weißen und grauen Pflastersteine ersetzt hatte. Vom Regen in die Traufe, dachte er und lächelte. Wie oft kam Meda morgens ins Büro und schimpfte, weil ihre Absätze auf dem Weg zur Arbeit mehrfach zwischen den Pflastersteinen stecken geblieben waren. Entweder war dabei die Absatzsohle abgerissen oder das Leder auf den Absätzen hing in Fetzen herunter. Die Stadtverwaltung und die Schuster, ereiferte sie sich mehrmals die Woche, steckten mit Sicherheit unter einer Decke. Vielleicht, sinnierte er, war Schuster ein gewinnträchtiger Beruf in Prag. So beliebt wie hohe Absätze bei den Pragerinnen waren, musste er eine wahre Goldgrube sein.

Anděl schlug den Weg in die Altstadt ein, ließ seine Gedanken schweifen. Er freute sich auf den Abend. Lächelnd dachte er an den großen Vorlesungssaal, in dem er jungen Studenten vom Zauber der Mathematik erzählen würde. Er liebte diese Vorträge. Aber inzwischen war er zu sehr Polizist, um sich noch ausschließlich seiner früheren Leidenschaft widmen zu wollen. Warum sich auch entscheiden? Zu Hause wartete niemand auf ihn, keine Ehefrau, keine Kinder, nicht einmal eine Freundin. Er genoss dieses freie Dasein. Meistens jedenfalls. Er könnte die Pathologin auf einen Kaffee einladen. Sie war mehr nach seinem Geschmack als die paar kurzen Affären, die er gelegentlich hatte. Aber so eine Frau war mit Sicherheit längst vergeben. Sein Handy klingelte.

»*Ahoj,* David«, klang Medas Stimme aus dem Apparat, »du wolltest doch vorhin wissen, wo die Volná ursprünglich herkam.«

»Ja – äh – ach so, ja«, sagte er etwas verwirrt, da sie ihn so unvermittelt aus seinen Gedanken gerissen hatte.

»Sie ist in Franzensbad geboren.« Meda lachte. »Hätte nicht gedacht, dass sie so ein Landei war. Bis später.« Sie legte auf.

Er steckte langsam sein Handy ein. Franzensbad. Was für ein Zufall. Dana Volná stammte aus seiner Heimatstadt.

Und dieser Ort war klein, knappe fünftausend Einwohner, jeder kannte dort jeden. Die Kurgäste kamen und gingen, und die Bewohner blieben unter sich. Als nach dem Zweiten Weltkrieg die deutsche Bevölkerung vertrieben worden war, waren aus dem ganzen Land Menschen dorthin gezogen – manche freiwillig, manche zwangsweise. Es hatte billigen Wohnraum im Überfluss gegeben. Aber in den folgenden Jahrzehnten wollte kaum mehr jemand freiwillig in das Grenzgebiet an der deutschen Grenze ziehen. So weit weg von der alles überragenden Hauptstadt, so nah an einer unüberwindbaren Grenze. Er selbst war nach dem Abitur auch nach Prag gegangen. Wohin sonst? Bloß weg aus der Provinz.

Seine Eltern jedoch lebten noch immer dort. Seine Mutter war Pharmazeutin und hatte nach der Revolution eine Apotheke aufgemacht, und sein Vater war Chefarzt in einem der inzwischen renovierten Kurhäuser geworden. Es gab kaum jemanden, den die beiden nicht kannten in Franzensbad. Und seine Mutter hatte ein ausgezeichnetes Gedächtnis.

Anděl holte sein Handy aus der Brusttasche seines Leinenjacketts und wählte die Nummer seiner Mutter. »*Ahoj, Mamino*«, sagte er, als sie sich meldete, »ich bin's, David.«

»*Ahoj*, David! Was für eine Freude! Wie geht es dir, mein Junge?«

»Gut, hör mal, ich habe eine Frage. Kannst du dich an eine Frau namens Anna Navrátilová erinnern? Sie muss bis Mitte der Sechzigerjahre bei euch gelebt haben. Sie hatte zwei Töchter, Zwillinge.«

»Hm, lass mich nachdenken … Anna Navrátilová? – Aber natürlich, sie war Gynäkologin im Krankenhaus in Eger, nicht? Eine sympathische Frau. Warum fragst du?«

Anděl lachte. Wie klein doch die Welt war. »Oh, nichts

weiter«, sagte er beiläufig, »ich arbeite mit ihrer Enkelin an einem Fall. Sie ist Gerichtsmedizinerin.«

»In der Gerichtsmedizin? Du kennst Magda? Wie schön.«

»Du kennst sie?«, fragte er verblüfft. Das Gedächtnis seiner Mutter war wirklich phänomenal – aber nun war sie offenbar auch unter die Hellseher gegangen.

»Nicht persönlich, aber Milena Axamit – das ist Magdas Mutter, die Tochter von Anna Navrátilová – und ich, wir schreiben uns alle Jubeljahre mal. Du weißt schon, zu Weihnachten und zum Geburtstag. Sie hat ab und zu Fotos der Mädchen geschickt. Ja, ich erinnere mich, dass sie mir geschrieben hat, die Große sei in ihre Fußstapfen getreten. Milena ist auch forensische Pathologin. Außerdem kommt Valeska, die jüngere Tochter, ab und zu in meine bescheidene Apotheke. Ich habe mit Milena in Prag studiert, weißt du. Ein liebes Mädchen. Ganz anders als ihre Schwester.« Marie Andělová seufzte.

»Kanntest du die Schwester, *Mamino*?« Anděl überquerte die Straße, ließ sich an einem Tisch vor einem kleinen Café nieder und streckte das Gesicht der Sonne entgegen.

»Und ob! Wir sind zusammen zur Schule gegangen. Das Mädel war bekannt wie ein bunter Hund. Ein echter Wildfang. Sie ist mit fünfzehn nach Prag gegangen, aufs Konservatorium, wollte auf Biegen und Brechen Schauspielerin werden.«

»Hast du sie später noch mal gesehen?«

»Sie kam in den Ferien nur sehr selten nach Hause. Und nach dieser Sache beim Kanufahren kam sie gar nicht mehr. Das heißt – doch, einmal habe ich sie noch gesehen. Sie war mit Milena hier. Geht es um die Geschichte im Krankenhaus? Na, ist wohl beides inzwischen egal, sie ist ja seit Jahren tot.«

Im Hintergrund hörte Anděl jemanden nach seiner Mutter rufen. »Hör mal, David, ich muss Schluss machen, im Laden steht ein ganzer Bus Touristen und plündert schon meine Auslagen. War schön, von dir zu hören, mein Junge, und wenn du mal wieder vorbeikommst, bring doch Magda mit! Bis bald!«

»Warte, *Mamino*! Was für eine Geschichte … «

Sie hatte aufgelegt.

Larissa überquerte zielstrebig den Altstädter Ring. Vor dem Orloj, der alten astronomischen Uhr am Rathausturm, standen Hunderte von Touristen und warteten auf das beliebte Schauspiel. Sie sah auf ihre Armbanduhr. Kurz vor elf. Gleich würden die Glocken zu schlagen beginnen, dann würden die beiden Türchen oberhalb der Uhr aufgehen und die Prozession der zwölf Apostel beginnen. Schließlich würde der Hahn krähen, das Skelett die Sanduhr drehen und das Glöckchen schlagen, um allen in Erinnerung zu rufen, dass sie sterblich waren. Die Touristen quittierten jede Vorstellung mit Applaus, die Mahnung des Sensenmannes in den Wind schlagend. Wer wollte schon ausgerechnet im Urlaub an seine eigene Sterblichkeit erinnert werden?

Larissa schlängelte sich durch die wartenden Menschenmassen und bog zum Restaurant Prinz ab, gerade als die Glocken zum stündlichen Schauspiel riefen. Sie ging durch den Schankraum zum Aufzug und drückte den Knopf. Oben angekommen wurde sie von dem Kellner begrüßt, der meist hier oben Dienst tat.

»Guten Tag, Frau Redakteurin«, sagte er lächelnd. »Ihr Chef ist schon da, aber Sie werden einen Moment warten müssen, eine Dame hat sich vorhin zu ihm gesetzt«, fügte er hinzu und deutete hinaus auf die Terrasse.

»Guten Tag, Herr Milan. Mein Chef ist hier?«, fragte Larissa verwundert.

»Aber ja, schon den halben Morgen.«

»Was für ein Zufall. Danke, Herr Milan. Aber ich bin nur gekommen, um ein bisschen die schöne Terrasse zu genießen. Sagen Sie ihm bitte nichts, ich möchte nicht stören.« Sie bestellte einen Eiskaffee und ein Glas Wasser.

Larissa trat nach draußen und sah sich um. Die Terrasse war in mehreren Ebenen gestaltet, sie selbst befand sich auf der untersten. Auf der oberen saß tatsächlich ihr Chef – mit einer Frau in einem bunten Sommerkleid. Obwohl die Frau mit dem Rücken zu ihr saß, erkannte Larissa sie sofort. Sie dachte sich nichts dabei. Die beiden waren in ein angeregtes Gespräch vertieft. Larissa setzte sich an einen Tisch schräg unterhalb der beiden. Ich sollte sie nicht belauschen, dachte sie. Trotzdem blieb sie sitzen. *Curiosity killed the cat.* Wer hatte das erst kürzlich zu ihr gesagt? Richtig, David Anděl, als sie zusammen das Ráj verlassen hatten. Na, von Lauschen kann keine Rede sein, dachte sie. Die beiden sprachen sehr leise, und nur ab und zu wehte ein Wortfetzen zu ihr herab.

Larissa holte ihr Notizbuch heraus und blätterte durch ihre Aufzeichnungen. Sie arbeitete an der Fortsetzung ihres Mumien-Artikels. Sie musste ihn heute zu Ende schreiben und abgeben. Es fehlte auch nicht mehr viel. Nur der Schluss. Und ein Absatz für Steve, den Nachrichtenredakteur, den er dann beim Redigieren streichen konnte. Ein Redakteur, der in einem Artikel nichts strich, war keiner. So viel hatte sie schon gelernt, trotz der kurzen Zeit, die sie als Journalistin arbeitete. Anfangs hatte sie diese Marotte der Redakteure irritiert. Immer war etwas weggefallen, das sie für wichtig erachtet hatte. Bis ihr ein erfahrener Kollege geraten hatte, immer einen Absatz einzufügen, der offensichtlich nach Streichung schrie.

»Dann ist der Redakteur glücklich, weil er streichen kann, und du bist zufrieden, weil alles Wichtige drin bleibt«, hatte er augenzwinkernd gesagt. Seit sie diesen Ratschlag beherzigte, waren in der Tat alle glücklich. Wie wenig es brauchte, um alle zufriedenzustellen, dachte sie. Das Gespräch über ihr wurde lauter. Larissa stutzte und sah nach oben.

»*Ježůšmaria, Honzo, nebuď takový cvok*!«, klang die ihr wohlbekannte helle Stimme im perfekten Prager Idiom zu ihr hinunter – *Jesusmaria, Honza, sei kein solcher Schwachkopf*. Interessant, dachte Larissa, was manche Leute darunter verstanden, wenn sie sagten: »Ich spreche höchstens ein paar Brocken Tschechisch.« Und nun kam aus dem Mund dieser Frau die Landessprache perfekt und akzentfrei. Sie hatte doch erzählt, dass sie als Kleinkind mit ihren Eltern in die USA gekommen war, dachte Larissa. Deshalb spreche sie auch kaum Tschechisch. Ihre Eltern hätten nicht darauf geachtet, dass sie es lerne. Nun, das war offensichtlich eine Lüge. Vermutlich hatte sie ihre Gründe. Larissa schmunzelte.

Aber wenn sie Tschechisch mit Larissas Chef sprach, dann bedeutete das doch, dass er sie verstand. Und das war nun in der Tat sehr merkwürdig. Alle bei der *Post* wussten, dass der stellvertretende Chefredakteur sich kaum ein Bier auf Tschechisch bestellen konnte. Er habe das nicht nötig, hatte er einmal gesagt, seine Frau übersetze für ihn, die sei ja schließlich Tschechin.

»*Ty jsi blázen, radši jim to řekni stejně na to přijdou*!« *Du bist verrückt, sag es ihnen lieber – die kommen eh drauf*! Oha, er konnte Tschechisch. Perfekt und akzentfrei. Ob seine Frau das wusste? Vielleicht war er ja besser darin, seine Talente zu verschweigen, als seine Affären zu verheimlichen. Und was in aller Welt würde wer herausfinden? Wovon sprachen die beiden? Was hatte die Frau zu verbergen? Fragen über Fragen. Aber da war noch etwas, das sie eben irritiert hatte. *Honza*. Sie hatte ihn Honza genannt. Dabei hieß er Jean. Larissa schwirrte der Kopf. Gott sei Dank habe ich den Sonnenhut auf, dachte sie, sonst würde ich denken, ich hätte einen Sonnenstich.

Er heißt Jean, überlegte sie, genannt wird er Jay. Aber wieso nennt sie ihn Honza? Schön, sie sprachen Tschechisch miteinander, aber das war noch kein Grund, auch gleich den Vornamen zu übersetzen – außer ... Honza, die Koseform von Jan. Nahezu jeder Jan wurde in Tschechien Honza genannt. Was, wenn ... nein, ihre Fantasie ging schon wieder mit ihr durch. Aber andererseits, angenommen ... Jan ist auf Französisch Jean. Eine Alarmglocke schrillte in ihrem Hirn. Jan Krasnohorský. Jean Beaumont. Derselbe Name, einmal tschechisch, einmal französisch. Nun, das war sicher nichts weiter als ein seltsamer Zufall. Ihr Chef war aus Montreal. Ein Frankokanadier – der allerdings offensichtlich ausgezeichnet Tschechisch sprach. Was er bisher für sich behalten hatte. Warum? Niemand in der Redaktion hatte eine Ahnung davon, dass er nicht auf die Übersetzer angewiesen war, die er zu jedem seiner Termine mitschleppte. Seiner perfekten Aussprache nach zu urteilen, musste er aber Tscheche sein.

War Jay am Ende jener Jan Krasnohorský, von dem ihr anonymer Anrufer gesprochen hatte? Das wäre ... nein, das wäre doch ein zu großer Zufall. Wie verbreitet war wohl dieser Nachname? Jan jedenfalls war der mit Abstand häufigste männliche Vorname in Tschechien. Damit ließ sich nichts beweisen. Was, wenn Jay tatsächlich jener Krasnohorský war? Es war hochgradig unwahrscheinlich. Unwahrscheinlich, aber nicht unmöglich. Würde er dann nicht eher für RFE arbeiten? Es war allgemein bekannt, dass die CIA den Laden sponserte. Der Anrufer hatte Krasnohorský einen Spitzel genannt. Jay ein Spitzel? War das am Ende die Verbindung zwischen den beiden? Die Fantasie geht jetzt endgültig mit dir durch, dachte sie, immer schön auf dem Boden bleiben.

Ein Stuhl knarrte über die Fließen, die Gläser auf dem Tisch über ihr klirrten. Die Frau war aufgesprungen.

»*Jestli to uděláš, Honzo, tak tě zabiju*!«, hörte Larissa sie zischen. *Wenn du das tust, Honza, bringe ich dich um*! Sie hörte die Absätze auf dem Steinboden klappern, als Jays Gesprächspartnerin in Richtung Aufzug davoneilte. Ihr Gesicht war wutentbrannt, gerötet nicht nur von der Sonne, sondern auch von ihrer Erregung. Scheinbar ohne Larissa wahrzunehmen, eilte sie an ihr vorbei.

Jay war auch aufgestanden und lehnte sich über die niedrige Mauer. »*Počkej!*«, rief er ihr hinterher. *Warte!* Doch sie war schon fort. Als er ihr nachsah, wie sie durch die Tür zum Aufzug eilte, schickte er ihr noch ein Wort hinterher, das die leichte Brise, die auf der Terrasse wehte, fast sang- und klanglos mit sich fortgetragen hätte, ungehört und unverstanden, hätte Larissa nicht zwischen ihrem Chef und der Terrassentür gesessen und, wie es ihre Gewohnheit war, auch auf die Lippen des Sprechenden geachtet. Larissa saß wie vom Donner gerührt da. Ich werd verrückt, dachte sie. Nein, ich träume.

»Darf ich Ihnen noch etwas bringen?« Die Stimme des Kellners holte sie aus ihrer Verwirrung zurück.

»Bitte? O nein, danke, ich muss gehen. Ich möchte gerne zahlen.«

»Selbstverständlich, Madame.«

Ihre wilde Vermutung, was Jays eigentliche Identität betraf, schien ihr nicht mehr ganz so unwahrscheinlich. Aber noch aufschlussreicher war sein letztes Wort gewesen. Larissa stand auf, hängte sich ihre Handtasche um und sah hinauf zu ihrem Chef. Inzwischen hatte er sie auch bemerkt. Er lächelte ihr zu und zuckte entschuldigend die Achseln. »Oh, Larissa, guten Morgen! Entschuldigen Sie den Aufruhr. Ein Missverständnis unter Freunden.« In perfektem Englisch. Sie wusste, sie sollte es nicht tun, aber sie konnte es sich nicht verkneifen. Gerechte Rache für die unerwartete Begegnung vor ihrer Tür.

»Schon in Ordnung, Jay, das kommt vor«, antwortete sie auf Englisch und fügte dann auf Tschechisch hinzu: »Auf Wiedersehen, Herr Krasnohorský. Und noch einen schönen Tag!«

Das charmante Lächeln verschwand urplötzlich aus Jay Beaumonts Gesicht. Er wurde aschfahl unter seiner Sonnenbräune. Larissa nickte ihm lächelnd zu und ging zum Aufzug. Der schöne Tag, den sie ihm gewünscht hatte, schien ihm verhagelt zu sein.

Markéta Kousalová sah David Anděl von ihrem Sofa im Wohnzimmer aus verwirrt an. »Die Spurensicherung? Aber was sollen die noch finden können nach all der Zeit?«, fragte sie.

»Wie ich Ihnen schon am Telefon gesagt habe, Frau Kousalová, nehmen wir an, dass Dana Volná in dieser Wohnung ums Leben gekommen ist. Vielleicht finden wir also noch Blutspuren. Ich weiß, es hört sich makaber an, aber wir müssen herausfinden, wo die Frau getötet wurde. Sie wurde zuletzt gesehen, als sie aus diesem Haus gebracht wurde«, erklärte Anděl geduldig.

Er betrachtete die Frau, die ihm gegenübersaß. Sie mochte Anfang, Mitte vierzig sein, ein recht hübsches, wenngleich unscheinbares Gesicht, eine etwas mollige Figur, aber insgesamt ein angenehmer Anblick. Sie sei Visagistin an der

Staatsoper, hatte sie ihm erzählt, als sie mit ein paar Minuten Verspätung an ihrer Wohnungstür angekommen war, an der er schon auf sie gewartet hatte.

Markéta Kousalová hatte ihn hereingebeten und war gleich in die Küche gelaufen, um Kaffee zu kochen. Er hatte sich im Wohnzimmer umgesehen. Ein geräumiges Zimmer mit Blick auf die enge Gasse. Hier, hatte Anděl gedacht, hat Dana Volná also gelebt. Die Gasse hatte sich in den vergangenen fünfundzwanzig Jahren vermutlich kaum verändert. Zweistöckige Häuser, zum Teil mehrere hundert Jahre alt, viele davon inzwischen renoviert, manche noch grau mit abgeblättertem Putz. Kopfsteinpflaster auf der Straße. Nichts Besonderes. Die übliche malerische Atmosphäre, die unzählige Touristen jährlich bezauberte. Und vom Hochwasser verschont, dachte er. Glück gehabt. Weiter unterhalb der Karlsbrücke konnte man inzwischen die Schäden besichtigen. Er lenkte seine Gedanken zu den Häusern auf der gegenüberliegenden Straßenseite. Sie waren keine sieben Meter entfernt. Was hatte man damals in jener Nacht sehen können? Markéta hatte Gardinen vor den Fenstern. Hatte die Volná auch Gardinen gehabt? Vorhänge? Ob Nebeský wohl schon wusste, wer damals gegenüber gewohnt hatte?

Markéta war mit zwei Tassen türkischen Kaffees hereingekommen und hatte sie auf den kleinen Couchtisch gestellt.

»Möchten Sie Zucker oder Milch, Herr Kommissar?«

»Zucker, bitte.«

Sie war zu einer alten Anrichte hinübergegangen und hatte eine silberne Zuckerdose herausgeholt, die sie auf den Tisch gestellt hatte. Dann hatte sie sich gesetzt, und er hatte ihr gesagt, dass noch die Spurensicherung kommen werde.

Markéta schien in Gedanken versunken zu sein. Sie blickte auf den Fußboden. Dielen. Vielleicht hatten sie tatsächlich Glück.

»Sie haben damals hier gewohnt, nicht wahr?«, unterbrach Anděl ihre Gedanken.

»Hm? Ja, ja, wir – meine Mutter und ich. Ja, wir haben damals hier gewohnt. Schrecklich.« Sie verfiel wieder in Schweigen.

»Können Sie sich an den Abend erinnern, an dem Dana Volná verschwand?«

Sie sah ihn unsicher an, dann nickte sie schließlich kaum merklich.

»Haben Sie irgendetwas gehört oder gesehen an jenem Abend? Oder Ihre Mutter?« Anděl seufzte innerlich. Das würde ein hartes Stück Arbeit werden. Offenbar musste man ihr alles aus der Nase ziehen. Aber er hatte Geduld. Und Zeit. Die Spurensicherung würde sicher noch eine Stunde brauchen. Er setzte sich bequemer hin und nahm einen Schluck Kaffee. Markéta griff nach einer Schachtel Zigaretten und einem Feuerzeug.

»Möchten Sie auch eine?«, fragte sie und hielt ihm die geöffnete Packung hin.

Er nahm eine Zigarette heraus und bedankte sich. Vielleicht würde dieses kleine Ritual ihre Zunge lösen. Er nahm ihr das Feuerzeug aus der Hand und gab ihr Feuer. Dann zündete er seine eigene Zigarette an und blies den Rauch in den im Sonnenlicht glitzernden Kronleuchter.

»An dem Abend? Das war nach Danas Geburtstag, nicht wahr?«, fragte sie.

Anděl nickte.

»Ich war zu Hause. Allein.« Sie sah durch die dünnen Gardinen aus dem Fenster. Anděl schwieg. Das bewirkte gewöhnlich mehr, als viele Fragen zu stellen.

»Meine Mutter war schon zur Arbeit gegangen. Es waren Sommerferien.«

»Und Sie waren nicht weggefahren?«, fragte Anděl. Sie musste damals noch Schülerin gewesen sein, vielleicht junge Studentin. In den Sommerferien fuhren die meisten Kinder und Studenten damals zum Ferieneinsatz auf die Felder, um den Bauern bei der Ernte zu helfen. Er erinnerte sich mit Grausen an diese Arbeitseinsätze auf Kartoffeläckern und Hopfenfeldern.

»Ich war krank«, sagte Markéta, »ich bin erst ein paar Tage später gefahren. Hopfen pflücken.« Sie lachte. »Ich hatte nur eine leichte Erkältung, da konnte ich nicht ganz wegbleiben. Leider.«

»Sie haben damals studiert?«

Sie nickte. »Im zweiten Jahr.«

»Haben Sie an jenem Abend irgendetwas gesehen oder gehört?«, fragte Anděl.

Markéta drückte ihre Zigarette im Aschenbecher aus und nahm sich eine neue. Nervös wie eine Katze, dachte Anděl. Warum? Was hatte sie gesehen? Oder gehört? Er gab ihr Feuer. Sie trank einen Schluck Kaffee.

»Ich habe geschlafen.« Markéta blies den Rauch Richtung Kronleuchter. »Dann habe ich Stimmen gehört. Sie haben gestritten, glaube ich.«

»Wer?«

Sie sah ihn erstaunt an. »Na, Dana und Venca. Sie haben oft gestritten. Ich habe seine Stimme gehört. Die Wände sind dünn, und die Fenster waren offen, es war sehr heiß.« Sie schwieg einen Moment. »Dann ist etwas umgefallen. Und kurz darauf hörte ich jemanden die Treppe hinunterlaufen.«

»Und dann?«, fragte Anděl nach einer Weile, als sie wieder schwieg.

»Dann? Dann … bin ich … ich bin … «

»Sie haben nachgesehen, was passiert ist, nicht wahr?«, half Anděl nach.

Markéta nickte. »Die Tür war nur angelehnt. Ich bin nicht hineingegangen. Ich habe nur durch die Tür hineingesehen, wirklich!«

»Was haben Sie gesehen?«

Markéta zog intensiv an ihrer Zigarette. Die Spitze glühte rot auf, und die Glut fraß sich knisternd in das Papier und den billigen Tabak. Sie inhalierte tief, hielt kurz die Luft an und blies den Rauch aus. Eine weiße Wolke wehte über den Tisch und verflüchtigte sich im Raum.

»Sie lag auf dem Boden im Schlafzimmer. Und … und neben ihr …«, sagte sie mit zitternder Stimme, »neben ihr …« Markéta begann zu schluchzen, zog erneut an ihrer Zigarette. Tränen rannen ihre Wangen hinunter. Sie sprang auf und lief hinaus in die Küche.

Neben ihr – was? Sie hatte doch gesagt, Venca sei die Treppe hinuntergelaufen. Nein, verbesserte sich Anděl, sie hatte gesagt, sie habe Schritte auf der Treppe gehört, das konnte irgendjemand gewesen sein. Es gab schließlich noch mehr Wohnungen im Haus.

Markéta kam mit einer Packung Papiertaschentücher zurück. Sie hatte ihre Tränen getrocknet. Ihre Augen waren rot, die Wimperntusche verschmiert. Sie setzte sich wieder, klopfte die Asche in den Aschenbecher.

»Entschuldigen Sie bitte. Ich habe schon lange nicht mehr an diesen Abend gedacht.«

Du lügst, meine Liebe, dachte Anděl, doch er sagte nichts, nickte nur verständnisvoll. Er holte seine eigene Packung Zigaretten heraus und zündete sich eine an.

»Ich habe aus dem Fenster auf die Gasse gesehen, bevor

ich rübergegangen bin. Ich habe ihn aus dem Haus laufen sehen. Venca ist weggelaufen. In der Wohnung – sie lag da, neben der Kommode, und neben ihr …«, Markétas Stimme überschlug sich, »neben ihr kniete – nein, nein, ich muss mich getäuscht haben!« Sie schluchzte laut auf und schüttelte heftig den Kopf. »Sie kann das nicht getan haben! Niemals! Sie hätte das nie getan!« Das Schluchzen wurde immer heftiger. Sie verbarg den Kopf in den Händen. Anděl nahm ihr die brennende Zigarette aus der Hand und drückte sie aus. Wen, zum Teufel, hatte sie gesehen? Er stand auf, ging in die Küche und brachte ihr ein Glas Wasser.

»Hier, trinken Sie. Oder brauchen Sie etwas Stärkeres?«, fragte er fürsorglich.

»Da drüben in der Vitrine«, sagte sie mit brüchiger Stimme, »einen Becherovka, bitte.«

Anděl ging zu einem Teewagen, auf dem eine Sammlung verschiedener Alkoholika und einige Gläser standen. Er nahm ein kleines Likörglas und goss einen Becherovka ein. Sie nahm das Glas und drehte es in den Händen. Sie atmete tief ein. Und wieder aus.

»Wer kniete neben ihr?«, fragte Anděl leise.

»Eine … eine Frau. Sie kniete neben ihr und sah auf sie herunter und dann – nein!«

»Was hat die Frau getan?«

Markéta starrte in den Rauch, der zwischen ihnen hing. »Sie hat Dana umgedreht. Sie hatte auf dem Bauch gelegen, wissen Sie.« Sie sah ihn mit Entsetzen in den Augen an. »Und dann hat sie zugeschlagen, und noch mal – immer wieder! Sie … sie hat ihr das Gesicht zerschlagen …« Tränen rannen über Markétas Wangen. Sie schluchzte nicht mehr. Anděl nahm ihr das Taschentuch aus der Hand und trocknete ihre Tränen. Dann setzte er sich wieder.

Eine Frau. Eine Frau hatte Dana Volná erschlagen? Konnte das möglich sein? War dieser Krasnohorský am Ende gar nicht der Mörder? Warum hatte er die Leiche versteckt? Und wer war diese andere Frau?

»Wer war die Frau?«, fragte er leise.

Sie schüttelte den Kopf.

»Hat sie Sie gesehen?«, fragte er.

Wieder schüttelte sie den Kopf. »Nein, ich bin zurück in unsere Wohnung gelaufen, mir ist schlecht geworden. Ich habe mich übergeben. Im Bad.« Sie sah ihn verzweifelt an. »Sie kann es nicht getan haben! Ich muss das alles geträumt haben – ich, vielleicht …«

Eine Augenzeugin. Sie hatten eine Augenzeugin des Mordes. Und der Mörder – die Mörderin, besser gesagt – wusste nichts davon. Hoffentlich. Egal, was Markéta glauben wollte, er war sicher, sie hatte das alles gesehen und nicht etwa geträumt. Vermutlich verursachte ihr diese lange zurückliegende Nacht bis heute Albträume. Ob sie wohl jemals irgendjemandem davon erzählt hatte?

»Ich habe Milan angerufen. Er wollte rüberkommen, aber dann kam noch jemand die Treppe hoch. Milan stand am Fenster. Er hat ihn gesehen.«

Milan? Wer war Milan? Und wen hatte er gesehen? Mit jeder Antwort auf seine Fragen tauchten weitere auf. Er kam sich vor wie beim Kampf mit dem neunköpfigen Drachen – für jeden abgeschlagenen Kopf wuchsen sofort zehn andere nach.

»Haben Sie Milan erzählt, was Sie gesehen haben?«

»Ja. Nein. Ich habe nur gesagt, Dana sei gestürzt. Ich habe gesagt, ich hätte gehört, wie sie mit Venca gestritten hat. Und dass Venca weggelaufen ist. – Verstehen Sie doch, ich konnte nicht glauben, was ich gesehen hatte! Es musste ein Missverständnis sein. Ich muss geträumt haben. Er wollte kommen und ihr helfen …« Sie nahm eine weitere Zigarette. Anděl gab ihr Feuer.

»Ist Milan gekommen?«, fragte er.

Sie schüttelte den Kopf. »Ein Auto ist gekommen, als wir telefoniert haben, es hat vor dem Haus gehalten. Und dann ist Honza ausgestiegen und ins Haus gegangen. Er ist in ihre Wohnung gegangen.«

»Hat Milan ihn gesehen?«

»Ja, er stand am Fenster. Milan hat Honza gesehen. Ja.«

»Was haben Sie dann getan, Markéta?«

Sie sah ihn verwirrt an. »Ich? Ich … Milan hat gesagt, ich soll ins Bett gehen, er würde sich darum kümmern.« Sie schwieg einen Moment. »Und ich bin ins Bett gegangen.«

»Haben Sie noch etwas gehört?«

Sie schüttelte den Kopf. »Nein. Ich muss eingeschlafen sein. Am nächsten Morgen war alles wie immer. Ich … ich bin rübergegangen, in ihre Wohnung. Ich wollte – ach, ich weiß nicht, was ich wollte. Aber es war alles so wie immer. Sie war weg. Und alles war sauber. Ich meine, kein Blut … und dabei … na, es hätte doch Blut da sein müssen, nicht wahr? Sie hatte ihr doch den Kopf eingeschlagen! Es hätte doch Blut da sein müssen, wenn … wenn es wahr gewesen wäre! Aber da war nichts. Und dann habe ich meine Mutter gefragt, wo Dana sei, und sie hat gesagt, die ist doch in Urlaub gefahren, ob ich das denn vergessen hätte.« Sie zog an ihrer Zigarette. »Und dann bin ich zu Milan gegangen und habe ihn gefragt.«

»Und was hat er Ihnen gesagt?«

»Er hat gesagt, es sei alles in Ordnung, Honza sei mit Dana weggefahren. Ich solle mir keine Sorgen machen. Er sagte, es sei alles in Ordnung.« Sie drückte die Zigarette aus und sah ihn an. »Und deshalb glaube ich, dass ich das alles nur geträumt habe.«

Ja, das konnte er sich vorstellen. Am nächsten Tag, im hellen Sonnenschein, ohne Blut, da mochte das alles auf sie wie ein böser Albtraum gewirkt haben. Zumal sowohl ihre Mutter als auch dieser Milan sie nach Kräften beruhigt hatten. Aber es war kein Albtraum gewesen, da war er sich sicher. Sie hatte tatsächlich einen Mord gesehen. Damals, vor fünfundzwanzig Jahren. Und der verfolgt dich bis heute, dachte er mitfühlend. Es hatte nicht nur ein Opfer gegeben an jenem Abend. Eine Frau war ermordet worden, und ein junges Mädchen hatte einen Albtraum erlebt, der es nie wieder losgelassen hatte. Aber warum hatte dieser Milan Krasnohorský gedeckt? War dieser Milan Larissas anonymer Anrufer? Und wenn ja, warum hatte er diesen Krasnohorský nach all den Jahren verraten?

»Wie heißt dieser Milan mit Nachnamen, Markéta?«, fragte Anděl.

Markéta fuhr aus ihren Gedanken auf.

»Milan? Er hat nichts damit zu tun. Lassen Sie ihn in Ruhe. Bitte! Hätte ich nicht angerufen, dann wüsste er gar nichts über diese verdammte Nacht.«

»Ich muss mit ihm reden, Markéta, und ich werde ihn auch ohne Ihre Hilfe finden, aber Sie könnten mir die Suche erleichtern. Vielleicht kann er uns weiterhelfen. Wenn es so war, wie Sie sagen, hat er nichts zu befürchten, glauben Sie mir. Wie heißt er?«

Von ihm hatte dieser Milan nichts zu befürchten, das stimmte schon, die Sache war längst verjährt, aber wusste das auch der Mörder? Wer auch immer Dana Volná damals erschlagen hatte, hatte mehr Glück als Verstand gehabt, doch nun war die Sache aufgeflogen. Und dieser Milan hatte dafür gesorgt, dass die unbekannte Leiche einen Namen bekommen hatte. Ohne seine Hilfe, da machte sich Anděl nichts vor, wären sie vielleicht nie auf ihre Identität gestoßen. Was hatten sie schon, außer einer nackten Leiche mit eingeschlagenem Gesicht? Sie konnten Milan nur schützen, wenn sie wussten, wer er war und wo er sich aufhielt. Und selbst dann hoffte Anděl, dass sie ihn schneller finden würden als der Mörder. Die Mörderin, korrigierte er sich. Wo, und vor allem wer, war diese Frau? Markéta sah ihn aus ihren hellbraunen Rehaugen zweifelnd an. Hübsche Augen, voller Trauer. Sie senkte den Kopf.

»Hora. Er heißt Milan Hora«, flüsterte sie schließlich.

»Wissen Sie, wo er wohnt? Wo er arbeitet?«

Sie schüttelte den Kopf. Er ließ es ihr durchgehen, obwohl er ihr nicht glaubte. Aber sie würden ihn auch so finden. Eine Sache aber musste er noch von ihr erfahren.

»Markéta, wer war diese andere Frau?«

Sie hob den Kopf und starrte ihn an. Er spürte ihre Anspannung. Sie hatte Angst. Sie schüttelte langsam den Kopf.

»Bitte, Markéta, Sie müssen es mir sagen – zu Ihrem eigenen Schutz. Sie sind eine Augenzeugin. Wir können Sie nur schützen, wenn wir wissen, vor wem.« Hoffentlich, dachte er. Aber er brauchte den Namen. Sie schüttelte abermals den Kopf.

»Ich sagte doch, ich habe das alles nur geträumt. Ich habe sehr oft Albträume – das hatte ich schon als Kind immer wieder.«

Er hätte sie schütteln mögen. Sie verhielt sich, wie Zeugen es in Fernsehkrimis taten -- bloß nichts sagen, was helfen könnte. Im Fernsehen verlängerte das den Film. Hier konnte es lebensgefährlich werden. Da draußen lief eine Mörderin frei herum, der die Vergangenheit langsam, aber sicher um die Ohren zu fliegen begann. Was machte ihn eigentlich so sicher, dass die Mörderin sich in Prag aufhielt? Sie konnte sonst wo sein. Vielleicht war es Markétas Weigerung, ihren Namen zu nennen. Wusste sie, wo die Frau war? Nichts war gefährlicher als ein Mörder, der sich in die Enge getrieben fühlte. Und die einzige Zeugin versuchte, die Mörderin zu schützen. Warum?

»Na schön«, sagte er verständnisvoll, »dann nehmen wir einmal an, Sie hätten das alles nur geträumt. Dann können Sie mir doch sagen, von wem Sie geträumt haben, nicht wahr? Wenn es nur ein Traum war. Vielleicht hilft uns Ihr Traum ja weiter? Wenn es ein Traum war, können Sie niemandem schaden, wenn Sie es mir verraten. Bitte, Markéta. Wen haben Sie im Traum gesehen?«

Sie sah hinunter auf ihre Hände, die verschränkt auf ihrem Schoß lagen. Offensichtlich kämpfte sie mit sich. Er wartete. Sie schloss die Augen. Die Knöchel ihrer Hände wurden weiß, so fest hielten sie einander. Sie öffnete die Augen und sah ihn entschlossen an.

»Na gut. Aber es war nur ein Traum, es kann nicht wahr sein, verstehen Sie? Sie hätte das doch nie getan – niemals! Es war … ich habe …«

In diesem Augenblick klingelte es.

Die Spurensicherung hatte schnell und gut gearbeitet. Markéta hatte sie in ein offensichtlich unbenutztes Zimmer geführt, das, wie es aussah, als Gästezimmer genutzt wurde. Sie hatte ihnen die Stelle gezeigt, an der sie Dana an jenem Abend gesehen hatte. Eine Stelle nahe der Tür, wie Anděl feststellte. So weit konnte Markétas Geschichte also stimmen. Die Techniker hatten sich an die Arbeit gemacht und waren mit ihren Chemikalien und UV-Lampen auf die Suche nach Blutspuren gegangen. Markéta und Anděl hatten sich wieder ins Wohnzimmer gesetzt. Markéta hatte schweigend geraucht, Anděl seinen kalten Kaffee getrunken. Schließlich war einer der Techniker herausgekommen und hatte ihn gebeten, in das Zimmer zu kommen.

Auf dem Boden zwischen den Dielen leuchteten ein paar kleine Pünktchen.

»Sie hatten recht, David«, sagte der Chef der Techniker, »das ist Blut. Nicht viel, aber es ist da. Ist ja auch verdammt schwer, zwischen den Dielen zu schrubben. Wir nehmen Proben mit und fotografieren das Ganze. Aber ich mache Ihnen keine großen Hoffnungen. Es ist verdammt wenig – und lange her.«

Anděl hatte genickt und war zurück ins Wohnzimmer gegangen. Sie hatte also nicht geträumt. Jemand hatte dort, wo sie Dana Volná auf dem Boden gesehen hatte, gelegen und geblutet. Das bewies zwar noch nicht, dass es Dana Volnás Blut war, aber vielleicht war das Glück auf ihrer Seite.

Markéta sah ihn erwartungsvoll an.

»Es ist Blut zwischen den Dielen an der Stelle, die Sie uns gezeigt haben, Markéta. Sie haben Dana dort gesehen. Jemand hat sie getötet. Erschlagen. Sie haben nicht geträumt. Bitte, Frau Kousalová, wen haben Sie in jener Nacht dort gesehen?«

»Das muss doch gar nicht Danas Blut sein«, sagte sie. »Sie ist mit Honza weggefahren. Sie war nicht tot. Sie ist nur gestürzt. Sie ist mit ihm weggefahren, das hat Milan doch gesagt. Er hätte mich nicht belogen. Das andere habe ich geträumt.« Sie sah ihn trotzig an. »Ich hatte schon immer viel Fantasie.«

Anděl verwünschte still das schlechte Timing der Spurensicherung. Markéta war kurz davor gewesen, ihm zu sagen, wen sie an jenem Abend neben Dana kniend gesehen hatte. Noch einen kleinen Moment, und sie hätte ihm den Namen der Mörderin verraten. Und dann hatte das schrille Klingeln der Türglocke den magischen Augenblick zerstört. Vorbei. Er wusste, dass es keinen Sinn hatte, sie zu drängen, sie würde nichts sagen. Er sah sie nachdenklich an, während sie im Flur ihre Sachen zusammensuchte, um wieder zur Arbeit zu fahren. Sie spielte vielleicht mit ihrem Leben. Hatte die Mörderin sie wirklich nicht gesehen? Wahrscheinlich nicht, sonst hätte Markéta Kousalová jenen Abend wohl nicht überlebt. Aber möglicherweise hatte die Frau nur keine Zeit mehr gehabt, die Augenzeugin zu beseitigen. Und dann war ja doch alles nach Plan gelaufen, also hatte die Kousalová nicht beseitigt werden müssen. Dana Volná war verschwunden, alle hatten die Geschichte mit dem Unfall auf der Urlaubsreise geglaubt. Bis sie nun nach einem Vierteljahrhundert wieder aufgetaucht war, in diesem nassen Grab unter dem Wenzelsplatz.

Es war spät, und sie war müde. Das Gespräch mit Honza am Morgen auf der Terrasse des Prinz hätte diesen Tag für sie fast zu einem Albtraum werden lassen. Diese verrückte Geschichte, die er ihr von der Mumie erzählt hatte. Sie hatte es nicht fassen können, dass er so etwas getan hatte. Wenn es darauf ankam, hatte er offenbar mehr Mumm in den Knochen, als sie ihm zugetraut hätte.

Er hatte gesagt, er sei nicht der Mörder, hatte sie fast angefleht, ihm zu glauben. Warum er damals nicht einfach die Polizei gerufen habe, hatte sie ihn gefragt. Wegen Venca, hatte er geantwortet, er habe ihn nicht verraten wollen und deshalb lieber die Leiche verschwinden lassen. Es sei eigentlich ganz einfach gewesen, niemand habe ihn gesehen. Hatte er gedacht. Doch wenn die Zeitungen – und Larissa – recht hatten, dann hatte es sehr wohl jemanden gegeben, der etwas beobachtet hatte. Aus Honzas Augen hatte die nackte Angst geblickt. Niemand würde ihm diese abstruse Geschichte glauben. Trotzdem überlegte dieser Idiot allen Ernstes, sich bei der Polizei zu melden. Und sie sollte auch noch mitgehen! Das Ganze müsse endlich aufgeklärt werden, hatte er beharrt. Er wolle endlich reinen Tisch machen. Keine Lügen mehr, hatte er gesagt. Sie hatte vor Wut gekocht. Sie müssten doch nur die Nachbarin finden und sie überzeugen, ebenfalls zur Polizei zu gehen, hatte er gesagt, die Nachbarin könne alles bezeugen.

»Natürlich«, hatte sie gesagt, »die hat bestimmt ein Interesse daran, dass nach fünfundzwanzig Jahren herauskommt, wozu sie dich angestiftet und wobei sie dir geholfen hat. Vertuschung einer Straftat, Honza, eines Mordes! Wer, glaubst du, schwärzt sich da freiwillig an?« »Dir passiert doch nichts«, hatte Honza gesagt, »warum kannst du ihnen nicht einfach sagen, wer du wirklich bist? Sie kommen doch sowieso darauf.« Er hatte wohl recht, früher oder später würden sie vielleicht darauf kommen. Aber vielleicht auch nicht. Das war ihre Hoffnung.

Sie fühlte wieder diese Wut in sich aufsteigen. Er war drauf und dran, ihr Leben abermals zu ruinieren. Sie hatte ihn so sehr geliebt, damals. Seinetwegen hatte sie sich seinerzeit überhaupt auf dieses verrückte Abenteuer eingelassen. Für ihn hatte sie das alles getan. Und dann hatte er sie versetzt, war einfach nicht erschienen zu ihrem Stelldichein in New York. Als sie ihn darauf angesprochen hatte, hatte er betreten geschwiegen.

»Ich konnte nicht«, hatte er schließlich lahm gesagt, als sie nicht lockergelassen hatte. »Ich wollte das alles vergessen. Es war nicht recht.«

Nicht recht! Großer Gott! Ausgerechnet Honza kam ihr mit Recht und Unrecht. Was für ein scheinheiliger Dreckskerl. Sie war schließlich einfach davongelaufen. Welche Dummheit, ihn auf dieser Terrasse anzusprechen. Was hatte sie sich nur dabei gedacht? Aber seit dem Abend in der Oper, als sie in Jay Beaumont, dem stellvertretenden Chefredakteur der *Prague Post,* ihren früheren Geliebten erkannt hatte, der mit einer jungen Frau im Arm beim Intendanten gestanden und sie angestarrt hatte wie ein Gespenst, war ihr der Gedanke an ein Wiedersehen nicht aus dem Kopf gegangen. Dabei hatte er sie gar nicht erkannt an jenem Abend, wie er ihr gestanden hatte. Er hatte sie überhaupt nicht wahrgenommen. Er hatte ein Gespenst gesehen, o ja. Das gleiche wie sie. Und er hatte es ihr auf den Kopf zugesagt, wen sie beide da gesehen hatten, wessen Anblick ihnen beiden beinahe das Blut in den Adern hatte gefrieren lassen.

Die Frau im roten Kleid. Ein Collier aus blutroten Steinen. Es war, als habe sie in diesem Moment in einen Spiegel geblickt. Vor Entsetzen war ihr das Glas aus der Hand gefallen. Er kannte die Frau, besser als sie sogar, und doch war beiden bis zu diesem Moment diese Ähnlichkeit nicht aufgefallen. Es war dieses Kleid, das den Groschen hatte fallen lassen. Sie war nach Prag gekommen, um diese junge Frau zu finden. Doch so unvermittelt und unvorbereitet auf sie zu stoßen, hatte sie schockiert. Nur sie wusste, wer die junge Frau wirklich war. Sie hatte es ihm nicht gesagt. Und sie würde es auch nicht tun. Sollte er selbst draufkommen. Sie bebte vor Wut. Nie hätte sie gedacht, dass er nach all der Zeit noch immer so viel Leidenschaft in ihr entfachen könnte. Damals war es Liebe gewesen, heute war es blanker Hass.

Er hatte sie damals nicht haben wollen, und Jahre später, als er mit ihr fliehen wollte, hatte sie wieder alles für ein gemeinsames Leben mit ihm riskiert. Was für eine sentimentale Idiotin sie gewesen war! Hätte er sie damals nicht versetzt, nach dieser verrückten Flucht, sie hätte ihm alles gesagt. Sie wäre zu Kreuze gekrochen, für ihn. Für ihn hätte sie es getan, hätte sie alles getan. – Sie *hatte* alles getan, verdammt noch mal! Und er? Er hatte sie wieder verraten. War das die Vergeltung des Schicksals für jenen Sommer? Egoistisches Miststück – die Worte hallten noch immer in ihrem Kopf, nach all diesen Jahren. *Sentimentale Gans!* Vorbei. Sie konnte es nicht mehr ändern. Aber sie konnte versuchen, das zu retten, was noch zu retten war.

Irrsinn, sich mit Honza an einem so öffentlichen Ort auf Tschechisch zu unterhalten. Zum Glück war die Terrasse leer gewesen. Erst unten auf dem Platz hatte sie sich beruhigt. Sie hatte ihn angerufen und um ein Treffen am späten Nachmittag gebeten – und ihn angefleht, bis dahin nichts zu unternehmen. Sie brauchte Zeit. Mein Leben, dachte sie, nichts und niemand wird es diesmal ruinieren! Er hatte widerstrebend versprochen zu warten.

Sie war in die Redaktion gelaufen und hatte fieberhaft überlegt, was sie tun könnte. Die Nachbarin finden. Ein paar Telefongespräche später wusste sie, wo die Frau war – und vor allem, wo sie arbeitete. Wie überaus praktisch, dachte sie und schmunzelte. Ein Treffen nach Dienstschluss. Und dann – Improvisation.

Einigermaßen beruhigt hatte sie sich den anderen Beteiligten zugewandt. Der anonyme Anrufer. Es konnte nur einer sein, die eine Person, die offenbar zu viel wusste und nichts zu verlieren hatte bei diesem makaberen Spiel. Aber was hatte er zu gewinnen, fragte sie sich. Warum in aller Welt hatte er Larissa angerufen? Nach all den Jahren. Sie musste mit ihm sprechen, bevor es die Polizei tat. Sie glaubte nicht, dass Anděl und Nebeský schon wussten, wer der Mann war. Larissa hätte es ihr sicher gesagt. Sie musste Milan Hora zuerst finden, koste es, was es wolle.

Ein paar weitere Anrufe später hatte sie schließlich eine Adresse und eine Telefonnummer. Einen Moment lang überlegte sie, ob sie nicht einfach das nächste Flugzeug zurück nach Amerika nehmen sollte. Noch wusste niemand, wer sie war. Noch konnte sie einfach verschwinden. Auf Nimmerwiedersehen. Ein neuer Name vielleicht, ein neues Leben.

Warum nur hatte Honza auf die Nachbarin gehört und die Leiche in die Metro geschafft? Warum hatte er damals nicht einfach die Wohnung verlassen? Er hatte Venca nicht verraten wollen. Aber, dachte sie, bevor man die Leiche gefunden hätte, wäre Venca längst auf Malta gewesen. Weit weg. Und wer hätte ihm beweisen wollen, dass er am Abend seiner Abreise noch in Danas Wohnung gewesen war? Die verdammte Nachbarin. Heute Abend würde sie sich um die Kleine kümmern.

Zurück zu Milan Hora. Hatte er Venca gesehen? Wohl kaum, denn sonst hätte er nicht nur Honza angeschwärzt. Kein Wunder, dass Milan ihn verraten hatte – Rache war schon immer ein beliebtes Motiv für Verrat gewesen. Und Venca? Der würde den Teufel tun und sich selbst stellen. Dabei hatte sie damals alles so gut geplant, alles perfekt eingefädelt, damit Honza doch noch den Posten auf Malta bekommen musste. Honza hatte alles verpatzt, was musste er auch unbedingt den loyalen Freund spielen! Zu spät.

Aber Honza hatte bei ihrem Gespräch noch eine Person erwähnt. Ihr hatte der Atem gestockt, als Honza ihr erzählte, wie er nach Kanada geflohen war. Ich musste dem Oberst alles erzählen, hatte er gesagt, sonst hätte er mir nicht geholfen. Vencas Vater hatte also auch seine Finger im Spiel gehabt. Das erklärte das geschickt gestreute Gerücht, das bald zu einer allseits anerkannten Tatsache geworden war: dass die Schauspielerin Dana Volná auf einer Reise nach Jugoslawien ums Leben gekommen war. Und nun glaubte der alte Mann seit fünfundzwanzig Jahren, dass sein einziger Sohn ein Mörder war. Nun, recht geschah es ihm. Sie hatte ihn damals um Hilfe gebeten, und er hatte sie abblitzen lassen. Es wäre alles nicht nötig gewesen, wenn er geholfen hätte. Aber letztendlich war es heute ein Segen. Sie war sich sicher, dass der Oberst trotz allem nichts unternehmen würde, was seinem Sohn schaden könnte. Er hatte schon damals alles gedeckt. Um ihn musste sie sich keine Sorgen machen.

Ihr drängendstes Problem war Milan. Sie hatte keine Ahnung, wie sie ihn davon überzeugen konnte, endlich den Mund zu halten. Der Mann hatte nichts zu verlieren. Es gab nur eine Möglichkeit. Sie lächelte. Sie musste alles auf eine Karte setzen. Mit ein bisschen Glück und Überzeugungskraft … Ja. Sie brauchte nur ein bisschen Glück.

Keine weiteren Zeugen. Nun, drei waren weiß Gott genug. Wenn Honza, dieser Idiot, nur nicht in Panik verfiel! Sie musste verrückt gewesen sein, sich da oben auf der Terrasse zu erkennen zu geben. Nun, außer dem Ober war niemand oben gewesen. Niemand, außer ein paar Leuten, die im Laufe ihres Gesprächs hinaufgekommen waren. Ein paar Touristen, ein alter Mann, zwei Frauen mittleren Alters … Sie erstarrte. Die junge Frau. Als sie heruntergelaufen war, schäumend vor Wut, hatte sie an einem der Tische gesessen. Eine junge Frau mit einem großen Sonnenhut und einer Sonnenbrille. Sie hatte sie nicht richtig wahrgenommen. Aber jetzt … Konnte es möglich sein? Wie lange hatte sie dort gesessen, was hatte sie gehört? Sie versuchte, sich zu beruhigen. So viele Frauen liefen bei dieser Hitze mit Sonnenhut und Sonnenbrille herum.

Warum war sie sich plötzlich so sicher, die Frau zu kennen? Sie hatte sie doch kaum wahrgenommen heute Morgen. Nicht auszudenken, wenn ... Hatte sich denn die ganze Welt gegen sie verschworen? Sie zwang sich zur Ruhe. Das ist nur Panik, dachte sie, ich sehe Probleme, wo keine sind. Wir haben leise gesprochen. Ja, leise, und dass ich Honza kenne, ist nicht weiter verwunderlich. Sie entspannte sich ein wenig. Selbst wenn ihre Vermutung zutraf, brauchte sie sich keine Sorgen zu machen. Die Kleine konnte nichts gehört haben.

Sie ordnete ihren Schreibtisch, nahm ihre Handtasche und ging aus ihrem Büro hinaus in den warmen Spätnachmittag. Sie hatte noch zwei Kleinigkeiten zu erledigen. Und dann würde sie sich um die Frau im roten Kleid kümmern. Endlich.

»Wo ist sie?«

»Wer?«, fragte Magda und sah von ihrer Großmutter zu ihrer Mutter. Ohne Vorwarnung waren die beiden am späten Nachmittag plötzlich im Ráj aufgetaucht, mit einer Wagenladung Koffer, die Magda in ihrem kleinen Büro verstaut hatte. Sie hatte die beiden nach einer stürmischen Begrüßung an einen Tisch gesetzt und sich um die Getränke gekümmert. Sie hatte sich riesig über diese gelungene Überraschung gefreut. Nun saßen sie zu dritt bei einem Glas Wein, und ihre Großmutter warf plötzlich diese Frage auf.

Milena Axamit legte ein paar Fotos auf den Tisch. »Diese Frau«, sagte sie und schob die Fotos zu Magda hinüber.

Magda betrachtete die Fotos und sah überrascht auf. »Woher habt ihr die? Das ist doch – das kann doch nicht wahr sein!«, rief sie aus.

»Doch. Das ist deine Tante Dana. Wo ist sie?«, wiederholte Anna Navrátilová ihre Frage und tippte mit einem knochigen Finger auf das Foto, das eindeutig Alena Freeman zeigte.

Magda war sprachlos. Sie starrte verständnislos erst ihre Großmutter und dann ihre Mutter an. »Woher habt ihr diese Fotos?«, fragte sie noch einmal.

Milena Axamit seufzte. »Cassia hat sie mir geschickt, sie schreibt, ich hätte eine Doppelgängerin in Prag. Und nun glaubt deine Großmutter, dass diese Frau Dana ist. Aber das ist natürlich unmöglich. Dana ist seit fünfundzwanzig Jahren tot.« Sie wandte sich an ihre alte Mutter. »Das weißt du doch, Mama.«

»Nichts weiß ich!«, erwiderte Anna temperamentvoll. »Alles, was ich weiß, ist, dass damals ein Mann vorbeikam, der angeblich von der tschechoslowakischen Botschaft war, und behauptete, Dana sei bei einem Unfall in Jugoslawien ums Leben gekommen. Wer weiß, wen die da identifiziert haben! Ich war nicht dabei. Und nun schickt Cassia diese Fotos.« Sie blickte herausfordernd in die skeptischen Gesichter ihrer Tochter und ihrer Enkelin. »Das hier ist Dana, so wahr ich hier sitze – und ich will wissen, wo sie ist!« Sie schlug mit der flachen Hand auf den Tisch, dass die Gläser klirrten.

Magda betrachtete die Fotos. Ja, kein Zweifel, die Ähnlichkeit war überwältigend. Wieso hatte sie selbst das nicht bemerkt? Wahrscheinlich die Haarfarbe. Erst Cassias Spielerei am Computer hatte die Ähnlichkeit herausgebracht. Magda hatte das Gefühl, als blicke sie in einen Spiegel. Kein Wunder. Wenn das tatsächlich ihre Tante war, dann sahen sie sich ähnlich. Immerhin war sie selbst ein jüngeres Abbild ihrer Mutter – und Dana war ihre Zwillingsschwester gewesen. Aber ihre Tante war tot. Und nicht nur das, sie war die Mumie aus der Metro. Sie konnte nicht Alena Freeman sein. Ihre Mutter musste recht haben, das war ein Fall von Doppelgängertum.

»*Babi*, das kann nicht Dana sein«, wandte sich Magda an ihre Großmutter. Wie sollte sie ihr nur erklären, dass Dana trotz allem tot war?

»Ich bin doch nicht blind, Herzchen! Sieh sie dir an – ich würde doch wohl meine eigene Tochter erkennen. Also, wo ist sie? Ich will sie sehen!«

»Ich muss euch etwas erzählen.« Magda seufzte. Irgendwie hatte sie gehofft, ihre Familie aus dieser Sache heraushalten zu können. Dana war tot – so oder so. Warum also alte Wunden aufreißen? Nun führte kein Weg an der Wahrheit vorbei.

»Und das wäre?«, fragte ihre Großmutter ungeduldig.

»Hast du deshalb neulich angerufen und nach Dana gefragt? Du weißt davon und hast uns nichts gesagt?«, fragte ihre Mutter erschüttert.

»Nein, ich wusste nichts von diesen Fotos. Es ist etwas anderes. Ich hatte gehofft, euch das ersparen zu können, es ändert ja nichts. Dana ist tot – sie ist nur nicht bei diesem Unfall gestorben. Das ist alles. Aber tot ist sie.«

Die beiden Frauen sahen sie verwirrt an.

»Das Hochwasser hat eine Leiche aus der Metro an die Oberfläche gespült«, fuhr Magda fort, »und wie es aussieht, ist diese Leiche Dana. Sie ist nicht in Jugoslawien gestorben, Babi, da hast du recht. Sie ist offenbar ermordet worden. Vermutlich in ihrer Wohnung, vor ihrer Abreise. Im Sommer 77. Man hat sie in der Metro versteckt. Und das Hochwasser hat sie herausgespült.« Jetzt war es raus.

Ihre Großmutter sah sie entsetzt an. Magda rief nach Zorka und bestellte Whisky. Sie brauchten jetzt alle etwas Stärkeres als ein Glas Wein.

»Wie bitte?«, die Stimme von Magdas Mutter überschlug sich fast. »Dana ist eine Leiche aus der Metro? Das glaube ich einfach nicht! Erst fragst du aus heiterem Himmel nach Dana, dann diese Fotos, die einen an Gespenster glauben lassen, und nun eine Leiche aus der Metro? Seid ihr denn alle verrückt geworden?« Sie nahm das Glas, das Zorka eben vor sie hingestellt hatte, und leerte es auf einen Zug. »Ich möchte bitte noch einen.«

Magda nahm das Glas ihrer Großmutter und hielt es der alten Frau hin. »Hier, Babi, trink einen Schluck, ich möchte nicht, dass du umkippst.« Sie rief nach Zorka und bestellte ihrer Mutter noch einen Whisky.

Anna trank einen Schluck und verzog das Gesicht. »Erzähl bitte alles von Anfang an, mein Herz. Ich verstehe kein Wort.«

Magda erzählte. Von der Mumie, dem anonymen Anrufer, der mit Erde gefüllten Urne. Als sie fertig war, war es still. Milena Axamit hielt sich an ihrem Whiskyglas fest und schien mit ihren Gedanken weit weg zu sein. Die Großmutter starrte zum Fenster hinaus auf den leeren Platz.

»Ich komme also zu spät«, sagte Anna schließlich. »Ich wollte sie so gerne noch einmal sehen – mein kleines Mädchen.« Tränen liefen ihr über das faltige Gesicht. Sie strich mit einer zärtlichen Geste über die Bilder, die noch immer vor ihnen auf dem Tisch lagen. »Aber diese Fotos!«, rief sie und wischte sich mit einer energischen Bewegung die Tränen fort. »Diese Fotos! Das ist Dana, verdammt noch mal!«

»Du sagtest, die Leiche habe ein eingeschlagenes Gesicht gehabt«, sagte Milena Axamit. »Wie habt ihr sie identifiziert? Die Zähne? DNA?«

»Die Zähne geben nicht viel her, die Kiefer sind zerschlagen. Außerdem ist es nicht so einfach, nach so langer Zeit irgendwo noch Unterlagen über ihre Zähne zu finden. Keine Ahnung, bei welchem Zahnarzt sie war. Aber die DNA-Ergebnisse müssten morgen vorliegen«, erwiderte Magda so sachlich wie möglich. Sie war noch immer fassungslos über die Ähnlichkeit von Alena Freeman mit ihrer Mutter. Aber das musste ein unglaublicher Zufall sein.

Magda dachte an ihre Tochter, die diese Fotos nach Kanada geschickt hatte. Cassia war diese Ähnlichkeit aufgefallen. Wie war Cassia nur an diese Fotos gekommen? Ihre Tochter war sehr aufmerksam und eine gute Beobachterin, aber sie hatte Alena nie kennengelernt, jedenfalls wusste Magda nichts davon. Aber Cassia musste Alena irgendwo gesehen haben. Wo konnte Cassia Alena über den Weg gelaufen sein? Natürlich, die Fotos! Cassia hatte immer ihren kleinen Fotoapparat dabei und fotografierte für ihr Leben gerne Gesichter. Sie hatte eine große Sammlung davon und benutzte sie als Vorlagen für wunderschöne Zeichnungen. Magda erinnerte sich jetzt. Kurz bevor sie mit den Kindern nach Frankreich gefahren war, hatte Cassia ihr erzählt, sie habe in einem Café in der Stadt eine Frau gesehen, die ihrer Großmutter unglaublich ähnlich gesehen habe. Sie könnten Schwestern sein, hatte sie gesagt. Magda hatte nur gelacht und gesagt, Cassia müsse ihr dieses Foto mal zeigen. Sie hatte Alena schließlich damals noch nicht gekannt. Aber Cassia hatte recht. Das Mädchen hatte wirklich einen guten Blick für Gesichter, ganz wie ihre Großmutter.

Morgen, dachte Magda, morgen würden sie mehr wissen.

Larissa stand vor dem vierstöckigen Mietshaus in den Weinbergen und sah an der abbröckelnden Fassade empor. Nicht eben das schönste Haus, aber mit etwas Mörtel und Farbe wäre es ein echtes Schmuckstück. Sie trat an die hohe Tür und suchte nach einem Namen auf den Klingelschildern. Erster Stock. Sie drückte den Klingelknopf. Die Tür öffnete sich, und ein alter Mann trat heraus. Er sah sie grimmig an.

»Wollen Sie hier rein?«, fragte er unwirsch.

»Ja bitte«, erwiderte Larissa freundlich und lächelte ihn an.

»Aber keine Werbung!«

»Nein, keine Sorge, ich möchte nur jemanden besuchen.«

»Gut, gut«, murmelte er und ging an ihr vorbei auf die Straße hinaus.

Larissa betrat das Haus und lief durch den hohen Hausflur zur Treppe. Nur ein Stockwerk, da konnte sie sich den Aufzug sparen. Im ersten Stock gab es zwei Wohnungen. An der linken stand auf einem Messingschild »M. Hora«.

Erstaunlich eigentlich, wie einfach es am Ende gewesen war, Milan Hora zu finden, nachdem Lída Karafiátová ihr seinen Namen genannt hatte. Sie wusste, dass ein Hora gelegentlich Fotos für die *Post* machte, nur gesehen oder gesprochen hatte sie ihn nie. Fast wäre sie ihm nun aber auf ihrem Weg in die Fotoredaktion begegnet. Sie war gerade an der Rezeption der *Post* vorbeigegangen, als sie von dort eine Stimme gehört hatte, die sie zusammenzucken ließ. Sie war zurückgelaufen, doch der Mann war schon weg gewesen. Sie hatte die Rezeptionistin gefragt, mit wem sie gerade gesprochen habe. Ach, hatte die geantwortet, nur mit einem Fotografen, der gelegentlich für uns arbeitet. Hora heiße er.

Die Telefonnummer hatte sie unter einem Vorwand von einem der anderen Fotografen der *Post* bekommen. Sie hatte Hora angerufen. Als er sich am Telefon meldete, war sie sich sofort sicher: Das war ihr anonymer Anrufer! Dieselbe raue, verrauchte Stimme, derselbe Sprachfehler. Sie hatte ihm gesagt, sie wisse, wer er sei, und sie wolle mit ihm sprechen.

Er hatte es abgestritten, aber sie hatte nicht lockergelassen. Na schön, hatte er schließlich gesagt, die Polizei beobachtet das Haus auch schon, also kommen Sie vorbei. Er hatte ihr die Adresse genannt, und Larissa hatte sich sofort auf den Weg gemacht.

Sie klingelte. In der Wohnung rührte sich nichts. Sie klingelte noch einmal. Länger diesmal. Noch immer kam kein Mucks aus der Wohnung. Er hatte gesagt, er sei zu Hause. Vielleicht ist er auf der Toilette, dachte sie und wartete einen Moment. Nichts. Auch keine Klospülung. Sie klingelte wieder. Diesmal Sturm.

»Herr Hora«, rief sie. Den Daumen hielt sie eine Weile auf den Klingelknopf gepresst.

Die Tür auf der anderen Seite des Flurs wurde einen Spaltbreit geöffnet. Eine alte Frau mit unordentlich hochgesteckten Haaren spähte heraus.

»Das geht hier ja zu wie auf der Post«, krächzte sie. »Was wollen Sie denn alle von dem armen Mann?«

»Entschuldigen Sie den Lärm«, erwiderte Larissa schuldbewusst. »Ich habe eine Verabredung mit Herrn Hora und ...« Sie zuckte die Achseln. »Ist er weggegangen?«

»Nein, nein«, winkte die Frau ab, »er ist da. Sie sind heute schon die Vierte, die zu ihm will. Wie auf der Post. So viel Besuch hatte der Hora seit Jahren nicht mehr.« Sie schüttelte den Kopf und schloss die Tür.

Offenbar verbrachte die alte Frau ihren Tag hinter der Wohnungstür am Spion. Larissa war sich sicher, dass sie sie weiter beobachtete. Egal. Sie klopfte. Die Tür bewegte sich. Komisch, dachte Larissa, die Tür ist offen. Vielleicht ist er nur kurz hinuntergegangen, in die Bäckerei unten im Haus oder so. Aber die alte Frau schien sich sicher zu sein, dass Hora die Wohnung nicht verlassen hatte. Vielleicht hatte der letzte

Besucher nur vergessen, die Tür ordentlich zuzumachen. Entschlossen öffnete sie.

Der Wohnungsflur war hoch, aber kurz. Weiße Wände, alte Dielen, auf denen ein ausgefranster Perserteppich als Läufer diente. Ein Tischchen an einer Wand, auf dem ein uraltes Telefon stand. Das Kabel lag ordentlich aufgewickelt daneben. Kein Anschluss unter dieser Nummer, dachte sie amüsiert. In der Wohnung rührte sich nichts.

»Herr Hora«, rief Larissa, »Herr Hora, sind Sie da? Wir hatten eine Verabredung – ich bin Larissa Khek von der *Post*.«

Nichts. Sie sollte auf dem Absatz kehrtmachen und gehen. Ein anderes Mal wiederkommen. Larissa holte ihr Mobiltelefon aus ihrer Handtasche und wählte Horas Handynummer. Einen Moment später klingelte irgendwo hinten in der Wohnung sein Apparat. Es klingelte immer weiter, bis schließlich die Mailbox ansprang. Sie unterbrach die Ansage und steckte ihr Handy wieder ein. Seltsam. Sie sollte schleunigst verschwinden. Aber vielleicht ging es ihm nicht gut – immerhin musste der Mann um die sechzig sein. Vielleicht war ihm schlecht geworden. Oder er war einfach nur fest eingeschlafen. Sie ging entschlossen hinein. Vorbei an einer offenen Badezimmertür, vorbei an einer recht geräumigen und penibel aufgeräumten Küche auf die geschlossene Tür zu, hinter der sie das Handy hatte klingeln hören. Gegenüber der geschlossenen Tür, auf der anderen Seite des Flurs, konnte sie in das Schlafzimmer hineinsehen. Ein Doppelbett, ein Nachttisch, weiße Wände, Dielenboden. Keine Bilder. Eine Hose und ein Jackett waren achtlos auf das Fußende des Betts geworfen worden. Hora lag nicht im Bett. Noch immer rührte sich nichts in der Wohnung. Langsam kam ihr die Sache unheimlich vor.

Sie presste ein Ohr an die geschlossene weiße Holztür und lauschte. Das musste das Wohnzimmer sein. Kein Mucks. Sie klopfte. Nichts. Larissa drückte entschlossen die Klinke hinunter.

»Entschuldigen Sie, Herr Hora, dass ich hier so einfach eindringe«, sagte sie, während sie die Tür schwungvoll öffnete, »die Tür war offen, und wir waren … verabredet«, vollendete sie lahm den energisch begonnenen Satz. Sie blieb wie versteinert im Türrahmen stehen. Auf dem Boden vor einem abgewetzten Ohrensessel, der mitten im sonst fast leeren Raum stand, lag ein glatzköpfiger älterer Mann auf dem Rücken vor dem Sessel, die Arme weit von sich gestreckt, ein Bein leicht angewinkelt, in der Mitte seiner hohen Stirn ein kleines rotes Loch. Der dunkelrote Fleck, der unter seinem Kopf auf dem Dielenfußboden hervorzuwachsen schien, umgab diesen wie ein makaberer Heiligenschein.

»Na schön, noch mal von vorn, Frau Redakteurin.« Der junge Polizist stand mit gezücktem Notizblock vor ihr und sah sie zweifelnd an. Sein Ton sagte überdeutlich, dass er kein Wort von dem glaubte, was sie ihm eben zum dritten Mal erzählt hatte. Herablassender kleiner Grünschnabel, dachte sie. Sein Kollege, ein ebenso junger Mann, stand an der Wohnungstür. Er hatte bisher kein Wort gesagt.

»Ich habe Ihnen doch schon alles erzählt«, sagte Larissa unwirsch. »Und nicht nur einmal!« Ihr war übel, und ihre Knie zitterten. Sie wollte weg aus dieser Wohnung. Raus in die Sonne, an irgendeinen Ort, an dem sie vergessen konnte, was sie gesehen hatte.

»Lassen Sie mal, Horký. Ich übernehme das.«

Der junge Polizist drehte sich erschrocken um. »Oh, natürlich, Herr Kommissar. Zu Befehl, Herr Kommissar!« Er schlug Hacken und Notizblock zusammen und entfernte sich schneller, als sie ihm das zugetraut hatte. Vor ihr stand David Anděl und lächelte sie an.

»Sie haben also mal wieder eine Leiche aufgestöbert, Frau Redakteurin. Sie sollten das nicht zur Gewohnheit werden lassen.«

»Gott sei Dank! Ich hätte Ihrem Adlatus da gleich den Hals umgedreht. Er scheint zu glauben, ich hätte ...« Sie schwankte und stützte sich an der Wand ab. »Könnten wir nicht ... ich meine, müssen wir hierbleiben? Mir ist übel«, fragte sie den Kommissar

»Hm. Ihre Gesichtsfarbe war wirklich schon besser.« Er wandte sich an Meda Cyanová, die hinter ihm stand. »Meda, du bleibst hier, bis Nebeský mit den anderen kommt. Sieh zu, dass unser eifriger junger Kollege nichts anfasst.« Dann drehte er sich wieder zu Larissa um. »Setzen Sie sich einen Moment auf den Boden. Ich muss mir die Sache erst mal ansehen.«

Larissa rutschte an der Wand entlang auf den Boden. Ja, das war schon besser. Sie schloss die Augen, hörte Anděl Richtung Wohnzimmer gehen. Auch Medas Absätze klapperten davon. Eine Türglocke klingelte, eine Tür wurde geöffnet. Gemurmel im Hausflur. Stille. Klappernde Absätze, die wieder zurückkamen.

»Hier, nehmen Sie«, sagte Meda Cyanová fürsorglich. Larissa öffnete die Augen. Meda hielt ihr ein Glas mit einer goldenen Flüssigkeit unter die Nase. »Die Nachbarin bittet um Entschuldigung, es sei nur ihr Backrum, sie habe nichts anderes. Aber er wird schon in Ordnung sein. Riecht jedenfalls gut.«

Larissa lächelte schwach und nahm das Glas. Meda hatte recht, der Rum roch gut. Der Geruch erinnerte sie an Winterabende zu Hause. Tee mit Rum. Der Geruch war immer weit besser gewesen als der Geschmack. Auch hier. Das Zeug schmeckte grässlich. Aber es half. Ihr Magen beruhigte sich langsam. Wahrscheinlich kapituliert er nur endgültig, dachte sie. Erst eine Leiche, dann ein Rum. Aber wenigstens war ihr nicht mehr schlecht.

Anděl blieb im Türrahmen stehen. Ein karges Wohnzimmer. Nur ein Ohrensessel, ein kleiner Tisch daneben. Zwei Tassen, eine leer, eine zur Hälfte mit dunkler Flüssigkeit gefüllt. Vermutlich Kaffee, der Farbe nach zu urteilen. An einer Wand eine Stereoanlage auf einem niedrigen Tisch. Darunter lagen ein paar CDs. Klassik und Jazz, soweit Anděl das aus der Entfernung erkennen konnte. An der Wand zwischen den hohen Fenstern stand ein kleiner Sekretär. Keine Gardinen, keine Vorhänge. An der Wand gegenüber der Stereoanlage befand sich ein Bücherregal mit Bildbänden. Sonst nichts. Bis auf die Leiche.

Ein kleines Loch in der Stirn. Nach der Blutlache unter dem Kopf zu urteilen, sah das Loch am Hinterkopf vermutlich nicht ganz so klein und sauber aus. Verdammt und zugenäht!, dachte Anděl. Sie waren zu spät gekommen. Milan Hora war tot. Dabei hatte Anděl das Haus beobachten lassen. Nach seinem Gespräch mit Markéta Kousalová hatte er Nebeský angerufen, und der hatte ihm gesagt, dass, abgesehen von anderen, ein Mann namens Milan Hora in dem Haus gegenüber von Danas gewohnt hatte. Ein Fotograf, der inzwischen in den Weinbergen gemeldet war. Anděl hatte Antonín Cajthaml hingeschickt, doch auf dessen Klingeln hin hatte niemand geöffnet, also hatte sich der junge Beamte auf die andere Straßenseite gestellt und das Haus beobachtet. Nun, Cajthaml hatte sicher über alle Leute Buch geführt, die es in der letzten Stunde betreten hatten. Sein Kollege war zwar jung, aber außerordentlich gewissenhaft, trotz aller Flausen, die er sonst im Kopf hatte. Und er hatte hoffentlich gute Fotos gemacht. Anděl hatte ihn angewiesen, jeden zu fotografieren, der das Haus betrat oder verließ. Diesen Mörder jedenfalls würden sie erwischen. Er wandte sich an den jungen Polizisten, der mit ausdruckslosem Gesicht neben ihm stand.

»Sie und Ihr Kollege warten hier mit Inspektor Cyanová auf Inspektor Nebeský und den Arzt. Die Spurensicherung ist auf dem Weg. Und rühren Sie nichts an, verstanden?«

»Zu Befehl, Herr Kommissar!« Der junge Beamte salutierte.

»Meda, ich gehe mit der jungen Dame runter in dieses Café nebenan. Sag Nebeský Bescheid, wenn er kommt. Er soll nachkommen. Wenn ihr mich braucht, ruft an.« Anděl drehte sich zu Larissa um und half ihr aufzustehen. »Kommen Sie, wir besorgen Ihnen erst mal was zu trinken. Um die Ecke ist ein nettes kleines Café.«

Alena Freeman ging lächelnd am Nachtportier des RFE vorbei.

»No, Frau Redakteurin, noch immer nicht Feierabend?«, fragte er sie lächelnd. »Sie arbeiten zu viel!«

»Sie haben recht, Herr Moravský. Aber es hilft nichts, ich muss noch ein paar Sachen erledigen.«

Oben in ihrem Büro setzte sie sich an ihren Schreibtisch und nahm ein Kartendeck aus der Schublade. Sie hatte nur noch eine Sache zu erledigen, einen Telefonanruf. Sie nahm den Hörer ab und wählte. Anschließend lächelte sie zufrieden, steckte das Kartendeck in ihre Handtasche und blickte sich noch einmal auf ihrem Schreibtisch um. Das konnte sie alles liegen lassen. Sie schrieb eine Notiz an ihren Chef, dass sie wegen einer Korruptionsgeschichte für ein paar Tage nach Böhmisch Krummlau fahren würde. Das hatte sie ohnehin vorgehabt.

Sie atmete auf. Der Nachmittag war zwar nicht ganz nach ihren Vorstellungen verlaufen, aber letztendlich hatte sich alles in Wohlgefallen aufgelöst. Ja, trotz aller Widrigkeiten hatte sie doch im entscheidenden Moment immer Glück gehabt. Wenigstens darauf konnte sie sich verlassen.

Sie nahm ihre Handtasche und verließ ihr Büro. Sie war entsetzlich müde. Draußen war es inzwischen ziemlich dunkel. Sie warf einen Blick auf ihre Armbanduhr. Sie seufzte. Alena ging ungern abends allein von ihrem Büro zur Metro. Zwar lag ihre Arbeitsstätte gleich neben dem Nationalmuseum am oberen Ende des Wenzelsplatzes, also mitten im Zentrum von Prag, aber nachts schien die direkt am Gebäude vorbeiführende Magistrale, die die Stadt von Nord nach Süd durchschnitt, das Rundfunkgebäude und die links daneben liegende Staatsoper noch näher an den verwahrlosten Wilson-Bahnhof zu drücken. Zwar lebte sie erst seit ein paar Monaten in der »Mutter der Städte«, wie Prag gern genannt wurde, doch diese Ecke der Stadt fand sie kein bisschen angenehmer als jedes andere x-beliebige Bahnhofsviertel. Es wirkte bei Dunkelheit trotz der Lichter der pulsierenden Hauptverkehrsader dunkler als die engen Gassen der Altstadt, und trotz der Staatsoper und des nahe gelegenen Bahnhofs schien nur selten jemand abends dort unterwegs zu sein. Meist versuchte sie, wenn sie spät Feierabend machte, so lange zu bleiben, bis die Vorstellung nebenan zu Ende war und sich ein Strom von Menschen in Abendgarderobe aus der Staatsoper in die Metro ergoss. Es gab ihr ein Gefühl der Sicherheit, sich zwischen die Männer mit den dunklen Anzügen und Frauen mit langen Abendkleidern zu mischen. Meist fiel sie unter ihnen auch nicht weiter auf, da sie elegante Kleidung bevorzugte.

Doch jetzt, mitten in den Theaterferien, musste sie auf das Bad in der Menge verzichten. Sie sah noch einmal auf ihre Armbanduhr, als sie am Portier vorbeiging. Kein Mensch würde ihr auf der Straße begegnen, außer vielleicht ein paar versprengte Touristen auf der Suche nach einer Bar. Oder betrunkene Engländer, die ihren Trip nach Prag bis zum letzten Tropfen auszukosten gedachten. Doch heute störte sie die Einsamkeit der Gegend nicht. Im Gegenteil. Alena ging durch die große Halle zur verglasten Eingangstür und steuerte draußen den Eingang zur Metro an. Kurz davor blieb sie einen Moment stehen und horchte. Außer den vorbeirauschenden Autos war nichts zu hören. Sie atmete tief durch. Auf zum letzten Rendezvous. Sie dachte an Honza. Wie lange er wohl auf sie warten würde auf der schönen Terrasse? Sie lachte laut auf. Alles war bestens. Ihre beiden Rendezvous waren zu ihrer vollen Zufriedenheit verlaufen. Honza war sogar vernünftiger gewesen, als sie erwartet hatte. Er hatte sich nicht geändert, der Dreckskerl, immer noch ausschließlich auf sein eigenes Wohl bedacht. Und der andere – nun, Schwamm drüber. Sie lächelte. Sie musste sich keine Sorgen mehr machen. Nur noch diese kleine Angelegenheit galt es zu erledigen. Und danach – ein Abstecher nach Krummau. Alles andere würde sich mit der Zeit ergeben.

Alena ging, so schnell es ihre hochhackigen Sandalen erlaubten, auf die Metrotreppe zu. Sie lief die Stufen hinunter. Auf dem Absatz in der Hälfte der Treppe rutschte sie auf einer Handvoll verstreuter Kieselsteine aus, verlor das Gleichgewicht und schlitterte auf die steile Treppe zu. Mit knapper Not schaffte sie es, sich aufrecht zu halten. Mit ihrer linken Hand versuchte sie, das Geländer zu fassen, mit der rechten hielt sie krampfhaft die Handtasche fest. Im letzten Moment packte jemand sie am Oberarm und riss sie mit Gewalt zurück. Sie schrie erschrocken und gleichzeitig erleichtert auf, als sie gegen die Brust desjenigen prallte, der sie eben vor einem bösen Sturz bewahrt hatte.

»Nicht so eilig, Herzchen. Mit solchen Schuhen bricht man sich hier leicht den Hals, wenn man nicht aufpasst«, zischte ihr Retter in ihr Ohr.

Und noch bevor sie überhaupt wusste, wie ihr geschah, stieß die Hand, die sie soeben vor dem Sturz bewahrt hatte, sie mit großer Kraft in die Tiefe. Wie von Ferne hörte sie noch ein leises Zischen und spürte einen heftigen brennenden Schmerz in ihrem Brustkorb, der sich in alle Richtungen gleichzeitig auszudehnen schien. Doch bevor er sich in ihrem ganzen Körper ausgebreitet hatte, schlug sie mit dem Kopf auf die steinernen Stufen.

Er stand vor dem Haus und wartete. Seit einer guten halben Stunde. Sie kam nicht. Wo zum Teufel war die Frau? Sie hatte ihn am Nachmittag angerufen und um ein Treffen gebeten. Er war aus allen Wolken gefallen – nach all den Jahren. Sie hatten sich verabredet. Abends um halb neun vor ihrem Haus. Er hatte zugesagt, noch bevor ihm bewusst geworden war, was das bedeutete. Er musste also dorthin zurück. In diese kleine Gasse. Sie hatte keine Telefonnummer hinterlassen, und er wusste nicht einmal, wie sie mit Nachnamen hieß. Sie war für ihn immer nur Danas Nachbarin gewesen. Er sah zum x-ten Mal auf seine Uhr. Kurz nach neun. Es dämmerte, und er hörte den Lärm von der nahen Karlsbrücke. Die Touristen waren noch immer unterwegs. Hatten die denn nie Hunger? Hatten sie keine schmerzenden Füße? Wurden sie denn nie müde, kreuz und quer durch die Stadt zu laufen? Er dachte an jenen Abend vor fünfundzwanzig Jahren. Damals hatte hier selige Ruhe geherrscht. Es war fast zu ruhig gewesen. Keine Händler auf der Brücke, nur vereinzelte Spaziergänger, ein paar Studenten, Leute auf dem Weg nach Hause oder zu Freunden, vielleicht auf ein Bier in eine Kneipe in der Altstadt oder der Kleinseite. Er überlegte, ob er in die Kneipe an der Ecke gehen und ihr einen Zettel an die Klingel hängen sollte. Aber er wusste ja ihren Namen nicht. Er betrachtete die Namen an der Klingeltafel. Růžička, Janáček, Jones, Kousalová, Jedličková.

Sein Handy klingelte. Er zog es aus seiner Jackentasche und meldete sich.

»Wo steckst du, verdammt noch mal? Ich versuche schon den ganzen Tag, dich zu erreichen! Wozu hast du das Handy eigentlich, wenn du es nicht anmachst?«

»Schön, dass du anrufst, Chérie. Danke der Nachfrage, mir geht es ganz gut, und dir?« Keine Spur Ironie in seiner Stimme, nur Freude, ein Lachen fast. Die einzige Frau heute, über deren Anruf er sich aufrichtig freute. Stille. Ihr Angriff war ins Leere gelaufen. Vielleicht wollte sie ihn doch noch zurückhaben. Ja, vielleicht war alles noch zu retten.

»Ich meine das ernst, *Chérie*, ich vermisse dich – sehr.«

»*Das* kann ich mir vorstellen«, schnaubte sie ins Telefon. Offenbar war sie ziemlich sauer.

Gut so, dachte er, damit konnte er umgehen. Ganz im Gegensatz zu der eisigen Wut, die sie gezeigt hatte, als sie ihn mit seinem Betthasen erwischt hatte. Vielleicht sollte er es mit ein bisschen Annäherung versuchen.

»Entschuldige, bitte, ich hatte mal wieder vergessen, den Akku aufzuladen. Kann ich irgendetwas für dich tun, mein Herz?« Nur nicht zu dick auftragen, bremste er sich. Das konnte sie überhaupt nicht leiden.

»Na schön«, sagte sie, noch immer außer sich. Wäre sie am Abend zuvor nicht auf Papiere gestoßen, die sie bis ins Mark getroffen hatten, dann hätte sie sicher nicht versucht, ihn den ganzen Tag über zu erreichen. Ohne Erfolg allerdings. Beruhige dich, dachte sie, ganz ruhig. Es fiel ihr unendlich schwer, das Zittern aus ihrer Stimme herauszuhalten, als sie ihn aufforderte: »Sag mir, dass es nicht wahr ist!«

»Dass was nicht wahr ist?«, fragte Jay verständnislos.

»Dass du Magdas Tante auf dem Gewissen hast, du Dreckskerl! Dass du mich belogen hast, die ganze Zeit! Dass du nicht bist, wer du behauptest zu sein, dass …« Sie schluchzte. »Was hast du nur getan?«, flüsterte sie.

»Wer hat dir das gesagt? Von wem hast du das?« Er zwang sich, ruhig zu bleiben. Er konnte alles abstreiten. Er konnte alles zugeben und sie um Verzeihung bitten. Am Telefon? Verdammt noch mal, wer hatte ihr das alles erzählt? Niemand, dachte er resigniert, die Zeitungen berichteten immer noch begeistert von der Mumie. Aber was sollte das mit Magdas Tante? Wovon sprach sie eigentlich?

»Ich will wissen, ob das alles wahr ist, Jay. Ich kann es nicht glauben – Wo bist du? Ich will mit dir reden.«

»Ich habe gar nichts getan. Was ist mit Magdas Tante? Ich kenne Magdas Tante nicht, verdammt! Und ich habe niemanden auf dem Gewissen, Xenia. Glaub mir. Bitte!«

»Dana Volná war Magdas Tante. Du bist Honza Krasnohorský. Der, von dem dieser anonyme Kerl gesprochen hat, der Larissa angerufen hat. Spar dir die Mühe, das abzustreiten, ich habe deine Geburtsurkunde gefunden und die Papiere über die Namensänderung. Du hast sie umgebracht. Großer Gott, Jay, wie konntest du das nur tun?«

»Xenia, bitte, beruhige dich! Ich kann dir alles erklären. Bist du zu Hause? Ich … Xenia? Xenia?«

Die Leitung war tot. Er starrte auf sein Handy. Sie wusste alles. Es gab kein Zurück. Das Einzige, was ihn ruhig gehalten hatte in diesen letzten Tagen, war nun auch verloren. Sein Leben mit Xenia – in Scherben. Kein Weg zurück. Er hatte sie endgültig verloren. Und schuld war dieses Miststück von einer Frau, die seit jenen fernen Studientagen an ihm klebte wie Pech. Er hatte sie geliebt – oder war es mehr eine Art Besessenheit gewesen? Diese alten Gefühle waren heute nur noch eine schwache Erinnerung. Was auch immer es gewesen war, was er für sie empfunden hatte, er hatte sie trotzdem nicht heiraten wollen, damals. Ein letztes Fünkchen Verstand, das sie nicht hatte auslöschen können. Er wusste bis heute nicht, was ihn davon abgehalten hatte; er hatte aber auch, wie er sich eingestand, nie wirklich darüber nachgedacht. Er hatte nur vergessen wollen – sie, jenen Abend und die darauffolgenden Wochen, bevor er endlich fliehen konnte. Das Schreckliche, was er getan hatte – vergessen. Nur vergessen. Und nun traf ihn seine Vergangenheit und seine unendliche Schuld mit ganzer Wucht und ruinierte sein Leben. Sie hatte ihn wieder um den Finger gewickelt – wie damals, wie immer. Verdammt – seine andere Verabredung! Er hatte sie ganz vergessen. Er sah auf seine Armbanduhr. Sie saß sicher schon seit einer halben Stunde auf der Terrasse des Prinz. Egal. Sie konnte warten.

Was hatte Xenia gesagt – irgendetwas über Magdas Tante? Richtig, er habe Magdas Tante auf dem Gewissen. Magda. Das Theater. Er sah sie vor sich in diesem roten Kleid, um den Hals die Kette mit blutroten Granaten. Ein Gespenst, hatte er gedacht, erschüttert bis ins Mark. Die tote Frau auf dem Boden des Schlafzimmers, die Kette, die neben ihr gelegen hatte und die er unbewusst eingesteckt hatte. Seine Kette. Er hätte sie wegwerfen sollen. Aber er hatte sie aufgehoben. Er hatte Xenia erzählt, die Kette sei das Einzige, was er noch von seiner Mutter habe. Eine fromme Lüge. Er konnte sich nicht davon trennen. Xenia musste Magda die Kette geliehen haben. Magdas Tante. War Dana tatsächlich Magdas Tante? Da er es nun wusste, schien es ihm seltsam, dass ihm Magdas Ähnlichkeit mit seiner verflossenen Liebe nicht von Anfang an aufgefallen war. Aber wenn Xenia von der Mumie als Magdas Tante sprach, dann wusste sie nicht, dass ...

Er lehnte sich an die Wand neben der Haustür und starrte auf das Haus gegenüber. Der Anrufer. Wer könnte eine Reporterin der *Post* anonym angerufen haben? Eine Gardine bewegte sich in einem der Fenster im Erdgeschoss. Er stutzte. Hatte ihn damals jemand gesehen, als er Dana aus dem Haus trug? Die Nachbarin. Verdammt, wo blieb die Frau?

Er sah erneut auf seine Uhr. Zehn nach zehn. Sein Blick wanderte wieder zu dem dunklen Haus gegenüber. Das Fenster. In dieser Wohnung links neben der Haustür hatte dieser komische Kauz gelebt, der Fotograf, der so verschossen gewesen war in Dana. Der Fotograf – Hora, dieser Schnüffler. Und nicht nur das. Ein mieser kleiner Erpresser. Er hatte Fotos gemacht damals und gesagt, er würde sie dem Oberst geben. Fotos von Jay und einem amerikanischen Journalisten, der kurz zuvor des Landes verwiesen worden war, weil er angeblich für die CIA arbeitete. Jay hatte die Sache auf seine Art gelöst: Er war in Horas Wohnung eingebrochen und hatte die Fotos und die Negative mitgenommen. Der Typ hatte tatsächlich beides in seiner Wohnung aufbewahrt – was für ein Idiot. An die Stelle der Bilder hatte Jay Samisdat-Literatur gelegt und dem Oberst einen Tipp gegeben. Hora war im Gefängnis gelandet. Nur für ein paar Monate. Es war ja auch nur als Warnung gedacht gewesen, ihm, Jay, nicht wieder in die Quere zu kommen. Hatte dieser Armleuchter Hora ihn an jenem Abend gesehen? Hatte er ihn jetzt verpfiffen? Nach all den Jahren? Schön, der alte Fotograf hatte ihn wegen seiner früheren Geheimdiensttätigkeit erpresst.

»Wäre doch unangenehm, wenn sich herausstellte, dass der stellvertretende Chefredakteur der *Prague Post* ein ehemaliger Informant ist, nicht wahr?«, hatte Hora süffisant gefragt. Aber gegen ein gewisses regelmäßiges Entgelt würde er das alles vergessen. Jay hätte ihn in diesem Moment umbringen können, diesen alten Widerling, wie er da so breit und bräsig in seinem Büro in der *Post* gesessen hatte. Es war nur um die Sache mit dem Geheimdienst gegangen, nie um jenen grässlichen Abend vor so vielen Jahren. Aber als Hora in Jays Büro gekommen war, hatte noch niemand von der Mumie in der Metro gewusst. Das war lange vor dem Hochwasser gewesen. Oder hatte Hora ihn damals gesehen und nur auf eine Gelegenheit gewartet, ihn zu verraten? Wenn Hora dieser anonyme Anrufer war, dann war vielleicht noch nicht alles verloren. Jay hatte ihn gut bezahlt, obwohl er natürlich alles abgestritten hatte. Warum also sollte Hora die Gans schlachten, die goldene Eier legte? Nein, der Alte war sicher klug genug, sein Wissen für sich zu behalten. Allerdings war er auch gierig, und Jay hatte eine Erhöhung der Zahlungen abgelehnt. Vielleicht hatte Hora den Mord begangen? Eifersucht war ein erstklassiges Motiv.

Er selbst dagegen hatte keines. Er lächelte wehmütig. Er selbst war ja glücklich verheiratet gewesen und hatte kein Motiv gehabt, Dana umzubringen. Lenka. An sie hatte er während der letzten Tage überhaupt nicht gedacht. Gab es außer ihm überhaupt jemanden, der an sie dachte, sie vermisste? Mit aller Kraft drängte er die Gedanken an Lenka zurück in den tiefsten Abgrund seines Gedächtnisses. Ließe er sie zu, er würde den Verstand verlieren. Wie hatte er das alles nur tun können, damals, als er … nein! Nur nicht mehr daran denken. Nie wieder.

Jay steckte sich eine Zigarette an. Er machte sich keine Illusionen. Niemand würde ihm glauben, dass er nichts mit Danas Tod zu tun hatte. Die Einzige, die ihn retten konnte, war die Nachbarin. Und Venca – vielleicht. Jahrelang waren sie einander bei verschiedenen gesellschaftlichen Anlässen begegnet, doch nie hatten sie zu erkennen gegeben, dass sie wussten, wer der andere war. Jay zweifelte keinen Augenblick daran, dass Venca ihn erkannt hatte. Es war eine Art stillschweigender Übereinkunft gewesen, die Vergangenheit ruhen zu lassen. Es war an der Zeit, mit seinem alten Freund zu sprechen.

Doch vorher musste er noch etwas erledigen. Er musste herausfinden, was in dieser Wohnung geschehen war, bevor er die Tote gefunden hatte, damals. Wer hatte sie bloß auf dem Gewissen? Jay ließ in Gedanken noch mal alle Fakten, alle Anhaltspunkte Revue passieren. Die böse Ahnung, die sich schließlich langsam in seinem Hirn zur Gewissheit verdichtete, bereitete ihm Angst. Es musste ein Ende haben, endlich. Er warf die Zigarette fort und ging entschlossen Richtung Karlsbrücke davon.

David Anděl löste sich schwerfällig von der Wand, an der er seit ein paar Minuten gelehnt hatte. Der Anruf hatte ihn vor einer Viertelstunde erreicht, auf dem Weg nach Hause. Ein Todesfall in der Metro am Nationalmuseum. Eine Frau. Wird das jetzt zu einer neuen Mode?, hatte er sich genervt gefragt. Mord in der Metro zum Zweiten. Der Bürgermeister würde begeistert sein. Gott sei Dank war es keine Touristin.

Nun, immerhin waren sie bei dem ersten Mord einen entscheidenden Schritt weiter. Sie kannten die Identität der Leiche. Gut, es fehlte noch die Bestätigung durch den DNA-Test, aber das war, wie er glaubte, nur noch eine Formalität. Alle Indizien sprachen dafür, und nicht zu vergessen der anonyme Anrufer. Der allerdings war nun keine Hilfe mehr. Milan Hora war tot. Und die Durchsuchung seiner Wohnung hatte bisher nur wenig ergeben. Der Mann hatte gelebt wie ein Spartaner. Kaum Möbel, so gut wie keine persönlichen Dinge, lediglich einige Rechnungen. Nur unter dem Bett hatten sie kistenweise Fotos gefunden. Und ein außergewöhnlich gut gefülltes Portemonnaie in Horas Hosentasche.

Antonín Cajthaml, der das Haus beobachtet hatte, hatte gute Arbeit geleistet. Seine Notizen waren präzise, und er hatte die Weitsicht besessen, einen jungen Kollegen mitzunehmen – für alle Fälle.

Anděl war sich sicher, dass der Mord an Hora mit der Mumie zusammenhing. Spätestens jetzt brauchten sie sich keine Sorgen wegen der Verjährung zu machen. Der Mörder von damals hatte wieder zugeschlagen. Natürlich, es konnte auch Zufall sein, doch daran glaubte Anděl keinen Augenblick. Auch Selbstmord konnten sie ausschließen – an Horas Händen waren keine Schmauchspuren gewesen. Das bedeutete aber auch, dass der Mörder von Dana Volná in der Stadt war. Beziehungsweise die Mörderin. Eine kaltblütige Person. Am hellen Mittag in eine Wohnung zu spazieren und einen Mann zu erschießen. Amerikanische Verhältnisse. Was für eine Ironie, dachte er, einen Mord zu begehen, um die Aufklärung eines verjährten Mordes zu verhindern.

Bei der Suche nach dem Motiv für den Mord an Dana Volná allerdings waren sie noch keinen Schritt weiter. Nach fünfundzwanzig Jahren war so etwas kein Spaziergang. Wer hatte sie getötet? Wenn die Kousalová doch nur reden würde. Sie kannte die Mörderin. Anděl machte sich mehr denn je Sorgen um ihre Sicherheit. Er hatte aufgeatmet, als er die Tote in der Metro gesehen hatte. Es war nicht Markéta Kousalová. Schon sein erster Blick auf die Leiche hatte ihm genügt. Falsche Haarfarbe. Gott sei Dank! Vielleicht wusste die Mörderin doch nichts von der Existenz der Augenzeugin. Trotzdem hatte er angerufen und zwei Polizisten zu ihrem Haus geschickt, die es beobachten sollten. Vorsichtshalber.

Der Anblick der Toten unter der Treppe zum Fußgängergeschoss der Metro hatte ihn trotzdem verblüfft. Immerhin hatte die tote Frau am Fuß der Treppe mit der Mumie nichts zu tun. Das war tröstlich. Er konnte keine weiteren Verwicklungen gebrauchen. Was sie bisher hatten, war verzwickt genug. Er blickte traurig zu der Leiche. Sie lag auf dem steinernen Boden wie ein achtlos weggeworfenes Bündel Kleider. Nein, nicht ganz. Etwas an ihrer Haltung war seltsam. Als habe sie sich zum Schlafen hingelegt, halb auf der linken Seite liegend, den rechten Arm unter dem Kopf wie ein provisorisches Kissen, das linke Bein angewinkelt über dem gestreckten rechten. Von der Treppe hörte er die schnellen Schritte seines Freundes Jirka Kratochvíl.

»*Ahoj*, David«, sagte Jirka. »Was ist passiert?«

»Sieh sie dir erst mal an, Jirka.«

Der Gerichtsmediziner nickte nur. Er war auch tagsüber nicht sonderlich gesprächig, wenn es um seine Arbeit ging. Seine Berichte hingegen legten Zeugnis ab von einer bemerkenswerten Sprachgewandtheit. Anděl hatte den Pathologen sogar im Verdacht, der Autor eines Büchleins zu sein, das vor Kurzem als Erstlingswerk eines anonymen Autors Furore gemacht hatte. Der einzige Grund, warum Anděl von Jirka Kratochvíls Autorenschaft überzeugt war, war dessen morbider Humor und ebendiese ungewöhnliche Sprachgewandtheit, die auch Jirkas medizinische Berichte auszeichnete, ja sie auf die eine oder andere Art zu bizarren Kunstwerken machte. Und natürlich der Name des Autors – Solo Lovec. Das hörte sich ganz nach Jirka an. Er musste ihn bei Gelegenheit danach fragen.

»Wann wurde sie gefunden?« Jirka gähnte herzhaft, setzte seine Tasche etwas entfernt von der Leiche ab und kniete sich hin, um die Tote zu untersuchen. Er rief nach einem der uniformierten Polizisten und bat um mehr Licht.

»Eine Frau hat vor zwanzig Minuten angerufen und einen Unfall in der Metro gemeldet. Sie sagte, jemand sei offenbar auf den glatten Stufen gestürzt.« Anděl seufzte. »Dummerweise hat sie ihren Namen nicht hinterlassen. Sie hat aufgelegt, bevor der Beamte sie danach fragen konnte.« Vielleicht hatte die Frau etwas gesehen. Doch er bezweifelte, dass sich die Anruferin noch einmal melden würde – sie hatte ihre Pflicht getan. Und wahrscheinlich würde sich das hier als Unfall erweisen. Anděl warf einen Blick auf die hohen Absätze der Sandalen. Mindestens zehn Zentimeter. Vielleicht war sie die Treppe hinuntergelaufen und ausgerutscht, gestolpert. Sich auf einer Treppe den Hals zu brechen – was für ein Pech. Die Frau war sympathisch gewesen.

Etwas, das Jirka halblaut vor sich hin murmelte, riss ihn aus seinen Gedanken.

»…schossen.«

»Bitte? Geschossen? Wer?«

»Keine Ahnung. Woher soll ich das wissen? Ich bin nur der Pathologe. Ich kann dir nur sagen, dass sie erschossen wurde – abgesehen davon, dass sie sich bei dem Sturz wohl auch das Genick gebrochen hat. Wer sie auf dem Gewissen hat, ist dein Bier, Junge.« Jirka erhob sich, strich seine makellos gebügelte Anzughose glatt und fuhr sich durch das ebenso makellos geschnittene kurze dunkle Haar. »Hast du sie dir nicht angesehen, bevor ich gekommen bin?«

»Nein, ich wollte sie nicht bewegen – nicht bevor du sie dir angesehen hast. Außerdem bin ich nur ein paar Minuten vor dir gekommen. Scheiße.« Jetzt hatte er drei Morde am Hals. Und nicht zu vergessen, das herrenlose Bein vom Ufer der Moldau.

»Warum zum Teufel hätte jemand sie erschießen sollen?« Er schlug mit der Faust gegen die gekachelte Wand des Metroaufgangs.

Jirka sah ihn mit hochgezogenen Augenbrauen an.

»Das ist Alena Freeman, eine Redakteurin von RFE«, erklärte Anděl.

Jirka schüttelte den Kopf und stand auf. »Ich dachte, die schießen nur im Irak auf Journalisten, oder in Tschetschenien, Afghanistan und ähnlich unwirtlichen Gegenden. Kanntest du sie?«

»Hm. Ja. Sozusagen.«

»Mein Beileid. Wieso habt ihr mich eigentlich geholt? Habt ihr keine Polizeiärzte, die Dienst haben?«

»Die Vomáčková hat Urlaub, und der Zeman ist mit seiner Frau im Krankenhaus, sie kriegen ihr erstes Kind, da wollte ich ihm nicht den Abend verderben.« Anděl lächelte. »Und der Ondra ist erst seit zwei Wochen dabei. Also dachte ich an meinen guten alten Freund Jirka. Ich habe dir doch hoffentlich nicht ein romantisches Rendezvous vergeigt?«

Jirka grinste. »Ich werde mich revanchieren. Wenn ihr fertig seid mit Fotografieren, schickt sie mir rüber.«

»Kannst du mir sonst noch etwas sagen?« Anděl deutete auf die Tote.

»Da hatte jemand eine gehörige Portion Glück. Die Kugel steckt im Körper. Kein Austritt. Ich kann noch nicht sagen, woran sie letztendlich gestorben ist, tödlich war beides – die Treppe und die Kugel. Auf den ersten Blick sieht das Ganze schon nach einem Sturz aus. Na, und das gemusterte Kleid …«

Anděl nickte. Alenas Kleid war dunkelrot, verziert mit einem kleinen schwarz-orangefarbenen geometrischen Muster. Bei dem Dämmerlicht im Fußgängergeschoss fielen da Blutflecken auf den ersten Blick nicht auf. Erst als Jirka sie umgedreht hatte, hatte er den dunklen Fleck auf der Brust deutlich gesehen.

»Warte mal«, sagte Anděl.

»Ja?«

»Ist dir nicht etwas an ihrer Lage aufgefallen?«, fragte Anděl.

»Insgesamt beschissen, würde ich sagen.« Jirka grinste.

»Sie lag auf der linken Seite, ausgestreckt, die rechte Hand lag unter ihrem Gesicht – sie sah aus, als habe sie sich hier zum Schlafen hingelegt …«

Jirka betrachtete die Tote nachdenklich.

»Ja, du hast recht. Das linke Bein war angewinkelt …«

»Wie heißt das gleich? Na …«

»Stabile Seitenlage. Ja, so sah es aus.«

»Könnte sie so hingefallen sein?«, fragte Anděl.

»Na ja. Möglich wäre es schon. Unwahrscheinlich allerdings auch. Die Frau, die euch angerufen hat. Vielleicht hat sie versucht, Erste Hilfe zu leisten.«

»Erwähnt hat sie davon nichts«, sagte Anděl zögernd. Aber er hatte auch keine bessere Erklärung. »Das habe ich noch gebraucht«, wechselte er das Thema, »eine tote ausländische Journalistin. Noch dazu eine amerikanische. Verdammter Mist! Wer in aller Welt sollte eine Journalistin in Prag erschießen?«

»Hast du nicht gesagt, sie arbeite für RFE?«, fragte Jirka.

»Hm.«

»Na, ich weiß ja nicht, woran die Gute gearbeitet hat, aber wird der Verein nicht unter anderem von der CIA finanziert?«

»Ach, hör auf, Jirka, komm mir nicht mit einer Spionagegeschichte. Nicht hier in Prag. Sie war Parlamentsreporterin.«

»Wer weiß, wem sie dabei auf den Schlips getreten ist«, erwiderte Jirka grinsend.

Anděl winkte ab. »Unsere Abgeordneten sind weiß Gott keine Engel, aber das ...« Er schüttelte den Kopf.

»Ein eifersüchtiger Liebhaber?«, volontierte Jirka.

»Möglich.«

»Sonst bleibt noch die Mafia – welche auch immer. Oder ein streunender Psychopath. Aber das, mein Bester, ist dein Problem – da bist du der Experte. Ich sehe sie mir morgen Vormittag an. Magda übernimmt den anderen von heute Mittag.« Er fuhr sich mit der Hand über die Stirn. »Bis später.« Jirka nahm seine Tasche und stieg langsam die Treppe hinauf in die warme, schwarze Nacht.

Alena Freeman war tot. Erschossen in der Metro. Warum?

Anděl starrte verständnislos auf das Blatt Papier, das vor ihm auf dem Schreibtisch lag. Sie muss sich irren, dachte er. Das ist ein Aprilscherz. Eine Verwechslung. Schlamperei im Labor. Sie standen wieder am Anfang. Das Ganze noch mal von vorn.

»Ich konnte es auch nicht glauben.«

Anděl fuhr auf. In der Tür stand Magda Axamit und sah ihn ernst an. Anděl erhob sich.

»Wie ist das möglich?«, fragte er und deutete auf den DNA-Bericht.

Sie kam auf ihn zu, elegant wie immer, frisch wie der junge Morgen. Aber ihre Augen blickten ihn müde und traurig an. »Darf ich?«, fragte sie und deutete auf den Stuhl vor seinem Schreibtisch.

»Natürlich, entschuldigen Sie. Setzen Sie sich bitte. Möchten Sie einen Kaffee?«

»Gerne. Danke. Mit Milch und Zucker, wenn es geht.«

Anděl ging zur Tür und rief nach Cajtík. Er möge bitte zwei Kaffee bringen. Dann ging er zurück zu seinem Schreibtisch und setzte sich wieder.

»Sind Sie sicher, dass keine Verwechslung vorliegt?«

»Absolut. Das Ergebnis ist eindeutig. Wer auch immer die Mumie ist, es ist nicht Dana Volná.«

»Es ist nicht Ihre Tante?«

Magda schüttelte den Kopf. Sie hatte es auch nicht glauben wollen, als sie am Morgen den Bericht gelesen hatte. Die Mumie war nicht Tante Dana. Sie war erleichtert gewesen. Ihre Tante war nicht ermordet worden – Gott sei Dank.

»Aber wer ist diese Mumie dann?«, fragte Anděl. »Wenn sie nicht Dana Volná ist – wer ist sie?«

»Das habe ich mich auch schon gefragt. Aber ich bin froh, dass es nicht meine Tante ist. Allerdings stellt sich dann nun die Frage, wo sie ist. Denn in der Urne war ja nur Erde. Ich habe mir die ganze Fahrt hierher den Kopf darüber zerbrochen, aber … ich verstehe es einfach nicht.«

Anděl nickte. »Hm. Dana Volná ist nicht die Mumie. Sie war nicht in der Urne. Wir stehen wieder ganz am Anfang. Verdammter Mist.« Er schlug mit der Faust auf den Tisch. »Und dann finden wir endlich diesen anonymen Anrufer, und er ist tot. Fein säuberlich erschossen, bevor er uns etwas sagen kann.«

Hinter ihnen öffnete sich die Tür, und Antonín Cajthaml kam mit drei Gläsern Kaffee herein.

»Bitte schön, die Herrschaften, die bestellten Türken«, sagte er fröhlich und stellte die Gläser auf dem Besprechungstisch ab. »Möchten Sie Milch oder Zucker, Madame?«

»Beides, danke«, erwiderte Magda lächelnd.

»Hast du eigentlich die Fotos schon, Cajtík?«, fragte Anděl den jungen Kollegen.

»Hab ich. Hier«, sagte Cajthaml, zog einen Stapel Fotos aus der Brusttasche seines Hemds und legte sie neben die Gläser auf den Tisch.

Anděl stand auf und ging hinüber. Er nahm die Fotos in die Hand und legte sie nebeneinander auf den Tisch. Sie waren gestochen scharf. Auf Cajtík war Verlass. Bei der vorletzten Aufnahme erstarrte Anděl.

»Was ist?«, fragte Magda irritiert.

»Sehen Sie sich das an!«

Magda ging zu ihm hinüber und nahm das Foto in die Hand.

»Das ist ja Alena!« Magda sah Anděl verblüfft an. »Was hatte sie denn dort zu suchen?«

»Gute Frage, Frau Doktor. Ich habe keine Ahnung.« Verdammt, verdammt, verdammt, dachte er. Alena Freeman. Was zum Teufel hatte die Freeman im Haus von Milan Hora zu suchen?

»Nun, sie wird das sicher erklären können«, sagte Magda, »ich kann sie gleich anrufen und …«

Anděl sah sie erstaunt an. »Sie wissen es noch nicht?«, fragte er.

»Was? Was weiß ich noch nicht?«

»Alena Freeman ist tot. Sie wurde gestern Nacht in der Metro erschossen.«

Magda starrte ihn mit offenem Mund an und sank langsam auf einen Stuhl.

Anděl ging zu seinem Schreibtisch, holte eine Flasche Becherovka heraus und goss einen großen Schluck in ein Wasserglas.

»Hier, trinken Sie einen Schluck.«

Magda nahm das Glas und trank es aus. Sie hustete.

»Was …«

»Etwas anderes habe ich nicht«, Anděl lächelte verlegen, »die Kantine, wissen Sie, das Essen da schreit manchmal geradezu nach einer Verdauungshilfe.«

»Wer hat Alena erschossen, David? Warum? Ich verstehe das alles nicht.« Sie schüttelte den Kopf und fuhr sich mit den Händen über das Gesicht. Sie sah sehr müde aus. Dunkle Ringe um die Augen, die Wangen eingefallen.

»Ich weiß es nicht. Ich weiß nur, dass wir wieder ganz am Anfang stehen. Und warum jemand Alena Freeman erschossen hat – weiß der Teufel! Wissen Sie, woran sie gearbeitet hat?«

Magda schüttelte den Kopf. »Nein. Keine Ahnung. Ich kannte sie ja kaum. Ich habe sie ja erst an dem Tag im Ráj kennengelernt, als Sie dazukamen, wissen Sie noch? Und dann habe ich sie noch einmal im Theater gesehen. Das ist alles. Vielleicht weiß Larissa mehr – sie kannte Alena besser. Die beiden haben sich ab und zu auf einen Kaffee getroffen.«

Anděl ging zu seinem Schreibtisch und nahm den Telefonhörer ab. »Zeit für eine kleine Diskussionsrunde«, sagte er und wählte eine Nummer. Er sprach kurz und legte wieder auf.

»Ich muss Ihnen noch etwas sagen, Herr Kommissar«, sagte Magda steif. Sie lächelte verlegen. »David«, korrigierte sie sich. »Ich finde es albern, Sie mit Herr Kommissar anzusprechen – wenn Sie nichts dagegen haben …«

Anděl lächelte leicht. »Ganz im Gegenteil – Magda.« Er betrachtete sie interessiert. Diese Anspannung passte gar nicht zu ihr. Sie sammelte sich, wartete gespannt.

»Gestern kamen überraschend meine Mutter und meine Großmutter aus Kanada hier an. Und sie hatten etwas Erstaunliches dabei.« Sie fuhr sich mit einer Hand durch das lange Haar und fuhr fort. »Ich verstehe es selbst nicht, aber sie hatten ein paar Fotos dabei, die vielleicht Licht in diese Angelegenheit bringen.«

»Ja?«

»Hier, ich habe die Bilder mitgebracht.« Sie legte die drei Fotos, die ihre Mutter ihr gegeben hatte, auf den Tisch. Anděl nahm sie und betrachtete sie lange.

»Das ist – das eine ist Alena Freeman«, sagte er schließlich. »Und die beiden anderen? Wer ist das? Sie sehen sich verdammt ähnlich.«

»Das erste ist meine Mutter – vor Jahren auf einem Familienausflug an den Niagarafällen. Das zweite«, sie deutete auf das Foto, »ist Alena. Meine Tochter hat sie hier in Prag in einem Café aufgenommen. Und das dritte …«, sie lächelte, »das dritte ist eine Spielerei meiner Tochter.«

Anděl sah sie verständnislos an.

»Cassia fotografiert sehr gerne. Vor allem Menschen. Sie nimmt die Bilder als Vorlagen für Zeichnungen, die sie später anfertigt. Sie hat immer ihre Kamera dabei und knipst. Und sie hat einen sehr guten Blick für Gesichter. Offenbar ist ihr Alenas Ähnlichkeit mit meiner Mutter aufgefallen, und sie hat angefangen, mit dem Bild herumzuspielen. Am Computer. Sie hat die Frisur und die Haarfarbe verändert. Und das ist das Ergebnis.«

»Unglaublich. Und wie ist Ihre Mutter an die Bilder gekommen?«, fragte er.

»Cassia hat sie ihr geschickt – mit einer kurzen Notiz. Sie schrieb, meine Mutter habe offenbar eine Doppelgängerin in Prag.«

»Ja«, sagte Anděl, »ja, so sieht es aus. Aber …« Der ungeheuerliche Gedanke, der langsam in seinem Gehirn Gestalt annahm, verschlug ihm die Sprache. Konnte es möglich sein?

»Es ist sicher nur eine zufällige Ähnlichkeit – jedenfalls dachte ich das, bis …« Sie brach ab, stand auf, ging zum Besprechungstisch hinüber und nahm ein Glas Kaffee in die Hände. Sie drehte es hin und her und trank schließlich. »Meine Großmutter ist überzeugt, dass ihre totgeglaubte Tochter hier in Prag ist. Und sie will sie unbedingt sehen.« Großer Gott, dachte Magda, wie soll ich ihr das sagen? Wie soll ich ihr sagen, dass diese Frau, die sie für ihre verschollene Tochter hält, nun auch tot ist? Es wird sie umbringen. Warum bist du gekommen, Babi? Und warum hatte Cassia die Fotos nicht ihr geschickt? Ihr graute vor dem Gespräch mit ihrer Großmutter.

»Kann ich die behalten?«, fragte Anděl und hielt die Fotos in die Höhe.

Magda nickte geistesabwesend. Sie dachte an den vergangenen Abend. Sie hatten bis in die Nacht in ihrer großen Küche gesessen und geredet. Magda hatte mehr über ihre Tante erfahren als in ihrem ganzen bisherigen Leben. Die ganze Geschichte über das wilde Mädchen, das nach Kräften versucht hatte, seine Familie abzuschütteln – aus Gründen, die wohl nur sie selbst verstanden hatte. Magdas Mutter und die Großmutter hatten jedenfalls nichts zum Verständnis beitragen können – oder eher wollen. Und nun war Alena tot.

Larissa traute ihren Ohren nicht. Sie saß mit Staatsanwalt Otčenášek, Magda Axamit, Otakar Nebeský, Meda Cyanová und David Anděl an dem großen Besprechungstisch im Büro des Kommissars. Der Inspektor hatte sie in der Redaktion angerufen und gebeten, gleich vorbeizukommen, es gebe neue Entwicklungen. Larissa hatte sich weitgehend von dem Schock am Tag zuvor erholt. Nachdem sie den toten Fotografen gefunden hatte, war sie mit Anděl in das kleine Café im Nebenhaus gegangen, und er hatte sie gebeten, ihm alles genau zu erzählen. Das hatte sie getan, so genau und geradlinig wie möglich.

»Lassen Sie mich das noch einmal wiederholen«, hatte Anděl schließlich gesagt. »Sie sind in der *Post* an der Rezeption vorbeigegangen und haben von dort eine Stimme gehört. Die Stimme des anonymen Anrufers. Sie sind hineingegangen, aber der Mann war schon fort. Die Rezeptionistin sagte Ihnen, wer er war. Milan Hora, ein Fotograf, der gelegentlich für die *Post* gearbeitet hatte. Dann haben Sie einen Kollegen nach seiner Telefonnummer gefragt. Ist das so weit richtig?«

Larissa nickte.

»Und dann haben Sie diesen Hora angerufen, und er hat gesagt, Sie könnten vorbeikommen.«

»Erst hat er alles abgestritten, aber dann sagte er, die Polizei beobachte sein Haus sowieso schon, also sei es ohnehin egal.«

»Gute Beobachtungsgabe, der Mann. Er muss Erfahrung mit so was gehabt haben. Wie auch immer. Weiter im Text. Die Nachbarin hat Ihnen gesagt, Hora habe an diesem Tag schon mehrfach Besuch bekommen?«

»Ja, sie sagte, ich sei schon die Vierte, die versuchte, ihn zu sprechen. Das sei mehr Besuch, als er in den letzten Jahren gehabt habe.«

»Hat sie auch gesagt, ob diese Besucher hineingegangen sind?«, fragte Anděl.

»Nur zwei«, hatte sich Otakar Nebeský plötzlich eingemischt. »Darf ich?«, fragte er und setzte sich auf den freien Stuhl an dem kleinen Tisch. »Tut mir leid, dass Sie ihn finden mussten«, sagte er an Larissa gewandt. »War bestimmt ein Schock für Sie.«

Larissa nickte nur.

»Du hast mit der Nachbarin gesprochen?«, fragte Anděl.

»Ja, habe ich. Sie sagte, es seien nur zwei reingegangen. Eine Frau und ein alter Mann. Eine andere Frau habe vergeblich geklingelt. Und sie kannte keinen der Besucher.«

»Konnte sie die Leute beschreiben?«

»O ja. Ziemlich gut sogar. Wenn du mich fragst, die verbringt ihre Tage am Spion. Ich wünschte, alle Zeugen wären so aufmerksam.« Nebeský hatte kurz berichtet, was der Polizeiarzt gesagt hatte, und dann war Larissa entlassen gewesen.

Und nun saß sie hier in Anděls Büro und konnte das, was sie hörte, nicht fassen. Die Mumie aus der Metro war nicht Dana Volná. Alena Freeman war tot. Und dann diese Fotos, die Magda mitgebracht hatte. Es war unglaublich. Allein schon, dass Alena tot sein sollte, wollte ihr nicht in den Kopf.

»Nun, wir können, glaube ich, davon ausgehen, dass der Tod von Alena Freeman mit der Mumie aus der Metro zusammenhängt – jedenfalls nach dem zu urteilen, was wir bisher wissen«, sagte der Staatsanwalt.

»Ja, das sehe ich auch so«, stimmte Anděl zu. »Wir stehen wieder ganz am Anfang. Wer ist die Mumie? Dana Volná ist es jedenfalls nicht.«

»Haben Sie eigentlich Lenka Svobodová ausfindig gemacht?«, fragte Larissa. »Sie ist die Einzige, die wir noch nicht gefunden haben.«

»Ich habe mit einem Kollegen in Österreich und einem in den USA telefoniert«, sagte Meda Cyanová. »Lenka ist im August 1977 nach Österreich eingereist und von dort in die USA gegangen.«

»Und? Was weiter?«, fragte Anděl ungeduldig. »Spann uns nicht auf die Folter, Meda! Wo ist die Frau abgeblieben?«

»Keine Ahnung«, sagte Meda und zuckte die Achseln. »In den USA gibt es, wie du weißt, keine Meldepflicht. Es ist verdammt schwer, dort jemanden zu finden, wenn man nicht weiß, wo man suchen soll. Fünfzig Bundesstaaten, mein Bester. Sie kann sonst wo sein. Wir wissen ja nicht viel über sie, nicht wahr? Wir haben nur dieses Foto aus der Zeitschrift – sie ist blond, hübsch. Keine besonderen Kennzeichen.«

Larissa fuhr wie elektrisiert auf. Das war es! Der vage Gedanke, der seit Tagen in ihrem Hirn herumwaberte. Keine besonderen Kennzeichen – von wegen!

»Magda, du hast doch gesagt, die Mumie habe einen Leberfleck an einem Handgelenk, oder?«, fragte sie die Pathologin.

»Ja, es sieht danach aus. Warum?«

»Hier«, Larissa kramte in ihrer Handtasche und zog die Seite heraus, die sie aus einer der alten Zeitschriften gerissen hatte. »Hier, sieh dir das an.« Sie legte das Blatt auf den Tisch.

Magda betrachtete das Bild lange und nickte schließlich. »Ja, so sieht er aus – soweit ich das sagen kann. Die Haut der Mumie ist geschrumpft, aber ich denke, es ist so ein Fleck. Jedenfalls ist es das richtige Handgelenk. Aber das hieße ja …«

»Lassen Sie mich mal sehen«, bat Anděl und streckte die Hand nach dem Blatt aus. Wenn Larissa recht hatte, nicht auszudenken, was das bedeuten würde.

»Kann ich noch einmal das Foto von Alena Freeman haben?«, fragte er Magda. Sie gab es ihm. »Sie könnte es sein«, sagte er schließlich, nachdem er das Foto ausgiebig studiert hatte. Er reichte beide dem Staatsanwalt.

»Es wäre doch möglich, nicht wahr?«, fragte Larissa.

»Aber sie ist doch nach Österreich gegangen«, sagte Meda zweifelnd, »und von da in die USA – die Unterlagen …«

»Larissa hat recht, Meda«, sagte Anděl. »Wir wissen nur, dass eine Lenka Svobodová nach Österreich und von dort in die USA ausgereist ist. Dieser Leberfleck – vielleicht hat jemand anderes ihre Papiere benutzt.«

»Aber David! Das ist doch kaum möglich«, widersprach Otčenášek, »sie sehen sich doch gar nicht so ähnlich – allein die Haarfarbe.«

»Die Mumie hatte gefärbtes Haar«, sagte Magda. »Sehen Sie sich doch die Fotos von meiner Mutter und Alena an. Wenn Sie mich fragen, meine Großmutter hat recht. Alena Freeman war meine Tante. Sie war Dana Volná. Und wenn sie das Foto von Alena mit dem von Lenka in der Zeitschrift vergleichen – die allgemeine Ähnlichkeit ist groß genug.«

»Wir brauchen noch einen DNA-Vergleich«, sagte Otčenášek.

»Aber wir haben nichts, womit wir die DNA der Mumie vergleichen könnten«, sagte Meda. »Lenka war eine Waise, sie ist bei ihrer Großmutter aufgewachsen, und die ist seit Jahren tot.«

»Wir könnten natürlich Lenkas Großmutter exhumieren lassen, aber es gibt noch eine einfachere Möglichkeit«, sagte Magda. »Wir könnten es mit einer Gesichtsrekonstruktion versuchen.«

»Eine Gesichtsrekonstruktion? Unser Anthropologe ist in Urlaub«, sagte Otčenášek zweifelnd.

»In dem Fall böte sich meine Mutter an«, sagte Magda.

»Ihre Mutter?«

»Ja. Sie ist eigentlich forensische Pathologin wie ich, aber sie hat sich schon vor vielen Jahren auf Gesichtsrekonstruktionen spezialisiert. Sie hat eine ausgeprägte künstlerische Ader. Ich bin sicher, dass sie gerne helfen würde.«

Der Staatsanwalt nickte. »Schön. Bitte fragen Sie Ihre Frau Mutter, ob sie bereit wäre, uns zu helfen.«

»Na gut. Puzzeln wir ein bisschen«, sagte Anděl. »Angenommen, die Leiche in Danas Wohnung war Lenka Svobodová. Jemand nimmt ihre Papiere an sich. Wer? Es gibt nur eine Möglichkeit: Es muss Dana Volná gewesen sein. Alles andere ergibt keinen Sinn. Jedenfalls dann nicht, wenn Alena Freeman tatsächlich Dana ist.«

Der Staatsanwalt nickte. »Ja, Sie haben recht, David. Aber warum?«

Anděl zuckte die Achseln. »Sie wollte weg, und sie hat keine Ausreisegenehmigung bekommen. Sie nutzt die einmalige Gelegenheit, nimmt Lenka Svobodovás Papiere und verschwindet nach Österreich und dann in die USA …«

»Warte mal«, fuhr Nebeský dazwischen, »nicht so schnell. Das bedeutet doch, dass Dana in der Wohnung war, als Lenka ermordet wurde. Aber wie soll das möglich sein? Die Volná sollte doch schon unterwegs zu ihrer Cousine sein. Das hat doch die Karafiátová gesagt, oder?«

»Ja, hat sie«, sagte Meda, »ich habe mit ihr gesprochen, und sie sagte, Dana sei früh am Morgen nach der Geburtstagsparty gefahren. Sie haben sich im Hausflur getroffen. Vielleicht kam sie noch mal zurück – sie hatte vielleicht etwas vergessen.«

»Spätabends?«, fragte Nebeský zweifelnd. »Wohl kaum. Als Dana – quatsch – als Lenka getötet wurde, war es schon ziemlich spät, da wäre Dana doch längst in Mähren oder sonst wo gewesen. Sie wäre doch sicher nicht nachmittags zurückgefahren, weil sie irgendeine Kleinigkeit zu Hause vergessen hat.«

»Oder die beiden Frauen haben das alles gemeinsam geplant«, sagte Anděl. »Vielleicht wollte Lenka gar nicht weg, vielleicht hat sie die Ausreisegenehmigung nur beantragt, um Dana zu helfen. Nach Auskunft von der Karafiátová war Dana ihre beste Freundin. Eine kleine Scharade. Dana muss gar nicht mehr in ihrer Wohnung gewesen sein, als das alles passierte, sie könnte schon längst weg gewesen sein.«

Nebeský nickte. »Ja, wäre möglich. Immerhin – warum sollte sie weggewollt haben? Sie hatte doch erst ein paar Wochen zuvor geheiratet. Eine verrückte Idee, die Pässe zu tauschen – und ziemlich verwegen. Das hätte ganz schön ins Auge gehen können.«

»Nach allem, was ich gestern über meine Tante erfahren habe, würde so etwas gut zu ihr passen«, sagte Magda. »Sie war offenbar ein ziemlich wildes Huhn. Und stur dazu.«

»Nehmen wir also an, dass Dana mit Lenkas Papieren weggefahren ist«, fuhr Anděl fort. »Was weiter? Ich habe mit Markéta Kousalová gesprochen, sie ist Lída Karafiátovás Tochter und lebt noch immer in dieser Wohnung. Genau genommen in den beiden Wohnungen. Nach Danas Tod hat die Karafiátová Danas Wohnung mit übernommen, und die Wohnungen wurden zusammengelegt. Und nun haltet euch fest: Markéta ist von dem Lärm in Danas Wohnung aufgewacht und hat diesen Venca weglaufen sehen. Dann ist sie hinübergegangen, und …«, er machte eine dramatische Pause, »…sie hat jemanden bei der Frau knien sehen. Und dieser Jemand war gerade dabei, der Frau auf dem Boden das Gesicht einzuschlagen.«

»Sie meinen, es gibt eine Augenzeugin, David?«, fragte der Staatsanwalt ungläubig.

»Ich wette, es war der Krasnohorský«, rief Nebeský aus, »na, da haben wir ja den Mörder und eine Augenzeugin dazu!«

»Nicht ganz. Markéta will nicht damit herausrücken, wen sie gesehen hat. Alles, was sie bereit war zu sagen, ist, dass es eine Frau war.«

»Eine Frau?«, rief Otčenášek aus. »Sie hat gesehen, wie eine *Frau* die Volná erschlagen hat? Ja, aber …« Er schüttelte den Kopf und fuhr sich mit der Hand über das Gesicht. »Aber es war ja gar nicht die Volná, wie wir jetzt wissen, es war Lenka Svobodová. Wen hat sie gesehen, David?«

»Sie will es nicht sagen. Sie behauptet, sie habe das nur geträumt. Die Person, die sie gesehen haben will, könne das nicht getan haben, sagte sie, also müsse sie das Ganze geträumt haben. Sie habe dann Milan Hora angerufen, der gegenüber wohnte. Hora sagte ihr, er komme rüber …«

»Hat sie ihm gesagt, was sie gesehen hat?«, fragte Magda.

»Nein, sie sagte ihm nur, dass Dana gestürzt sei. Und während sie sprachen, hielt ein Wagen vor dem Haus. Krasnohorský stieg aus und ging ins Haus hinein. Markéta sagte, Hora habe ihn auch gesehen und ihr gesagt, sie solle ins Bett gehen, er werde sich um alles kümmern.«

»Und?«, fragte Otčenášek, »Spannen Sie uns nicht auf die Folter, David!«

»Und nichts weiter. Sie sagt, sie sei ins Bett gegangen und eingeschlafen. Am nächsten Morgen habe sie ihre Mutter gefragt, wo Dana sei, und die habe ihr gesagt, Dana sei doch weggefahren. Dann ist sie in Danas Wohnung gegangen, und alles sah aus, als sei nichts passiert – keine Unordnung, kein Blut, keine Dana. Sie habe dann noch mit Hora gesprochen, und der habe ihr gesagt, es sei alles in Ordnung, Dana sei nichts weiter passiert, sie sei mit Krasnohorský weggefahren.

Deshalb ist sie überzeugt, das mit der Frau nur geträumt zu haben.«

Alle schwiegen. Magda nippte an ihrem Kaffee. Das Glas klirrte, als sie es wieder auf die Untertasse stellte.

»Aber sie hat es nicht geträumt, denn die Leiche hat ein eingeschlagenes Gesicht«, sagte Magda nachdenklich. »Woher sollte sie das sonst wissen? Könnte sie das von der Tür aus gesehen haben, David?«

»Wenn sie tatsächlich nur an der Tür stand – kommt darauf an, wie die Leiche lag. Aber egal, ich glaube auch nicht an diese Geschichte mit dem Traum. Sie hat jemanden gesehen.«

»Wo war die Karafiátová?«, fragte Magda.

»Du glaubst doch nicht, dass sie ihre eigene Mutter gesehen hat, Magda!«, rief Larissa aus.

Magda zuckte die Achseln. »Sie schützt jemanden, und da sie partout nicht sagen will, wen, muss es jemand sein, der ihr sehr am Herzen liegt. Was liegt da näher, als dass es ihre Mutter war?«

»Lída sagte mir, sie habe an dem Abend ein Konzert gegeben«, sagte Larissa. Das war unmöglich – nicht Lída, dachte sie bestürzt.

»Ja, das hat Markéta auch gesagt«, bestätigte Anděl.

»Nach all den Jahren lässt sich das wohl kaum mehr feststellen«, sagte Magda. »Sie könnte es getan haben.«

»Lída Karafiátová? Lída soll Dana – nein, Lenka, umgebracht haben? Aber wieso?«, rief Larissa fassungslos aus. »Sie war doch ihre Freundin! Sie hat so liebevoll von ihr gesprochen …«

»Das ist ein Grund, aber kein Hindernis«, raunte Nebeský düster. »Die meisten Mörder kennen ihre Opfer gut, und viele sind sogar miteinander verwandt.«

»Das sind erst mal alles nur Spekulationen, solange wir

kein Motiv haben«, sagte Otčenášek und wandte sich an Anděl. »Wir müssen versuchen herauszufinden, ob die Karafiátová tatsächlich dieses Konzert gegeben hat. Und wann es zu Ende war.«

»Wissen wir, wo sie dieses Konzert gegeben hat?«, fragte Nebeský.

»Sie singt meistens in der Reduta«, sagte Larissa.

Nebeský nickte und notierte sich den bekannten Jazzclub.

»Dieser Krasnohorský. Wir wissen, dass er mit der Svobodová verheiratet war. War sie vielleicht mit ihm verabredet an diesem Abend?«, fuhr der Staatsanwalt fort. »Wir müssen versuchen, diesen Mann zu finden. Haben Sie schon etwas über ihn herausgefunden, David? Ich meine, abgesehen davon, dass er einige Wochen später geflohen ist?«

»Er ist hier. In Prag.«

Alle wandten sich zu Larissa um.

»Verdammt, Sie sind ja genauso schlimm wie die Kousalová!«, rief Anděl aus. »Was wissen Sie denn noch, das Sie uns verschweigen? Wo haben Sie den Krasnohorský aufgespürt? Raus damit! Was wissen Sie über ihn, Frau Redakteurin?«

Larissa lief puterrot an. »Ich wollte es Ihnen ja sagen, aber dann habe ich herausgefunden, wer der anonyme Anrufer ist, und wollte erst noch mit ihm sprechen – und dann habe ich ihn gefunden …« Larissa schüttelte den Kopf und fuhr sich mit einer Hand durch die kurzen Haare. »Und dann habe ich gar nicht mehr daran gedacht. Verzeihen Sie.« Sie lächelte schuldbewusst.

»Was wissen Sie über den Mann?«, fragte Otčenášek versöhnlich.

»Ich war neulich im Prinz, auf der Terrasse, am Altstädter Ring, und da saß er an einem Tisch mit Alena Freeman zusammen. Ich habe mir nichts dabei gedacht, sie haben sich leise unterhalten, ich habe nichts verstanden. Sie sind ja beide Journalisten, und warum sollten sie sich nicht kennen, nicht wahr?« Larissa hielt inne.

»Der Mann ist Journalist?«, fragte Anděl erstaunt.

»Ja. Er ist mein Mann.«

Verblüfft drehten sich alle zur Tür um. Im Türrahmen stand Xenia Bondy.

»Xenia, was …«, rief Magda erstaunt aus.

Xenia kam langsam zum Tisch. Otčenášek stand auf und schob ihr einen Stuhl hin. Sie war blass wie eine Wand und sah sehr müde aus. In der Hand hielt sie einen großen braunen Umschlag.

»Setzen Sie sich doch bitte«, sagte der Staatsanwalt.

»Danke.« Xenia nahm Platz und legte den Umschlag auf den Tisch. Mit der anderen Hand strich sie sich fahrig ihre zerzausten Locken glatt.

Meda schenkte Wasser in ein Glas und reichte es Xenia.

»Danke«, sagte Xenia und trank einen Schluck. »Ich kann das alles selbst nicht glauben, aber er ist mein Mann.«

»Jay?«, fragte Magda ungläubig. »Du meinst, Jay ist dieser Krasnohorský?«

»Ja, das wollte ich eben sagen«, sagte Larissa. »Jan Krasnohorský ist Jay Beaumont, der stellvertretende Chefredakteur der *Prague Post*.« Larissa betrachtete Xenia fasziniert. Das war also Jays Ehefrau. Darauf wäre ich in hundert Jahren nicht gekommen, dachte sie. So eine attraktive Frau und auch noch wenigstens zwanzig Jahre jünger als er – warum in aller Welt hatte er es nötig, sich eine Geliebte zuzulegen? Xenia tat ihr leid, wie sie da saß, bleich, müde und unendlich traurig. Was für ein Dreckskerl, dachte Larissa.

Stille hatte sich in dem kargen Büro ausgebreitet. Xenia

betrachtete den Umschlag, der vor ihr lag. Magda hatte einen Arm um Xenias Schultern gelegt, Anděl beobachtete die beiden Frauen nachdenklich, und Otčenášek malte Schnörkel auf seinen Notizblock. Meda Cyanoyá spielte mit dem großen Ring an ihrem rechten Mittelfinger. Ein wunderschöner Granat, dachte Larissa, sie hatte einen ähnlichen Ring von ihrer Großmutter geerbt, wenngleich ihr Stein ein bisschen kleiner war. Aber das wunderschöne blutrote Glitzern war dasselbe. Wie Magdas Kette, dachte sie.

»Woher wissen Sie das, Frau Redakteurin?«, brach Anděl schließlich das Schweigen. Verrückt, dachte er, das ist doch alles verrückt. Woher nimmt die Kleine eigentlich ihre Informationen? Vielleicht sollten wir sie abwerben, schoss es ihm amüsiert durch den Kopf.

Larissa zuckte zusammen. »Entschuldigen Sie, wo war ich?«, sagte sie, als sie so plötzlich aus ihren Gedanken gerissen wurde. Doch sie fasste sich schnell. »Ach ja – Alena und Jay, auf der Terrasse. Wie gesagt, sie sprachen miteinander, leise erst, dann hörte ich sie plötzlich sagen: *Jesusmaria, Honza, sei kein solcher Schwachkopf*! – Und sie sagte es auf Tschechisch. Dabei hatte sie mir doch erzählt, sie spreche die Sprache nicht.«

»Ich erinnere mich, deshalb sprachen wir im Ráj englisch mit ihr. Und du sagst, sie nannte ihn Honza?«, fragte Magda. »Vielleicht hast du dich verhört …«

»Nein, habe ich nicht«, widersprach Larissa. »An den anderen Tischen saß niemand. Sie sprach tschechisch und nannte ihn Honza. Ich war verblüfft, und dann – ich dachte darüber nach, was das zu bedeuten habe –, dann sprachen sie weiter, wieder leise. Und schließlich hat er ausgerufen: *Du bist verrückt, sag es ihnen lieber – die kommen eh drauf.* Auch auf Tschechisch. Da war ich platt! Bei Alena – nun, sie ist immerhin das Kind tschechischer Einwanderer, sie könnte die Sprache also von klein auf beherrschen, aber Jay ist Frankokanadier, aus Montreal. Er nimmt immer Dolmetscher mit zu seinen Gesprächen. Ich war oft dabei, er hat sich immer alles Wort für Wort übersetzen lassen. Und dann habe ich angefangen über den Namen nachzudenken, denn er sprach wie ein Tscheche, hatte absolut keinen Akzent.« Sie hielt inne.

»Es ist der gleiche Name«, sagte Anděl verblüfft. »Jean Beaumont – Jan Krasnohorský. Er hat ihn einfach nur übersetzt.«

»Genau. Na ja, sie sprachen weiter, um was es ging, habe ich nicht verstanden. Und plötzlich sprang sie auf und zischte ihn an: *Wenn du das tust, Honza, bringe ich dich um.* Und dann lief sie weg. Zum Aufzug. Sie war ganz schön aufgebracht.«

»Und dann?«, fragte Anděl und bemühte sich, seine Stimme ruhig zu halten. Dieses Gör hatte all das gehört und nichts gesagt? Sein Magen krampfte sich zusammen, sein Inneres begann zu brodeln wie kochendes Wasser. Diese kleine, dumme Gans! Ruhig bleiben, dachte er.

»Dann hat er ihr nachgerufen, sie solle warten, aber sie ist einfach weitergelaufen, als habe sie ihn nicht gehört. Sie ist wütend an mir vorbeigerannt ...«

Kann ich mir vorstellen, da ging es ihr ganz wie mir, dachte Anděl, der sich nur mit Mühe beherrschen konnte.

»... und dann hat er noch etwas gesagt – nein, eher geflüstert. Wenn ich ihn in dem Moment nicht angesehen hätte, hätte ich es nicht verstanden. Er sagte *›Dana‹*.«

»Und Sie haben mir nichts davon gesagt?« Anděl sprang auf, und sein Stuhl flog krachend zu Boden. »Verdammt noch mal, was glauben Sie eigentlich, was Sie hier tun? Halten Sie sich für Bob Woodward, oder was? Das ist kein Spielchen,

Frau Redakteurin!« Er schlug mit der Hand auf den Tisch. »Ich fasse es einfach nicht – Sie hören das alles und sagen nichts?«

Die anderen starrten Larissa und Anděl fassungslos an. Niemand von ihnen hatte den Kommissar je so aufgebracht gesehen.

»Beruhigen Sie sich, David. Immerhin hat sie es uns nun mitgeteilt …«, sagte der Staatsanwalt versöhnlich.

»Ja, aber zu spät, verdammt noch mal! Alena Freeman ist tot! Hora auch – womöglich hat der Mann die beiden auf dem Gewissen, und dieses Kälbchen hier spielt die große Enthüllungsjournalistin! Anstatt mich anzurufen, wollte sie erst mal allein mit ihm sprechen! Was wollten Sie tun? Die Sache im Alleingang lösen? Noch eine Titelgeschichte in diesem Saftblatt veröffentlichen? Worauf sind Sie aus? Den Pulitzer-Preis?« Anděl bebte vor Wut. Hätten sie das alles gewusst, sie hätten Alena vielleicht retten können. Und womöglich auch Milan Hora. Nun waren sie beide tot.

Larissa starrte Anděl entsetzt an. Ihre Augen füllten sich mit Tränen. Sie hatte wirklich nicht mehr daran gedacht. Hatte das alles schlicht vergessen, als sie den toten Mann in der Wohnung gefunden hatte. Sie hatte Anděl anrufen wollen, aber dann hatte sie die Stimme des anonymen Anrufers in der Rezeption gehört und Horas Telefonnummer herausgefunden … Sie hatte doch nur mit ihm sprechen wollen, bevor – o Gott –, und nun war sie schuld, dass Alena … Es war nicht auszudenken. Tränen liefen ihr die Wangen herunter. Sie verbarg ihr Gesicht in den Händen.

Anděl atmete tief ein und fuhr sich durch die braunen Locken.

»Entschuldigen Sie meinen Ausbruch bitte«, sagte er, so ruhig, wie es ihm seine Erregung erlaubte. Er hob seinen Stuhl auf und setzte sich wieder, holte eine Packung Zigaretten aus seiner Jackentasche, zündete sich eine an und warf das Päckchen auf den Tisch.

Magda kramte eine Packung Taschentücher hervor und reichte sie Larissa. Die junge Journalistin nahm sie, dankte kaum hörbar und stand zitternd auf. »Entschuldigen Sie mich bitte einen Moment«, flüsterte sie und ging zur Tür.

»Am Ende des Gangs, links«, sagte Meda.

Larissa nickte und schloss leise die Tür hinter sich.

Nebeský nahm Anděls Zigaretten. »Darf ich?«, fragte er und zog sich eine raus. Anděl nickte. Er war noch immer fassungslos. Nebeský zündete sich die Zigarette an und zog daran, als hinge sein Leben davon ab. Er blies den Rauch geräuschvoll in die Luft.

»Du rauchst?«, fragte Anděl verwirrt. »Ich dachte …«

»Nein. Ich rauche«, erwiderte Nebeský trocken. »Einen Whisky auf den Schreck gibt's ja wohl nicht, oder?«

»Sie ist tot?«, flüsterte Xenia. »Alena Freeman ist tot?« Was für ein Albtraum, dachte sie, und es wurde immer nur noch schlimmer, seit sie gestern diese Papiere gefunden hatte.

»Ja, und dieser Mann, der Larissa angerufen hat, Milan Hora, auch«, sagte Magda. »Es ist schrecklich. Larissa hat Milan tot in seiner Wohnung gefunden, gestern Mittag. Und gestern spätabends wurde Alena in der Metro an der Staatsoper erschossen.«

Staatsanwalt Otčenášek sah Xenia an.

»Was wissen Sie von alldem, Madame?«, fragte er. Er konnte Anděls Wutanfall gut verstehen. Hätte die eifrige junge Dame doch nur früher gesagt, was sie gehört hatte. Aber es half nichts mehr. Sie hatte es sicher nicht absichtlich verschwiegen. Ein sympathisches Mädchen, nun, die Standpauke hatte gesessen. Erstaunlich, zu welcher Leidenschaft der sonst so besonnene und ausgeglichene David Anděl fähig war. Ja, diese stillen Wasser …

»Larissa hat recht«, unterbrach Xenia seine abschweifenden Gedanken. »Jay ist Jan Krasnohorský. Das ist alles, was ich weiß.«

»Hat er es Ihnen gesagt?«

»Nein, ich habe alle seine Sachen zusammengepackt, gestern«, sie blickte peinlich berührt in die Runde. »Ich habe ihn vor ein paar Wochen rausgeworfen … Ich hatte ihn mit seiner Geliebten erwischt – in flagranti, wie man so schön sagt. Es war nicht das erste Mal. Ich wollte seine Sachen nicht mehr in der Wohnung haben. Dabei bin ich auf das hier gestoßen.« Sie deutete auf den Umschlag, der noch immer vor ihr auf dem Tisch lag.

»Was ist da drin?«, fragte Anděl.

Xenia nahm den Umschlag und zog einige Papiere heraus. »Eine Geburtsurkunde. Unterlagen über eine Namensänderung. Eine Heiratsurkunde.« Sie zögerte, sprach dann aber weiter. »Ich habe ihn gestern Abend angerufen und es ihm auf den Kopf zugesagt.« Sie schwieg einen Moment. »Er hat es nicht abgestritten.«

»O mein Gott, Xenia!«, rief Magda aus. Schlimm genug, dass Jay seine Frau mal wieder betrogen hatte, aber auch noch herausfinden zu müssen, dass der Mann, den man liebte, einen auch in allem anderen belogen hatte. Sie spürte eine unbändige Wut auf Jay. Honza. Wie auch immer, dachte sie wütend. Sie griff nach Anděls Zigarettenschachtel und hielt sie mit fragendem Blick hoch. Er nickte, dann wandte er sich den Papieren zu, die Xenia aus dem Umschlag gezogen hatte, und sah sie sich an.

Ja, da war es, schwarz auf weiß. Jan Krasnohorskýs Geburtsurkunde, die Unterlagen über eine Namensänderung auf den Namen Jean Beaumont und schließlich eine tschechische Heiratsurkunde, die bezeugte, dass Jan Krasnohorský am 25. Juli 1977 Lenka Svobodová geheiratet hatte.

Die Tür ging auf, und Larissa kam leise herein. Sie hatte ihr Gesicht gewaschen und sich beruhigt. Sie setzte sich wieder auf ihren Stuhl neben Magda. Sie sah Anděl aus den Augenwinkeln an – er ignorierte sie. Gut, sie konnte später noch mit ihm reden. Sie holte ihre Zigaretten aus ihrer Handtasche und zündete sich eine an.

»Wissen Sie, wo Ihr Mann sich aufhält, Frau Doktor?«, fragte Anděl Xenia.

Sie schüttelte den Kopf. »Ich habe keine Ahnung, wo er steckt, in der Redaktion war er seit Tagen nicht mehr. Steve Persson, der Nachrichtenredakteur, sagte, er habe Urlaub genommen. Vielleicht ist er in einem Hotel abgestiegen.«

Larissa räusperte sich. »Auf die Gefahr hin, dass Sie mich gleich standrechtlich erschießen – ich kann Ihnen da helfen«, sagte sie schüchtern mit noch immer unsicherer Stimme.

»Reden Sie schon«, sagte Anděl unwirsch. »Was haben Sie noch in Ihrer Pandora-Büchse?«

»Ich mache Ihnen doch nicht mit Absicht die Arbeit schwer!«, rief Larissa aus. »Ich wollte Sie ja anrufen – gleich nachdem ich mit Hora gesprochen hätte. Und dann habe ich ihn tot in dieser Wohnung gefunden und habe alles andere vergessen. Für Sie gehört das zum täglichen Geschäft – ich war fix und fertig, okay?« Sie atmete tief durch. »Entschuldigen Sie, bitte«, sagte sie schließlich und sah resigniert auf ihre Hände herab.

»Schon gut«, sagte Anděl trocken, »zurück zu Krasnohorský. Sie wissen, wo er sich aufhält?«

Larissa nickte. »Jay ist mein Nachbar.«

»Was?«, riefen Magda, Xenia und Anděl gleichzeitig aus.

Sie starrten Larissa ungläubig an. Der Staatsanwalt zog eine Augenbraue hoch.

»Wie – dein Nachbar?«, fragte Xenia.

»Er hat eine kleine Wohnung in Žižkov, in dem Haus, in dem ich wohne, auf dem gleichen Stockwerk – unter dem Dach.«

»Seit wann?«, fragte Xenia fassungslos. – Das also auch noch. Die vielen Dienstreisen – erstunken und erlogen. Und trotzdem, dachte sie, und trotzdem empfinde ich noch immer Liebe für diesen Lügner und Betrüger. Wie kann das sein? Eine Wohnung in Žižkov …

»Schon bevor ich dort eingezogen bin. Ich habe ihn dort aber zum ersten Mal an dem Abend gesehen, als ich mit Magda im Theater war. Ich bin ihm danach im Treppenhaus über den Weg gelaufen. Erst dachte ich, er besuche da oben meinen Nachbarn, diesen Typen, der nachts oft so laut Musik hört, aber er hat die Tür aufgesperrt. An der Tür steht allerdings ein anderer Name – Solo Lovec. Ich habe also am nächsten Morgen bei der Hausverwaltung angerufen, und die Frau von der Hausverwaltung hat mir gesagt, wie der Mieter heißt. Es ist Jay Beaumont. Er hat die Wohnung schon seit mehr als drei Jahren.«

Schade, dachte Anděl amüsiert, war es also doch nicht Jirka Kratochvíl, der dieses faszinierende Büchlein verfasst hat, dabei hätte ich schwören können … Ein Geheimnis weniger auf der Welt. Schade.

»Alles erstunken und erlogen«, sagte Xenia leise, »alles, unser ganzes Leben zusammen – nichts als Lügen!« Sie seufzte, sprang plötzlich auf und lief zum Fenster. Sie sah einen Moment hinaus auf die Straße, bevor sie sich wieder zu den anderen umdrehte. »Dreckskerl, verdammter – was für ein mieser kleiner Scheißer!« Sie blickte wütend in die Runde. Alle starrten sie mehr oder weniger verblüfft an. Sie schloss einen

Moment die Augen, öffnete sie wieder. Das wütende Funkeln in den grünen Augen war verschwunden. »Ich bitte um Verzeihung«, sagte sie schließlich und lächelte verlegen, »aber das musste raus.« Sie ging zurück zu ihrem Stuhl, setzte sich und griff ebenfalls nach Anděls Zigaretten.

»Inzwischen stinkt es hier wie im Räucherofen, das ist anders nicht auszuhalten – darf ich?«, fragte Magda und deutete zum Fenster.

»Aber bitte«, sagte Anděl lächelnd, »fühlen Sie sich wie zu Hause.«

Magda stand auf, ging hinüber zum Fenster und öffnete es. Sie blieb dort stehen und sah nachdenklich hinaus.

»Seit wann sind Sie mit Jay Beaumont verheiratet, Madame?«, fragte Otčenášek.

»Seit zwei Jahren. Ich habe ihn auf einer Vernissage kennengelernt. Ich wusste nicht, dass er eine Wohnung in Žižkov hat. Ich habe gar nichts gewusst.«

»Jean Beaumont«, sagte Magda plötzlich und drehte sich zu ihnen um. »Bomo.«

»Wie bitte?«, fragte Anděl.

»Der Name. Meine Großmutter sagte, ein gewisser Bomo, vom Konsulat oder der tschechoslowakischen Botschaft, habe ihr die Nachricht von Tante Danas Tod überbracht. Sie sprach den Namen wie Bomo aus. Beaumont. Es muss Jay gewesen sein.«

»Hat er sie getötet?«, fragte Xenia mit zitternder Stimme.

»Wen?«, fragte Anděl.

»Dana. Hat Jay sie … erschlagen?«

»Es war nicht Dana, Xenia«, sagte Magda.

Xenia sah sie verständnislos an.

»Die Tote aus der Metro, die Mumie, es ist nicht Dana.«

»Ja, aber – ich dachte …«

»Der DNA-Test war negativ. Die Mumie ist nicht meine Tante, Xenia. Wie es aussieht, ist die Tote Lenka Svobodová.«

»Er hat seine eigene Frau umgebracht?«, rief Xenia entsetzt aus. Was noch?

»Wir wissen es nicht«, sagte Anděl. »Alles, was wir wissen, ist, dass die Tote aller Wahrscheinlichkeit nach Lenka Svobodová ist.«

»Larissa«, wandte Magda sich an die Reporterin, »als du auf der Terrasse im Prinzen warst – du sagtest, Alena sei an dir vorbeigerannt.«

Larissa nickte.

»Hat sie dich gesehen?«

»Gesehen vielleicht, aber nicht wahrgenommen. Sie war vor Wut ganz außer sich«, antwortete Larissa.

»Und Jay? Hat er dich gesehen?«, fragte Magda weiter.

Entsetzen packte Larissa. Er hatte sie gesehen. Und nicht nur das, sie hatte ihm auch deutlich zu verstehen gegeben, dass sie wusste, wer er war. Sie starrte Magda entsetzt an.

»Hat er dich gesehen, Larissa? Weiß er, dass du ihn gesehen hast mit Alena? Weiß er, dass du sie gehört hast?«, fragte Magda angespannt.

»Ich, ich habe – o mein Gott!«, stotterte Larissa.

»Was haben Sie?«, fragte Anděl mit eisiger Stimme. Nein, dachte er, nein, so dumm konnte sie doch nicht gewesen sein!

Larissa sah ihn angsterfüllt an.

»Er hat mich bemerkt, als er ihr nachsah – und er entschuldigte sich für die Aufregung. Ein Missverständnis unter Freunden, sagte er. Und ich – ich weiß, ich hätte es nicht tun sollen –, aber ich ... ich habe gar nicht nachgedacht, es war so ein Impuls, ich wollte wissen, ob ich recht hatte mit meiner Vermutung, dass er Krasnohorský ist …« Sie verstummte. Wenn Jay der Mörder war und wusste, dass sie wusste … Sie begann zu zittern.

»Was zum Teufel haben Sie ihm noch gesagt?« Wenn sie getan hatte, was er dachte, dass sie getan hatte, würde er ihr eigenhändig den Hals umdrehen, dachte Anděl, dann würde er Jay die Arbeit abnehmen. Mit Freude.

»Frau Redakteurin«, sagte der Staatsanwalt, und in seiner Stimme klang weniger Sorge als ärgerliche Ungeduld, »was haben Sie zu ihm gesagt?«

»Ich sagte: ›*Auf Wiedersehen, Herr Krasnohorský, und noch einen schönen Tag*‹, flüsterte Larissa kleinlaut.

»Sie müssen ihn finden, David«, sagte der Staatsanwalt, während er fassungslos Larissa ansah, »schnell.«

Anděl nickte nur. Er war sprachlos. Sie hatte es tatsächlich getan! Sie hatte Krasnohorský aus einer Laune heraus gesagt, dass sie wusste, wer er wirklich war. War die Frau lebensmüde? Oder einfach nur bescheuert?

»Nebeský«, wandte er sich an seinen Partner, »du schnappst dir den Cajthaml und suchst Krasnohorský. Sobald du ihn hast, ruf mich an.« Er sah Larissa an. »Und Sie«, sagte er mit drohendem Ton und stieß seinen ausgestreckten Zeigefinger in ihre Richtung, »Sie rühren sich nicht von der Stelle! Meda, du lässt unsere lebensmüde Reporterin nicht aus den Augen. Und häng dich ans Telefon und suche die Karafiátová. Sie soll herkommen.« Er stand auf und eilte zur Tür.

»Zu Befehl, Chef«, sagte Meda.

»Wohin gehen Sie, David?«, fragte Otčenášek.

»Ich will endlich wissen, wen die Kousalová gesehen hat. Drei Leichen sind genug.«

Er ließ die Tür mit Wucht hinter sich zufallen.

Markéta Kousalová sah Anděl mit verweinten Augen an. Sie lehnte am Rahmen ihrer Wohnungstür, die Hände in den Hosentaschen, wie ein trotziges Kind.

»Was wollen Sie denn noch von mir? Ich habe Ihnen doch schon alles gesagt.« Ihre Stimme klang müde. Sie trug ein grellgelbes T-Shirt und eine verwaschene Jeans, die ein Loch am linken Knie hatte. Sie sah darin trotz ihrer mehr als vierzig Jahre aus wie ein Teenager. Dazu trug nicht unwesentlich ihre Frisur bei: Sie hatte die Haare an den Seiten ihres Kopfes zu Zöpfen geflochten, traurigen, dünnen Rattenschwänzchen.

»Darf ich hereinkommen, Frau Kousalová?«

»Bitte.« Sie öffnete widerwillig die Tür und ging voraus ins Wohnzimmer. Er folgte ihr. Sie setzte sich auf die Couch und deutete auf den Sessel, in dem er schon beim letzten Mal Platz genommen hatte.

Auf dem Tisch lag ein Päckchen Zigaretten, der Aschenbecher quoll fast über. In der Küche pfiff ein altmodischer Wasserkessel.

»Möchten Sie einen Kaffee? Ich habe eben Wasser aufgestellt.« Sie erhob sich schwerfällig.

»Gerne. Danke.«

Anděl sah ihr nach, als sie in die Küche ging. Was für eine traurige Gestalt, dachte er. Aber heute würde es keine Gnade geben. Sie würde reden, und wenn er sie ausquetschen musste wie eine Zitrone.

Nach einer Weile kam sie mit zwei Tassen Kaffee zurück, stellte sie auf den Tisch und setzte sich ihm gegenüber auf das Sofa.

»Sie leben allein hier, Frau Kousalová?«, fragte er.

»Ja. Ich bin geschieden. Mein Sohn lebt in Deutschland.«

Ein Sohn? Anděl konnte sich diese verhuschte Frau weder als Ehefrau noch als Mutter vorstellen. Als hätte sie seine

Gedanken gelesen, sagte sie fast entschuldigend: »Ich habe vor fast fünfundzwanzig Jahren geheiratet – es hat nicht lange gehalten, nur ein paar Monate. Wie ich schon sagte, ich habe oft Albträume.«

»Ihr Sohn lebt bei seinem Vater?«

Sie schüttelte den Kopf. »Nein, er ist schon vierundzwanzig. Das Produkt einer Jugendliebe.« Sie lächelte. »Er macht gerade sein Examen. Maschinenbau. Aber Sie sind sicher nicht gekommen, um mich nach meinem Sohn zu fragen.«

»Nein. Sie haben gestern Vormittag Milan Hora besucht. Warum?«

Sie sah ihn erstaunt an. »Ich wollte mit ihm sprechen. Über den Abend damals. Ich wollte ihn fragen …« Sie schwieg.

Anděl wartete. Sie hatten Markéta Kousalová auf einem der Fotos entdeckt, die Antonín Cajthaml geschossen hatte.

»Ich wollte ihn fragen, was er gesehen hat. Was ich gesehen habe. Damals.«

»Haben Sie ihm erzählt, was Sie gesehen haben? Haben Sie ihm die Wahrheit gesagt?«

Sie schüttelte den Kopf. »Er hat nicht aufgemacht. Ich habe geklingelt, aber er hat nicht aufgemacht. Da bin ich wieder gegangen.«

»Aber Sie waren an seiner Wohnungstür. Wie sind Sie in das Haus gekommen?«

»Woher wissen Sie das?«, fragte sie.

»Die Nachbarin. Sie hat Sie vor seiner Tür gesehen.«

»Dann wissen Sie auch, dass er mir nicht aufgemacht hat.«

»Wie sind Sie in das Haus gekommen?«, fragte Anděl noch einmal.

»Jemand kam heraus. Da bin ich hineingegangen.«

Anděl nickte. Er zog ein Foto aus der Tasche seiner Jacke. »War es diese Frau?«, fragte er und hielt ihr das Foto hin.

Sie sah es flüchtig an und nickte. Er legte ein weiteres Foto auf den Tisch. Markéta nickte fast unmerklich. Sie nahm eine Zigarette aus dem fast leeren Päckchen auf dem Tisch und zündete sie an.

»Kennen Sie den Mann?«

»Nein. Als ich ging, wollte er ins Haus. Davon haben Sie doch sicher auch ein Foto.« Ihre Stimme klang resigniert.

»Ja, davon habe ich auch ein Foto.« Anděl legte es auf den Tisch. Auch er hatte bei Hora geklingelt, wie ihnen die Nachbarin gesagt hatte. Noch wussten sie nicht, wer er war, aber das würden sie schon noch herausfinden.

»Kennen Sie diese Frau?«, fragte er und deutete auf das Foto von Alena.

Markéta schwieg und blickte hinauf zum glitzernden Kronleuchter.

»Sie kennen diese Frau, nicht wahr?«

»Ich weiß es nicht. Sollte ich sie kennen?« Ihre Stimme klang unendlich müde.

»Sie heißt Alena Freeman. Früher hieß sie Lenka Svobodová.«

Eine kleine Lüge im Dienste der Wahrheit, dachte Anděl. Wusste Markéta Konsalová wer damals tot in Danas Wohnung gelegen hatte?

Markétas Augen füllten sich mit Tränen. »Lenka«, flüsterte sie kaum hörbar.

»Was haben Sie an dem Abend im August 1977 wirklich gesehen, Markéta?«

Sie wischte sich ungeschickt die Tränen aus den Augen und zog an ihrer Zigarette. Die Spitze glühte auf. »Das habe ich Ihnen doch schon gesagt. Ich habe Dana auf dem Boden liegen sehen. Das ist alles.« Sie klopfte die Asche von der Zigarette und zog wieder daran.

»Sie haben gesagt, Sie hätten noch jemanden gesehen, bei der Toten.«

Sie schüttelte den Kopf. »Das muss ich geträumt haben. Das habe ich Ihnen doch auch schon gesagt. Milan hat gesagt, es sei alles in Ordnung gewesen. Dana wäre nur gestürzt.«

»Alena Freeman ist tot, Markéta. Jemand hat sie gestern auf der Treppe der Metro an der Staatsoper erschossen. Wen haben Sie damals hier gesehen?«

Sie sah ihm in die Augen und sagte bestimmt: »Niemanden.«

Anděl stand auf und steckte die Fotos zurück in seine Jackentasche. »Sie spielen mit Ihrem Leben, Markéta. Da draußen läuft jemand herum, der inzwischen drei Menschen auf dem Gewissen hat. Milan Hora ist auch tot. Wollen Sie die Nächste sein? Sagen Sie mir die Wahrheit – bitte!« Es war zum Verzweifeln. Warum redete die Frau nicht? Wen wollte sie schützen?

Markéta Kousalová schüttelte den Kopf und drückte die Zigarette im Aschenbecher aus.

»Ich kann Ihnen nicht mehr sagen.«

Im Flur fiel die Wohnungstür ins Schloss.

»Herzchen? Bist du zu Hause?«

»Ja, Mama, ich bin da«, antwortete Markéta mit tonloser Stimme.

»Was ...?«, Lída Karafiátová hielt inne, als sie ins Wohnzimmer trat.

Anděl stand auf. »Guten Tag, Frau Karafiátová«, sagte er und stellte sich vor. »Mein Name ist Kapitán David Anděl, *Mordparta*.«

»Möchtest du auch einen Kaffee, Mama?«, fragte Markéta und stand ebenfalls auf.

Lída nickte zögernd. »Was wollen Sie von meiner Tochter?«, fragte sie Anděl.

»Setzen Sie sich doch bitte, Madame«, sagte Anděl, während er wieder Platz nahm.

Lída ließ sich auf dem zweiten Sessel nieder und wiederholte ihre Frage. »Was wollen Sie von meiner Tochter, Herr Kommissar?« Sie stellte ihre übergroße Handtasche neben sich ab und sah ihn mit hochgezogenen Brauen an.

Eine noch immer gut aussehende Frau, dachte Anděl, als sie die langen Beine elegant übereinanderschlug. Und sie weiß es, dachte er amüsiert. Sie war eine dieser Frauen, die, egal, wie alt sie waren, nicht anders konnten, als mit allem zu flirten, was nach Mann aussah. Er lächelte.

»Ich habe mit Ihrer Tochter über jenen Abend vor fünfundzwanzig Jahren gesprochen. Den Abend, an dem Dana Volná verschwand.«

»Und was hat meine Tochter damit zu tun?«

Aus der Küche hörte man das Klappern von Geschirr. Der Wasserkessel pfiff.

»Ihre Tochter war an dem Abend zu Hause, wie sie mir sagte«, sagte Anděl. »Wo waren Sie, Madame?«

Lída lachte. »Ich? Ich habe ein Konzert gegeben. In der Reduta. Warum?«

»Haben Sie die Zeitung gelesen, Frau Karafiátová?«, fragte er und überging ihre Frage.

»Die Zeitung? Nein, ich lese keine Zeitung. Das macht mich depressiv. Ist etwas passiert?«

Markéta kam mit einem Glas Kaffee aus der Küche und stellte es vor ihrer Mutter auf den Tisch. Auf dem Kaffee schwamm eine hohe Sahnehaube. Über Kalorien schien sich

Lída Karafiátová nicht den Kopf zu zerbrechen. Erstaunlich, angesichts ihrer sehr schlanken Figur.

»Herzchen, hast du nicht ein Glas Sekt für deine alte Mutter?«, fragte Lída ihre Tochter. »Mein Blutdruck muss im Keller sein.«

»Tut mir leid, Mama, ich habe keinen.«

»Dann gib mir doch ein bisschen Eierlikör in den Kaffee, mein Herz. Ich brauche eine kleine Stärkung, wenn ich mit der Polizei reden soll.« Sie strahlte Anděl an. »Auch wenn es sich um einen sehr charmanten Vertreter der Staatsgewalt handelt.«

»Aber Mama!«, sagte Markéta empört und wurde rot.

Lída lachte. »Ach, Herzchen, sei doch nicht so puritanisch! Auch Polizisten sind Männer.«

Markéta ging zu dem Teewagen hinüber, von dem Anděl bei seinem letzten Besuch den Becherovka für sie geholt hatte, und griff nach einer unetikettierten Flasche mit dottergelbem Inhalt. Als sie zum Tisch zurückkam, nahm Lída ihr die Flasche aus der Hand und goss sich großzügig davon in den Kaffee. Markéta trug die Flasche wieder zurück, stellte sie auf den Teewagen und blieb mit dem Rücken zu ihnen am Fenster stehen.

»Haben Sie eine Ahnung, warum man hierzulande türkischen Kaffee mit Eierlikör algerischen Kaffee nennt?«, fragte Lída, während sie ihren Kaffee umrührte. »Ich frage mich das schon seit Jahren. Es ist einfach zu absurd, finden Sie nicht? In Algerien gibt es bestimmt keinen Eierlikör – von wegen Islam und so. Die trinken ja keinen Alkohol.«

»Wahrscheinlich ist es so wie mit den russischen Eiern«, erwiderte Anděl lächelnd. »Die sind in Russland ja auch unbekannt.«

»Ja, das wird es sein«, sagte sie und zwinkerte ihm zu.

»Nicht nur attraktiv, sondern auch noch blitzgescheit, unser Herr Kommissar.«

Markéta verharrte immer noch regungslos am Fenster.

»Sie hatten gefragt, ob ich die Zeitung gelesen hätte«, kam Lída auf seine Frage zurück. »Was hätte ich denn Interessantes darin lesen können?«

»Kennen Sie einen Milan Hora, Frau Karafiátová?«

»Milan Hora? Warten Sie – natürlich, das war doch Danas Haus- und Hoffotograf damals. Was ist mit ihm?«

»Er ist tot«, sagte Anděl.

Das Lächeln verschwand aus Lídas Gesicht.

»Tot?«

Anděl nickte.

»Und was hat das mit meiner Tochter zu tun?«, fragte sie und sah zu Markéta hinüber.

»Ihre Tochter wurde gestern gesehen, als sie an seiner Wohnungstür klingelte.«

»Ich verstehe Sie nicht ... Hora ist tot, na schön ... ich meine, der arme Mann, aber ...«

»Er ist erschossen worden – entweder bevor Ihre Tochter an seiner Wohnungstür war, oder kurz danach.«

Markéta drehte sich zu ihnen um. »Sie wissen ganz genau, dass ich nicht in seiner Wohnung war!«, rief sie aus. »Wenn die Nachbarin etwas anderes behauptet, lügt sie! Ich habe Milan nichts getan.« Sie sah ihn einen Moment mit aufgerissenen Augen an, dann drehte sie sich wieder zum Fenster.

»Er ist umgebracht worden, und Sie verdächtigen allen Ernstes meine Tochter?«, fragte Lída ihn entsetzt.

»Im Moment verdächtige ich niemanden. Ich habe sie nur gefragt, was sie bei ihm wollte. Hat Ihre Tochter jemals mit Ihnen über jenen Abend vor fünfundzwanzig Jahren gesprochen?«

Lída sah ihn verwirrt an. »Was hat das mit Milans Tod zu

tun?«, fragte sie. Anděl schwieg. Lída nahm Markétas Zigarettenschachtel, zog eine Zigarette heraus und blickte sich suchend um. Anděl gab ihr Feuer.

»Danke.« Sie zog an der Zigarette und sah ihn noch immer verständnislos an. Schließlich trank sie einen Schluck von ihrem Gebräu und stellte das Glas wieder ab.

»Nun ja … ich weiß gar nicht, es gab nichts darüber zu sagen. Und was heißt das, dass Dana verschwunden sei? Sie ist in Urlaub gefahren und dort auf tragische Weise ums Leben gekommen. Das ist ja wohl allgemein bekannt. Ich verstehe überhaupt nicht, was Sie von uns wollen …«

Konnte es wahr sein, dachte Anděl, dass Lída in den letzten Tagen keine Zeitungen gelesen hatte? Dass sie überhaupt nichts mitbekommen hatte? Meda hatte doch mit ihr gesprochen. Und nicht zu vergessen, Larissa. Vermutlich tat sie nur so, als wisse sie nichts. »Nun, dann will ich Sie mal auf den neuesten Stand bringen, Madame«, sagte Anděl und erzählte in kurzen Worten von der Mumie, die man in der Metro gefunden hatte. Lída starrte ihn an, als sei er verrückt geworden. Allerdings blieb er auch hier bei der Version, dass Dana Volná die Leiche sei.

»Das … das … ich kann das nicht glauben, was Sie da erzählen! Dana soll in dieser Wohnung umgebracht worden sein? Von Honza? Oder Venca? Unmöglich! Und Milan hat das alles gesehen? Markéta, warum hast du mir nichts gesagt, Herzchen?«

Markéta drehte sich zu ihrer Mutter um. »Ich habe gehört, wie sie sich gestritten haben, dann ist etwas umgefallen. Ich hatte Angst – und da habe ich Milan angerufen. Er sagte, er würde nachsehen und sich darum kümmern. Er sagte, ich solle ins Bett gehen und schlafen. Das habe ich getan. Und am nächsten Morgen habe ich dich gefragt, wo Dana sei, und du sagtest, sie sei doch weggefahren. Und Milan sagte, es sei alles in Ordnung gewesen, Dana sei mit Honza weggefahren. Das ist alles.«

Warum sagte sie nicht, dass sie in Danas Wohnung hinübergegangen war, fragte sich Anděl. Schützte sie tatsächlich ihre Mutter? Aber warum hätte Lída Karafiátová ihre Freundin töten sollen? Lída saß wie versteinert auf dem Sessel. Entweder sie wusste wirklich nichts, oder sie war eine verdammt gute Schauspielerin.

»Kennen Sie eine Alena Freeman, Frau Karafiátová?«, fragte er.

»Wie bitte?«

»Alena Freeman. Kennen Sie sie?«

»Nicht dass ich wüsste. Wer ist das?«

»Eine Journalistin, die für RFE gearbeitet hat.« Er nahm eines der Fotos vom Tisch und reichte es Lída.

Sie nahm es und betrachtete es mit wachsender Verwunderung.

»Das ist Alena Freeman?«, fragte sie schließlich. Einen Moment lang sah es so aus, als wollte sie noch etwas sagen, dann schüttelte sie energisch den Kopf. »Nein«, sagte sie, »nein, ich kenne sie nicht. Ich habe diese Frau noch nie gesehen. Was hat sie damit zu tun?«

Anděl nahm ein weiteres Foto zur Hand und betrachtete es eine Weile. Als Magda es ihm zum ersten Mal gezeigt hatte, hatte er nur Alenas Gesicht darauf wahrgenommen. Erst später hatte er die anderen beiden Gesichter bemerkt, die im Hintergrund zu sehen waren. Zwei Frauen. Sie hatten an einem Tisch hinter Alena gesessen.

»Sie lügen, Madame«, sagte er und reichte Lída das Bild. Er war überzeugt, dass Lída die Frau auf dem Foto wiedererkannt hatte. Es war nur ein kurzes Zucken in ihrem Gesicht gewesen, aber es hatte ihm genügt. Er hatte das schon zu oft gesehen.

Lída erstarrte. Er legte das Foto vor sie auf den Tisch.

»Hier, im Hintergrund, das sind Sie und Ihre Tochter«, sagte er. »Wollen Sie mir nicht die Wahrheit sagen?«

Lída blickte auf das Foto hinunter, das Alena, sie selbst und Markéta vor einem Café zeigte.

Einen Moment lang betrachtete sie es fassungslos, dann lachte sie.

»Guter Gott!«, rief sie aus, »Sie haben mir vielleicht einen Schreck eingejagt! Ja, ja, das bin ich, und das ist Markéta – aber ich kenne diese Frau trotzdem nicht, auch wenn wir offenbar einmal zur gleichen Zeit in einem Café gesessen haben.« Sie gab ihm erleichtert das Foto zurück. »Das ist Zufall. Aber Sie haben mir noch immer nicht gesagt, was diese Frau – Alena Freeman, sagten Sie? – mit dieser ganzen Sache zu tun hat?«

»Sie ist ebenfalls umgebracht worden. Gestern Abend.«

»Großer Gott! Wo leben wir?«, rief sie empört aus. »So was gibt es doch nur in Amerika!«

»Wie es aussieht, ist Alena Freeman Lenka Svobodová. Und Lenka Svobodová kannten Sie doch, nicht wahr?« Erneut eine fromme Lüge im Dienst der Sache.

»Lenka? Aber Lenka ist doch nach Österreich gefahren, zu ihrer Tante …«

»Sie ist offenbar zurückgekommen. Sie hatte ihren Namen geändert. Und nun ist sie tot. Und ich möchte wissen, wer ein Interesse daran gehabt haben könnte, sie umzubringen.«

Lída starrte ihn mit offenem Mund an. Dann schüttelte sie ihren violetten Lockenkopf. »Moment. Sie sagten, Dana sei in ihrer Wohnung umgebracht worden. Honza habe sie weggebracht – in die Metro. Das jedenfalls habe Milan behauptet, der das wiederum dieser hübschen kleinen Reporterin erzählt hat. Und nun taucht Lenka auf und wird getötet und Milan auch. So weit, so gut. Schrecklich! Aber ich verstehe noch immer nicht, was Sie von meiner Tochter wollen?« Sie trank den Rest ihres Kaffees aus.

»Ihre Tochter hat vorhin nicht alles erzählt«, sagte Anděl und sah Markéta an, die mit der Gardine spielte und noch immer am Fenster stand.

Lída sah zu ihrer Tochter hinüber. »Markéta? Herzchen?«

Markéta rührte sich nicht und schwieg.

»Ihre Tochter hat Lärm gehört«, sagte Anděl, »sie hörte etwas fallen, dann lief dieser Venca die Treppe hinunter und aus dem Haus hinaus. Markéta ist zu Dana hinübergegangen, die Tür war offen, und sie hat hineingesehen. Sie sah Dana auf dem Boden im Schlafzimmer liegen. Tja, und dann ...« Anděl sah Markéta an. »Was war dann, Markéta?«

»Nichts. Das habe ich doch schon gesagt. Sie lag da. Das ist alles. Dann bin ich zurück in unsere Wohnung gelaufen und habe Milan angerufen. Und er sagte, er komme nachsehen, ich solle ins Bett gehen.«

»Nein, das stimmt nicht ganz. Sie sagten, Sie hätten jemanden neben Dana knien sehen, der gerade dabei war, ihr das Gesicht zu Brei zu schlagen.« Er hatte bewusst so brutale Worte gewählt. Markéta zuckte zusammen, als hätte er sie geschlagen.

»Was?«, rief Lída aus, »du hast gesehen, wie sie erschlagen wurde? Und du hast nichts gesagt? Markéta! Verdammt noch mal, hör auf, mit dieser Gardine zu spielen, und komm her!«

Markéta drehte sich um. In ihren Augen standen Tränen. Sie hatte die Arme um ihren Leib geschlungen, als müsse sie sich davor bewahren auseinanderzubrechen. Sie zitterte. Langsam kam sie zum Tisch und sank in das Sofa. Sie sah auf den Boden, hob einen Fussel auf, legte ihn in den Aschenbecher.

»Ich habe das geträumt«, sagte sie schließlich. »Das habe ich Ihnen doch schon gesagt. Es war ein Albtraum. Milan hat gesagt, es sei alles in Ordnung gewesen, Dana sei mit Honza weggefahren. Da war niemand.« Sie sah trotzig von einem zum anderen. »Da war niemand. Ich habe das nur geträumt«, wiederholte sie.

Lída starrte ihre Tochter an. Anděl konnte förmlich sehen, wie die Gedanken in ihrem Hirn ratterten. Sie stand langsam auf. »Entschuldigen Sie mich einen Moment, Herr Kommissar«, sagte sie und ging in den Flur hinaus.

Anděl nutzte die Gelegenheit. Vielleicht konnte er Markéta doch noch dazu bewegen, zu sagen, wen sie gesehen hatte. Er glaubte keine Sekunde lang an die Geschichte, die sie ihn glauben machen wollte. Es war ein Albtraum gewesen – aber ein sehr realer.

»Sie lügen, Markéta. Sie haben nicht geträumt. Sie haben wirklich jemanden gesehen. Jemanden, den Sie gut kannten. Vielleicht war es eine Frau – oder vielleicht doch ein Mann? Es gibt nicht viele Möglichkeiten, wer es gewesen sein könnte. Vielleicht war es Venca – wir haben nur Ihr Wort dafür, dass er das Haus nach dem Streit verlassen hat. Milan Hora können wir nicht mehr fragen. Es könnte auch Honza gewesen sein. Vielleicht war er mit Venca gekommen und dageblieben, nachdem Venca davongelaufen war – auch da haben wir nur Ihr Wort dafür, dass er erst später gekommen ist. Milan Hora kann sich dazu nicht mehr äußern. Von ihm wissen wir nur, dass er gesehen haben will, wie Honza Dana in den Wagen gesetzt und sie zur Metro am Můstek gefahren hat. Das ist alles, was er der Reporterin gesagt hat. Sie sagten, es sei eine Frau gewesen. Nun gut, auch da ist die Auswahl beschränkt, da Ihnen offenbar viel daran liegt, diese Frau zu schützen. Es könnte Ihre Mutter gewesen sein. Wir wissen nicht, ob sie wirklich bei diesem Konzert war oder vielleicht schon wieder zu Hause …«

»Wie können Sie … «, rief Markéta schluchzend aus, »wie können Sie denken, dass meine Mutter Dana getötet haben könnte? Warum sollte sie das getan haben? Sie waren Freundinnen!«

Anděl ignorierte ihren Ausbruch. »Die anderen damaligen Mieter kommen nicht infrage, das waren allesamt alte Leute, die längst tot sind. Dann hätten wir noch Lenka Svobodová …«

»Nein!«, schrie Markéta und sprang auf. »Nein! Lenka war ein wunderbarer Mensch – sie hätte so etwas Schreckliches nie tun können! Sie war doch die …« Markéta fiel schluchzend auf das Sofa zurück und bedeckte ihr Gesicht mit den Händen.

»Sie haben recht, Markéta, Lenka hat es nicht getan.«

Sie sah ihn verständnislos an.

»Also gibt es nur noch eine Möglichkeit«, sagte Anděl. »Sie waren es selbst. Sie sind hinübergegangen und haben Dana dort liegen sehen. Sie sind hineingegangen und haben die Statue in die Hand genommen, von der Sie erzählt haben, und dann schlugen Sie zu. War es so, Markéta? Warum wollten Sie Dana töten?«

Markétas Kopf fuhr in die Höhe. Sie starrte ihn mit entsetztem Gesicht an.

»Ich …«

»Nein!«, ging Lída dazwischen. Sie stand in der Wohnzimmertür und hielt ein Schmuckkästchen in den Händen. Sie kam zum Tisch und stellte das Kästchen darauf. »Nein, Markéta hat Dana nicht getötet! Wie können Sie so etwas nur denken? Mein kleines Mädchen.« Sie setzte sich neben ihre Tochter und legte den Arm um ihre Schultern. Markéta rührte sich nicht. Sie sah Anděl mit angstgeweiteten Augen an – wie ein kleines Mädchen, als das ihre Mutter sie eben bezeichnet hatte.

»Hier«, sagte Lída, »das Kästchen hat Dana meiner Tochter dagelassen, bevor sie wegfuhr – verschwand, meinetwegen. Sehen Sie hinein. Vielleicht hilft Ihnen das weiter.«

Anděl zog das dunkelbraune Kästchen zu sich heran und öffnete es. Eine kleine Ballerina sprang auf und begann, sich zu Mozarts »Kleiner Nachtmusik« zu drehen. Das Kästchen war leer. Er sah Lída fragend an.

»Unter dem Futter«, sagte sie.

Anděl nahm das dunkelrote Samtfutter heraus. Darunter lag ein weißer Briefumschlag. Er nahm ihn und öffnete ihn. Zwei Fotos. Wieder Fotos. Alte Fotos. Schwarz-weiß. Eines zeigte ein schlafendes Baby. Auf der Rückseite stand *»Damit du weißt, was du verlassen hast, August 1965«*. Das zweite zeigte ein Hochzeitspaar. Zwei lachende junge Menschen, die glücklich in die Kamera blickten. Der Mann hatte den Arm um seine Braut gelegt, ihr Kopf lehnte an seiner Schulter. Die Braut war mit einem dicken X durchgestrichen. Der Druck des Stifts hatte das Foto an einer Stelle durchgerissen. Auf der Rückseite stand nichts. Aber das Foto sagte mehr als tausend Worte, dachte Anděl.

So war das also. Nun endlich begannen sich die einzelnen Puzzleteile zu einem Bild zusammenzufügen.

Anděl saß in seinem Auto und betrachtete die Fotos, die Lída ihm gegeben hatte. Waren sie das Motiv für diesen fünfundzwanzig Jahre zurückliegenden Mord – und damit alle weiteren?

Sein Handy klingelte.

»David?«, fragte Otčenášek mit seiner unverwechselbar tiefen Stimme.

»Ja.«

»Das Foto von dem alten Mann vor Horas Haus. Wissen Sie, wer der Mann ist?«

»Nein«, sagte Anděl, »noch nicht. Warum?«

»Das ist Oberst Černý«, sagte der Staatsanwalt. »Sie wissen vielleicht nicht …« Er hielt inne.

Im Hintergrund hörte Anděl jemanden sprechen.

»Entschuldigen Sie, David«, sagte der Staatsanwalt und fuhr fort. »Sie wissen vielleicht nicht, dass Oberst Černý früher beim Geheimdienst war. Vor seiner Pensionierung.«

»Was hat er damit zu tun?«, fragte Anděl. Geheimdienst? Verdammt! Das fehlte noch, dass dieser Verein auch in diese ohnehin verzwickte Sache verwickelt sein sollte.

»Das weiß ich auch noch nicht. Aber Sie sollten wissen, dass Oberst Černý einen Sohn hat. Sie kennen ihn. Václav Černý. Er ist …«

»Dr. Václav Černý?«, fragte Anděl verblüfft.

»Der Chef der Gerichtsmedizin. Genau. Ich dachte, das sollten Sie wissen. Zumal Venca Černý ein Stück des rechten kleinen Fingers fehlt. Man bemerkt es kaum. Venca hat mir erzählt, dass ihn vor Jahren ein Hund gebissen hat – es kann also alles ein Zufall sein. Aber als ich eben den Oberst auf den Fotos erkannt habe …«

»Ich glaube nicht, dass alles nur Zufall ist«, sagte Anděl. »Der Knochen, von dem Magda Axamit uns neulich erzählte, wurde nämlich aus ihrem Schreibtisch gestohlen. Und es gibt nur eine Handvoll Leute, die von dem Knochen wissen: Dr. Axamit, Dr. Kratochvíl, Sie, ich – und Dr. Černý. Er stand damals plötzlich in der Tür, als sie uns davon erzählte. Erinnern Sie sich?«

»Natürlich, ich erinnere mich. Sie meinen, dass Venca ihn gestohlen hat?«, fragte der Staatsanwalt zweifelnd.

»Sieht ganz danach aus, meinen Sie nicht?« Anděl warf einen Blick auf seine Uhr. »Dr. Černý müsste im Institut sein. Ich fahre gleich hin. Und – danke.« Das musste ein schwerer Schlag für den Staatsanwalt sein. Anděl wusste, dass die beiden Männer seit Jahren gut befreundet waren.

»Ehrlich gesagt, weiß ich nicht, was ich davon halten soll. Ich möchte es gerne für einen Zufall halten. Im Allgemeinen verdächtigt man nicht seine Freunde. David …«

»Schon gut. Ich hätte Ihnen gleich sagen sollen, dass der Knochen gestohlen wurde, als Magda Axamit es bemerkte. Mein Fehler. Gut, dass Sie mir das von dem Oberst gesagt haben. Ich melde mich später.« Er klappte sein Handy zu. Oberst Černý vom Geheimdienst. Und der Chefpathologe war sein Sohn. Was hatte der Oberst von Hora gewollt?

Sein Handy klingelte abermals.

»Krasnohorský ist weder in der Redaktion noch zu Hause«, sagte Nebeský, nachdem Anděl sich gemeldet hatte. »Und er geht nicht ans Handy.«

»Schick ein paar Leute mit seinem Foto zum Flughafen, ruf dort an, sie sollen ihn aufhalten, falls er versucht, einen Flieger zu besteigen. Das Gleiche gilt für die Bahnhöfe. Und sag Meda, sie kann aufhören zu suchen. Ich habe mit der Kousalová gesprochen. Und mit ihrer Mutter.«

»Moment.«

Anděl hörte Nebeský im Hintergrund mit jemandem sprechen. »Meda ruft den Flughafen und die Bahnhöfe an. Hat die Kousalová dir gesagt, wen sie gesehen hat? War es ihre Mutter?«

»Nein.«

»Was ›nein‹?«, fragte Nebeský irritiert.

»Nein, sie hat es mir nicht gesagt. Und nein, ich glaube nicht, dass sie ihre Mutter schützt. Lass den Cajthaml beim Hühnchen, er soll das Haus beobachten, und wenn er den Krasnohorský sieht, soll er uns sofort anrufen. Wo bist du?«

»Im Büro. Der Cajtík ist schon beim Hühnchen. Übrigens, einer der Techniker hat mir vorhin noch ein Foto gebracht, das der Cajtík gemacht hat. Sie haben vergessen, es in den Umschlag mit den anderen zu geben. Verdammte Schlamperei.«

»Wer ist drauf?«, fragte Anděl.

»Du wirst es nicht glauben – der Černý. Unser lieber Chefschnipsler. Was hatte der dort verloren?«

Als hätte ich es geahnt, dachte Anděl. Václav Černý war also auch dort gewesen. Die hatten sich ja alle buchstäblich die Klinke in die Hand gedrückt. »Sind das jetzt alle Fotos? Oder haben sie noch ein paar verschlampt?«, fragte Anděl gereizt.

»Angeblich sind es alle. Wer von ihnen hat ihn umgebracht?«

»Ich weiß es noch nicht, Nebeský, aber sie hatten alle ein Motiv – außer unserer übereifrigen Reporterin. Der alte Mann war übrigens Oberst Černý. Das hat das Väterchen mir eben gesagt.«

»Oberst Černý? Wer ist das? Ist der etwa mit dem Pathologen verwandt?«

»Und wie. Ist sein Vater. Und ein ehemaliger Geheimdienstler.«

Nebeský pfiff ins Telefon. Dann fragte er: »Wer von ihnen, glaubst du, hat den Hora auf dem Gewissen? Die Freeman? Der alte Černý? Oder der Doktor?«

»Keine Ahnung. Wir haben einen Packen neue Geldscheine

in seiner Hosentasche gefunden. Ich wette, einer von ihnen hat versucht, ihn mit Geld zum Schweigen zu bringen.«

»Hineingegangen sind sie alle drei. Aber die Nachbarin hat keinen Schuss gehört.«

Das, dachte Anděl, spräche für den Oberst. Aber warum sollte er Milan Hora erschießen?

Magda stand mit zwei Kisten in den Armen vor ihrem Schreibtisch im Gerichtsmedizinischen Institut. Auf dem Besucherstuhl saß ihre Mutter. Sie trug einen weißen Laborkittel, den Magda ihr geliehen hatte. Milena Axamit sah aus dem Fenster.

»Ich habe die Knochen, Mama.«

Milena wandte sich ihrer Tochter zu und nickte. Sie stand auf und streckte sich. »Wo kann ich arbeiten?«

Magda deutete auf einen Arbeitstisch an der Wand. »Ist dir der recht?«, fragte sie.

Milena nickte. »Hast du auch die anderen Sachen, die ich brauche?« Sie musste sie nicht aufzählen, diese anderen Sachen. Ihre Kinder waren mit ihrer Arbeit aufgewachsen. Besonders Magda. Sie war von klein auf von der Arbeit ihrer Mutter fasziniert gewesen und hatte oft gebeten, dabei sein zu dürfen, wenn Milena an der Rekonstruktion von Gesichtern arbeitete. Anfangs hatte Milena die Bitte abgeschlagen. Das sei nichts für Kinder. Aber Magda war hartnäckig geblieben. Als sie dann studiert hatte, hatte sie ihrer Mutter in den Semesterferien oft geholfen. Sie war recht gut gewesen, doch letztendlich war sie bei der Gerichtsmedizin geblieben.

Milena ging zu dem Arbeitstisch hinüber, auf den Magda die Kisten abgestellt hatte. Sie öffnete die größere. Es war alles da. Magda nahm den Deckel von der kleineren ab. Milena blickte hinein. Viele kleine und größere Knochenstücke, die einmal einen Schädel gebildet hatten. Es würde viel Arbeit werden.

»Das wird eine Weile dauern, Liebes«, sagte Milena.

»Ich weiß, Mama. Ich bin froh, dass es nicht Tante Dana ist.«

Milena nickte. Ja, darüber war sie auch froh. Aber Dana ... Dana war trotzdem tot. Sie hätte ihre Schwester wiedersehen können. Sie waren zur gleichen Zeit durch Prag gelaufen und hatten nichts davon gewusst.

Milena war am Abend ihrer Ankunft in die Stadt gegangen, nachdem sie das Gepäck in Magdas Wohnung gebracht hatten. Sie hatte spazieren gehen wollen. Allein. Sie war durch die Straßen der Altstadt gelaufen und hatte versucht, nicht über diese ganze grässliche Geschichte nachzudenken. War sie, ohne es zu ahnen, irgendwo in diesen Gassen an ihrer Schwester vorbeigelaufen? War sie deshalb alleine spazieren gegangen? Hatte sie gehofft, Dana irgendwo da draußen zu treffen? Sie wusste es nicht. Was hätte sie ihr schon sagen sollen? Hallo, Dana, schön dich zu sehen? Oder hätte sie sie endlich zur Rede gestellt, nach all den Jahren? Hätte sie diese ganze Tragödie verhindern können, wenn sie damals gesprochen hätte, damals in jenem grässlichen Sommer vor so vielen Jahren? Wie hatte Dana nur so etwas tun können? Sie verstand es noch immer nicht. Oder doch? Sie dachte an jenen anderen Sommer, der so tragisch geendet hatte. Es war ein Unfall, dachte sie, nur ein tragischer Unfall. Oder hatte Dana doch ... Sie wusste es nicht. Und nun würde sie es nie mehr erfahren. Vielleicht war das besser so.

Milena sah ihre Tochter an, die inzwischen hinter ihrem Schreibtisch Platz genommen hatte und dabei war, ein Formular auszufüllen. Milena lächelte. Sie war stolz auf ihre vier Kinder. Aber ihre älteste Tochter lag ihr ganz besonders am

Herzen. Nicht dass sie ihre jüngere Tochter oder ihre beiden Söhne weniger liebte – das war etwas anderes. Sie hatte Magda von der ersten Sekunde an geliebt, als wäre sie … sie war ihre Tochter. Punkt. Sie würde alles tun, um sie nicht die ganze Wahrheit erfahren zu lassen.

Sie setzte sich an den Tisch und machte sich an die Arbeit.

Anděl parkte den Wagen vor dem Gerichtsmedizinischen Institut. Er stieg aus und betrat das düstere Gebäude. Dr. Václav Černý war also jener Venca, der die Sache an jenem Abend vor fünfundzwanzig Jahren ins Rollen gebracht hatte. War er auch der Mörder? Anděl glaubte es nicht. Jedenfalls sprach alles dagegen, was sie bisher wussten.

Hora hatte Krasnohorský angeschwärzt, obwohl er nach Markéta Kousalovás Aussage wusste, dass Venca aus dem Haus gelaufen war. Sie hatte Hora ja selbst erzählt, dass Venca mit Dana gestritten hatte. Mit Lenka, verbesserte er sich. Hatte Venca gewusst, dass die Frau, mit der er sich gestritten hatte, nicht Dana war? Das konnte nur er selbst ihm sagen. Er ging in Gedanken den breiten Flur entlang zur Treppe.

Markéta wiederum wusste offenbar nicht, dass Lenka die Tote in Danas Wohnung war. Jedenfalls hatte sie nicht widersprochen, als Anděl von der Toten im Schlafzimmer als Dana gesprochen hatte. Oder doch?

Er blieb stehen. Sie hatte etwas gesagt – was war es noch gewesen? *»Nein!«,* hatte sie ausgerufen, *»Nein! Lenka war ein wunderbarer Mensch – sie hätte so etwas Schreckliches nie tun können! Sie war doch die …«* Sie war doch die – was? War es möglich, dass Markéta genau wusste, wer die Leiche in Danas Schlafzimmer gewesen war? Hatte sie ihm sagen wollen: »Sie war doch die Tote«? Lenka, hatte sie gesagt, hätte so etwas nie tun können. Er würde noch einmal mit ihr reden müssen.

Er zog den Briefumschlag mit den Fotos, die Lída ihm gegeben hatte, aus seiner Jackentasche und betrachtete das Hochzeitsfoto. Eine glücklich strahlende Lenka lehnte an der Schulter eines ebenso glücklich strahlenden Honza Krasnohorský. Er fuhr mit dem Finger die tiefen Kratzer entlang, die ein Kugelschreiber dort hinterlassen hatte. »War diese Hochzeit dein Todesurteil?«, fragte er nachdenklich die junge Frau auf dem alten Foto. Es wäre möglich, dachte er. Ja, es wäre möglich.

Hatte die Kousalová Dana dort knien und Lenka erschlagen sehen? War die Hochzeit mit Honza Danas Motiv? Aber warum war sie dann alleine abgehauen? Warte, dachte er, ganz langsam. Honza war ebenfalls abgehauen, nur ein paar Monate später. Hatten die beiden das am Ende gemeinsam geplant? Die Hochzeit brachte Lenka eine Ausreisegenehmigung für Österreich ein. Aber keine für Honza. Wenn Honza mit Dana abhauen wollte – hatte er mit Dana dann auch den Mord an Lenka geplant? Aber warum hatten sich die beiden dann nicht in Amerika wiedergetroffen? Sie hatten es doch beide geschafft zu fliehen. Und Lenka war tot. Ihrem Glück hätte nichts mehr im Weg gestanden. Sie hätten sich unerkannt bis ans Ende ihres Lebens irgendwo in Amerika niederlassen können. Kein Mensch hätte sie dort je gefunden. Reine Spekulation. Er wusste zu wenig über die beiden und was sie in den vergangenen fünfundzwanzig Jahren getan oder gelassen hatten. Viele Fragen und bisher kaum verwertbare Antworten. Nichts als Vermutungen. Arbeitshypothesen, mehr nicht.

Und warum hatte Hora der Reporterin nur von Honza erzählt und nicht von Venca? Dieses Geheimnis hatte der Fotograf wohl mit ins Grab genommen. War Venca vielleicht gar nicht dort gewesen? Sie hatten nur Markéta Kousalovás Aussage dazu. Hora hatte Larissa nichts von Venca gesagt. Hatte er Markéta nicht geglaubt, als sie ihm von dem Streit zwischen Dana und Venca erzählte? Oder hatte er sich einfach nur auf das beschränkt, was er mit eigenen Augen gesehen hatte? Das würden sie nun wohl auch nie erfahren, dachte er bitter.

Zurück zu Krasnohorský. Hatte er Lenka umgebracht? Hatte er gewusst, wer da in der Wohnung lag? Das kam ganz darauf an, dachte Anděl. Es kam darauf an, wann Krasnohorský in der Wohnung eingetroffen war. War er schon mit Venca gekommen? Oder erst später, wie die Kousalová behauptet hatte? Darüber immerhin konnte Černý Auskunft geben. Und was die Tote in der Wohnung anging – Krasnohorský hätte doch wohl seine eigene Frau erkannt. Falls ihr Gesicht zu dem Zeitpunkt noch intakt gewesen war. Und was für ein Motiv hätte er gehabt, Dana umzubringen? Anděl lehnte sich an die Wand neben der Treppe. Fragen über Fragen – und auf keine hatte er bisher eine Antwort.

Angenommen, Krasnohorský dachte, seine Frau fahre nur zu Besuch nach Österreich – vielleicht hatte sich die Karafiátová getäuscht, und Lenka hatte gar nicht vorgehabt, im Westen zu bleiben. Und angenommen, er hatte die Frau für Dana gehalten. Warum hätte Honza Dana dann töten sollen? Hatte sie etwas gegen ihn in der Hand? Verdammt, er wusste zu wenig über diese Frau. Er musste mit Magdas Mutter reden, vielleicht wusste sie etwas.

Die Karafiátová – was hatte sie Larissa noch erzählt? Sie habe einmal Dana mit ihrer Schwester vor ihrer Tür getroffen. Die beiden seien zusammen für ein paar Wochen weggefahren. Er nahm das zweite Foto aus dem Umschlag. Ein schlafendes Baby. Er drehte das Foto um. Gestochen scharfe Buchstaben. *»Damit du weißt, was du verlassen hast, August*

1965«. Er betrachtete das Bild lange, während er darüber nachdachte, was es zu bedeuten haben könnte. Lída hatte gesagt, Dana habe ihrer Tochter das Kästchen dagelassen. Warum hatte Dana den Umschlag nicht aus dem Kästchen entfernt? Warum hatte sie diese Fotos nicht mitgenommen? Aber vielleicht war es gar nicht Dana gewesen, die das Kästchen für Markéta dagelassen hatte. Vielleicht hatte Markéta es am nächsten Morgen einfach an sich genommen und ihrer Mutter dann erzählt, Dana habe es ihr geschenkt.

Anděl zog sein Handy aus der Brusttasche seiner Jacke und wählte.

»Na, so was, David – was für eine Überraschung!«, sagte seine Mutter freudig. »Dass du zweimal in einer Woche anrufst!«

»*Mamino*«, sagte er und hielt sich nicht damit auf, auf ihre Stichelei einzugehen, »du hast neulich, als ich wegen Anna Navrátilová anrief, eine Sache im Krankenhaus erwähnt? Um was ging es dabei?«

»Die Sache im Krankenhaus? Was in aller Welt ...«

»*Mamino,* bitte, es ist wichtig«, sagte er ungeduldig.

»Ich weiß nicht, ob ich dir davon erzählen darf, David«, sagte seine Mutter zögernd. »Ich habe Milena damals hoch und heilig geschworen, es für mich zu behalten. Ich hätte es neulich nicht erwähnen dürfen, aber ich war so überrascht, als du nach ihnen gefragt hast – nach Dana. Da ist es mir so herausgerutscht ...«

»*Mamino,* die Sache ist ernst. Ich muss wissen, um was es damals im Krankenhaus gegangen ist. Bitte.«

»Um was geht es eigentlich? Ist Magda in Schwierigkeiten?«, fragte seine Mutter besorgt.

»Nein, ihr geht es gut, sie hat nichts damit zu tun – eigentlich. Doch, hat sie. Egal. Es geht um ihre Tante, um Dana

Volná – Dana Navrátilová. Hast du nicht Zeitung gelesen?« Für wen druckten die das Zeug eigentlich, wenn niemand es las? Er berichtete kurz über den Fund der Mumie und ihren Verdacht, dass es sich um Dana Volná handeln könnte. Den verwirrenden Rest mit den vertauschten Identitäten, den Tod von Alena Freeman und Milan Hora erwähnte er nicht. Man musste die Sache nicht unnötig komplizieren. »Also, was hatte es mit dieser Sache im Krankenhaus auf sich?«, wiederholte er seine Frage.

»O mein Gott!«, rief seine Mutter aus. »Die arme Milena – weiß sie von alldem?«

»*Mamino*, bitte!«

Sie schwieg.

»*Mamino*? Bist du noch da?«

»Ja. Ich weiß nicht, ob ich das Richtige tue, aber ich werde es dir sagen. Unter einer Bedingung. Du musst mir versprechen, nichts davon Magda zu sagen. Versprichst du mir das, David?«

»Wenn ich es irgend vermeiden kann, werde ich nichts sagen, okay. Also, was ist es?«

»Na schön. Dana war schwanger, als sie hier ankamen. Im sechsten oder siebten Monat. Sie blieb acht Wochen. Dann ist sie wieder nach Prag zurückgefahren. Allein.«

»Und? Was war mit dem Kind?«, fragte Anděl. Noch bevor seine Mutter ihm die ganze Geschichte erzählte, begann er zu ahnen, worauf das Ganze hinauslief.

»So, nun weißt du es also. Hilft dir das weiter?«, fragte sie schließlich.

»Ich glaube schon. Danke, *Mamino*. Ich werde versuchen, es für mich zu behalten. Nur noch eine Frage: Weißt du, wer der Vater war?«

Sie wusste es. Er hatte es geahnt.

Anděl ging an der geschlossenen Tür zu Václav Černýs Büro vorbei und betrat das Vorzimmer der Sekretärin.

»Guten Tag, ich würde gerne den Herrn Doktor sprechen«, sagte er zu der älteren Frau, die an ihrem Schreibtisch saß und konzentriert an ihrem Computer arbeitete.

Sie fuhr auf. »Lieber Gott! Herr Kommissar, haben Sie mich aber erschreckt! Ich habe Sie gar nicht hereinkommen hören.«

Anděl lächelte entschuldigend. »Tut mir leid, ich wollte Sie nicht erschrecken. Kann ich mit Herrn Černý sprechen? Ist er da?« Er deutete auf die Verbindungstür zum Büro des Chefpathologen.

Die Frau sah zweifelnd zur Tür ihres Chefs. »Da ist er schon, aber er hat Besuch. Er sagte, er wolle nicht gestört werden, aber …«, sie zögerte und sah Anděl wieder an. »Wenn Sie einen Moment warten wollen – ich habe Kaffee da …« Sie deutete auf die Kaffeemaschine auf dem Fensterbrett.

Anděl schüttelte den Kopf. »Nein, danke. Es ist dringend, ich fürchte, ich muss ihn stören«, sagte er und ging zur Tür.

»Bitte!«, rief sie aus und sprang auf. »Er hat ausdrücklich gesagt, dass er nicht gestört werden möchte. Sie wissen doch, wie er ist! Wenn ich Sie da reinlasse, reißt er mir den Kopf ab!«

Anděl legte die Hand auf die Türklinke.

»Keine Sorge, das geht auf meine Kappe«, sagte er lächelnd und drückte die Klinke hinunter. Die Sekretärin sank langsam auf ihren Stuhl zurück. Ihr Gesichtsausdruck verriet überdeutlich, was sie von seiner Versicherung hielt. Sie nickte resigniert. Anděl öffnete die Tür und trat ein.

»Entschuldigen Sie, Herr Doktor«, sagte er, während er die Tür hinter sich schloss, »ich muss dringend mit Ihnen sprechen. Ihre Sekretärin wollte mich pflichtschuldigst aufhalten, aber sie hatte keine Chance.«

Václav Černý stand hinter seinem Schreibtisch und sah ihn entsetzt an. Er sagte kein Wort. Sein Blick wanderte von Anděl zum runden Tisch, der auf der anderen Seite des Büros gegenüber von seinem ausladenden Schreibtisch stand.

Anděls Blick folgte dem des Arztes.

»Guten Tag, Herr Kommissar«, begrüßte ihn der alte Mann, der dort am Tisch saß und rauchte.

Anděl zog überrascht eine Braue hoch. Das war also Černýs Besucher. Was für ein glücklicher Zufall.

»Guten Tag, Herr Oberst. Wie schön, dass Sie hier sind, ich wollte Sie nachher auch noch aufsuchen. Da kann ich mir den Weg ja sparen.« Falls es den alten Mann überraschte, dass Anděl ihn mit seinem früheren Dienstgrad angesprochen hatte, ließ er sich nichts anmerken. »Darf ich mich setzen, Herr Doktor?«, fragte er den Gerichtsmediziner und zog sich einen Stuhl heran.

Der Pathologe nickte nur und setzte sich langsam auf seinen schwarzledernen Drehstuhl. Er faltete die Hände auf dem Tisch und sah Anděl an. Von seinem sonst oft so herrischen Wesen war nichts zu spüren.

»Womit kann ich Ihnen helfen, Herr Kommissar?«, fragte Václav Černý mit rauer Stimme. Er räusperte sich.

»Darf ich den Herren Kaffee bringen?« Die Sekretärin hatte vorsichtshalber nur den Kopf in die Tür gesteckt.

»Gerne«, sagte Anděl lächelnd. »Den können wir brauchen. Wir haben viel zu besprechen, nicht wahr, Herr Doktor?«

»Ja, bitte«, stimmte Černý zu. Er warf ihr einen strengen Blick zu. »Und ich bin jetzt wirklich für niemanden mehr zu sprechen, verstanden?«

Die Sekretärin nickte erleichtert und schloss die Tür.

»Was kann ich also für Sie tun?«, fragte Václav Černý noch einmal.

»Wo waren Sie am Abend des 7. August 1977, Herr Doktor?«, fragte Anděl.

Černý sah ihn überrascht an. Dann lachte er auf. »Guter Gott! Das fragen Sie im Ernst? Das ist über zwanzig Jahre her! Woher soll ich das heute noch wissen?«

»Dann will ich Ihnen auf die Sprünge helfen, Herr Doktor«, sagte Anděl. »Es war der Abend vor Ihrer Abreise nach Malta. Ein ganz besonderer Abend – den vergisst man doch nicht so ohne Weiteres, oder?«

»Tatsächlich? Nun, wenn Sie das sagen, wird es wohl stimmen. Aber dann haben Sie doch die Antwort.«

»Ihr Flug ging erst am frühen Morgen. Was haben Sie vorher gemacht?«

»Vorher? Nun, ich vermute, ich habe noch das eine oder andere gepackt. Was man eben so tut, wenn man eine lange Reise antritt. Wieso interessiert Sie das?«, fragte er gereizt.

Die Tür öffnete sich, und die Sekretärin kam mit einem Kaffeetablett herein. Sie ging zum Besprechungstisch, an dem Anděl und Oberst Černý saßen, und stellte es ab. Sie stellte jedem von beiden eine Tasse Kaffee hin und trug die dritte zum Doktor.

»Ich habe den Zucker schon hineingetan«, sagte sie zu ihm und verschwand schnell wieder.

Anděl nahm sich ein Stück Zucker aus der Porzellandose auf dem Tablett und schob sie dem Oberst hin. Der schüttelte den Kopf. Anděl rührte seinen Kaffee um und sah den Doktor an. »Bevor Sie an jenem Abend zum Flughafen gefahren sind, haben Sie noch jemandem einen Besuch abgestattet, nicht wahr?«, sagte Anděl. Er trank einen Schluck Kaffee. Filterkaffee. Widerliches Zeug, dachte er.

»Einen Besuch? Wohl kaum. Wie kommen Sie darauf?«

»Jemand hat Sie gesehen, als Sie aus einem Haus in der Saská-Gasse auf der Kleinseite herausgekommen sind.«

Černý lachte nervös. »Wer behauptet das?«, fragte er dann.

»Ein Zeuge. Sie sollen das Haus fluchtartig verlassen haben.«

Černý starrte ihn an. Er sah plötzlich blass aus unter seiner perfekten Sonnenbräune und schwieg.

»Herr Doktor, wir können dieses Spielchen weiterspielen, oder aber Sie sagen mir die Wahrheit. Das würde die Sache vereinfachen und deutlich verkürzen. Ich weiß, dass Sie dort waren. Es gibt Zeugen, wie gesagt.« Anděl nahm noch ein Stück Zucker. Vielleicht würde der Kaffee dann genießbar.

»Na los, Junge, sag es ihm«, mischte sich der Oberst ein. Es klang mehr wie ein Befehl als eine freundliche Aufforderung.

Der Sohn ließ den Kopf auf die Brust sinken und atmete geräuschvoll ein. Schließlich hob er den Kopf wieder und sah Anděl an.

»Na schön. Ich war bei Dana an jenem Abend. Ich wollte mich verabschieden. Dann bin ich nach Hause gegangen, habe meine Sachen genommen und bin zum Flughafen gefahren. Das ist alles.«

»Ich glaube nicht, Herr Doktor«, sagte Anděl. »Wäre es alles, hätten Sie eben keinen Grund gehabt, sich so zu zieren, nicht wahr? Sie sind zu Dana gegangen, so weit, so gut, aber Sie haben sich nicht einfach freundlich von ihr verabschiedet. Sie haben sie umgebracht.«

»Was?«, rief Černý aus, »Was? Ich habe nichts dergleichen getan! Wie kommen Sie dazu, so etwas zu behaupten?«

Anděl schwieg und ließ den Arzt nicht aus den Augen. Václav Černý beruhigte sich nur mit Mühe. Einen Moment lang starrte er Anděl an, dann lachte er laut los. »Sie sind gut, Herr Kommissar, wirklich gut«, sagte er endlich. »Kein Wunder, dass Theo so große Stücke auf Sie hält. Aber bei mir funktioniert das nicht. Diese ganze Sache mit diesem alten Mord ist verjährt, das wissen Sie so gut wie ich. Dazu gibt es nichts mehr zu sagen.« Er lehnte sich selbstgefällig zurück.

»Sie haben recht, Herr Doktor«, erwiderte Anděl schmunzelnd, »diese alte Sache ist verjährt. Aber seit dem Auftauchen der Mumie haben sich gewisse weitere Dinge ergeben, die eine Ermittlung nicht nur rechtfertigen, sondern verlangen. Also noch einmal, was ist an jenem Abend passiert?«

Der Pathologe musterte den Kommissar misstrauisch. Dann wanderte sein Blick zu seinem Vater, und er gab sich geschlagen. »Ich habe Dana nicht umgebracht, verdammt noch mal!«, sagte er. »Gut, wir hatten eine kleine Meinungsverschiedenheit, aber das war alles. Ich hätte Dana niemals etwas angetan – ich habe sie geliebt.«

»Das mag sein«, sagte Anděl, »aber das ist kein Hinderungsgrund, wie Sie nur zu gut wissen. Sie wären nicht der Erste, der seine Geliebte umgebracht hat.« Anděl trank einen Schluck Kaffee. Etwas besser. Vielleicht sollte er noch ein Stück Zucker nehmen.

Der Arzt lehnte sich in seinem Stuhl zurück. Er sah hinauf zur Decke, als erhoffe er sich Beistand von oben. Es kam keiner. Er sah Anděl wieder an.

»Ich habe Dana nicht getötet, David. Sie hat gelebt, als ich gegangen bin. Schön, wir haben uns gestritten. Sie ist laut geworden, war ein temperamentvolles Mädel.« Er lächelte. »Aber sie hat gelebt, als ich sie verließ.«

»Waren Sie alleine bei ihr?«

»Natürlich. Wie kommen Sie darauf, dass noch jemand dabei war?« Černý schien überrascht.

»Weil an diesem Abend auch Ihr guter Freund Honza Krasnohorský dort aufgetaucht ist. Entweder mit Ihnen zusammen oder kurz nach Ihnen.« Anděl zog seine Zigarettenschachtel aus der Sakkotasche. »Darf ich?«, fragte er. Reine Höflichkeit. Der Aschenbecher auf dem Schreibtisch des Arztes ebenso wie der auf dem Besprechungstisch quollen über vor Kippen. Černý nickte. Anděl bot dem Oberst die Schachtel an. Der lehnte sich über den Tisch und nahm lächelnd eine Zigarette an. Anděl gab ihm Feuer und zündete seine eigene an.

»Also, waren Sie allein, Herr Doktor, oder hatten Sie Ihren Freund mitgebracht?«

»Ich war allein. Ich weiß nichts davon, dass Honza auch dort war«, sagte Černý schließlich.

Anděl glaubte ihm nicht, aber er konnte es nicht beweisen. Nicht, bevor er mit Krasnohorský gesprochen hätte. Er schwieg und betrachtete den Pathologen mit zweifelnder Miene.

Václav Černý stand auf und ging zum Fenster hinüber. Er drehte ihnen den Rücken zu, verschränkte die Arme vor der Brust. Der weiße Laborkittel spannte über seinen breiten Schultern. Schließlich drehte er sich wieder zu ihnen um und steckte die Hände in die Kitteltaschen.

»Na schön, ich habe ihn angerufen«, sagte er schließlich resigniert. »Dana ist auf mich losgegangen. Sie hat mir vorgeworfen, dass ich sie verlasse, dass ich sie nicht mitnehmen wolle nach Malta. Sie war schrecklich eifersüchtig. Sie warf mir vor, ich hätte eine andere.« Er zögerte und fuhr nach einer Weile fort. »Sie hatte nicht ganz unrecht. Na ja, Dana ging jedenfalls auf mich los, und ich habe versucht … ich habe sie von mir weggestoßen, und da ist sie gestolpert und gefallen. Sie hat sich den Kopf an der Kommode angeschlagen. Aber sie war nicht tot!« Er ging zum Schreibtisch zurück und setzte sich schwerfällig. »Sie war nur bewusstlos. Sie hat geatmet, verdammt noch mal! Ich war in Panik. Mein Flug – ich wollte nach Malta. Sie brauchte Hilfe, ich wollte sie nicht einfach dort liegen lassen … Also habe ich Honza angerufen. Ich bat ihn, zu kommen und sich um Dana zu kümmern. Und ich denke, das hat er getan.«

So war das also, dachte Anděl und trank seinen Kaffee aus. Inzwischen schmeckte der wie braunes Zuckerwasser. Wie viele Lügen würde der Doktor ihm noch auftischen, fragte er sich. Denn dass das, was Černý ihm eben erzählt hatte, wenigstens zum Teil eine Lüge war, wusste er.

»Später habe ich auf Malta von einer Kollegin gehört, dass Dana auf einer Reise nach Jugoslawien ums Leben gekommen ist. Sie hat also gelebt. Ich habe sie nicht umgebracht. Sie ist nach Jugoslawien gefahren.« Černý sah Anděl trotzig an.

»Das ist sie nicht«, sagte Anděl und sah den Oberst an. »Nicht wahr, Herr Oberst?«

»Woher soll ich das wissen, Herr Kommissar?«, fragte der Oberst. Er hatte eine angenehme, tiefe Stimme, ganz wie sein Sohn.

»Sie hatte keine Ausreisegenehmigung bekommen. Kein Wunder, als junge, ledige, kinderlose Frau. Sie wollte vielleicht fahren, aber Sie haben das verhindert. Sie wollten nicht, dass Dana womöglich zu Ihrem Sohn nach Malta fährt – über den Umweg Jugoslawien.«

Der Oberst lächelte. »Sie war nicht die richtige Frau für meinen Sohn. Er wusste es nur noch nicht. Aber ich musste nichts weiter unternehmen. Wie Sie schon sagten, als unverheiratete Frau ohne Kinder, die sie zurücklassen könnte, hatte sie keine Chance, eine Ausreisegenehmigung zu bekommen.«

»Sie ist nicht gefahren?«, fragte der Arzt überrascht. »Aber meine Kollegin …«

»Haben Sie nicht die Zeitung gelesen, Herr Doktor?«, fragte

Anděl. Er wartete nicht auf eine Antwort. »Haben Sie nicht den vorläufigen Bericht von Frau Dr. Axamit gelesen? Haben Sie nicht mit Staatsanwalt Otčenášek über den Fall der Mumie gesprochen, die in der Metro am Můstek gefunden wurde?«

»Doch, natürlich ...«

»Dann hören Sie endlich mit diesen an den Haaren herbeigezogenen Geschichten auf!«, rief Anděl verärgert aus.

Černý starrte ihn an.

»Spätestens seit Ihrem Gespräch mit dem Staatsanwalt haben Sie gewusst, dass Dana ihre Wohnung nicht mehr lebend verlassen hat. Dass sie diese ominöse Reise nie angetreten hat. Sie wissen, dass wir davon ausgegangen sind, dass die Mumie aus der Metro Dana Volná ist.«

Černý schwieg. Er schlug die Augen nieder.

»Ich werde Ihnen sagen, was an jenem Abend passiert ist.« Anděl warf die längst abgebrannte Zigarette in den Aschenbecher und steckte sich eine neue an. Černý nahm sich eine aus einer Packung, die auf seinem Schreibtisch lag. Er schob ein paar Papiere zur Seite, holte ein Feuerzeug darunter hervor und zündete die Zigarette an. Sein rechter kleiner Finger war deutlich kürzer, als er sein sollte, wie Anděl bemerkte. Der Pathologe konnte diesen Makel wirklich vollendet verbergen. Anděl kannte ihn seit Jahren, aber der verstümmelte Finger fiel ihm jetzt zum ersten Mal auf.

»Sie sind zu Dana gefahren an jenem Abend. Sie haben gestritten – worüber auch immer. Nach allem, was ich weiß, neige ich zu der Ansicht, dass Sie die eifersüchtige Partei waren – aber das spielt keine Rolle. Dana hat geschrien, Sie haben ihr den Mund zugehalten – und den Hals zugedrückt. Dr. Axamit hat Würgemale am Hals der Mumie festgestellt. Dana bekam keine Luft – und da hat sie Sie gebissen.«

Noch bevor er selbst etwas dagegen tun konnte, fuhr Černýs linke Hand, in der er die Zigarette hielt, instinktiv zu seiner rechten. Asche wirbelte durch die Luft über dem Schreibtisch. Er sah Anděl erschrocken an.

Anděl nickte. »Ja, sie hat Sie gebissen, genauer gesagt, sie hat Ihnen ein Stück Ihres Fingers abgebissen. Sie stießen sie vor Schmerz von sich fort, sie fiel gegen irgendetwas – eine Kommode vielleicht – und blieb bewusstlos liegen. Dann haben Sie Ihren Freund Krasnohorský angerufen, haben ihn gebeten zu kommen und sich um Dana zu kümmern. Und dann sind Sie abgehauen.«

»Sie hat gelebt!«, sagte Černý heftig. Er rieb seinen verstümmelten kleinen Finger. »Sie haben recht, sie hat mich gebissen. Aber sie war nicht tot, als ich ging. Ich hatte doch keinen Grund, sie zu töten. Das war ein Unfall.« Er zog an seiner Zigarette. »Sie hat gelebt«, wiederholte er.

»Der Knochen – Ihr Knochen – Herr Doktor, ist aus Dr. Axamits Schreibtisch gestohlen worden.«

Černýs Telefon klingelte. Der Pathologe starrte regungslos auf den Apparat.

»Heben Sie ab«, befahl Anděl.

Černý drückte die Taste der Gegensprechanlage.

»Herr Doktor«, meldete sich die Stimme der Sekretärin krächzend, »verzeihen Sie bitte, ich weiß, dass Sie nicht mehr gestört werden wollten, aber Seine Eminenz, der Rektor, ist in der Leitung und will mit Ihnen sprechen.«

»Danke, stellen Sie ihn durch«, sagte Černý und hob den Hörer ab. »Černý«, meldete er sich. Dann sagte er lange nichts, doch sein Gesicht sprach Bände. »Ich verstehe«, antwortete er schließlich mit matter Stimme und legte mit zitternder Hand den Hörer auf die Gabel. Er sah den Kommissar lange mit versteinertem Gesicht an.

»Geht das auf Ihr Konto, Anděl?«

Der Kommissar sah ihn fragend an.

»Der Rektor der Universität hat mich soeben darüber informiert, dass ich mit sofortiger Wirkung vom Dienst suspendiert sei.«

Anděl nickte freundlich. »Sie mögen kein Mörder sein, Herr Doktor, aber Sie sind ein Dieb. Sie wissen so gut wie ich, dass Sie wichtiges Beweismaterial gestohlen und vermutlich vernichtet haben.«

Der Oberst hatte die ganze Zeit schweigend und rauchend am Tisch gesessen. Als handelte es sich gar nicht um seinen Sohn, dachte Anděl verwundert. Hatte der Alte das alles schon gewusst? Vermutlich. Außerdem war der Mann sein Leben lang beim Geheimdienst gewesen, er hatte also noch wesentlich mehr Erfahrung als Anděl darin, bei Befragungen Ruhe und Gelassenheit zu bewahren. Und im Grunde, dachte Anděl, hat sein Sohn ja nichts weiter zu befürchten, er hatte die Frau nicht umgebracht, da war Anděl sich sicher. Aber warum log er dann immerfort, fragte er sich. Was hatte der Doktor zu verbergen?

»Schön, das wäre ja dann geklärt. Vergessen Sie bitte im Anschluss an unser Gespräch nicht, ohne Umwege und Gepäck das Gebäude zu verlassen, Herr Doktor.« Er schmunzelte. »Wie beim Monopoly – geh nicht über Los, zieh keine viertausend Kronen ein.« Fiesling, schalt er sich. Aber er hatte nicht widerstehen können. Nun, der Doktor würde die Stichelei verschmerzen. Wer so gut austeilen konnte wie er, musste ab und an auch einstecken. »Weiter im Text«, fuhr Anděl fort, »angenommen, Dana hat tatsächlich noch gelebt – hat jemand Sie gesehen, als Sie gingen?«

»Ich glaube nicht«, sagte Černý.

»Und warum waren Sie dann neulich bei Milan Hora?«, fragte Anděl.

Der Arzt starrte ihn entsetzt an.

»Lügen Sie mich nicht wieder an, Herr Doktor, wir wissen, dass Sie dort waren. Also, was wollten Sie von ihm?«

Černý senkte resigniert den Kopf. »Er hat mich gesehen. Hora. Auf der Karlsbrücke, als ich weggelaufen bin. Ich habe ihn fast umgerannt. Er hat mich erkannt. Ich wollte mit ihm reden, als ich von dem anonymen Anrufer hörte.« Er blickte wieder auf. »Aber ich habe ihn nicht erschossen. Ich besitze keine Waffe. Ich wollte nur mit ihm reden.«

»Haben Sie mit ihm gesprochen?«

Černý nickte. Anděl schwieg. Der Oberst rauchte ungerührt.

»Ich habe ihm Geld gegeben. Ich wollte, dass er mich da rauslässt.«

»Aber Hora hat nicht Sie angeschwärzt. Er hat dieser Reporterin nur von Krasnohorský erzählt – von Ihnen hat er kein Wort gesagt. Warum haben Sie ihm also Geld gegeben?«

»Er sollte für sich behalten, dass er mich dort gesehen hatte. Auf der Karlsbrücke. Und dann – auch wegen Honza. Ich … ich wollte mich für seine Hilfe damals revanchieren. Hora sollte in Zukunft sein verdammtes Mundwerk halten.«

Anděl nickte. Eine schwache Begründung, dachte er, aber immerhin möglich.

»Sie nehmen also an, dass Honza sie getötet hat?«

»Ich weiß es nicht … ich … Wer sollte es denn sonst getan haben?«, fragte Černý kopfschüttelnd. Er drückte seine abgebrannte Zigarette im Aschenbecher aus.

Vielleicht sagt er die Wahrheit, dachte Anděl, vielleicht wollte er sich tatsächlich für den Gefallen revanchieren, den Honza ihm damals erwiesen hatte.

»Sie haben mit Honza gesprochen?«

»Gesprochen? Ich? – Nein, wie kommen Sie darauf?«, fragte Černý erstaunt.

»Nun, Honza Krasnohorský ist zwei Monate nach jenem Abend abgehauen. Nach Kanada. Und Sie scheinen zu wissen, dass er sich in der Stadt aufhält. Und wenn Sie, wie Sie eben sagten, Hora das Geld gegeben haben, damit er nicht mehr über Ihren Freund spricht, gehe ich davon aus, dass Sie mit ihm gesprochen haben und wissen, wo er sich aufhält. Wo ist er?«

»Ich habe nicht mit Honza gesprochen – nicht seit meinem Anruf damals.«

»Warum hätte Honza Dana töten sollen?«, wechselte Anděl das Thema.

»Ich weiß es nicht.«

»Wussten Sie, dass Krasnohorský verheiratet war?«

Černý sah erstaunt auf. »Honza? Verheiratet? Nein, das habe ich nicht gewusst. Mit wem?«

»Er hatte am 25. Juli 1977 Lenka Svobodová geheiratet – nicht wahr, Herr Oberst?«

Der alte Mann nickte. »Ja, das hatte er. Was hat das damit zu tun?«, fragte er.

»Das hast du gewusst?«, rief sein Sohn aus. »Warum hast du mir das nicht gesagt?«

»Es spielte keine Rolle«, sagte er achselzuckend.

»Nicht, wenn Dana die Leiche gewesen wäre, da haben Sie recht, Herr Oberst«, sagte Anděl und sah den Oberst an.

»Was?«, rief Černý aus, »Wie meinen Sie das? Was heißt, wenn Dana die Leiche gewesen wäre? Ich verstehe kein Wort.«

Der Oberst trank einen Schluck von dem ungenießbaren Kaffee. Nur ein leichtes Zittern seiner Hand verriet, dass ihn Anděls Bemerkung nicht kaltgelassen hatte.

Anděl ließ die Augen nicht vom Oberst, als er fortfuhr: »Die Frau in Danas Wohnung war nicht Dana. Es war Lenka Svobodová – oder vielmehr Krasnohorská.«

»Svobodová«, sagte der Oberst, »sie hat ihren Namen behalten. Die beiden wollten die Sache mit der Hochzeit für sich behalten.«

»Warum?«, fragte Anděl.

Der Oberst zuckte mit den Achseln. »Keine Ahnung.«

»Sie haben Krasnohorský geholfen, das Gerücht von Danas Tod auf der Reise nach Jugoslawien in Umlauf zu bringen«, sagte Anděl, »warum?«

»Ich war ihm einen Gefallen schuldig.«

»Was hatte er für Sie getan?«

»Das spielt keine Rolle, es hat nichts mit dieser Sache zu tun.«

»Das würde ich gerne selbst entscheiden, Herr Oberst«, sagte Anděl. »Also, was hat er für Sie getan?«

»Er hat mir einen ausländischen Spion geliefert – und den Hora.«

»Honza hat für dich gearbeitet?«, fuhr Černý auf. »Das glaube ich einfach nicht! Honza hätte nie ...«

»Ach, mach dich nicht lächerlich, Junge«, winkte der Oberst ab. »Warum, glaubst du, ist Honza in der Weltgeschichte herumgereist?«

»Er hat als Arzt gelegentlich die Botschaften betreut ...«

»Natürlich. Aber hast du dich nie gefragt, warum ein junger, lediger, kinderloser Arzt das machen kann? Du hast doch selbst in diesem Land gelebt! Ja, er hat für mich gearbeitet. Er war gut. Und als er Hilfe brauchte, habe ich ihm geholfen.«

»Honza war Kommunist?«, fragte Černý fassungslos.

Der Oberst lachte. »Großer Gott, Söhnchen, bist du naiv! Nein, Honza war kein Kommunist. Opportunist trifft es weit besser. Er wurde gut bezahlt. Er reiste gerne. Und er lieferte für diese Zuwendungen gute Arbeit. Sehr gute Arbeit. War einer meiner besten Leute.« Der Oberst lächelte. Ein kaltes, unangenehmes Lächeln.

Honza Krasnohorský war also ein Spitzel gewesen, dachte Anděl. Aber war er auch ein Mörder?

»Sie haben aber noch mehr für Honza getan, nicht wahr, Herr Oberst?«, fragte er.

Der Oberst nickte.

»Sie haben ihm geholfen, nach Kanada zu fliehen.«

Wieder ein Nicken.

»Warum?«

»Ein Geschäft. Er sollte dort für mich arbeiten.«

»Wissen Sie, wo Krasnohorský sich derzeit aufhält?«

Der Oberst schwieg.

»Herr Oberst?«

»Nein.«

Anděl glaubte ihm nicht, aber er ließ es dabei bewenden.

»Sie sagten, die Frau in Danas Wohnung sei Lenka gewesen«, mischte sich Černý ein. »Ich verstehe nicht …«

»Die Frau, mit der Sie sich gestritten haben, war Lenka, korrekt. So sieht es jedenfalls aus. Noch ist es eine Vermutung, wenngleich eine plausible – unter den gegebenen Umständen. Jedenfalls wissen wir, dass es nicht Dana Volná war. Das zumindest ist sicher. Und das bringt uns zu meiner Frage von vorhin: Warum hätte Honza Krasnohorský seine eigene Frau umbringen sollen, die er erst zwei Wochen zuvor geheiratet hatte?«

Die beiden anderen Männer schwiegen. Černý starrte Anděl an. Man konnte förmlich sehen, wie sein Gehirn auf Hochtouren arbeitete. Der Oberst spielte mit seiner leeren Kaffeetasse. »Ich hätte gerne noch etwas zu trinken, Junge«, sagte er und sah seinen Sohn an.

Černý drückte geistesabwesend eine Taste auf seinem Telefon und bestellte noch einmal drei Kaffee und Wasser.

»Hatte Honza Krasnohorský einen Grund, seine Frau zu töten?«, fragte Anděl noch einmal und sah Černý an.

»Woher soll ich das wissen?«, erwiderte Černý. »Bis eben wusste ich noch nicht einmal, dass die beiden verheiratet waren. Ich hatte keine Ahnung, dass er … ich dachte immer, er …«

»Was dachten Sie?«, fragte Anděl.

Černý seufzte.

»Ich dachte immer, er hätte ein Verhältnis mit Dana. Ich wusste es nicht sicher, es war nur eine Vermutung, und sie haben es beide immer bestritten. Sie hatten recht, ich war eifersüchtig – sie war eine so schöne, lebenslustige Frau. Schrecklich unabhängig. Und dann hat Franta – ein Kollege aus dem Krankenhaus – also, Franta hat an dem Tag, als das alles passiert ist, im Krankenhaus Witze gemacht. Er sagte etwas von einem Kind, und was für ein Scheusal ich doch sei, nicht nur meine Freundin, sondern auch noch mein Kind hierzulassen, nur damit ich diesen Posten auf Malta bekäme. Er war sauer – er hatte sich auch beworben, ebenso wie Honza übrigens. Ich war wie vor den Kopf gestoßen.« Er zögerte, fuhr dann aber fort. »Ich wusste nichts von einem Kind – Himmel, es wäre mir doch aufgefallen, wenn Dana schwanger gewesen wäre! Ich bin Arzt!«

»Pathologe«, warf sein Vater trocken ein.

Anděl grinste. Er wurde das Gefühl nicht los, dass der alte Mann seinen Sohn nicht besonders mochte.

Černý überging den Einwand.

»Wir waren allein im Raum – Franta, Honza und ich. Ich habe Honza angesehen, nachdem Franta mir diese Sachen an den Kopf geworfen hatte, und Honza – er war weiß wie die Wand. Ich dachte, es sei die Situation, die ihm unangenehm sei – ich war wütend, die Atmosphäre war ziemlich aufgeladen, wie Sie sich denken können. Honza mochte keine Auseinandersetzungen, er ging ihnen immer aus dem Weg. Aber jetzt …« Er zog eine weitere Zigarette aus dem Päckchen und zündete sie an.

Die Luft im Raum war inzwischen zum Schneiden dick. Anděl stand auf, ging zum Fenster und öffnete es.

»Danke«, sagte Černý.

Anděl kehrte zu seinem Platz zurück. In diesem Moment kam die Sekretärin mit einem weiteren Tablett herein. Wieder stellte sie alles auf den Tisch, räumte die leeren Tassen auf das andere Tablett und brachte ihrem Chef eine neue Tasse Kaffee.

»Ich musste türkischen machen, Herr Doktor, die Kaffeemaschine funktioniert plötzlich nicht mehr. Tut mir schrecklich leid.«

»Schon gut. Der Filterkaffee war ohnehin grässlich. Werfen Sie das Ding am besten gleich weg«, sagte der Pathologe. »Haben Sie Zucker hineingetan?«

Sie nickte und verließ mit dem schmutzigen Geschirr das Zimmer.

»Wie gesagt«, fuhr Černý fort, »ich dachte, es sei die Situation, die ihm unangenehm sei, aber …«

»Und nun denken Sie, es sei etwas dran gewesen?«, fragte Anděl.

Černý zuckte die Achseln.

»Wusste Krasnohorský, dass die Tote in der Wohnung nicht Dana war?«, wandte sich der Oberst an den Kommissar.

»Ich weiß es nicht. Ich weiß noch nicht einmal, ob sie schon tot war, als er kam. Wenn sie schon tot war – nun, dann wusste er es vielleicht nicht, denn sie starb an den Schlägen gegen ihren Schädel und das Gesicht. Wenn sie noch nicht tot war, dann könnte man annehmen, dass er seine eigene Frau wiedererkannt hätte.«

Anděl dachte an die gefärbten Haare. Hätte Krasnohorský seine Frau erkannt mit den gefärbten Haaren? In dem Zustand? Sie hätte ja nach allem, was er wusste, zu dem Zeitpunkt längst in Österreich sein sollen. Es kam alles darauf an, ob Krasnohorský mit Dana unter einer Decke gesteckt hatte. Und Dana konnte nichts mehr dazu sagen. Dana war endgültig tot.

»Was wollten Sie von Milan Hora, Herr Oberst?«, wechselte Anděl das Thema und sah den Oberst an.

Der rührte keine Miene. Er war Profi genug, um zu wissen, dass sie auch ihn gesehen hatten, wenn sie vom Besuch seines Sohns bei Hora wussten.

»Ich wollte mit ihm reden«, antwortete der Oberst.

»Warum?«

Der Oberst lächelte. »Wir sind – waren – alte Bekannte.«

»Und haben Sie mit ihm geredet?«

»Nein.«

»Aber Sie waren in der Wohnung.«

Der Oberst nickte. »Doch ich habe nicht mit ihm gesprochen.«

»Warum nicht?«

»Er war tot.«

»Und warum haben Sie nicht die Polizei verständigt?«

Das Gesicht des Obersts verzog sich zu einem ironischen Grinsen.

»Ich wollte mich nicht einmischen.«

Ja, das passt zu dir, dachte Anděl. Er hatte so eine Antwort erwartet.

»Wenn Sie keine Fragen mehr haben, Herr Kommissar«, sagte der Oberst und stand auf, »dann gehe ich jetzt. Ich habe noch eine dringende Verabredung.« Er ging zur Tür.

»Kannten Sie Alena Freeman, Herr Oberst?«, fragte Anděl.

Der Oberst blieb abrupt stehen und drehte sich langsam um.

»Alena Freeman?«, fragte er.

Anděl nickte.

»Nein«, antwortete der Oberst und ging hinaus.

»Sie weiß, wer die Svobodová umgebracht hat«, sagte Anděl.

»Und warum will sie die Person schützen?«, fragte sein Partner.

Anděl schüttelte den Kopf. »Ich habe keine Ahnung, Nebeský. Ich weiß nur, dass sie nicht geträumt hat, wie sie nach wie vor behauptet.« Er hupte. »Dieser Verkehr ist die Hölle!«, schimpfte er. Sie standen schon seit einer halben Stunde im Stau auf der Magistrale.

Antonín Cajthaml hatte vor knapp dreißig Minuten, als Anděl gerade das Gerichtsmedizinische Institut verlassen hatte, angerufen und berichtet, Jay Beaumont sei gerade in seinem Hauseingang verschwunden. Anděl hatte Nebeský im Präsidium abgeholt, und nun standen sie im Stau. Cajthaml hatte Anweisung, Krasnohorský nicht aus den Augen zu lassen, falls dieser das Haus wieder verlassen sollte, und sich in diesem Fall sofort bei ihnen zu melden. Im Auto hatte Anděl Nebeský von seinen Gesprächen berichtet.

Das Zusammentreffen mit Dr. Černý und seinem Vater, dem Oberst, hatte ihn etwas weitergebracht. Ebenso wie der Anruf bei seiner Mutter. Und das Schmuckkästchen, das Lída ihm gegeben hatte. Die Fotos, die er darin gefunden hatte, bestärkten seinen Verdacht. Ja, es fügte sich alles zu einem Bild zusammen. Aber bestätigen konnte es ihnen nur Honza

Krasnohorský alias Jay Beaumont. Und nicht zu vergessen Markéta Kousalová, die kleine Sphinx.

»Verdammt, fahr doch endlich, du Idiot!« Vor ihnen stand ein dunkelblauer Škoda mit Pilsener Kennzeichen und konnte sich offenbar nicht entscheiden, in welche Richtung er fahren wollte. Abbiegen oder nicht abbiegen, schien die Frage zu sein. Anděl hupte abermals.

»Ich weiß ja, dass du dich beim Autofahren in einen Berserker verwandeln kannst«, sagte Nebeský lachend, »aber der Tobsuchtsanfall im Büro – o Mann, das hätte ich dir gar nicht zugetraut!«

»Hör auf. Ich habe mich entschuldigt. Aber sie hat den Anpfiff verdient. Ich hätte ihr den Hals umdrehen können! Alena Freeman, der Hora – wenn wir das alles nur früher gewusst hätten!« Er hupte erneut. Lange. Legte seinen ganzen Frust in das Hupen. Es half nicht. Ihm nicht und ihrem Weiterkommen auf dieser verstopften Straße auch nicht.

Die Schweigsamkeit, die die Kousalová an den Tag legte, frustrierte ihn. Aber wenn die Fotos das bedeuteten, was er glaubte, dann waren sie vielleicht nicht mehr weit von der Lösung entfernt. Vielleicht war das Foto das Motiv. Ein glückliches Hochzeitspaar.

Er zermarterte sich seit seinem ersten Gespräch mit Markéta Kousalová das Hirn darüber, wen sie gesehen hatte. Nun glaubte er, es zu wissen. Ob er recht hatte, konnte nur Markéta ihm sagen. Aber Krasnohorský hatte auch noch etwas beizutragen.

»Okay, noch mal von vorn«, sagte Nebeský nachdenklich. »Lenka Svobodová ist in Danas Wohnung – warum auch immer. Ihr Zug ging erst spätnachts, wie wir von der Karafiátová wissen. Dana sollte schon weg sein, angeblich auf dem Weg nach Jugoslawien. Aber sie könnte noch da gewesen sein – falls sie tatsächlich von Lenka die Ausreisepapiere bekommen hat. Meinst du, die beiden haben das zusammen ausgeheckt? Lenka bekommt die Ausreisegenehmigung, Dana färbt sich die Haare, und fährt an Lenkas Stelle nach Österreich. Hat Lenka das Ding nur beantragt, weil sie Dana helfen wollte abzuhauen?«

»Dafür spräche immerhin, dass sie ja erst kurz zuvor geheiratet hatte. Auf dem Foto aus dem Schmuckkästchen ist ein überglückliches Hochzeitspaar zu sehen. Warum also hätte Lenka abhauen sollen? Krasnohorský war ja in Prag«, sagte Anděl.

Der Typ im Škoda hatte sich endlich entschieden und war abgebogen. Sie fuhren ein paar Meter weiter.

Nebeský zog das Foto aus dem Umschlag und betrachtete es.

»Hmm. Okay. Aber warum ist Lenka in Danas Wohnung? Und warum hat *sie* sich die Haare gefärbt? Das ergibt doch keinen Sinn – sie wollte doch dableiben.«

»Frag mich was Leichteres!«

»Wo war Dana? Im Zug nach Österreich?« Nebeský sah Anděl fragend an. Als dieser nicht antwortete, fuhr er fort.

»Na schön. Weiter. Venca, Danas Freund, kommt vorbei. Sie streiten. Warum streitet er mit Lenka? Hat sie ihm gesagt, dass das Vögelchen ausgeflogen ist?«

»Er wusste nicht, dass es nicht Dana war, mit der er diese fatale Auseinandersetzung hatte.«

»Sagt er«, meinte Nebeský skeptisch.

»Sagt er, richtig«, stimmte Anděl zu, »aber ich glaube ihm.«

»Hm. Wenn du das sagst. – Also, Markéta hört etwas fallen und jemanden die Treppe hinunterlaufen. Sie sieht Venca das Haus verlassen, geht hinüber in Danas Wohnung und sieht Dana auf dem Boden liegen. Nur dass es nicht Dana ist, sondern Lenka. Aber das weiß sie ja nicht. Sie sieht noch jemanden in der Wohnung, neben der Leiche. Jemanden, der der Person auf dem Boden das Gesicht einschlägt. Sie läuft entsetzt zurück in ihre Wohnung und ruft Hora an. Der sagt, er komme rüber, aber da sehen sie beide einen Wagen vor dem Haus halten. Honza Krasnohorský steigt aus und geht ins Haus. Er geht in Danas Wohnung. Hora sagt Markéta, er werde sich um alles kümmern, und schickt sie ins Bett. Hora beobachtet das Haus und sieht, wie Krasnohorský Dana aus dem Haus in sein Auto trägt. Er folgt ihm zur Metro, in der Honza mit Dana verschwindet. Hora weiß nicht, dass es nicht Dana ist. Am nächsten Morgen fragt ihn Markéta, was passiert ist. Er beruhigt sie, sagt, dass Dana mit Honza weggefahren sei. Hört sich das logisch an?«

Anděl bog endlich in die Seifertova-Straße ein. Hoffentlich war Krasnohorský noch in seiner Wohnung.

»Was hast du gesagt?«

»Ich fragte, ob meine Ausführungen logisch seien.«

»Möglich. Hört sich so an. Bis auf eine Kleinigkeit.« Anděl bremste. Vor ihnen schlich eine alte Frau ängstlich über die Straße.

»Und die wäre?«

»Warum wurde Alena Freeman, alias Dana Volná, gestern Abend auf dieser Treppe erschossen?«

Hinter ihnen hupte jemand. Anděl fluchte und fuhr wieder an. Ein paar Meter weiter parkte er den Wagen auf dem Bürgersteig. Sie standen an der Ecke gegenüber vom Hühnchen in der Uhr.

»Da ist noch was«, sagte Nebeský wie nebenbei. »Jirka hat vorhin angerufen, wegen der Freeman. Er sagt, sie sei nicht aus der Nähe erschossen worden. Und dass der Einschusswinkel darauf hindeutet, dass der Mörder unter ihr stand.«

»Das heißt, sie ging die Treppe hinunter, und der Mörder stand in der Dunkelheit im Fußgängergeschoss. Sie hat ihn also vermutlich gar nicht gesehen. Er hat geschossen, sie ist die Treppen hinuntergestürzt und hat sich dabei den Hals gebrochen.«

»Nicht ganz. Gestürzt ist sie. Aber die Leiche hat Hämatome am linken Oberarm. Und auf dem Rücken, zwischen den Schulterblättern.«

»Von dem Sturz?«, fragte Anděl überrascht.

Nebeský schüttelte den Kopf. »Jirka meint, nein. Das Hämatom sieht aus wie der Abdruck einer Hand. Und das Ding auf dem Rücken hält er für eine Schlagverletzung.«

»Was? – Verdammt! Das bedeutet, dass wir zwei Mörder haben!«

Nebeský nickte ernst.

»Genau. Jemand hat bei dem Sturz nachgeholfen.«

»*Babi*, was machst du denn hier?«, fragte Magda überrascht.

Ihre Großmutter stand im Türrahmen und hielt sich an ihrer großen Handtasche fest. Sie hatte einen seltsam entschlossenen Ausdruck im Gesicht und blickte zwischen Magda und Milena hin und her. Dann fiel ihr Blick auf Larissa Khek, die neben ihrer Tochter an einem Arbeitstisch lehnte und dieser bei der Arbeit zusah. Milena fuhr auf und drehte sich um.

»Mama – was machst du hier?«, wiederholte sie Magdas Frage.

»Entschuldigen Sie, mein Kind«, wandte die alte Frau sich an Larissa, »ich möchte gerne mit meiner Tochter und meiner Enkelin sprechen – allein, bitte.«

Larissa nickte, nahm ihre Handtasche und ging zur Tür, wo sie unentschlossen stehen blieb.

»Wohin …«, fragte sie Magda.

»Nebenan. Du kannst dich ins Sekretariat setzen. Dort ist auch Kaffee, wenn du möchtest«, sagte Magda. »Aber nicht weglaufen, okay?«, fügte sie mit einem Lächeln hinzu, »ich habe dich hierher mitgenommen, obwohl es Meda nicht ganz recht war. Wenn du verschwindest, macht Anděl uns alle einen Kopf kürzer.«

Larissa nickte und ging nach nebenan ins Büro der Sekretärin. Sie hörten die Tür hinter ihr ins Schloss fallen. Kurz darauf unterbrach das Rauschen des Wasserkessels die Stille im Raum.

Anna Navrátilová nahm auf dem Stuhl vor Magdas Schreibtisch Platz. Milena drehte sich zu ihr um. Magda sah ihre Großmutter erwartungsvoll an.

Anna zwinkerte ihrer Enkelin liebevoll zu. Dann wandte sie sich an ihre Tochter.

»Ich kann nicht mehr, Liebes«, sagte sie. »Ich bin alt. Ich weiß nicht, wie lange ich noch zu leben habe …«

»Aber Mama«, fiel Milena ihr ins Wort, »was soll denn das? Du bist gesund, du …«

»Diese Sache hat mich sehr mitgenommen«, unterbrach Anna sie. »Ich will reinen Tisch machen, Milena. Ich kann nicht sterben mit diesen Lügen auf meinem Gewissen. Ich will es vom Tisch haben.« Ihre Worte ließen keinen Raum für Widerspruch. Anna und ihre Tochter sahen sich lange an. Ein wortloser Kampf zweier willensstarker Frauen. Schließlich senkte Milena den Blick.

»Wenn du meinst, dass es das Richtige ist …«, sagte sie leise. »Ich …«

Magda beobachtete die beiden mit wachsender Verwunderung. Worum ging es hier? Was für Lügen?

»Ich weiß, dass du die Sache anders siehst, mein Herz. Ich

verstehe dich, glaub mir. Aber ich weiß, dass ich recht habe. Es muss sein. Sie hat ein Recht darauf, die Wahrheit zu erfahren. Sie ist alt genug.«

»*Babi*, wovon sprichst du eigentlich?«, fragte Magda verständnislos. »Was für Lügen? Wer hat ein Recht darauf, etwas zu erfahren?« Hatte es mit diesem verzwickten Fall zu tun? Hatte es mit Dana zu tun, mit ihrer Tante, die sie, ohne es zu wissen, nur so kurz kennengelernt hatte? Alena Freeman, alias Dana Volná, alias Dana Navrátilová. Sie war ihr sympathisch gewesen. Hätte sie doch nur gewusst, wer Alena wirklich gewesen war – sie hätte sie so vieles fragen wollen. Eine Frage trieb sie unterschwellig die ganze Zeit um, seit sie festgestellt hatten, wer Alena wirklich gewesen war. Aller Wahrscheinlichkeit nach gewesen war, berichtigte sie sich. Hatte Alena sie, Magda, als ihre Nichte erkannt? Wenn ja – warum hatte sie nichts gesagt? Magda wusste, dass sie ihrer Mutter sehr ähnlich sah. Hatte Alena geahnt, wer sie war? Zu spät.

»Ich möchte dir etwas erzählen, mein Kätzchen«, sagte ihre Großmutter. Kätzchen, der Kosename, den ihre Großmutter immer benutzt hatte, als sie ein kleines Mädchen gewesen war.

»Ich weiß, dass ich Schmerz verursachen werde«, fuhr Anna unbeirrt fort, »aber es muss sein. Du hast es nicht verdient, dein ganzes Leben lang belogen zu werden. Man sollte wissen, wer man ist.«

Wer man ist?, dachte Magda verständnislos. Sie setzte an, um zu sprechen, aber ihre Großmutter ließ sie nicht zu Wort kommen.

»Lass mich bitte erst erzählen, solange ich noch den Mut dazu habe. Ich habe mich in mancher Hinsicht schuldig gemacht. Vieles kann ich nicht wiedergutmachen … Dana … manches war meine Schuld. Vielleicht war ich zu hart. Aber ich glaube, Dana wäre es im Grunde lieber gewesen, sie wäre ohne Familie auf die Welt gekommen. Wir waren immer nur Ballast für sie, schon seit sie ein kleines Mädchen war. Sie hat uns bei erster Gelegenheit abgeschüttelt. Ich denke, ich habe es ihr mit meinem Verhalten nur erleichtert. Gegangen wäre sie so oder so.« Anna wandte sich an ihre Tochter. »Du hattest damit recht. Dana wollte alleine sein auf der Welt.«

Milena nickte. »Das habe ich dir doch immer gesagt. Du brauchtest keine Schuldgefühle zu haben, Mama.«

Anna sprach weiter, als habe ihre Tochter nichts gesagt.

»Ich mache mir Vorwürfe, dass ich euch diese verrückte Idee damals habe durchgehen lassen. Ich hätte von Anfang an auf der Wahrheit bestehen sollen. Dana war eine verantwortungslose Egoistin. Und du, Milena, hast das einzig Richtige getan – aus Liebe zu dem unschuldigen Kind und auch aus Liebe zu deiner Schwester. Aber es war eine Lüge, und Lügen sind nicht gut. Also, mein Liebes«, wandte sich Anna nun wieder an Magda, »hör mir gut zu. Und vergiss nicht, dass wir alles, was wir – deine Mutter und ich – getan haben, aus Liebe zu dir taten …«

Während ihre Großmutter von ihren beiden ungleichen Töchtern zu sprechen begann, stieg eine Ahnung in Magda auf. Sie hörte gebannt der sanften Stimme der alten Frau zu, die von Ereignissen berichtete, die Magdas Leben auf einen Schlag veränderten.

Als ihre Großmutter schließlich geendet hatte, schwirrte Magda der Kopf. Sie war sprachlos. Wusste nicht, ob sie entsetzt sein sollte oder – oder was? Wütend? Traurig? Sprachlos? Zutiefst erschüttert? Sie sah von ihrer Großmutter zu ihrer Mutter, die noch immer regungslos dasaß, die Hände im Schoß verschränkt und so verkrampft, dass die Knöchel weiß hervortraten.

»Ist das alles wahr?«, fragte Magda schließlich tonlos.

Milena nickte. »Ja, Liebes. Es ist wahr. Verzeih mir, bitte. Ich wollte dir nie wehtun. Es tut mir unendlich leid, wenn ich es doch getan habe.« Ihre Worte waren ein bloßes Flüstern.

Magda stand langsam auf und ging mit schleppenden Schritten zur Tür. Auf dem Weg zog sie ihren Laborkittel aus und hängte ihn neben der Tür an einen Haken. Sie drehte sich um und sah die beiden mit einem traurigen Lächeln an. Sie wusste nicht, was sie denken, geschweige denn fühlen sollte. Sie brauchte Zeit, um sich in dieser neuen Situation zurechtzufinden.

»Es ist schon in Ordnung«, sagte sie leise, »ich weiß, dass ihr nur das Beste wolltet. Aber ich – ich muss ein bisschen nachdenken. Allein, okay?« Sie öffnete die Tür und ging hinaus. Sie drehte sich noch einmal um.

»Und passt inzwischen auf Larissa auf. Sie soll nicht weggehen.«

Ihre hohen Absätze klapperten auf dem Flur, als sie immer schneller zum Ausgang lief.

Antonín Cajthaml saß an einem Tisch auf der Terrasse der Pizzeria Einstein, schräg gegenüber dem Hühnchen in der Uhr. Seit längerer Zeit beobachtete er inzwischen das Haus, in dem vor gut zwei Stunden Honza Krasnohorský verschwunden war. Herausgekommen war er bisher nicht wieder. Ein paar andere Leute waren ebenfalls hinein- und hinausgegangen. Er hatte von allen Fotos gemacht. Das hatte Anděl ihm zwar nicht aufgetragen, aber der junge Polizist fotografierte gerne. Übung konnte nicht schaden.

Er bestellte noch eine Cola. Die vierte. Vielleicht sollte er auf etwas anderes umsteigen.

Eine junge Frau kam vom Bahnhof her die Seifertova-Straße hinauf. Sie überquerte die kleine Víta-Nejedlého-Straße und ging zielstrebig zu dem Hauseingang, den er beobachtete. Verdammt, das ist doch … Er schaute durch den Sucher der Kamera. Tatsächlich, sie war es, aber sie hätte doch im Präsidium sein sollen. Cajthaml schoss ein Foto, bevor die Frau im Haus verschwand. Vielleicht sollte er Anděl anrufen. Aber Meda wusste sicher, was sie tat. Na, das war nicht sein Problem.

Die hübsche Bedienung brachte seine Cola. Er ließ den Hauseingang nicht aus den Augen. Ein alter Mann kam mit schnellen Schritten die Seifertova-Straße hinunter, bog um die Ecke und blieb an der Haustür stehen, in der vor ein paar Minuten die junge Frau verschwunden war. Cajthaml drückte auf den Auslöser. Er hatte den Mann nur von schräg hinten auf dem Foto – besser als gar nichts. Der Mann zog etwas aus seiner Hosentasche und verschwand kurz darauf im Haus. Er kam dem jungen Beamten bekannt vor. Ach was, dachte er, alte Männer sahen sich alle irgendwie ähnlich. Er nippte an seiner Cola. Neben ihm unterhielten sich zwei junge Frauen über ihre Pläne für den Abend.

»In die Reduta?«, fragte die eine empört, »in diesen alten Jazzclub? Das meinst du doch wohl nicht ernst! Ich wollte tanzen gehen! Da bin ich schon mal in Prag, und du willst in einen Jazzclub?«

»Mein Vater sagte, der sei toll. Er ist da auch immer hingegangen, als er hier studiert hat«, antwortete die andere trotzig.

»Klar, Jana – das war vor hundert Jahren! Damals gab´s nichts anderes. Kennst du keine Disco? Ach, Mist, ich hätte Klára fragen sollen, die kennt sich hier aus. Sie besucht hier oft ihre Oma.«

»Wir könnten doch«, sagte die erste und warf Cajthaml

einen scheuen Blick zu, »wir könnten doch ihn fragen.« Sie nickte in seine Richtung.

Er lächelte sie aufmunternd an. Das andere Mädchen betrachtete ihn einen Moment lang skeptisch, dann nickte es. Seine Freundin wandte sich an Cajthaml.

»Entschuldigen Sie, wir sind für ein paar Tage in der Stadt und möchten gern abends irgendwo tanzen gehen …«, sie zuckte anmutig die hübschen nackten Schultern, »aber wir wissen nicht, wohin.« Sie lächelte schüchtern.

»Klar, Mädels. Ich wüsste da den einen oder anderen Club«, sagte er und setzte sein charmantestes Lächeln auf. Den beiden konnte geholfen werden. Zwei Landpflanzen auf Großstadtbesuch – was für ein Glück. Und hübsch waren sie auch noch. Er warf einen schnellen Blick auf die Straßenecke gegenüber.

Eine Frau kam die Víta-Nejedlého-Straße entlang. Ihre Absätze klapperten auf den Pflastersteinen.

»Einen Moment, bin gleich wieder bei euch«, sagte er und nahm die Kamera vom Tisch auf. Die Frau blieb vor dem Haus stehen und betrachtete das Klingelbrett. Offenbar suchte sie nach einem Namen. Cajthaml hob die Kamera an sein Auge und sah durch den Sucher. Komisch, dachte er, was macht die denn hier? Er drückte auf den Auslöser. Vielleicht war es doch an der Zeit, seinen Chef anzurufen. Nachdenklich fischte er sein Handy aus der Hosentasche. Die beiden jungen Frauen, die ihn verwirrt betrachteten, hatte er völlig vergessen.

»Und? Ist er zu Hause?«

Cajthaml fuhr erschrocken herum und sah sich Anděl und Nebeský gegenüber.

»Mann, was schleicht ihr euch so an?«, fragte er und hielt sich die Rechte ans Herz, »da trifft einen ja fast der Schlag!«

»Ist er zu Hause?«, wiederholte Nebeský Anděls Frage.

Cajthaml nickte.

»Er ist vor gut zwei Stunden reingegangen und nicht wieder herausgekommen.«

»Gut, dann wollen wir ein Wörtchen mit ihm reden«, sagte Anděl. »Der Mann hat uns viel zu erzählen. Gehen wir.«

»Ach, übrigens, vorhin ist diese Reporterin ins Haus gegangen …«

»Welche Reporterin?«

»Na, die von der *Post*. Larissa Sowieso?«

»Was?«, rief Anděl aus. »Die sollte doch bei Meda im Präsidium bleiben – verdammt und zugenäht! Wann?«

»Vor fünf Minuten vielleicht«, sagte Cajthaml. »Und ich wollte dich gerade anrufen, weil Dr. Axamit auch gerade reingegangen ist. Ich dachte mir …«

»Dr. Axamit?«, fragte Anděl. »Magda ist auch rein? Was wollen die beiden hier?«

»Na, die Reporterin wohnt doch hier, und …«

»Das weiß ich auch«, unterbrach Anděl ihn unwirsch. »Sonst noch jemand?«

»Na, wie das so ist, ein halbes Dutzend Leute – ich habe Fotos gemacht«, erwiderte er und deutete auf seine Kamera.

»Guter Junge. Hast du gezahlt?«, fragte Anděl ungeduldig. »Mach, Cajtík. Wir müssen da rauf.«

Cajthaml legte Geld auf den Tisch und winkte der Kellnerin. Als sie ihn bemerkte, deutete er auf den Tisch. Sie nickte. Sein Blick fiel auf die beiden jungen Frauen, die ihn mit offenem Mund anstarrten. Er grinste schief, zog ein Visitenkärtchen aus der Hemdtasche und legte es vor ihnen auf den Tisch.

»Wenn ihr Lust auf einen heißen Abend habt, ruft einfach an – ich kenne die coolsten Clubs.« Er schnappte seine Kamera, stand auf und wandte sich wieder an Anděl.

»Einer der Leute kam mir irgendwie bekannt vor, so ein alter Mann, ich weiß nicht, wo ich den schon gesehen habe …«

»Verdammt!«, rief Anděl und lief los zur Straßenecke. »Nebeský, komm mit – und du, Cajtík, bleibst an der Haustür, falls er abhauen will.« Anděl blieb abrupt stehen. Gerade noch rechtzeitig. Zwei Straßenbahnen bimmelten wild. Anděl fluchte.

Als die beiden Straßenbahnen vorbeigefahren waren, liefen die drei Polizisten endlich über die Straße. Die Haustür fiel gerade ins Schloss. Warum nur hatte Meda die Reporterin gehen lassen? Er würde ihr eigenhändig den Hals umdrehen, dachte Anděl wütend. Und was wollte Magda hier? Doch er ahnte es bereits. Und der alte Mann – konnte es sein, dass …? Er blickte die Straße hinauf und hinunter. War gerade jemand hineingegangen? Oder hinaus? Die Straßenbahnen hatten ihnen für kurze Zeit die Sicht auf die Haustür versperrt. Unter den Fußgängern war kein alter Mann. Vielleicht hatten sie doch noch Glück. Er warf einen Blick auf das Klingelbrett. Ganz oben stand L. Khek. Das Klingelschild daneben war ohne Namen. Krasnohorský? Anděl drückte beide Klingelknöpfe. Mach auf, dachte er, mach, verdammt noch mal, auf! Nebeský und Cajthaml standen atemlos hinter ihm.

»Glaubst du …?«, fragte Nebeský.

»Keine Ahnung. Vielleicht.« Anděl klingelte noch mal. Nichts.

Hinter ihnen hörten sie eine Sirene den Berg hinaufkommen. Anděl drehte sich um.

»Ein Krankenwagen«, sagte Nebeský.

Anděls Handy klingelte.

»David?« Magda.

»Machen Sie die Tür auf, Magda!«

»Kann nicht – schnell!«

Die Leitung war tot.

»Nebeský, die Tür!«

Nebeský kramte in seiner Hosentasche nach dem Bund mit Dietrichen, den er immer bei sich hatte. Für alle Fälle. Anděl stieß ihn zur Seite.

»Dafür ist keine Zeit!«

Er warf sich mit aller Kraft gegen die große alte Tür. Sie gab ein bisschen nach. Noch mal. Das Schloss gab krachend nach, die Tür flog auf. Er stürmte ins Haus, die Treppe hinauf. Nebeský folgte ihm.

Auf dem vierten Treppenabsatz war die rechte Wohnungstür halb offen.

»Magda?«, rief Anděl atemlos.

»Hier.«

Er stieß die Tür auf und lief in die kleine Wohnung hinein. Sie kniete im Wohnzimmer hinter Krasnohorský auf dem Boden und hielt ein Handtuch auf seinen Brustkorb gepresst. Sie hatte seinen Oberkörper angehoben und ihn gegen sich gelehnt. Sein Kopf ruhte an ihrer Schulter. Sie blickte nur kurz auf, kontrollierte mit der anderen Hand, mit der sie ihn umfasst hielt, den Puls.

»Haben Sie einen Krankenwagen gerufen?«, fragte er und kniete sich neben Krasnohorský.

»Ja.«

Die Sirene wurde lauter, erstarb. Es klingelte. Nebeský lief zur Tür und drückte den Türöffner.

»Vierter Stock«, rief er in die Gegensprechanlage. »Beeilt euch, Jungs!«

Sie hörten schnelle Schritte die Treppe heraufkommen.

»Kann ich etwas tun?«, fragte Anděl.

»Nein.«

»Wo ist die Kheková?«

»Hier«, sagte Nebeský hinter ihm.

Anděl drehte den Kopf in seine Richtung. Hinter der offenen Wohnzimmertür kniete Nebeský neben der Reporterin und fühlte ihren Puls.

»Ist sie …«

»Alles bestens. Macht nur ein kleines Nickerchen«, sagte Nebeský und stand auf, als sie die Sanitäter mit einem Arzt auf dem Treppenabsatz hörten. Er lief ihnen entgegen.

Die Männer erfassten die Situation mit einem Blick.

»Wie lange?«, fragte der Arzt, während er das Handtuch, das Magda Krasnohorský auf den Brustkorb gedrückt hielt, entfernte.

Magda rutschte zur Seite.

»Ich habe ihn vor fünf Minuten gefunden«, sagte sie.

Der Arzt nickte und machte sich mit den Sanitätern an die Arbeit. Er untersuchte Krasnohorskýs Schusswunde, einer der Sanitäter legte eine Infusion an, der andere bereitete Verbände vor. Sie arbeiteten flink und konzentriert.

»Er hat geatmet und hatte Herzschlag, unregelmäßig anfangs, aber er hat sich stabilisiert«, sagte Magda.

Der Arzt nickte erneut.

Magda stand auf und ging mit schnellen Schritten zu Larissa hinüber, neben der schon Anděl kniete.

»Waren Sie das?«, fragte er und deutete auf Larissa.

»Was?«, fragte Magda, während sie Larissas Puls fühlte und ihr mit der anderen Hand nicht eben sanft die Wange tätschelte.

Larissa stöhnte leise.

»Die stabile Seitenlage.«

»Ach so – ja, das war ich. Sie lag hinter der Tür, als ich hereinkam. Dann habe ich mich um ihn gekümmert.«

»Brauchen Sie Hilfe?«, fragte der Arzt.

»Nein danke, sie wacht langsam auf«, erwiderte Magda. »Ich bin Ärztin.«

»Pathologin«, sagte Nebeský grinsend.

Der Arzt blickte verwundert auf. »Gut.«

Magda lachte. »Zugegeben, es gehört nicht zu meinem täglichen Geschäft, Leute zu retten. Aber ich tue, was ich kann, um Arbeit von mir fernzuhalten.« Sie ging hinüber zu ihrer Handtasche, die sie neben Krasnohorský hatte fallen lassen, nahm eine kleine rote Schachtel auf und sammelte ein paar kleine Glasfläschchen ein, die daneben auf dem Boden lagen.

»Haben Sie ihm etwas gegeben?«, fragte der Arzt und deutete auf die Schachtel.

»Ja.«

»Es geht ihm besser, als es ihm gehen sollte«, sagte er und blickte die rote Schachtel an. »Was ist das?«

»Das hoffe ich doch. Ich habe ihm Veratrum album gegeben, gegen den Schock. Und Arnika, um die Blutung einigermaßen im Zaum zu halten«, sagte Magda.

»Und das hilft?«, fragte der Arzt skeptisch. »Diese Zuckerperlen?«

»Wie Sie sehen. Es verblüfft mich auch immer wieder.« Sie lächelte.

»Er atmet selbstständig, der Herzschlag ist auch regelmäßig«, sagte der Arzt und schüttelte den Kopf. »Da ist doch nichts drin in diesen homöopathischen Dingern. Wie kann das helfen?«

»Das ist die Eine-Million-Dollar-Frage. Wenn Sie die knacken, kriegen Sie den Nobelpreis. Ich weiß nur, dass es hilft – jedes Mal wieder.«

»Wie auch immer. Geschadet hat es ihm jedenfalls nicht.«

Magda ging mit der Schachtel zu Larissa hinüber. Sie nahm

ein Fläschchen heraus, öffnete es und ließ drei kleine weiße Kügelchen auf ihre Handfläche rollen. Mit der anderen Hand schob sie sie Larissa in den Mund.

»Er ist so weit stabil«, sagte der Arzt, »wir nehmen ihn jetzt mit. Wollen Sie nicht mitfahren? Vielleicht könnten wir auf dem Weg noch Hilfe von diesem Zauberzeug gebrauchen.«

Magda sah Anděl fragend an. Er nickte.

»Können wir die junge Frau auch mitnehmen?«, fragte Magda. »Sie hat wahrscheinlich eine Gehirnerschütterung.«

»Ich rufe lieber noch einen Wagen«, antwortete der Arzt, »das wird zu eng.« Er zog sein Handy heraus und telefonierte kurz. »In ein paar Minuten sind sie hier.«

Die Sanitäter packten die Trage, auf der Honza Krasnohorský inzwischen festgeschnallt war, und trugen ihn hinaus. Der Arzt nickte Anděl und Nebeský zu und folgte ihnen. Magda packte ihre Handtasche und ging ebenfalls zur Tür.

»Wissen Sie, was passiert ist?«, rief Anděl ihr hinterher.

»Nein. Später, David, im Krankenhaus. Ich muss da mit.«

Sie hörten ihre Absätze die Treppe hinunterklappern. Kurz darauf heulte wieder die Sirene auf und entfernte sich schnell Richtung Weinberge.

Im Hühnchen in der Uhr bezahlte ein alter Mann einen Espresso und verließ das Lokal.

Magda kam aus dem OP-Bereich heraus. Sie ging langsam und mit schweren Schritten auf Anděl und Nebeský zu, die im Flur auf zwei Besucherstühlen saßen.

»Wie geht es ihm?«, fragte Anděl, als sie sich neben ihn gesetzt hatte. Ihr Sommerkleid hatte sie gegen die grüne Kluft der Chirurgen vertauscht, die Sandalen gegen ein paar weiße Gesundheitsschlappen. Sie zog sich mit einer müden Geste die Haube von den hochgesteckten Haaren.

»Stabil. Ich denke, er wird es schaffen.« Sie schloss die Augen und lehnte den Kopf an die Wand. »Sie haben die Kugel herausgeholt. Er hat ganz ordentlich Blut verloren, aber sie haben ihm Transfusionen gegeben. Er liegt jetzt auf der Intensivstation.«

»Nebeský, du bleibst vor seiner Tür und lässt außer seinem Arzt und den Schwestern niemanden hinein«, wandte sich Anděl an seinen Partner. Der nickte, stand auf und ging zu Krasnoharskýs Krankenzimmer.

»Und die Kleine?«, fragte er.

»Sie haben sie auf ein Zimmer gebracht. Sie ist wach«, sagte Magda. »Es geht ihr so weit gut, bis auf leichte Kopfschmerzen, aber die werden auch bald weg sein. Sie wollen sie noch zur Beobachtung über Nacht dabehalten. Morgen wird sie wohl nach Hause können.«

»Nicht, wenn ich das verhindern kann«, sagte Anděl grimmig und wandte sich an Antonín Cajthaml, der gerade um die Ecke kam. »Cajtík, du stellst dich vor Larissas Zimmer und lässt niemanden zu ihr rein, außer dem Arzt und den Schwestern.«

Cajthaml salutierte grinsend. »Zu Befehl, Chef.«

»Es tut mir schrecklich leid, David«, sagte Magda mit geschlossenen Augen, als die beiden anderen gegangen waren. Ihr Kopf lehnte noch immer an der Wand. »Ich hätte sie nicht ins Institut mitnehmen sollen. Seien Sie Meda nicht böse bitte – ich habe sie überredet. Larissa interessierte sich für die Gesichtsrekonstruktion und fragte, ob ich sie nicht mitnehmen könnte. Ich dachte nicht, dass sie …«

»Schon okay. Sie hat dafür schon eins auf den Deckel gekriegt. Larissa meine ich. Und Meda – die wird eine Standpauke verschmerzen. Sie ist ein großes Mädchen.« Er fühlte sich so müde, wie Magda aussah.

»Und wo ist meine?«, fragte sie und sah ihn mit einem Lächeln an.

»Vergessen Sie es. Sie konnten ja nicht wissen, dass unsere kleine Starreporterin abhauen würde.« Er sah Magda besorgt an. »Magda, warum sind Sie zu Krasnohorský gegangen?«

»Ich habe nicht auf ihn geschossen, wenn Sie das meinen«, sagte sie.

»Das habe ich auch nicht angenommen. Ohne Ihre Hilfe hätte er ja nicht überlebt. Das würde also keinen Sinn ergeben, nicht wahr?«

Magda nickte. »Ich wollte nachdenken. Meine Großmutter ist ins Institut gekommen. Sie hat mir von Dana erzählt, von meiner ...« Magda stockte. Das Wort wollte ihr nicht über die Lippen.

»Von Ihrer Mutter«, sagte Anděl sanft.

Magdas Kopf flog herum. »Woher wissen Sie das?«, fragte sie.

»Ich habe mit meiner Mutter gesprochen. Sie lebt in Franzensbad. Sie kannte Ihre Mutter aus dem Studium. Sie hat mir alles erzählt.«

Magda sah ihn verständnislos an. Anděl berichtete ihr, was er von seiner Mutter erfahren hatte.

»Ja«, sagte Magda schließlich, »das hat mir meine Großmutter auch erzählt.« Sie hielt inne. Sie konnte noch immer nicht fassen, dass Tante Dana in Wirklichkeit ihre Mutter gewesen war. »Meine Großmutter wollte reinen Tisch machen, sagte sie. Sie wolle nicht mit dieser Lüge auf ihrem Gewissen sterben. Und jetzt ...« Sie schlug die Hände vor das Gesicht und seufzte tief. »Ich weiß nicht, was ich fühlen oder auch nur denken soll, David. Meine Mutter ist nicht meine Mutter. Und Alena – Dana – ich habe sie nicht erkannt. Ich habe mit ihr gesprochen, aber ich habe sie nicht erkannt. Und sie? Hat sie mich erkannt? Hat sie gewusst, wer ich bin? Ich zerbreche mir dauernd den Kopf darüber, warum sie nichts gesagt hat. Warum hat sie nicht gesagt, wer sie ist, verdammt noch mal?« Sie sah Anděl an, und ihre Augen füllten sich mit Tränen, die ihr die Wangen hinunterliefen. »Ich hätte sie so viel fragen wollen, David!«

Anděl legte einen Arm um ihre Schultern und wischte ihr zärtlich die Tränen von den Wangen.

»Sie hat Sie zur Welt gebracht, Magda, sie ist … sie war Ihre biologische Mutter, aber gekümmert hat sich ihre Schwester um Sie. Sie hat Sie aufgezogen wie ihr eigenes Kind. Sie ist Ihre wahre Mutter, und das wissen Sie. Sie war weit wichtiger für Sie. Seien Sie ihr nicht böse, dass sie Ihnen nichts gesagt hat. Sie wollte Ihnen sicher nicht wehtun.«

»Ich weiß, Sie haben recht. Ich bin Mama und *Babi* auch nicht böse. Sie haben getan, was sie unter den Umständen für richtig hielten.« Sie hielt einen Moment inne. »Aber *ihr* bin ich böse!«, fuhr sie heftig fort. »Ihr, Alena, oder Dana – oder wie auch immer. Dieses egoistische Miststück! Wie konnte sie so etwas nur tun? Wie konnte sie ihr eigenes Kind im Stich lassen, David? Sie hatte es doch nicht nötig! Sie war nicht zu arm oder zu dumm, um sich um mich zu kümmern – Mama und *Babi* hätten ihr geholfen, verdammt noch mal! Mama hat damals in Prag studiert, sie hätte geholfen, wo sie nur konnte …« Magda schluchzte. »Und Honza – Jay –, warum … ich verstehe das alles nicht, David.«

»Worüber wollten Sie mit Honza sprechen, Magda?«, fragte Anděl.

»Er hat sie gut gekannt. Ich wollte ihn nach Dana fragen.«

»Sie wissen nicht …«

»Was denn noch?«, fragte Magda. Sie zog ein Taschentuch

aus ihrer Handtasche und trocknete ihre Tränen. »Was weiß ich nicht?«, wiederholte sie, als er nicht antwortete.

Es hatte keinen Sinn, es vor ihr geheim halten zu wollen. Sie würde es ohnehin bald erfahren. »Ich dachte, Sie seien vielleicht deshalb zu ihm gefahren. Honza Krasnohorský ist Ihr Vater, Magda. Das sagte jedenfalls meine Mutter.«

Magda starrte ihn fassungslos an. »Mein Vater?«, hauchte sie.

»Ihre Mutter – Milena, meine ich – hat damals mit meiner Mutter über die ganze Sache gesprochen, sie brauchte wohl jemanden, dem sie sich anvertrauen konnte. Die beiden haben zusammen studiert, kannten sich gut. Dana muss es Milena gesagt haben. Hat sie Ihnen nichts davon gesagt?«

»Nein! Was für eine elende Geheimniskrämerin!«, rief Magda empört aus. Entsetzen breitete sich auf ihrem verweinten Gesicht aus. »Und – und er hat sie umgebracht! David, hat er sie getötet?«

»Dana? Ich weiß es nicht. Und ob er Lenka getötet hat, weiß ich auch nicht. Das kommt ganz darauf an …«

»Worauf? Worauf kommt es an, David?«

»Nun, es kommt auf sein Alibi für den Abend an, an dem Dana, alias Alena Freeman, getötet wurde. Und darauf, ob er ein Motiv hatte, sie zu töten. Und was Lenka angeht – da kommt es darauf an, ob er mit Dana abhauen wollte oder nicht. Wenn ja, dann hätte er ein Motiv gehabt, Lenka zu töten. Dana brauchte Lenkas Ausreisepapiere.«

»Sie meinen, Lenka – was meinen Sie eigentlich?«

»Es gibt zwei Möglichkeiten. Erstens: Honza und Dana wollen zusammen abhauen. Honza kann ohne Weiteres ins Ausland – wir wissen, dass er für den Geheimdienst gearbeitet hat. Aber Dana nicht. Honza heiratet Lenka, die bekommt daraufhin eine Ausreisegenehmigung, um ihre

Tante in Österreich zu besuchen – sie lässt ja ihren Ehemann zurück. Vielleicht haben die beiden Venca für ihre Sache eingespannt, ohne dass er es wusste. Er war eifersüchtig. Sein Beitrag war ein Unfall, ein Unglücksfall. Honza wusste, dass sein Freund ihn anrufen würde. Und hätte er es nicht getan, wäre Honza einfach so zu Danas Wohnung gefahren und hätte Lenka getötet. Dana war weg, auf dem Weg nach Österreich. Er erzählt dem Oberst, der sein Chef und Vencas Vater ist, dass Venca Dana im Affekt erschlagen hat. Der Oberst hilft ihm abzuhauen, weil Honza für seinen Sohn die Kastanien aus dem Feuer geholt hat. Unter der Bedingung, dass Honza in Kanada für ihn arbeitet. So viel jedenfalls hat der Oberst zugegeben. Der Rest war einfach: Honza, ich nehme an, dass er es war, bringt die Urne zum Friedhof, und gemeinsam leiern sie die Gerüchteküche um Danas Tod auf dieser Jugoslawienreise an. Dann haut Honza ab. Fertig.«

»Glauben Sie, dass Dana gewusst hat, dass er Lenka umbringen wollte?«, fragte Magda skeptisch. Sie schüttelte den Kopf. »Ich kann mir das nicht vorstellen, David.«

Anděl zuckte die Schultern. »Ich weiß es nicht. Sie kann uns das ja leider nicht mehr beantworten.«

»Und die zweite Möglichkeit?«, fragte Magda leise.

»Nun, die ist etwas komplizierter. Aber sie erklärt das hier«, sagte er und zog das Hochzeitsfoto von Honza und Lenka aus der Tasche. Er reichte es Magda.

»Woher haben Sie das?«, fragte sie und strich mit dem Zeigefinger über die tiefen Kratzer. »Wer hat das getan?«

»Dana, glaube ich. Es war in einem Schmuckkästchen, das sie Markéta Kousalová dagelassen hat. Behauptet die jedenfalls.«

»Markéta Kousalová?«

»Lída Karafiátovás Tochter. Die beiden wohnten neben Dana.«

»Und weiter?«, fragte Magda tonlos. Sie mochte nicht darüber nachdenken, was dieses Foto bedeuten könnte. Einer von beiden war ein Mörder. Was war besser – Vater oder Mutter? Eine Variante grässlicher als die andere.

»Kommen Sie, wir gehen in die Cafeteria. Ich brauche einen Kaffee.« Anděl stand auf.

»Sie wollen Zeit gewinnen, David.« Sie sah ihn aus funkelnden Augen an. »Los, sagen Sie mir, was Sie denken! Wer hat sie auf dem Gewissen – mein Vater oder meine Mutter?«

»Gehen wir in die Cafeteria.« Er drehte sich um und ging Richtung Treppe.

»Okay. Die zweite Möglichkeit«, sagte Magda, als sie in der kahlen Cafeteria an einem Tisch am Fenster saßen, jeder mit einem Glas türkischem Kaffee vor sich. Anděl rührte ein drittes Stück Zucker in seinen. Sie sah ihn erwartungsvoll an. Es war gut gewesen hierherzukommen. Auf dem Weg hatte sie Gelegenheit gehabt, sich ein wenig zu fassen. Jedenfalls so weit, wie es unter den Umständen möglich war. Das Hochzeitsfoto lag zwischen ihnen auf dem alten Resopaltisch.

»Die zweite Möglichkeit ist, dass Dana die Sache alleine geplant hat. Ohne Honzas Wissen. Sie hat irgendwie dafür gesorgt, dass Venca in ihre Wohnung kommt. Wird nicht schwer gewesen sein, eifersüchtig, wie er war. Sie ist morgens nicht mit dem Zug weggefahren, sondern hat in Lenkas Wohnung die Papiere geholt. Unter einem Vorwand hat sie Lenka dazu gebracht, abends in ihre Wohnung zu kommen, und sich dort versteckt. Dann kam Venca. Er stritt mit Lenka, sie kämpften. Lenka lag bewusstlos am Boden, Venca läuft in Panik davon. Dana hat ihren Täter. Vermutlich ist sie davon ausgegangen, dass irgendjemand ihn beim Betreten oder Verlassen des Hauses sehen würde. Vielleicht sogar Hora. Er wohnte gegenüber. Als Venca weg ist, geht sie ins Schlafzimmer und erschlägt Lenka. Das Motiv sind einerseits die Ausreisepapiere, die sie braucht, um wegzukommen, und andererseits dieses Hochzeitsfoto. Sie hasst Lenka. Ihre beste Freundin hatte den Mann geheiratet, den sie haben wollte. Den Vater ihres Kindes ...«

»Aber sie hatte mich doch weggegeben!«

»Eben. Ich nehme an, sie hatte ihm damals gesagt, dass sie von ihm schwanger sei. Vermutlich wollte er sie nicht heiraten, nichts damit zu tun haben. Also hat sie Sie bei ihrer Schwester gelassen. Aber danach müssen Sie Ihre Mutter fragen.«

Magda nickte. »Weiter.«

»Nun, nach vollbrachter Arbeit verschwindet sie. Freie Fahrt in den Westen.«

»Und Honza?«

»Venca ruft ihn an, bittet um Hilfe. Honza fährt hin und findet eine tote Frau vor.«

»Vielleicht ist Dana aber weggelaufen, nachdem Venca Lenka zu Boden gestoßen hatte«, warf Magda ein. »Woher wollen Sie wissen, dass Dana sie getötet hat? Es wäre auch möglich, dass dieser Venca sie getötet hat, oder Honza, als er kam.«

Anděl nickte. »Wäre möglich, aber wir haben eine Augenzeugin.«

»Eine Augenzeugin?«, fragte Magda verblüfft.

»Ja. Markéta Kousalová. Sie sagt, sie sei zu Danas Wohnung hinübergegangen und habe von der Tür aus gesehen, wie eine Frau neben Dana auf dem Boden kniete, die dabei war, ihr den Schädel einzuschlagen.«

»Sie hat gesehen … Warum hat sie nichts gesagt all die Jahre, oder damals?«

»Sie hatte Angst. Sie hatte einen Mörder bei der Arbeit ertappt. Sie sagte, sie sei zurück in ihre Wohnung gelaufen und habe Hora angerufen. Dann hätten sie beide gesehen, wie Honza ankam und ins Haus ging. Hora habe gesagt, er werde sich darum kümmern und sie solle schlafen gehen. Markéta sagt, sie habe sich hingelegt und sei am nächsten Morgen erneut in Danas Wohnung gegangen. Sie habe gedacht, sie hätte alles nur geträumt. In der Wohnung habe sie keine Spuren gefunden – alles aufgeräumt, kein Blut. Sie habe Hora gefragt, was passiert sei, und der habe gesagt, es sei alles in Ordnung, Dana sei mit Honza weggefahren. Also glaubte sie, sie habe tatsächlich alles nur geträumt.«

»Vielleicht stimmt das.«

»Wir haben Blutspuren zwischen den Dielen in Danas Wohnung gefunden. Ich bin überzeugt, sie hat nicht geträumt. Und wenn sie nicht geträumt hat, dann hat sie gesehen, wer Lenka getötet hat.«

»Wen hat sie gesehen?«, fragte Magda. Ihr Gesicht war blass wie die kahlen Wände der Cafeteria.

»Soll ich Ihnen einen neuen Kaffee holen?«, fragte Anděl und deutete auf das noch immer volle Glas, mit dem sie gedankenverloren spielte. »Der hier muss schon eiskalt sein.«

»Kalter Kaffee macht schön«, sagte Magda und lächelte schief.

»Dann trinken Sie ihn. Sie sehen aus wie ein Gespenst.« Er grinste.

Sie lachte und nippte an ihrem Glas. »So schön möchte ich gar nicht werden«, sagte sie. »Holen Sie mir bitte einen frischen?« Sie schob ihm das Glas hin.

Anděl nickte und stand auf. »Möchten Sie etwas essen?«, fragte er und nahm die Gläser auf.

Sie schüttelte angewidert den Kopf. »Nein danke. Mir ist schon schlecht. Dieses Zeug von hier verträgt mein Magen nicht. Nur Kaffee, bitte.«

Anděl ging hinüber zur Theke.

Magda betrachtete nachdenklich das Foto auf dem Tisch. Hatte Markéta tatsächlich Dana gesehen? Hatte ihre Mutter ihre beste Freundin umgebracht, weil diese ihr den Mann ausgespannt hatte? Eine schreckliche Vorstellung. Hatte Honza ihr geholfen? Wissentlich? Oder hatte er – wie alle anderen – geglaubt, dass die Tote Dana war? Fragen über Fragen. Manche davon würde er beantworten können, wenn er aus der Narkose aufwachte.

Anděl kam mit zwei Gläsern Kaffee und einer Packung Kekse zurück.

»Kekse. Für die zeichnet die Küche nicht verantwortlich«, sagte er lächelnd. Er riss die Packung auf und schob sie ihr hin. »Los, essen.«

Magda nahm einen Keks und biss hinein. »Sie sind wie eine Mutter zu mir«, sagte sie ironisch.

»Ich glaube, von denen haben Sie inzwischen genügend.«

»Wohl wahr«, sagte sie mit dem Anflug eines Lächelns. »Erzählen Sie weiter. Wen hat Markéta in Danas Wohnung gesehen? Hat sie gewusst, wer …«

»Ich glaube, sie dachte, dass die Tote Dana ist.«

»Woraus schließen Sie das?«

»Lída hat Larissa erzählt, dass Markéta sehr für Dana schwärmte, aber Dana habe kein Interesse an Kindern gehabt. Sie habe sich nicht für Markéta interessiert. Lenka dagegen habe viel Zeit mit Markéta verbracht; das Mädchen hat sie sehr gern gehabt. Ich nehme an, Markéta dachte, die

Mörderin sei Lenka – und sie konnte das nicht glauben. Deshalb hat sie sich eingeredet, sie habe geträumt.«

»Haben Sie ihr gesagt, dass es nicht Lenka war?«

»Ich war gerade dabei …«

»Und sie hat trotzdem nichts gesagt?«

»Nein. In diesem Moment kam ihre Mutter mit dem Schmuckkästchen herein. Aber ich glaube nicht, dass Markéta wusste, wer die Tote wirklich war. Wie gesagt, ich glaube, sie hat angenommen, dass es Dana ist und dass ihre geliebte Lenka sie umgebracht hatte. Das konnte sie nicht fassen, also hat sie es zu einem Albtraum erklärt.«

»Dann hätte also Dana Lenka getötet, um an die Ausreisepapiere zu kommen. Und Honza war das nichts ahnende Helferlein. Hat er gewusst, dass es Lenka war? Warum hat er die Leiche überhaupt beseitigt? Er hätte doch einfach die Polizei rufen können.«

»Das kann er uns nur selbst sagen. Aber damit kommen wir zum Tod von Alena Freeman – alias Dana Volná – und Milan Hora.«

»Haben Sie Zigaretten dabei?«, fragte Magda.

Anděl holte eine Packung aus seiner Brusttasche und reichte sie ihr. Er öffnete das Fenster neben ihnen. Magda zündete sich eine an und schob die Packung Anděl hinüber. Er nahm sich auch eine. Sie gab ihm Feuer. Eine Weile rauchten sie schweigend.

»Wer hat Milan Hora getötet?«, brach Magda schließlich das Schweigen.

»Da gibt es auch mehrere Möglichkeiten«, antwortete Anděl. Er zählte sie an seinen Fingern ab. »Venca. Alena. Larissa. Markéta. Der Oberst. Die haben sich dort alle buchstäblich die Klinke in die Hand gegeben.«

»Wer ist dieser Venca überhaupt?«, fragte Magda.

»Das wissen Sie nicht?«, fragte er erstaunt.

Sie schüttelte den Kopf. »Woher denn?«

»Der hitzköpfige Venca ist Ihr Chef.«

»Was?«, rief Magda aus. »Sie meinen allen Ernstes, dieser Venca sei unser …«

»Chefpathologe, ja, Dr. Václav Černý. Der alte Bürokrat. Würde man ihm gar nicht zutrauen, was? So viel Leidenschaft.« Anděl zwinkerte schelmisch.

»Dann hat er den Knochen genommen?«, fragte Magda.

»Mhm. Und ihn vermutlich ins Klo geworfen. Hat auch gründlich gespült, nehme ich an. Aber Sie haben ja noch die Gewebeschnitte. Außerdem hat er es zugegeben. Ist Ihnen nicht aufgefallen, dass ihm ein Stück seines rechten kleinen Fingers fehlt?«

»Doch, schon, aber … Jirka Kratochvíl sagte, ein Hund habe ihn gebissen.«

»Eine hübsche Geschichte.«

»Und wer hat Hora nun auf dem Gewissen?«

»Die Kousalová war dort, aber sie ist nicht in Horas Wohnung hineingegangen. Stand nur eine Weile vor seiner Tür. Das hat die Nachbarin bestätigt. Larissa hat ihn tot gefunden, sie scheidet auch aus. Dr. Černý sagt, er habe mit Hora gesprochen und ihm Geld gegeben, damit er ihn aus dem Spiel lässt. Er schwört, dass Hora gelebt hat, als er ihn verließ. Der Oberst war auch in der Wohnung, aber er behauptet, dass Hora schon tot gewesen sei.«

»Warum hat er nicht die Polizei gerufen?«

»Er wollte sich nicht einmischen, sagte er.«

»Und warum war er überhaupt dort?«

»Sie seien alte Bekannte gewesen, meinte er. Ein Plausch unter Freunden.«

»Dann bleibt nur noch Alena. Dana.«

Anděl nickte.

»Aber warum sollte sie ihn getötet haben?«

Anděl zuckte mit den Schultern. »Vielleicht dachte sie, er habe sie gesehen, damals, als sie die Wohnung verließ. Venca sagte, er habe Hora auf der Karlsbrücke fast umgerannt. Hora war also auf dem Weg nach Hause. Die kleine Gasse, in der Dana wohnte, trifft unterhalb der Brücke auf die Straße. Er könnte sie gesehen haben. Wenn sie auf dem Weg zum Bahnhof war, musste sie über die Brücke.«

»Aber dann hätte Hora doch gewusst, dass Dana lebte …«

»Sie hatte sich als Lenka zurechtgemacht, Magda, vergessen Sie das nicht. Hora hätte gedacht, er habe Lenka gesehen.«

»Aber warum sollte sie ihn dann jetzt umbringen?«

»Ich nehme an, sie hat den Fehler begangen, zu ihm zu gehen. Da muss ihm bewusst geworden sein, was damals wirklich passiert ist. Er weigerte sich vermutlich zu schweigen.«

»Aber warum? Der Mord an Lenka war doch verjährt!«, rief Magda aus. »Sie hatte doch keinen Grund, ihn umzubringen, weil er sie damals womöglich gesehen hatte.«

»Das ist die Tragik an der Sache. Ich denke, Alena – alias Dana – hat das nicht gewusst. Ganz einfach. Sie wollte den einzigen Zeugen beseitigen.«

»O Gott! Sie meinen wirklich, sie wusste das nicht?«, fragte Magda erschüttert.

»Nun, Sie wussten es ja auch nicht, dass Mord hierzulande nach zwanzig Jahren verjährt. Es ist wie mit einem offenen Geheimnis – alle wissen davon, also spricht keiner darüber. Ironie des Schicksals.« Anděl trank einen Schluck Kaffee. »Es gab vielleicht noch einen Grund, ihn zu töten«, fuhr er nachdenklich fort. »Selbst wenn der Mord verjährt ist, war Hora der Einzige, der Dana an jenem Abend dort gesehen haben könnte und der sich deshalb alles zusammenreimen konnte. Vielleicht war Alena – Dana – in Prag, um Sie kennenzulernen, Magda. Und ich nehme an, sie wollte nicht als Mörderin dastehen – Verjährung hin oder her. Ohne Hora konnte sie behaupten, sie habe nichts damit zu tun gehabt.«

»Aber Markéta hat sie doch auch gesehen«, sagte Magda.

»Dana hat aber Markéta nicht gesehen. Und hätte Dana jetzt erfahren, oder gedacht, dass es in Markéta eine Augenzeugin gegeben hatte – nun, Markéta hätte das sicher nicht überlebt.«

Sie schwiegen eine Weile nachdenklich. Dann fragte Magda: »Und wer hat Alena auf dem Gewissen? Jirka sagte, sie sei erschossen worden, aber jemand habe sie auch die Treppe hinuntergestoßen.«

Anděl nickte. »Sieht aus, als hätten zwei die gleiche Idee gehabt. Fragt sich nur, welche zwei.«

»Venca Černý?«

»Möglich. Aber warum? Ich glaube ihm, dass es damals ein Unfall war. Sie hat gelebt, als er aus dem Haus gelaufen ist. Er hatte keinen Grund, Dana nach fünfundzwanzig Jahren umzubringen.«

»Honza?«

»Möglich. Aber warum? Auf dieser Terrasse hat Dana zu ihm gesagt, *sie* würde *ihn* umbringen, wenn er was auch immer tut. Ich halte das für unwahrscheinlich.«

»Dieser Oberst? Der scheint ja allgegenwärtig zu sein. Aber warum?«

»Gute Frage. Er sagte, er sei an dem Abend zu Hause gewesen. Außerdem fehlt in seinem Fall ein Motiv. Sein Sohn hat Dana damals nicht geheiratet. Er hatte sich also durchgesetzt. Kein Grund, sie nach fünfundzwanzig Jahren umzubringen.«

»Dann bleibt noch Markéta Kousalová«, sagte Magda nachdenklich.

»Die Kousalová?«, fragte Anděl verblüfft.

»Nun, Sie sagten, sie habe Lenka geliebt. Sie hat offenbar nie glauben können, dass Lenka Dana getötet haben sollte. Vielleicht hat sie Alena irgendwo gesehen und in ihr Dana erkannt.«

»Sie hat Alena getroffen«, sagte Anděl nachdenklich. »Alena kam aus Horas Haus, als Markéta hineinwollte. Wir haben Fotos davon. Könnte sie Dana erkannt haben – bei einem so kurzen Zusammentreffen? Alena hatte blondes Haar, sie …« Er sah Magda skeptisch an.

»Meiner Tochter ist die Ähnlichkeit auch aufgefallen. Kommt ganz darauf an, ob sie einen Blick für Gesichter hat.«

»Markéta ist Visagistin«, sagte Anděl, »sie arbeitet in der Staatsoper.«

»Na also – da haben Sie es doch!«, rief Magda aus. »Sie kann Alena auch schon früher gesehen haben. Die Staatsoper ist neben dem RFE-Gebäude. Da ist auch der Eingang zur Metro, in dem Alena getötet wurde.«

»Sie könnte dort gewesen sein«, sagte Anděl zögernd.

Magda nickte. »Genau. Sie hatte die Gelegenheit, und sie hatte ein Motiv. Dana hatte ihre Freundin Lenka getötet. Rache ist nicht gerade ein seltenes Motiv.«

»Nach fünfundzwanzig Jahren?«

»Kommt auf die Persönlichkeit an. Sie sagten doch, dass dieser Abend Markéta offenbar bis heute Albträume verursacht. Er hat ihr ganzes Leben vergiftet.«

»Hm. Möglich. Aber irgendjemand hat Alena, nachdem sie die Treppe hinuntergestürzt ist, in eine stabile Seitenlage gebracht und die Polizei gerufen. Eine Frau. Sie hat ihren Namen nicht angegeben. Und sie ist auch nicht dort geblieben, um auf uns zu warten. Warum hätte sie das also tun sollen, wenn sie Dana die Treppe hinuntergestoßen hatte?«

»Reue?«, fragte Magda. Sie strich sich ungeduldig durch die Haare. »Was weiß ich, vielleicht war sie entsetzt und erschrocken über das, was sie getan hatte. Hat sie – angenommen, dass sie es war –, hat sie gesehen, wer auf Alena geschossen hat?«, fragte Magda.

»Gute Frage.« Er spielte nachdenklich mit seinem leeren Glas. Dann zog er eine neue Zigarette aus seiner Packung und hielt sie Magda hin. Sie nahm eine. Er zückte sein Feuerzeug.

»Und noch eine nicht ganz unwichtige Frage: Hat, wer auch immer Alena erschossen hat, die- oder derjenige gesehen, dass noch jemand auf der Treppe stand?«

»Ich glaube nicht, denn dann hätte die Kousalová den Abend nicht überlebt. Nein, ich denke nicht, dass, wer auch immer geschossen hat, sie gesehen hat. Falls sie tatsächlich auf der Treppe war. Es lässt sich vielleicht feststellen, wann sie die Oper verlassen hat.«

Magda nickte. »Ja, da haben Sie vermutlich recht.« Sie rauchte einen Moment schweigend. »Hat Honza eigentlich gewusst, dass Dana mich weggegeben hatte?«, fragte sie dann.

»Ich weiß es nicht. Vielleicht. Sie könnte ihm auch gesagt haben, dass sie eine Fehlgeburt hatte oder eine Abtreibung hatte machen lassen. Warum?«

»Ist nur so ein Gedanke. Honza – Jay – wollte immer gerne Kinder haben. Das hat er mir erzählt, nachdem er Xenia geheiratet hatte. Sie hat schon zwei und war von dem Gedanken nicht begeistert. Aber er träumte von eigenen Kindern. Wenn Dana ihm nun auf der Terrasse gesagt hätte, was sie damals getan hat …«

»Sie meinen, er könnte sie erschossen haben, weil sie Sie weggegeben hatte?«, fragte er skeptisch.

»Es sind schon Leute aus geringeren Gründen umgebracht worden. Er sehnte sich nach eigenen Kindern. Xenia und er hatten oft Diskussionen deswegen. Es wäre immerhin möglich.« Sie trank ihren Kaffee aus. »Sonst bleibt nur noch der Oberst.«

»Hm. Nur fehlt dem Oberst ein Motiv. Da ist weit und breit keines.« Anděl schnippte die Asche von seiner Zigarette aus dem Fenster. »Dass er Hora umgebracht hat – möglich. Vielleicht, um seinen Sohn zu schützen. Aber das ist unwahrscheinlich, ich glaube, er kann ihn nicht leiden. Warum sollte er also seinetwegen einen Mord begehen? Verdammt und zugenäht! Ich muss mit Krasnohorský sprechen.«

»Das wird noch eine Weile warten müssen«, sagte Magda. Sie stand auf. »Ich muss aus diesen Klamotten raus. Und dann ins Institut. Nachsehen, was der Schädel macht. Und ich habe das eine oder andere mit meiner Mutter zu besprechen.«

»Gehen wir«, stimmte Anděl zu. »Ich muss mich noch einmal mit Markéta Kousalová unterhalten.«

Sie gingen schweigend hinaus. An der Treppe drehte sich Magda zu ihm um.

»Ich sehe noch einmal nach Larissa«, sagte sie. »Ich habe doch Zutritt, oder?«

»*You're the doctor*«, sagte Anděl grinsend.

»Pathologe«, erwiderte Magda und lachte auch.

»Was für eine vertrackte Geschichte«, sagte Nebeský. »Du glaubst wirklich, dass die Kousalová Alena Freeman von der Treppe gestoßen hat?«

Sie saßen im Auto und fuhren Richtung Kleinseite, zu Markéta Kousalovás Wohnung. Nebeský hatte ein paar uniformierte Beamte vor der Intensivstation postiert und ihnen aufgetragen, genau Buch zu führen, wer den Raum wann betrat oder verließ. Außer Ärzten und Schwestern dürfe niemand dort hinein. Anděl hatte dem behandelnden Arzt verboten, Larissa zu entlassen. Und ihr eingeschärft, sie dürfe das Krankenhaus nicht verlassen. Tue sie es doch, würde er sie mit einem Haftbefehl wegen Behinderung der Justiz hinter Gitter bringen. Sie hatte eingeschüchtert genickt. So einen Haftbefehl würde er von Staatsanwalt Otčenášek zwar niemals bekommen, aber das wusste sie ja nicht. Er konnte sehr überzeugend wirken, wenn er das Blaue vom Himmel herunterlog.

In der Altstadt herrschte das übliche Verkehrschaos. Stau, wohin das Auge reichte.

»Zu Fuß wären wir schneller«, knurrte Anděl verärgert.

»Hmm. Nur gibt es hier weit und breit keinen Parkplatz. Nicht mal einen illegalen. Die sind auch schon alle belegt. Den Bürgermeister wird's freuen«, sagte Nebeský und deutete auf zwei eifrige Verkehrspolizisten. »Spült ein bisschen Geld in den Stadtsäckel. Aber noch mal zur Kousalová.«

»Magda hat auf etwas hingewiesen«, sagte Anděl. »Die Kousalová hat Alena Freeman doch an Horas Haustür gesehen. Und sie arbeitet in der Staatsoper, direkt neben dem RFE-Gebäude. Vielleicht ist sie ihr dort auch mal über den Weg gelaufen. Sie könnte sie erkannt haben.«

»Und dann schubst sie sie von der Treppe, weil Alena, alias Dana, vor fünfundzwanzig Jahren Lenka umgebracht hat? Ziemlich weit hergeholt, wenn du mich fragst.«

Anděl konzentrierte sich auf den Verkehr. »Pass auf, du Vollidiot!«, fluchte er, als er abrupt auf die Bremse treten musste.

»Wer hat versucht, den Krasnohorský umzubringen?«, fragte Nebeský ungerührt.

»Hast du die Fotos vom Cajtík?«

»Er hat mir seine neue Kamera gegeben«, sagte Nebeský und klopfte auf seine Jackentasche.

»Du hast sie nicht entwickeln lassen?«

»Ist nicht nötig. Der Junge hat eine erstklassige Digitalkamera. Ich sollte mir auch so ein Spielzeug zulegen.«

»Hast du dir die Bilder angesehen?«

»Noch nicht.«

»Worauf wartest du, Nebeský? Auf eine schriftliche Anweisung? Hol das Ding aus deiner Tasche und guck drauf, verdammt.«

Nebeský sah seinen Partner mit hochgezogener Braue an. Als Autofahrer machte Anděl seinem Nachnamen keine Ehre, als Kollege hingegen schon. Normalerweise.

»Zu Befehl, Herr Kommissar!«, sagte er.

»Und?«

»Alte Frau. Älterer Mann. Junge Frau mit Kinderwagen. Mittelalte Frau. Junger Mann. Larissa Khek. Alter Mann – hey, das ist ja der gleiche, der schon den Hora besucht hat!«

»Zeig her.«

Nebeský reichte die Kamera hinüber. Anděl warf einen Blick auf den kleinen Bildschirm.

»Der Oberst. Verdammt. Cajtík hat einen alten Mann erwähnt. Was wollte der dort? Noch so ein Plausch unter alten Freunden? Weiter.«

»Magda. Ende.«

»Und wer ist rausgegangen?«

»Keiner.«

»Der Oberst auch nicht?«

»Nein. Der Oberst auch nicht. Oder der Cajtík hat nur die fotografiert, die reingegangen sind.«

»Zeig her.« Anděl fuhr in einem gewagten Manöver etwas an die Seite und hielt an. Hinter ihnen hupte es wild.

Nebeský reichte ihm die Kamera. Anděl klickte durch die Bilder.

»Mist!«, rief er aus.

»Was?«

»Da«, sagte Anděl und deutete auf das Bild einer Frau.

»Wer ist das?«

»Das, mein Bester, ist Markéta Kousalová.«

Nebeský starrte ihn mit offenem Mund an. »Die Kousalová …?«

Anděl drückte ihm die Kamera in die Hand und drängte sich wieder in den zähen Verkehr. Ein weiteres Hupkonzert ertönte. Anděls Gehirn ratterte wie ein Großrechner. Die Kousalová hatte gesehen, wie Lenka ermordet worden war, sie war bei Hora gewesen, Hora war tot, schön, die Nachbarin hatte behauptet, die Kousalová sei nicht hineingegangen – aber wer wusste, ob das stimmte, vielleicht war die alte Frau kurz von ihrem Logenplatz an der Tür weggegangen. Und die Kousalová war bei Krasnohorský gewesen – der jetzt angeschossen im Krankenhaus lag. Alena. Vielleicht war die Kousalová doch … durchaus möglich.

»Ruf Otčenášek an. Wir brauchen einen Haftbefehl. Er soll jemanden damit zu Markétas Wohnung schicken. Und sie sollen sich beeilen. Fahr, du Rindvieh! Wo ist das verdammte Blaulicht?«

Nebeský fasste unter den Beifahrersitz und reichte es Anděl. Der kurbelte die Scheibe hinunter und klemmte es aufs Dach. Sekunden später heulte die Sirene auf, und die Automassen teilten sich wie das Rote Meer beim Auszug der Israeliten aus Ägypten. Jedenfalls soweit das in der engen Straße möglich war.

»So sollte es sein«, sagte Anděl zufrieden. »Gleich sind wir da.«

»Für wen?«, fragte Nebeský.

»Für wen was?«

»Den Haftbefehl.«

»Für den Heiligen Geist, Nebeský. Die Kousalová natürlich.«

»Die Kousalová? Wieso?«

»Versuchter Mord an Honza Krasnohorský. Mord an Milan Hora. Mord an Alena Freeman.«

Nebeský starrte ihn an. »Hast du den Verstand verloren, Anděl?«, fragte er schließlich. »Den kriegst du niemals. Das können wir alles nicht beweisen. Was ist mit dem Oberst?«

»Nein, habe ich nicht, im Gegenteil. Und ob ich …«, begann Anděl, doch dann hielt er inne. Nebeský hatte recht, verdammt. Es waren reine Spekulationen. Die alte Nachbarin von Hora hatte ihr ein Alibi gegeben, egal, was es wert sein mochte. Und die bloße Tatsache, dass Markéta Kousalová bei Honza Krasnohorský gewesen war, machte sie noch nicht zu einer Mörderin. Und was Alenas Tod anging – das war nur der Hauch einer Vermutung. Kein Haftbefehl. Niemals.

»Mist. Du hast recht. Aber die Frau steckt da tiefer drin, als sie zugibt.«

»Mag ja sein, aber wir haben keine Beweise, außer dass sie in diesem Haus war. Vielleicht kriegen wir einen für den Oberst – der war ja auch da. Und in Horas Wohnung.«

»Vergiss es. Da müssen wir schon mehr haben. Ruf trotzdem an und bitte das Väterchen, alles über den Oberst rauszukriegen, was er kann. Er hat Verbindungen zum Geheimdienst. Die von der Spurensicherung sollen die Kugeln von Alena und Krasnohorský vergleichen. Wenn es die gleiche Waffe war …«

»Glaubst du, der Oberst …«

»Keine Ahnung, aber der Mann hat mehr damit zu tun,

als er uns sagt. Er war bei Hora, und er war bei Krasnohorský – Hora ist tot, und den anderen hat es auch fast erwischt. Nur bisher haben wir nicht den Hauch eines Motivs. Aber da muss was sein. Und Meda soll feststellen, ob die Kousalová eine Waffe hat.«

»Die muss nicht registriert sein, du weißt doch selbst, wie einfach es ist, sich so ein Ding auf dem Schwarzmarkt zu besorgen, wenn man es wirklich will.«

»Ruf an, verdammt. – Was ist denn das für ein Hornochse da vorn? Aus dem Weg, du Idiot!« Anděl hupte ausgiebig.

Nebeský zog abermals eine Braue hoch und tat, wie ihm geheißen.

Milena Axamit war gerade dabei, den Schädel, den sie aus den unzähligen Knochenfragmenten mit geschickten Fingern wieder zu einem Ganzen zusammengefügt hatte, einzuscannen. Sie hatte stundenlang konzentriert gearbeitet, unterstützt von ihrer Mutter, die nach dem Gespräch mit Magda sichtlich erleichtert gewesen war. Als sei eine große Last von ihr genommen worden. Milena fühlte sich nicht halb so gut. Sie hatte Magda diese Geschichte nie erzählen wollen. Wozu auch? Dana war tot – so oder so. Ob vor fünfundzwanzig Jahren oder vorgestern spielte keine Rolle. Und sie hatte sich die ganzen Jahre nicht ein einziges Mal gemeldet. Hatte nie versucht, ihre Tochter zu sehen. Milenas Wut war noch immer so frisch wie damals in jenem Sommer, als sie mit Dana die acht Wochen zu Hause verbracht hatte. Vorbei. Erledigt. Doch die Wut verrauchte nicht. Sie zwang sich, nicht daran zu denken.

»Es ist gut geworden«, sagte ihre Mutter, die ihr über die Schulter blickte.

Milena nickte. »Zum Glück habe ich meinen Laptop dabei. Müsste ich das von Hand fertig machen, säßen wir noch ein paar Tage dran. Den Rest macht jetzt der Computer.« Sie drückte ein paar Tasten und drehte sich um. »Ich könnte einen Kaffee gebrauchen.«

Ihre Mutter strich ihr sanft eine Strähne aus dem Gesicht. »Verzeih ihr, Milena. Es ist Zeit.«

Milena sah ihre Mutter an. Aus dem mit einem Netz feiner Fältchen überzogenen Gesicht blickten sie liebevoll braune Augen an. Anna war noch immer eine schöne Frau, trotz ihrer zweiundachtzig Jahre. Es hatte ihr gutgetan, die Bürde loszuwerden. Sie hatte Jahre abgeworfen. Wahrscheinlich hatte sie doch recht gehabt. Aber Dana verzeihen?

»Wie kann ich das? Sie hat sie einfach zurückgelassen wie – wie einen alten Hut! Ihre eigene Tochter! Sie ist fortgegangen von uns, hat nie wieder etwas hören lassen. Und dann kommt sie plötzlich und verlangt, dass ich ihr dabei helfe, ihr Kind loszuwerden! Dieses egoistische Miststück!«

»Betrachte es doch einmal anders«, sagte Anna. »Als sie in Schwierigkeiten war, ist sie zu dir gekommen. Sie hat dir vertraut – trotz allem. Sie wusste, sie konnte sich auf dich verlassen. Und sie hat dir das größte Geschenk gemacht, dessen sie fähig war.«

Milena sah ihre Mutter verständnislos an.

»Ja. Sie hat dir ihr Kind geschenkt. Sie hat sie den besten Händen anvertraut, die sie kannte. Sie hätte abtreiben können, Milena, hast du nie daran gedacht? Sie hat monatelang gewusst, dass sie schwanger war. Aber sie hat es nicht getan. Es wäre leicht gewesen. Sie ist zu dir gegangen. Und sie hat das Richtige getan.«

»Du glaubst …«

»Sie hat mir einen Brief hinterlassen, als sie damals gegangen ist.«

»Davon hast du mir nie erzählt!«, rief Milena aus. »Was hat sie geschrieben?«

Anna ging hinüber zu ihrer Handtasche, die auf Magdas Schreibtisch stand, und holte einen abgegriffenen Briefumschlag heraus. Sie reichte ihn ihrer Tochter.

Milena zog ein eng beschriebenes Blatt heraus und begann, laut zu lesen.

»Mama, ich kann das nicht. Ich habe monatelang darüber nachgedacht. Aber alleine schaffe ich das nicht. Ich habe nicht viel übrig für Familie – wie du weißt. Mit ihm hätte ich es mich getraut. Aber er will mich nicht – und das Kind auch nicht. Er sagte, er wolle keine Familie. Ich habe ihm gesagt, ich würde abtreiben lassen, aber dann konnte ich es doch nicht tun. Es ist doch sein Kind – und ich liebe ihn so sehr, Mama. Vielleicht später – vielleicht überlegt er es sich eines Tages ja noch.

Es gibt nur eines, was ich tun kann, denn fremden Leuten will ich das Kind nicht anvertrauen. Milena hat mir geholfen – immer, egal, in welche Scheiße ich mich geritten hatte. Auch diesmal. Ich schenke ihr mein Kind. Mehr kann ich ihr für ihre Hilfe nicht geben. Sie denkt, sie sei mir gleichgültig und lästig. Das ist nicht wahr. Sie ist der einzige Mensch, dem ich absolut vertraue. Milena war immer gut zu mir, viel zu gut. Ich schulde ihr mehr, als ich sagen kann.

Hätte er mich doch nur genommen! Ich will lieber allein sein in Zukunft. Das ist besser für mich und für die anderen. Ich liebe meinen Beruf, und ich bin eine weit bessere Schauspielerin, als ich eine Mutter sein könnte. Sei mir nicht böse, Mama. Ich kann nicht anders. Vielleicht später einmal. Und danke für alles, was du für mich getan hast. Dana.«

In Milenas Augen standen Tränen, als sie zu ihrer Mutter aufsah.

»Warum hast du mir das nie gezeigt?«, fragte sie mit zitternder Stimme.

»Du hättest sie nicht in Ruhe gelassen damit, Liebes. Sie wollte allein sein. Ich habe das respektiert. Ich wollte nicht, dass ihr euch gegenseitig über dieser Sache aufreibt. Es war besser so, glaub mir.« Sie nahm Milenas Hand ihn ihre und streichelte sie. »Deine Schwester war eine Egoistin, aber sie war kein Monster, Milena. Hör auf, sie zu hassen. Das bist du dir selbst schuldig. Sei wieder das fröhliche Mädchen, das du vorher warst. Du hast vier wunderbare Kinder und zwei Enkel, die dich sehr lieben. Du hast einen Mann, der dich vergöttert – und mit Recht. Lass Dana los. Nimm das Geschenk endlich an und freue dich daran.«

»*Babi* hat recht, Mama«, sagte Magda. Sie stand in der Tür ihres Büros und sah ihre Mutter lächelnd an.

Die beiden Frauen fuhren erschrocken herum. »Magda«, riefen sie wie aus einem Mund.

»Und bitte, keine Geheimnisse mehr, okay? Ich bin ein großes Mädchen«, sagte sie, »ich vertrage einiges. Zum Beispiel auch zu erfahren, wer mein Vater ist.«

»Liebes, ich ...«, begann Milena, doch Magda schnitt ihr das Wort ab.

»Ich weiß, dass du nur mein Bestes wolltest, aber ich bin inzwischen alt genug, um selbst entscheiden zu können, was gut für mich ist. Ich bin siebenunddreißig Jahre alt, habe zwei Kinder und schlage mich recht gut durchs Leben. Du musst nicht mehr auf mich aufpassen. Und in Watte packen musst du mich auch nicht. Okay?«

Milena lächelte und nickte.

»Du hast alles gehört?«, fragte Anna.

»Das Wichtigste, denke ich. Den Rest könnt ihr mir bei Gelegenheit erzählen. Jetzt habe ich noch eine Neuigkeit. Jemand hat versucht, Honza Krasnohorský umzubringen.«

»*Ježišmarja*!«, rief Milena aus. »Wer könnte ihn töten wollen? Warum?«

»Das wüsste ich auch gerne«, sagte Magda und ging zum Arbeitstisch hinüber, an dem die beiden Frauen die letzten Stunden verbracht hatten. »Das ist sie. Das ist Lenka«, sagte Magda traurig und deutete auf den Bildschirm. »Du hast Lenka gekannt, Mama. Was weißt du über sie?«

»Sie ist mit uns zur Schule gegangen. Und wie Dana auf das Konservatorium nach Prag. Das ist alles. Ich kannte sie nicht besonders gut.«

»Wer waren ihre Eltern?«

»Ihre Mutter war Lehrerin am Gymnasium. Sie ist kurz nach Lenkas Geburt gestorben. Lenka ist bei ihrer Großmutter aufgewachsen. Eine liebe Frau. Lenka hatte ein gutes Verhältnis zu ihr, hat sie oft besucht.«

»Und ihr Vater?«

»Ihren Vater kannte ich nicht. Sie war ein uneheliches Kind. Es hieß, er sei Soldat gewesen. Oder Polizist? Keine Ahnung. Warum? Ist das wichtig?«

»Ich weiß es nicht. Vielleicht. Wir wissen weder, wer Alena Freeman, das heißt Dana, getötet hat, noch wissen wir, wer versucht hat, Honza umzubringen – oder warum.«

»Und Lenka?«, fragte Milena. »Wer hat sie damals getötet?«

Magda seufzte. Sie hätte vieles darum gegeben, diese Frage nicht beantworten zu müssen. Wie sollte sie ihrer Mutter und ihrer Großmutter sagen, dass Dana womöglich ihre beste Freundin getötet hatte, um an deren Ausreisepapiere zu kommen? Denn diese Möglichkeit klang wahrscheinlicher als die anderen, die Anděl vorgetragen hatte. Oder wollte sie nur nicht glauben, dass Honza Lenka getötet hatte? Honza, den sie gerettet hatte. Honza, der der Ehemann ihrer besten Freundin war. Honza, der ihr Vater war. Mein Gott, dachte sie, Xenia! Sie hatte überhaupt nicht mehr an sie gedacht in all dem Chaos. Wusste Xenia schon, was geschehen war?

»Magda, wer hat Lenka getötet?«, wiederholte ihre Mutter die Frage. In ihrer Stimme klang aufkeimende Angst.

»Moment, Mama, ich muss dringend telefonieren.«

Magda kramte ihr Handy aus der Tasche und wählte eine Nummer.

»Haben Sie mit Xenia gesprochen?«, fragte Magda, als Anděl sich meldete.

»Sie ist in einer Vorlesung. Ich habe ihr eine Nachricht hinterlassen, dass sie mich so schnell wie möglich zurückrufen soll.«

»Gut. Ich fahre zu ihr. Danke, David.« Sie legte auf. »Ich muss zu Xenia, Mama, sie weiß noch nichts von Honza.«

»Wer, Magda?«, fragte Milena drängend, als habe Magda nichts gesagt. Ihr Gesicht war angespannt, ihre Stimme heiser. Ihre Hände krampften sich um die Stuhllehne.

Sie ahnt es, dachte Magda. »Ich weiß es nicht, Mama. Es gibt mehrere Möglichkeiten.« Keine Lüge.

»Du denkst, es war Dana, nicht wahr?«, fragte Milena mit zitternder Stimme.

Magda blickte auf, sah ihre Mutter an, dann ihre Großmutter. Der alten Frau rannen Tränen über das Gesicht. Sie ging zu ihrer Großmutter hinüber und trocknete ihr sanft die Wangen.

»Ich weiß es nicht«, sagte sie, »aber es ist eine Möglichkeit.«

Xenia stand am Pult in dem kleinen Hörsaal und tippte eine Nummer in ihr Handy. Die Vorlesung war gerade vorbei, die letzten Studenten strömten hinaus auf den Flur. Er nahm nicht ab. Sie tippte eine weitere Nummer ein.

»Anděl.«

»Xenia Bondy. Sie hatten um Rückruf gebeten. Was ist passiert?«, fragte Xenia angespannt.

»Ich kann nicht lange sprechen, Frau Doktor. Es geht um Ihren Mann …«

»Was ist mit ihm?«, unterbrach sie ihn ungeduldig. Honza. Hatten sie ihn verhaftet? Angst schnürte ihr die Kehle zu.

»Er ist im Krankenhaus. Aber es geht ihm so weit gut. Machen Sie sich keine Sorgen. Magda ist unterwegs zu Ihnen. Sie wird Ihnen alles erzählen. Keine Panik.«

Sie hörte Gehupe im Hintergrund.

»Im Krankenhaus? Was ist passiert, verdammt noch mal? Hatte er einen Unfall? Was ist mit Jay?«

»Ist Magda schon da?«

»Nein«, sagte sie und blickte zur Tür. »Doch, sie ist eben gekommen. Sagen Sie mir endlich …«

»Geben Sie sie mir, bitte.«

Xenia reichte Magda wortlos das Telefon.

»Ja, bitte?«, fragte Magda in den Hörer.

»Ich bin's, Magda«, sagte Anděl, »ich habe Ihrer Freundin gesagt, dass Krasnohorský im Krankenhaus ist, sonst nichts. Ich bin bei Markéta Kousalová. Bitte sagen Sie ihr, was passiert ist. Fahren Sie mit ihr ins Krankenhaus. Ich melde mich, sobald ich kann.«

»Okay. Wir sind dann dort.« Sie klappte das Handy zu und reichte es Xenia.

»Was ist los, Magda? Wieso ist Jay im Krankenhaus?«, fragte Xenia. Angst schwang in ihrer Stimme mit. Sie steckte das

Handy mit zitternden Händen ein und setzte sich auf den Stuhl hinter dem Pult.

»Jemand hat auf Jay geschossen, Xenia. Aber …«

Xenia sprang auf. »Auf Jay geschossen? Warum? Wie geht es ihm? Er ist doch nicht – tot? Bitte, Magda, er ist doch nicht tot?« Sie hielt sich schwankend am Pult fest.

Magda legte einen Arm um ihre Schultern und drückte sie sanft auf den Stuhl zurück. »Nein, er ist nicht tot. Er ist verletzt. Sie haben ihn operiert. Er wird es schaffen, denke ich.«

»Ich will zu ihm, Magda.« Xenia stand erneut auf, packte ihre Handtasche und ging zur Tür. »Und auf dem Weg erzählst du mir, was passiert ist.«

Magda nickte.

»Also los«, sagte Xenia, als sie im Wagen saßen, »was ist geschehen?«

»Er war in seiner Wohnung in Žižkov«, begann Magda.

»Wer hat auf ihn geschossen?«

»Ich weiß es nicht, Xenia. Larissa war auch da.«

»Larissa? Was wollte sie dort?«

»Sie wohnt nebenan. Aber sie war in seiner Wohnung und …«

»Warum?«

»Ich weiß es nicht, sie war bewusstlos, sie ist auch im Krankenhaus.«

»Ich verstehe kein Wort! Was soll das alles? Wieso war sie bewusstlos?«

»Ich weiß es nicht. Ich …«

»Guter Gott, Magda, was weißt du eigentlich?«

»Wenn du mich ausreden lassen würdest, könnte ich dir das wenige, was ich weiß, sagen.«

»Entschuldige.«

»Schon gut. Also. Jay war in seiner Wohnung, und Larissa war bei ihm. Vermutlich wollte sie mit ihm reden. Dann kam noch ein Besucher, allerdings mit weit weniger friedlichen Absichten, und hat auf Honza geschossen. Ich bin kurz darauf dort angekommen und habe die beiden gefunden. Ich habe Erste Hilfe geleistet, als Anděl und Nebeský kamen. Kurz nach ihnen kam der Notarzt und hat ihn und Larissa ins Krankenhaus gebracht. Ich bin mitgefahren. Jay wurde operiert. Er ist stabil. Liegt auf der Intensivstation. Er hatte Glück. Ich nehme an, dass er es schaffen wird.«

»Himmel, das dauert ja ewig!«, rief Xenia aus. »Dieser Verkehr ist die Hölle!«

Magda schlängelte sich so gut sie konnte durch den Stau.

»Was wolltest du dort?«, fragte Xenia plötzlich.

»Ich wollte mit ihm reden«, sagte Magda.

»Warum?«

Magda warf ihrer Freundin einen kurzen Blick zu. Wie sollte sie ihr sagen, was sie über Jay erfahren hatte? Verdammt, warum konnte David das nicht tun?

»Warum?«, drängte Xenia.

»Ich habe mit Anděl gesprochen und mit meiner Mutter. Xenia, ich weiß nicht, wie ich dir das sagen soll. Ich …«

»Halt an!«

»Was?«

»Halt an. Sofort.« Xenia drückte sich eine Hand vor den Mund. Sie war kreidebleich.

Magda scherte aus der Spur aus und hielt am Straßenrand in zweiter Reihe. Xenia stieß die Beifahrertür auf, beugte sich aus dem Wagen und erbrach sich auf die Straße.

»Xenia, was ist los mit dir?«, fragte Magda entsetzt.

Xenia lehnte sich erschöpft in den Sitz zurück und schloss die Beifahrertür.

»Jetzt ist es besser.« Sie holte tief Luft und atmete langsam aus.

»Xenia, was ist los?«

Ihre Freundin kramte ein Taschentuch aus ihrer Handtasche und wischte sich den Mund ab. »Hast du etwas zu trinken dabei?«

Magda griff nach hinten, holte eine Flasche Wasser nach vorn und reichte sie Xenia. Die trank ein paar Schlucke und stellte die Flasche zwischen ihre Beine auf den Boden.

»Danke.«

Magda sah ihre Freundin nachdenklich an. Xenia saß blass mit geschlossenen Augen neben ihr, den Kopf nach hinten gelehnt. Sie atmete tief ein und wieder aus.

»Xenia, bist du etwa ...?, fragte Magda.

»Schwanger, ja. Scheiße. Zu all dem Mist bin ich auch noch *schwanger*!«

»Seit wann weißt du das?«, fragte Magda.

»Seit heute. Mir war schon ein paar Tage ein bisschen schlecht, gestern früh habe ich mir fast die Seele aus dem Leib gekotzt – und dann habe ich heute früh einen Test gemacht. Ich konnte es nicht glauben, aber da waren sie, diese zwei hellblauen Streifen. Klar und eindeutig. Verdammter Mist!« Sie wandte sich Magda zu. »Ich habe ihn rausgeworfen. Dann kommt diese ganze Geschichte mit seiner Vergangenheit und Dana und Alena – und nun auch noch das! Ich weiß nicht, was ich tun soll, Magda. Was soll ich nur tun? Und jetzt liegt er auf der Intensivstation und ... Was soll ich nur tun?« Sie schluchzte und verbarg ihr Gesicht in den Händen.

Hinter ihnen hupte jemand. Magda ignorierte es. Sie nahm Xenia in den Arm, drückte sie an sich. Xenia war schwanger. Jay war – ein Mörder? Nun, zunächst mal war er ein Schwerverletzter auf der Intensivstation. Was auch immer er sonst noch sein mochte.

»Geht es besser?«, fragte Magda.

Xenia nickte. »Fahren wir«, sagte sie, »ich will zu ihm.«

Magda startete den Wagen und fädelte sich wieder in den Verkehr ein. »Wir sind gleich da«, sagte sie.

»Hat er es getan?«, fragte Xenia. »Hat er Lenka getötet?«

»Ich glaube nicht.«

»Und Dana?«

»Ich weiß es nicht, Xenia.«

»Ich weiß nicht, ob ich ein Kind will, dessen Vater ein Mörder ist.«

»Das Kind kann nichts dafür, Xenia.«

»Ich weiß.«

»Ich dachte, ihr hättet …«

»Aufgepasst? O ja. Wie man eben so aufpasst, wenn man verheiratet ist und glücklich und sich in einem schwachen Moment denkt, ach, warum eigentlich nicht? Er hatte versprochen, dass es keine Affären mehr geben würde. Er wollte so gern ein Kind – und ich, na ja, es war so ein schöner Abend, wir waren im Theater und dann essen, im Palffy, weißt du, und dann … es war so schön, und ich dachte … Ach verdammt, ich habe gar nichts gedacht! Und nun habe ich den Salat. Wieder den ganzen Mist von vorn, jetzt, wo die Kinder schon so groß sind. Und dann macht der Idiot mit dieser Tussi rum! Mistkerl, verdammter! Ich weiß nicht, was ich tun soll, Magda.«

»Wir sind da«, sagte Magda. Sie parkte den Wagen und sah Xenia an. »Du musst das nicht sofort entscheiden, Liebes. Jetzt gehen wir erst mal zu Jay.«

Xenia nickte. Sie stiegen aus und machten sich auf den Weg zur Intensivstation.

Jay lag angeschlossen an Dutzende Schläuche und Apparate in einem Bett und schlief. Sein verbundener Brustkorb hob und senkte sich. Das EKG über dem Kopfende piepte im Rhythmus seines Herzschlags. Xenia strich ihm zärtlich über die Stirn.

»Du verdammter Idiot«, sagte sie sanft. »Sieh zu, dass du gesund wirst. Ich brauche dich. Und dieser Knirps auch.« Sie strich sich über den flachen Bauch.

Sie liebt ihn noch immer, dachte Magda. Das Techtelmechtel, das zu seinem Rauswurf geführt hatte, schien im Moment vergeben und vergessen. Nun, im Vergleich zu dem Ärger, den er sonst noch hatte, war das auch fast vernachlässigbar.

Seltsam, dachte Magda, als sie Jay so liegen sah, das also ist mein Vater. Mein biologischer Vater, korrigierte sie sich sofort. Gregory Axamit war ihr Vater, der Mann ihrer Mutter – die nicht ihre Mutter war. Ach verdammt, was für ein Chaos. Sie liebte ihre Eltern, diese beiden Menschen, die sie ihr ganzes Leben dafür gehalten hatte. Aber da waren nun noch diese beiden anderen. Dana tot und Honza auf der Intensivstation. Auch ihre Eltern. Jay war ihr Vater. Auch ihr Vater. Aber er war vor allem ein Freund, ein guter Freund, der Ehemann ihrer besten Freundin. Selbst wenn sie seine Eskapaden nie verstanden hatte, sie mochte ihn gern, diesen großen Jungen. Sie wusste, dass er mehr als zwanzig Jahre älter war als Xenia und sie selbst, doch er wirkte so viel jünger – nicht wie der Vater einer erwachsenen Frau. Peter Pan, dachte sie, Peter Pan, der versehentlich erwachsen geworden war, wenngleich nur äußerlich.

Sie lächelte innerlich – er wirkte auch nicht wie ein Großvater, der er ja auch war. Zwei Enkel, Jay. Du hast viel versäumt. Sie erinnerte sich an den Tag, als Xenia ihn ihr vorgestellt hatte. Ein gut aussehender Mann, der ihr auf den ersten Blick sympathisch gewesen war. Sie hatten sich auf

Anhieb verstanden. Und Xenia war so unglaublich verliebt gewesen, so unendlich glücklich. Nach der Tragödie mit dem Vater ihrer Kinder hatte sie dieses Glück mehr als verdient. Magda dachte an die wunderbaren langen Gespräche in ihrem Wohnzimmer – sie und Xenia und Jay, und im Hintergrund die fröhliche Kinderschar. Er war Xenias Kindern ein guter Stiefvater gewesen, hatte sie aufrichtig geliebt. Und sie ihn auch. Gott sei Dank waren sie nicht da. Vielleicht war die ganze Sache ja vorbei, bis sie aus den Ferien wiederkamen. Vielleicht brauchten sie nie etwas von all dem zu erfahren. Aber er war nicht nur der sympathische Mann, als den sie ihn kennengelernt hatte, er war auch Honza, der Spitzel. Der Mörder? Nein, das durfte nicht wahr sein. Sie schüttelte den grässlichen Gedanken ab. Er musste gesund werden. Sie hatte alles dazu getan, was sie konnte. Nun lag es an ihm. Und an den Ärzten.

»Sie sind die Ehefrau?«

Magda und Xenia drehten sich um. Hinter ihnen stand ein junger Arzt.

»Ja, ich bin seine Frau«, sagte Xenia und räusperte sich. »Wie geht es ihm?«

»Den Umständen entsprechend gut. Wir sorgen dafür, dass er schläft. Er hat viel Blut verloren, wir haben ihm Transfusionen gegeben. Die OP hat er gut überstanden. Er ist stabil. Sieht gut aus. Er hatte Glück.«

»Kann ich bei ihm bleiben?«

»Tut mir leid«, der Arzt schüttelte den Kopf, »eigentlich hätten wir Sie gar nicht hineinlassen dürfen. Intensivstation, Sie verstehen? Aber in Anbetracht der Umstände … Sie sollten jetzt trotzdem gehen. Wir informieren Sie, wenn etwas sein sollte. Geben Sie der Schwester Ihre Nummer.« Er sah Jay an und fuhr nach einer Weile fort. »Machen Sie sich keine

Sorgen, Frau Doktor hier hat gute Arbeit geleistet.« Er nickte Magda zu. »Der Notarzt hat von Ihrem Einsatz erzählt. Hat Sie sehr gelobt.« Der Arzt lächelte. »Ich hätte nicht gedacht, dass Pathologen so erfolgreiche Lebensretter sind.«

»Ist mal was anderes«, sagte Magda und grinste, »ich bin dankbar für jeden, der nicht auf meinem Tisch landet.« Sie wandte sich an Xenia. »Komm, gehen wir. Hier können wir jetzt nichts tun. Lass uns unten einen Kaffee trinken.«

Xenia nickte, dann beugte sie sich zu Jay hinunter und küsste ihn auf die Stirn. »Werd gesund – bitte!« Sie drückte seine Hand, die entspannt neben ihm auf der blütenweißen Decke lag.

Unten in der Cafeteria setzten sie sich an den Tisch am Fenster, an dem Magda schon mit Anděl gesessen hatte.

»Was willst du trinken?«

»Einen Kaffee.«

»Kaffee?«

»Nein«, Xenia lächelte, »ich vergaß, ich möchte einen ... was auch immer, such mir was aus, bitte.«

Magda brachte einen Kaffee für sich und einen Apfelsaft für Xenia. Sie setzte sich ihrer Freundin gegenüber.

»Du hast mir noch immer nicht gesagt, was du bei Jay wolltest.«

Magda seufzte. Sie hätte viel darum gegeben, dieses Gespräch nicht führen zu müssen. Doch es half nichts.

»Xenia, es – ach, ich weiß nicht, wie ich es dir sagen soll.«

»Wie du mir was sagen sollst?« Xenias Stimme war rau. Sie blickte Magda unsicher an. »Raus mit der Sprache.«

»Ich habe mit Mama und *Babi* gesprochen, sie haben mir von Dana erzählt. Sie war ... sie war meine Mutter.« Eine Hälfte der Wahrheit geschafft. Die leichtere.

»Deine Mutter?«, fragte Xenia ungläubig.

»Sie war der Auffassung, dass sie nicht zum Muttersein taugte, und hat mich bei meiner Mutter, bei Milena, gelassen, damals.«

»Milena hat dich adoptiert?«

»Nein. Sie haben einfach die Plätze getauscht. Ich bin zu Hause zur Welt gekommen. Meine Großmutter hat es als Notfall ausgegeben. Plötzliches Einsetzen der Wehen, keine Zeit mehr, in die Klinik zu fahren. Und sie war die behandelnde Ärztin. Sie haben das zusammen gedeichselt. In meiner Geburtsurkunde steht Milena als meine Mutter. Sie hatten viel Glück, dass das nicht aufgeflogen ist. Die Einzige, die davon wusste, ist witzigerweise David Anděls Mutter. Sie war mit Mama befreundet, sie haben zusammen studiert. Mama hat es ihr erzählt.«

»O Gott, Magda, das ist ja schrecklich, wie …«, Xenia sah Magda ratlos an.

»Es ist okay, Xenia. Meine Mutter ist Milena. Sie hat mich aufgezogen, war immer für mich da.«

»Magda«, fragte Xenia zögernd, »wenn Dana deine Mutter war, wer war – wer ist dein Vater?«

Magda schloss die Augen. Einatmen, ausatmen. Einatmen, ausatmen. Kraft sammeln.

»Es ist doch nicht etwa …«

Magda sah ihre Freundin an und nickte.

»Doch«, sagte sie leise, »mein Vater ist Honza Krasnohorský.«

Jetzt war es raus. Die zweite Hälfte der Wahrheit. Die schwerere. Xenia starrte sie fassungslos an. Eine ganze Ewigkeit. Dann brach sie plötzlich in schallendes Gelächter aus.

»Dann bist du ja – meine Güte, Magda, dann bist du ja

meine Stieftochter!« Xenia schlug sich vor Lachen auf die Schenkel. »Ich fasse es nicht! Du bist meine Stieftochter!« Sie schüttelte sich buchstäblich vor Lachen, bis es in heftiges Schluchzen überging. Tränen strömten über ihr blasses Gesicht. Sie presste ihre Hände auf den Mund und starrte Magda an.

Magda wusste nicht, was sie sagen sollte. Daran hatte sie noch gar nicht gedacht. Aber ja, sie war tatsächlich Xenias Stieftochter. Wie absurd!

Xenia beruhigte sich langsam. Sie wischte sich mit einer Serviette die Augen ab, schnäuzte sich, schüttelte den Kopf.

»Weißt du, wenn mir das jemand erzählen würde, ich würde denken, er spinnt. Ist das wirklich wahr? Woher wusste Anděl das alles?«

»Von seiner Mutter. Mama hat es ihr erzählt. Die Welt ist klein.«

»Und deshalb bist du zu Jay gefahren?«

»Ich wollte eigentlich nur eine Weile alleine nachdenken«, sagte Magda, »und dann war ich plötzlich an der Ecke beim Hühnchen, vor seiner Haustür. Ich habe geklingelt, jemand hat aufgemacht, und ich bin reingegangen. Und oben – oben stand die Tür sperrangelweit auf. Er lag auf dem Boden. Ich bin zu ihm gelaufen, und dann hat hinter der Tür jemand gestöhnt. Larissa lag dort, bewusstlos. Sie war so weit okay, ich habe sie in eine stabile Seitenlage gebracht, und dann habe ich mich um ihn gekümmert, einen Krankenwagen gerufen. Kurz darauf waren Anděl und Nebeský da. Und dann – na den Rest kennst du.«

»Wer hat dir aufgemacht?«

»Was?«

»Du sagtest doch, du hast geklingelt, und jemand hat dir die Tür aufgemacht. Wer? Jay ja wohl kaum und Larissa offenbar auch nicht, da sie ja bewusstlos war. Wer war es also?«

»Keine Ahnung, wer mir aufgemacht hat – ich habe noch gar nicht darüber nachgedacht.« Aber Xenia hatte recht. Irgendjemand musste noch dort oben gewesen sein. Wer und – vor allem – wo? Sie hatte niemanden gesehen.

»Ist dir niemand im Treppenhaus begegnet?«

»Nein. Nicht dass ich wüsste …« Sie stutzte. Oder doch? Im Geiste ging sie noch einmal die Stufen nach oben. Erster Stock, zwei Türen, niemand. Über ihr hatte es irgendwo geklingelt. Zweiter Stock – doch, da war jemand gewesen. Jemand rechts im Flur, an einer der Türen. Die Tür war offen gewesen, sie hatte eine alte Frau gesehen, die zu ihr hinausgesehen hatte – und vor der Tür, mit dem Rücken zur ihr, hatte ein Mann gestanden. Ein alter Mann. Sie hatte nicht weiter auf die beiden geachtet, war ganz in Gedanken versunken gewesen, hatte abwesend gegrüßt und war weiter hinaufgestiegen. Dritter Stock, nichts. Eine Tür, die über ihr ins Schloss fiel. Leise Schritte unter ihr, die sich schnell entfernten. Vierter Stock. Die Tür links war zu, die rechte stand offen.

»Du hast jemanden gesehen? Wen?«, fragte Xenia.

»Ich habe nicht weiter darauf geachtet, aber da war ein alter Mann, der mit einer Frau an einer Tür im zweiten Stock gesprochen hat. Ich habe ihn nur von hinten gesehen, wie gesagt, ich war ganz in Gedanken – und dann im dritten Stock, da hörte ich über mir eine Tür ins Schloss fallen. Aber als ich oben ankam, war Jays Tür offen, und Larissa lag bewusstlos hinter der Wohnzimmertür.«

»Du bist sicher, dass du eine Tür gehört hast?«

Magda nickte. »Vielleicht hat der Luftzug Larissas Tür zugeschlagen«, sagte sie nachdenklich.

»Vielleicht aber auch nicht«, erwiderte Xenia.

»Sie ist nicht da.«

»Vielleicht ist sie einkaufen gegangen.«

»Möglich«, sagte Anděl zweifelnd.

»Sie könnte bei der Arbeit sein.«

»Möglich.«

Anděl holte sein Handy aus der Sakkotasche und wählte die Nummer der Staatsoper. Nach einem kurzen Gespräch steckte er es wieder ein.

»In der Staatsoper ist sie nicht. Hat sich krankgemeldet.«

»Dann sollte sie zu Hause sein.«

»Hm. Ist sie aber nicht. Oder sie macht nicht auf.«

Andělš Handy klingelte. »Anděl. … Ja … Gut. Danke.«

Nebeský sah ihn fragend an.

»Die Spurensicherung hat in Krasnohorskýs Wohnung einen Einschuss in der Wand gefunden.«

»Der Täter hat zweimal geschossen?«

»Sieht ganz danach aus. Sie haben eine Kugel in der Wand und zwei Patronenhülsen auf dem Boden gefunden.«

»Und?«

»Zwei verschiedene, wie es aussieht.«

»Zwei Waffen?«, fragte Nebeský erstaunt.

»Sieht so aus.«

»Hat Krasnohorský auf den Täter geschossen?«

»Es war keine Waffe in der Wohnung.«

»Der Täter könnte sie mitgenommen haben.«

»Möglich, aber warum? Hätte er sie dagelassen, könnte er behaupten, in Notwehr geschossen zu haben.«

»Wo steckte die Kugel?«

»In der Wand mit den Fenstern, ein paar Zentimeter unter der Decke.«

»Schlechter Schütze. Krasnohorský ist zwar groß, aber so groß auch wieder nicht.«

»Es könnten zwei gewesen sein«, sagte Anděl nachdenklich.

»Du meinst, da haben sich zwei getroffen, die das Gleiche vorhatten?«

»Möglich.«

»Aber wer?«

»*Beats the hell out of me.*«

»Was?«

»Keine Ahnung. Wo bleiben die Jungs?«

Nebeský drehte sich um und sah die Gasse entlang. Ein Polizeiwagen kam um die Ecke. »*Voilà*.«

»Na endlich.«

Nebeský ging zu dem Wagen und sprach kurz mit dem Fahrer. Die beiden Polizisten blieben im Wagen sitzen. Nebeský blickte zu den Fenstern im ersten Stock hinauf.

»Am Fenster steht sie jedenfalls nicht. Ich habe ihnen gesagt, sie sollen hier warten, für alle Fälle. Haben sie die Kugeln schon verglichen?«, fragte er.

»Sie sind dabei.« Sein Handy klingelte wieder. »Anděl«, meldete er sich.

»David«, sagte Magda, »ich bin mit Xenia im Krankenhaus. Wir haben über diese Sache mit Jay gesprochen. Und ich habe mich erinnert, jemanden im Treppenhaus gesehen zu haben. Ich hatte …«

»Wen?«, unterbrach Anděl sie.

»Einen alten Mann, er hat sich im zweiten Stock mit einer Frau unterhalten, aber da war noch etwas.«

»Ja?« Alter Mann – der Oberst? Wann hatte er das Haus verlassen? Sie hatten ihn nicht gehen sehen, dabei hatten sie das Haus kurz nach Magda betreten. Hatte er unter einem Vorwand Unterschlupf bei dieser Frau gefunden?

» … geklingelt, und jemand hat mir die Tür aufgemacht.«

»Entschuldigen Sie, Magda, was haben Sie eben gesagt? Wer hat geklingelt?«

»Ich sagte, ich habe geklingelt, und jemand machte mir die Tür auf. Nur, Honza kann es nicht gewesen sein. Und Larissa auch nicht. Und als ich im dritten Stock war, hörte ich eine Tür über mir ins Schloss fallen.«

»Über Ihnen? Sind Sie sicher?« Wer war dort oben gewesen? Verdammt, sie waren nicht in Larissas Wohnung gegangen. Hatte sich dort jemand versteckt?

»Ja, bin ich. Ich hörte jemanden unter mir nach unten gehen, und über mir fiel eine Tür ins Schloss.«

»Der alte Mann – wie sah er aus? Was genau machte er?«

»Ich habe ihn nur von hinten gesehen. Er trug ein graues Jackett, dunkle Hose. Ich glaube, er hatte graue Haare. Oder eine Glatze? Ich habe nicht so genau hingesehen, ich war in Gedanken. Hab nicht darauf geachtet. Er wirkte wie ein alter Mann. Und er sprach mit einer Frau, die in der Wohnung an der Tür stand. Als ich im ersten Stock war, hörte ich über mir eine Klingel. Das ist alles, woran ich mich erinnern kann.«

Magdas Beschreibung passte auf den Oberst – und auf hunderttausend andere alte Männer. Aber der Oberst war ins Haus gegangen, das wussten sie immerhin. Und die Tür oben?

»Haben Sie oben etwas gehört? Hinter der anderen Tür?«

»Nein. Aber ich habe auch nicht darauf geachtet. Ich bin gleich zu Jays Tür gelaufen. Man hat ihn ja von draußen schon dort liegen sehen.«

»Danke, Magda. Wir werden uns darum kümmern. Tun Sie mir einen Gefallen?«

»Gerne. Was brauchen Sie?«

»Ich weiß, es gehört nicht zu Ihrer Arbeit, aber könnten

Sie wohl mit Larissa sprechen? Ich möchte wissen, was sie dort gemacht hat und was sie gesehen oder gehört hat. Wir suchen nach Markéta Kousalová. Aber vielleicht hat Larissa jemanden gesehen – dort oben.«

»Mache ich. Wir sind sowieso im Krankenhaus.«

»Wie geht es ihm?«

»So weit, so gut. Er schläft. Der Arzt ist zufrieden. Ich melde mich wieder. Ciao, David.«

»Danke, Magda. Ciao.«

Er klappte nachdenklich sein Handy zu. Wer war dort oben gewesen? Der Wind? Der Wind, das himmlische Kind. Kaum. Keine Brise wehte. Die Fenster im Treppenhaus waren geschlossen gewesen, ebenso wie die Fenster in Honza Krasnohorskýs Wohnung. Kein Luftzug, der eine Tür hätte zuschlagen können. Jemand war dort oben gewesen und hatte in Larissas Wohnung Zuflucht gesucht. Wer?

Nebeský sah Anděl fragend an. »Und?«

»Gib mir noch mal die Kamera, Nebeský.«

Nebeský reichte sie ihm. Anděl klappte den kleinen Bildschirm auf und schaltete sie ein. Langsam klickte er durch die Bilder, die Antonín Cajthaml geschossen hatte. Ja, da war sie, Markéta Kousalová. Sie war in das Haus gegangen. Die Reihenfolge stimmte. Nach der Kousalová war Larissa hineingegangen, dann der Oberst, schließlich Magda – abgesehen von den anderen Leuten, die das Haus auch noch betreten hatten. Um die kümmerten sich die Kollegen. Kein Foto, das jemanden beim Verlassen des Hauses gezeigt hätte. Sie waren alle dringeblieben. Die Straßenbahn – als sie über die Straße laufen wollten. Wie lange brauchte ein alter Mann, um aus dem Haus zu kommen und zu Fuß zu verschwinden? Ringsherum waren gerade Straßen, so weit das Auge reichte. Zwei bergauf, zwei bergab. Freie Sicht. Er hatte sich umgesehen, aber keinen alten Mann gesehen. Wo war der Oberst abgeblieben?

»Das Hühnchen, Nebeský!«, rief er plötzlich aus. »Verdammt – der Oberst muss in das Lokal geflitzt sein, als die Straßenbahn vorbeifuhr. Schick jemanden hin, mit Foto. Ich wette, er war dort.«

»Hm. Wäre möglich. Der Mann muss aber flink sein für sein Alter, wenn er das geschafft hat. War eng.«

Nebeský nahm sein Handy und veranlasste, worum Anděl ihn gebeten hatte. »Und die Kousalová? Die ist auch nicht rausgekommen«, sagte er dann nachdenklich.

»Wenn du mich fragst, war die Kousalová in Larissas Wohnung. Magda sagte gerade, sie habe eine Tür ins Schloss fallen hören. Die beiden da drüben sollen das Haus beobachten. Wenn die Kousalová kommt, sollen sie uns anrufen und sie nicht wieder weglassen. Wir fahren zurück zu Larissas Wohnung. Los.«

»Du glaubst doch nicht etwa, dass sie noch dort ist?«

»Keine Ahnung. Aber hier ist sie auch nicht.«

»Und der Oberst?«, fragte Nebeský.

»Ich rufe das Väterchen an, vielleicht weiß er schon etwas«, antwortete Anděl, während er die Nummer des Staatsanwalts wählte. Der meldete sich nach dem ersten Klingeln.

»Haben Sie schon etwas über den Oberst in Erfahrung bringen können?«, fragte Anděl.

»Nicht viel, David. Er ist seit 1984 im Ruhestand – offiziell. War beim Geheimdienst, aber das wissen Sie ja bereits. Ist Witwer, seine Frau ist vor bald vierzig Jahren gestorben. Ein Sohn. Dr. Václav Černý. Aber das wissen Sie auch schon.«

»Hatte er Verbindungen zu Dana Volná oder Lenka Svobodová?«

»Er kannte sicher Dana über seinen Sohn. Venca wollte

Dana damals heiraten, und der Oberst war nicht glücklich darüber, aber es ist ja nichts daraus geworden. Ob er Lenka Svobodová kannte, weiß ich nicht, das müssen Sie ihn selbst fragen.«

»Und Honza Krasnohorský?«

»Der Oberst war sein Führungsoffizier, sozusagen. Krasnohorský hat für ihn gearbeitet. Durfte dafür durch die Welt reisen, aber als er sich um eine Arztstelle auf Malta beworben hat, hat der Oberst ein dickes rotes *Njet* draufgesetzt. Offenbar wollte er nicht, dass Krasnohorský das Land verlässt. Warum, weiß ich allerdings nicht. Der Oberst hat die Stelle seinem Sohn zugeschanzt. Er musste dafür all seine Beziehungen spielen lassen, nehme ich an. Venca war damals noch nicht verheiratet. Vierundachtzig hat sich Venca nach Amerika abgesetzt – und der Oberst wurde in den Ruhestand komplimentiert. Hat ihn seinen Job gekostet, der Junge. Andererseits war der Oberst damals schon vierundsechzig, wäre ohnehin ein Jahr darauf in Rente gegangen.«

»Von wem wissen Sie das?«

»Von Venca – ich kenne ihn doch seit Jahren gut. Er hat es mir erzählt, als ich ihn vorhin aufgesucht habe. Leichtgefallen ist es ihm nicht. Und dann kenne ich bei dem Verein noch ein paar Leute. Nicht zu vergessen, hat auch Oberst Kohout sein Scherflein beigetragen – nicht ganz freiwillig, aber immerhin.«

»Kohout?«, fragte Anděl verblüfft.

»Ja, Kohout. Sie werden es nicht glauben, aber er hat in den späten Siebziger- und frühen Achtzigerjahren für den Oberst gearbeitet. Eine Jugendsünde, wie er mir versicherte.« Der Staatsanwalt lachte ironisch.

Eine Sünde in der Tat, dachte Anděl, mit Jugend hatte es allerdings wenig zu tun, wie er überzeugt war. Kohout war bis heute eingefleischter Kommunist. Eine buchstäblich linke Ratte.

»Oberst Černý war bei Krasnohorský, Herr Doktor, und er war bei Hora. Er steckt da weit tiefer drin, als er zugeben will. Ich brauche seine Adresse, wir müssen noch einmal mit ihm reden. Haben Sie sie?«

»Einen Moment – ja, ich habe sie.« Der Staatsanwalt nannte eine Adresse in Smíchov, einem Stadtviertel südlich der Kleinseite. »Glauben Sie, dass er Hora umgebracht hat, David? Und versucht hat, Krasnohorský zu erschießen?«

»Es wäre möglich. Aber mir fehlt das Motiv. Warum sollte er Hora getötet haben? Hora hat nur Krasnohorský angeschwärzt, nicht Venca. Und Krasnohorský? Soweit wir wissen, hatte er keinen Anlass, ihn umzubringen. Er hat ihm damals geholfen, das Land zu verlassen … Warum sollte er ihn also nach fünfundzwanzig Jahren umbringen wollen? Krasnohorský kann seinen Sohn nicht reinreiten – Venca hat schon zugegeben, mit Dana gestritten und sie gestoßen zu haben. Das läuft höchstens auf Körperverletzung und unterlassene Hilfeleistung hinaus, und das ist längst verjährt.«

»Ich glaube es zwar nicht, aber Venca könnte lügen. Vielleicht hat er die Frau umgebracht, und Krasnohorský weiß es.« Die Stimme des Staatsanwalts klang matt.

Anděl wusste, wie schwer es ihm fallen musste, so einen Verdacht zu äußern. Der Chef der Gerichtsmedizin war ein guter Freund des Staatsanwalts.

»Und dann schickt er seinen Vater vor, um die Kastanien aus dem Feuer zu holen?«

»Vielleicht war es die Idee des Obersts. Er könnte seinen Sohn schützen wollen. Der Oberst ist ein alter Mann, sein Sohn hat einen hohen Posten und gesellschaftliches Ansehen zu verlieren.«

»Sie sind gut als des Teufels Advokat, Herr Doktor.«

Der Staatsanwalt lachte müde. »Ich gebe mir Mühe, nicht parteiisch zu sein, David. Aber ich glaube kein Wort von dem, was ich sage. Und ich hoffe aufrichtig, es trifft nicht zu.«

»Wir brauchen ein Motiv, Herr Doktor.«

»Ich werde sehen, was ich noch aus den Leuten herausquetschen kann. Bis später.«

»Bis später.«

Anděl lächelte, während er den Wagen startete. Der Staatsanwalt war auch gut darin, Leute auszuquetschen. Eine regelrechte Obstpresse und dabei immer die Freundlichkeit selbst.

Larissa lag mit geschlossenen Augen auf dem weichen Krankenbett. Ihr Kopf schmerzte kaum mehr. Sie versuchte, sich zu erinnern, was passiert war, bevor irgendetwas sie am Kopf getroffen hatte. Graue Schleier waberten durch ihr Hirn. Nichts fiel ihr ein. Je mehr sie darüber nachdachte, desto dichter wurden die Schleier. Aber es war da irgendwo, irgendwo in den Tiefen ihres Hirns steckte die Wahrheit. Sie hatte jemanden gesehen …

»Larissa?«

Sie öffnete die Augen und blickte zur Tür. Magda guckte durch den Türspalt.

»Dürfen wir hereinkommen?«, fragte Magda und lächelte Larissa an.

Larissa nickte müde. Also los, auf zur ersten Standpauke.

»Keine Sorge, ich bin nicht hier, um dir Vorwürfe zu machen«, sagte Magda, während sie hereinkam und hinter sich und Xenia die Tür schloss. Als hätte sie Larissas Gedanken gelesen.

»Die Strafe folgte sozusagen auf dem Fuße«, sagte Larissa.

»Wie geht es dir?«, fragte Magda fürsorglich und strich ihr über den Kopf.

»Besser. War ein ganz schöner Schlag. Aber die Kopfschmerzen sind fast weg.«

Xenia zog zwei Stühle an das Bett und setzte sich. Magda ebenfalls.

»Anděl ist ziemlich wütend auf mich, nicht wahr?«

»Mhm.«

»Und du?«

»Ehrlich gesagt, war ich im ersten Moment auch ziemlich sauer. Du hattest versprochen, im Institut zu bleiben.«

»Tut mir leid. Ich wollte … ich – glaubst du, ich bin schuld, dass Hora und Alena …«

»Ich weiß es nicht, Larissa. Es war ja nicht Böswilligkeit, dass du Anděl nicht gleich alles erzählt hast. Lass es gut sein. Ist nicht mehr zu ändern.«

Eine Weile saßen sie schweigend da, dann unterbrach Magda die Stille. »Anděl möchte wissen, was oder wen du bei Jay gesehen hast, Larissa.«

»Na prächtig! Er spricht nicht mal mehr mit mir.«

Magda lachte. »Hör auf, dich aufzuführen wie ein beleidigter Teenie, Larissa. Er sucht Markéta Kousalová. – Keine Sorge, unser hübscher Engel wird dir nicht bis in alle Ewigkeit böse sein.«

Larissa spürte, wie sie rot wurde. Das war tatsächlich ihre größte Sorge gewesen.

»Was ist passiert, Larissa?«, fragte Magda, nun wieder ernst.

Larissa seufzte. »Wenn ich das nur wüsste!«, erwiderte sie irritiert. »Es ist, als hätte ich Nebel im Hirn.« Sie schwieg und versuchte, die Schleier, die ihre Erinnerung verdeckten, zu durchdringen. Es half nichts. Sie schüttelte den Kopf.

»Na schön. Fangen wir am Anfang an. Du bist ins Sekretariat hinübergegangen, als meine Großmutter kam.«

Larissa nickte. »Ich habe mir einen Kaffee gemacht«, sagte sie. Sie schloss die Augen. Vor sich sah sie den schmucklosen Raum der Sekretärin, den Tisch an der Wand, auf dem der Wasserkocher und der Kaffee neben einigen Tassen standen. »Ich habe nachgedacht. Über alles, was wir besprochen hatten. Und dann habe ich beschlossen, mit Jay zu reden.« Sie öffnete die Augen und sah Magda an. »Ich bin Reporterin, ich wollte ...«

»Du brauchst dich vor mir nicht zu rechtfertigen, Larissa. Was hast du dann getan?«

»Ich habe einen Zettel für dich geschrieben, wo ich hingehe. Er liegt auf dem Tisch mit den Kaffeesachen. Und dann bin ich gegangen. Ich bin mit der Straßenbahn heimgefahren. Ich dachte, er sei vielleicht zu Hause. Ich habe versucht, ihn anzurufen, aber er hat nicht abgenommen. Ich bin nach oben gegangen ... und dann – ich weiß es nicht mehr, Magda. Da ist etwas, aber ich komme nicht ran.« Sie zuckte mit den Schultern.

»Hm. Versuchen wir es trotzdem. Du bist die Treppe hinaufgegangen. Mach die Augen zu und stell es dir vor.«

Larissa schloss die Augen.

»Gut«, sagte Magda mit ruhiger, leiser Stimme, »du bist an der Haustür, schließt sie auf. Du gehst zur Treppe ...«

»Ich gehe die Treppe hinauf«, begann Larissa langsam. Vor ihrem geistigen Auge sah sie das vertraute Treppenhaus, den hellgelben Putz an den Wänden, die tiefen Granitstufen der Treppe. »Ich gehe hinauf. Es ist niemand im Treppenhaus. Oben höre ich Stimmen aus Jays Wohnung. Ich sperre meine Tür auf, stelle meine Tasche in den Flur. Ich höre Jays Stimme. Noch eine Stimme, die einer Frau. Ich frage mich, ob es Xenia ist, die ihrem Mann eine Szene macht. Die Frau schreit ihn an, aber ich verstehe kein Wort. Ich stehe in meinem Flur, will die Tür zumachen, dann gibt es einen Knall …«

»Was für einen Knall, Larissa?«, fragte Magda, nachdem Larissa eine Weile geschwiegen hatte. »Ist etwas umgefallen?«

»N-nein, es hörte sich eher an wie ein Schuss. Es war ein plötzlicher, lauter Knall. Ja, wie ein Schuss.«

»Was hast du dann getan?«

»Ich habe mich umgedreht und bin in den Hausflur gelaufen. Jays Tür ist aufgeflogen. Eine Frau kam herausgerannt – sie hat mich entsetzt angestarrt und blieb stehen, wie festgefroren.«

Larissa sah die aufgerissenen braunen Augen vor sich, ein vor Panik verzerrtes Gesicht. Wie ein in die Enge getriebenes Tier.

»Was ist dann passiert, Larissa?«

»Ich hatte Angst – ich stand da und hatte Angst.« Die Szene verschwamm. Sie öffnete die Augen. »Ich weiß es nicht, Magda, es verschwimmt alles.«

»Aber nein, du bist gut, Larissa. Schließ die Augen, wir haben Zeit. Denk nicht nach, lass einfach die Bilder kommen. Zwing sie nicht. Lass dich auf die Bilder ein. Du siehst die Frau. Sie hat Angst. Du hast Angst. Du hast einen Schuss gehört. Du stehst im Hausflur …«

»Jay. Wo ist Jay? Ich laufe an der Frau vorbei zu seiner Wohnungstür, in den Flur – ich rufe nach ihm. Er antwortet nicht. Ich gehe ins Wohnzimmer, es ist leer. Rechts hinter der Wohnzimmertür ist das Schlafzimmer, die Tür ist offen. Ich gehe hin. Jay steht im Schlafzimmer … irgendwo fällt eine Tür ins Schloss, ich höre Schritte im Flur. Jemand ruft ›Krasnohorský!‹ Und dann trifft mich irgendwas von hinten …« Atemlos öffnete Larissa die Augen. »Jemand hat mir einen Schlag auf den Hinterkopf versetzt, bevor ich mich umdrehen konnte!«

»Sehr gut, Larissa«, sagte Magda lächelnd. »Wer hat nach Jay gerufen? Hast du die Stimme erkannt?«

Larissa schüttelte den Kopf.

»Nein. Aber es war ein Mann. Was ist passiert, Magda? Ich weiß noch immer nicht, was passiert ist.« Sie sah die Pathologin mit großen ängstlichen Augen an. »Was ist mit Jay?«

»Keine Sorge, unser Tausendsassa lebt«, sagte Xenia, »aber er hatte weit mehr Glück als Verstand.« Sie warf Magda einen Blick zu. »Und einen tüchtigen Schutzengel.«

Larissa blickte fragend von einer zur anderen. Jay ging es gut. Aber was zum Kuckuck war dann passiert? Jetzt, da sie ihre Erinnerung wiederhatte, vibrierte sie vor Ungeduld, den Rest der Geschichte zu erfahren.

»Würdet ihr mir bitte endlich verraten, was ich verpasst habe?«

»Jemand hat ihn angeschossen«, sagte Magda.

»Das weiß ich«, unterbrach Larissa sie, »diese Frau auf dem Flur, der Schuss. Aber Jay war okay, als ich ihn im Schlafzimmer sah. Aber danach – nachdem dieser Mann nach ihm gerufen hatte, was ist passiert?«

»Wie du schon sagtest, der Mann hat dich niedergeschlagen. Und dann hat er versucht, Jay zu erschießen, Larissa, er hat nur nicht gut genug getroffen.«

»Wärst du nicht kurz darauf dort gewesen, hätte er ganze Arbeit geleistet«, warf Xenia ein, »du hast ihm das Leben gerettet.«

»Du warst auch dort?«, fragte Larissa verblüfft. »Wie das?«

Magda nickte.

»Hm. Ich wollte mit Jay reden – es gibt da einiges zu besprechen. Aber das wird jetzt ein bisschen warten müssen, er ist operiert worden, und es geht ihm so weit gut.«

Larissa sah sie skeptisch an. Etwas zu besprechen? Was? Was hatte Magda mit Jay zu besprechen?

»Sag es ihr. Sie stirbt sonst vor Neugier«, sagte Xenia grinsend.

Magda warf Xenia einen genervten Blick zu.

»Xenia, das ist meine Sache – ich …«

»Ach, komm schon, mach kein Staatsgeheimnis draus. Ich bin jedenfalls stolz auf meine Stieftochter«, sagte Xenia und kicherte.

»Deine Stieftochter? Ich verstehe gar nichts mehr …«

»Jawohl«, sagte Xenia fröhlich, »Magda ist meine Stieftochter. Jay ist ihr Vater. Magda hat ihm mit ihren Zauberkügelchen das Leben gerettet.«

»Quatsch«, sagte Magda unwirsch, »ich habe nur dafür gesorgt, dass er lebendig bleibt, bis der Notarzt kommt. Dass er lebt, verdankt er dem Notarzt und der OP.«

»Der Notarzt war da anderer Ansicht, wie ich gehört habe.«

Magda zuckte die Achseln.

»Du bist Jays Tochter?« Larissa konnte es noch immer nicht fassen. »Und Dana ist …«

»Meine Mutter. Die Familienverhältnisse sind ein wenig komplizierter geworden, ja.«

»Woher wisst ihr das alles?«

»Meine Großmutter fand, es sei an der Zeit, einige Dinge klarzustellen. Sie hat es mir erzählt. Und Anděl hat von seiner Mutter erfahren, dass Jay mein Vater ist.« Bevor Larissa nachfragen konnte, fuhr Magda fort und erzählte, was Anděls Mutter ihm gesagt hatte.

»Wow«, sagte Larissa schließlich. »Wie klein die Welt ist!«

»Kann man so sagen«, warf Xenia ein.

»Wer war der Mann, der auf Jay geschossen hat?«, fragte Larissa.

»Ich weiß es nicht, aber ich bin sicher, Anděl wird froh über deine Aussage sein. Vermutlich bügelt das deine Panne mit Hora wieder aus«, erwiderte Magda lächelnd, »dafür gibt es eine Belobigung statt einer Standpauke.«

»Wer war die Frau, die du auf dem Flur gesehen hast, Larissa? Die aus Jays Wohnung kam?«, fragte Xenia.

»Keine Ahnung – wir hatten keine Zeit, uns vorzustellen. Hast du sie nicht gesehen, Magda?«

»Nein. Als ich kam, habe ich bei Jay geklingelt, und jemand hat mir aufgemacht – aber das warst nicht du, und Jay sicher auch nicht. Ich habe im zweiten Stock einen Mann an einer Tür gesehen – allerdings nur von hinten. Und als ich fast oben war, hörte ich über mir eine Tür ins Schloss fallen. – Hattest du deine Tür zugemacht, als du zu Jay hinübergelaufen bist?«

Larissa schüttelte den Kopf.

»Nein. Meinst du, diese Frau ist in meine Wohnung …«

»Möglich. Ich wüsste nicht, wo sie sonst abgeblieben sein sollte«, sagte Magda nachdenklich.

»Hoffentlich findet Anděl die Kousalová bald«, sagte Xenia.

Markéta Kousalová saß zusammengesunken auf einem Stuhl vor Anděls Schreibtisch im Präsidium. Sie war blass und hatte dunkle Ringe unter den Augen. Ihre langen, schmalen Finger umschlossen ein Glas Wasser, ihre Augen hielt sie auf den grauen Linoleumfußboden gerichtet. Seit Anděl und Nebeský sie vor einer Stunde in einer Ecke von Larissas Wohnzimmer gefunden hatten, hatte sie noch kein Wort gesprochen. Sie hatte dort auf dem Boden gekauert wie ein Häufchen Elend. Tränen waren ihr über die bleichen Wangen geflossen. Sie hatte sich anstandslos mitnehmen lassen.

In Anděls Büro hatte sie lediglich genickt, als er sie gefragt hatte, ob sie etwas trinken wolle. Er hatte Cajtík nach Kaffee und Wasser geschickt. Markéta hatte das Wasserglas genommen und den Kaffee bisher unberührt stehen lassen. An dem Wasser hatte sie nur ein paarmal genippt. Nebeský saß rechts von Markéta. Auf den übereinandergeschlagenen Beinen hielt er sein offenes Notizbuch und spielte mit einem Kugelschreiber. Anděl stand am Fenster und sah hinaus auf die Straße. Schließlich drehte er sich um und sah Markéta Kousalová an.

»Es ist an der Zeit, dass Sie uns die Wahrheit sagen, Frau Kousalová.«

Sie rührte sich nicht.

»Warum sind Sie zu Krasnohorský gegangen?«

Keine Reaktion.

»Haben Sie auf ihn geschossen?«

Sie schüttelte kaum merklich den Kopf.

»Sie hatten eine Pistole in der Hand, Frau Kousalová, als wir Sie in der Wohnung von Frau Khek fanden. Also, haben Sie auf Honza geschossen?«

Tränen liefen über ihre Wangen, sie wischte sie mit zitternder Hand ab.

Anděl ging zu seinem Schreibtisch und setzte sich. Er faltete die Hände auf dem Tisch. Sie tat ihm leid, wie sie da saß, ein ängstliches Bündel Mensch, das nicht mehr ein noch aus wusste. Aber es half nichts, sie mussten sie dazu bringen zu reden.

»Wir wissen, dass Sie auf Krasnohorský geschossen haben, Frau Kousalová. Die Spurensicherung hat die Kugel gefunden. Aus Ihrer Waffe wurde geschossen. Mindestens eine der Kugeln, die wir gefunden haben, wird zu Ihrer Waffe passen. Also, was wollten Sie von ihm? Warum haben Sie auf ihn geschossen?«

Nichts.

»Wenn Sie nicht mit mir reden, sind Sie dran wegen dreifachen Mordes und Mordversuchs, Frau Kousalová.«

Ihr Kopf schnellte hoch. Nun hatte er ihre volle Aufmerksamkeit. Sie starrte ihn aus panikgeweiteten Augen an.

Er nickte. »Drei Morde, Frau Kousalová, und nicht zu vergessen Honza Krasnohorský, den Sie auch fast umgebracht hätten. Warum?«

»Drei?«, hauchte sie.

»Drei.« Er zählte sie an den Fingern ab. »Lenka Svobodová. Dana Volná, alias Alena Freeman. Milan Hora.«

»Das war ich nicht!«, rief sie aus. Das Glas glitt aus ihren Händen und fiel zu Boden. Das Wasser ergoss sich über ihren Rock und den Fußboden. Sie sprang erschrocken auf und presste die Hände auf ihren Mund.

Nebeský stand auf, ging zur Tür und rief nach Antonín Cajthaml, er solle einen Lappen holen. Dann nahm er wieder Platz.

»Setzen Sie sich, Frau Kousalová.« Anděls Ton wurde schärfer. »Und reden Sie endlich!«

Markéta setzte sich und strich sich mit zitternden Händen den Rock glatt. »Mein Rock ist nass«, sagte sie und betrachtete erstaunt die dunklen Flecken.

Anděl schwieg. Cajthaml kam herein, in einer Hand einen Lappen, und sah Anděl fragend an.

»Sie hat Wasser verschüttet«, sagte der Kommissar.

Cajthaml ging zum Schreibtisch und wischte flink die Wasserlache zu Markéta Kousalovás Füßen auf.

»Sonst noch was?«, fragte er.

»Frischen Kaffee, bitte«, sagte Anděl, »den hier kannst du wieder mitnehmen, der ist kalt. Danke.«

Der junge Beamte sammelte die Gläser ein und ging.

Anděl betrachtete Markéta. Sie schien um Jahre gealtert zu sein. Wie lange würde es noch dauern, bis sie sprach? Markéta richtete sich auf, faltete ihre Hände im Schoß und sah ihn an. Sie zog ihre Oberlippe ein und kaute darauf herum. Sie schien mit sich zu kämpfen.

»Ich habe sie nicht … ich habe sie nicht getötet«, sagte sie mit brüchiger Stimme.

»Wen?«

»Niemanden. Ich habe niemanden getötet.«

»Aber Sie haben auf Krasnohorský geschossen. Warum?«

»Er sagte, das sei alles meine Schuld! Dabei habe ich ihm geholfen! Und er wollte nichts mehr mit mir zu tun haben, der Mistkerl! Er ist einfach abgehauen, nach allem, was ich für ihn getan habe. Er hat mich sitzen lassen, mit meinem …« Sie begann zu schluchzen. »Er hat mich nicht mitgenommen, dabei hatte er es mir versprochen!« Sie sah Anděl verzweifelt an. »Er hatte es doch versprochen!«

»Was hatte er Ihnen versprochen, Frau Kousalová?« Anděl begann zu ahnen, was kommen würde.

Sie fuhr sich mit der Hand durch die Haare, zupfte an ihrem Ohrläppchen.

»Ich habe ihm geholfen – und er, er hat versprochen, dass er mich mitnimmt, in den Westen. Und dann hat er mich sitzen lassen, und ich war …«

»Wobei haben Sie ihm geholfen?«

»Damals, in jener Nacht.«

»Sie sagten, Sie hätten mit Hora gesprochen in jener Nacht, und dann seien Sie schlafen gegangen.« Das war es also. Sie hatte gelogen, als sie gesagt hatte, sie sei schlafen gegangen. Wie konnte sie Krasnohorský geholfen haben? Ein – er überschlug ihr Alter – ein vielleicht achtzehnjähriges Mädchen.

»Ich ... ich bin noch mal rübergegangen, als Honza in Danas Wohnung war. Ich konnte mich nicht schlafen legen. Honza ... ich – ach, ich weiß auch nicht, warum ich noch mal rübergegangen bin. Er kniete neben ihr. Sie ... sie war tot! Er wusste nicht, was er tun sollte. Er hatte Angst, die Polizei zu rufen. Wegen Venca, sagte er. Und da habe ich ihm geholfen.«

»Sie haben ihm geholfen, die Leiche verschwinden zu lassen? Wie?«

»Die Sache mit der Mumie. Ich hatte eine Arbeit in Geschichte geschrieben, in der Schule. Über Ägypten. Und da kam mir die Idee mit der Mumie.«

»Das war *Ihre* Idee?«, fragte Anděl verblüfft.

»Ich hatte darüber gelesen. Wie die Ägypter die Leichen präpariert haben. Es schien einfach zu sein. Er war Arzt, er konnte so was.«

»Und die Metro?«

»Ich hatte ihn mal mit Venca über ein Krankenhaus in der Metro sprechen hören, die beiden hatten irgendwas damit zu tun. Ich habe es ihm vorgeschlagen.«

Sie schwieg.

»Und dann?«

»Ich habe ihm gesagt, was er tun muss, und er hat sie weggebracht. Ich habe die Wohnung aufgeräumt, sauber gemacht. Dann bin ich schlafen gegangen. Es hat alles wunderbar geklappt. Meine Mutter kam nach Konzerten immer erst im Morgengrauen nach Hause. Niemand hat etwas bemerkt. Er hat sie in die Metro gebracht und alles erledigt. Er hat das Streusalz genommen, das dort in diesen großen Kisten lagert. Und dann, dann …« Sie seufzte. »Er war dankbar für meine Hilfe. Er hat mich zum Essen eingeladen und dann …«

»Und dann hat er mit Ihnen eine romantische Nacht verbracht, und Sie wurden schwanger, nicht wahr?« Der Sohn, der in Deutschland lebte, dachte er, vierundzwanzig Jahre alt. Die Nacht hatte Folgen gehabt. »Und Ihr Romeo hat Sie sitzen lassen und ist alleine abgehauen. War es so?«

Sie nickte. Müde. Verzweifelt.

»Krasnohorský ist der Vater Ihres Sohns?«

Sie nickte wieder.

»Hat er gewusst, dass Sie schwanger waren?«

Sie schüttelte den Kopf. »Ich habe es erst gemerkt, als er schon fort war. – Ich hätte ihn umbringen können!« Entsetzt schlug sie die Hände vor den Mund. »Das habe ich nicht so gemeint!«, rief sie aus. »Ich hätte ihn nie – ich habe ihn doch geliebt!«

»Sie haben auf ihn geschossen.«

»Ich wusste nicht, was ich tat, ich war wütend – er hatte mir mein Leben versaut, verdammt noch mal! Er ist abgehauen, und mich hat er hier sitzen lassen – schwanger, allein, mit allem, mit der Erinnerung an diese schreckliche Nacht, an die anderen Nächte – ach, ich wollte ihn wiederhaben. Ich wollte nicht schießen, es ist einfach passiert! Aber ich habe ihn nicht umgebracht! Als dieser Mann weg war, bin ich noch mal rübergegangen, habe nach ihm gesehen. Ich wollte ihm helfen, einen Krankenwagen rufen, aber dann hat jemand geklingelt, und ich habe aufgemacht. Jemand kam die Treppe hoch, da bin ich in diese Wohnung zurückgelaufen und habe mich versteckt. Ich hatte Angst.«

Sie schlug die Augen nieder. Ihre Fingerknöchel waren weiß, so sehr hielten sich ihre Hände aneinander fest.

»Und Hora?«, fragte Anděl.

»Milan?«

»Was wollten Sie von Milan?«

»Er … wir – wir waren befreundet. Ich habe ihn ab und zu besucht. Er war auch allein, wir …«

»Sie waren seine Geliebte?«

»So ungefähr. Er hat mir immer geholfen.« Sie blickte traurig auf. »Aber er wollte mich auch nicht haben – nur ab und zu.« Ihre Stimme verlor sich in einem Murmeln.

»Alena?«, fragte er.

»Nein!«, rief sie.

»Sie haben Alena vor Horas Haus getroffen. Haben Sie sie erkannt?«

Markéta zog wieder ihre Oberlippe ein. Kaute. Schließlich nickte sie.

»Sie haben in Alena Freeman Dana Volná erkannt?«

»Ich habe einen guten Blick für Gesichter. Ja. Ich habe sie erkannt. Ich hatte sie schon öfter gesehen, auf dem Weg nach Hause. Sie ging abends manchmal zur gleichen Zeit wie ich zur Metro. Aber da dachte ich mir nichts dabei. Erst als ich sie aus Milans Haus kommen sah, fiel es mir wie Schuppen von den Augen. Ich konnte es nicht fassen. Ich hatte all die Jahre gedacht, sie sei tot …«

»Sie haben Alena Freeman, das heißt Dana Volná, von der Treppe in der Metro gestoßen, nicht wahr?«

»Nein!«

»Eine Frau hat bei der Polizei angerufen und gesagt, in der Metro an der Staatsoper sei eine Frau die Treppe hinuntergestürzt. Wir haben die Stimme dieser Frau auf Band. Sie hat leider ihren Namen nicht hinterlassen. Wenn wir Ihre Stimme mit der auf dem Band vergleichen, wird sich herausstellen, dass Sie die Anruferin waren. Warum haben Sie das getan, Frau Kousalová? Warum haben Sie Dana Volná so sehr gehasst, dass Sie sie nach fünfundzwanzig Jahren von der Treppe gestoßen haben?«

Markéta war auf ihrem Stuhl zusammengesunken.

»Ich habe sie bewundert«, sagte sie leise, »sie war so schön – und so eine fantastische Schauspielerin. Ich habe sie nicht gehasst. Als ich sie dort liegen sah, in ihrem Schlafzimmer, damals, da war ich entsetzt – ich dachte …«

»Sie dachten, Lenka Svobodová habe Dana getötet.«

Markéta nickte. »Die Frau, die neben ihr kniete, hatte langes blondes Haar, genau wie Lenka, und die auf dem Boden, die war dunkel – Dana. Ich dachte, Lenka … Ich konnte es nicht glauben! Lenka hätte das niemals getan! Sie war ein wunderbarer Mensch! Sie war wie eine große Schwester zu mir, hat mich oft mitgenommen – auf Partys, ins Theater. Ich konnte nicht glauben, dass Lenka Dana ermordet hat. Ich dachte, es müsse ein Unfall gewesen sein! Deshalb … deshalb habe ich Honza geholfen. Es musste ein Unfall gewesen sein. Lenka hätte keiner Fliege etwas zuleide getan! Sie war ein so lieber Mensch! Ich habe mich so für sie gefreut, als sie geheiratet hat – sie war so glücklich!«

»Sie wussten, dass Lenka geheiratet hatte?«, fragte Anděl erstaunt.

Markéta nickte lächelnd. »Sie hat es mir erzählt, als sie aus Pilsen wiederkam, und mir ein Foto geschenkt …«

»Das Foto aus dem Schmuckkästchen?«

»Aus dem Schmuckkästchen? Es war in dem Schmuckkästchen? Ich dachte, ich hätte es verloren.«

»Verloren?«

»Ja. Ich weiß nicht, wo ich es gelassen habe. Ich erinnere mich, es Dana gezeigt zu haben …«

»Wann? Wann haben Sie das Foto Dana gezeigt? Warum?«

»Wann? Ich weiß nicht – ein paar Tage später, glaube ich. Dana hatte eine Bemerkung über Lenka gemacht: Sie sei so fröhlich und glücklich, was wohl in sie gefahren sei. Und ich sagte, das sei doch einfach, und zeigte ihr das Foto. Sie schien überrascht zu sein, aber dann sagte sie nur: ›Ach so, daran habe ich gar nicht mehr gedacht.‹ Und hat das Foto irgendwo hingelegt – das war auf einer der Partys von Mutter. Und dann habe ich es nicht mehr gefunden. Ich dachte, es wäre vielleicht aus Versehen weggeworfen worden. Beim Aufräumen.«

»War Lenka auch auf dieser Party?«

»Nein. Lenka war bei Dreharbeiten.«

»Und Krasnohorský?«

»Nein. Honza war auch nicht dort. Nur Venca. Und Leute vom Theater, ein paar Sänger, Künstler. Warum ist das Foto so wichtig?«

»Weil dieses Foto Lenka das Leben gekostet hat«, sagte Anděl und zog es aus der Brusttasche seines Hemdes. Er legte es vor Markéta auf den Tisch.

Sie starrte es an, fuhr dann langsam mit einem Finger über die tiefen Kratzer und sah zu ihm auf.

»Wer hat das getan?«, flüsterte sie.

»Dana Volná. Sie hat nicht gewusst, dass Lenka Krasnohorský geheiratet hatte.«

»Aber warum sollte sie? Sie wollte ihn doch nicht haben, sie hatte doch Venca – ich verstehe nicht …«

»Sie war eifersüchtig, nehme ich an. Sie war Jahre zuvor

Krasnohorskýs Geliebte gewesen. Aber irgendwann wandte Krasnohorský sich Lenka zu – ohne mit Dana wirklich Schluss zu machen. Dana Volná wusste offenbar nicht, dass ihre beste Freundin und ihr Aushilfsliebhaber ein Liebespaar waren. Und dann sah sie dieses Foto: Lenka und Krasnohorský als glückliches Ehepaar. Das war wohl zu viel für sie. Zumal sie erfahren hatte, dass ihr Ausreiseantrag abgelehnt worden war. Lenkas dagegen war genehmigt worden. Sie hat Lenka umgebracht und ihre Ausreisepapiere gestohlen, mit denen sie dann über Österreich nach Amerika gegangen ist.«

»Sie hat Lenka wegen der Ausreisepapiere getötet?«

»Und wegen Krasnohorský. Sie hatte ein Kind von ihm, und er hatte sie nicht heiraten wollen. Vielleicht hatte sie gedacht, sie könnte Krasnohorský doch noch zurückgewinnen. Sie wusste, dass er nach Malta wollte. Aber ich nehme an, sie wusste nicht, dass Krasnohorský die Stelle auf Malta nicht bekommen hatte. Ihre Mutter sagte, Lenka Svobodová und Dana Volná hätten vorgehabt, zusammen in den Westen zu gehen. Dann hat Lenka aber Krasnohorský geheiratet, und Dana hat keine Ausreisegenehmigung bekommen, dafür hatte wiederum Vencas Vater gesorgt. Ihre Pläne gingen nicht auf, aber sie wollte unbedingt fort. Vielleicht hatte Krasnohorský Dana in dem Glauben gelassen, sie würden zusammen fortgehen. Aber ich glaube, Dana wusste nichts davon, dass Krasnohorský die Stelle auf Malta nicht bekommen hat. Und dann zeigten Sie ihr dieses Foto. Da muss ihr aufgegangen sein, dass sie ihn endgültig verloren hatte. Sie hasste Lenka dafür, dass sie Honza geheiratet hatte. Und sie wollte weg – um jeden Preis. Lenkas Ausreisepapiere waren ihre einzige Möglichkeit. Und Sie«, er deutete auf Markéta, »Sie haben Dana von der Treppe gestoßen, als Ihnen klar wurde, dass sie Lenka damals getötet hatte.«

»Ich wollte das nicht!«, rief Markéta aus.« Es war ein Unfall! Glauben Sie mir! Ja, ich war dort auf der Treppe, ich wollte mit ihr reden – ich habe dort auf sie gewartet.« Sie strich sich mit zitternden Händen durch die Haare, faltete sie dann wieder auf ihrem Schoß und sprach leise weiter. »Sie hatte mich angerufen an dem Tag, im Theater. Sie schlug vor, dass wir uns an der Metrotreppe am RFE-Gebäude treffen und dann irgendwo etwas trinken gehen sollten. Ich war so perplex, von ihr zu hören, dass ich zugesagt habe. Ich war früh dran, also habe ich den Portier nach ihr gefragt, er sagte, sie sei noch oben. Ich habe dann an der Treppe auf sie gewartet. Ich wollte mit ihr reden – nur reden, verstehen Sie? Ich wollte wissen, was damals passiert ist, warum sie Lenka getötet hatte. Dann kam sie aus dem Gebäude. Wir begrüßten uns, dann schlug sie ein Lokal hinter dem Nationaltheater vor, und wir gingen die Treppe hinunter.« Markéta Kousalová schwieg einen Moment. »Sie ist plötzlich ausgerutscht, mit diesen hohen Schuhen. Sie stolperte und hielt sich an meiner Jacke fest, und dann … dann …«

»Dann haben Sie ihr einen Schubs gegeben«, vollendete Anděl ihren Satz.

Markéta ließ ihren Kopf hängen.

»Ich weiß es nicht«, flüsterte sie, »plötzlich hat sie losgelassen und ist hinuntergefallen.«

»Was ist auf dieser Treppe dann genau passiert, Frau Kousalová?«

Sie hob den Kopf. »Dann?«

»Ja. Was ist dann passiert?«

»Ich stand da, ich war erschrocken, entsetzt. Sie war diese Treppe hinuntergestürzt, sie lag da unten und rührte sich nicht …«

»Haben Sie etwas gehört? Gesehen?«

Sie schüttelte langsam den Kopf, hielt inne.

»Den Verkehr, oben auf der Straße. Die Autos und … ja, doch, ich glaube, irgendwo da unten hörte ich Schritte – ich hatte Angst. Angst, dass mich jemand gesehen hat. Ich habe mich an die Wand gedrückt, bis ich nichts mehr gehört habe. Dann bin ich zu ihr hinuntergelaufen. Ich habe ihren Puls gefühlt und die Polizei gerufen, den Notruf. Ich wollte nicht, dass sie stirbt. Ich wollte sie nicht töten – es war ein Unfall!« Sie sah ihn flehend an.

Vielleicht. Vielleicht war es tatsächlich so gewesen. Er sah sie zweifelnd an. Sie hatte Krasnohorský geholfen, die Leiche zu beseitigen, hatte sich diese makabre Beseitigung der Leiche ausgedacht. Sie hatte auf Krasnohorský geschossen, weil er sie verlassen und ausgenutzt hatte. Sie hatte Dana Volná in Horas Haus erkannt und nach all den Jahren entdeckt, dass diese Frau, die sie so bewundert hatte, ihre Freundin Lenka getötet hatte. Hatte Markéta Kousalová tatsächlich nur mit Dana reden wollen? Oder war sie dorthin gegangen, um sie zu töten? Um den Mord an ihrer Freundin zu rächen? Um sich für die jahrelangen Albträume zu rächen, die diese Nacht damals ihr beschert hatte? Er wusste es nicht. Es mochte ein Unfall gewesen sein. Oder kaltblütiger Mord. Dana hatte sich das Genick gebrochen bei dem Sturz – aber wäre sie gestürzt, wenn nicht in diesem Moment jemand auf sie geschossen hätte? Auch das wusste er nicht. Andererseits war es auch denkbar, dass Markéta Kousalová nur knapp ihrem Tod entgangen war. Daran hatte sie offensichtlich noch gar nicht gedacht. Warum sonst hätte Dana, alias Alena, sie anrufen und zu einem abendlichen Stelldichein bestellen sollen? Hätte der unbekannte Schütze nicht eingegriffen, hätte an dem Abend möglicherweise Markéta Kousalová tot unter der Treppe gelegen.

Aber, dachte er, es könnte auch ganz anders gewesen sein. Bisher hatte er nur ihre Aussage dafür, dass Dana Volná in jener verhängnisvollen Nacht Lenka Svobodová erschlagen hatte. Sie hätte es auch selbst getan haben können. Markéta Kousalová war in Krasnohorský verliebt gewesen – und dann hatte Lenka ihr das Hochzeitsfoto geschenkt. Hatte Markéta Kousalová in jener Nacht die Chance genutzt, die sich ihr geboten hatte? Dafür, dass Dana Volná in jener Nacht in der Wohnung gewesen war, gab es nur ihre Aussage. Niemand hatte die Volná dort gesehen. Außer Hora vielleicht – aber der war tot. Wie praktisch, dachte er zynisch. Aber das passte alles nicht. Markéta Kousalová war keine kaltblütige Mörderin. Er glaubte nicht, dass sie Lenka auf dem Gewissen hatte. Annahmen, Vermutungen, Spekulationen. Er brauchte Krasnohorskýs Aussage. Aber zuerst musste er sich um den Oberst kümmern – diese graue Eminenz, die immer an Ort und Stelle gewesen war. Warum? Weit und breit kein Motiv. Nirgends. Er musste das Väterchen anrufen, vielleicht war der noch auf etwas gestoßen.

»Darf ich gehen?«, fragte Markéta leise.

»Nein. Inspektor Cyanová schreibt das Protokoll, und Sie werden es unterschreiben. Dann bleiben Sie hier. Ich bin noch nicht fertig mit Ihnen.«

Er sah Nebeský an. Der nickte und stand auf. »Kommen Sie, Frau Kousalová.« Nebeský nahm ihren Arm, sie stand auf.

»Verhaften Sie mich?«

»Noch nicht. Aber Sie bleiben hier, bis ich wiederkomme. Verstanden?«

Markéta nickte und verließ mit Nebeský sein Büro. Eine Tür wurde geöffnet und kurz darauf geschlossen. Ein Stuhl schrammte über den Boden. Wasser rauschte. Meda setzte

Kaffee auf. Andĕls Blick fiel auf Markétas unberührtes Glas. Immer wieder kalter Kaffee, dachte er. Was könnte die Welt schön sein, wenn er getrunken würde.

Der Blick aus dem Fenster im Wohnzimmer des Obersts war wunderschön. Ein verwilderter Garten mit ein paar Obstbäumen, Blumenrabatten, hohen Himbeersträuchern, die den Zaun säumten. Mitten in der Stadt. Die Villa stand am Hang, der Garten fiel leicht in Richtung Moldau ab, ohne dass man den Fluss von hier aus hätte sehen können. Der Oberst wohnte im Erdgeschoss in einer nicht besonders großen Wohnung und hatte sie ins Arbeitszimmer geführt. An den Wänden standen deckenhohe Bücherregale, das Zimmer quoll über vor Möbelstücken. Antiquitäten so weit das Auge reichte. Der Oberst hatte einen teuren Geschmack.

Er hatte sie empfangen, als hätte er sie erwartet. Nun, eigentlich kein Wunder, dachte Andĕl, dumm war der Oberst nicht. Er hatte sich ausrechnen können, dass sie den Weg zu ihm finden würden. Das Netz zog sich zu – dank der Hilfe des Väterchens. Das Telefonat mit dem Staatsanwalt war kurz gewesen, aber äußerst aufschlussreich.

Der Oberst wirkte gelassen. »Nun, meine Herren«, sagte er, »möchten Sie etwas trinken? Einen Kaffee? Whisky? Sherry? Port?« Ganz der höfliche Gastgeber.

»Danke, nein«, sagte Andĕl lächelnd, »der Besuch ist dienstlich, wie Sie sich denken können, Herr Oberst.«

Der Oberst stand auf und ging zu einer Anrichte hinüber, auf der einige Flaschen und Gläser standen. »Wenn Sie nichts dagegen haben, werde ich mir einen genehmigen«, sagte er, »ich bin schon lange nicht mehr im Dienst.« Er goss sich großzügig aus einer Flasche Whisky ein und kehrte an seinen ausladenden Schreibtisch zurück.

»Auf Ihr Wohl, meine Herren!«, sagte er und prostete ihnen zu. Er trank einen Schluck und stellte das Glas vor sich ab. »Was kann ich für Sie tun, Herr Kommissar?«, fragte er und hielt Anděl eine Schachtel Zigaretten hin. Anděl zog eine heraus, Nebeský schüttelte den Kopf, als der Oberst ihm auch eine anbot, und zog seinen Notizblock heraus. Der alte Mann gab Anděl Feuer und zündete seine eigene Zigarette an. Er inhalierte tief und blies den Rauch in Kringeln aus, die langsam durch den Raum zur Decke schwebten.

»Sie haben uns neulich nur einen Teil der Wahrheit erzählt, Herr Oberst. Es ist Zeit für den Rest«, sagte Anděl ernst.

Der Oberst lächelte. »Was für ein Rest, Herr Kommissar?«

Na schön, dachte Anděl, spielen wir ein bisschen Katz und Maus. »Ihr Sohn hat im Affekt eine Frau erschlagen ...«

»Es war ein Unfall, den sie überlebt hat«, unterbrach ihn der Oberst, »das hatten wir doch schon geklärt.«

Anděl ignorierte den Einwand. »Inzwischen sind weitere Menschen tot.«

Der Oberst rauchte schweigend.

»Milan Hora. Alena Freeman. Honza Krasnohorský.« Langsam werden die frommen Lügen zur Gewohnheit, dachte er.

Der Oberst trank einen Schluck Whisky. »Sie scheinen der Meinung zu sein, ich hätte etwas damit zu tun«, sagte er dann.

»Ich bin der Meinung, dass Sie der Mörder sind, Herr Oberst.«

Der Oberst lachte schallend. »Was für eine abstruse Idee! Sie haben viel Fantasie, Herr Kommissar.«

»Sie haben Milan Hora an dem Tag aufgesucht, als er erschossen wurde.«

»Schön, ich war dort. Ich habe einen alten Bekannten aufgesucht. Aber wie ich Ihnen schon sagte, ich kam zu spät. Hora war tot. Außerdem hatte ich keinen Grund, den Mann umzubringen.«

»Warum haben Sie nicht die Polizei gerufen?«

»Wie bereits gesagt. Ich wollte nichts damit zu tun haben. Es kompliziert einem unnötig das Leben.«

»Haben Sie jemanden gesehen, als Sie im Haus waren?«

»Nein.«

»Woher kannten Sie Milan Hora?«

Der Oberst blies weitere Kringel an die Decke. »Wir haben uns vor vielen Jahren kennengelernt. Das ist alles lange her.«

»Sie haben Hora ins Gefängnis gebracht. Das ist kaum eine Grundlage für freundschaftliche Besuche.«

»Sie haben gründlich gearbeitet, Herr Kommissar«, sagte der Oberst anerkennend. »Hora hat im Gefängnis mit sich reden lassen. Er wollte weiter als Fotograf arbeiten. Wir hatten dann jahrelang eine gute … Geschäftsbeziehung.« Der Oberst lächelte dünn.

»Hatte die Geschäftsbeziehung mit Honza Krasnohorský zu tun?«

Der Oberst nickte.

»Warum haben Sie Krasnohorský nicht nach Malta gelassen?«

Der Oberst zuckte mit den Schultern. »Ich brauchte ihn hier. Er war ein guter Mann.«

»Und warum haben Sie ihm dann kurze Zeit später geholfen, das Land zu verlassen?«

Der Oberst zog fragend die dichten Augenbrauen hoch.

»Sie haben dafür gesorgt, dass Krasnohorský eine Ausreisegenehmigung für Kuba erhalten hat und auf dem Zwischenstopp in Montreal abhauen konnte. Warum?«

»In Kanada konnte er mir nützlicher sein als auf Malta.«

»Hatten Sie danach noch Kontakt zu ihm?«

»Gelegentlich.«

»Er hat weiter für Sie gearbeitet?«

Ein kurzes Nicken.

»Warum haben Sie auf Honza Krasnohorský geschossen?«

»Ich habe nichts dergleichen getan, Herr Kommissar«, sagte der Oberst ruhig und trank seinen Whisky aus.

»Sie waren bei ihm. Wir haben Zeugen, und wir haben ein Foto von Ihnen vor seinem Haus. Sie waren dort, und Sie haben auf ihn geschossen. Warum?«

Der Oberst stand auf und ging zu der Anrichte mit den Getränken hinüber. Er goss sich noch einen Whisky ein. Als er sich wieder zu ihnen umdrehte, war sein Gesicht eine undurchdringliche Maske. »Sie haben Zeugen?«

Anděl nickte. »Einer meiner Leute hat Sie beim Betreten des Hauses fotografiert. Und wir haben Zeugen, die Sie im Treppenhaus und oben bei Krasnohorskýs Wohnung gesehen haben.«

»Ich hatte Honza lange nicht gesehen. Nun, ich wollte einen Freundschaftsbesuch machen, über alte Zeiten reden. Er war mal ein guter Mitarbeiter. Vielleicht bin ich auf meine alten Tage etwas sentimental geworden.«

»Woher wussten Sie, wo er wohnt?«

»Ich habe noch immer gute Verbindungen, Herr Kommissar«, sagte der Oberst mit einem ironischen Unterton.

»Oberst Kohout?«, fragte Anděl.

Der alte Mann zog erstaunt eine Braue hoch.

»Ich habe auch gute Verbindungen, Herr Oberst.«

»Sieht ganz so aus.«

»Sie sind zu Krasnohorský gegangen. Was ist passiert?«

»Nichts. Er lag in seiner Wohnung. Auf dem Boden. Ich habe nur einen Blick hineingeworfen. Dann bin ich wieder gegangen.«

Der Oberst ging zu seinem Schreibtisch zurück und setzte sich.

»Warum haben Sie nicht die Polizei gerufen?«

»Ich wollte da nicht hineingezogen werden. Das macht nur unnötigen Ärger.«

»Sie hätten einen Krankenwagen rufen können.«

Der Oberst machte eine wegwerfende Geste. »Das Einzige, was er noch brauchte, war ein Leichenwagen. Und das hatte Zeit.«

Ein eiskalter Geselle, dachte Anděl.

»Wir haben einen Zeugen, der gesehen hat, dass Sie auf Honza Krasnohorský geschossen haben.«

»Aber, aber, Herr Kommissar! Warum hätte ich das tun sollen? Weit und breit kein Motiv. Vielleicht ist Ihr Zeuge der Mörder – haben Sie das bedacht?«

Anděl drückte schweigend seine Zigarette aus. Der Oberst rauchte. Trank einen Schluck Whisky.

»Warum haben Sie Alena Freeman getötet?«, wechselte Anděl das Thema.

Der Oberst lachte. »Guter Gott, Herr Kommissar, Sie machen mich ja hier zum Massenmörder! Bin ich jetzt für jeden Toten in der Stadt verantwortlich? Ich kannte diese Frau überhaupt nicht.«

»O doch. Sie kannten Sie. Alena Freeman war Dana Volná.«

»Tatsächlich? Interessant. Nun, ich wüsste nicht, warum ich sie hätte töten sollen. Schön, ich mochte sie nicht besonders. Ich wollte nicht, dass sie meinen Sohn heiratet. Aber das ist lange her. Die Hochzeit ist nicht zustande gekommen.

Außerdem wusste ich nicht, dass diese Alena Freeman Dana Volná ist. Warum sollte ich sie nach all den Jahren töten? Sie haben wirklich eine bemerkenswerte Fantasie, Herr Kommissar.«

Langsam war Anděl dieses Geplänkel leid. Der Oberst war ein gerissener Hund – aber er hatte Fehler gemacht.

»Sie haben Honza und Alena auf der Terrasse des Prinz gesehen. Der Kellner wird das bestätigen, wenn nötig. Er kennt Sie gut, wie er zugegeben hat. Sie haben ihn nach den beiden gefragt. Er hat Ihnen gesagt, wer sie sind. Sie wussten also, wer die Frau ist und wo sie arbeitet.«

Der Oberst drückte schweigend seine Zigarette aus und zündete sich postwendend eine neue an.

Er wird nervös, dachte Anděl. Gut. »Honza Krasnohorský ist nicht tot, Herr Oberst. Er hat den Schuss überlebt. Noch schläft er seine Narkose aus, aber wenn er aufwacht, wird er uns alles erzählen. Er hat Ihrem Sohn geholfen, damals, aber ich würde meine Hand nicht dafür ins Feuer legen wollen, dass er auch für Sie die Kastanien aus dem Feuer holt. Ich werde Ihnen sagen, was ich denke: Sie wollten ihn beseitigen, weil er weiß, welchen Grund Sie hatten, Dana Volná nach fünfundzwanzig Jahren zu töten.«

»Machen Sie sich nicht lächerlich. Ich habe diese Frau nicht erschossen.«

»Woher wissen Sie, dass sie erschossen wurde?« Anděl lächelte. Der erste größere Fehler in seiner Geschichte. Ein fataler dazu.

»Was?« Der Oberst starrte ihn an.

»Ich fragte, woher Sie wissen, dass die Frau erschossen wurde? In der Zeitung stand nur, dass eine Journalistin von RFE auf der Metrotreppe an der Staatsoper zu Tode gestürzt ist. Von Erschießen war nicht die Rede.«

»Kohout«, sagte der Oberst, »er hat es mir erzählt.«

»Das hat er nicht getan«, sagte Anděl lächelnd. »Oberst Kohout weiß nur, was die Zeitungen auch wissen – dass Alena Freeman auf dieser Treppe gestürzt ist. Dass sie erschossen wurde, wissen nur vier Leute: der obduzierende Pathologe, ich, Staatsanwalt Otčenášek und der Mörder. Sie.«

Der Oberst schwenkte den Whisky in seinem Glas und trank es auf einen Schluck aus. Langsam stellte er es vor sich auf den Tisch. »Dann wird es mir mein Sohn gesagt haben.«

Anděl schüttelte den Kopf. »Ihr Sohn ist, wie Sie sehr wohl wissen, seit unserem Gespräch vom Dienst suspendiert. Er hat keinen Zutritt zum Institut, geschweige denn zu den Obduktionsunterlagen. Was für eine Verbindung haben Sie zu Lenka Svobodová, Herr Oberst?«

»Zu Lenka Svobodová? Keine.«

»Aber Sie kannten sie.«

Der Oberst nickte. »Sie war Krasnohorskýs Frau«, antwortete er.

Anděl betrachtete den alten Mann, der die Hände vor sich verschränkt hatte, den Blick auf sein vor ihm stehendes leeres Glas gerichtet.

»Sie war Ihre Tochter, Herr Oberst.«

Der Kopf des Obersts fuhr auf. Er starrte Anděl an. Die Farbe wich aus seinem Gesicht. Spiel, Satz und Sieg, dachte David. Der Staatsanwalt war ein Ass.

»Lenka war ein uneheliches Kind«, fuhr Anděl fort. »Ihre Mutter ist früh gestorben. Sie wuchs bei ihrer Großmutter auf. Von ihrem Vater weiß man nur, er sei Polizist oder Soldat gewesen und habe sich nie wieder blicken lassen. Aber ab und zu haben die beiden Besuch bekommen, ein Freund der Familie, wie es hieß. Das waren Sie. Nur waren Sie weit mehr als ein Freund. Sie waren Lenkas Vater.«

»Die Fantasie geht mit Ihnen durch, Herr Kommissar«, sagte der Oberst und verzog sein Gesicht zu einem ironischen Lächeln. Doch seine Stimme zitterte. »Wie kommen Sie auf so etwas Verrücktes?«

»Als Lenka angeblich in den Westen abgehauen ist, hat eine Freundin ihre Sachen aus ihrer Wohnung geholt. Diese Freundin hat uns übergeben, was sie noch von Lenka hatte. Eine Schachtel mit persönlichen Papieren, Fotos, Tagebüchern. Sie tauchen prominent darin auf, Herr Oberst.«

»Eine Freundin?«, fragte der Oberst matt.

Anděl nickte.

»Lída Karafiátová. Sie war eine gute Freundin von Lenka. Sie wusste, dass Lenka vorhatte, im Westen zu bleiben. Lenka wollte mit Krasnohorský fort – das haben Sie vereitelt, als Sie ihn nicht nach Malta ließen. Als sie dann fort war und nicht zurückkam, haben Sie ihm doch noch geholfen – nicht nur wegen der Sache mit Ihrem Sohn, sondern auch um Lenkas willen. Und Lída Karafiátová hat Lenkas persönliche Papiere aus der Wohnung geholt, für den Fall, dass Lenka später etwas davon brauchen sollte. Aber Lenka hat sich nie wieder bei der Karafiátová gemeldet.«

Der Oberst wischte sich mit einer Hand über die Augen. Er seufzte. Lange blieb es still in dem Raum.

»Sie hat mein kleines Mädchen getötet«, sagte der Oberst schließlich mit heiserer Stimme, »sie hat sie erschlagen wie einen Hund.« Er blickte zu Anděl auf. Tränen glänzten in seinen alten Augen. »Sie war alles, was mir geblieben ist – von ihrer Mutter.« Er schwieg einen Moment. »Ich war damals verheiratet, als ich Lenkas Mutter kennenlernte. Sie war eine bezaubernde Frau. Ich habe sie geliebt, aber sie wollte mehr als ein Verhältnis. Sie verließ mich. Dann schrieb sie mir, als Lenka zur Welt gekommen war. Ich fuhr zu ihr, sagte ihr, dass ich mich scheiden lassen würde. Bevor ich mit meiner Frau sprechen konnte, starb sie. Ein Verkehrsunfall. Lenka war nur ein paar Wochen alt. Sie war alles, was mir von Eva geblieben ist. Lenka blieb bei ihrer Großmutter. Ich habe sie besucht, sooft ich konnte. Sie war ganz wie ihre Mutter. Meine kleine Prinzessin …« Die Stimme des Obersts brach. Er senkte den Kopf.

»Deshalb haben Sie Alena Freeman, alias Dana Volná, aufgelauert. In der Metro.«

Der Oberst nickte.

»Lenka wollte schon immer in den Westen. Ich war dagegen – ich wollte sie nicht auch noch verlieren. Als sie sich in Honza verliebte, war ich nicht begeistert. Ich kannte ihn ja. Leider viel zu gut. Ein charmanter Kerl, intelligent, aber ein Opportunist. Ich wusste, dass er nicht aus Überzeugung für uns arbeitete. Es war das Geld und die vielen Reisen. Nun, die beiden haben geheiratet und mich vor vollendete Tatsachen gestellt. Lenka wollte ihre kranke Großtante in Österreich besuchen, und ich habe dafür gesorgt, dass sie ausreisen durfte. Honza hatte sich auf den Posten in Malta beworben. Mein Sohn ebenfalls. Honza hatte die besseren Karten, aber ich habe Venca durchgeboxt. Ich dachte, Lenka würde zurückkommen, wenn Honza nicht ins Ausland dürfte. Dann passierte diese schreckliche Sache. Honza kam zu mir und sagte mir, was mein Sohn angestellt hätte. Er sagte, es sei ein Unfall gewesen, aber die Volná sei tot, er habe die Leiche verschwinden lassen. Er brauchte meine Hilfe. Wir streuten das Gerücht mit ihrem Unfalltod, er stellte die Urne in das Grab auf dem Friedhof.« Der alte Mann schwieg einen Moment. »Ich wusste, dass meine Tochter ihn liebte – ich wollte ihrem Glück nicht im Weg stehen. Also habe ich ihm geholfen abzuhauen. Dann habe ich lange nichts mehr gehört – weder von Lenka noch von ihm. Schließlich habe ich ihn in Kanada aufgestöbert, und er sagte, er habe Lenka nicht mehr gesehen – seit Prag. Sie sei verschwunden. Er schwor, er wisse nicht, wo sie sei, könne sie nicht finden. Ich Idiot habe ihm geglaubt – damals.«

»Haben Sie nicht nach ihr gesucht?«

»Doch. Die ganzen Jahre. Sie war in New York aufgetaucht, kurz nach ihrer Flucht. Man hatte sie bei einem Treffen einer dortigen tschechischen Laientheatergruppe erkannt. Danach war sie wie vom Erdboden verschluckt. Honza ist nach unserem Gespräch in Kanada auch verschwunden. Und dann habe ich neulich diese Frau auf der Terrasse des Prinz gesehen. Sie sprach mit einem Mann, den ich als Krasnohorský erkannte. Er hatte sich kaum verändert. Und die Frau – die Frau war Dana Volná. Schön, sie war blond, aber die Gesten, die Bewegungen – es musste die Volná sein. Ich war wie vor den Kopf gestoßen. Sie war tot – das hatte Honza mir gesagt. Ich habe ihre Leiche nie gesehen, hatte nur sein Wort dafür. Er hatte die Leiche verschwinden lassen, damit Venca keinen Ärger bekommt. Mein Sohn ist … Nun, ich wollte gerne glauben, dass er seine Geliebte nicht getötet hatte, dass es ein Unfall war, aber ich war mir nicht sicher. Er ist ein eifersüchtiger Idiot. Ein Choleriker, wie er im Buche steht. Honza hatte mir damals gesagt, er wisse nicht, wer die Volná umgebracht hatte. Vielleicht Venca. Deshalb habe ich ihm geholfen, die Sache zu vertuschen. Und nun saß die Volná mit ihm an diesem Tisch bei einem vertrauten Tête-à-tête. Sie lebte, und mein Mädchen war noch immer wie vom Erdboden verschluckt. Ich hatte schon länger befürchtet, dass sie vielleicht nicht mehr am Leben war – sie hätte sich bestimmt irgendwann bei mir gemeldet. Wenn also die Volná lebendig auf der Terrasse des Prinz saß, konnte die Leiche aus der Metro nur Lenka sein. Deshalb hatte ich sie auch nicht finden können. Sie hatte Prag nie verlassen.« Das Gesicht des Obersts war nun eine schmerzverzerrte Grimasse. »Honza hatte mir nicht gesagt, wie die Frau in Dana Volnás Wohnung gestorben war. Ich wusste nicht, dass man sie erschlagen hatte.« Er sah Anděl mit einem Blick an, aus dem Wut und Verzweiflung sprachen. »Diese Schlange hatte sie auf dem Gewissen«, sagte er heiser, »und mein feiner Schwiegersohn hatte ihr geholfen!«

»Sie haben Dana Volná auf der Metrotreppe erschossen.«

»Sie sollte dafür bezahlen, dass sie mir das Liebste genommen hat, was ich je hatte. Die Kugel war noch zu gut für sie. Ich hätte sie ebenso erschlagen sollen, wie sie es mit Lenka getan hatte!«

»Und Krasnohorský?«

»Die Volná hat dafür bezahlt, dass sie mein Mädchen umgebracht hatte. Und er sollte es auch. Dieser elende Lügner! Er steckte mit dieser Schlampe unter einer Decke. Die beiden haben das zusammen ausgeheckt. Er hat mein Mädchen nur benutzt, dieses Schwein. Ein Jammer, dass ich nicht besser getroffen habe.«

»Wir werden Sie mitnehmen müssen, Herr Oberst«, sagte Anděl. »Ich verhafte Sie wegen Mordes an Alena Freeman, alias Dana Volná, und versuchten Mordes an Jan Krasnohorský.«

Der Oberst sah ihn müde an und sagte: »Die Mühe können Sie sich sparen, Herr Kommissar.« Ein abwesendes Lächeln breitete sich auf seinem Gesicht aus. »Ich gehe nur noch einen Weg – zu meiner Tochter.«

Und noch bevor Anděl etwas unternehmen konnte, hatte der Oberst sich etwas in den Mund geschoben, was er offenbar die ganze Zeit in der Hand gehalten hatte. Anděl sprang auf, Nebeský ebenfalls. Der Stuhl, auf dem er gesessen hatte, fiel polternd zu Boden.

»Nein!«, schrie Anděl auf.

Der Oberst lachte und biss entschlossen die Zähne zusammen. Etwas knackte in seinem Mund. Einen Augenblick verharrte er unbewegt, dann verzog sich sein Gesicht zu einer schmerzverzerrten Grimasse. Sein Körper verkrampfte sich, sein Gesicht lief blau an, die Augen traten aus den Höhlen hervor – im nächsten Augenblick sackte sein Oberkörper schwer auf den Schreibtisch. Sein Kopf schlug dumpf auf die lederne Schreibunterlage.

Der Duft nach bitteren Mandeln breitete sich langsam im Raum aus.

Anděl stand auf Magdas Terrasse und schaute über die Dächer Prags. Ein herrlicher Blick. In der Ferne funkelten die bunten Lichter der Hochhäuser über der südlichen Stadt. Die Reklamen der Hotels, dachte er. Es sah aus wie ein nächtlicher Jahrmarkt.

»Hier«, sagte Magda, reichte ihm ein Glas Sekt und stellte sich neben ihn an die Brüstung. Ihre Schulter streifte seinen Arm. Ein angenehmes Gefühl. Von drinnen schallte Gelächter zu ihnen hinaus. Es klingelte. Jemand rief nach Magda.

»Danke«, sagte Anděl. »Es hat geklingelt.«

»Irgendjemand wird schon aufmachen«, meinte sie leichthin und hielt ihr Glas hoch. »Zum Wohl, David.«

Er hob sein Glas ebenfalls, und sie stießen an. Was für eine attraktive Frau, dachte er, als er ihr lächelnd in die Augen sah. Sie erwiderte sein Lächeln. Dann wandte sie den Blick ab und sah wie er zuvor über die Dächer zu den bunten Lichtern in der Ferne.

Ich sollte zufrieden sein, dachte Anděl, während er sie von

der Seite beobachtete. Der Fall war gelöst, der Mörder hatte sich selbst gerichtet. Es würde keine Gerichtsverhandlung geben, er musste nur noch den Papierkram erledigen. Morgen. Jetzt hatte er Feierabend. Ein klarer Himmel, ein warmer Sommerabend, Lichter der Großstadt. Eine schöne Frau an seiner Seite. Was wollte man mehr? In der Ferne rauschte leise der Verkehr über die Stadtautobahn. Das Klingeln der Straßenbahnen stieg vom Friedensplatz zu ihnen herauf. Ein Martinshorn heulte den Berg hinunter. Im Hof unter ihnen klirrten die Gläser der Gäste im Biergarten der Pizzeria Grossetto. *Summer in the City.*

Er dachte an die vergangenen Tage. Lenka und der Oberst waren heute Morgen im Familiengrab der Černýs auf den Olschanner Friedhöfen beerdigt worden. Venca Černý hatte seinen Job an den Nagel gehängt, obwohl niemand das von ihm verlangt hatte – allerdings hatte auch niemand versucht, ihn davon abzubringen. Er war mit seiner Frau nach Malta gefahren. In den Urlaub, wie es hieß. Anděl bezweifelte, dass sie wiederkommen würden. Dana Volná würde mit Magdas Mutter und Großmutter eine letzte, lange Reise nach Kanada antreten. So würde sie schließlich doch bei ihrer Familie sein. Anna Navrátilová hatte darauf bestanden. Er konnte verstehen, dass sie ihre Tochter wenigstens im Tod bei sich haben wollte. Es war wenig genug.

Nach dem Selbstmord des Obersts war Anděl ins Krankenhaus gefahren. Krasnohorský war inzwischen aus der Narkose aufgewacht und von der Intensivstation verlegt worden. So hatte Anděl endlich mit ihm sprechen können. Es war ein langes, aufschlussreiches Gespräch gewesen. Anděl hatte sich gefühlt wie ein Beichtvater. Krasnohorský war sichtlich erleichtert gewesen, die ganze Sache erzählen und – bis zu einem gewissen Grad – erklären zu können.

Anděl hatte sich einen Stuhl an das Bett gezogen und den Mann interessiert betrachtet. Trotz seines Zustands sah Krasnohorský gut aus, obwohl sein markantes Gesicht blass war und die blonden Haare zerzaust um seinen Kopf lagen. Kaum zu glauben, dass dieser Honza über fünfzig Jahre alt war. Kein Wunder, dachte Anděl, dass der Mann so einen Erfolg bei Frauen hatte. Krasnohorský hatte die Augen geschlossen. Sein Brustkorb war bandagiert, in einem Arm hing eine Infusion, er hatte Elektroden auf der Brust. Über ihm piepte rhythmisch ein EKG. Auf dem Nachttisch stand eine Vase mit Sommerblumen. Anděl bezweifelte, dass der Mann schlief, aber er hatte Zeit. Schließlich öffnete Krasnohorský die Augen. Große dunkelbraune Augen mit langen, gebogenen Wimpern. Er sah Anděl schmunzelnd an.

»Na schön, Sie haben gewonnen, Herr Kommissar. Ich bin wach.« Er seufzte. »Ich dachte, ich könnte noch eine Schonfrist herausschlagen. Das war wohl ein Irrtum.«

»Die Schonfrist war lang genug, Herr Krasnohorský – oder ist Ihnen Beaumont lieber?«

»Egal. Namen sind Schall und Rauch, wie es so schön heißt. Also, was wollen Sie wissen?«

»Alles, Herr Krasnohorský. Von Anfang an.«

»Alles? Das wird eine verdammt lange Geschichte, Herr Kommissar.«

»Ich habe Zeit.«

»Wo soll ich anfangen? – Vielleicht damit: Ich habe sie nicht getötet.«

»Wen?«

»Niemanden. Ich habe niemanden getötet. Keinen von ihnen.«

»Das ist nicht gerade der Anfang der Geschichte, Herr Krasnohorský. Aber ich nehme es zur Kenntnis.« Er schwieg einen Moment. »Ich weiß im Grunde, was damals an jenem Abend passiert ist, aber ein paar Steinchen fehlen noch in diesem verworrenen Mosaik. Sie kamen in Dana Volnás Wohnung an jenem Abend. Was haben Sie gesehen?«

Krasnohorský betrachtete ihn lange, dann sagte er: »Gleich in medias res, wie? Keine sanfte Einleitung, gleich mitten ins Geschehen?« Er strich sich mit der Hand über die Augen. »Na schön. Ich habe mich die ganzen Jahre bemüht, diesen Abend zu vergessen. Und es ist mir eigentlich recht gut gelungen. Aber ich hätte nie nach Prag zurückkehren sollen. Das war ein großer Fehler.«

»Sie lenken ab, Herr Krasnohorský.«

Er lachte. »In der Tat. Die Katze und der heiße Brei. Ich verbrenne mir nicht gern das Maul, Herr Kommissar.«

»Es wird Ihnen nichts anderes übrig bleiben«, sagte Anděl lächelnd.

Krasnohorský sah ihn ernst an. »Okay, Sie haben gewonnen. Sie wollen wissen, was ich gesehen habe? Gut. Ich sah eine Frau auf dem Boden liegen. In einem roten Abendkleid auf einem weißen Teppich. Sie sah aus wie eine einzige riesengroße Blutlache. Ich lief zu ihr, da sah ich ihr Gesicht. Kein Gesicht. Eine Masse aus Fleisch und Knochen – es war grässlich.«

»Haben Sie die Frau erkannt?«

»Erkannt? Da gab es nichts zu erkennen, Herr Kommissar. Sie lag in Danas Wohnung, trug Danas Kleid, hatte Danas dunkles langes Haar – wer außer Dana hätte es sonst sein sollen?«

»Nun, es gibt mehr Merkmale als allein das Gesicht, um jemanden zu erkennen.«

»Ich dachte, es sei Dana. Venca hatte angerufen und gesagt, er habe mit Dana gestritten und dann habe es einen Unfall gegeben. Was hätte ich sonst denken sollen?« Er atmete tief ein und wieder aus. Die Erinnerung an jenen Abend wühlte ihn auf. »Ich stand unter Schock, es war dunkel – ich hatte keine Lampen angemacht. Es fiel nur etwas Licht von der Straßenbeleuchtung in das Zimmer. Und dann stand schon die Nachbarin neben mir. Es war Dana, die dort lag.«

»Nein, sie war es nicht«, sagte Anděl, »und das wissen Sie so gut wie ich. Es war Lenka Svobodová, Ihre Frau.«

»Nein!«, schrie Krasnohorský und lehnte sich im Bett auf. Er starrte Anděl an, Entsetzen, Verzweiflung, Wut und unendlichen Schmerz im schönen, alterslosen Gesicht. Das EKG über seinem Kopf piepste aufgeregt. »Nein«, flüsterte er und sank mit geschlossenen Augen zurück auf das Kissen. »Nein.«

»Sie können nicht mehr davor fliehen, Krasnohorský. Blicken Sie der Wahrheit endlich ins Gesicht! Vielleicht haben Sie die Frau nicht gleich erkannt, aber spätestens, als Sie sie in die Metro gebracht hatten und mit der Mumifizierung der Leiche begannen, muss Ihnen klar gewesen sein, wen Sie da vor sich hatten.«

Krasnohorský stöhnte, als füge Anděl ihm körperliche Schmerzen zu. »Hören Sie auf! Verdammt, hören Sie auf damit! Ich … ich kann das nicht … nicht noch einmal – bitte!« Er öffnete die Augen und sah Anděl an. Verzweiflung und Schuld sprachen aus seinem Blick.

Anděl schwieg. Krasnohorský kämpfte mit sich und seiner schrecklichen Erinnerung.

»Es ist wie ein Alb, der mich nachts noch immer aufsucht. Ich werde die Bilder nicht los. – Ja, Sie haben recht. In der Metro, als ich sie ausgezogen hatte und sie auf der Bahre in diesem unterirdischen OP lag, da habe ich … da habe ich sie erkannt.« Tränen rannen ihm über das Gesicht, als er leise weitersprach. »Ich habe meine Frau erkannt. Nicht nur an ihrem Leberfleck an der Hand … Es war alles, alles an diesem Körper – es war nicht zu übersehen. Gott, ich habe sie so sehr geliebt, und dann lag sie da vor mir – nackt, tot, erschlagen. Und ich sollte sie … sollte sie ausweiden wie ein totes Tier. Ich wollte weglaufen, aber dann hätte man sie gefunden, und der Oberst hätte sie erkannt – und ich … Er hätte mich eigenhändig umgebracht. Ich musste weitermachen. Verlangen Sie nicht von mir, dass ich Ihnen erzähle, was ich mit ihr tun musste. Bitte. Ich war feige und egoistisch. Ihr konnte ich nicht mehr helfen, nur noch mir selbst. Das habe ich getan.« Er sah Anděl flehend an.

»Schön. Sie wussten also, wen Sie in der Metro versteckt hatten. Das wäre nun geklärt. Wie ist es überhaupt zu diesem Abend gekommen? Lída Karafiátová hat uns erzählt, dass Lenka in den Westen wollte.«

Krasnohorský nickte müde, dankbar für den Themenwechsel.

»Und Dana? Wollte sie auch weg?«

»Ja. Aber sie bekam keine Ausreisegenehmigung. Der Oberst hat das verhindert. Er wollte auf keinen Fall, dass Venca sie doch noch überredet, ihn zu heiraten.«

»Warum eigentlich nicht?«, fragte Anděl. Es musste doch irgendeinen Grund haben, warum der Oberst mit allen Mitteln versucht hatte, Dana von seinem Sohn fernzuhalten.

Krasnohorský seufzte. »Ich weiß es nicht genau. Er hielt sie für nicht ganz koscher. Lenka sagte einmal, es habe etwas mit einem Unfall zu tun.«

»Was für ein Unfall?«

»Lassen Sie es gut sein, Herr Kommissar, sie sind alle tot.«

»Was für ein Unfall?«, wiederholte Anděl geduldig seine Frage.

»Na schön. Sie waren mal in den Ferien beim Kanufahren gewesen, und einer aus der Gruppe ist nachts eine Böschung hinuntergestürzt. Der Junge war wohl Danas Freund. War auf der Stelle tot, der arme Kerl.« Krasnohorský zuckte die Achseln, soweit ihm das möglich war. »Der Oberst glaubte nicht an einen Unfall – warum, weiß ich nicht.«

»Er verdächtigte Dana, nachgeholfen zu haben?«, fragte Anděl verblüfft. War sie eine Psychopathin gewesen, die über Leichen ging? Dana, alias Alena Freeman, die er immerhin kurz kennengelernt hatte. Diese sympathische, fröhliche Frau von Mitte fünfzig? Hatte sie tatsächlich drei Menschen auf dem Gewissen – alle kaltblütig ermordet? Nun, möglich war es.

»Ich weiß es nicht, Herr Kommissar. Wenn Sie Ihre Neugier befriedigen wollen, fragen Sie Danas Schwester, die war auch dabei.«

»Vergessen wir es. Wie Sie schon sagten, sie sind alle tot«, sagte Anděl. Ja, vergessen. Es war nichts weiter als ein Gerücht. Der Junge konnte auch betrunken gewesen sein. Wie auch immer, zumindest diese Geschichte sollte Magda nicht erfahren müssen. »Zurück zu Dana. Sie wollte Venca gar nicht heiraten, nicht wahr?« Er dachte an Danas Brief, den Magda ihm gezeigt hatte. »Sie wollte Sie, nicht Venca.«

»Es gab eine Zeit, Mitte der Sechzigerjahre, da war ich sehr verliebt in Dana. Sie wollte plötzlich heiraten …«

»*Sie* wollte heiraten?«

»Ja, ich hatte keine Ahnung, was plötzlich in sie gefahren war. Sicher, irgendwann wollte ich heiraten, eine Familie haben – aber nicht mit Dana. Ich weiß auch nicht, warum. Danach war es jedenfalls anders zwischen uns. Wir haben noch immer die eine oder andere Nacht miteinander verbracht, aber ...« Er zuckte mit den Schultern. »Ich habe Lenka kennengelernt und mich in sie verliebt. Sie war ganz anders als Dana. Verlässlich, liebevoll. Aber sie war Danas beste Freundin. Wir wollten es Dana nicht sagen. Dana war sehr leidenschaftlich und besitzergreifend. Wir hielten es für besser, die Sache für uns zu behalten. Jahrelang.«

»Aber Sie haben sich weiterhin mit Dana Volná getroffen?«

»Ich war ein Idiot. Ich konnte trotz allem die Finger nicht von ihr lassen. Das hat Lenka letztlich das Leben gekostet. Dana hat mich nicht losgelassen. Sie hat einfach nicht aufgegeben, dabei hatte sie längst Venca um den Finger gewickelt. Aber ich glaube, das hat sie nur getan, um mich eifersüchtig zu machen. Sie dachte, sie würde mich damit zurückgewinnen. Dabei war ich froh, dass sie einen anderen hatte. Venca war ganz verrückt nach ihr. Hatte deswegen viel Ärger mit seinem Vater. Dann kam sie mit der Idee, wir sollten zusammen abhauen. Sie wusste, dass ich mich für den Posten auf Malta beworben hatte. Lenka und ich hatten deswegen geheiratet, aber wir hatten Dana nichts davon gesagt. Lenka wollte es ihr erzählen, aber ich habe ihr das irgendwie ausgeredet. Ich dachte, wir könnten dem Ärger mit ihr einfach aus dem Weg gehen. Dann hat Dana die Ausreise nach Jugoslawien beantragt und angefangen, unsere gemeinsame Zukunft im Westen zu planen. Ich war verzweifelt. Ich wollte nicht, dass sie ausreist, also habe ich es dem Oberst gesteckt. Ich wollte mit Lenka in Frieden irgendwo leben – ohne mir über Dana Gedanken machen zu müssen. Der Oberst wollte sich darum kümmern.«

»Warum hat er Sie nicht nach Malta gelassen?«

»Er wollte Lenka nicht verlieren. Er hat sie abgöttisch

geliebt. Er dachte, wenn er mich nicht fortlässt, käme sie aus Österreich zurück. Also hat er Malta seinem Sohn zugeschanzt. Ich habe das erst auf Vencas kleiner Abschiedsfeier im Krankenhaus erfahren. Ich war wie vor den Kopf gestoßen. Lenka hatte ihre Papiere für Österreich, und ich war so sicher gewesen, dass ich den Posten bekommen würde. Der Oberst hatte ihn mir hoch und heilig versprochen, diese Ratte. Lenka und ich wollten uns in Montreal treffen. Und dann das! Ich hatte keine Gelegenheit, mit ihr zu sprechen, sie war den ganzen Tag bei Dreharbeiten irgendwo außerhalb von Prag. Wir wollten uns spätabends noch kurz treffen, bevor sie abfahren sollte. Dann rief Venca an. Er habe Mist gebaut. Ich solle zu Dana fahren, sie brauche einen Arzt. Als ich ankam, war sie tot. Ich wusste nicht, was ich denken sollte. Ich dachte, es sei Dana. Hatte er sie umgebracht? Ich wollte es nicht glauben, aber mir war klar, dass dies meine Chance war wegzukommen. Wenn ich Venca half, würde der Oberst mir auch helfen. Eine kleine Erpressung unter Geschäftspartnern. Ich könnte zu Lenka. In den Westen.«

»Und die Idee mit der Mumie?«

»Plötzlich stand Lídas Tochter neben mir. Ich hatte wohl die Tür nicht hinter mir geschlossen. Ich habe sie davon abgehalten, die Polizei zu rufen. Sie hatte dann die Idee mit der Mumifizierung und der Metro.« Er schüttelte angewidert den Kopf. »Ich kann nicht glauben, dass ich das damals getan habe. Ich musste sie ausweiden wie ein Tier, meine eigene Frau – danach habe ich nie wieder als Arzt gearbeitet. Ich konnte es nicht mehr.«

»Der Oberst hat Ihnen geholfen?«

»Er hat das Gerücht mit dem Unfall in Jugoslawien gestreut, und ich habe die Urne unter Vencas Namen auf den

Friedhof gebracht. Wenigstens ein bisschen sollte er auch drinhängen in dieser Sache. Dann hat der Oberst mir eine Stelle auf Kuba besorgt und mir gesagt, wie ich auf diesem Flug in Montreal abhauen kann. Es hat geklappt.«

»Und als eines Tages der Oberst in Kanada vor Ihnen stand und wissen wollte, wo seine Tochter war, sagten Sie ihm, sie hätten nach Lenka gesucht, sie aber nicht finden können.«

»Ja. Ich habe gelogen, so gut ich konnte. Wie hätte ich ihm das alles sagen können? Ich konnte den Gedanken ja selbst kaum ertragen. Manchmal habe ich daran gedacht, nach Dana zu suchen. Ich hätte sie vermutlich finden können, wenn ich es versucht hätte – aber wozu? Ich wollte das alles nur vergessen. Ich wollte ihr nie wieder über den Weg laufen.«

»Haben Sie sich nie gefragt, wer Lenka erschlagen hatte?«

»Natürlich. Ich habe angenommen, es sei Venca gewesen, egal, was er mir damals gesagt hatte. Ich nahm an, es sei ein Unfall gewesen, er hat sie vermutlich für Dana gehalten. Ein Kollege hatte an dem Nachmittag etwas von einem Kind geschwafelt, Venca war fast ausgerastet vor Eifersucht. Ich dachte, er habe sie im Affekt erschlagen – ich weiß es nicht. Spielt das jetzt noch eine Rolle? Ich habe nie wieder mit Venca gesprochen. Hier in Prag sind wir uns gelegentlich über den Weg gelaufen, auf Vernissagen, Ausstellungen, Konzerten – wie das eben so ist. Aber wir haben nie miteinander gesprochen. Haben getan, als kennten wir uns nicht. Ein stilles Einverständnis, wenn Sie so wollen.« Er schwieg einen Moment. »Aber ich habe mich auch gefragt, ob Dana nicht etwas damit zu tun gehabt haben könnte. Ich wollte es nur nicht glauben.«

Anděl nickte. »Hat Dana Volná Sie auf der Terrasse des Prinz angesprochen?«

»Ich dachte, mich trifft der Schlag, als sie plötzlich lächelnd vor mir stand und mich begrüßte, als wäre nichts passiert. Meine Frau, Xenia, hatte mich ein paar Tage zuvor mit einer … einer anderen erwischt und rausgeworfen, und ich hatte erfahren, dass man in der Metro eine Mumie gefunden hatte. Ich wusste nicht, was ich tun sollte, wollte nachdenken – und dann stand da auf einmal dieser menschgewordene Albtraum vor mir.«

»Warum sind Sie nicht zur Polizei gegangen?«

»Ich habe sie gefragt, ob sie etwas mit Lenkas Tod zu tun gehabt habe. Sie hat mich nur ironisch lächelnd angesehen und gefragt, ob ich ihr so etwas wirklich zutrauen würde. In dem Moment wusste ich es. Ich sah es in ihren Augen. *Sie* hatte Lenka auf dem Gewissen. Nicht Venca. Der war nur genauso ein Feigling wie ich. Ich meinte, ich würde zur Polizei gehen, alles gestehen. Aber dann sagte sie mir etwas, das ich nicht glauben konnte – ich wollte erst sicher sein. Wollte es nachprüfen.«

»Sie sagte Ihnen, dass sie damals, als sie Sie heiraten wollte, schwanger gewesen war und dass sie das Kind zur Welt gebracht hatte.«

»Ja. Und sie hat mir gesagt, wer dieses Kind ist. Ich konnte es nicht glauben. – Ich mag Magda. Sie ist nicht nur die beste Freundin meiner Frau, sie gehört zur Familie …« Er hielt inne und verzog das Gesicht zu einem breiten Grinsen. »Buchstäblich. Wie auch immer. Es war jedenfalls ein Schock. Sie war es. Dana hatte also nicht gelogen. Ich wusste nicht, was ich tun sollte. Ich konnte Magdas Mutter doch nicht wegen des Mordes anzeigen. Ich habe Magda sehr gern – ich wollte ihr das nicht antun.«

Er hatte die Tage einfach in seiner kleinen Wohnung verbracht. Und gewartet. Schließlich war Markéta bei ihm aufgetaucht, hatte ihm Vorwürfe gemacht, dass er sie damals verlassen hatte, nach allem, was sie für ihn getan hatte. Und hatte ihm von ihrem Sohn erzählt. Von seinem Sohn.

»Ich hatte mir mit Xenia Kinder gewünscht, nur sie wollte nicht so recht. Sie hat ja schon zwei, und nun hatte ich plötzlich zwei eigene! Wir haben gestritten, und plötzlich zog Markéta diese Pistole und schoss.«

»Und Larissa?«

»Sie kam, als Markéta in Panik aus der Wohnung lief. Sie stand im Wohnzimmer und rief nach mir. Ich war im Schlafzimmer. Dann hörte ich etwas zu Boden fallen und eine weitere Stimme, die nach mir rief. Der Oberst. Ich lief ins Wohnzimmer. Er hatte Larissa niedergeschlagen und stand in der Wohnzimmertür. Als er mich sah, richtete er eine Pistole auf mich und schoss.«

»Hat er irgendetwas gesagt?«

»*Mörder*. Mehr habe ich nicht gehört.«

»Er ist tot.«

»Ich hätte ihm alles erklären können.«

»Er hat eine Zyankalikapsel zerbissen, als wir ihn verhaften wollten.«

»Hat er Dana getötet?«

»Ja.«

»Und diesen Hora?«

»Nein. Das war wohl Dana Volná.«

»Warum?« Honza schien ehrlich überrascht.

»Ich nehme an, sie beging den Fehler, zu ihm zu gehen«, sagte Anděl und erzählte von seiner Vermutung bezüglich Danas Motiv für den Mord an dem Fotografen. »Als sie dann neulich in seiner Wohnung stand, muss es ihm wie Schuppen von den Augen gefallen sein. Er wusste, dass sie dort gewesen war, als sie längst hätte fort sein sollen.«

»Aber der Mann war … er war verliebt in sie, er hätte sie nicht verraten. Er hat doch nur mich angeschwärzt, der Dreckskerl.«

»Vielleicht hat das Gefühl die lange Zeit nicht überdauert. Oder er hatte was gegen kaltblütige Mörder – keine Ahnung. Sie wollte jedenfalls die einzigen Zeugen beseitigen, die sie ihrer Meinung nach mit der ganzen Sache in Zusammenhang bringen konnten. Die andere Zeugin war Markéta Kousalová. Mit ihr hatte sich Dana für den Abend ihres Todes verabredet.«

»Wollte sie Markéta auch umbringen?«, fragte Krasnohorský entsetzt.

»Ich nehme es an. Es entspräche der Logik der Sache. Ohne Hora und die Kousalová konnte ihr niemand den Mord lückenlos nachweisen. Sie hätte sich durchaus plausibel herausreden können. Wie auch immer: Dana Volná hat einen großen Fehler begangen.«

»Kann man so sagen.«

»Sie hätte sich das alles sparen können.«

»Wie meinen Sie das?«, fragte Krasnohorský verwirrt.

»In diesem Land verjährt Mord nach zwanzig Jahren, Herr Krasnohorský. Hätte sie alles gelassen, wie es war, wir hätten sie wegen des Mordes an Lenka Svobodová nicht mehr belangen können. Sie hat Milan Hora umsonst getötet.«

Krasnohorský starrte ihn verblüfft an. »Verjährt? Sie meinen …«

»Ja, der Mord war längst verjährt. Dana Volná drohte nur von einer Seite Gefahr. Vom Oberst. Das Gespräch mit Ihnen auf der Terrasse des Prinz ist ihr zum Verhängnis geworden. Er hat sie dort oben erkannt.«

Krasnohorský starrte ihn einen Moment lang entgeistert an, dann begann er hysterisch zu lachen. Der Apparat über seinem Kopf piepte erneut wild. Das Gelächter ging schließlich in Schluchzen über. Anděl drückte den Klingelknopf für die Schwester. Sekunden später öffnete sich die Zimmertür. Krasnohorský schüttelte sich noch immer. Ob vor Lachen oder Weinen, konnte Anděl nicht sagen.

»Der Mann braucht einen Dämpfer«, sagte er und verließ das Zimmer.

Was für eine wunderbare Terrasse, dachte Anděl. Wie konnte Magda sich überhaupt so eine traumhafte Wohnung leisten? Ihr Lokal war sehr gut, aber nicht annähernd teuer genug, um so etwas zu ermöglichen. Er würde sie bei Gelegenheit fragen, nahm er sich vor, so in hundert Jahren, wenn sie einander gut genug kannten für solch intime Fragen.

Anděl nippte an seinem Sekt. Der Oberst fiel ihm ein. Er hätte ahnen sollen, dass sich der Oberst nicht abführen lassen würde wie ein gemeiner Verbrecher. Aber er hatte eher mit einer Pistole gerechnet als mit einer Kapsel Zyankali.

»Der Oberst liegt Ihnen schwer im Magen, nicht wahr?«, fragte Magda neben ihm, als habe sie seine Gedanken gelesen.

Anděl nickte. »Ich hätte es wissen müssen.«

»Seien Sie nicht albern, David. Das konnten Sie nicht. Vielleicht ist es besser so.«

Er sah sie erstaunt an.

»Na ja«, sagte sie, »er hat sich selbst bestraft. An Zyankali zu sterben, ist nicht gerade angenehm.«

»Er hat Ihre Mutter getötet.«

»Ja. Aber ich weiß nicht, ob ich über einen Prozess froh gewesen wäre. Auch Dana hatte einen Menschen getötet. Nein. Sogar zwei. Sie hatte auch Milan Hora auf dem Gewissen. Es ist schrecklich, darüber nachzudenken. Ich habe mein ganzes

Leben lang nichts über Dana gewusst, nicht einmal, dass sie überhaupt existierte – und plötzlich ist diese Frau nicht nur meine Mutter, sondern auch eine zweifache Mörderin.«

»Es tut mir leid, Magda. Ich wünschte, ich könnte etwas für Sie tun ...«, sagte er. Was? Was konnte irgendjemand für sie tun? Sie würde allein damit fertig werden müssen. Er betrachtete ihr schönes Profil. Sie trank von ihrem Sekt.

»Was passiert mit Markéta Kousalová?«, wechselte sie das Thema.

»Sie ist erst mal auf Kaution frei. Sie hat auf Krasnohorský geschossen. Im Affekt. Das hat er mir gegenüber bestätigt, aber er will sie nicht anzeigen. Er sagte, er erzähle das nur mir, vor Gericht würde er das abstreiten. Und was die Sache mit Lenka angeht, damals – das ist verjährt.«

»Hat sie versucht, Dana von der Treppe zu stoßen?«

Anděl zuckte die Achseln.

»Ich glaube. Ich weiß es nicht.« Eine letzte fromme Lüge, dachte er. Warum Magda damit belasten, dass Dana wahrscheinlich auf dem Weg zu ihrem dritten Mord gewesen war? »Die Kousalová sagt, es sei ein Unfall gewesen, Dana sei gestürzt. Sie selbst habe versucht, Dana festzuhalten. – Wie auch immer. Der Oberst hat Dana erschossen. Daran besteht kein Zweifel, er hat es zugegeben, bevor er sich so elegant aus der Affäre gezogen hat. Ob Markéta sie hinunterstoßen wollte, spielt da keine Rolle mehr. Im Zweifel für den Angeklagten.« Er lächelte müde. »Sie ist genug gestraft«, fuhr er nach einer Weile fort. »Sie war jung und verliebt damals. Sie hat eine unglaubliche Dummheit begangen, und sie hat teuer dafür bezahlt. Sie wird diese verhängnisvolle Nacht nie loswerden.«

»Sie tut mir leid«, sagte Magda mitfühlend.

Anděl nickte. »Haben Sie eine Zigarette?«

Magda zog eine Schachtel aus ihrer Rocktasche und bot sie ihm an. Er zog eine heraus und sah sie fragend an. Sie nickte, und er nahm noch eine heraus, zündete beide an und reichte ihr eine, als sie die Schachtel wieder in die Tasche gesteckt hatte. Sie rauchten schweigend. Er trank seinen Sekt aus und sah Magda von der Seite an.

»Wie geht es Ihnen, Magda?«, fragte er leise.

»Gut, warum?«, sagte sie, ohne ihren Blick von den Lichtern der Südstadt abzuwenden. Lügnerin!, schalt sie sich selbst. Warum tust du so, als wäre nichts? Sie konnte nicht anders. Nicht jetzt. Nicht hier.

»Das glaube ich nicht«, sagte er. Eine Stimme sanft wie Samt.

Sie drehte sich zu ihm um. Ihre Augen glänzten.

»Ich weiß es nicht, David«, sagte sie. »Es ist so viel geschehen – meine Mutter, mein Vater. Ich hatte noch keine Zeit, über alles nachzudenken. Ich weiß noch nicht einmal, was ich empfinde. Die Kinder sind zum Glück noch bei ihrem Vater, bis zum Ende der Ferien. Und ich werde übermorgen zu meiner Schwester Valeska fahren – ich habe mir ein paar Tage freigenommen.«

»Haben Sie schon mit Honza Krasnohorský gesprochen?«, fragte er nach einer Weile.

Sie schüttelte den Kopf. »Xenia und er sind aufs Land gefahren, nach Mähren. Sie haben dort in Kroměříž damals ihre Flitterwochen verbracht. Sie haben viel zu besprechen. Und zu entscheiden. Das andere hat Zeit. Ich muss erst nachdenken …«

»Sieh da, die Turteltäubchen.«

Hinter ihnen war plötzlich Otakar Nebeský mit einem Glas Whisky in der einen und einer Zigarette in der anderen Hand aufgetaucht.

»Verschwinde, Nebeský«, sagte Anděl grinsend. »Du störst.«

»Ach was«, wehrte Magda lächelnd ab, »Sie stören überhaupt nicht. Wir haben nur über den Fall gesprochen.«

»Wer's glaubt ...«, sagte Nebeský schmunzelnd und wandte sich an Anděl. »Unsere süße kleine Reporterin ist eben gekommen und hat schüchtern nach dir gefragt. Junge, Junge, sie hat sich ganz schön in Schale geworfen.« Er pfiff anerkennend durch die Zähne. »Bevor dir das aber zu Kopfe steigt, lass dir gesagt sein, dass sie einen sehr ansehnlichen jungen Mann dabeihat. Offenbar steht sie doch eher auf Frischfleisch.« Er grinste breit und zog umständlich mit einer Hand seine Krawatte zurecht, dann wandte er sich an Magda. »Und Jirka Kratochvíl – mit einem Strauß roter Rosen in der Hand – verlangt nach der Dame des Hauses. Von dem Geld hätte er sich besser eine Karte für das Fußballspiel morgen gekauft.« Er zog eine Augenbraue hoch und musterte die beiden in gespieltem Ernst vom Scheitel bis zur Sohle. »Falls ihr keinen Wert auf Duelle im Morgengrauen legt, solltet ihr also eure Klamotten in Ordnung bringen. Und die Lippenstiftspuren beseitigen.«

»Verzieh dich, Nebeský«, wiederholte Anděl lachend, »wir kommen gleich.«

Auch Magda lachte und deutete auf Nebeskýs glimmende Zigarette.

»Ich dachte, Sie hätten aufgehört.«

»Einer meiner ebenso zahlreichen wie erfolglosen Versuche. Ich halte es mit Mark Twain: Es gibt nichts Einfacheres, als mit dem Rauchen aufzuhören. Ich habe es schon tausendmal getan.«

Er zwinkerte ihnen zu und ging zurück in die hell erleuchtete Wohnung.

»Entschuldigen Sie ihn, Magda«, sagte Anděl und lächelte verlegen, »ich weiß auch nicht, was er …«

Sie drehte sich zu ihm um und legte einen Zeigefinger sanft auf seine Lippen. Sie stand so nah, dass er ihr Parfüm riechen konnte. Ein betörender Duft nach Myrrhe und Weihrauch. Herb und doch zart. Ein Duft ganz wie sie selbst. Er sah in ihre stahlgrauen Augen. Wunderschöne Augen, dachte er. Gar nicht kalt. Bezaubernd. Leidenschaftlich.

»Wir sollten mit dem albernen Siezen aufhören, meinst du nicht?«, flüsterte sie. Dann stellte sie sich auf die Zehenspitzen und küsste ihn zärtlich auf den Mund.

Gespräch mit der Autorin

Helena Reich, wie sind Sie auf die Idee gekommen, Ihren Krimi »Nasses Grab« zu schreiben?

Ein Zufall, der vielleicht gar keiner war. Im Sommer 2002 wurde Prag überschwemmt von einem Hochwasser, wie es die Stadt seit tausend Jahren nicht gesehen hat. Es herrschte der Ausnahmezustand. Tag und Nacht heulten die Sirenen. Ich saß im Trockenen auf unserer Terrasse über dem Nationalmuseum und stieß auf eine Zeitungsmeldung. Dort hieß es, aus der Metrostation am Wenzelsplatz, nicht weit von uns, seien Särge geschwemmt worden. Diese Sache ließ mich nicht los. Als Journalistin bei der *Prague Post* fing ich an zu recherchieren. Je tiefer ich mich in diese Geschichte vergrub, umso erstaunlichere Details förderte ich zutage. Doch keiner, den ich traf, wollte sich zitieren lassen. Und so habe ich mich darangemacht, einen Krimi zu schreiben.

Welche Beziehung haben Sie als deutsche Autorin zu der Stadt Prag und zu Tschechien?

Geboren wurde ich im Westen Böhmens, im Bäderdreieck, doch ein Teil meiner Familie stammte aus Prag und lebt bis heute dort. Meine Eltern flüchteten nach dem Einmarsch sowjetischer Truppen in die Tschechoslowakei nach Bayern. Eigentlich sollte es von dort weiter nach Kanada oder Australien gehen. Als Vierjährige landete ich so in einem Münchener Kindergarten, ohne ein Wort Deutsch zu verstehen. Es kam, wie es kommen musste: Wir blieben in München hängen, und ich bin sehr gerne dort groß geworden. Eines aber habe ich über all die Jahre nicht verloren: die Sehnsucht nach meiner böhmischen Heimat. Prag blieb für mich ein unerreichbares Mysterium. Bald nach der Wende fing ich deshalb als Journalistin bei der *Prague Post* an und lebte auch einige Jahre dort. Gefunden habe ich die schönste Stadt Europas, deren Zauber noch zunimmt, je tiefer ich sie ergründe.

Die Protagonisten Ihres Romans sind eine Pathologin, eine Journalistin, eine Archäologin und ein Kommissar. Steckt in einer der Figuren ein Alter Ego der Autorin?

Dass ich in Prag als Journalistin arbeitete, habe ich eben ja schon erzählt. Aber wer mich kennt, weiß, dass mich eine Menge Dinge von meiner Figur, der Reporterin Larissa Khek, unterscheiden, nicht nur das kurze Haar. Nach dem Abitur – und damit lange, lange vor der TV-Serie *CSI* – hatte ich den Wunsch, Rechtsmedizinerin zu werden. Daraus ist nichts geworden. Vielleicht zum Glück. Es ist sicher angenehmer, eine Autopsie zu beschreiben, als sie durchzuführen. Kommissar wollte ich nie sein. Ich teile aber mit Kommissar Anděl die Liebe zur Mathematik, auch wenn ich es in diesem Fach nie weit gebracht habe. Doch wir können es beide nicht lassen, einem Geheimnis auf den Grund zu gehen.

Wann und wo schreiben Sie am liebsten?
Am liebsten immer und überall. Ginge es allein nach mir, würde ich morgens anfangen und erst spät nachts aufhören. Es macht einfach sehr viel Spaß. Meine besten Einfälle habe ich im Café. Vielleicht gar nicht so überraschend. Die halbe böhmische Literatur ist im Kaffeehaus entstanden, und die Prager Kaffeehauskultur hat eine schon legendäre Tradition. Noch heute findet man einige der schönsten Kaffeehäuser der Welt dort. Das prägt auch mich. Im Café habe ich die Ruhe zum Schreiben, die ich brauche. Aber was ich zu Papier bringe, fängt gleichzeitig die Lebendigkeit und den Witz der Gespräche um mich herum ein. Eben Geschichten, die das Leben schreibt. So etwas findet man nicht im stillen Kämmerlein. In welchem Café ich am liebsten schreibe, verrate ich allerdings nicht.

Wie würden Sie sich selbst beschreiben?
Ich wäre eine schlechte Krimiautorin, wenn ich das Rätsel jetzt einfach so offenlegen würde. Wer mein Buch liest, erfährt sicher auch eine Menge über mich – und darüber, wie Menschen denken, handeln und fühlen, die einer Welt entstammen, wie sie das kleine mitteleuropäische Universum in Böhmen bis heute ist. Heute gehört Tschechien wieder zu Europa. Das bedeutet für mich auch ein Stück Verpflichtung, an Dinge anzuknüpfen, die Prag und seine Literatur so unvergleichlich gemacht haben. Nicht zuletzt der berüchtigte Prager Sarkasmus und die Neigung, auch düstere Situationen mit schwarzem Humor zu meistern.

Was sind Ihre Lieblingsautoren?
Schwer zu sagen – ich lese für mein Leben gerne. Meine allererste Entdeckung war Karl May. Später dann, als ich für einige Zeit in Amerika lebte, stieß ich auf Mark Twain, ein wirklich großartiger Schriftsteller, von dem die meisten hierzulande viel zu wenig wissen. Ebenso begeistert haben mich die dichte Atmosphäre von Fitzgeralds »The Great Gatsby« und die Bücher von John Irving, z. B. »Witwe für ein Jahr«. Auch von Philip Roth habe ich kaum ein Buch ausgelassen. Obwohl ich mich bis heute wundere, warum er bei all seinem Witz diese ausweglose Bitterkeit hat. Eigentlich ergeht es ihm und seinen Figuren doch gar nicht so schlecht. Eine Frau würde wohl kaum so schreiben. Deshalb ist es bestimmt kein Zufall, dass ich unter den Krimiautoren vor allem die Frauen schätze, insbesondere Martha Grimes mit ihrer wunderbaren Kombination von raffiniertem Plot und hintergründigem Humor. Eine große Schriftstellerin, die ich sehr bewundere ist Lenka Reinerova, die ich in Prag kennengelernt habe. Sie ist Tschechin, Jüdin, war mit Kisch im Exil in Mexiko und schreibt auf Deutsch. Ich bewundere ihren Lebensmut, ihren Humor und ihre Beobachtungsgabe.

Was war Ihr besonderes Erlebnis beim Schreiben?
Ich habe die Idee für den Krimi lange Zeit mit mir herumgetragen, hatte schließlich ein klares Bild der Geschichte und meiner Protagonisten vor Augen. Doch als ich mich hinsetzte, um alles aufzuschreiben, erlebte ich eine Überraschung: Plötzlich tauchte, ohne sich groß vorzustellen, eine Reporterin auf, die gar nicht vorgesehen war. Aber sie passte wunderbar hinein. Und schon bald merkte ich: Ohne diese Reporterin geht mein Plot gar nicht auf. Als ich mich darauf einließ, spürte ich, dass sich meine Geschichte in Wahrheit von

selbst erzählt und nur darauf gewartet hat, dass sie jemand aufschreibt. Natürlich hatte ich immer ein grobes Tableau im Kopf. Aber wenn ich mich morgens an die Arbeit machte, wusste ich niemals genau, wo ich am Abend landen würde. Heute weiß ich: Schreiben ist ein faszinierendes Abenteuer.

Werden Sie ein neues Buch schreiben – und werden wir die Hauptfiguren aus »Nasses Grab« darin wiedertreffen?
Ich sitze schon längst daran – und das neue Buch wird uns tief hineinführen in die dunklen Geheimnisse des magischen Prag. Kommissar Anděl, der ja ein abgeklärter und sehr rationaler Typ ist, wird auf Dinge stoßen, die mit herkömmlicher Logik nicht zu erklären sind. Anděl und sein Partner werden sich – begleitet von der Gerichtsmedizinerin Magdalena Axamit und der Reporterin Larissa Khek – in die nur scheinbar untergegangene Welt der Prager Alchemisten wagen und dort manche böse Überraschung erleben. Ich kann schon jetzt versprechen, dass dies sehr spannend werden wird …